한림신서 일본현대문학대표작선 35

일본 기독교 문학선

한·림·신·서·일·본·현·대·문·학·대·표·작·선

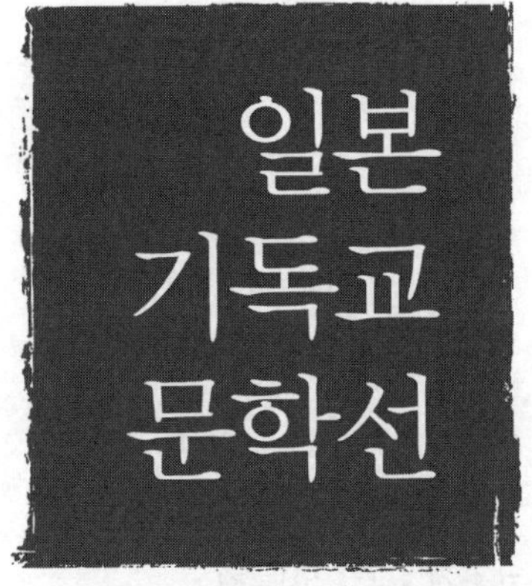

일본 기독교 문학선

엔도 슈사쿠 외 지음 | 노영희 옮김

小花

한림신서 일본현대문학대표작선 35

일본 기독교 문학선

초판인쇄 ▪ 2006년 4월 21일
초판발행 ▪ 2006년 4월 28일

지 은 이 ▪ 엔도 슈사쿠 외
옮 긴 이 ▪ 노영희

발 행 인 ▪ 고화숙
발 행 처 ▪ 도서출판 소화
등 록 ▪ 제13-412호
주 소 ▪ 서울시 영등포구 영등포동 94-97
전 화 ▪ 2677-5890(대표)
팩 스 ▪ 2636-6393
홈페이지 ▪ www.sowha.com

ISBN 89-8410-301-2
ISBN 89-8410-108-7(세트)

값 7,000원

차례

■ 옮긴이의 말

이 책에는 일본 기독교문학의 특징을 잘 보여 주는 다섯 편의 중 · 단편소설을 실었다. 일본인의 종교감각은 다신교(多神教)를 포용하는 일본 신도(神道)의 영향으로 신도나 불교와 민간신앙 등이 서로 공존하면서 유기적인 관계를 유지하는 중층적인 면을 지니고 있다. 이런 점은 종교를 믿는 신앙인 수가 총인구보다 많은 점을 보아도 알 수 있다.

현재 일본에서 기독교 신자 수는 개신교와 가톨릭을 합해 전체 인구의 1%도 안 된다. 그러나 1549년 성 프란시스코 사비에르(Francisco de Xavier, 1506~1552)가 기독교를 전파한 이래 17세기 초에는 신도 수가 60만(혹은 75만)이나 되어 전체 인구의 70%를 차지하기도 했다. 그 뒤 도요토미 히데요시가 선교사 추방령을 내렸고 1614년에는 기독교를 금하는 금교령을 선포하기에 이르렀다. 1637년 기독교 신자들이 중심이 된 '시마바라의 난' 이후에는 기독교에 대한 박해가 더욱 심해졌다. 메이지 유신 이후 기독교는 지식인들의 관심사이기도 했지만 이는 종교라기보다는 근대문명의 상징으로 받아들여졌음은 그들이 얼마 뒤에 배교(背教)하는 과정을 통해서도 알 수 있다. 유일신을 근본으로 하는 기독교 교리는 범신론적 세계관을 갖고 있는 일본인에게는 받아들이기 어려운 점이 많았기 때문이다. 이런 기독교에 대한 일본인의 심리는 이 책에 실은 다섯 작가들의 작품 속에도 그대로 그려져 있다.

엔도 슈사쿠(遠藤周作, 1923~1996)의 「어머니이신 神」(母なるもの)은 작가의 가톨릭 체험과 일본인에게 '신'(神)이란 무엇인가를 보여 주는 작품이다.

엔도는 1925년 아버지의 전근으로 만주의 다롄(大連)에서 살게 된다. 그곳에서의 생활은 부모의 이혼으로 1933년 어머니를 따라 고베(神戸)로 이주할 때까지 8년간 이어졌다. 그는 고베로 돌아온 뒤 어머니를 따라 가톨릭 성당을 다니며 가톨릭과 인연을 맺게 되었고 이듬해인 1934년에는 세례를 받았다.

그는 아버지가 의대에 진학하기를 희망했지만 문학부에 지망하여 소설가로서의 꿈을 키웠다. 1949년에 게이오(慶應)대학을 졸업하고, 이듬해인 1950년 7월에 가톨릭 유학생으로, 전후 최초의 일본인 유학생으로 프랑스의 리옹 대학에 입학하여 프랑스 현대 가톨릭 문학을 연구하는 등 그 자신도 가톨릭 문학자로서의 깊이를 더해 갔다.

그는 1955년 「하얀 사람」(白い人)으로 아쿠타가와상을 수상함으로써 가톨릭 작가로서의 입지를 확고히 해 나갔다. 그의 문학적 관심은 일본의 문화풍토와 기독교가 밑바탕이 되어 있는 유럽의 정신풍토를 비교하는 점에 있었다. 그는 일본적 범신론과 서구적 일신론이 서로 상극하는 면에 초점을 맞추어 양자의 존재이유를 찾으려는 과정을 작품에서 보여 주고 있다.

여기에 수록된 「어머니이신 神」은 작가 자신의 가톨릭 신앙 수용의 문제를 다룬 작품으로 어머니를 추억하는 것으로 시작한다. 하느님을 믿지 않는 일본의 문화 풍토 속에서 신의 사랑은 곧 '어머니'의 사랑으로 받아들여지고, 어머니가 곧 신의 역할을 대신하고 있음이 이 작품의 가쿠레 기리시탄(隠れ切支丹, 에도 막부 시대 기독교인 탄압 때부터 현재까지 은둔해서 예전의 신앙형태를 계속하는 사람들)들의 삶을 통해서도 드러난다.

시나 린조(椎名麟三,1911~1973)의 「神의 피에로」(神の道化師)는 작가의 자전소설로 알려져 있다. 히메지(姫路) 출신인 시나는 「神의 피에로」에 그려진 것처럼 13살 때 어머니와 별거하고 있는 아버지에게 생활비를 타기 위해 오사카로 온 것이 계기가 되어 가출한다. 그 뒤 여러 곳에서 점원 생활을 거친 뒤 검정시험에 합격했다. 일본노동조합 전국협의회와 일본노동당과 연결되었다는 혐의로 사상범으로 체포되어 징역 3년 집행유예 판결을 받기도 했다.

「神의 피에로」에서 준지는 가출한 뒤 덴노지(天王寺)에 있는 무료숙박시설에 머물게 된다. 그는 그곳의 덴만(天滿)에서 구걸행위를 하고 있는 '젠'으로부터 귀여움을 받고 인간적인 사랑을 받는다. 그러나 뒤에 그가 여러 인력소개소를 거쳐서 안정된 거처가 마련되었을 때는 '젠'을 보고 '모르는 거지'라고 부인해 버린다. 이 부분은 "베드로가 예수를 부인해 버리는 장면을 연상시킨다"(『日本近代文學大事典』, 講談社, 144쪽)라는 평을 받고 있다.

오가와 구니오(小川國夫, 1927~)는 시즈오카(靜岡)현 후지에(藤枝)시 출신이다. 그는 1944년 학도병으로 동원되어 조선소에서 복무했다. 그곳에서의 근무 경험은 뒤에 그의 자전적 작품의 소재가 되었다. 1946년 시즈오카 고등학교에 입학했고 그 다음해인 1947년 가톨릭 세례를 받았다. 세례명은 아우구스티노. 그와 기독교 교회와의 만남은 그가 9살 때 재림파 교회의 주일학교에 참가했을 때부터였다고 전해진다.

그는 1953년 자비유학생으로 프랑스에 유학하여 2년 남짓 남프랑스와 이탈리아 그리스 등 지중해 연안 지방을 여행하게 되는데 당시의 경험을 「아폴로섬」(アポロンの島, 1957년)으로 집대성하게 되었고 이 작품은 그의 출세작이 된다. 그의 작품들은 "명석한 스타일과 생략된 부분의 암시력으로 위력 있는 자연의 모습과 고민하는 인간의 모습이 그 원형대로 회복되고 있는 점이 매력"(『日本近代文學大事典』, 講談社, 309쪽)이라는 평가를 받고 있는데 이 책에 실린 「고목」(枯木)이야말로 이러한 특징이 잘 드러나 있다.

시마오 도시오(島尾敏雄, 1917~1986)의 「내 깊은 심연에서」(われ深き淵より)는 1954년 10월 발표된 단편소설이다. 그와 그의 아내는, 일본이 제2차 세계대전에서 패망이 짙어지고 일본 전체에 죽음의 그림자가 점점 깊어져 갈 무렵, 그가 오키나와 남쪽의 가케로마(加計呂麻)섬 기지에서 대기하던 중에 만나서 결혼하게 된다. 그 후 9년이 지난 뒤에 그와 다른 여자와의 관계를 예민하게 알아차린 부인은 광기(狂氣)에 휩싸이게 된다. 그는 부인의 행방을 철저하게 보호해야 한다는 생각에, 함께 정신병원에 입원하기도 한다. 그가 아내의 병을 바라보는 시각은 마치 외과의사가 수술을 집도하는 것으로 평가되기도 한

다. 이 소설에서도 시마오가 아내를 보호하기 위해 철저하게 고민했음을 느끼게 한다. 그는 1956년 가톨릭 세례를 받았다

사카타 히로오(阪田寛夫, 1925~2005)는 오사카 태생으로 시인이며 소설가이다. 그는 도쿄대학 국사학과를 졸업했으며, 가톨릭 신자인 어머니를 그린 「질그릇」(土の器)으로 1975년 아쿠타가와상을 받았다. 「칼 바르트와 메밀꽃」(バルトと蕎麥の花)은 1986년 작품으로 주인공 유즈루의 성장과정, 그가 목회자가 되기까지의 과정과 목회생활 등을 주위 사람들의 증언을 통해서 생동감 있게 그려 내고 있다. 특히 유즈루와 그의 아버지와의 관련은 한 인간의 정신사를 보여 주는 대목이기도 하다. 유즈루는 한때 농부인 아버지가 단가(短歌)를 짓는 것을 탐탁하게 여기지 않았다. 그러나 점점 아버지의 정신세계를 이해하게 되고 자신도 아버지처럼 단가를 짓는 것을 통해 자연친화적인 삶과 현실의 어려움을 이겨내는 지혜를 발견하기도 한다. 이는 그가 신학생 시절에 빠졌던 칼 바르트의 세계와 함께 그의 정신세계의 한 부분이 되었다.

어머니이신 神

엔도 슈사쿠(遠藤周作, 1923~1996)

저녁 무렵 항구에 닿았다.

페리 보트는 아직 도착하지 않았다. 조그만 바닷가 둔덕에 서자, 지푸라기와 야채 잎이 떠 있는 잔잔한 잿빛 파도가, 강아지가 물을 먹는 듯한 작은 소리를 내면서 부두에 부딪히고 있었다. 트럭 한 대가 주차된 공터 저편에 창고가 두 채 있었고, 그 창고 앞에서 사내가 태우고 있는 모닥불 빛이 검붉게 움직이고 있었다.

대합실에는 장화를 신은 대여섯 명의 그 지방 사내들이 벤치에 앉아서, 매표소가 열리기를 참을성 있게 기다리고 있었다. 발 밑에는 생선을 가득 담은 상자와 낡은 트렁크가 놓여 있었다. 그중에 닭을 억지로 가득 담은 상자가 굴러다니고 있었다. 닭은 상자 틈새로 목을 길게 내밀고 괴로운 듯이 몸부림치고 있었다. 벤치에 있는 사람들은 때때로 나를 살피는 듯한 시선을 보내면서 말없이 앉아 있었다. 이런 광경을 언젠가 서양 그림책에서 본 듯하다. 그러나 누구 작품인지, 어디서 보았는지는 생각이 나지 않는다.

바다 저편에 잿빛으로 길게 펼쳐진 맞은편 섬의 불빛이 희미하게 빛나고 있었다. 어디선가 개가 짖고 있었는데, 그것이 섬에서 들리는 소리인지 이쪽에서인지 알 수 없었다.

불빛의 일부라고 생각하고 있던 것이 조금씩 움직이고 있다. 그제서야 비로소 이쪽으로 오는 페리 보트임을 알 수 있었다. 겨우 열린 매표소 앞에 조금 전에 벤치에 앉아 있던 긴 장화를 신은 사내들이 줄을 섰고, 그 뒤에 서니까 생선 냄새가 코를 찔렀다. 그 섬에서는 주민들의 대부분이 농사와 고기잡이를 겸하고 있다고 들은 적이 있다.

어느 얼굴이나 비슷했다. 광대뼈가 튀어나온 탓인지 눈이 움푹 들어가고, 표정이 없고, 그래서 무엇인가를 두려워하고 있는 얼굴이 된 것이다. 그렇게 생각하는 것은 내가 이제부터 가려는 섬에 대한 선입관 탓인지도 모른다. 하여간에 에도(江戸) 시대, 그 섬 주민들은 가난과 중노동과 종교적 박해로 고통을 받아 왔기 때문이다.

간신히 페리 보트를 타고 항구를 떠날 수 있었다. 규슈(九州) 본토와 이 섬 사이에는 교통편이 하루에 세 번밖에 없었다. 2년 전까지는 이 보트도 아침과 저녁 각각 한 번밖에 왕복하지 않았다고 한다.

보트라고 해도 거룻배 같은 것으로 의자도 없었다. 자전거와 생선 상자와 낡은 트렁크 사이에서, 승객은 창으로 불어오는 차가운 바닷바람을 맞으며 서 있다. 도쿄였다면 푸념하거나 잔소리할 사람도 나올 법했지만, 모두 잠자코 있다. 들려오는 것은 배의 엔진 소리뿐으로, 발 밑에 널브러진 상자 속의 닭까지 일언반구가 없다. 구두 끝으로 조금 찌르자 닭은 질린 표정을 지었다. 그것이 조금 전의 사람들 표정과 닮아서 우스웠다.

바람이 다시 강해졌고, 바다도 까맣고, 파도도 까맣고, 나는 몇 번이나 담배에 불을 붙이려고 했지만 아무리 해도 바람 때문에 성냥개비가 쓸모 없게 될 뿐이라서 침에 젖은 담배는 배 밖으로 던져 버렸다. 더욱이 바람으로 배가 어디로 굴러가는지 알 수 없다. 오늘 반나절 동안 버스에 흔들리면서 나가사키(長崎)에서 여기까지 온 피로로 등에서 어깨까지 완전히 굳어져서, 눈을 감고 엔진 소리를 듣고 있었다.

엔진의 울림이 몇 번이나 새카만 바다 속에서 갑자기 힘이 없어진다. 금세 갑자기 소리를 내고 잠시 뒤에 다시 조용해진다. 그런 소리를 몇 번이나 되풀이해서 들은 다음, 눈을 뜨자 벌써 섬의 불빛이 바로 눈앞에 있었다.

"이봐."

외치는 소리가 들린다.

"와타나베 씨 없어. 밧줄을 던져 줘."

그 마을 사람들의 뒤를 따라 배에서 내렸다. 차가운 밤 공기 속에는 바다와 생선 비린내가 섞여 있었다. 개찰구를 나오자 대여섯 군데의 상점에서 건어물과 토산품을 팔고 있었다. 이 주변에서는 날치를 말린 아고라는 건어물이 명물이라고 한다. 긴 장화를 신은 점퍼 차림의 사내가 그 상점 앞에서 개찰구를 나오는 우리를 빤히 바라보고 있다가 내 쪽으로 다가와서

"고생하셨습니다. 선생님을 모시러 교회에서 왔습니다."

이쪽이 황송할 정도로 몇 번이나 머리를 숙이고 나서 조그만 내 가방을 억지로 받으려고 했다. 아무리 고사해도 가방을 잡은 채로 놓지 않는다. 내 손에 부딪힌 그의 손은 나무뿌리처럼 크고 단단했다. 그것은 내가 알고 있는 도쿄에 있는 신도들의 촉촉하고 부드러운 손과는 달랐다.

아무리 어깨를 나란히 하고 걸으려고 해도 그는 굳이 한 발자국 거리를 유지하면서 뒤에서 따라왔다. 선생님이라고 불렀던 조금 전의 말을 생각하며 나는 당황하고 있었다. 이런 호칭을 들으면 마을 사람들은 경계심을 갖게 될지도 모른다.

항구에서 풍기던 생선 비린내는 계속 남아 있었다. 그 냄새는 양편의 지붕이 낮은 집에도 좁은 길에도 길고 오랫동안 배어 있는 것처럼 느껴졌다. 조금 전과는 정반대로 이번에는 왼쪽 바다 저편에 규슈의 등불이 흐릿하게 보였다. 나는

"신부님은 건강하십니까? 편지를 받고 곧장 달려왔습니다만…"

이라고 말했다. 뒤편에서는 아무런 대답도 들리지 않았다. 무엇인가 기분을 상하게 했는가 하고 신경을 썼지만 그런 것은 아닌 것 같았고, 신경을 써서 쓸데없는 말을 하지 않고 있는지도 모른다. 혹은 오래 전부터 내려온 습성으로 이 마을 사람들은 함부로 말을 하지 않는 것이 자신을 가장 잘 지키는 방책이라고 생각하고 있는지도 모른다.

그 신부와는 도쿄에서 만났다. 나는 당시 기리시탄(切支丹, 일본의 전국 시대 말부터 에도 시대까지 가톨릭 교회 계통의 기독교)을 배경으로 한 소설을 쓰고 있는 중이었는데, 어느 모임

에서 규슈의 섬에서 온 그에게 내가 먼저 말을 걸었다. 그 사람도 역시 눈이 움푹 들어가고 광대뼈가 튀어나온 이 주변 어부들 특유의 얼굴을 하고 있었다. 도쿄의 훌륭한 사제나 수녀들 사이에 섞여서 완전히 겁먹은 탓인지, 말을 걸어도 그냥 긴장한 표정으로 대답하는 말수가 적은 점이 지금 내 가방을 들고 있는 사내와 똑같았다.

"후카보리(深堀) 신부를 아십니까?"

지난해 나는 나가사키에서 버스로 한 시간 정도 걸리는 어촌에서 마을의 사제를 하고 있는 후카보리 신부에게 많은 신세를 졌다. 우라카미초(浦上町) 출신인 그 사람은 내게 바다 낚시를 가르쳐 주었다. 아직 완강하게 재개종(再改宗)하지 않는 가쿠레 집에도 데리고 가 주었다. 말할 필요도 없이 가쿠레 기리시탄들이 믿고 있는 종교는, 오랜 쇄국 기간에 진정한 기독교에서도 멀어져서, 신도(神道)와 불교와 토속적인 미신까지 섞이기 시작했다. 그래서 나가사키에서 고토(五島), 이키쓰키(生月)에 산재한 그들을 재개종시키는 일은 메이지(明治)에 일본에 온 프티장(Petitjean, Bernard Thadée, 1829~84, 프랑스 선교사, 1862년 파리 외국선교회 파견으로 일본에 와서 1867년 일본 代牧이 되고 많은 종교서를 남겼다. 1884년 나가사키에서 사망함) 신부 이후 그 지방 교회의 일이었다.

"성당에 재워 주셨고."

말문을 열었지만 상대방은 주스 컵을 꼭 쥔 채 '네' 라고만 대답할 뿐이었다.

"신부님이 관할하는 구역에도 가쿠레 기리시탄이 있나요?"

"네."

"요즈음은 그 사람들을 텔레비전 등에서 사진을 찍어서 수입이 되니까 점점 기뻐해서 말예요. 호리구치 신부가 소개한 할아버지는 마치 쇼를 설명하는 사람 같았어요. 그곳의 가쿠레 기리시탄들은 바로 만나 주나요?"

"아니요, 어렵다고 합니다."

이것으로 이야기는 끊어져서, 나는 그와 떨어져서 좀더 이야기하기 쉬운 사람 쪽으로 갔다.

그런데 뜻밖에도 그 무뚝뚝한 시골 신부가 한 달 전에 편지를 보내 왔다. 가톨릭 신자가 반드시 쓰는 '주의 평안' 이라는 말로 시작된 그 편지에는, 자신이 관할하는 구역에 살고 있는 가쿠레 기리시탄을 설득한 결과, 그 난도신(納戶神, 가재도구 등을 넣어 두는 광納戶에 모신 신)와 기도 사본을 보여 줄 것 같다는 편지 내용이었다. 뜻밖에도 달필이었다.

"이 마을에도 가쿠레 기리시탄이 살고 있습니까?"

뒤를 돌아보며 그렇게 묻자 사내는 고개를 저으며

"없습니다. 산 동네에 살고 있습니다."

반 시간 뒤에 도착한 교회에는 입구에 검은 신부복을 입은 남자가 뒷짐을 지고 자전거를 가진 청년과 함께 서 있었다.

한 번뿐이었지만 어쨌든 전에 만났기 때문에 내가 가볍게 인사를 하자, 상대방은 조금 당황한 표정으로 청년과 마중나왔던 사내를 보았다. 그것은 나의 실수였다. 도쿄와 오사카와는 달리 이 지방에서는 신부님은 말하자면 이 마을에서는 촌장이나 마찬가지로, 때로는 그 이상으로 존경받고 있는 영주와 같은 존재라는 것을 내가 잊고 있었던 것이다.

"지로야. 나카무라 씨에게 선생이 왔다고…"

사제는 청년에게 명령했다.

"전하고 오지요."

청년은 공손하게 머리를 숙이고 자전거를 타자 어둠 속으로 사라졌다.

"가쿠레가 있는 부락은 어느쪽입니까?"

내 질문에 신부는 지금 온 길과는 반대 방향을 가리켰다. 산으로 막혀 있는지 불빛도 보이지 않았다. 가쿠레 기리시탄들은, 박해받던 시절, 관리의 눈을 피하기 위해 가능한 한 찾기 힘든 산속이나 해안에 살고 있었는데, 이곳도 마찬가지임에 틀림없었다. 내일은 꽤 걷겠구나 하고 나는 그다지 튼튼하지 않은 내 몸을 생각했다. 7년 전에도 나는 흉부 수술을 받았고 낫기는 했지만 아직 체력에는 자신이 없었다.

어머니 꿈을 꾸었다. 꿈속에서 나는 흉부 수술을 받고 병실로 막 옮겨져서 시체처럼 침대 위에 내던져져 있었다. 콧구멍에는 산소용기와 연결된 고무관이 끼워져 있었고, 오른손에도 발에도 바늘이 꽂혀 있었는데, 그것은 침대에 매단 수혈병에서 피를 보내기 위함이었다.

나는 마취에서 덜 깨어나 아직 제대로 의식을 회복하지 못했는데도, 자신의 손을 잡고 있는 잿빛 그림자가 누구인지는 간신히 알 수 있었다. 그것은 어머니였다. 병실에는 이상하게 의사도 아내도 없었다.

그런 꿈을 이제까지 몇 번이나 꾸었다. 꿈이 깬 다음 그 꿈과 현실을 아직 구별하지 못하고 잠시 동안 병상에서 멍하니 있는 것도, 그리고 겨우 여기가 3년이나 입원했던 병원이 아니라 자신의 집이라는 것을 알아차리고, 무의식중에 한숨을 쉬는 것도 늘 되풀이하는 일이었다.

꿈에 관해서는 아내에게 아무 말도 하지 않았다. 실제로는 세 번에 걸친 그 수술을 받던 밤, 한숨도 못 자고 간병해 준 것은 아내였는데, 그 아내가 꿈속에서는 존재하지 않는 것이면목없었지만, 그보다도 그 속에 자신도 몰랐던 나와 어머니의 단단한 고리가, 어머니가 돌아가신 지 20년이 지난 지금도 실재한다는 것이 꿈에까지 나타나 싫었던 것이다.

정신분석학을 잘 모르기에 나는 이런 꿈이 도대체 무엇을 의미하는지 모른다. 꿈속에서 어머니 모습이 실제로 보이는 것은 아니다. 그 움직임도 명확하지 않다. 나중에 생각해 보면, 그것은 어머니 같기도 하지만, 어머니라고 단언할 수도 없다. 다만 그것은 아내도 아니고 간병인도 간호사도 아니고 물론 의사도 아니었다. 기억해 보면 아팠을 때 어머니의 손을 잡고 잠든 경험은 어렸을 때도 없었다. 평생 곧 떠오르는 어머니의 이미지는 강렬하게 살아가는 여인의 모습이다.

5살 무렵 우리는 아버지 일로 만주의 다롄(大連)에 살고 있었다. 분명히 눈앞에 떠오르는 것은 조그만 창에 달려 있는 생선 이빨 같은 고드름이다. 하늘은 잿빛으로 지금이라도 당장 눈이 내릴 법한데 눈은 오지 않는다. 6장 정도의 다다미 방안에서 어머니는 바이올린 연습을 하고 있다. 벌써 몇 시간이나 같은 선율을 되풀이해서 켜고 있다. 바이올린을 턱에 끼운 얼굴은 단단한 돌 같았고, 눈만이 허공의 한 점에 쏟아졌고, 그 허공의 한 점 속에 자신이 찾고 있는 단 하나의 음을 잡아내려는 듯했다. 그 단 하나의 음을 찾지 못한 채로 그녀는 한숨을 쉬고, 초조해 하고, 활을 쥔 손을 현 위로 계속 움직이고 있었다. 나는 그 턱에 갈색 못이 마치 오점처럼 생긴 것을 알고 있었다. 그것은 음악학교 학생 때부터 끊임없이 바이올린을 턱 아래 끼웠기 때문이었고, 다섯 손가락도 만지면 돌처럼 단단했다. 그것은 벌써 몇 천 번이나 하나의 음을 찾아내기 위해 현을 강하게 눌렀기 때문이었다.

초등학교 시절의 어머니 이미지. 그것은 내 마음에는 남편에게서 버림받은 여자인 어머니였다. 다롄의 어두컴컴한 저녁나절, 방에서 어머니는 소파에 앉은 채로 돌부처처럼 움직이지 않았다. 그렇게 있는 힘을 다해 고통을 견디고 있는 것이 어린아이인 나는 견딜 수 없었다. 옆에서 숙제하는 척하면서 나는 온몸의 신경을 어머니에게 집중하고 있었다. 어려운 사정을 모르는 만큼, 아래쪽을 응시한 채 이마를 손으로 누르고 있는 그녀의 모습이 오히려 이쪽으로 반사되어 나는 어찌해야 좋을지 몰라 괴로웠다.

가을부터 겨울에 걸쳐서 그런 답답한 나날이 이어졌다. 나는 다만 그 어머니의 모습을 저녁 무렵의 방안에서 보고 싶지 않아서, 될 수 있으면 학교에서 돌아오는 길을 천천히 걸었다. 러시아 빵을 파는 백러시아계의 노인 뒤를 끝없이 따라갔다. 해가 질 무렵 길가의 자갈을 차면서 집 쪽으로 방향을 돌렸다.

"엄마는."

어느 날 모처럼 나를 데리고 산책 나온 아버지가 갑자기 말했다.

"중요한 일로 일본으로 돌아가는데… 너는 엄마와 함께 갈 거니?"

아버지의 얼굴에서 그것이 어른의 거짓말이라고 느끼면서, 나는 '응' 하고 그 말에만 대답하고 뒤에서 계속 자갈을 차면서 잠자코 걸었다. 그 다음날 어머니는 나를 데리고 다롄에서 고베(神戶)에 있는 그녀의 언니를 찾아가려고 배를 탔다.

중학교 시절의 어머니. 그 추억은 여러 가지이지만, 하나의 점으로 압축된다. 어머니는 예전에 단 하나의 음을 찾아서 바이올린을 계속 켰던 것처럼, 그 무렵에는 단 하나의 신앙을 찾아서 힘들고 고독한 생활을 추구하고 있었다. 겨울날 아침, 아직 얼어붙을 듯한 새벽, 나는 자주 어머니 방에 불이 켜 있는 것을 보았다. 그녀가 그 방안에서 무엇을 하고 있는지 나는 알고 있었다. 묵주를 돌리면서 기도하고 있었던 것이다. 그리고 얼마 뒤에 어머니는 나를 데리고 한큐(阪急) 첫차를 타고 미사에 나간다. 아무도 없는 전차 안에서 나는 철

없이 꾸벅꾸벅 졸고 있었다. 그러나 가끔 눈을 들면 어머니의 손가락이 묵주를 돌리고 있는 것이 보였다.

어둠 속에서 비 소리에 눈을 떴다. 서둘러 준비를 끝내고 이 단층집 맞은편에 있는 벽돌로 지은 교회당으로 달려갔다.

교회당은 이런 초라한 섬 마을에는 어울리지 않을 정도로 훌륭했다. 지난 밤 신부 이야기를 듣자니, 이 마을의 신자들이 돌을 운반하고 목재를 잘라서 2년 정도 걸려서 지은 것이라고 했다. 3백 년 전 기리시탄 시대의 신도들도 모두 선교사를 즐겁게 하기 위해 자신들의 힘으로 성당을 건축했다고 하는데, 이런 습관은 이 규슈의 변두리 섬에 그대로 이어지고 있었던 것이다.

오직 어두컴컴한 성당 안에는 흰 캡을 쓴 농촌 아낙네 세 사람이 작업복 차림으로 쭈그리고 있었다. 작업복을 입은 남자들도 두 사람 정도 있었다. 기도대도 의자도 없는 본당에서 모두 다다미 위에서 기도하고 있는 것이다. 그들은 미사가 끝나면 그대로 괭이를 들고 밭으로 가거나 바다로 가는 것 같았다. 제단에서는 그 사제가 푹 들어간 눈을 이쪽으로 향하고 성배를 양손으로 받들고 성찬예식의 기도를 중얼거리고 있었다. 촛불이 커다란 라틴어 성서를 비추고 있었다.

나는 어머니의 일을 생각하고 있었다. 30년 전 나와 어머니가 다녔던 성당과 어딘가 비슷한 느낌이 들었기 때문이다.

미사가 끝난 뒤 교회당 밖으로 나오자 비는 그쳤지만 가스가 가득 차 있었다. 지난 밤, 신부가 가르쳐 준 부락 방향은 온통 젖빛 안개로 싸여 있었고, 그 안개 속에 숲이 그림자그림(影繪)처럼 떠 있었다.

"이런 안개라면 도저히 갈 수 없겠네요."

손을 비비면서 신부는 내 뒤에서 중얼거렸다.

"산길은 너무 미끄러워서요. 오늘은 하루 쉬시고 내일 가시는 것이 어떨까요?"

이 마을에도 기리시탄 묘가 있으니까, 오후에 보러 가는 것이 어떻겠냐는 신부의 의견이었다. 기리시탄들이 있는 부락은 산 중턱이라서 이 지방 사람이라면 몰라도 폐가 한쪽밖에 없는 나는 비를 맞으면서 걸을 폐활량은 안 되었다. 안개 틈새로 바다가 보였다. 어제와는 달리 바다는 새카맣고 차가워 보였다. 배는 아직 한 척도 나오지 않았다. 흰 상아처럼 파도가 거품을 이는 것을 여기서도 잘 알 수 있었다.

신부와 함께 아침식사를 마친 뒤, 빌려 놓은 6조 다다미방에서 뒹굴면서 이 지역 일대의 역사를 쓴 책을 읽었다. 가는 비가 다시 계속 내렸고, 그 모래가 흘러가는 듯한 소리가 방의 정적을 한층 부추겼다. 벽에 버스시간표가 붙어 있는 것 밖에는 아무것도 없는 방이었다. 나는 갑자기 도쿄로 돌아가고 싶어졌다.

기억에 따르자면 이 지방에서 기리시탄 박해가 시작된 것은 1607년부터로 그것이 가장 심했던 것은 1615년부터 17년 사이였다.

베드로 데 산 도미니크 師

마티스

프란시스코 고로스케

미그루 신우에몬

도미니크 기스케

이들 이름은 내가 지금 있는 이 마을에서 1615년에 순교한 신부, 수도사만을 고른 것인데, 실제로는 이름도 없는 농부 신자, 어부 여인들 중에도 가르침 때문에 목숨을 잃은 사람이 많이 있을지도 모른다. 전부터 기리시탄 순교사를 틈내어 읽고 있는 동안에, 나는 하나의 대담한 가설을 마음속에 세우게 되었다. 이들의 처형은 한 사람 한 사람의 개인에게보다도 부락의 대표자에게 본때를 보이기 위해 이루어진 것은 아닐까 하는 가정이었다. 무엇보다도 이것은 당시의 기록이 보증해 주지 않는 한 언제까지나 나의 가정에 지나지 않지만, 그 무렵의 신도들은 한 사람 한 사람이 순교나 배교를 결정하기보다는 부락 전체의 뜻에 따른 것이 아닐까 하는 마음이 들었다.

부락민과 촌민의 공동생활 의식은 지금보다 훨씬 더 혈연관계를 중심으로 강했기 때문에, 박해를 견디고 참는 것도, 굴복해서 배교하는 것도 한 사람 한 사람의 생각이 아니라, 모든 마을 사람들이 정한 것이 아닐까 하는 것이 전부터 나의 가정이었다. 결국 그럴 경우, 관리들도 신앙을 필사적으로 지키는 부락민을 모두 죽이면 노동력이 소멸되므로 대표자만을 처형한다. 부락민들도 부락을 존속시키기 위해 어쩔 수 없이 배교를 해야 될 때는 전원이 배교를 한다. 그 점이 일본 기리시탄 순교와 외국 순교의 커다란 차이처럼 생각되었다.

남북으로 10km, 동서가 3.5km인 이 섬에는 전에 1,500명 정도의 기리시탄이 살고 있었던 것으로 기억하고 있다. 당시 섬의 포교에 활약한 사람은 포르투갈 사람인 카미로 콘스탄초 신부로, 그는 1622년 다히라(田平) 해변에서 화형당했다. 장작에 불이 붙여지고, 검은 연기에 휩싸여도 그가 부르는 찬송가 '라우다테' 는 군중들에게 계속 들렸다고 한다. 그것을 다 부르고 나서, '성스럽도다' 라고 다섯 번 크게 외치고 그는 숨을 거두었다.

농부나 어부들의 처형장은 섬에서 작은 배로 반 시간 정도 걸리는 바위섬이라고 부르는 바위투성이 섬이었다. 신도들은 이 작은 섬의 절벽에서 손발이 묶인 채 밑으로 수장되었다. 가장 박해가 심했던 무렵에는 바위섬에서 처형당한 신도는 한 달에 10명 이하가 되지 않았다고 한다. 관리들도 귀찮아해서 그들 몇 사람을 거적으로 싸서 엮은 채로 차가운 바다에 집어던졌다. 수장된 신도들의 시체는 거의 발견되지 않았다.

점심때가 지날 때까지 섬의 이런 처참한 순교사를 다시 읽으며 시간을 보냈다. 안개비는 아직 계속 내리고 있었다.

점심때 신부는 없었다. 햇볕에 그을린 광대뼈가 나온 중년 아주머니가 시중을 들었다. 나는 그녀를 어부의 아낙네 정도로 생각하고 있었는데 이야기를 하는 동안에 그 아주머니가 평생 독신으로 봉사에 몸바친 수녀라는 것을 알고 놀랐다. 수녀라고 하면 도쿄에서 자주 볼 수 있는 그 이상한 검은 옷을 입은 여인들만을 생각하고 있던 나는 이 근처에서 속칭 '여인방'(女部屋)이라고 부르는 수도회 이야기를 처음으로 들었다. 보통 농부들과 마찬가지로 논밭에서 일하고, 탁아소에서 아이들을 돌봐주고, 병원에서 병자를 돌봐주고, 집단생활을 하는 것이 이 모임의 생활로 아주머니도 그중 한 사람이라고 한다.

"신부님은 후도잔(不動山) 쪽에 오토바이로 가셨습니다. 3시경에 돌아오십니다."

그녀는 비에 젖은 창 쪽을 보면서

"공교롭게도 날씨가 나빠서 선생님도 답답하시지요. 곧 관청의 지로 씨가 기리시탄 묘소를 안내해 드리러 온답니다."

지로 씨란 사람은 어젯밤, 신부와 교회 앞에서 나를 맞이해 주었던 그 청년이었다. 그 말대로 지로 씨가 점심을 마친 뒤 얼마 뒤에 데리러 와 주었다. 그는 일부러 장화까지 준비해 와서

"이 구두가 흙투성이가 되면 안 된다고 생각해서…"

이쪽이 황송할 정도로 몇 번이나 머리를 숙이면서 그 장화가 낡은 것을 용서를 빌면서

"선생님께 이런 차, 부끄럽습니다만."

그가 운전하는 경사륜(輕四輪)차로 마을을 빠져 나가자 어젯밤 상상한 것처럼 지붕들은 낮고, 가는 곳마다 생선 비린내가 배어 있었다. 항구에는 10척 정도의 작은 배가 출발 준비를 하고 있었다. 마을 군청과 초등학교만이 철근콘크리트 건물이고, 번화가라 해도 5분도 가기 전에 초가지붕 농가로

바뀌었다. 전신주에는 비에 젖은 스트립쇼 광고가 붙어 있었다. 광고에는 나체 여인이 젖가슴을 누르고 있는 그림이 그려져 있고, '성부(性部)의 왕자' 라는 대단한 제목이 붙여져 있었다.

"신부님은 마을에서 하는 이런 것을 반대하는 운동을 하고 계십니다."

"그래도 젊은이들은 가끔 가겠지. 신도 청년들도."

내 농담에 지로 씨는 핸들을 잡으면서 잠자코 있었다. 나는 당황해서

"지금 신도 수는 섬에서 어느 정도 됩니까?"

"1,000명 정도는 되겠지요."

기리시탄 시대는 1,500명 정도였다고 기록에 남아 있으니까, 그 무렵보다 500명 줄어든 것이다.

"가쿠레 기리시탄 수는?"

"잘은 모릅니다. 매년 줄고 있지 않겠어요? 가쿠레 습관을 지키고 있는 것도 노인뿐이고 젊은이는 이제 바보 같다고 말하고 있습니다."

지로 씨는 흥미로운 이야기를 들려주었다. 가쿠레들은 아무리 가톨릭 사제나 신자가 재개종하라고 설득해도 듣지 않는다. 그들이 말하는 근거는 자신들의 기독교야말로 조상 대

대로 이어오는 진짜 구교이고, 메이지 이후 전해진 가톨릭은 신교라고 주장하고 있는 것이다. 게다가 대대로 전해져 내려온 선교사들의 모습과 너무도 다른 지금의 신부 복장이 그 불신의 씨앗을 만든 모양이어서,

"그렇지만 프랑스 신부님이 지혜를 짜서 그 무렵의 선교사 모습을 하시고 가쿠레들을 찾아갔대요."

"그래서요?"

"가쿠레들이 말하기를 이것은 아주 비슷하지만 어딘가 다르다. 아무래도 믿을 수 없다…."

이 말에는 가쿠레들에 대한 지로 씨의 경멸이 어딘가 느껴졌지만, 나는 소리내어 웃었다. 일부러 기리시탄 시절의 남만(南蠻) 선교사 모습을 하고 찾아간 프랑스인 사제도 유머가 있었지만, 아무래도 이 섬다운 이야기가 재미있었다.

마을을 빠져 나오자 바다를 따라서 잿빛 도로가 이어졌다. 왼쪽은 산이 다가오고 오른쪽은 바다였다. 바다는 잿빛으로 탁해져 술렁거리고 있었으며 자동차 창문을 조금 열자 비를 머금은 바람이 얼굴에 부딪혔다.

방풍림으로 막힌 장소에서 차를 멈추고 지로 씨는 나에게 우산을 내밀었다. 모래땅에는 그래도 조그만 소나무가 심어져 있었다. 그리고 기리시탄 묘는 마침 그 모래 언덕이 바다

처럼 경사진 끝에 방치되어 있었다. 묘라고 해도 나라도 힘을 주면 들어올릴 수 있을 듯한 돌로, 3분의 1이 모래에 파묻혔고 표면은 풍우에 씻겨 잿빛이 되어 겨우 무언가로 긁은 듯한 십자가와 로마자 M과 R을 읽을 수 있을 뿐이었다. 그 M과 R에서 나는 마리아라는 이름을 연상하고 여기에 묻힌 신도는 여성이 아닐까 하고 생각했다. 어째서 이 묘 하나만이 마을에서 꽤 떨어진 이런 장소에 있는지 알 수 없다. 박해 후에 그 친척이 몰래 남의 눈에 띄지 않는 이곳에 옮겼을지도 모른다. 혹은 박해중에 이 여자는 이 해변 근처에서 처형당했을지도 모른다. 버려진 이 기리시탄 묘 저편에 거친 바다가 펼쳐져 있었다. 방풍림에 부딪히는 바람 소리는 전선이 부딪히는 소리를 내고 있었다. 먼바다에 검고 작은 섬이 보였는데, 저것이 이 주변의 신도들을 벼랑에서 밀어 떨어뜨리거나 묵주처럼 엮은 채로 바다에 내던진 바위섬이었다.

어머니에게 거짓말하는 것을 배웠다.

내 거짓말은 지금 생각해 보면 어머니에 대한 콤플렉스에서 나온 것 같았다. 아버지에게 버림받은 괴로움을 신앙으로 위로받을 수밖에 방법이 없었던 어머니는 예전에 오직 유일한 바이올린 소리를 추구했던 정열을 그대로 유일한 신에게로 향했는데, 그 절박한 기분은 지금은 납득이 가지만, 분명히 그 무렵의 나에게는 괴로움이었다. 어머니가 같은 신앙을 강요할수록 나는 물에 빠진 소년처럼 그 수압을 밀어내려고 몸부림치고 있었다. 같은 반에 다무라(田村)라는 학생이 있었다. 니시미야(西宮)에 있는 유곽집 아들이었다. 언제나 목에 더러운 붕대를 감고 자주 학교를 결석했는데, 아마도 그 무렵부터 결핵이었는지 모른다. 우등생들이 경멸해서 친구도 적었던 그에게 다가간 내 마음은 엄한 어머니에 대한 보복심이었다. 다무라한테 배워서 처음으로 담배를 피웠을 때 심한 죄를 범한 느낌이 들었다. 학교 궁도장 뒤에서 다무라는 주변 소리에 신경 쓰면서 교복 주머니에서 구겨진 담배갑을 슬며시 꺼냈다.

"처음부터 세게 피우니까 안 되는 거야. 불듯이 해 봐."

재채기하면서 코와 목을 찌르는 냄새로 나는 괴로웠지만, 그 순간 눈앞에 어머니의 얼굴이 떠올랐다. 아직 어두운데 잠자리에서 나와 묵주로 기도를 드리는 그녀의 얼굴이었다. 나는 그것을 떨쳐 버리기 위해 전보다 더 깊게 담배를 빨아들였다.

귀가 길에 영화를 보러 가는 것도 다무라한테 배웠다. 니시미야의 한신(阪神)역 가까운 곳의 재개봉관을 다무라 뒤에 숨듯이 한 채 캄캄한 영화관 안으로 들어갔다. 화장실 냄새가 어딘가에 감돌고 있었다. 아이들이 우는 소리와 노인의 기침 소리 속에 영사기가 돌아가는 소리가 단조롭게 들렸다. 나는 지금쯤 어머니는 무엇을 하고 있을까 생각하고 있을 뿐이었다.

"이제 가자."

몇 번이나 다무라를 재촉하자 그는 화를 내면서 말했다.

"귀찮은 녀석이네. 그러면 너 혼자 가."

밖으로 나오자 한신 열차가 퇴근길의 사람들을 태우고 우리 앞을 지나가고 있었다.

"그렇게 엄마에게 벌벌 기지 마라."

다무라는 조롱하듯이 어깨를 움츠렸다.

"잘 말하면 되잖아."

그와 헤어진 뒤 인적이 없는 길을 걸으면서 어떻게 거짓말을 할까 생각했다. 집에 도착할 때까지 그 거짓말이 도저히 생각나지 않았다.

"보충수업이 있었어. 이제 수험준비 하자고 해서."

나는 숨을 죽이고 단번에 그 말을 했다. 그리고 어머니가 그것을 진실로 믿었을 때 가슴이 아프면서도 은근히 만족감을 느꼈다.

솔직히 말해서 나에게는 진실된 신앙심 따위는 없었다. 어머니가 시켜서 성당에 다녀도 나는 손을 합장하고 기도하는 시늉을 낼 뿐이었고, 마음은 다른 일을 멍하니 공상하고 있었다. 그 뒤에 다무라와 자주 간 영화 장면이나, 어느 날 그가 살짝 보여 준 여자 사진 등이 머리에 떠올랐다. 기도중에 신자들은 일어나거나 무릎을 꿇거나 미사를 드리는 사제의 기도를 따르고 있었다. 누르면 누를수록 망상은 비웃듯이 머리 속에 나타났다.

참으로 나는 왜 어머니가 이런 것을 믿으시는지 알 수 없었다. 신부 이야기도, 성서 속 사건도 십자가도 우리와는 관계가 없는 실감이 나지 않는 옛날 사건처럼 느껴졌다. 일요일이 되면 모두 여기에 모여 기침을 하거나 아이들을 꾸짖으면서 양손을 잡게 하는 마음가짐을 의심했다. 나는 때때로 그런 자신에 대한 후회와 어머니에 대한 미안함을 느끼면서, 만일 신이 있다면 나에게도 신앙심을 달라고 기도했지만 그런 일로 기분이 바뀔 리가 없었다.

이제 매일 아침 미사를 가는 것도 그만두게 되었다. 시험공부가 있다는 핑계로, 나는 그 무렵부터 심장 발작을 호소하기 시작한 어머니가 그래도 매일 아침 혼자서 성당에 가는 발소리를 잠자리에서 무심하게 듣고 있었다. 얼마 뒤에 일주일에 한 번은 가야 되는 일요일 미사조차 빠지게 되고, 어머니 앞에서 집을 나와 니시미야의, 겨우 손님들이 모이기 시작한 번화가를 어슬렁거리며 영화관 간판을 보면서 시간을 보내고 있었다.

그 무렵부터 어머니는 자주 숨쉬기 괴로워하고는 했다. 길을 걷다가도 간혹 한 손으로 가슴을 누르고 얼굴을 찡그리면서 잠자코 멈추어 섰다. 나는 대수롭지 않게 생각했다. 16살 소년은 죽음의 공포를 상상할 수 없었다. 발작은 일시적인 것으로 5분 정도 지나면 원상태로 돌아왔기 때문에 대단한 병이 아니라고 생각했다. 실은 오랫동안의 괴로움과 피로가 그녀의 심장을 약하게 만든 것이었다. 그럼에도 불구하고 어머니는 매일 아침 5시에 일어나서 무거운 발걸음을 끌면서 아직 인적이 없는 길을 전차역까지 걸어서 갔다. 성당은 그 전차를 타고 두 번째 역에 있었기 때문이었다.

어느 토요일 나는 아무래도 유혹을 감당하지 못하고 등교 도중에 하차해서 번화가로 갔다. 가방은 그 무렵 다무라와 함께 다니기 시작한 다방에 맡기기로 했다. 영화가 시작될 때까지 아직 꽤 시간이 있었다. 주머니에는 1엔 지폐가 있었지만, 그것은 며칠 전에 어머니 지갑에서 꺼낸 것이었다. 가끔 나는 어머니 지갑을 여는 습관이 있었다. 저녁때까지 영화를 보고 아무렇지 않은 얼굴을 하고 집으로 돌아왔다.

현관을 열자 뜻밖에도 어머니가 그곳에 서 있었다. 아무 말도 하지 않고 나를 바라보았다. 얼마 뒤에 나를 바라보던 얼굴이 천천히 일그러지고, 일그러진 뺨에 천천히 눈물이 흘렀다. 학교에서 전화가 와 모든 것이 들통난 것을 알았다. 그 뒤 밤늦도록 옆방에서 어머니는 훌쩍이고 계셨다. 귓구멍에 손가락을 넣고 힘껏 그 소리를 듣지 않으려고 했는데 아무래도 고막으로 전해 온다. 나는 후회보다도 이 장소를 빠져나갈 거짓말을 생각하고 있었다.

함께 관청에 가서 토산품을 보고 있자니 창이 밝아지기 시작했다. 눈을 들자 이제야 비도 그친 듯했다.

"학교 쪽으로 가면 좀더 있을까?"

나카무라라는 도우미가 옆에 서서 걱정스러운 듯이 물었다. 마치 여기에 아무것도 없는 것이 자신의 책임이라는 표정을 짓고 있었다. 관청과 학교에 있는 것은 내가 보고 싶은 가쿠레의 유물이 아니라, 초등학교 선생들이 발굴한 고대토기 파편뿐이었다.

"이를테면 가쿠레의 묵주나 십자가는 없나요?"

나카무라 씨는 더욱 죄송한 듯이 고개를 저으며

"가쿠레들은 숨기는 것을 좋아해서. 직접 가실 수밖에 방법이 없네요. 하여간에 비뚤어져서. 그 사람들은."

지로 씨의 경우와 마찬가지로, 이 나카무라 씨의 말에서도 가쿠레에 대한 일종의 경멸감이 느껴졌다.

날씨 상태를 보고 있던 지로 씨가 돌아와서

"회복되었어요. 내일은 괜찮대요. 그러면 지금부터 바위섬을 보시는 것이 어떨까요?"

이렇게 권유했다. 조금 전 기리시탄 묘가 있는 곳에서 내가 어떻게든 바위섬을 볼 수 없겠느냐고 부탁했기 때문이었다.

도우미는 곧 어업조합에 전화를 걸었는데, 이럴 때 관청은 편리해서 조합에서는 작은 모터가 달린 배를 내주기로 했다.

고무 끈이 달린 비옷을 나카무라 씨에게 빌렸다. 지로 씨를 포함해서 세 사람이 항구까지 가자, 한 어부가 벌써 배를 준비하고 있었다. 비에 젖은 판자에 자리를 깔아서 걸터앉게 해 주었는데 발 밑에는 더러운 물이 고여 있었다. 그 물 속에 조그만 은빛 생선 죽은 것이 한 마리 떠 있었다.

모터 소리를 내면서 배가 아직 파도가 거친 바다로 나오자 흔들림이 점차 심해졌다. 파도를 탈 때는 약간의 쾌감이 있었지만 내려올 때는 위 언저리가 조여드는 듯했다.

"바위섬은 좋은 낚시터예요. 우리는 휴일에 자주 가는데 선생님은 낚시는 안 하시나요?"

내가 고개를 젓자, 도우미는 맥빠진 얼굴로 어부와 지로 씨에게 큰 검은 도미를 잡은 자랑을 하기 시작했다.

비옷은 물보라로 흠뻑 젖었다. 나는 바닷바람의 차가움에 아까부터 입을 다물고 있었다. 그런 사이에 조금 전까지 잿빛이었던 바다 빛이 여기서는 검고 차가워 보였다. 나는 4세기 전에 여기서 줄로 묶여 내던져진 신도들에 관한 일을 생각했다. 만일 내가 그 시대에 태어났다면 그런 형벌에 견딜 자신은 도저히 없었다. 어머니를 문득 생각했다. 니시노미야의 번화가를 빈둥거리며 어머니에게 거짓말을 하고 있던 무렵의 자신의 모습이 갑자기 마음에 떠올랐다.

섬은 점점 가까워졌다. 바위섬이라는 이름대로 바위투성이 섬이었다. 꼭대기에만 겨우 관목이 자라고 있는 듯했다. 도우미에게 물어보았더니 여기는 우체국 직원이 가끔 보러 가는 것밖에는 마을 사람의 낚시터로나 쓰일 뿐이라고 했다.

10여 마리의 새가 쉰 목소리를 내면서 정상 위에서 춤추고 있었다. 잿빛 비내린 하늘을 그 새소리가 가로질러가자 황량하고 기분이 나빴다. 바위 틈새도 울퉁불퉁한 면이 분명히 보이기 시작했다. 파도가 그 바위에 부딪혀서 장렬한 소리를 내며 흰 물거품을 뿜고 있었다.

신도들을 밀어 떨어뜨린 절벽은 어디냐고 물어보았지만 도우미인 지로 씨는 몰랐다. 아마도 한곳에 정해진 것이 아니라, 어디서나 떨어뜨렸겠지.

"무서운 일이지요."

"지금으로는 도저히 생각할 수 없지요."

내가 조금 전부터 생각하고 있는 것은 같은 가톨릭 신도인 도우미나 지로 씨의 의식에는 떠오르지 않은 것 같았다.

"이 동굴에는 박쥐가 자주 있어서요. 다가가면 찍찍 울음소리가 들려요."

"이상한 일예요. 그렇게 빨리 날아도 결코 부딪히지 않아요, 레이더 같은 것이 있대요."

"쭉 한 번 돌아보고 선생님 돌아가실까요?"

거칠고 흰 파도가 섬 뒤쪽을 갉고 있었다. 비구름이 갈라지고 섬의 산들 중턱이 이제 분명히 보이기 시작했다.

"가쿠레 마을은 저 근처예요."

도우미는 어젯밤 신부와 마찬가지로 그 산 방향을 가리켰다.

"지금은 가쿠레들과도 모두들 사귀고 있지요?"

"글쎄요. 학교 용원 중에도 한 사람 있어요. 시모무라(下村) 씨, 그는 부락 사람이었으니까요. 그러나 어쩐지 싫어요, 이야기가 통하지 않아서."

두 사람 이야기로는 역시 마을 가톨릭 신자는 가쿠레들과 사귀거나 결혼하는 것을 그냥 꺼린다고 한다. 그것은 종교 차이라고 하기보다도 심리적인 대립이 이유인 듯하다. 가쿠레는 지금도 가쿠레끼리 결혼하고 있다. 그렇게 하지 않으면 자신들의 신앙을 지킬 수 없기 때문이고, 그런 습관이 그들을 특수한 무리처럼 지금도 생각하게 했다.

짙은 안개로 반쯤 가려진 그 산 중턱에서 3백 년 동안이나 가쿠레 기리시탄들은 다른 가쿠레 부락과 마찬가지로 잡부역할, 장로역할, 하인역할, 접대역할 등의 담당을 정하고, 외부에 그 비밀조직이 일절 새어 나가지 않도록 신앙을 계속 지켜 오고 있는 것이다. 할아버지로부터 아버지에게, 아버지로부터 그 아들 대대로 기도를 전하고, 그 어두운 방에 그들이 믿는 무엇인가를 제사지내고 있는 것이다. 나는 그 고립된 부락을 무엇인가 황량한 것을 보는 마음으로, 산 중턱을 찾았다. 그러나 물론 그것은 여기서 눈에 보일 리가 없었다.

"그런 편협한 사람들에게 선생님은 왜 흥미를 가지고 계십니까?"

도우미는 이상하다는 듯이 나에게 물었지만 나는 대충 대답했다.

맑은 가을날 국화꽃을 가지고 성묘를 갔다. 어머니 묘는 후추(府中)시에 있는 가톨릭 묘지에 있다. 학생시대부터 이 묘지로 가는 길을 몇 번이나 왕복했는지 모른다. 예전에는 밤나무와 칠엽수 관목림과 보리밭이 양편에 펼쳐져서 봄에는 꽤 좋은 산책길이었던 이곳도 지금은 곧은 버스 길이 났고, 상점이 죽 늘어섰다. 그 무렵 그 묘지 앞에 버티고 있던 가건물인 돌집까지 2층 건물로 되어 버렸다. 올 때마다 하나 하나 추억이 마음에 떠오른다. 대학을 졸업한 날도 성묘했다. 프랑스로 유학 가기 위해 배를 타기 전날도 여기에 왔었다. 병에 걸려 일본에 돌아온 다음날, 가장 먼저 달려온 곳도 이곳이었다. 결혼할 때도 입원할 때도 빠짐없이 이 묘에 왔다. 지금도 아내에게조차 아무 말 없이 슬며시 참배할 때가 있다. 이곳은 누구에게도 말하고 싶지 않은 나와 어머니가 대화하는 장소이기 때문이다. 친한 사람에게조차 허물없이 침범당하고 싶지 않은 기분이 내 마음 깊은 곳에 있다. 오솔길을 빠져 나간다. 묘소 한가운데에 성모상이 있고, 그 주변에 한 줄로 보기 좋게 늘어선 돌비석은 이 일본에 뼈를 묻은 수녀들의 묘지이다. 그것을 중심으로 흰 십자가와 돌로 된 묘가 있다. 모든 묘 위에 붉은 태양과 정적이 지배하고 있었다.

어머니 묘소는 조그맣다. 그 작고 작은 묘비를 보면 가슴이 아프다. 주위의 잡초를 뜯는다. 벌레가 날개 소리를 내면서 혼자 일하고 있는 내 주위를 날아다닌다. 그 벌레 소리밖에 거의 아무 소리도 나지 않는다.

바가지로 물을 뿌리면서 언제나 어머니가 돌아가신 날을 생각한다. 그것은 나에게 아픈 추억이다. 그녀가 심장 발작으로 마루에 쓰러져서 숨을 거두는 동안에 나는 곁에 있지 않았다. 나는 다무라 집에서 어머니가 보았다면 울음을 터트릴 짓을 하고 있었던 것이다.

그때 다무라는 자신의 책상 서랍에서 신문지에 싼 엽서 뭉치 같은 것을 꺼내었다. 그리고 무언가를 나에게 슬며시 보여줄 때 언제나 하는 것처럼 비웃음을 얼굴에 띠고 있었다.

"이건 근처에서 팔고 있는 볼품없는 것과 달라."

신문지 속에는 10장 정도의 사진이 들어 있었다. 사진은 세정이 나쁜 탓인지 녹색이 누렇게 변색되어 있었다. 어둠 속에서 남자의 검은 육체와 여자의 흰 육체가 서로 겹쳐져 있었다. 여자는 찡그리며 괴로워하는 듯했다. 나는 한숨을 쉬면서 한 장 한 장 되풀이해 보았다.

"스케히로, 이제 됐어."

어디에선가 전화가 왔고 누군가가 나와서 달려오는 발소

리가 들렸다. 재빨리 다무라는 사진을 서랍에 집어넣었다. 여자 목소리가 내 이름을 불렀다.

"빨리 돌아가거라. 너희 어머니가 병으로 쓰러졌단다"

"어떻게 된 거야."

"어떻게 된 거야."

나는 아직 서랍 쪽에 눈을 보내고 있었다.

"어떻게 내가 여기에 있다는 것을 알았지?"

어머니가 쓰러졌다는 것보다도 어떻게 여기에 와 있는 것을 알았는가가 불안했다. 그의 아버지가 유곽을 하고 있다는 것을 안 뒤 어머니는 다무라 집에 가지 못하게 했기 때문이었다. 요즈음은 그리 드문 일이 아니었다. 그러나 그때마다 이름은 잊었지만 의사가 주는 흰 알약을 먹으면 발작은 멈추는 것이었다.

나는 천천히 아직 햇볕이 강한 골목을 걷고 있었다. 매물이라고 쓴 들판에 녹슨 철판들이 쌓여 있었다. 옆에는 마을 공장이 있었다. 공장에서는 무엇을 치고 있는지 둔하고 무거운 소리가 규칙적으로 들려왔다. 자전거를 탄 사내가 맞은편에서 와서 그 먼지투성이 잡초가 자란 빈터에 서서 소변을 보기 시작했다.

집은 벌써 보였다. 평소와 마찬가지로 내 방의 창이 반쯤 열려 있었다. 집앞에서는 근처 아이들이 놀고 있었다. 모든 것이 평소와 다름없고 무슨 일이 일어난 낌새가 없었다. 현관 앞에 성당의 신부가 서 있었다.

"어머니는… 조금 전에 돌아가셨습니다."

그는 한 마디 한 마디를 끊어서 조용히 말했다. 그 소리는 멍청한 중학생인 나도 분명하게 알 수 있을 정도로 감정을 억누른 목소리였다.

안쪽에 있는 8조 다다미방에 눕혀진 어머니 시신을 둘러싸고 근처 사람들과 성당 신자들이 등을 굽히고 앉아 있었다. 아무도 나를 돌아보지도 않고 말도 걸지 않았다. 그 사람들의 굳은 등이 모두 나를 비난하고 있는 것을 알 수 있었다.

어머니 얼굴은 우유처럼 하얗게 되어 있었다. 눈썹과 눈썹 사이에 괴로워하는 그림자가 아직 남아 있었다. 나는 그때 불성실하게도 조금 전에 보았던 그 어두운 사진의 여자 표정을 떠올렸다. 그때 처음으로 자신이 한 짓을 깨닫고 나는 울었다.

통 속의 물을 다 뿌리고 국화꽃을 묘비에 달린 꽃병에 꽂자, 그 꽃에 조금 전에 얼굴 주변을 스쳤던 벌레가 날아왔다. 어머니가 묻혀 있는 땅은 무사시노(武藏野) 특유의 검은 흙이었다. 나도 언젠가는 이곳에 묻혀서 다시 소년시절처럼 그녀와 둘이서만 여기에서 살게 되겠지.

도우미는 나에게 왜 가쿠레들에게 흥미를 갖게 되었는지 물었지만 대충 대답해 두었다. 가쿠레 신자에게 관심을 갖는 사람들은 최근에 상당히 많아졌다. 비교종교학 연구자들에게 이 흑교(黑敎)라고 불리는 종교는 좋은 소재이다. NHK에서도 몇 번이나 고토(五島)나 이키쓰키(生月)에 있는 가쿠레들을 텔레비전에서 다루었다. 내가 알고 있는 외국인 신부들도 나가사키에 오면 찾아다니는 사람들이 많다고 한다. 그러나 내가 가쿠레들에게 흥미를 갖는 것은 단 한 가지 이유 때문이다. 그것은 그들이 배교자들의 자손이었기 때문이다. 게다가 이 자손들은 조상과 마찬가지로 완전히 배교도 못하고 평생 자신의 혼돈스런 삶에 후회와 어두운 꺼림칙함과 굴욕을 계속 느끼면서 살아왔다는 점이다.

기리시탄 시절을 배경으로 한 소설을 쓰고 나서 나는 이 배교자의 자손에게 점점 마음이 끌리기 시작했다. 세상에는 거짓말을 하고, 본심은 누구에게도 결코 보이지 않는 양면적인 삶을 평생 보내야만 했던 가쿠레들 중에 나는 간혹 자신의 모습을 그대로 느낄 때가 있다. 나에게도 결코 이제까지 입으로 말하지 않았고 죽을 때까지 누구에게도 말할 수 없는 한 가지 비밀이 있다.

그날 신부와 지로 씨와 도우미와 술을 마셨다. 점심때 시중을 들던 아주머니 수녀가 큰 접시에 산 성게와 전복을 가득 담아서 내놓았다. 토산술은 너무 달아서 쓴 것만 마시는 나는 안타까웠지만, 산 성게는 그 나가사키의 것이 오래되었다고 생각될 정도로 신선했다. 조금 전에 그쳤던 비가 다시 내리기 시작했다. 취한 지로 씨는 노래를 부르기 시작했다.

음음 맞으러 가자 맞으러 가자
천국의 성당으로 맞으러 가자
음음
천국의 성당이라고 말했지
넓은 성당이라고 했지
넓은지 좁은지는 우리 마음에 달렸지

이 노래는 나도 알고 있었다. 2년 전에 히라토(平戶)에 갔을 때 그곳 신도가 가르쳐 주었기 때문이다. 리듬은 맞추기 어려워서 외우지 못했지만, 지금 어딘지 슬픈 지로 씨의 노래 소리를 듣고 있자니 가쿠레들의 슬픈 표정이 떠올랐다. 광대뼈가 나오고 움푹 패인 눈으로, 어딘가 한곳을 응시하고 있는 얼굴, 오랜 쇄국 시절에 두 번 다시 올 리가 없는 선교사들의 배를 기다리면서 그들은 이 노래를 작은 소리로 부르고 있었을지도 모른다.

"후도잔(不動山)의 다카이시(高石) 씨네 소가 죽었어요. 좋은 소였는데."

신부는 도쿄에서 있었던 파티에서 만났을 때와는 달랐다. 한 홉 정도 술로 벌써 목까지 검붉어지면서 도우미를 상대로 이야기하고 있다. 오늘 하루로 신부도 지로 씨도 다른 지방 출신이라는 의식을 나에게서 버리게 해 주었는지 모른다. 도쿄의 점잔빼는 사제들과는 달리 농민의 한 사람이라는 이 사제에게 점차 호의를 느끼게 되었다.

"후도잔 쪽에도 가쿠레가 있나요?"

"없어요. 그곳에는 전부 우리 신도들이에요."

신부는 약간 가슴을 펴고 말하고 지로 씨와 도우미는 무거운 얼굴로 끄덕였다. 아침부터 눈치챈 일이었는데. 이 사람들은 가쿠레를 경멸하고 비하하고 있는 듯했다.

"그것은 어쩔 수 없어요. 서로 사귀지 않으니까, 말하자면 결사(結社) 같은 거예요, 그 사람들은."

고토(五島)나 이키쓰키(生月)에서는 가쿠레는 이미 이 섬만큼 폐쇄적이지는 않았다. 여기서는 신자들조차 그들의 비밀주의에 경계심을 품고 있는 것처럼 보였다. 그러나 지로 씨나 나카무라 씨도 가쿠레 조상을 갖고 있는 것이다. 게다가 두 사람이 지금 알아차리지 못하고 있는 것이 약간 우스웠다.

"도대체 무엇을 빌고 있는 것일까요?"

"무엇을 빌고 있을까요? 그것은 이제 참된 기독교가 아닙니다."

신부는 곤혹스러운 듯이 한숨을 지었다.

"일종의 미신이지요."

또 흥미로운 이야기를 들었다. 이 섬에서는 가톨릭 신자가 양력으로 크리스마스와 부활제를 축하하는 데 비해서, 가쿠레들은 음력으로 은밀히 같은 축제를 한다는 것이다.

"언젠가 산에 올랐더니 몰래 모여 있는 거예요. 나중에 들었더니 그것이 가쿠레의 부활절 축제였대요."

도우미와 지로 씨가 물러간 뒤 방으로 돌아왔다. 술 탓인지 머리에 열이 나서 창문을 열자 북을 치는 듯한 바다 소리가 들렸다. 어둠은 깊게 퍼져 있었다. 바다 소리가 다시 그 어둠과 정적을 깊게 하고 있는 것처럼 생각했다. 이제까지 여러 곳에서 밤을 보냈는데 이처럼 깊은 밤은 드물었다.

나는 오랜 세월 동안 이 섬에 살았던 가쿠레들도 이 바다 소리를 들었을 것이라고 생각하며 감개무량했다. 그들은 육체의 약함과 죽음의 공포 때문에 신앙을 버린 배교자의 자손들이다. 관리나 불교도들에게도 경멸당하면서 은둔자들은 고토와 이키쓰키나 이 섬에 이주해 왔다. 그런데도 조상들의 가르침을 버리지 못하고, 그렇다고 스스로의 신앙을 순교자들처럼 떳떳하게 나타낼 용기도 없었다. 그 부끄러움을 가쿠레는 끝없이 참으면서 살아온 것이다. 광대뼈가 나오고 움푹 패인 눈으로 물끄러미 한곳을 응시하고 있는 듯한 이 특이한 얼굴은 그런 창피함이 점차 만들어 낸 것이다. 어제 함께 페리를 탄 네댓 명의 사내들도 지로 씨도 도우미도 그 같은 얼굴이었다. 그리고 그 얼굴에 때때로 교활함과 두려움이 함께 섞인 표정이 스쳐 갔다.

가쿠레 조직은, 고토나 이키쓰키나 이곳에서는 저마다 조금 차이는 있지만, 사제의 역할을 하는 것이, 장로 역할(張役)이나 아버지 역할(爺役)로, 그 아버지 역할로부터 모두 소중한 기도를 이어받고 소중한 축제일을 배운다. 갓난아이가 태어나면 세례를 주는 것은 수역(水方)이다. 장소에 따라서는 아버지 역할과 수역을 겸임시키는 부락도 있다. 그러한 역할은 대대로 세습제로 되어 있는 곳이 많다. 그 밑에 다시 다섯 집정도로 그룹을 짜고 있는 예를 이키쓰키에서 본 적이 있다.

가쿠레들은 물론 관리들 앞에서는 불교도를 가장하고 있다. 단나데라(檀那寺: 조상대대로 위패를 모신 절)를 가지고 있었고, 종교란에도 불교라고 쓰고 있다. 어느 시기에는 조상들과 마찬가지로 관리들 앞에서 성화에 발을 대어야 할 때도 있었다. 성화를 밟은 날, 그들은 그 비겁함과 처절함을 누르면서 부락으로 돌아와 '오텐벤샤' 라는, 끈으로 만든 줄로 몸을 때렸다. 오텐벤샤는 포르투갈어 데지비리나를 그들이 잘못 쓴 말로, 본래 '회초리' 라는 뜻이라고 한다. 나는 도쿄의 기리시탄 학자 집에서 그 '회초리' 를 본 적이 있다. 46개의 줄을 엮은 것으로 실제로 팔을 때려 보니 꽤 아팠다. 가쿠레들은 이 회초리로 몸을 쳤던 것이다.

그러나 그런 일로 그들의 꺼림칙함이 사라질 리가 없었다. 배반자라는 굴욕과 불안이 사라지는 것은 아니었다. 순교한 동료와 자신들을 채찍질했던 선교사의 심한 눈초리가 멀리서 그들을 물끄러미 바라보고 있었다. 그 꾸짖는 듯한 눈초리는 마음에서 지워 버리려고 해도 지울 수가 없었다. 그래서 그들은 기도를 읽으면 지금의 기독교 기도서의 번역투 기도와는 달랐다. 더듬거리는 슬픈 말과 용서를 구하는 말이 이어지고 있는 것이다. 글씨를 읽지 못하는 가쿠레들이 한 마디 한 마디 우물거리며 중얼거리는 기도는 모두 그 부끄러움에서 나온 것이었다.

"제우스의 여인은 산타마리아, 우리는 마지막으로 우리 죄인을 위해 부탁드립니다." "이 눈물의 계곡에서 신음하며, 울며 그대에게 기원하고 부탁드립니다. 우리를 중재하시고, 불쌍한 눈동자를 받아 주소서."

나는 어둠 속 바다의 술렁임을 들으면서 밭일과 어부 일 뒤에 이러한 기도를 쉰 목소리로 중얼거리고 있는 가쿠레들의 모습을 떠올렸다. 그들은 자신들의 약함이 성모의 주선으로 용서받기만을 기원하고 있는 것이다. 왜냐하면 가쿠레들에게 제우스는 엄한 아버지 같은 존재였으니까 아이들의 어머니에게 아버지와의 중재를 부탁하도록, 가쿠레들은 산타마리아에게 중재를 기도하는 것이다. 가쿠레들에게 마리아 신앙이 강하고 마리아 관음을 특히 예배한 것도 그 때문이라고 생각되었다.

잠자리에 들어도 잠이 오질 않았다. 얇은 이불 속에서 나는 작은 소리로 조금 전에 지로 씨가 가르쳐 준 노래 곡조를 떠올리려고 했지만 헛수고였다.

꿈을 꾸었다. 꿈속에서 나는 흉부 수술을 받고 병실로 막 옮겨 와서 시체처럼 침대 위에 내던져 있었다. 콧구멍에는 산소용기와 연결된 고무관이 끼워져 있었고. 오른손에도 왼발에도 바늘이 꼽혀져 있었는데, 그것은 침대에 매단 수혈병에서 피를 보내기 위함이었다. 나는 아직 의식이 제대로 회복되지 않았지만 나 자신의 손을 잡아 준 잿빛 그림자가 누구인지 알고 있었다. 그것은 어머니로, 어머니밖에 병실에는 의사도 아내도 없었다.

어머니가 등장하는 것은 그런 꿈속에서만은 아니었다. 저녁나절 육교 위를 걷고 있을 때 펼쳐지는 구름에서 나는 문득 그녀의 얼굴을 본 적이 있었다. 술집에서 여자들과 이야기를 하고 있을 때, 이야기가 끊어져서 무의미한 공허함이 마음을 가로지를 때, 갑자기 어머니의 존재를 옆에 느낄 때가 있다. 한밤중까지 상반신을 동그마니하고 일을 하고 있을 때, 갑자기 등뒤에서 그녀를 의식할 때도 있다. 어머니는 뒤에서 이쪽의 펜의 움직임을 뚫어지게 보는 듯한 모습을 하고 있다. 일하는 동안에는 아이들은 물론이고, 아내도 절대로 서재에 오지 못하도록 하는데, 그 경우 이상하게도 어머니는 방해가 되지 않는다. 마음을 초조하게 만들지 않는다.

그럴 때의 어머니는 예전에 같은 음을 추구하면서 바이올린을 계속 켜고 있던 그 필사적인 모습도 아니었다. 차장 이외에 아무도 없는 한큐 첫 전차 구석에서 묵주를 잠자코 돌리고 있던 그녀도 아니었다. 양손을 앞에 모으고 내 등뒤에서 약간 안타까운 눈으로 보고 있는 어머니였다.

조개 속에 투명한 진주가 조금씩 만들어져 가듯이 나는 그런 어머니의 이미지를 어느새 만들어 가고 있었음에 틀림없다. 왜냐하면 그런 슬프고 지친 눈으로 나를 본 어머니는 현실의 기억에는 거의 없었으니까.

그것이 왜 만들어졌는지 지금은 알 수 있다. 그 이미지는 어머니가 예전에 가지고 있던 '슬픈 성모' 상의 얼굴이 겹쳐 생겨난 것이다.

어머니가 돌아가신 다음 그녀의 소장품과 옷들은 차례로 남들이 가지고 갔다. '유품 나누기' 라며 중학생인 내 눈앞에서 숙모들은 마치 백화점 물건을 뒤엎듯이 옷장 서랍에도 손을 대었지만, 그런데도 어머니에게는 가장 소중했던 낡은 바이올린과 오랫동안 썼던 낡은 기도서와 철사 줄이 끊어져 가는 묵주는 거들떠보지도 않았다. 그리고 숙모들이 버리고 간 것 중에 어느 성당에서나 팔고 있는 듯한 이 싸구려 성모상이 있었다.

나는 어머니가 돌아가신 이후에 그 소중한 것만큼은 하숙을 바꿀 때마다 상자에 넣어 가지고 다녔다. 바이올린은 얼마 뒤에 현이 끊어지고 금도 갔다. 기도서는 표지도 없어져 버렸다. 그리고 그 성모상도 1945년 겨울 공습으로 불탔다.

공습을 받은 다음날은 푸른 하늘이라 요쓰야(四谷)에서 신주쿠(新宿)까지 갈색 불탄 자리가 펼쳐졌고, 여기저기서 아직도 타고 있었다. 나는 자신이 머물렀던 요쓰야 하숙 자리에 쭈그리고 앉아 나무 조각으로 재 속을 휘저어서 찻잔 조각과 약간 남은 사전의 잔해를 파내고 있었다. 잠시 뒤에 무엇인가 딱딱한 것이 잡혀서 아직도 열이 남아 있는 재 속으로 손을 넣자 그 성모의 상반신만이 나왔다. 석고는 완전히 색이 변했고 전에는 통속적인 얼굴이었던 것이 더욱 추하게 변했다. 그것도 이제는 세월이 지남에 따라서 다시 눈이나 코도 어렴풋하게 되었다. 결혼한 다음 아내가 한 번 떨어뜨린 것을 접착제로 붙였기 때문에 더욱 그 표정이 없어지게 된 것이다.

밤에 어두운 등 아래, 침대에서 자주 그 성모 얼굴을 바라보았다. 얼굴은 웬일인지 슬픈 듯했고, 잠자코 나를 응시하고 있는 것처럼 생각되었다. 그것은 이제까지 내가 알고 있던 서양 그림이나 조각의 성모와는 전혀 달랐다. 공습과 오랜 세월에 금이 가고 코도 없어진 그 얼굴에는 다만 슬픔만이 남아 있었다. 나는 프랑스에 유학하고 있을 때, 많은 '슬픈 성모' 상과 그림을 보았는데, 물론 어머니의 그 유품은 공습과 세월로 원형의 그림자를 완전히 잃어버린 것이었다. 다만 남아 있는 것은 슬픔뿐이었다.

아마도 나는 그 성모상과 나 자신에게 나타나는 어머니의 표정을 어느 사이에 하나로 만든 것이겠지. 때로는 그 '슬픈 성모' 얼굴은 어머니가 돌아가실 때의 모습과 비슷하게 보였다. 눈썹과 눈썹 사이에 괴로워하는 그림자를 남기고 이불 위에 눕힌 돌아가신 어머니의 얼굴을 나는 분명히 기억하고 있다. 어머니가 나에게 나타나는 것을 아내에게 이야기한 적은 별로 없다. 한 번 그것을 말했을 때, 아내는 입으로는 무슨 말을 했지만, 분명히 불쾌한 기색을 띠었기 때문이다.

짙은 안개가 온통 끼어 있었다.

그 짙은 안개 속에서 까마귀 울음 소리가 들려와 부락이 이제 가까워졌다는 것을 알았다. 여기까지 오는 데 폐활량이 작은 나에게는 역시 힘든 일이었다. 산길 경사도 꽤 가팔랐고 그보다도 지로 씨에게 빌린 장화로는 점토길에 미끄러져서 곤란했다.

이것도 좋은 편이라고 나카무라 씨가 변명했다. 예전에는 이런 짙은 안개로는 보이지 않지만 남쪽에 있는 산길밖에 없어서 부락까지 가는 데 반나절이나 걸렸다고 한다. 그렇게 찾아가기 힘든 곳에 사는 것도 가쿠레들이 관리의 눈을 피하는 지혜였겠지.

양쪽은 계단식밭으로 짙은 안개 속에 나무들의 검은 그림자가 어렴풋이 보이고 까마귀 울음 소리가 다시 크게 들렸다. 어제 방문한 바위섬 위에도 까마귀 떼들이 춤추고 있었던 것을 떠올렸다. 밭에서 일하고 있던 어머니 같은 여자와 아이들에게 나카무라 씨가 말을 걸자 어머니는 얼굴 싸개를 벗고 정중히

"가와라 기쿠이치(川原菊市) 씨 집은 이 아래였지 아마. 도쿄에서 이야기 해 둔 선생이 오셨는데."

아이는 내 쪽을 신기한 듯이 바라보고 있었는데, 어머니의 꾸중을 듣고 밭 쪽으로 달려갔다.

도우미의 지혜로 마을에서 간단한 선물로 술을 사 가지고 왔다. 올 때는 지로 씨가 들고 왔지만, 그 한 되들이 병을 받아들고 나는 두 사람의 뒤를 따라 부락으로 들어갔다. 부락 안에서 라디오 가요가 들려왔다. 오토바이를 광에 둔 집도 있었다.

"젊은이들은 모두 여기를 나가고 싶어해요."

"읍으로 갑니까?"

"아니요, 사세보(佐世保)나 히라토(平戶)로 돈벌러 간 사람

이 많아요. 역시 섬에서는 가쿠레 자식이라고 하면 일하기 어려우니까요."

까마귀는 계속 따라왔다. 이번에는 초가지붕에 앉아서 울고 있다. 마치 우리가 온 것을 이곳 사람들에게 경고하고 있는 듯했다.

가와라 기쿠이치 씨 집은 다른 집보다 약간 크고 지붕도 기와지붕으로 뒤쪽에 커다란 녹나무가 있었다. 이 집을 본 것만으로도 나는 기쿠이치 씨가 '아버지역', 결국 사제 역할을 하고 있다는 것을 곧바로 알았다.

나를 밖에서 기다리게 하고 나카무라 씨는 잠시 집안에서 가족과 의논했다. 조금 전의 그 아이가 흘러내린 바지에 손을 넣고 약간 떨어진 곳에서 나를 바라보고 있었다. 자세히 보니 이 아이는 흙투성이의 맨발이었다. 까마귀가 또 울고 있다.

"꺼리고 있는 것 같네요, 우리를 만나는 것을."

지로 씨에게 말하자

"아니에요. 도우미에게 이야기하면 문제없어요."

나를 약간 안심시켜 주었다.

겨우 이야기가 되어서 봉당 안으로 들어가자 한 여인이 어둠 속에서 이쪽을 물끄러미 바라보고 있다. 나는 한 되 술

병을 명함 대신이라며 내밀었지만 대답이 없었다.

집안은 참으로 어두웠다. 날씨 탓인지 개어 있어도 이 어두움은 별로 변함이 없을 것이라고 생각될 정도였다. 그리고 일종의 특이한 냄새가 코를 찔렀다.

예순 정도의 노인인 가와라 기쿠이치 씨는 내 얼굴을 똑바로 보지 않고 어딘가 다른 곳을 응시하고 있는 듯한 두려운 표정으로 대답했다. 그 대답도 말수가 적고 가능하면 빨리 돌아가 줬으면 하는 느낌이었다. 몇 번이나 이야기가 끊어질 때마다 방안의 물건은 물론 봉당의 돌절구와 멍석과 짚더미까지 바라보았다. 아버지 역할의 지팡이나 난도신을 숨겼을 장소를 찾고 있었던 것이다. 아버지 역할의 지팡이는 아버지 역할자만이 갖는 것으로 세례를 주러 갈 때는 떡갈나무 지팡이를 쓰고, 액땜을 할 때는 수유나무 지팡이를 쓰는데 절대로 대나무는 쓰지 않는다. 그것은 기리시탄 시절에 사제가 가진 지팡이를 흉내낸 것이 분명하다.

자세히 살펴보았지만, 물론 지팡이도 난도신을 감춘 장소도 알 수 없었다. 나는 겨우 기쿠이치 씨들이 전승하고 있는 기도를 들었지만, 그 기도는 다른 가쿠레들의 기도와 마찬가지였고, 더듬거리는 슬픈 말과 용서를 구하는 말로 가득 찼다.

"이 눈물의 계곡에서 신음하고 울면서 당신께 부탁드리며 기도합니다." 기쿠이치 씨는 한 점을 응시한 채로 일종의 곡조를 붙이면서 중얼거렸다. "우리를 중재하시고 슬픔의 눈동자로 바라보시길."

그 곡조는 어젯밤에 지로 씨가 부른 노래와 마찬가지로 서투른 말을 이어서 누군가에게 호소하고 있는 듯했다.

"이 눈물의 계곡에서 신음하고 울면서."

나는 기쿠이치 씨의 말을 되풀이하면서 이 곡조를 외우려고 했다.

"당신께 부탁드리며 기도드립니다."

"당신께 부탁드리며 기도드립니다."

"슬픔의 눈동자를."

"슬픔의 눈동자를."

눈꺼풀 속에 일년에 한 번 후미에(에도시대에 기독교 신자를 구별하기 위해 그리스도와 마리아상을 밟게 한 일—역자주)를 강요받고 강제로 절에 참배한 밤에 부락으로 돌아온 뒤, 이 어두운 집안에서 이 기도를 드리는 가쿠레들이 떠올랐다.

"우리들을 중재하시고 슬픔의 눈동자를…."

까마귀가 울고 있다. 우리는 잠시 동안 툇마루 맞은편에 온통 흐르고 있는 짙은 안개를 바라보고 있었다. 바람이 부는 탓인지 젖빛 안개의 흐름은 빨라졌다.

“난도신을 보여… 주실 수 있을까요?”

나는 더듬거리며 부탁했지만 기쿠이치 씨의 눈은 다른 쪽을 향한 채로 대답이 없었다. 난도신이라는 것은 말할 필요도 없이 특별하게 기리시탄 용어가 아니라, 골방에 모시는 신이라는 의미였는데, 가쿠레들 사이에서는 자신이 기도하는 대상을 남의 눈에 잘 띄지 않는 골방에 숨기고, 세상에는 난도신이라고 불러서 관리의 눈을 속이려고 했던 것이다. 그리고 그 난도신의 실체를 신앙의 자유가 인정된 오늘날까지 가쿠레들은 이교도들에게 보이고 싶어하지 않는다. 이교도에게 보이면 난도신을 더럽힌다고 믿고 있을지도 모른다.

“모처럼 도쿄에서 오셨으니 보여 드리는 게 좋겠네.”

나카무라 씨가 약간 세게 부탁하자 기쿠이치 씨는 간신히 일어났다.

그 뒤를 따라 우리가 토방을 지나가자 조금 전 어두운 방에서 여자가 이상할 정도로 눈을 고정시키고 물끄러미 응시하고 있었다.

“조심하세요.”

허리를 굽히지 않으면 지나갈 수 없는 입구를 지나서 골방으로 들어갈 때, 지로 씨가 등뒤에서 주의시켰다. 토방보다도 더 어두컴컴한 공간에는 짚과 감자의 비릿한 냄새가 났다. 정면에 촛불을 켠 작은 불단이 있었다. 위장하기 위한 것이겠지. 기쿠이치 씨의 시선은 왼쪽을 보고 있었다. 그 시선 방향으로 입구에서 들어와도 곧 눈에 띄지 않는 연노랑빛 현수막이 두 개 걸려 있었다. 선반 위에는 떡과 술이 담긴 흰 병이 놓여 있었다. 기쿠이치의 주름 투성이 손이 그 헝겊을 천천히 벗기기 시작했다. 황토 빛 족자 일부분이 서서히 보였다. "그림이네" 뒤에서 지로 씨가 한숨을 쉬었다.

예수를 안은 성모 그림—. 아니, 그것은 젖먹이를 안은 농가 아낙(農婦)의 그림이었다. 아이의 옷은 엷은 남빛이고, 아낙의 옷은 황토 빛으로 칠해졌고, 유치한 채색과 인상으로 보아도 그것은 이곳 가쿠레들 중 누군가가 아주 옛날에 그린 것이라는 것을 알 수 있었다. 아낙은 가슴을 펼쳐 젖을 내놓고 있다. 허리띠는 앞으로 묶고 아무래도 작업복이라는 느낌이 든다. 이 섬 어디에나 있는 여자들 얼굴이었다. 갓난아이에게 젖을 물리면서 밭을 일구거나 새끼를 꼬는 어머니의 얼굴이었다. 나는 조금 전에 얼굴싸개를 벗고 도우미에게 머리를 숙이고 있던 그 여자의 얼굴을 갑자기 생각했다. 지로 씨는 쓴웃음을 짓고 있었다. 나카무라 씨도 얼굴만은 진지한 체하고 있었지만 마음속에서는 웃고 있었음에 틀림없다.

그럼에도 불구하고 나는 그 미숙한 손으로 그려진 어머니의 얼굴에서 잠시도 눈을 뗄 수가 없었다. 그들은 이 어머니를 향해 마디가 불거진 손을 모으고 용서의 기도를 바치고 있는 것이다. 그들도 또한 나와 마찬가지였다는 감회가 가슴에 끓어올랐다. 옛날에 선교사들은 신의 가르침을 가지고 파도를 넘어 만리인 이 나라에 왔다. 이 아버지이신 신의 가르침도 선교사들이 추방당하고 성당이 부서진 다음, 오랜 세월 동안에 일본의 가쿠레들 사이에서 어느 사이엔지 몸에 맞지 않는 모든 것을 버리고 더욱 일본 종교의 본질적인 것인 어머니에 대한 사모로 바뀌어 버린 것이다. 나는 그때 내 어머니의 일을 생각했고, 어머니 또한 내 곁에 잿빛 그림자처럼 서 있었다. 바이올린을 켜고 있는 모습이 아니라, 묵주를 돌리고 있는 모습이 아니라, 양손을 앞에 모으고 약간 슬픈 눈으로 나를 응시하면서 서 있었다.

부락을 나오자 짙은 안개도 걷히고 아득하게 검은 바다가 보였다. 바다는 오늘도 바람이 거칠게 불고 있는 듯했다. 어제 갔던 바위섬은 보이지 않았다. 계곡에는 안개가 더욱 짙었다. 까마귀가 안개에 떠 있는 나무들의 그림자 어느 곳에서인지 울고 있었다. "이 눈물의 계곡에서 우리들을 중재하시고 슬픔의 눈동자를" 나는 조금 전에 기쿠이치 씨가 가르쳐 준 기도를 마음속에서 중얼거려 보았다. 가쿠레들이 계속 외쳤던 그 기도를 중얼거려 보았다.

"어이없네요. 그런 것을 보셔서 선생님도 실망하셨지요?"

부락을 나올 때 지로 씨는 그것이 아무래도 자신의 책임처럼 몇 번이나 용서를 빌었다. 도우미는 도중에 주운 나뭇가지를 지팡이 삼아 우리 앞을 잠자코 걷고 있었다. 그 등이 단단했다. 그가 무엇을 생각하고 있는지를 알 수 없었다.

神의 피에로

시나 린조(椎名麟三, 1911～1973)

1

다카야마 준지(高山準次)는 전에 사상범으로 오랫동안 경찰소 유치장을 여기 저기 돌아다니고 있었을 때 살인범과 잠시 같은 감방에서 지낸 적이 있었다. 그 남자는 자신을 배반한 여자와 그 어머니를 살해한 40대 사내로 뚱뚱한데다 머리를 짧게 깎고 있어서, 머리를 빡빡 깎은 도깨비 같은 느낌이 들었지만, 붙임성이 있는 깔끔한 사내였다. 그러나 그 사내는 매일 밤 잠자리에 들고 나서 얼마 뒤에 가위에 눌려 콘크리트로 된 경찰서 전체에 울려 퍼질 정도로 커다랗고 기분 나쁜 소리를 외쳐대는 것이었다. 그것은 정말로 기분 나쁜 소리였다. 듣고 있는 쪽이 사는 것이 싫어질 정도의 그런 소리였다. 그럴 때 간수가 오기 전에 벌써 누군가가 심한 적의를 품고 그 사내의 파란 머리를 탁 때리는 것이었다.

다카야마 준지도 그 일이 생각나면, 한심하게 그 사내와 마찬가지로 비명을 지르지 않을 수 없는 행위를 계속 쌓아 가면서 살고 있었다. 이전에는 그 행위에 대해 사회적인 필연성을 부여함으로써 자신을 정당화시키고 있었지만, 지금 그는 자신이 그 행위에 어떤 의미를 부여하든지, 그 행위를 자신이 선택했다는 죄는 엄연하게 있는 것이라고 이해할 수 있게 되었다.

특히 준지가 떠올리는 즉시 목졸라 죽여 버리는 많은 얼굴에는, 어느 때 그를 어떤 의미에서 살려 준 사람이 많았다. 그렇기 때문에 그들은 적어도 그의 기억 속에서라도 당당하게 살아갈 수 있는 훌륭한 권리를 가지고 있을 것이고, 그가 자랑할 수 있다면 그들밖에 없으련만, 그 자신의 비열한 행위 때문에 부당하게도 창살 없는 기억의 감옥에 갇혀져 있는 것이다. '젠' 도 그 재난을 당한 사람 중 하나였다.

준지가 이시하라 젠타로(石原善太郎), 통칭 '젠' 을 만난 것은 그가 가출해서 오사카(大阪)의 덴노지(天王寺) 무료 숙박소에 머물고 있을 때였다. 그는 그때 우리 나이로 16살이었는데,

그의 가출 사정이 그와 '젠' 과의 사귐을 그처럼 비뚤어져 버리게 한 하나의 원인이었다.

준지는 초등학교 3학년 때까지 오사카에서 자랐다. 그 뒤 아버지와 별거하게 된 어머니와 함께 히메지(姬路) 교외에 있는 어머니 고향에서 살게 되었는데, 물론 아버지는 가끔 왔고, 올 수 없을 때는 돈을 보내 왔다. 그러나 그 별거는 어머니 건강 때문이라는 그럴듯한 이유로 이루어졌지만, 사실은 아버지가 기생 출신인 여자와 동거하기 위한 책략이었다. 그것을 알게 된 것은 멍청하게도 별거하고 수 년 뒤 그가 중학교 2학년 무렵이었는데, 그와 동시에 아버지가 보내는 송금도 자주 끊어졌고, 얼마 뒤에 완전히 끊어져 버렸다. 그래서 준지는 병든 어머니를 대신해서, 이른바 어머니의 전권대사 역으로 돈을 받으러 오사카로 혼자 간 것이었다.

그때까지 준지는 아버지의 한 면밖에 몰랐다. 아버지는 아버지대로 그와 같은 면을 진실된 자신인 것처럼 과시하고 있었기 때문이다. 그는 눈이 나쁜 것도 아닌데 금테 안경을 쓰고, 걸을 때는 뒤로 몸을 젖히고 걸었는데 안타깝게도 약간 안짱다리였다. 그리고 과거 십 수년간 경찰관 생활로 뼈 속까지 스며든 권력주의로 어떤 일이 생기면, 어머니 친정 쪽 사람들과 소박한 시골사람들을 무조건 내몰아치는 불합리한 태도를 취했다. 준지는 간혹 아버지가 그 정도의 권위가 있는 것 같은 착각에 빠지곤 하면서, 바로 그 권력주의가, 권력 있는 사람에게는 얼마나 추하고 비굴함을 보이고 있는지 그런 아버지의 이면에 관해서는 알 수가 없었다. 다만 준지가 싫었던 것은 아버지 앞에 앉아서, 그가 살아가고 있는 것은 아버지 덕분이고, 아버지가 없으면 너 따위는 세상 사람들에게 짓밟혀 버린다는 설교를 듣는 일이었다. 아버지는 그 설교에서 웬일인지 언제나 이 사회의 두려움을 강조하고 있었다.

그래서 준지는 혼자서 오사카에 가는 것이 불안했다. 게다가 아버지는 어머니와 별거한 뒤 두 번이나 주소를 옮겼기 때문에 오사카 지도 한 장만으로 과연 아버지 집을 찾아갈 수 있을지 걱정이었다.

그러나 오우기바시(扇橋)에 있는 아버지 집은 곧 찾았다. 뒤쪽 운하 저편에 넓은 운동장이 있었고, 아버지 집은 그 운하를 따라 지은 새 2층집이었다. 아버지는 경찰직을 그만두고 들어간 회사가 다이쇼(大正) 공황으로 망하자 도지마(堂島)에 있는 증권거래소에 출입하고 있는 것 같았는데, 먼저 그 집이 말끔해서 그는 마음이 놓였다.

현관문을 열고 들어가자, 아버지는 긴 화로에 여자와 마주 앉아서 무슨 이야기를 하고 있다가 준지를 보자 깜짝 놀란 것 같았다. 이마에 심한 짜증 같은 것이 언뜻 스쳤고 눈이 미치광이처럼 빛났다. 아버지는 준지가 못 본 1년 사이에 많이 변한 것 같았다. 그는 현관에 멍하니 서 있는 준지 앞으로 서둘러 오자, 가로막듯이 막무가내로 꾸짖었다.

"너 왜 왔니?"

그러나 긴 화로 앞에서 긴 담뱃대로 담배를 피고 있던 40살 정도의 키 큰 여자가 웃지도 않고 귀찮은 듯이 말했다.

"네가 준지니? 자 올라오너라."

준지는 그 여자의 한 마디로, 그것이 아버지 집이 아니라 타인의 집이라는 것을 느꼈다. 불쌍한 전권대사는 위로 올라갔지만, 어떻게 해야 좋을지 몰랐다. 여자는 준지를 검색하듯이 살펴보더니, 힐끗 불쌍하다는 듯이 미소를 띠면서 중얼거렸다.

"더러운 꼴하고."

준지는 어머니가 경멸당한 듯한 안타까움을 느끼며 허둥대고 있었다.

"그게 학교 교복이니?"

"음."

여자는 다시 불쌍하다는 웃음을 지었다.

"시골 학교는 모두 그런 꼴이니?"

준지는 어쩔 수 없이 때가 밴 소매 끝이 감겨 올라가는 것을 고치려고 했다. 그러나 안타깝게도 그 손은 한층 더 더러워서 그는 처치가 곤란했다. 그는 외출할 적에 자신의 복장에 신경을 써 주지 않았던 어머니를 한심하게 생각했다. 아버지 일로 상담하러 간 도청 사회과 남자한테 속은 뒤, 담석으로 입원하고 있던 어머니는 수개월 전에 자신을 잃어버린 듯이 그 병원에서 젊은 의사와 관계를 맺었고, 당연한 일이지만 퇴원과 동시에 그 의사에게 다시 버려진 상태가 되어서 절망에 빠져 있던 참이었다. 그러나 준지가 그날 아침 오사카에 간다고 했는데, 몸 상태가 나쁘다며 누워 있어서, 그러면 다녀올게요라고 말을 걸어도 대답을 하지 않았을 뿐 아니라, 물끄러미 천정을 바라본 채로 준지 쪽을 쳐다보지도 않았다. 그 후 몇 번이나 자살을 꾀했고, 최후에는 그 목적을 이룬 어머니는 그때도 죽음을 생각하고 있었음에 틀림없지만, 준지는 거기까지 생각이 미치지 못했다. 다만 그는 그런 어머니에게 이상한 불안을 느끼면서도 어머니가 대답을 안 하는 것은 자신이 오사카에 가도 어쩔 수 없다고 믿고 있었기 때문이라고 생각하고 약간 자신이 없어졌으나 그는 그대로 출발했던 것이다. 그래서 옷은 평소 학교 다닐 때의 차림이었다.

여자는 갑자기 화로에 긴 담뱃대를 두드리고 일어서자 부엌으로 갔다. 그 여자의 모습에는 준지와 아버지 둘만 있게 하려고 신경을 쓰는 것을 느낄 수 있었다. 그것은 아버지가 웬일인지 여자에게 신경을 쓰고 있는 듯해서 불안하게 철창문으로 시영전철 선로 쪽을 보다가 문득 준지 쪽을 돌아다보고는 무정하고 화난 목소리로 이런 말만 했기 때문이다.

"정말 너는 무엇 하러 왔니?"

그러나 아버지는 그 여자가 부엌 쪽으로 가는 것을 보자 기가 죽은 듯이 되었다. 그는 준지 앞에 어색한 모습으로 앉자 힘 빠진 목소리로 말했다.

"곧장 돌아가라! 차비 줄 테니."

"집에 돈이 없어서 곤란해요. 병원비도 남아 있고, 수업료도 밀려 있고, 방앗간 아저씨가 쌀값 독촉하러 오고…."

아버지는 어머니의 이제까지 몇 달 동안의 사건을 모르는 듯 점점 더 곤혹스런 모습이었다.

"돈에 관한 일이라면, 편지로 말하면 되잖아. 일부러 학교를 결석하고 오지 않아도…."

"편지를 몇 번이나 보냈는데…"

라고 준지는 말했다.

아버지는 말이 없었다. 부엌 선반에서 깡통 같은 것이 떨어지는 큰 소리가 났다. 아버지는 깜짝 놀란 듯이 서둘러 말했다.

"어쨌든 곧장 돌아가라, 돈은 나중에 부쳐 줄 테니."

준지는 아버지에게서 분명한 거짓을 느꼈다. 그는 불복하듯이 잠자코 있었다. 여자가 부엌에서 나왔다. 그녀는 볼일도 없이 찬장을 열면서 묘하게 창백하고 긴장된 목소리로 말했다.

"우리도 돈 때문에 고생하고 있어. 그렇게 말하는 대로 부쳐줄 수는 없어."

준지는 무의식중에 흥분해서 외쳤다.

"그렇게 말해도 우리는 정말로 곤란해요!"

"준지!"

하고 아버지는 화난 눈빛이었다.

"잘도 교육시켰네, 그쪽 여자는"

라고 여자는 떨면서 말했다.

"어떻게 하지, 사키코"

라고 아버지는 갑자기 아첨하는 듯한 목소리로 여자에게 말했다.

"그 돈 주어서 보낼까?"

"그건 당신 마음대로 하면 되잖아요"

라고 여자는 기분 나쁜 듯이 말했다.

"당신 돈이니까."

그러자 아버지 태도는 안타깝게도 완전히 바뀌었다. 아버지는 이를 악물고 준지에게 외쳤다.

"준지! 준지!"

그러나 준지는 그런 아버지에게 꾹 참고 있었다. 돈을 받지 않고는 돌아갈 수 없다는 마음이었기 때문이다. 그런 그를 지탱하게 한 것은 어머니의 여윈 검푸른 얼굴과 쌀뒤주였다. 어머니를 대신해서 밥을 짓고 있기에 그는 보리와 쌀을 따로 넣도록 가운데가 나뉘어 있는 빛 바랜 좁고 긴 뒤주 안을 보았던 것이다. 겉과 달리 흰 나무 색깔의 그 뒤주 속에 오늘 아침에는 겨우 5홉 정도만 남아 있었다. 그때 손으로 쥐어서 살펴본 그 느낌까지 준지에게는 아직 생생하게 남아 있었다.

여자는 다시 긴 화로 곁에 앉아서 담뱃대에 담배를 넣기 시작했다. 단단히 화가 난 듯 그 손은 떨리고 있었다.

"애나 보내고"

라고 여자가 말했다.

"돈이 필요하면 그 여자, 자기가 직접 받으러 오면 될 텐데."

"엄마는 아파요!"

라고 준지는 외쳤다.

여자는 깜짝 놀라 잠자코 있었다. 그때 준지는 다실 벽에 노란 헝겊으로 싼 샤미센이 걸려 있는 것을 보았다. 그것은 준지에게 신기한 것이었을 뿐 아니라, 그가 다가가려 해도 다가갈 수 없는 별세계에 속하는 것이었다. 그는 여자에게 이상한 두려움을 느꼈다. 역시 기생이야라고 그는 마음속으로 중얼거렸다.

아버지는 그런 준지가 동요하는 것을 느낀 듯했다.

"잘도 그런 말을 하는구나, 그래도 너의 새어머니야. 세상을 모르는구나. 자 세상에 나가 봐라. 너 따위 밥 한 그릇이나 누가 먹여 줄 줄 아니. 요전에 뒤편 강에 굶어서 죽은 도사에몬이 떠올랐는데, 너도 그렇게 될 수밖에 없어. 제 처지도 모르면서 멍청이."

여자는 갑자기 말했다.

"여보, 저녁 무엇으로 할까?"

"응, 벌써 그럴 시간이 되었나?"

아버지는 부드러운 목소리로 말했다.

"준지는 이제 갈 테니 신경 쓸 필요 없네. 기차에서 도시락이나 무엇이나 먹으면 돼."

준지는 무정한 목소리로 말했다.

"저는 돈 못 받으면 돌아가지 않아요."

"아직도 그런 말할래?"

라고 아버지는 고함쳤다.

그때 아버지가 맡았던 6살이 되는 준지의 여동생 가네코가 밖에서 돌아왔다. 놀러 가 있었던 같았다. 그녀는 준지 집에 있을 때보다 말쑥한 차림을 하고 있었고, 준지와 헤어진 뒤 아직 반년도 안 되었는데 준지를 이상하게 피하면서 여자 쪽으로 달려가자 어리광부리는 목소리로 말했다.

"엄마!"

준지는 강한 충격을 받았다. 긴장했던 무엇이 무너지는 느낌이 들었다. 가네코는 여자 무릎에 앉아서 비밀스런 웃음을 띠면서 여자에게 무엇인가 속삭였다. 아버지는 여자를 신경 쓰는 듯한 소리로 말했다.

"준지, 보아라, 가네코는 똑똑한 애야. 너와는 달라."

준지는 우습게도 눈물을 흘렸다. 마찬가지로 이곳으로 데려온 올해 4살이 되는 남동생도 그럴까 하고 생각했다. 그는 남동생은 어려서 고베(神戸)에 계신 할머니가 맡고 있다는 것을 몰랐다.

"자아. 사키코, 10엔 주어서 보내."

아버지는 준지에게 책임을 전가시키듯이 말했다.

"이 녀석 있으려고 하니."

여자는 일어서서 장롱 서랍을 열었다. 아버지는 여자에게 10엔을 받아서 준지 무릎에 놓으면서 부드럽게 말했다.

"자. 10엔이야. 기차 값하고 도시락 사 먹고도 남잖아."

전권대사는 이제 완전히 패배했다. 그는 어쩔 수 없이 찢어진 구두를 신고 멍청히 밖으로 나왔다. 아버지는 입구까지 배웅하면서 부드럽게 말했다.

"길 알고 있겠지? 저쪽에서 시영전철을 타고 우메다(梅田)에서 내리는 거야."

준지는 우메다까지 왔다. 그는 자신이 지금 이대로 돌아가면 얼마나 어머니에게 경제적인 부담이 될 것인지 그는 너무나 잘 알고 있었다. 그는 역을 등뒤로 하고 멍청히 목적도 없이 걸었다. 이렇게 해서 조금은 약삭빠른 시골 소년은 가출 소년이 되었던 것이다.

2

오사카라는 대도시는 초등학교 3학년까지 그곳에서 자란 적이 있는 준지에게는 아직 미지의 세계였다. 그러나 그는 자신이 직접 이 도시 앞에 놓이고 보니, 그 크기에 망연자실 할 수밖에 없었다. 그래서 어렸을 때 누군가를 따라서 자주 왔던 나카노시마(中之島) 공원에 우연히 와 보니, 밤이 되어도 그곳에서 떠나갈 수가 없게 되어 버렸다.

준지는 공원을 배회하면서 아무도 의심하지 않도록 가능한

한 세심하게 행동하고 있었다. 그는 그네를 타고 있는 초등학생 같은 소년들 사이에 끼어들어 친절한 형이 되어 그네를 밀어 주기도 하고, 무슨 암기에 열중해 있는 소년인 척하면서, 그에게 주의를 보내는 사람이 있으면, 무심코 혼자서 웃으면서 큰 소리로 중얼거리는 것이었다.

"그래, A더하기 B의 2제곱은, A 2제곱 더하기 2AB, 더하기 B2제곱이잖아. 똑바로 해야 돼."

그러나 준지는 어떻게 해야 좋을지 마음속으로는 정말로 방법를 찾지 못하고 있었다. 게다가 기차에서 주먹밥을 먹었을 뿐이어서 그는 처절할 정도로 배가 고팠다. 그러나 그는 가지고 있는 돈은 한 푼도 쓰지 않으려고 했고 군침을 삼키면서 그것을 견디고 있었다. 그는 아버지가 준 10엔과 가지고 있던 1엔도 안 되는 돈으로 자신의 생명을 영원히 지탱해 가야 된다는 느낌이 들었기 때문이다.

밤이 깊어지자 사람 그림자도 뜸해졌다. 그리고 그는 혼자 하는 연극에도 지쳐서 도사보리(土佐堀) 강가에 멍하니 쭈그리고 앉아 있었다. 그런 그에게는 아버지 얼굴은 물론이고 어머니 얼굴조차 떠오르지 않았다. 그는 앞으로 어떻게 하면 좋을까 하는 계획으로 머리가 아팠기 때문이었다.

갑자기 맞은편 쪽에 불빛이 많아지고, 강을 따라서 난 공원

기슭에는 지금까지 어디에 있었을까 하고 생각될 정도로 많은 사람들이 모이기 시작했다. 보아하니 붉은 등불을 화려하게 장식한 작은 배가 세 척 강 위로 다가오는 것이었다. 그 한가운데에 있는 한 척은 특별히 화려하게 등불로 둘러쳐져 있어서 그 등 안에 일본옷 차림의 여자가 서 있는 것이 보였다. 사람들은 모두 미즈타니 야에코(水谷八重子)야, 미즈타니 야에코야라고 속삭이고 있었다. 그중에는 그 여자에게 환호소리를 지르는 사람도 있었다. 그 여자는 그 소리나는 쪽으로 목례를 보냈다. 그러자 사람들은 점점 열광했다.

"미즈타니! 미즈타니! 앗싸!"

그중에는 얼버무리며 외설적인 농담을 지껄이는 사람도 있었다. 그때마다 사람들은 즐거운 듯이 와 하고 웃었다. 준지는 그 사람들과 마찬가지로 웃고 싶다고 생각하며 계속 웃어 보였다. 그러나 덕분에 그의 마음속의 공허함은 더욱 깊어질 뿐이었다.

화려한 그 배가 지나가자, 갑자기 그 사람들은 모처럼 함께 웃어 보였던 준지를 버리고 어디론가 사라져 주위는 한층 잠잠해졌다. 준지는 어쩔 수 없이 벤치로 돌아가려고 했지만 그곳은 무엇인가 위험한 느낌이 들었다. 그는 주변에 사람이 없는 것을 알아차리자, 이름도 모르는 관목으로 작게 만들어 놓은 숲 속으로 살금살금 들어갔던 것이다. 그러나 얼마 뒤에 순경의 긴 칼이 어둠의 정적 속에 찰칵찰칵 소리를 내며 다가와서 그 앞에서 갑자기 가로등에 번쩍 빛난 것이다. 그는 마치 범죄자처럼 심장을 두근거리면서 무심코 잠자코 숨을 죽이고 있었다. 그리고 그 칼이 아무렇지도 않게 멀어져 갔을 때, 그는 안도감과 동시에 태어나서 처음으로 사회 전체를 자기 외부에 있는 무슨 물체처럼 실감했다. 그 실감에는 신비한 두려움이 섞여 있었다.

그것은 그 사회 전체가 준지에게는 절대적인 권력을 지닌 왕궁과 같은 느낌이 들었던 것이다. 게다가 그곳에 들어갈 수 있는 사람만이 살 수 있는 권리를 부여하고, 인간적인 모든 것이 허용되는 것처럼 느껴졌던 것이다. 그리고 그는 지금까지 자신이 몰랐던 중요한 사실을 깜짝 놀라 알아차렸다는 생각이 들었다. 정신을 차리고 보니, 조금 전에 등불을 장식한 배에서 진한 농담을 하고 있던 사람도, 그가 공원에서 스쳤던 사람들도, 그리고 그의 아버지도, 이른바 그 밖의 모든 사람이 그 신비한 왕궁의 사람들이었다.

그 준지에게는 그 증언으로 아버지가 되풀이해서 그의 머리에 주입시켰던 모든 말이 떠올랐다. 너 같은 애는 다른 사람의 밥은커녕 짚신 발바닥도 핥게 하지 않는다든가, 세상에 나가 봐라, 너 따위 상대해 주는 사람은 한 사람도 없다거나, 세상이라는 것은, 네가 상상할 수 없을 정도로 두려운 곳이라든가, 이 사회는 말이야 너 따위 주물러 버릴 수 있는 것이라든가 하는 따위의 말이었다. 그리고 준지는 아버지가 준지에 대해 자신의 힘을 알리기 위해 사회에 관해서 만들어 보여 준 공포의 신화를 지금은 한심하게도 무조건 믿게 되었던 것이었다.

준지는 모기의 공격을 받으면서 하룻밤 내내 한숨도 못 자고 그 숲 속에 숨어 있었다. 순경이 두세 번 그 주위를 순회하러 와서 그는 방심할 수 없었기 때문이다. 그러나 아침은 그런 준지를 언제까지나 숨겨 두지 않았다. 하늘이 밝기 시작하자 이미 그 숲은 안정감이 없는 장소가 되었기 때문이다. 준지는 어쩔 수 없이 마치 탈옥수처럼 주위를 신경 쓰면서 그 숲에서 희끄무레한 인기척이 없는 공원 광장을 공회당이 보이는 쪽으로 쏜살같이 달려서 빠져 나갔다.

준지는 거리를 걸었다. 이른 아침 노동자를 상대하는 식당에서 마른 생선을 굽고 있는 냄새가 새어 나오는 것과 만났다. 그러나 준지는 주머니 속의 10엔짜리와 약간의 돈을 쥐어 보면서 참았다. 그 한 줌의 돈이야말로 영원히 사회 밖에 있어야만 하는 자신에게 유일한 보증과 같은 느낌이 들었기 때문이다. 그래서 무슨 일이 있어도 손을 대어서는 안 되었던 것이다.

그래서 준지는 볼일이 있는 듯이 모르는 거리를 걸어다녔지만, 나카노시마 공원에서는 멀어지지 않도록 주의하고 있었다. 어머니와 떨어질 수 없는 유아처럼 그곳에서 멀어지는 것이 그는 두려웠다. 하여간에 그곳은 하룻밤을 보낸 이미 알고 있는 장소였기 때문이었다. 그리고 그는 어느 사이에 그곳에 돌아온 것이었다.

준지는 가엽게도 이제 한 걸음도 걸을 수 없을 정도로 피곤에 지쳐 있었다. 그런 그를 겨우 지탱하고 있는 것은 불안한 긴장감이었다. 이런 상태로 계속 지낼 수 없음을 당연히 그도 지나칠 정도로 잘 알고 있었다. 그러나 어떻게 할 방법도 없었다.

그때 준지는 문득 한 줄기 광명을 발견한 듯 멈춰섰다. 그의 눈앞에는 나카노시마 구립 도서관이라는 나무 간판이 걸려 있었기 때문이다. 책이 있다고 준지는 생각했다. 책에는 무엇이든지 써 있고, 그러므로 이 책이 이 경우 어떻게 하면 좋을지를 가르쳐 주는 것이 아닐까?

준지는 입관료 3전을 내고 도서관으로 들어갔다. 많은 책이 그를 압도시켰다. 그러나 그는 그 안에서 어떻게 해서든지 자신이 원하는 책을 찾아내야만 되었다. 그는 책을 빌렸다가는 곧장 반납했다.

중학생으로 보이는 소년이 준지를 힐끔힐끔 보고 있었다.

얼마 뒤에 그가 다가가자 그의 모자를 보면서 간들거리는 목소리로 말했다.

"너, 어느 중학교니?"

준지는 깜짝 놀라면서 허둥대고 있었다.

"히메지 중학교야. 친척집에 잠깐 놀러왔어."

그러나 그 중학생은 왠지 아직 석연치 않은 듯이 준지의 모자를 보았다. 준지는 그 소년에게서 도망쳐서 화장실로 가서 모자와 교복의 휘장을 잡아뜯었다.

준지는 필요한 것을 찾아내는 것이 더욱 어려워졌다. 끝없이 그 소년을 만나지 않도록 신경을 써야만 되었기 때문이다. 그리고 그는 저녁나절 가까이까지 그 도서관에 있었는데, 그 결과는 만족할 만한 것은 아니었다. 그는 자신의 현재에 도움이 되는 것으로 다만 덴노지(天王寺)에 무료 숙박시설이 있다는 것을 알 수 있었음에 지나지 않았기 때문이다.

그 지식은 너무 빈약한 것이었다. 그것은 준지가 처한 현상에 근본적인 구제를 줄 수 있는 것은 아니었기 때문이다. 그러나 준지는, 마치 상당한 지능범처럼 그 빈약한 지식을 근거로 자신이 선택할 앞으로의 행동을 만들어 내는 것이었다. 그 준지는 타인들과 마찬가지의 인간이 되는 것. 결국 왕궁 안에 살 수 있는 인간이 되는 일밖에 생각하지 않았기 때문이다.

3

준지는 가지고 있던 지도 한 장을 의지하며, 아까운 전차요금을 내면서 겨우 덴노지 무료 숙박소를 찾아내었다. 그것은 뒤에 넓은 빈터가 있는 관청식의 낡은 목조건물이었다. 그 관청식이라는 것이 그를 두렵게 했다. 그는 두세 번 그 앞을 지나면서 넓은 현관이 열려 있는 문 뒤편을 확인했다. 잠잠하고 어두웠다. 한 번, 모자를 쓰지 않은 검은 목단이 옷을 입은 중년 남자가 주전자를 들고서 안의 어둠 속에서 나타나서 입구 오른쪽 방으로 들어갔다.

"좀더 어두워지고 나서 오자."

그는 주위를 살피면서 생각했다.

준지의 생각으로는 숙박시설이니까 밤에 찾아가지 않으면 이상한 느낌이 들었기 때문이다.

그러나 밤은 곧 찾아왔다. 준지는 거리를 배회하면서 몇 번이나 상점 안을 들여다보고는 시계를 확인했다. 7시였다. 그러나 아직 밤이 아닌 느낌이었다. 7시 반이었다. 그러나 아직 밤은 아닌 느낌이었다. 8시였다. 그래도 아직 그에게는 밤은 틀림없지만 진짜 밤은 아닌 느낌이 들었던 것이다. 9시였다. 이제 누가 무어라 해도 그것은 밤이 틀림없을 것이라고 생각했다.

준지는 숙박소로 들어갔다. 그는 거절당할 것이라는 불안을 느낄 여유조차 가지고 있지 않았던 것이다. 넓은 현관은 어두운 전등이 하나 밝혀져 있을 뿐이었고, 기분 나쁠 정도로 잠잠했다. 입구 오른쪽에 병원 창구 같은 조그만 창이 있었다. 그곳에 붉은 얼굴의 날카로워 보이는 남자가 의자에 앉아 있었다.

"죄송하지만 재워 주세요."

남자는 준지를 보고 왠지 뜻밖이라는 표정을 지었다. 그리고 비웃는 듯한 웃음을 띠면서 말했다.

"너는 뭐야?"

"중학생입니다."

"어디서 왔니?"

"히메지에서 왔습니다"

"히메지? 뭐 하러 왔니?"

남자는 꾸중하듯이 말했다.

준지는 엉뚱한 곳에 뛰어든 느낌이 들었다. 그의 계획으로는 여기서 이런 조사를 받으리라고는 생각도 못했기 때문이다. 그는 자신의 위기를 느끼면서 열심히 말했다.

"오사카에 있는 친척을 찾아왔는데요, 알 수가 없어요."

"그 친척 주소 알고 있나?"

"예, 네."

그는 한심한 목소리로 말했다.

"어딘데."

"오우기, 오우기바시(扇橋)예요."

"오우기바시라면 이제라도 갈 수 있어."

그 남자는 벽에 걸린 기둥시계를 힐끔 보았다.

"갔었습니다!"

준지는 울 듯한 목소리를 내었다.

"그런데 고바시(小橋)…. 고바시 히가시노초(小橋東之町) 쪽으로 이사해서, 고바시 히가시노초에 갔더니 우치혼마치(內本町) 쪽으로 이사해서…."

물론 준지가 생각해 낸 주소는 아버지가 이사간 주소였다. 그러자 남자는 갑자기 귀찮다는 듯이 그의 이야기를 끊듯이 책상 위의 펜을 집어들었다.

"너의 주소는?"

"히메지시 니시신마치(西新町) 56."

그는 학교 문방구 집 주소를 말했다.

"이름은?"

"가미야 사부로(神谷三郎)."

이번에는 그의 친구 이름을 대었다.

"서쪽 23번이야."

남자는 내던지듯이 말했다.

"저쪽 방에 가서 아무에게나 물으면 돼."

준지는 안심한 듯이 현관 저편에 보이는 복도로 나왔다. 그곳에 방의 창문이 있었다. 그는 안으로 들어갔다. 그러나 그곳에서 본 광경은 그를 압도시켰다.

학교 교실의 두 배나 될 것 같은 그 방에는 2층으로 되어 있는 침대가 쭉 늘어져 있었고, 이상한 사내들이 우글거리고 있었다. 2층 침대에 걸쳐 앉은 채로 누더기 셔츠를 벗고 있는 사내가 있는가 하면, 침대와 침대 사이의 좁은 마루 위에 답답한 듯이 둥글게 앉아 있는 사람들도 있었다. 외발인 중년 사내가 침대의 철 손잡이에서 손잡이로 이어가면서 뛰듯이 걷고 있었고, 저편 구석 쪽에서는 젊은 인부 같은 사내가 킥킥 웃음소리를 내면서 서로 목을 조르고 있었다. 입구 가까운 침대 위에 웃통을 벗은 채로 정좌를 하고 자신의 팔에 주사기를 꽂으면서 준지 쪽을 힐끔힐끔 이상한 듯이 바라보고 있었다. 그러나 얼마 뒤에 주사기를 빼자 깊은 한숨을 쉬었다. 준지 뒤에서 들어온 면 셔츠에 바지 차림의 마르고 몸집이 작은 중년 사내가 준지를 확인하듯이 보면서, 그 웃통을 벗은 사내 쪽으로 떠들어대듯이 말했다.

"어린애잖아."

"야, 아가야"

하고, 반나체인 사내가 의미 있는 듯이 말했다.

중년 사내는 자신의 침대 쪽으로 가서 손에 들고 있던 뭉치 같은 것을 침대 가까이 두면서 말했다. 그리고 가끔 살피듯이 준지 쪽을 보고 있었다.

준지는 지금 두 사내의 대화에서 새삼스럽게 자신 같은 나이의 소년은 한 사람도 여기에 없다는 것을 알아차렸다. 동시에 조금 전 접수부에 있었던 남자가 이상해 한 것도 아이인 자신이 자러 온 것이 신기했기 때문이었다는 것을 알게 되었다. 그렇지 않아도 준지는 이상하게도 자신은 이 사람들과 같은 동료가 아니라는 것을 보여 주고 싶어서 견딜 수 없었던 것이다. 그는 웃통을 벗은 사내 쪽으로 다가가서 격식차리듯이 말했다.

"서쪽 23번은 어디입니까?"

"음?"

그 사내는 명확하지 않은 소리를 내었다.

"서쪽 23번입니다."

"응."

그 사내는 되풀이했다.

"서쪽의 …."

그는 왠지 당황해하면서 힘을 주었다.

"서쪽 23번이라고."

그러나 사내는 이제 대답도 안하고 나른한 듯이 눈을 감았는가 했더니, 벌렁 뒤로 넘어질 뻔하다가 겨우 그 몸을 한 손으로 버텼다. 그리고 놀라운 것은 그대로 큰소리로 코를 골기 시작한 것이었다. 그 얼굴은 취한 듯이 빨개져 있었다.

"모르핀 환자야."

누군가가 준지에게 부드럽게 말을 걸었다.

지금 그 중년 사내가 준지 옆에 싱글거리면서 서 있었다.

"자네 여기에 머물 건가?"

"네에?"

하고 준지는 실망하면서 대답했다.

사내는 준지를 데리고 침대 사이를 누비고 갔다. 가끔 위쪽 침대에서 늘어져 있는 담요를 방해도 되지 않는데 거리낌없는 태도로 발로 차올렸다. 그런 그는 참으로 이곳의 주인처럼 보였다.

"여기야."

사내는 창가의 침대 쪽을 가리켰다.

그리고 사내는 친절하게 준지 침대를 돌봐 주면서 속삭이

듯이 준지에게 되풀이했다.

"알았니. 볼일이 있으면 나에게 말해. '젠' 이라고 하면 모두 알아."

준지는 고개를 끄덕이고 침대 위로 기어올랐다. 짚으로 된 매트 같아서 침대는 바삭바삭 소리가 났다. 그는 상의를 벗고, 바지를 벗고 어색하게 침대에 누웠다. 그러자 또 젠이라고 자칭했던 사내가 왔다. 그는 준지에게 싱글거리며 말했다.

"잘 수 있겠니?"

준지는 끄덕였다. 젠은 잠시 그를 부드러운 표정으로 보고 있더니, 따로 볼일도 없는 듯이 그대로 사라졌다.

준지는 잠들려고 뒤척였다. 그러자 등을 마주보고 있는 침대에서 무엇인가가 반짝 빛났다. 서른이 넘은 사내가 더러운 셔츠 소매를 걷어올리고 그 하늘거리는 가는 손목의 정맥에 조금 전 사내와 마찬가지로 주사를 놓고 있는 것이었다. 사내는 준지가 보고 있는 것을 알아차렸지만 전혀 무관심했다. 사내는 주사를 마치자 벌떡 누웠다. 5분도 되기 전에 그의 입 언저리가 부드럽게 풀어지고 흰 이가 살포시 보였다. 그 얼굴 전체는 무엇인가 음란한 느낌이 들었다.

그러자 또 젠이 온 것이었다. 변함없이 부드러운 미소를 띠고 있었지만 묘하게 안정감이 없었다. 그는 준지의 침대 끝에 앉거나 준지가 덮고 있는 담요를 조사하곤 했다. 준지는 정체를 알 수 없는 불안감을 느꼈다. 젠의 그 모습에는 무엇인가 도를 넘은 이상한 것이 느껴졌다.

"보초, 보초를 서 주지 않겠니?"

그리고 왠지 젠은 얼굴을 붉혔다.

"보초?"

준지는 긴장된 소리로 되물었다.

"아무것도 아니야. 잠시 동안 이 문 입구에 서 있으면 돼. 감독이 가끔 순시하러 오게 되어 있으니. 그러면 곧 나에게 알려 주면 되는 거야."

준지는 젠이 하는 말뜻을 분명히 알 수 없었다. 그런데 한심스럽게도 일어나서 부석부석 바지를 입기 시작했다.

"너는 좋은 얼굴이구나."

젠은 떨림을 띤 뜨거운 소리로 속삭이듯이 말했다.

"정말로 좋은 얼굴을 하고 있네, 정말이야."

그리고 젠은 말이 막힌 듯이 입을 우물우물하고 있었다. 준지는 순간 이유를 알 수 없는 미적지근한 구름에 붕 뜬 듯한 현기증을 느꼈다. 그는 어색하게 침대를 내려왔다. 젠은 들뜬 목소리로 계속했다.

"다른 녀석이 하는 말을 듣지 말아라. 진짜로 나 이외 사람이 하는 말을 들어서는 안 돼."

준지는 왠지 불안했다. 그러나 어쩔 수 없이 고개를 끄덕였다. 그러자 젠은 기쁜 표정으로 윗옷을 입으려는 준지를 밀며 만류하면서 말했다.

"춥지 않니? 괜찮니?"

준지는 젠의 뒤를 따라서 침대 사이를 누비고 갔다. 벌써 대부분의 사람들은 침대에 누워서 코를 골기도 하고, 담배를 피우기도 하고 있었지만, 젠이 지나가자 신호도 보내지 않았는데 하나 둘 위아래의 침대에서 내려왔다. 모두 이상한 칠칠맞지 못한 모습을 하고 있었다. 그들을 침대에서 힐끗 보는 사람도 있었는데, 특별히 아무런 관심도 없는 듯했다. 얼마 뒤에 열 명 가까운 사람이 말없이 입구 가까운 벽 근처에 모여서 답답한 듯이 서로 몸을 밀치면서 둥글게 앉아 있었다. 얼마 뒤에 모두 아직 좌석에 앉기 전에 역시 말없이 이제 그 한 사람이 주사위를 흔들기 시작했다. 준지는 그것이 도박이라는 것을 알았다. 젠은 그 동료에게 무엇인가 속삭였다. 한 사람이 힐끗 준지 쪽을 보았지만 흥미없다는 듯이 다시 좌중으로 눈을 돌렸다. 젠은 준지가 있는 곳으로 되돌아왔다.

"문 밖에 서 있다가 감독관이 이쪽으로 오는 모습이면 문을 톡톡 두드리고 들어오면 돼."

"감독관이라면?"

준지는 내키지 않는 소리로 물었다.

"네가 올 때 접수부에 이상한 녀석이 있었잖아. 그 녀석을 말하는 거야."

준지는 잘 알지도 못하면서 문 밖으로 나가려고 했다. 젠은 그에게 빠른 말로 말했다.

"나는 벌써 네 이름 알고 있다. 가미야 사부로지?"

준지는 복도로 나왔다. 둔탁한 전등 불빛에 떠 있는 복도는 잠잠했다. 방안에서는 그것이 밀폐되어 있는 것처럼 숨소리조차 들리지 않았다. 그는 과거를 잊어버린 사내처럼, 아버지의 얼굴은 물론, 어머니의 얼굴도 그의 학교도 생각나지 않았다. 그는 다만 멍하니 있었던 것이다.

그러나 그 믿음직하지 못한 감독은 자신의 역할을 소홀히 하고 있는 것은 아니었다. 그는 맞은편 사무실 안에서 움직이는 사람의 낌새를 민감하게 느꼈다. 그리고 복도를 향한 문이 흔들렸을 때, 무의식중에 긴장된 자세를 취했다. 그러나 사무실에서 나온 검은 그림자는 화장실에라도 가는지 방 쪽은 돌아다보지도 않고 현관의 막다른 쪽으로 사라졌다. 그러나 그 사내가 다시 돌아올 것은 분명했다.

준지는 긴장하면서 자신을 추궁했을 때의 구실을 재빨리

생각하기 시작했다. 남자는 벌써 앞단추를 끼면서 돌아왔다. 그러나 그 남자는 다시 그에게 감독 책임이 있을 방 쪽은 쳐다보지도 않고 사무실 안쪽으로 돌아가 버렸던 것이다. 준지는 아무렇지도 않게 그 남자는 방에 있는 그 사람들을 인간이라고 생각하고 있지 않다는 느낌이 들었다. 그리고 그도 그것에 동감했다. 자신은 이런 곳에 오랫동안 있을 수 없다고 그는 생각했다. 그리고 하루라도 빨리 어디엔가 들어가 살지 않으면 안 된다, 그 왕궁 같은 사회에 속하는 사람들이 있는 곳으로 가야만 된다, 비록 노예 같은 신분이라도 인간이 되기 위해서는 그렇게 해야만 된다는 느낌이 들었던 것이다.

얼마 뒤에 갑자기 뒤쪽 문이 열렸다. 젠이 얼굴을 내밀었다. 그는 준지에게 기분 나쁜 목소리로 말했다.

"이제 됐어."

준지는 생각보다 빨리 책임이 끝나자 안심하면서 방으로 들어왔다. 그러나 벽 있는 곳에서는 변함없이 조금 전의 사람들이 있었고 말없이 바쁜 듯이 손을 움직이고 있었다.

"이제 됐어."

젠은 준지의 시선을 제압하듯이 화난 듯이 말했다.

"저런 녀석들 내버려두는 것이 좋아."

그리고 젠은 풀 죽은 모습으로 준지를 돌아보지도 않고 자신의 침대 쪽으로 걸어갔다. 준지는 무엇인가에서 해방된 듯이 자신의 침대로 돌아왔다. 그는 이제 익숙한 침대에 몸을 넣고 안도의 한숨을 쉬면서 눈을 감았다. 공기에서는 땀인지 때인지 알 수 없는 냄새가 짙게 느껴졌다. 그는 갑자기 깊은 잠으로 빠져 들었다.

그리고 몇 시간이 지났는지 준지는 알 수 없었지만 그는 갑자기 낮은 비밀스런 목소리에 잠이 깨었다. 준지는 억지로 잠에서 깨어나서 구토 같은 것을 느끼면서도 겨우 눈을 떴다. 정신을 차리자 그의 옆에 누군가가 누워 있는 것이었다. 왠지 모르게 깜짝 놀라자 젠이었다.

"얘, 사부로야."

그리고 젠은 한 손으로 준지의 손을 잡아서 자신의 아랫배 쪽으로 가지고 가며, 한 손으로 준지를 강하게 끌어안았다. 준지는 주위의 침대를 느끼며 난처했다. 적어도 자신이 소리를 지르면 무엇인가 추악한 일이 벌어질 것 같았다. 그는 처참한 기분으로 젠의 손이 세게 이끄는 곳으로 갔다. 주름투성이의 조그맣고 딱딱한 물기가 없는 살덩어리가 느껴졌다.

준지는 울음을 터트리고 싶은 기분이 되면서도 젠이 하는 대로 두었다. 그는 수음을 알고 있어서 아마도 그것인지도 모른다고 생각하고 있었다. 그러나 그가 아무리 손을 움직여도 그 살덩어리 주름은 노인 이마에 있는 것처럼 깊고 완강했던 것이다. 준지는 괴로워하기 시작했다. 그러나 그 주름 때문에 그의 손끝은 벗겨질 정도로 아프게 될 뿐이었다. 그는 차츰 화가 났다. 그의 손은 난폭해졌다. 그래도 그 주름은 꿈적도 하지 않았다. 준지는 온몸이 땀으로 흠뻑 젖었다. 그래도 그는 우습게도 언제까지나 그 효과 없는 일을 계속하고 있었다. 그러자 그에 대한 화가 사라지고 차츰 놀라움이 일어난 것이다. 그는 믿을 수 없게 몇 번이나 그 이상한 살덩어리를 확인했다. 아마도 한 시간 가까이 지났다고 생각되는데도 그 주름은 여전히 종전의 모습을 지니고 있었던 것이다.

준지는 애처롭게도 손을 쉬어 버렸다. 무엇인가 의연한 느낌이었다. 준지를 껴안고 있던 젠의 팔이 느슨해졌다. 젠은 준지에게서 몸을 약간 빼자 가엾고 울 듯한 목소리로 말했다.

"이제 됐어."

순간 젠은 가라앉은 얼굴로 위쪽 침대 주위를 바라보고 있었다. 그러나 갑자기 준지를 보자 준지의 손을 양손으로 쥐면서 뜨겁게 말했다.

"나를 버리지 말아 줘. 그러면 원망할 거야."

준지는 영문을 몰라서 잠자코 있었다. 그러자 젠의 손이 준지의 엉덩이 근처에 슬금슬금 뻗쳐졌다. 그러나 곧 체념한 듯이 손을 거두며 탄식하며 그는 아양떨듯이 말했다.

"내일 한턱낼게, 나는 정말로 네가 좋다."

그리고 젠은 갑자기 저쪽으로 굴러가듯이 몸을 움직였는가 했더니, 반신을 일으키고 등을 구부린 체 재빨리 준지 침대 틀을 넘어 모르핀 환자가 자고 있을 등뒤의 침대로 굴러갔다.

준지는 일어나서 화장실로 갔다. 화장실에 볼일이 있었던 것이 아니라 손을 씻고 싶었기 때문이었다. 그리고 그가 정성껏 손을 씻고 돌아오자 젠은 아무렇지도 않은 얼굴로 코를 골고 있었다. 준지는 그곳에 자고 있던 모르핀 환자를 어떻게 한 것일까 하고 생각했다. 그러나 그도 눕자마자 잠이 들고 말았다.

4

다음날 아침 준지가 겨우 눈을 뜨자 방안에는 엊저녁 공기와는 전혀 다른 부산하고 신선한 활기가 느껴졌다. 보아 하니 방안의 사람들은 벌써 반은 나갔고, 남아 있는 사람들도 각자 바쁜 듯 나갈 준비를 하고 있어 자고 있는 것은 준지 한 사람뿐이었다. 준지는 놀라서 일어났다. 그리고 상의와 바지를 입으면서 문득 보자, 맞은편 침대에는 모르핀 환자 모습은 물론이고 젠의 모습도 보이지 않았다. 준지는 서둘러 바지 주머니 속을 확인했다. 10엔 지폐도 있었고 1엔 남짓한 잔돈도 분명히 있었다. 그는 안심했다. 그는 오만하게도 이 숙박소 사람들을 조금도 신용하고 있지 않았던 것이다.

준지는 서둘러 이 숙박소를 뛰쳐 나갔다. 그는 인력소개소라는 분명한 형태는 아니지만, 누군가 언제랄 것도 없이 이런 것이 이 세상에 있다는 것을 알고 있었다. 그래서 어제 도서관에 있을 때부터 그는 막연하게 그것을 목적으로 하고 있었던 것이다.

조그만 공원이 있었다. 준지는 그곳 수도에서 얼굴을 씻고 허리 수건으로 정성껏 목과 손목을 닦았다. 그는 가출하고 나서 아직 아무것도 먹지 않았다. 그래서 오늘 아침에는 비록 그에게 생명만큼 귀중한 10엔짜리에 손을 대더라도 그의 육체를 충분히 먹여 주어야 된다고 생각하고 있었다. 그리고 그것은 그만큼 가치가 있는 것이었다. 왜냐하면 그에게 인력소개소는 왕궁의 문이었고, 아마도 아무것도 먹지 않으면 그 문지기는 곧장 그것을 알아차리고 거절할 것이 틀림없었기 때문이었다. 그는 그것을 상상하기만 해도 소름끼쳤다. 그러자 어떻게 해서든지 그 문을 통과해서 인간이 되고 싶다는 간절한 바람이 그의 가슴을 적셔 왔다.

준지는 공원을 나왔다. 소화되어 그의 몸의 피가 되어 그의 피부에 생기를 줄 때까지 걸리는 시간을 생각해서 한시라도 빨리 음식을 먹을 필요가 있었다. 동시에 그는 숙박소에서 가능한 한 멀리 떨어진 장소에서 그것을 하고 싶다고 생각하고 있었다. 그의 눈은 음식점을 기웃기웃 열심히 찾으면서 그러나 그의 발은 도망치듯이 점점 멀리 걷고 있었다.

그것은 아스팔트로 준지가 살던 시골에서는 볼 수 없는 똑바른 넓은 길이었다. 아직 이른 아침이라서 양쪽 상점들은 아직 거의 문이 닫혀 있었고, 별로 사람 그림자도 없어서 주위는 잠잠했다.

그때 그가 걸어가고 있는 먼 맞은편에 이상한 반점(斑點)이 나타난 것이다. 그것이 그에게는 젠처럼 느껴졌다. 그러나 그렇지 않은 것 같기도 했다. 그래도 준지의 발걸음은 주저하며 느려졌다. 그 반점은 점차 분명한 셔츠와 바지 모습이 되었고 그가 피하고 싶은 운명처럼 그에게 곧장 다가왔다. 그는 드디어 멈춰섰다. 젠은 뛰듯이 준지에게 다가와서 숨을 헐떡이면서 말했다.

"다행이야, 시간에 맞추지 못하는 것은 아닐까 했는데."

그 젠의 조그만 얼굴은 이상하게 창백했고 이마에는 땀방울이 맺혀 있었다. 어색하게 손바닥을 펴 보이면서 애교떨듯이 말했다.

"이봐."

그 더러운 검은 손바닥에는 50전 은화가 빛나고 있었다.

"자, 한턱낸다고 했으면 진짜로 내는 거야, 나는."

젠은 자랑스러운 듯이 말했다.

준지는 웬일인지 진흙탕에 굴렀을 때와 같은 느낌이 들었다. 그는 한심한 목소리로 소곤소곤 말했다.

"저 이제부터 가면 오지 않을 텐데."

"어디로?"

"친척집을 찾으러."

"함께 찾아줄게, 그래 내가 한가하니까. 뭐 먹으러 가자."

준지는 무거운 걸음으로 숙박소 쪽으로 되돌아오기 시작했다. 젠은 그런 그에게 몸을 바싹대듯이 하고 걸으면서 묘하게 애원하듯이 되풀이해서 역설하는 것이었다.

"나는 알아. 너처럼 머리가 좋은 사람 세상에 없어. 정말이야. 눈만 봐도 알 수 있어. 정말로 너는 영리한 눈을 가지고 있단다."

"모두 쥐 눈이라고 하는데."

준지는 수긍할 수 없다는 듯이 말했다.

"모두라니 누구야?"

젠은 화난 목소리로 말했다.

"학교 사람들이."

"그럴 리 없어."

젠은 강하게 말했다.

"그런 말하는 녀석, 한판 해 주면 알 거야. 참으로 좋은 눈이야. 그렇게 좋은 눈을 가진 사람, 난 본 적이 없어, 정말이야, 정말이야."

준지는 젠의 뒤를 따라서 조그만 밥집으로 들어갔다. 거리는 조용한데 안에는 사람으로 붐볐다. 젠은 20전인 소고기 덮밥을 한 그릇 주문했다. 준지는 어쩔 수 없이 그 덮밥에 손을 대었다. 그러자 그에게서 세계의 모든 것이 사라져 버렸다. 그리고 겨우 정신을 차리고 보니 젠은 아무것도 먹지 않고 엽차만 마시고 있었다. 그리고 무엇인가 대단히 감동한 듯한 얼굴로 준지를 눈부신 듯이 바라보고 있었다. 그의 입 언저리에 부드러운 미소까지 띠고 있었던 것이다. 준지는 무의식중에 기가 죽었다.

"젠은?"

순간 젠은 울 듯한 눈이 되었다. 그는 허둥대는 목소리로 말했다.

"나는 괜찮아. 나는 따로 먹을 곳이 있어."

물론 준지는 그것이 카페의 요리실 뒷문에서 얻은 찌꺼기 밥이라는 것을 몰랐던 것이다. 젠은 준지가 다 먹은 것을 보자 그만 눈물을 글썽이는 표정으로 기쁜 듯이 말했다.

"맛있었지?"

준지는 이상한 느낌이 들어서 애매하게 끄덕였다. 젠이 자신에게 무엇인가 쓸데없는 일을 하고 있는 느낌이 들었기 때문이다. 그러나 안타깝게도 준지의 위는 정직하고 솔직하게 계속 트림을 하고 있었다. 준지는 안정감이 없어졌다.

"갈까?"

젠은 꿈에서 깨어난 듯이 일어섰다. 두 사람은 밖으로 나왔다. 준지는 머리를 숙였다.

"그럼 다녀오겠습니다."

"나도 함께 가자."

젠은 벌써 걷기 시작했다.

준지는 멈추어 섰다. 앞에서 걷기 시작한 젠은 뒤를 돌아다보았다. 그는 준지를 잠시 응시하고 있었지만 슬픈 목소리로 말했다.

"그래."

준지는 어쩔 수 없이 죄를 느꼈다. 그는 거짓말을 했다.

"친척집을 찾으면 곧 숙박소로 알려 줄게요."

"그래."

젠은 어두운 목소리로 되풀이했다.

"내 이름은 이시하라 젠타로(石原善太郎)라고 하는데."

그리고 그는 준지에게 잠자코 잔돈 30전을 쥐어 주었다. 준지는 서둘러 걷기 시작했다. 그는 어른을 능숙하게 속이고 싶은 것에서 용케 도망칠 수 있었던 기쁨에 넘쳐 있었다. 준지는 젠이 왕궁 벽 밖으로 내던져 버려진 썩은 고기 같은 느낌이 들었다.

준지는 주의 깊게 순경 모습을 피하면서 센니치마에(千日前)를 걷고 신사이바시(心齋橋)를 걸었다. 그는 순경을 두려워해야 하는 자신으로부터 빨리 도망치고 싶었다. 그러나 걷다 보니 그에게 왕궁 문인 인력소개소는 뜻밖에도 가는 곳마다 있었던 것이다. 그는 그들 인력소개소를 몇 번이나 보며 걸었다. 덕분에 머리 속에 소개소의 분포도를 만들 수 있을 정도였다.

벌써 점심때 가까이 되었다. 사람들이 적었던 그 번화가에는 어느 사이엔지 인파가 넘쳐 있었다. 준지는 빨리 결심해야만 되었다. 그는 그중에서 가장 마음 편해 보이는 상점으로 들어갔다.

상점 안은 광이 뒤로 빠져 나가게 되어 있어서 입구의 6조

자리에 전당포 같은 카운터가 있었다. 그곳에 서른이 넘은 일본옷 차림의 남자가 앉아서 무엇인가를 쓰고 있었다.

"안녕하세요?"

준지는 떨리는 목소리를 내었다.

남자는 힐끗 그를 보았지만, 또 계속 다시 썼다. 준지는 몸에서 힘이 빠지는 것을 느꼈다. 그는 멍하니 그의 왕궁 문지기를 보고 있었다. 남자는 머리를 들고 익숙한 듯이 말했다.

"일자리 말하나?"

"네."

준지는 힘을 주어서 말했다.

"자네, 배달할 수 있나?"

"네."

준지는 풀이 죽은 채 말했다.

"할 수 있다고 생각합니다만."

그러나 남자는 대답하지 않고, 갑자기 준지를 이상한 듯이 둘러보는 것이었다.

"자네 오사카에 신원보증 해 줄 사람이 있나?"

남자는 드디어 말했다.

"네?"

준지는 풀이 죽었다.

"자네 아는 사람 없나? 오사카에."

준지 머리에 아버지 집이 떠올랐다가 사라졌다. 그러나 그는 잠자코 있었다.

"없나?"

남자는 실망한 목소리였다.

"요즈음 고용이 복잡해졌어. 불경기라 무리도 아니지만, 신원보증인이 없으면 어느 상점에도 갈 수 없어."

"네에."

준지는 어쩔 수없이 말했다.

그러나 준지는 잠자코 움직이려고도 하지 않고 버티고 서 있었다. 왕궁 문지기는 내뱉듯이 말했다.

"어쨌든 우리 집에서는 도와줄 수 없네."

어쩔 수 없었다. 준지는 간신히 밖으로 나왔다. 밝은 햇볕이 어딘가 어두웠다. 그는 눈을 비볐다. 그러자 이번에는 햇볕이 너무 눈부셨다. 그는 체념하고 걷기 시작했다. 인력소개소가 눈에 띄었다. 그에게는 그 문은 이제 굳게 닫혀져 있는 것과 마찬가지였다. 번화한 거리로 나왔다. 많은 사람들이 걷고 있었다. 그는 그들 모든 사람들에게 왕궁 주인인 분명한 표시를 보았다고 생각했다. 그는 마치 자신이 인간이 아닌 듯한 처참함을 느끼고 있었던 것이다.

그는 정처없이 걸으면서 자신은 덴노지에 있는 숙박소에도 돌아갈 수 없다고 생각하고 있었다. 첫째로 그것은 그가 거부해야 될 세계였다. 둘째로 그는 접수처의 남자에게 한 거짓말이 그를 사로잡고 있었기 때문이었다. 이번에는 가령 친척이 어디로 이사갔다고 해도 그가 가출인이라는 것을 알고 경찰에 인도할 것 같았다. 그는 어리석게도 가출을 중대한 범죄라고 생각하고 있던 것은 분명했다. 그래서 그는 앞에서 오는 순경을 보면 볼일도 없는 골목으로 볼일이 있는 듯이 서둘러 들어가는 것이었다.

그러자 그곳에 너무나 초라한 왕궁 문이 있었던 것이다. 그는 그곳에 들어가도 어떤 결과일지 알고 있었다. 그러나 그는 그것이 자신의 자연스런 일처럼 그 긴 연립주택처럼 죽 늘어선 집으로 들어갔다. 안은 어두웠다. 상점다운 모습이 없었고, 찢어진 장지문 저편에 3조 다다미방이 보였고, 오래된 잡지가 흩어져 있었다. 어디에선가 기저귀 냄새가 났다. 준지는 한심한 소리를 냈다.

"안녕하세요?"

머리가 벗겨진 날카로운 표정을 한 중년 남자가 둘둘 허리끈을 매면서 나왔다. 남자는 그를 보자 이상한 얼굴을 하고 말했다.

"무슨 일이야?"

준지는 무의식중에 절망적인 목소리로 말했다.

"어딘가 일할 곳 없을까요?"

"우리 집은 여자 전문이야."

준지는 이렇게 되는 것이 자신의 당연한 운명 같은 느낌이 들었다. 그러나 그는 조금 전 상점과 마찬가지로 우물쭈물 기다리고 있었다.

"학생인가 자네는?"

남자는 아무렇지도 않은 소리로 말했다.

그때 안쪽에서 여자 소리가 들렸다. 남자는 우물쭈물 그쪽으로 모습을 감추었다. 그러나 남자는 곧장 나왔다.

"그러면 두세 곳 부탁할 곳 있는데, 자네 집이 어디야?"

준지의 몸에 창백한 기운이 흘렀다.

"히메지입니다"

"히메지?"

"그렇습니다."

준지는 자신도 무슨 말을 하고 있는지 알 수 없는 목소리였다.

"4, 5일 전에 학교를 그만두고 아저씨 집에 와 있어요."

"그렇다면 그 아저씨가 신원보증인이 되어 주겠네."

"그렇습니다."

준지는 슬픈 목소리로 대답했다.

남자는 큰 장부로 보이는 노트와 연필을 가지고 와서 직접 다다미 위에 놓았다.

"가미로쿠(上六)의 적십자 병원 근처인데 좋은 상점이야. 하여간에 가 보아라."

"네."

준지는 머무적거렸다.

"곧 지도 그려 줄게. 아저씨 주소 말해 주겠니?"

"덴노지…."

준지는 기어 들어가는 목소리로 말했다.

"덴노지 무료숙박소가 있잖아요. 그 앞인데."

남자는 날카로운 눈을 찡그렸다.

"번지는 모르니?"

"저어."

준지는 필사적이 되었다.

"언제나 편지는 덴노지구 덴노지 무료숙박소 앞으로 갑니다만."

"됐어, 아저씨 이름은."

준지는 큰 결심을 하며 말했다.

"이시하라 젠타로입니다."

5

그 상점은 과자집이었는데 꽃도 취급하고 있었다. 근처에 대궤전차(大軌電車) 건널목이 있어서 언제나 땡땡 신호소리가 났다. 준지가 그 상점으로 들어가자 25, 6살의 주부로 보이는 얼굴이 흰 여자가 의자에서 일어났다.

"중개소에서 왔습니다."

준지는 소개장을 내밀었다.

주부는 애교 있는 웃음을 띠면서 그를 자세히 살피지도 않고 안으로 들어갔다. 그러자 약간 살찐 30살이 넘은 주인으로 보이는 남자가 나왔다.

"자네야?"

주인은 무엇인가 흥분한 듯한 느낌이었다.

"천천히 가르쳐 줄 테니까 성실하게 일해 주어요."

여자 손님이 들어왔다. 준지는 어떻게 해야 좋을지 몰라서 멍하니 서 있었다. 주인은 서둘러 손님에게 다가갔다.

"어서 오세요."

여자 손님은 이것저것 꽃 항아리를 바라보고 있었다. 주인은 손님에게 말했다.

"병원에 문병 가시나요?"

준지는 다만 멍하니 바라보고 있을 뿐이었다. 그때 그는 누군가 보고 있는 듯해서 뒤돌아보았다. 두세 살 되는 아이를 안은 주부가 안쪽에서 출구를 막은 채로 신기한 듯이 보고 있었다. 그는 그저 뒷걸음질 쳤다. 주부는 어쩔 수 없다는 듯이 나와서 생글거리며 말했다.

"자네 어디서 왔어?"

"히메지에서요."

준지는 얌전하게 대답했다.

"히메지?"

주부는 상기된 목소리였다.

"나는 가자니시(飾西)야. 알고 있니?"

"네에."

준지는 무심코 더듬거리며 대답했다.

주인은 준지가 본 일도 없는 외국 종자로 보이는 화분을 안고 상점 안으로 들어왔다. 손님은 돌아갔다. 주부는 기쁜 듯이 말했다.

"이 아이 히메지 출신이래요!"

그러자 주인은 일부러 위엄 있는 얼굴을 지으면서 주부에게 말했다.

"아이 재우고 나와. 나는 이 꽃 병원에 배달해야 되니까."

주부는 생글생글 웃으면서 곧장 안으로 들어갔다. 그러자 화분을 들도록 만든 꽃 바구니에 넣고 있던 주인은 부드러운 얼굴로 말했다.

"우리 집은 적십자 병원 손님이 많아. 지금 함께 가지 않을래? 병실 번호를 기억해 두어야 하니까."

그리고 그 바구니를 포장지로 싸려고 하다가 무엇을 생각했는지 갑자기 눈 높이로 들면서 준지 쪽으로 약간 애교부리며 웃으면서 흥분한 소리로 말했다.

"오, 시크라멘 꽃이여. 그대 아름다운 꽃이여."

준지는 자신이 환영받고 있다는 것을 느꼈다. 그는 그날 세 번이나 병원에 갔다. 병실은 너무나 많았고, 여러 병동으로 나누어져 있어서, 마지막 한 번은 준지 혼자서 갔는데 미로에서 헤매게 되었다.

정말로 그 첫날은 준지가 기억할 일이 너무 많았다. 주인에게 잘 보이려고 열심히 했다. 그리고 주인 부부도 그 때문에 침착하지 못하고 흥분한 듯했다. 얼마 뒤에 그것은 그가 그 상점 최초의 종업원이기 때문이라는 것도 알 수 있었다. 게다가 그 상점은 시청에 근무하고 있던 주인이 몇 달 전에 처음으로 개업한 상점이었던 것이다.

밤에 준지는 새로운 인상에 압도되어 좀처럼 잠을 이룰 수가 없었다. 그러나 이 상점 주인들이 정통의 왕궁 주인들이라는 것은 분명하고, 자신이 그 사람들의 것으로 될 수 있었던 점에 안도감 비슷한 것을 느꼈다. 그가 가출한 뒤에 생각하지도 못한 어머니의 얼굴이 떠올랐다. 무언가 떳떳한 인간이 되어 그 어머니를 어두운 고뇌에서 구해 주어야만 된다고 그는 각오 비슷한 것을 느끼고 있었던 것이다.

그런데 다음날 오후였다. 그가 상점 과자 진열상자의 먼지를 털고 있었는데 뜻밖에 젠이 들어온 것이었다. 젠은 어디서 빌려 입었는지 줄무늬 옷을 입고 허리띠를 두르고 있었다. 젠이 여기에 올 복장을 준비하기 위해 특별하게 신경을 쓰고 있는 것을 준지도 알았다. 그러나 준지는 쓸데없는 사람이 왔다고 한심한 생각이 들었다. 그러나 젠은 그에게 문제없다고 자신 있다는 신호를 보내자, 젠의 모습을 보고 일어난 주인에게 정중하게 인사를 한 것이다.

"제가 아는 녀석이 이번에 이 상점에 신세를 지게 되어서…."

주인은 그 젠을 상냥하게 안으로 초대했다. 젠은 잠깐 망설였지만 그래도 어쩔 수 없다는 듯이 안으로 들어갔다. 준지는 그 젠에게 불길한 예감이 들었고 자신이 거짓말을 한 엄한 심판이 내려진 듯이 기가 죽어 있었다. 몸 전체에서 식은땀이 흘러서 떨이개를 쥐고 있는 손은 자신이 무엇을 하고 있는지조차 알 수 없는 모습이었다. 그는 젠에게 격렬한 분노를 느끼면서 계속 중얼거리고 있었다. 저 녀석… 저놈! 저놈! 그러나 그는 한편으로는 무사히 지나갈 것 같은 느낌도 계속 드는 것이었다.

그러나 안에서 나온 주부를 보았을 때, 준지는 모두가 끝났다는 것을 알았다. 그녀는 곤란한 듯한 표정을 지으며 그를 바라보면서 말했다.

"도대체 자네 이름 어떤 것이 진짜야? 가미야(神谷)? 다카야마(高山)?"

준지는 자신의 신분을 감춘 거짓말이 아니라, 뜻밖의 거짓말이 탄로난 것에 충격을 느끼면서 한심한 목소리로 말했다.

"다카야마입니다."

"그래? …. 그런데 지금 온 사람은, 가미야, 가미야라는데."

주부는 그를 이상하게 쳐다보면서 말했다.

"어쨌든 주인이 부르니까 들어가 보아라."

준지는 심장을 두근거리면서 안으로 들어갔다. 그러자 벌써 젠이 위쪽에서 봉당으로 내려오려고 하고 있었다. 그 젠의 판자를 댄 나막신은 아마도 어느 쓰레기 상자에서 주운 것 같은 형편없는 것이었다. 그 뒤에 서 있던 주인은 준지에게 어두운 얼굴을 지으면서 참으로 관청에 근무하고 있던 사람의 목소리로 말했다.

"우리 상점에서는 곤란해, 보증인이 분명하지 않으면…."

그러자 준지는 정말로 주인의 아름다운 상점을 더럽혔다는 느낌이 들었다. 그때 젠은 그 더러운 나막신을 신으려고 했는데 술 취한 사람처럼 비틀거리면서 좀처럼 신지 못했다. 주인 부부도 준지도 잠시 동안 그의 발 밑을 쳐다보고 있었다. 그는 점점 도가 지나치고 있었다. 겨우 나막신이 발에 걸리자 그는 머리를 숙이면서 불명확한 애매한 인사를 입안에서 중얼거렸다.

"그런데 나와 그 아이 차림이 추하다고 생각하고 계셨지요."

그러자 주인은 기분 나쁜 것을 참듯이 대답했다.

"음. 나도 그런 느낌 들었네만."

젠을 따라서 준지는 멍청히 밖으로 나왔다. 젠은 서둘러 걷고 있었다. 준지는 일부러 젠보다 뒤에서 걸었다. 그는 자신의 비극이 자신의 거짓에서 시작되었다는 것을 모르고, 한심하게 죽이고 싶을 정도로 젠에게 화를 내고 있었다. 그리고 젠의 모습이 시영전철 거리를 왼쪽으로 구부러져 사라졌을 때 이대로 젠을 따돌리고 싶은 생각이 들어서 무심코 뒤돌아보았다. 그가 이제까지 근무하고 있던 상점은 저녁 해를 받아서 꽃을 넣어둔 쇼윈도 유리가 무지개 빛으로 빛나고 있었다.

젠은 어쩔 수 없이 모서리를 돌아오는 준지를 기다리면서 화난 소리로 말했다.

"너는 왜 나를 속였니?"

준지는 고집 부리며 잠자코 있었다.

"우리는 일심동체잖아!"

젠은 탄식하듯이 말했다.

"나는 너를 좋아해. 너같이 훌륭한 사람, 전세계에 없다고 생각할 정도로. 그렇게 생각하는 나에게 거짓말을 하다니!…."

젠은 감격에 벅찬 듯이 말이 막히면서 준지를 응시했다. 준지는 그를 피하려고 걷기 시작했다. 등뒤에서 젠의 뜨거운 한숨 소리가 들렸다. 얼마 뒤에 젠은 준지에게로 쫓아와서 힘없는 목소리로 말했다.

"나는 이렇게 되리라고는 생각지도 못했어, 인력소개소에서 엽서를 보내 와서, 나는 너를 주인께 잘 부탁하려고 온 것인데."

"엽서가?"

준지는 깜짝 놀라서 무의식중에 젠을 뒤돌아보았다.

준지는 그 인력소개소에서 엽서를 보냈으리라고는 꿈에도 생각하지 못했던 것이다. 그는 왕궁에 사는 사람들이 그가 모르는 여러 가지 비밀로 정확한 연락을 취하고 있다는 것을 지금 처음으로 알게 된 마음에 기가 죽어 있었다. 게다가 그것은 그의 초라한 거짓 따위로 무너질 연락망은 아닌 것처럼 느껴졌다. 그는 젠이 옷소매에서 넷으로 접은 엽서를 꺼내 보이는 것을 앞으로의 그의 계획에 치밀함을 좀더 요구하는 증거처럼 멍하니 바라보고 있었던 것이다.

두 사람은 시영전철을 탔다.

"그래도 그 주인 좋은 사람이야."

젠은 안타까운 듯이 말했다.

그러자 준지는 과자집 주인을 떠올리고 우습게도 그런 교양 있는 아름다운 혼을 가진 사람은 이제까지 만난 적이 없는 느낌이 들었다. 게다가 그들 생활에는 시골의 거친 어둠 대신에 경쾌한 밝은 기품이 흐르고 있는 듯이 생각되었다.

젠은 전차에 흔들리면서 그 주인과 이야기한 것을 천천히 준지에게 이야기했다. 주인이 의심을 갖기 시작한 것은 젠이 준지의 이름을 자주 잘못 불렀기 때문이었다. 의심이 생기자 주인은 갑자기 태도를 바꾸어 돈이라도 훔치러 온 것처럼 젠과 준지의 관계와 젠의 생활 등을 캐묻기 시작했다. 젠은 종잡을 수 없게 되었다. 그리고 한심하게도 덴노지 무료숙박소 일까지 말해 버렸던 것이다.

"이런 일을 하려면 서로 상의해야 되는데."

젠은 변명처럼 말했다.

"그래도 나는 네가 거짓말을 하고 있다고 생각하지 않았는데…. 정말로 너는 누구니?"

그러나 준지는 젠에게 자신을 이야기할 마음이 들지 않았다. 게다가 그에게는 젠이 왠지 더러워서 어쩔 수 없었던 것이다.

젠은 시영전철을 내려서 숙박소 가까이 오자 준지를 기다리게 해 놓고 안으로 들어갔다. 얼마 뒤에 그는 평소의 셔츠와 바지 모습으로 뛰어나오자 완전히 다른 밝은 태도로 말했다.

"빨리 와! 지금 라디오에서 재미있는 나니와부시(샤미센 반주로 의리와 인정을 노래하는 대중적인 창곡—역자주) 하고 있어!"

"라디오!"

"나팔이 달려 있는 재미있는 거야."

준지는 흥미도 없이 젠의 뒤를 따라갔다. 공동주택 같은 집이 죽 늘어져 있었다. 젠은 그 흙으로 만든 광 같은 곳에 웅크리고 앉았다. 들어 보니 라디오는 그 토광에 붙은 전당포에서 흘러나오고 있었다. 준지는 그런 라디오는 신기해서 젠과 함께 쭈그리고 앉아서 들었다. 그것은 어느 대감의 하인이 그가 믿는 정의를 위해 목숨을 걸고 대감에게 충고한다는 이야기였다. 젠은 그 이야기에 열중하면서 감동한 듯이 계속 눈물을 흘리고 있었다. 그러나 그는 우습게도 바지 주머니에서 손바닥에 들어갈 만한 조그만, 끝이 뾰쪽한 송곳을 꺼내서, 주사위에 계속 재주를 부리고 있었던 것이었다. 젠은 한심하게도 가짜 주사위를 만들고 있었던 것이다. 얼마 뒤에 나니와부시가 끝나자 그는 눈물을 닦으면서 주사위를 손바닥 위에 굴리면서 보여 주고 있었다.

"오늘밤 이제 끝내야지."

준지는 나른한 듯이 말했다.

"싫어. 나는 또 보초서는 일."

"자 괜찮아. 걱정하지 않아도."

젠은 말했다.

준지는 다시 덴노지 무료숙박소로 들어갔다. 접수부 남자를 만나야 하는 그는, 전에도 거짓말을 했기 때문에 괴로웠으나 젠이 간단히 처리해 주었다. 준지는 혼자서 서쪽 2번 침대를 찾았다. 젠의 침대는 준지 옆인데 웬일인지 그 준지로부터 멀리 떨어진 곳에 선 채로 준지 쪽을 당황한 듯한 이상한 표정으로 멍하니 보고 있었다. 준지는 그 젠을 알아차리자 웬일인지 강한 충격을 느꼈다. 동시에 자신도 드디어 이곳 사람들과 동료가 되어 버렸다는 비애가 그의 가슴에 치밀어 올랐던 것이다.

아직 이른 시각인지 방안에는 10명 가까운 사람들이 어슬렁거리고 있을 뿐 비어 있는 침대가 많았다. 물론 자고 있는 사람은 한 사람도 없었다. 그러나 준지는 슬슬 옷을 벗자 침대에 누워 모포를 머리부터 뒤집어썼다. 그러나 이제 죽어도 좋다는 느낌이 들었다. 그는 한심하게 눈물을 흘리기 시작한 것이었다.

얼마 뒤에 사람이 늘어나면서 주변이 시끄러워지기 시작했다. 그러자 젠이 와서 준지를 흔들기 시작했다.

"빵 사 왔는데 먹지 않을래?"

젠은 종이봉지를 내밀었다.

그리고 젠은 깜짝 놀란 모습이었다.

"뭐야 너 울었니?"

준지는 잠자코 다시 모포를 뒤집어썼다. 젠은 꺼림칙한 듯이 말했다.

"내가 좋은 사람 알고 있으니까 부탁해 볼게. 분명히 잘될 거야."

그러나 준지는 계속 잠자코 있었다. 그날 밤 젠이 슬며시 준지 옆에 파고든 것을 준지는 어렴풋이 알고 있었다. 젠은 때때로 슬프게 탄식을 지르고 있는 듯했다. 그리고 얼마 뒤 체념한 듯이 다시 자신의 침대로 돌아갔다.

6

다음날 오전 준지는 절망하고 있었다. 그리고 오후 기운을 좀 차려 나카노시마에 있는 도서관에 갔다. 인력소개소에 관한 지식을 얻기 위해서였다. 도서관을 나오자 그는 또 절망했다. 안타깝게도 어떤 책도 그의 신원보증인을 제시해 주지 않았기 때문이다.

준지는 분수 옆에서 가출한 이래 처음으로 자신의 돈으로 빵을 사 먹었다. 그의 머리 속에는 아직 오사카에 있는 인력소개소 수와 그곳에서 1년 동안 취급하는 건수 등의 필요도 없는 숫자가 번쩍이고 있었다. 빵을 다 먹고 음악당 가까이 있는 벤치에 한 시간 정도 앉아 있었다. 금 손잡이가 달린 지팡이를 쥔 백발의 품위 있는 노인이 그 벤치에서 신문을 읽고 있었기 때문이다. 그는 지금이라도 그 노인이 이야기를 걸고 그의 신원보증인이 되어 줄 것 같은 느낌이 들었기 때문이다. 그러나 노인은 40살 가까운 멋진 차림을 한 여자가 나타나자 그 여자와 함께 가 버렸다.

준지는 또 강가에 잠시 멈춰 있었다. 그곳에 대여섯 살 먹은 여자애와 그 남동생으로 보이는 어린아이가 놀고 있었기 때문이다. 두 아이는 물가의 시멘트가 깨어져서 물이 고여 있는 곳에 장난감 금붕어를 띄우고 배가 지날 때마다 넘실넘실 밀려오는 파도로 살아 있는 듯이 출렁이며 움직이고 있는 것에 열중하고 있었다. 그 두 아이는 옆을 지나는 사람들이 말을 걸어서 주의를 줄 정도로 위험했다. 그러나 준지는 괘씸하게도 그들과는 달리 그 두 아이 중 누군가가 강으로 떨어지는 것을 바라고 있었던 것이다. 그는 떨어진 그 아이를 구해서 그 부모가 감사를 표하고 그의 신원보증인이 되어 주는 경우를 생각하고 있었기 때문이다. 그러나 안타깝게도 그 아이들은 밀어서 떨어뜨리고 싶을 정도로 좀처럼 떨어지지 않았다.

그리고 준지는 저녁나절 덴노지 무료숙박소로 돌아온 것이다. 그러자 젠이 약속대로 준지를 기다리고 있었다. 그는 준지를 기쁘게 맞이하며 큰 신문지 뭉치를 준지의 침대에 펼쳤다.

"이것 옷과 허리띠야. 입어 봐."

보자니 그것은 통 소매 옷과 모직물 천으로 만든 허리띠였다. 그러나 낡은 헌것이었다.

"빨면 말끔해져."

젠은 서둘러 말했다.

"진짜로 이제는 누구도 네 차림이 더럽다고 말하지 않을 거야. 자 입어 봐."

준지는 머무적거렸다.

"자 그러면 깨끗하게 해서 고쳐 달라고 하지."

젠은 말했다.

"그럼, 내가 전부터 알고 있는 할멈에게 부탁하고 올게. 이런 것 지금 빨면 하룻밤이면 말라."

그리고 젠은 보따리를 들자 서둘러 방을 나가 버렸다. 그때 준지는 가까운 침대에서 인부로 보이는 사내가 준지도 그 이름을 기억하고 있는 아다치(足立)라는 일용 하역인부에게 물어보았다.

"그 사람이 누구야?"

그러자 하역인부는 경멸하듯이 말했다.

"덴만(天滿)에 있는 거지야."

그 다음날 새벽녘이었다. 준지가 문득 눈을 뜨자 옆의 젠의 침대가 비어 있었다. 준지는 일어났다. 희미한 전등에 비친 방안은 사람의 열기와 때 냄새로 탁했다. 그리고 어느 침대나 머리를 흐트러뜨린 더러운 얼굴이 코를 골거나 신음하고 있었다. 준지는 옷을 갈아입자 밖으로 나왔다. 벌써 시영전철이 달리고 있었다. 준지는 시영전철을 타자 덴만까지 표를 샀다.

준지는 간신히 덴만까지 오자 주변을 걸어다녔다. 그의 기분은 설명하기 어려울 정도로 복잡했다. 그러나 결국 그는 하역인부가 한 말이 진짜인지 알고 싶었을 뿐이었다. 그리고 그는 덴만 다리 근처까지 왔을 때 그것을 보았던 것이다.

젠은 네댓 명의 초라한 사내들에 섞여서 다리를 건너서 오고 있는 많은 푸른 짐차를 계속 따라다니고 있었던 것이다. 그 소리는 들리지 않았지만 머리를 꾸벅꾸벅 하는 태도로 준지가 듣지 않아도 알 수 있을 듯했다. 준지는 무어라고 말할 수 없는 기분으로 잠시 그 모습을 바라보고 있었다. 그는 점차 자신이 구원받을 수 없을 정도로 더러워져 버린 느낌이 들었다. 그는 서둘러 뒷걸음질쳤다.

그리고 준지는 다시 덴노지까지 되돌아왔다. 게다가 이 밥집에서 젠과 9시에 만나기로 약속했기 때문이다. 덴노지에 오자 그는 숙박소에 들어가 보았다. 방은 이미 거의 비어 있었다. 준지는 자신의 침대에 앉으면서 대단히 공허한 느낌이 들었다. 이제 모든 것이 틀렸다고 생각했다. 그러자 단 하루 근무했던 그 과자집이 떠올랐다. 그리고 그 쇼윈도에 저녁 해가 무지개처럼 빛나고 있었는데 무언가 이 세상 것이 아닌 듯한 느낌이 들었다. 그것은 그에게 왕궁의 빛남이었다. 그가 이제 다가갈 수 없는 빛이었다. 그는 그 사회라는 권위 있는 왕궁의 완전히 밖에 있는 것을 그리고 그 왕궁 문은 더욱 멀어진 것을 새삼스럽게 느끼지 않을 수 없었다.

준지는 숙박소에 혼자 남을 것 같아서 그곳에서 가까운 작은 공원으로 갔다. 그의 마음속에는 무엇인가 강렬한 것, 이른바 범죄에 대한 의지와 같은 것이 생겨나고 있었다. 그는 그곳에서 잠시 빈들대고 있었는데 문득 주운 신문을 보고 그 기사를 손으로 잘랐다. 그 기사 안에 있었던 주소와 이름이 필요했기 때문이었다.

9시에 준지는 약속대로 밥집으로 갔다. 젠이 벌써 와서 기다리고 있었다. 그는 아침 손님이 뜸해진 조용한 테이블 하나에, 들어오는 누군가를 감시하고 있는 듯한 모습으로 앉아 있었다. 그리고 준지 얼굴을 보자 화난 소리로 말했다.

"너는 왜 그런 곳에 온 거니?"

준지는 잠자코 있었다.

"나는 너같이 좋은 인간이 이 세상에 없다고 생각하고 있는데!"

젠은 비통한 목소리로 말했다.

"누가 너에게 덴만을 가르쳐 주었니? 내가 그 녀석을 죽여버리겠어."

"나는 따라간 거야. 당신을."

준지는 화를 냈다.

젠은 보고 있는 동안에 화가 풀려서 눈에 눈물이 맺혔다.

"좋아."

젠은 비참한 소리로 말했다.

"자 사부로야, 이제 그런 일 하지 않겠다고 해라."

그리고 젠은 잠시 입을 다물었지만, 곧 마음을 바꾼 듯이 말했다.

"저 미안한데, 아직 그 옷 안 말랐어. 하루 더 기다려 줄래?"

"괜찮아."

준지는 말했다.

애꾸눈인 여점원이 소고기 덮밥을 두 그릇 가지고 왔다. 준지는 요전처럼 하나가 아니라 두 그릇이라서 편한 마음으로 그것을 먹을 수가 있었다. 밖으로 나오자 젠은 준지에게 말했다.

"이제부터 너는 어디로 갈 거니?"

"어제와 마찬가지로 나카노시마에 갈 거야."

그러자 젠은 평소의 달아오른 말투로 애원하는 것이었다.

"반드시 오늘밤도 여기에 돌아와야 돼. 나를 버리지 마. 나와 함께 있어 줘. 나는 어떤 일이 있어도 너를 곤란하게 하지 않을게."

준지는 솔직하게 끄덕였다. 그러나 마음으로는 박정하게도 이 젠에게서 도망치고 싶다고 생각하고 있었던 것이다.

준지는 젠과 헤어지자 곧장 센니치마에(千日前)로 갔다. 그리고 그는 전과 다른 인력소개소로 들어갔다. 그는 이제 주저함도 공포도 없었다. 그리고 그는 소개소 주인이 보증인을 물었을 때 거침없이 대답했다.

"오사카시 나니와(浪花)구 사쿠라가와(櫻川) 2의 555 노다 시게오(野田重夫)."

물론 이 주소와 이름은 신문기사에서 본 그것을 조금 바꾼 것이었다. 그는 덴노지 무료숙박소 앞 이시하라 젠타로 앞으로 젠에게 중개인이 엽서를 보낼 수 있었던 우체국도 이 세상에 없는 인간을 찾아낼 수는 없을 것이라고 생각하고 있었다. 그리고 시골에 있을 때 아버지에게 보낸 엽서에 부전지가 붙어서 되돌아왔을 때, 5일이나 걸렸으니까. 중개인이 보낸 엽서가 되돌아올 때까지는 틀림없이 2, 3일이 걸릴 것이라고 생각하고 있었다. 그래서 그 사이에 그는 그 상점에서 좋은 방법을 모색할 예정이었다. 중요한 것은 왕궁의 한 모퉁이로 파고 들어가는 것이었다.

그러나 준지가 소개받아 간 과일가게는 심한 곳이었다. 과일 바구니를 주문하는 사람이 오면, 선물인지, 그것이 어디로 보낼 것인지를 교묘하게 묻고, 송이 뒤쪽이 썩은 바나나와 시든 조생 사과 등을 손님을 속여서 재빠르게 상자 아래에 깔아 버리는 것이었다. 살구 등을 몰아서 팔 때는 쌓아 놓은 상품 뒤에 숨겨져 있는 썩은 것을 두세 개 그 개수 속에 속여서 넣었다. 만일 준지가 그것을 게을리 하면 단단한 주먹이 날아왔다.

"아직 모르겠니? 이 녀석아!"

그중에는 상한 물건을 사 가지고 갔다가 불평을 하러 온 사람도 있었다. 그때 주인의 태도는 연기자처럼 훌륭했다. 손님이 좋은 차림을 했을 때는 그 튼튼한 어깨를 기운 빠진 듯이 축 늘여뜨려 깜짝 놀란 듯이 수상한 소리를 냈다.

"그렇습니까? 정말로 죄송합니다. 앞으로 신경을 쓰겠습니다. 용서해 주세요."

상한 과일을 가지고 바꾸러 왔을 때는 이랬다. 주인은 눈썹 주위에 기분 나쁜 어두운 주름을 지으면서 미심쩍다는 듯이 그 과일을 잠자코 바라보면서 말하는 것이었다.

"어머나 죄송합니다. 우리 집에서는 물건은 맛보지 않았지만, 이것 진짜로 우리 집에서 산 것 맞습니까?"

그러나 상대가 차림이 좋아 보이지 않으면 이렇게 말한다.

"그런 말해도 어쩔 수 없네요, 상한 것이 섞여 있어서 다른 집보다 싸게 해 드렸는데."

그러면서 물건 교환을 완강히 거부했다.

준지는 온 첫날부터 그 주인의 강철 같은 주먹 세례를 받았다. 상점에 쌓아 놓은 과일은 둥글고, 게다가 통로가 좁아서 옷

깃만 닿아도 시멘트에 옷 칠을 한 위로 떨어져 내리는 것이다. 때로는 그도 어떻게 해야 좋을지 모를 정도로 눈사태처럼 무너져 내리는 것이었다. 그때 주인은 안색을 바꾸며 준지를 계속 때렸다. 때로는 준지도 눈물을 흘렸다. 그러면 주인은 또 화를 내는 것이었다.

"남의 집에 하인으로 와서 우는 거야. 이 바보 같은 녀석아."

준지는 겁에 질려 버렸다. 분명히 주인은 준지보다 몸집이 컸는데, 그 좁은 통로를 바쁘게 왕복하면서 한 번도 사과나 살구 등을 떨어뜨린 적이 없었다. 준지는 그것이 이상할 정도였다. 게다가 그날 마지막에 그는 큰 실수를 저질렀던 것이다.

물건은 길에 삐쭉 나오도록 진열되어 있어서 상점을 닫을 때가 되면 그것을 상점 안으로 집어 넣어야만 되었다. 보통 때도 좁은 상점 안은 더욱 좁아져서, 문자 그대로 발 디딜 틈이 없을 정도였다. 그때 준지는 주인이 앞문을 내리기 위해 깔개를 가지고 오라는 명령을 받았다. 준지는 물기를 머금은 무거운 깔개를 뒤쪽에서 부엌을 통해서 상점으로 운반해 왔다. 그때 그는 무심코 끈 조각을 밟아서 비틀거리다가 과일 위로 넘어져 버렸을 뿐 아니라, 깔개는 날아가 상점 앞에 앉아 있던 주인의 귀중한 머리를 쳐 버렸던 것이다. 주인은 대단히 비참한 소리를 질렀다. 그리고 준지를 끌어내자 때리고 또 때리고 때려눕혔던 것이다.

주인 아내가 보다 못해서 나왔다. 그녀는 몸집이 크고 어딘가 옷 앞매무새가 칠칠맞지 못한 40대 여자였는데, 미친 듯이 화를 내는 주인에게 생기 없는 목소리로 말했다.

"여보, 근처 사람들이 보고 있잖아요."

그러자 준지는 왕궁에 사는 사람 중에는 이런 사람도 있다고 생각하며 참을 마음이었다. 그래서 어떻게 해서든지 이곳 주인의 마음에 들어야만 되었다. 인력소개소의 엽서가 되돌아와도 주인이 떼어 놓고 싶지 않을 정도로 되어야만 되었다. 그러나 웬일인지 그가 열심히 할수록 실수만 하게 되었다.

밤에 그는 집사람들이 별채라고 부르는 창고에 붙여 지은 3조 방에서 무거운 통조림통을 움직이거나 인부들이 가져오는 바나나 상자를 내려 놓곤 하는 육체적 고통과 주인이 계속 지르는 고함소리 때문에 생긴 신경의 피로로 녹초가 되어 무엇 때문에 살아 있는가 하는 의문이 떠올랐다. 도대체 이렇게까지 해서 왕궁으로 들어가야만 되는 것일까? 그는 한편으로 서둘러 인력소개소에서 무슨 말을 하러 오는 것이 틀림없을 내일이나 모레의 일을 생각해야만 되었다.

그러나 3일째 오후였다. 그가 혼자서 상점을 보고 있을 때 그 상점 앞을 지나는 젠의 모습을 본 것이다. 준지는 무의식중에 깜짝 놀랐다. 젠은 준지와 헤어지고 나서 사흘도 되지 않았는데 초라한 모습이었다. 그의 셔츠는 갈기갈기 찢어졌고 작업복 바지도 흙투성이가 되어 있었다. 준지는 젠이 이미 지나가고 나서 볼일도 없는데 서둘러 몸을 감추면서 어쩌면 젠은 자신이 이곳에 있는 것을 모를지도 모른다고 생각했다.

그러나 젠은 다시 준지가 있는 상점 앞으로 모습을 나타내었다. 그는 우물쭈물 상점으로 들어오자 이상한 얼굴로 잠시 서 있었다. 준지는 어쩔 수 없이 과일을 풍부하게 보이도록 놓아 둔 커다란 거울 뒤에서 모습을 나타냈다.

"안녕하세요? 무엇인가 남은 음식 좀 없으십니까?"

하고 젠은 모르는 사람에게 하듯 말했다.

준지는 난처해서 뒤를 보았다. 주인이 안쪽에 있었기 때문이었다. 그러자 젠은 재빨리 눈으로 신호를 보내면서 안고 있던 종이꾸러미를 내놓았다.

그리고 그는 잠시 준지를 눈부신 눈으로 응시하고 있다가 갑자기

"그렇습니까?"

라고 하면서 밖으로 나갔다. 그 젠의 오른쪽 귀 언저리에는 큰 상처가 있었는데 준지는 그것을 물어볼 여유가 없었던 것이다. 준지는 젠이 두고 간 종이꾸러미를 보았다. 풀어 볼 필요도

없이 그것이 그 줄무늬 옷과 허리끈이라는 것을 알고 있었다. 밤에 그가 자신의 방에서 그 꾸러미를 펼쳐 보자 그 헤어진 천으로 된 옷과 허리끈이 새것처럼 깨끗하게 다림질이 되어 있었다.

7

준지가 과일가게에 오고 나서 나흘 째 되는 날이었다. 준지는 근처의 배달 전문인 서양요릿집으로 레몬을 배달하러 갔다. 요리실에서 전화를 받고 있던 뚱뚱한 여주인은 수화기를 놓자 준지를 이상한 얼굴로 보고 있다가 갑자기 웃었다.

"자네 접시 닦는 사람을 찾고 있는 상점이 있는데 가지 않을래?"

준지는 왠지 당황하고 있었다.

"하지만…."

"그 상점에 있어도 방법이 없잖아. 얻어맞기만 하고."

"하지만…."

준지는 겁먹으며 되풀이했다.

"나는 너를 동정해서 말하고 있는 거야. 내 사촌이 하고 있는 상점이야. 그런 상점 같은 심한 곳은 없을 거야."

준지는 무엇인가 이상한 생각이 들었다. 그 여주인 입에서는 그가 오늘날까지 두려워하고 있던 보증인 이야기가 이상할 정도로 나오지 않았기 때문이었다. 그래서 준지는 갑자기 자신이 이미 상대해야 될 사회 속에 있다는 것을 알게 되었다. 그러나 역시 그가 속인 인력소개소가 걱정되었다.

"그 주인, 내가 자네를 돌봐 주었다고 들으면 화를 낼 테니, 우리 사촌 집으로 가려면 잠자코 나와."

준지는 무의식중에 구원을 받은 듯이 머리를 숙이며 말했다.

"부탁드립니다."

그래서 준지는 어떤 레스토랑에서 일하게 되었다. 이제 그는 가출했을 때의 준지가 아니었다. 훌륭한 왕궁에 사는 사람이 되었기 때문이었다. 다만 살다 보니 이 사회라는 왕궁은 그가 기대했던 것과는 반대로 참으로 시시하고 불쌍한 곳이었지만, 그러나 그가 버릴 수가 없는 것이었다. 그는 열심히 일했다. 바빴지만 일하는 보람이 있었다. 그가 그때까지 계속 가지고 있던 아버지가 주신 10엔을 어머니에게 부친 것도 그 무렵이었다. 그리고 그의 과거로부터 젠의 모습은 완전히 지워져 버렸다고 생각하고 있었던 것이다.

그러나 젠이 준지 앞에 다시 모습을 나타냈을 때 그는 목숨이라도 빼앗긴 듯한 혐오감을 느꼈다. 젠은 9월의 아직 뜨거운 햇볕을 받으면서 부엌 뒷문에서 감자 껍질을 벗기고 있는 준지 앞에 서 있었다. 그 젠은 어딘가 불편한 듯했고 대단히 약해 보였다.

"정말 곤란해, 돌아가."

준지는 부엌에 흩어져 있는 흰 요리복을 신경 쓰면서 냉담하게 말했다.

"나는 일하고 있는 거야."

"나는 이제까지 너를 생각하고 있어."

젠은 눈에 눈물을 머금었다.

"남은 것을 주기만 하면 돼. 어차피 버리는 것 주기만 하면 된다고."

"그런 것 없어."

준지는 초조해 하면서 말했다.

"그래."

젠은 힘없이 말했다.

"나는 이제 죽을 수밖에 다른 길이 없어."

준지는 화가 나서 잠자코 있었다.

"진짜로 나는 죽을 수밖에 없어. 이 2, 3일 동안 잠만 자고 아무것도 먹지 않았어."

그때 요리실에서 2번 요리사가 이상하다는 듯이 나오며 말했다.

"뭐야, 이 녀석은?"

준지는 이 요리사에게 필요 이상으로 친절함을 보이면서 말했다.

"저는 몰라요. 거지예요."

그러나 그 준지의 목소리는 안타깝게도 떨리고 있었다. 그러나 젠은 무언가 영험한 얼굴이 되어 눈을 떨구었다. 그리고 휙 돌아서서 걷기 시작했다. 2번 요리사는 흥미없다는 듯이 요리실로 돌아갔다. 준지는 신경이 쓰여서 젠의 그 뒷모습을 보았다. 그 젠에게서는 그가 분명히 자살할 거라는 느낌이 들었다. 순간, 날카로운 죄의식이 그를 엄습했다. 그는 무의식중에 젠을 부르면서 뒤쫓고 싶은 마음이 들었지만, 그것을 꾹 참으면서 밉살스럽게 이렇게 중얼거리는 것이었다.

"어쩔 수 없어, 젠이 나빠."

그로부터 2년 뒤에 준지는 독학으로 전문학교 입학 검정시험을 보았는데, 그 수험 사진이 이제까지 그에게 남아 있다. 그는 참으로 진지하고 선량해 보이는 얼굴을 하고 있었는데, 뻔뻔스럽게도 젠이 준 줄무늬 옷을 아무런 죄의식도 없이 득의양양하게 입고 있었고, 그것을 알아차리지 못하고 있었던 것이다. 만일 그가 그것을 알아차렸다면 입을 수 없었을 것이기 때문이다. 분명히 그는 젠은 물론 그 줄무늬 옷의 내력조차 잊어버렸음에 틀림없었다.

고목(枯木)

오가와 구니오(小川國夫, 1927 ~)

시(市)는 산 중턱에 자리했고 감옥은 시 위쪽 변두리에 있었다. 그날도 날이 새기 전에 당나귀 울음 소리가 여기저기서 들렸다. 그는 독방으로 빛이 새어 들어오자 일어나서 마루바닥에 손가락으로 무엇인가 쓰고 있었다.

어느 사이에 날이 밝았다. 군인이 왔다. 그리고 한 사람이 웅크리고 있는 그에게

—일어나라고 했다.

그가 일어서자 군인은 그의 발 밑에 쭈그리고 앉았다. 족쇄를 채우는 것이다. 다 채우자 군인은 검을 빼어 그의 양발의 엄지발가락 발톱을 뽑았다. 그날 처음으로 피가 흘렀다. 피는

복도의 잿빛 돌 위에서는 검은 빛을 띠었다. 그리고 감옥 문의 양지녘에서는 붉었다. 몰려든 군중들은 조용해졌다.

언덕은 그곳에서 시작되고 있었다. 형장은 계곡 밑이었고, 히나기쿠(雛菊)계곡이라고 부르고 있었다.

그는 한 걸음 한 걸음 계곡으로 내려갔지만 발 족쇄 줄에 매달린 쇠고랑이가 계속 그를 독촉했다. 때로는 발이 잡혀서 넘어졌다. 그가 넘어지자 군인들은 멈추어 기다리고 있었다. 그는 혼자서 일어났다. 쇠가 박혀서 복사뼈 위의 살은 상처가 나 있었다.

돌이 깔린 길은 끝났다. 그곳에서 언덕은 다시 경사가 심해졌다. 그러나 군중은 줄지 않았다.

그는 흙에 첫 발을 내딛었을 때 비틀거렸다. 다시 일어서려고 하다가 심하게 굴렀다. 그는 잠시 일어나지 않았다. 군인들은 그의 주위에 잠자코 서 있었다. 그는 눈을 감고 있었다. 군인 한 사람이 식초를 먹이려고 했지만 그는 얼굴을 돌렸다. 군인은 그릇을 그의 입에 밀어붙였다. 그는

—그만둬, 라고 했다.

군인은 굵은 장미 가지로 그의 등을 때렸다.

—그만둬, 라고 다시 그가 말했다.

군인은 계속해서 그를 두 번 때렸다. 첫 번째는 목덜미에, 두

번째는 얼굴에 상처가 났다. 그는 일어섰다. 그는 정면을, 바로 맞은편 언덕과 그 위의 하늘을 보고 서 있었다. 두세 명의 젊은 군인은 흥분하고 있었다.

그는 걷기 시작했다. 사람들은 그가 언제까지 걸을 수 있을까를 생각하고 있었다. 넘어지기를 기대하고 있는 사람과, 넘어지지 않도록… 바라고 있는 사람들이 있었다. 그는 넘어지려고 하면 다시 일어나서 잠시 숨을 쉬고 있었다. 누군가 내민 헝겊 조각을 얼굴에 대고 위를 보고 얼굴을 누르고 있던 적도 있었다.

—그 사람이 죽었습니다. 사형당했습니다라고 소년이 말했다. 사내는 잠자코 있었다. 소년은 사내를 보고 있었다. 얼마 뒤에 사내는 혼자말로

—그래, 라고 했다.

—둘이서 새벽녘 호수로 내려갈 때를 기억하고 있습니까…. 그때 그 사람은 훤히 보일 듯한 창백한 얼굴을 하고 있었지요…. 그래도 큰손은 따사했다… 라고 소년은 말했다. 사내는 고개를 끄덕일 뿐이었다. 그 모습은 자신을 벗어 놓아 바람이 가지고 놀도록 하고 있는 듯했다. 바람은 평원을 천천히 움직이고 있었다.

—그 얼굴은 피와 땀으로 흥건했습니다. 그리고 몇 번이나 쇠사슬에 매달린 쇠고랑에 잡힌 발을 끌면서 우리들에게 다가온 것입니다.

—필로메나는… 한탄했겠지… 라고 사내는 지평선의 산을 바라본 채로 말했다. 그녀는 사내의 약혼녀였다. 그리고 소년의 누나였다.

—네, 어머니와 둘이서, 그분에게 헝겊 조각을 건네주었습니다.

사내는 고개를 끄덕였다. 소년은 계속 말했다.

—그분은 헝겊으로 얼굴을 누르고 잠시 서 있었습니다. 언덕으로 내려가라고 재촉하는 쇠사슬의 무게를 쉬고 있었습니다… 헝겊을 얼굴에서 떼자 필로메나에게 돌려주었습니다. 그리고 '생나무도 이 정도야, 고목은 어떻게 될까' 라고 중얼거렸습니다.

사내는 깜짝 놀란 듯이 아무 말도 하지 않았다.

사내는 걸터앉았던 목책에서 땅으로 내려오자 걷기 시작했다. 풀을 뜯고 있던 양들이 길을 비켰다. 소년도 목책에서 내려오자 사내를 따라갔다.

—필로메나는 그 사람에게 아무 말도 하지 않았는가…라고 사내가 물었다.

—말하지 않았습니다. 할 수 없었습니다. 소년은 대답했다.

—저도 목에 덮개가 덮혀진 듯했습니다. 그 사람이 몸 전체로 숨을 쉬고 있는 것을 들었습니다.

그 뒤 두 사람은 잠시 잠자코 걷고 있었다.

—나는 그 사람이 중얼거린 말을 생각하고 있습니다라고 소년이 말했다.

—무슨 말일까요…

사내는 대답하지 않았다. 그러나 그는 어두운 얼굴을 소년 쪽으로 향하고 있었다. 소년은 사내가 말하기를 기다리고 있는 듯했지만

—그분이 돌아가신 것을 믿을 수 있습니까…라고 물었다.

—그래, 돌아가셨다면 한 번 태어나려던 커다란 것이 다시 흙 속으로 숨어 버린 거야라고 사내는 갑자기 큰 목소리로 말했다.

—유니아, 우리는 죽지 않도록 하는 거야. 라고 사내는 말했다.

—그렇습니다 소년은 고개를 끄덕였다. 그리고

—그분은 쇠사슬에 끌려서 넘어지지 않도록 한 걸음 한 걸음 계곡 밑으로 내려갔습니다라고 말했다.

내 깊은 심연에서

시마오 도시오(島尾敏雄, 1917～1986)

우리가 아직 외래에서 신경과 진찰실을 통원하고 있을 무렵, 나는 신경과 병동에서 정신과 병동을 멀리 에워싸고 바라보면서 무거운 기분에 빠져드는 것을 막을 방법이 없었다.

내 마음도 몸도 아내의 신경증에 짓눌려 있었다. 그 반응이 발작할 때의 논리는 강인해서 그 논리를 따르는 한 나도 아내도 살아 있을 수가 없었다. 추궁을 당하면 나는 추하게 흥분해서 몇 번이나 노끈으로 자신의 목을 맬 생각이었다. 그러면 아내는 남쪽 섬의 전설에 나오는 수륙양서(水陸兩棲) 동물인 '겐몬'(けんもん)처럼 힘이 세져서 내 힘을 빼앗아 내 목에서 끈을 풀었다. 갑자기 엄습하는 마의 순간을 벗어나면 나는 삶에 대

한 집착이 다시 살아났다. 그 뒤에는 아내 쪽에 위험한 자살 유혹이 와서 내 신경은 녹초가 되었다.

나와 아내는 그 무렵 반년 사이 거의 서로 한순간도 곁을 떠날 수가 없었다. 그 때문에 다니고 있던 교사직을 그만두고 글을 쓸 여유도 없어졌고 생활은 눈에 띄게 핍박해졌다.

나에게는 이미 세상이라는 것이 없어져 버렸다. 다만 아내의 신경 표면에 메탄가스처럼 끝없이 피어오르는 의혹의 초조함에 자나깨나 아니 한밤중에도 서로 얼굴을 똑바로 보고 그날 그날을 보냈다.

치료의 효력은 거의 믿을 수 없을 정도였다. 이미 생활의 일부분이 되어 버린 것은 아닐까? 나도 아내도 그리고 아이들도 그 어느 정도는 미래라는 것의 모습을 생각할 수 없게 되었다.

오랫동안 우리는 신경과 진찰실을 다녔다. 그 도중에 전차나 버스 속에서 우리는 몇 번이나 추한 언쟁을 한 것일까? 사람들로 들끓는 플랫폼에서 갑자기 아내는 내 빰을 때렸고, 나도 화가 나서 역시 아내의 빰을 때린 적이 있었다. 아내가 한층 미친 모습이 되면 나는 어찌할 줄 몰라서 도리어 전차 속을 큰 소리로 아내 이름을 부르며 헤맸다. 나는 묘하게 집요해져서 운전석 가까이 있는 아내를 그 반대 끝에서 이름부르며, 언제까지나 손짓하자 아내는 어쩔 수 없이 아이가 억지 웃음을 짓는 듯한 얼굴이 되었다(그 비뚤어진 입 끝 인상이 이상하게 언제까지나 마음을 찌르고 있다). 아내가 옆에 오면 나는 다시 그 반대쪽으로 비틀비틀 걸어갔다. 차 안 사람들은 모두 우리를 보았다. 가까운 군에서 도심으로 야채를 팔러 나오는 농부 아낙들이 서로 소매를 찌르며 음탕한 웃음을 띤 모습이 눈에 남아 있다. 나는 이제 앞이 보이지 않게 된 것 같았다.

그러나 하여간에 우리는 효과가 분명하지 않은 치료를 계속 받을 수밖에 다른 방법이 없었다. 마귀가 떨어지듯이 올바른 정신으로 돌아와 주었으면 하고 나는 길가의 돌멩이에도 기원하지 않을 수 없었다. 지난번 전쟁 때 특공대였던 내가 갑자기 오키나와 섬이 바다 깊숙이 함몰되기를 바란 것처럼.

신경과에서 아내가 치료받는 것을 오랫동안 기다리면서, 나는 개미귀신이 쳐 놓은 깔때기 모양의 함정에 빠지지 않으려고 그 경사면을 기어오르며 헤매는 것 같은, 구원받을 수 없는 침울한 상태로 시간을 보내고 있었다. 한편으로는 가능하다면 치료 시간이 길어지는 편이 좋다고 생각하곤 하면서. 어쨌든 그 동안은 아내가 신뢰하고 있는 의사 손안에 아내를 맡길 수가 있기 때문에. 그러나 얼마 뒤에 다시 두려운 시간이 이어지고 다음 진찰 때까지 견디기 어려운 희망이 없는 상태가, 엄습해 오는 어두운 구름처럼 등뒤에 차 있었다.

콘크리트로 만든 작은 저수지 옆에 웅크리고 앉아 물끄러미 탁한 수면을 무의미하게 바라보기도 하고, 네 잎 클로버를 찾아보기도 하지만, 시간이 언제나 뚝뚝 끊어지고 있었다. 진료실의 어두운 휘장 속에서 침대에 누워 미간을 찌푸리고 끊어질 듯한, 듣기에 따라서는 멍청해 보이는 호소로 끝없이 자유연상을 말하고 있는, 이상한 허공에 떠오른 아내의 세계를 생각하면 불쌍해서 견딜 수 없었고, 자신은 치욕투성이가 되어도 그녀의 귀신이 때리는 매를 잠자코 맞아야만 된다고 생각했다.

내 눈앞에는 정신과 여자 병동의 낮은 건물이 비바람에 씻겨서 거무칙칙하게 서 있었다. 문은 모두 굳게 잠겨져 있고, 창에는 가늘게 나무 격자나 철망이 쳐 있기도 하고, 또 쇠로 만든 격자가 끼워 있었다. 내부는 어두컴컴하고, 혹은 어두컴컴한 수족관 실내에서 수조 안의 이상한 열대어를 보는 듯한 상태로 격자문 저편에 환자들의 얼굴이 모였다 흩어졌다 둥둥 떠 있는 듯이 보였다.

때로는 병동 안은 괴상한 새처럼 높은 웃음 소리가 빠져 나갈 때가 있었다. 그러면 나는 틀림없이 병동 안 복도를 덤불 같은 머리를 한 미친 여인이 큰 소리로 웃으며 달려갈 것 같은 모습을 눈에 떠올렸던 것이다. 그것은 인생이 얼마나 비참한 일인가라는 생각이 들게 했다. 아마도 정신병은 치료 가망이 없을 것이라는 식으로 생각했다. 정신병을 치료한다는 것은 어떤 것일까? 그것은 어둡고 괴로운 생각이었다.

정신병동에 수용되어 있는 많은 여자 환자들이 그곳에 수용될 때까지, 아직 평범한 생활을 할 수 있었던 나날의 부드러운 일상의 자태 등을, 나와 아내의 과거의 나날, 그리고 이처럼 되어 버린 과정의 자세한 부분으로 채워 보니 갑자기 가슴이 조여 오는 것이었다. 벌써 지나가 버린 날의 평온한 무심함은 돌이킬 수가 없다. 지나가 버린 날들은 다시 돌아오지 않는다. 머리가 그 일에만 얽매이면 시야 구석에서 먹물을 집어 넣은 듯한 어둠이 무겁게 짓눌러 온다.

세상의 대수롭지 않은 많은 일, 그것이 모두 대단히 깊고, 그리고 빠져 나갈 수 없는 늪을 향하고 있는 듯이 생각되어 나는 견딜 수 없는 생각으로 시달렸다.

"이봐 이봐, 서쪽 병동에 있는 오쓰루 씨가 웃기 시작했어요. 내일은 비가 오려는지."

간호사들이 하는 말이 내 귀에 들려왔다. 이런 농담을 아직도 하는구나 하고 나는 생각했다. 간호사들에게 심연(深淵)은 알 수 없는 일이겠지. 우리에게 그런 날이 돌아올까? 나는 점점 고독해졌다. 나는 울음을 터뜨릴 듯한 얼굴로 바뀐 것을 알았다. 그러나 울음을 터뜨리지 않고 멈추고 있을 수밖에 방법이 없었다.

왜 그런지 병동 저쪽으로 돌아가 보고 싶어졌다. 저쪽이 어떻게 만들어졌는지 알 수 없었다.

"용무가 없는 사람은 가까이 오지 마세요"

라고 쓰여 있는 팻말이 묘한 마력을 지니고 있었다. 그 제지하는 문구, 그것을 쓴 사람의 자세라기보다도 나는 정신병자들과 격리된 느낌으로 홀로 씨름하고 있었는지도 모른다. 그만큼 그쪽에 한층 더 무엇인가 소중한 열쇠가 설치되어 있는 것처럼 생각되었다. 반대편의 그쪽 정신병동 내부가 노골적으로 입을 벌리고 있는 것처럼 생각되었다. 마음먹고 나는 그쪽으로 다가갔다.

가까이 가자 창 아래에는 싸늘한 공기가 있는 것처럼 느껴졌다. 창 안쪽은 어두워서 아무것도 보이지 않았다. 광 같은 느낌이 들었다. 그 어둠 속에서 움직이는 것은 보기가 망설여졌다. 창 아래 주변에는 사기그릇과 쇠붙이 조각, 면도날 등이 떨어져 있어서 무심코 발바닥을 베일 듯한 느낌이 들었다. 돌아다본 결과 그런 것은 보이지 않았지만, 나는 발꿈치를 들고 걸으며 슬금슬금 맞은편으로 돌아갔다. 누군가에게 꾸중들을 것처럼 느끼면서.

맞은편에는 또 다른 병동이 서 있었다. 그 맞은편에도 또 다른 병동이 있는 것처럼 느껴졌다. 그것은 미로 속 건물처럼 나에게는 숨겨진 것처럼 느껴졌다. 높은 곳에 창이 나 있었다. 그곳은 모두 쇠로 된 격자가 끼워 있었다. 문득 창백한 얼굴이 움직였다.

나는 눈을 감고 그곳을 보지 않으려고 했다. 그리고 이쪽에 있는 지금 돌아와서 보려고 한 병동을 숨을 죽이고 보았다. 몇 개인가의 방에 하나씩 창이 달려 있었다. 맨 첫 번째 방에는 아무도 없는 것 같았다.

아이구! 이 병동은 이미 폐쇄되어 버린 것은 아닐까? 문득 나는 불길하게 그렇게 생각했다. 그리고 다음 방 창으로 시선을 옮기자 나는 무의식중에 멈춰선 것이다. 젊은 여자가 창틀을 양손으로 부여잡고 내가 오는 것을 오래 전부터 고대하고 있었다고 생각할 정도로 그 여자는 내 시선을 끌었다. 그리고 소리 없이 살며시 웃음을 지었다(나는 전차 안에서 내가 추태를 부리게 했던 아내의 소리 없는 억지 웃음을 생각했다. 계속 그 어색한 웃는 얼굴만이 떠올라 불쌍하다는 기분이 들었다).

무의식중에 나는 발걸음을 돌렸다.

기분과는 달리 얼굴은 오히려 굳어졌다.

그리고 서둘러 원래 신경과 병동 쪽으로 돌아왔다.

나는 녹초가 되었다. 어떻게 하는 것이 좋았을까? 조금 더 부드러운 모습을 그 환자에게 보일 수 없었을까?

순박하게 묶은 머리와 밝은 무늬의 옷과, 아직 젊은 그 여자의 분위기로 나는 막 결혼한, 도회지에서 떨어진 시골의 구가(舊家)에서 데려온 젊은 새댁은 아닐까 하고 망상했다.

눈이 반응이 없이 지쳐 있는 것이, 아내의 그 시각만 예민하게 발달해 버린 피부의 엷고 뜨거운, 스스로를 제어하지 못하도록 괴로움에 가득 찬 눈꺼풀에 일종의 애티를 띤 눈을 생각나게 했다. 창틀을 붙잡고 그 여자는 무엇을 생각하고 있었을까? 그리고 그 여자에게 어떤 미래가 찾아올 것인가?

나는 또 왜 병동 저쪽을 보러 간 것일까? 나는 손을 흔들어 그 인상을 지우려고 했다. 나는 이제는 오히려 스스로 모든 주위에서 멀어지지 않는다면 괴로워서 견딜 수 없다고 생각하는 일이 많아진 것이다. 그러나 그것은 아내 속에 자리잡은 또 다른 아내의 제어할 수 없는 발작에 대처할 수 없는 억압으로 비뚤어진 항의의 다른 모습이었는지도 모르지만.

그러나 얼마 뒤 우리들은 입원해야만 되었다. 그것도 여러 사정으로 신경과의 해방병동(解放病棟) 쪽이 아니라, 폐쇄된 정신병동 쪽에 들어가게 된 것이었다. 나도 이제 병동 밖에서 멀리 돌아가는 것이 아니고, 그 내부에 틀어박혀 창틀을 부여잡은 채 창 밖 세계를 바라보는 쪽으로 바뀐 것이다. 다만 나도 함께 들어가기에 여자 병동은 형편이 마땅찮아서 남자 병동으로 보내진 것이지만.

언뜻 들여다본 맞은편 안쪽에는 내가 본 대로 좀더 많은 병동이 세워져 있어서, 의사와 간호사와 잡역부들이 문 자물통을 열기 위해 열쇠를 허리춤에서 찰칵거리면서 걷고 있었다.

살아 보니 특별하게 그곳에서 비밀이 자주 이루어지는 것도 아니었다. 환자들에 대한 나의 몽상적 추구, 가로놓여 있다고 생각한 단절의 늪, 발작 때의 외침소리, 언어의 불통, 답답함으로 고착된 집념, 흥분과 과장, 당혹스러움. 요컨대 정신병동에 갇힌 우리들을 놀랄 정도로 감싸고 있는 무엇인가 농밀한 탄력성과, 신선한 놀라움을 동반한 분위기는 시간이 지나면서 점차적으로 희박해져 버린 것도 당연할지 모른다. 처음에 나는 그들과 마찬가지로 환자 동료로 간주되었다. 무엇보다 남자 병동에 여자 환자가 들어왔으리라고는 생각하지 않았을 테니까. 나는 오히려 병동 바깥 세상에서의 정신적 피곤함이 없어졌을 뿐 아니라, 입구의 출입문에 내려진 자물쇠 때문에 집요하게 다가오는 외부의 여러 가지 악의가 차단되어 버렸다고 생각되었다. 아내의 신경에 자리잡고 있는 마귀만 쫓아버리면 당분간은 아내와 둘만이 이 병동 안에서 지내 보아도 좋으리라고 생각했다.

벌써 나는 공공연하게 외치고 싶을 때 외쳐댔고, 아내와 복도에서 달리기를 하고, 밤새도록 투덜투덜 언쟁을 했고, 또 갑자기 아내의 발작이(아니 나도 어느 사이에 발작적으로 되어 있었지만) 해소되면 곧 어깨를 나란히 해 복도를 걷고 엉덩이를 받쳐주며 화장실을 오가고, 대개 세상의 아내가 하는 일을 모두 내가 하고 아내는 나를 불러 놓고 건방지게 떠들어대고, 나는 기뻐하며 열심히 봉사할 수가 있었다.

그것은 세상에서는 혹은 우스운 일이었더라도 여기서는 그 때문에 구속받을 것이 아무것도 없었다. 아니 그것은 과장일지도 모른다. 차차 환자들 버릇에 익숙해지자, 그들의 말을 알 수 있게 되었고 외치는 소리에 놀라지 않게 되고, 흥분도 두렵지 않게 되자, 여기서도 역시 문밖 세상이 파고 들어오지 않는 것은 아니지만, 흥분이 가라앉았을 때 그들이 아무리 예사 표정을 지어도 거역하기 힘들도록 엄습해 오는 자신의 발작이 타인의 발작을 인정하고 있는 듯했다. 아무리 익숙해져도 역시 여기서는 타인의 발작에 너그러워지고, 나는 오히려 상처받는 일이 적게, 높은 긍지로 생활할 수 있을 것으로 생각되었다.

거기에는 얼마나 여러 증상의 환자들이 있는 것일까? 아니 그렇다고 해도 세상과 마찬가지로 저마다 버릇이 다른 인간이 모인 것에는 다름이 없겠지만, 가령 어떤 성격의 사람이라도 반드시 어느 때에는 망설임을 보이는 일종의 연약함을 갖고 있다. 각자 발작에 대한 후퇴가 나를 안심시켜 주었다. 몸 일부에 치료하기 어려운 상흔을 가진, 몸뚱이가 큰 곤충이라는 느낌을 나는 그들에게서 느낄 수 있었다. 그들에게서는 세상 생활에 자신을 가진 의사나 간호사나 간병인들이 행동하며 걷는 재치 있는 몸놀림에서는 발견할 수가 없는 그로테스크한 무엇이 있었다. 그러나 나는 그 부자유스러운 행동거지에 안심하고 있는 자신의 마음을 감출 수 없었다. 서투른 손발로 등에 난 자신의 상처를 만질 수 없는 불쌍한 벌레. 그리고 그 상처를 언제나 신경 쓰며 열등감을 느끼고 있는 불쌍한 착한 사람들. 그러나 모두 세상에서는 도움이 될 것 같지 않은 사람들.

심야 병동의 복도를 걸으면 나는 말할 수 없는 흥분에 휩싸이는 것이었다. 약간 증상이 심한 환자들은 같은 병동 안에서 다시 한쪽으로 모아서 자물쇠를 채워 놓고 있었다. 나는 그래도 긴 복도만은 언제나 자유로 걸을 수 있는 방에 들어 있어서, 그처럼 몇 겹으로 자물쇠가 채워진 건물 안에서 타인의 손에 맡기고 잠들어 있는 영혼들의 (물론 환각이나 불면에 시달리는 사람도 적지 않지만) 신세를 생각하자 슬프고 마음이 처지는 것이었다. 당직 의사나 새벽 근무로 일어나 있는 간호사들도 마치 불가항력에 가까운 거대한 운명의 수레바퀴를 얼마만큼 거스를 수 있을까 생각하곤 했다. 게다가 나는 아내의 발작과 싸우는 것만으로 녹초가 되어 버렸던 것은 아니었을까?

어느 날 밤 나는 이런 꿈을 꾸었다. 밤에 잠잘 시간이 되어 우리 방 쪽도 다시 좁은 구획으로 나누어진 데다가 문을 닫고 자물쇠를 채우게 되어 버렸다. 나는 그 일이 좀 만족스러웠다. 나도 드디어 진짜 취급을 받게 되었다. 나는 아내와 마찬가지로 미치는 것밖에는 두 사람 모두 깊은 심연에서 헤어날 수가 없다고 생각하고 있었으므로. 드디어 나도 엄중히 감금되었다. 세상으로 돌아갈 가능성이 하나씩 절단되는 것에 감상적인 쓸쓸함이 없는 것은 아니었지만, 몸이 긴장되어 힘껏 삶을 연소시킬 수 있다고 생각하는 것이 오히려 강하게 느껴졌다. 자 두려워하는 사람은 모두 문 맞은편으로 나가시오. 나는 얄밉게 웃음을 띠고, 서둘러 소독을 하면서 자기 집으로 귀가를 서두르는 듯한 발작이 없는 사람들을 보고 있었다. 흰옷을 입은 간호사들이 난폭한 말을 내갈기며 문 이쪽에 식량과 식기를 운반해 들여놓고는 서둘러 밖으로 나가 버렸다. 빨리 나오세요, 나올 사람은 빨리 나오세요. 나는 입 속에서 박자를 맞추듯이 말하고 (무언지 모르지만 병동 안에 악질 세균이 발생해서 당분간

격리해야만 되는데, 자물쇠를 채워진 이쪽에서는 아마도 전원 그 세균의 침입을 막을 수 없다. 복도의 확성기가 그와 같은 의미의 말을 전하고 있었다) 소란으로 조금씩 흥분하고 있는 환자들(스님과 대머리와, 하뉴 씨, 말더듬이, 감각거사, 구더기, 사이타, 와키노 씨, 굿쓰 씨, 도련님, 야옹이, 유먀 씨, 과대망상, 쫄랑이, 스스무, 대학생, 불량배, 우울증환자, 스피커, 하마 등의 얼굴이 바보스럽고 개성적으로 그립게 중첩되어 흔들리고, 그리고 입을 벌리고 웃고 있었다)과 폐쇄된 세계에서 어떤 식으로 될까? 불안하지 않은 것도 아니다. 감금되면 감금되는 만큼 아내는 안심하겠지. 간호사 C가 "문을 잠그겠습니다. 이제 나갈 사람은 없습니까?"
라고 생긋생긋 웃으면서 자물쇠를 채우려고 한다. "C양, 그곳에서 자물쇠를 잠그면 당신도 안에 감금되잖아요." 내가 걱정스러운 듯이 말하자, C양이 "네 그래요. 저는 당번이니까 안에 남는 거예요." "그래도 이번은 보통 일이 아니에요, 어째서 혼자만 남습니까? 환자가 모두 폭동을 일으킬지도 모릅니다." C는 다만 태평스럽게 웃고 있었다. 나는 이 사람은 안타깝게 희생이 될 것인가, 안타까운 일이라고 또 한 사람 정도 그렇게 되는 편이 좋다고 생각했다.

나는 곧 잠이 깨 버렸다.

그 무렵 꿈 줄거리는 대개 잊어버렸지만 이 꿈은 분명하게 기억하고 있고, 묘하게 자신에게 각오가 생긴 것 같은 상태로 작용하고 있었다.

집요하게 늘어붙은 아내의 반응. 과거를 희석시키기 위해서 시도한 여러 치료는, 대개 과거를 희석시키는 것에 어느 정도 성공했지만, 중요한 마음의 원인이 된 이상한 기억만은 한층 선명하고 짙게 낙인되었고, 게다가 그것은 이미 괴이한 형태로 변모해 버렸는데 아내는 그것을 구별할 수가 없다는 그런 상태로 되어 있는 것일까?

그날 아침도 나는 아내가 뒤척이고 있는 느낌으로 눈을 떴는데 잠시 동안 숨을 죽이고 상태를 보고 있었다. 그것은 모처럼 자고 있는데 소리를 내어 깨워 버리면, 또 그날 하루 깨어 있는 동안에 자주 일으키는 반응인 발작과 격투를 해야만 되었기 때문이다. 그것을 나는 피할 수는 없지만, 허무한 편안함으로 일 분이라도 뒤로 미루려는 자세가 되어 있었다(하루중에서 화장실에 있는 어둠만이 자기자신이 되어 있을 수 있다고 생각했다). 그래서 서둘러 일어나서 아내를 깨워 발작 가능성이 많은 시간을 일부러 불러들이는 일은 없도록 하고 싶었다. 그러나 나는 아내가 이미 벌써 잠이 깨어서 엄습해 오는 망상과 환각과 고투하고 있다는 것을 알고 있었다.

나는 결심하고 큰 동작으로 일어나서 아내를 불렀다.

"미호, 벌써 일어나 있었어?"

"음."

아내가 한 번 웃고 한 번 찡그리는 것을 저울질하고 있다. 발작 징후를 인정할 것인지 어떤지? 그러나 징후를 미리 알았다고 해도 나는 그것을 어쩔 수가 없다. 갑작스레 폭우가 와서 지나가는 것을 (그 시간이 참으로 너무 길지만) 다만 잠자코 보고 있을 수밖에 없다. 아니 다만 잠자코 있는 것이 아니라 아내의 발작에 휩쓸려서 흉하게 소란을 피우고, 그것이 또 서로 반사해서 멈출 수 없이 얽혀진 곳으로 떨어져 갈 수밖에 없게 되어버렸다. 그러나 그날 아침은 헛된 노력이라고 생각하면서 적극적으로 공격하려고 했다.

"미호, 괜찮아?"

나는 먼저 운을 떠 보았다.

"응." 아내는 애매한 대답을 했다. 눈썹에 힘을 주고 눈동자를 위로 뜬 채로 고정시키고 있음에 틀림없다.

나는 아내의 엊저녁 발작으로 잠이 부족한 나른한 자신의 몸을 채찍질해서 일으켜 세우며 발목과 무릎 관절이 삔 것처럼 아픈 것을 참고 아내의 침대 곁으로 옮겨 갔다.

그러나 아내가 발작의 문턱에서 헤매고 있는 것을 나는 알았을 뿐이다. 싫은 것, 두려운 곳, 피하는 것이 좋은 쪽으로 일부러 질질 끌려가는 것을 그만두는 것은 대단히 곤란한 일이다. 아내를 발작의 문턱에서 좀더 활짝 트인 장소로 데리고 가는 것이 나에게는 거의 불가능했다. 그래서 기분을 전환시키려고 하면 오히려 그쪽으로 가고 싶어했다. 그대로 두면 언제까지나 정체되었다. 빨리 지나쳐 버리려고 너무 서두르면 그렇게 하는 나를 의심해서 억지로 멈추었다. 아무리 해 보아도 결국은 그 안에 들어가 버리지 않으면 안 되게 되어 있었다.

나는 토할 것 같은 절망 속에서 더욱 아내의 기분을 아무렇지도 않은 쪽으로 이끌려고 이야기의 계기를 마련해서 말을 걸지만, 다가오는 기분 나쁜 큰 물결의 흐름이 확실히 천천히 흡수되듯이 결국은 아내의 발작 속으로 휩쓸려 버린다.

발단은 아주 조그만 일에서 시작된다. 그날 아침 그것은 내가 아내를 한 번도 영화와 연극에 데리고 간 적이 없다는 것을 악취 나는 가스가 도랑 밑에서 발효하듯이 불쑥 생각해 낸 일이다. 왜 데리고 가지 않았는지? 미호를 무엇으로 생각하고 있었다는 거야?

나는 비틀비틀 붉은 흙 벼랑에서 굴러 떨어지는 연약함에 쫓기고 있었다. 문제는 그런 곳에는 없는 것이지만, 나는 벌써 10개월 동안 고착된 동일한 질문에 답변을 강요당하고, 그것이 얽혀서 내 과거는 서서히 까발려져서 수습할 수 없게 되풀이 되어 쫓기었다. 또 시작이야, 시작이야. 그렇게 생각하면 내 머리는 어두워지고, 아내의 얼굴에도 귀신만이 날뛰고, 내 근처에는 제멋대로인 말이 계속 치밀어 온다. 그리고 그것을 멈추지 못하고 입 밖으로 나와 버린다.

"마누라는 데리고 가지 않아도 돼."

"짐승 같은 인간."

아내는 분노의 형상으로 뒤범벅이 되어 내 왼쪽 귀 언저리를 마음껏 손바닥으로 때리는 것이다.

나는 벌떡 일어났다.

"무슨 짓을 하는 거야."

나도 눈을 부라리며 아내를 힘껏 때리고 싶다고 생각한다. 그러나 그때 나는 아내의 표정에서 일종의 친화감을 인정했다(부모들이 입원해서 결국 남쪽 고도에 있는 친척에 맡겨진 두 아이를 전에 때린 것을 나는 아프게 기억하고, 그 두 아이가 아내의 몸에 겹쳐진 느낌이 들었다). 아내의 몸에서 달콤한 우유 냄새를 맡았다. 나는 생각을 멈추었다. 나는 아내를 어린아이들 다루듯이 침대 위에 눕히고, 둥근 엉덩이를 두세 번 계속 때리자, 아이의 엉덩이를 때리고 있는 듯한 착각을 일으킨 것이다. 아내는 맞지 않으려고 몸부림쳤지만 나에게는 싱글벙글 웃고 있는 듯이 보였다. 이제 이것으로 끝내자고 말하고 있는 듯이 보였다. 나는 아내가 사랑스러워졌고 빨리 두 아이들과 함께 아무렇지도 않은 편안한 일상을 보내고 싶다고 생각했다. 나는 숨을 헐떡이며 다시 일어나자 끝없이 땀이 흘러서 알몸이 되어 몸을 닦았다.

"짐승 같으니라고, 잘도 때리네. 잘도 그 더러운 손에 미호가 맞았다. 평생 기억할 거야."

아내는 상기된 얼굴로 그렇게 외쳤다. 나는 아무리 닦아도 땀이 나왔다. 도중에 나는 스포츠용 커터 셔츠를 말쑥하게 입으려고 했다.

"잘 기억해 둬, 이번에야말로 미호는 죽어 버릴 테니까."

아내는 준비를 시작하려고 했다.

나는 큰일이라고 생각했다. 우리는 그런 일에 관해서는 아주 위험한 상태까지 가는 일이 있었다. 나는 당황해서 허둥대고 그렇게 하면 쓸데없이 미워하는 위압적 태도가 되어 아내에게 다가가서 귀에 속삭이듯이

"그런 것은 잠자코 하는 거야"

라고 밀어붙이듯이 말했지만, 나는 스스로의 말에 흥분해서

"당신이 그렇게 하기 전에 어떻게 하는 것인지 내가 시범을 보여 주지."

그렇게 말하며 아내의 잠옷에 달린 무명 끈을 (그것은 질겨

서 언젠가 아내가 침대에 매어 목을 매었을 때, 그 매듭이 풀리지 않아 당황해서 허둥대며 그 끝을 작은 칼로 잘랐다) 재빨리 내 목에 감고 양손으로 꽉 잡아당겼다.

아내는 처음에 상관없다는 얼굴을 하고 있었지만, 끈이 빨려 들어가고 얼굴이 검어지고 호흡이 가빠지기 시작하자 확 매달려 오는 것이다.

우리는 그래서 마주 달라붙었다.

"F씨 F씨 와 주세요. 도시오가 난폭한 짓을 해요."

아내가 외치자 옆방의 간병인이 와 주었다.

"도시오가 나를 죽이려고 해요. 환자에게 이런 짓을 해요. 그런 바보 간병인이 있나요?"

나는 뒷일을 F씨에게 맡기고 방을 나올 수밖에 없었다.

나는 욕실의 넓은 창 쪽으로 가서 창틀에 매달리듯이 밖의 끝없이 밝은 경치를 바라보았다. 몸의 떨림이 언제까지나 멈추지 않았다. 나는 그로 인해 아내에게 살해당하는 것은 후회하지 않는다. 그러나 같은 질문을 되풀이하는 것은 참을 수 없다고 흥분된 마음으로 생각했다. 그러나 흥분과 함께 살며시 마음의 울분이 사라진 것도 인정하지 않을 수 없었다. 나중에 아내의 기분을 원상태로 돌리기 위해서는 오랜 시간과 살얼음 위를 걷는 듯한 억압이 필요함에도 불구하고.

과연 아내의 칭얼거림은 계속 이어졌는데 그날 오후 우리는 정신과 병동을 나와서 신경과 진찰실로 치료를 받으러 가게 되었다.

그것은 지금 우리에게는 또한 지상명령이었다. 그 시간이 다가오자 아내는 마지못해 몸차림을 하기 시작했다. 그리고 우리는 간호사가 자물쇠를 열어 주어서 정신병동 밖으로 나왔다. 두 사람에게는 외부의 밝음도 여름의 흰 소낙비구름도, 정원의 초목도 아무런 위로가 되지 않았다. 강하게 비치는 여름의 태양도 우리의 뇌 주름에는 두껍게 그늘이 되고 우리만이 세계에서 소외당했다는 느낌이 강했다.

아내의 얼굴은 창백해서 갑자기 늙어 버린 듯이 되어 앞서서 뚜벅뚜벅 걸어갔다.

서로 등을 보였던 우리들의 마음에 부드럽게 여름 햇볕이 쪼였다. 이 발작도 얼마 뒤에는 지나가겠지만, 점차 밀려오는 발작의 무리가 해원(海原)처럼 보여서… 도대체 무엇이 막혀 있는 것일까?

나는 얼굴을 들고 탄식하자 태양의 직사광선이 한꺼번에 망막에 펼쳐져서 눈 안은 이상하게 채색되었다. 자신이 뿌린 씨앗은 스스로 거두어야 한다. 그러나 깊은 소용돌이에 휘감기지 않고 어디까지나 손발을 의지해서 빠져 나갈 수가 있을 것인가? 아니, 이와 같은 말투는 맞지 않을지도 모른다. 나는 내 천성을 해체하고 싶다! 아니 그와 같은 감상을 털어놓아 보았자 어떻게 될 리도 없다. 허공에 뜬 채로 어디에 손발을 버틸 방법도 없이.

의사의 사정으로 우리들은 잠시 기다렸다.

틈을 보아 아내는 나에게 다가와서 그녀의 논리 속으로 나를 끌고 가서 신경을 건드렸다. 나는 잠자코 그것을 받아들여야만 했다. 아니 잠자코 있으면 발작을 더욱 부추긴다. 아내의 논리에 형편을 맞추어야 한다. 그렇게 하면 그만 걸려 버린다. 나는 아내 곁을 떠나려고 한다. 그러면 아내는 일부러 따라온다.

"어디까지나 따라갈 거야. 남을 미치광이로 만들어 놓고. 원상으로 만들어 놔."

나와 아내는 구내를 돌아야만 했다. 해는 쨍쨍 내려 쪼인다. 신경과 병실에서 이쪽을 보고 있는 사람이 있다.

이때 나는 레코드의 음악을 들었다. 나무 판자를 밟고 다시 끄는 듯한 복잡한 잡음이 섞여 있었다. 무심코 그쪽으로 다가가자, 나는 그곳에서 정신병환자들의 특이한 원형춤을 보았다.

뭐랄까. 강렬한 색채, 그런 느낌이 내 눈으로 들어왔다. 자른 색종이 상자를 털어낸 듯한 원색의 색들이 시야 밖으로 삐져나오려는 듯한 느낌, 그러나 안정하고 자세히 보니 그런 번쩍 번쩍하는 색채를 찾아내는 것은 오히려 어려웠는데, 그것은 그 안에 여자 환자도 섞여 있는 탓일지도 모르지만, 그렇다고 해도 루즈나 연지를 짙게 바르고 있는 것도 아닌데. 일종의 번쩍이는 느낌이 갑자기 나를 엄습해 왔다. 벌써 그 사람들 속에서 생활하고 그 사람들의 여러 가지 일에 꽤 익숙해져 있음에도 불구하고.

그곳에는 모든 나이의 모습과 복장이 섞여 있었다. 남자 환자로 말하자면, 고등학생 정도부터 머리가 허연 할아버지까지가, 더러운 유카타(浴衣)를 걸친 종업원의 흰옷, 긴 바지에 간편한 커터 셔츠, 전쟁 때 입었던 반바지와 전투모자, 혹은 메리야스에 반바지 등으로 각각 몸을 장식하고 있었다. 여자들은 대부분 양장을 하고 있었다. 기모노를 입고 있는 사람은 적었고, 줄무늬 옷에 붉은 허리띠를 매고 수건을 쓰고 있는 사람과, 비옷으로도 겉옷으로도 보이는 회색 코트를 옷 위에 입고 있는 사람 정도였다(아니 또 한 사람, 춤추는 원 안으로 들어가려 하지 않고 방구석 긴 의자에 앉아서 춤을 구경하고 있는 환자도 기모노 차림이었다. 그것은 언젠가 내가 외래에서 아내의 치료가 끝나기를 기다리고 있는 동안에 신경과 쪽에서 두려워하면서 정신병동 쪽으로 다가가 보았을 때, 창틀에 매달려 나를 보고 있던 젊은 여자, 그 여자에 틀림없었다. 그러나 지금 나에게는 그때의 미숙한 그러나 감상적인 감정은 남아 있지 않다. 나는 멀리 돌아온 도망가려는 관찰자가 아니었다. 진기한 것을 보려는 표정도 아니고 두려운 느낌도 적어졌다. 그곳에 다만 뇌가 나빠서 괴로워하고 있는 눈에 띄지 않는 한 여인을 보았음에 지나지 않는다. 이것은 나중 일인데, 수수한 블라우스를 입은 그 여자가 복도를 가볍게 달리면서 기분 좋은 상태로 노래를 부르고 있는 것을 철창 밖에서 들여다본 적도 있다). 그 밖에는 간단한 원피스, 속옷과 비슷한 블라우스. 허리끈으로 묶은 스커트, 타이트 스커트와 주름이 많은 스커트 등. 제각기 부인답게 농부 여인처럼, 또 아가씨처럼, 여학생이나 식당의 여자 종업원 그리고 여사무원처럼, 혹은 부인이나 아주머니처럼 입고(그 어느것이나 실로 그럴싸하게 보이는 것이 이상했다) 사람들은 각각 깔끔하게 혹은 칠칠맞지 못하게 원 안으로 파고 들어가서 춤추고 있었다. 나는 그녀들의 발작 때 모습도 대강은 상상할 수 있다. 그러나 지금은 발작을 잠재시키고 아무렇지도 않은 듯이 하고 있다. 누구나 어딘가에 편집적(偏執的)인 흔적이 있다. 그것은 남자 환자도 마찬가지로 자신의 손이 닿지 않는 곳에 병적인 상처가 있어서. 그것을 괴로워하면서 그 부분이 팔락이며 행패를 부릴 때 어쩔 수 없이 추악한 몸부림을 드러낸다. 그것이 지나가면 세상에는 통하지 않는 조심스러움으로 어딘가 약간 이상하게 처신하고 있다. 그 대부분이 몸차림, 손놀림에 어색함이 있는 것이 일종의 기이함을 만들고 있었다. 부서진 인형이 삐그덕삐그덕 움직이기 시작하는 것 같은 실수는 열심히 되돌리려고 해도 조화는 한층 흩어지지만 그 흩어짐이 나에게 어떤 쾌감을 주었다. 환자의 지병이 과장된 표현이 여러 인간형의 꼭두각시 인형처럼 덜커덩덜커덩 춤추며 돌았다.

그 속의 몇 사람인가의 얼굴과 모습이 친숙했다. 그들이 젊어진 내가 알지 못하는 과거생활이 전혀 모를 것도 아닐 정도로 대단히 상상력을 풍부하게 해 주었다. 특히 서양식의 둥근 원을 그리며 추는 춤, 남자와 여자가 한 쌍씩 서로 손을 잡고 전체가 원이 되어 경쾌한 음악에 맞추어 빙글빙글 돌아가는 것을 나는 좋아했다. 멈춰서서는 서로 제자리걸음을 하고 다시 빙 돌고 상대를 손가락질하기도 하고, 그 다음에 남자와 여자가 등뒤에서 껴안듯이 손을 잡고 가볍게 춤추듯 걷는 것이 각각의 개성이 드러나 재미있었다.

모두가 땀을 뻘뻘 흘릴 정도로 빙글빙글 춤추며 도는 그 춤을, 눈을 고정시키고 보고 있자니 내 시야에서 정면이 되는 춤꾼 커플의 얼굴과 몸놀림이 참으로 약동적으로 보였다. 그들이 잊어버린 세상에서의 생활과 나이가 상징적이라고 해도 좋을 정도로 선명하게 빙글빙글 주기적으로 내 시야와 마주쳤다. 진지한 얼굴, 장난기 있는 얼굴, 웃음을 품은 얼굴, 우는 얼굴, 찡그린 얼굴이라고 하기보다 정신병자의 여러 타입의 얼굴이 정면을 보이고 옆얼굴을 보인다. 시야를 벗어나고 얼마 뒤에 다시 같은 얼굴이 그것을 되풀이한다. 그것은 무엇인가 내 마음을 힘껏 끌어당기는 단순함이 있었다.

나는 아내에게서 눈을 떼어 버린 것은 아니었다. 내가 춤추는 곳으로 오자 아내도 떨어지지 않고 그쪽으로 따라왔다. 아내는 나에게 아무리 독설을 퍼부어도 내 곁을 전혀 떠날 수가 없다. 떠날 수가 없다는 것을 알고 있으면서 충분히 손안에 나를 잡아다 두고 발작을 일으키고 나를 누더기조각처럼 두드린다. 아내도 춤을 보고 있었다. 나는 거리를 두고 상관없다는 모습을 보이면서도 실은 눈의 한구석으로 언제나 아내의 모습을 살피고 있는 것이다. 아내의 발작이 만조 때 파도와 같은 것이 아프게 가슴에 울려 왔다.

잠시 뒤에 신경과 간호사가 아내를 찾으러 와서 데리고 갔다. 치료 순서가 돌아온 것이다. 나는 간호사를 따라서 간 것을 확인한 것으로, 정신분석치료를 하는 약 1시간 정도 그 일종의 해방이 온 것을 알았다. 어두운 구름이 걷혀진 것은 아니지만 적어도 그 시간만은 아내의 모습을 쫓는 신경을 쉬게 할 수 있었다.

나는 계속 환자들의 춤을 보고 있자 재잘재잘 다시 새로운 춤꾼들이 왔다. 이것은 처음 보는 환자들의 춤이었다. 그것은 내 눈의 비늘을 또 한 꺼풀 벗겨 주는 듯한 것이었다. 아니 이거야말로 틀림없는 정신병환자. 이제까지의 환자는 오히려 가장 정상적인 사람들이었다. 나는 열기에 치었을까? 남자처럼 머리를 7 대 3으로 나누고 반바지를 입고 있는 여자. 허리띠를 풀어 옷을 펼치고 걷고 있는 청년, 앞이마 언저리에 수술 자국이 있는 오직 마음대로 손을 만세 자세로 올리고 흔드는 소년, 머리를 흐트러뜨린 요염한 할멈, 임산부처럼 배를 내민 여자. 그들 새로 온 환자들이 이상한 소리를 지르며 원 안으로 들어오자 대열은 완전히 흩어지고, 반대로 춤추며 걷는 사람, 바깥쪽으로 나오는 사람, 마치 백귀야행(百鬼夜行) 같은 상태가 되어 버렸다.

그때까지 눈에 익숙한 환자들이 갑자기 퇴색되어 보였다. 나는 머리가 아파 오는 느낌이 들었다. 그것은 한층 엉터리였다. 나는 반대로 마비된 것 같은 가벼움에 휩쓸렸다.

갑자기 아내 일이 신경 쓰였다.

혹은 오늘 치료는 평소보다 일찍 끝나서 혼자서 어딘가로 가 버린 것은 아닐까? 그렇게 생각하자 불안이 가중되어 서둘러 무도회장을 빠져 나와 신경과 병동으로 건너가는 복도로 나오자, 과연 치료가 막 끝난 듯한 아내 모습이 이쪽을 향해 오는 참이었다. 나는 안심했다. 언제나 이처럼 위험한 곳에서 나는 아내를 잡을 수가 있었던 것은 무슨 일일까?

무의식중에 나는 빙긋 웃으며 손을 내밀자 아내도 조금 전까지의 일은 잊은 듯이 만면에 기쁨을 표현하며 잠깐 멈추어서 발돋움하듯이 하여 크게 손을 흔들고는, 붉은 스커트를 펄럭이면서 몸 전체로 나를 향해 달려왔다.

순간 나는 아내의 발작도, 지금 우리는 정신병동에 들어와 있다는 것도 잊어버리고 예전의 부드럽고 지친 아내가 내 모습을 알아차리자 달려온 것이라고 착각한 것이다. 검은 모기춤과 비슷한 아내의 발작이 등골에 계속 이어져 있다는 것을 너무나도 잘 알면서.

칼 바르트와 메밀꽃

사카타 히로오(阪田寛夫,1925～2005)

열차는 눈벌판으로 나와 속도를 늦추었다. 이제 3분 뒤면 역에 도착한다. 오른편에 배아(胚芽)를 깎아 낸 쌀알 모습을 한 작은 산이 보였다. 늘 보아 온 산이 오늘 아침은 높은 산 한 모퉁이처럼 날카롭게 빛나고 있다.

30분 전까지 차창 풍경은 도쿄(東京) 교외에서 볼 수 있는 눈 내린 날의 모습과 별로 차이가 없었다. 밭과 빈터에 약간 쌓인 눈이 사람과 자동차의 맹렬한 기세를 피해서 간신히 남아 있는 느낌이었다. 그런데 열차가 방향을 북쪽으로 바꾸어 계곡을 따라 고개를 오르기 시작하자 갑자기 쌓인 모습이 달랐다. 분수령을 넘자 관계가 역전되었다. 이쪽은 눈이 오히려 인간을 누르고 있었다. 길도 지붕도 밭도 숲도 있는 그대로 모두 억누르고 소리도 없다. 더욱이 눈 속에서 크리스마스를 맛보고 싶어서 온 나에게는 이것이야말로 만족할 만한 상태였고, 이렇지 않았다면 곤란했을 것이다.

스키를 짊어지고 온 젊은이 10여 명이 내린 뒤를 이어서 얼어붙은 플랫폼을 천천히 뒤꿈치를 들고 걸어 개찰구를 나왔다. 대합실 옆의 메밀 국수집은 아직 문을 열지 않았다. 자동판매기의 뜨거운 커피와 매점에서 파는 찐만두를 아침 대신으로 먹었다. 그러는 동안에 상행 보통열차를 기다리는 마을의 여인들이, 조금 전에 엇갈려 나온 상행 특급을 타고 온 스키 손님 일행 중 한 사람은 텔레비전에 나오는 희극배우가 아닐까, 이야기하고 있었다. 아직 교회 예배가 시작하려면 한 시간 남짓 있다. 스키 손님을 태운 버스가 나가자 평소의 쓸쓸한 역으로 되돌아왔다.

역 앞 광장을 향한 한 집뿐인 커피숍도 닫혀 있었다. 이곳이 활기를 띠는 것은 여름 한 달뿐인 듯하다. 오늘 아침은 보이지 않지만, 고원을 북쪽으로 향한 선로의 왼편, 표고 2천 미터의 죽은 화산 중턱에 최근 스키장이 만들어졌고, 펜션도 생겨났다. 선로를 낀 오른편 산기슭에는 호수가 있다. 10년쯤 전부터 호반의 오두막집에서 일을 하고 있었는데, 어느 여름 큰마음먹고 마을 교회의 일요 예배에 출석해서 붉은 얼굴에 몸집이 작은 목사의 이상한 사투리가 섞인 설교를 듣고, 왠지 그날 하루를 생기 있게 지낸 이후, 가끔 더운 여름에 한 시간이나 걸어서 설교를 들으러 가게 되었다. 버스를 타고 가는 것이 조금은 빠르지만, 버스 정류장까지 가는 데 30분은 걸린다. 자전거는 가는 길도 돌아오는 길도 산을 넘는데 심장에 부담이 된다. 어느쪽이나 쉬운 일은 아닌데, 그래도 매력적인 면이 있어서 한 달에 한 번이 두 번 세 번으로 늘어서, 최근 2년 정도는 여름과 가을에 오두막에 와 있는 한 교회를 쉬는 일이 드물게 되었다. 물론 도쿄에서는 그런 일을 하지 않는다.

역에서 교회까지는 눈 속을 걸어도 25분은 걸리지 않을 것이다. 선로와 직각 방향으로 뻗친 상점가는 얼마 뒤에 예전의 북국 가도와 만난다. 그것을 건너서 마을에서 직영하는 리프트가 있는 풀이 난 낮은 산 쪽으로 향하는 좁은 길에서 다시 옛날의 논두렁길을 20미터 정도 들어간 곳에, 여름이라면 녹색이 튀는 함석 지붕이, 풀이 자란 산에 빛나는 구름을 배경으로 '대초원의 조그만 집' 식으로 모양 좋고 편안한 교회당이 있었다. 이 근처는 지금도 길을 따라 지은 집들 뒤편이 곧장 밭이라서 30년 전에 지을 무렵에는 참으로 L. I. 와일더(Laura Ingalls Wilder, 1867~1957, 미국의 여류 아동문학가, 「큰 숲속의 작은 집」 등 개척 농민이 겪는 애환을 실감 있게 그린 작품을 남겼다—역자주)의 글에 나오는 미국 중서부의 집 같았음에 틀림없다.

앞 정원에 자작나무가 서너 그루 있었다. 교회당 옆에 2층의 목사관이 있었다. 여기에 몸집이 작고 눌변(訥辯)이면서 능변(能辯)인 목사가, 마찬가지로 키가 작고 말수가 적은 부인과 어머니를 닮아 살결이 하얀 남자아이와 셋이서 살고 있었다. 부임한 지 10년 가까이 된다.

옮겨 온 집은 방이 많아서 부모와 자식 셋이서 살기에 넓네

'실수'(室數)는 '헤야카즈'(へやかず)라고 읽겠지. 단가(短歌)를 짓는 목사가 산 맞은편의 동쪽 현(縣)에서 온 뒤, 얼마 안 되어 지은 노래이다. 문자와 말투에 구애를 받지 않는 사람이 노래를 짓는 것은 이상한 느낌도 들지만, 계절 소식 끝에 몇 수인가 거칠게 덧붙여 오는 것을 읽으면 그것 때문에 오히려 친밀감을 느끼며 음미하게 된다. 목사의 말투에도 지방 말이 아니라, 그 옛날 조몬(縄文, BC 8세기~BC 3세기에 걸친 일본의 신석기 시대—역자주)식이라고 할까 어쩐지 근원적인 사투리가 있는데 이것도 익숙해지자 어쩌면 그리스도의 말과 행동을

전하는 데 가장 알맞은 말이 아닐까 하고 생각되기도 했다.

기독교에 관해서 이런 입찬소리를 할 자격이 나에게 없다. 돌아가신 부모님이 열성적인 신자였다는 것뿐, 내가 잘 알고 있는 것은 찬송가 곡조나 장례식 순서, 목사와 신부의 차이, 신교와 구교의 예배 양식의 차이 등이다. 이런 것은 풍속이고 신앙이 아니다. 유즈루라는 이름의 이 목사는 물론 신교도지만, 그의 설교를 듣고 왜 힘이 나는지 이유를 생각하기에는 나는 기독교 그 자체를 너무 모른다. 그리스도라든가 신이라든가를 믿는 사람은 경건하고 믿지 않는 것은 불성실하다고 생각하고 있을 정도이다. 그래서 유즈루 목사가 약간 짧은 혓소리로 사소한 말실수나 성서를 오독하는 것을 거의 신경 쓰지 않고, 때로는 무의식적으로 몸 여기저기를 긁적이면서 새빨간 얼굴로 짧은 시간에 끝내는 설교를, 그 맺음새의 빛남에 눈을 크게 뜰 뿐 아니라, 무엇을 배웠는지 나중에 더듬어 가면서 다시 이해하는 것은 아주 어려운 것이다. 그러면서 좋은 이야기를 듣고 기운이 솟았다는 힘과 의욕만이 분명히 몸에 남는다.

이 이상한 '힘의 원천' 을 살펴보려고 생각한 지 벌써 몇 년이나 되었다. 매주 모이는 10명에서 많아야 15명의 신자는 거의 이 마을에 사는 주부로, 70살이 넘은 사람도 몇 명 있는데, 내가 보기에 어느 사람이나 사슴이 계곡의 물을 마시듯이 목사의 설교를 받아들여서 활력을 얻고 있다. 가끔 예배 뒤에 절인 김치와 막과자로 차를 마시는 일이 있다. 그럴 때는 명랑하고 온화하게 날씨와 농작물과 식물에 관해서 이야기하는 사람들이 예배의 사회자로 기도를 하거나, 헌금 감사 기도를 드리는데, 그날 목사의 설교 주제를 소화하여 즉흥적으로 드리는 그들의 기도 속에서 손쉽게 자신들의 어휘로 되살려 냈다. 그 힘의 깊이는 놀라워서 그때마다 나는 외경스런 나머지 무심코 눈을 뜨고 얼굴이 보고 싶어진다.

받아들이는 인물의 그릇이 오히려 목사를 빛나게 하는 면도 있겠지만, 한편 페미니스트이기에는 칭찬도 못하고, 매끄럽게 말도 못하고 동작이나 모습도 수려함과는 동떨어진 목사는, 한 발짝 더 나아가 그녀들에게 나날의 훈련도 심하게 하는 듯해서 예배중에 인용하는 성서와 해당되는 곳을 펴는 데 시간이 걸리는 사람이 있으면

"매일 읽지 않으니까 이럴 때 더듬게 되지."

하고 거침없이 꾸짖곤 한다. 그럴 때는 나도

"마태, 마가, 누가, 요한복음, 사도행전, 로마서, 고린도전후서…"

라고 철도창가 곡조를 붙인 옛날의 성서 순서 외기 노래를 입속에서 당황하여 외우면서 식은땀을 흘리는 것이었다.

이렇게 해서 매년 힘의 원천을 찾는 것이 어느 사이엔가 나의 숙제가 되었다. 눈 속의 크리스마스에 외출을 한 것도 그 일환이라고 할 수 있다.

역에 있으면 좀처럼 시간이 가지 않는다. 어쨌든 교회로 가기로 했다. 버스가 지나가는 상점가는 한가운데만 대강 제설이 되어 있었으나, 가장자리는 눈이 얼어서 미끄러지기 쉽다. 외투 대신으로 방한점퍼를 입고 온 덕분에 가볍게 발을 옮길 수 있는 것은 다행이었다. 뒷골목에는 1미터가 넘을 정도로 눈이 쌓여 있었고 그런 곳도 한 사람이 지나갈 수 있는 폭만큼 다져져 있었다. 지금은 9시 반이 다가오는데 인적은 없고, 상점도 닫힌 채이다. 흐린 하늘을 배경으로 여기저기 지붕 위에 사람이 서 있는 것이 보였다. 이제부터 눈을 쓸어 내리는 일에 착수하려는 것 같았다.

김이 새어 나오는 두 번째 상점을 지나며 알게 된 일인데, 이상하게도 이발소만이 문을 열었다. 첫 번째 상점은 앞 유리문이 흐린데다가 눈에 파묻혀서 사탕과자처럼 보였다. 그것은 난방 때문이라는 것을 이 상점의 굴뚝에서 나오는 김으로 알았다. 포목점과 잡화점의 쇼윈도에 거꾸로 비친 자신의 흰머리를 보고 나서 세 번째 이발소를 발견했다. 벌써 북국가도(北

國街道)가 그곳에서 보이는 상점이었다. 5분이나 10분 동안에 이 부시시한 머리를 만져 달라고 부탁하자, 초로의 주인이 방한점퍼를 벗도록 도와주고 옷걸이에 걸어 주었다. 구두는 입구에서 벗어서 마루에 깐 신문지 위에 놓았다.

거울 앞에 앉으며 눈이 얼마나 왔는지를 물었다. 올해는 예년에 없는 대설이다. 그러나 2월이 되면 이렇지 않다. 귀찮지만 휴일인 내일은 눈을 쓸어 내려야 한다고 천천히 대답하면서 주인은 뜨거운 수건으로 내 거친 백발을 몇 번이나 적셨다. 그러고 보니 목사가 읊은 노래에도, 지붕에서 쓸어 내린 눈을 치우려고 올라가 보니, 부엌 창보다 내 발밑 쪽이 높았다고 하는 대목이 있었다. 앞으로 40분이면 예배가 시작된다. 빗질만으로는 무리라고 생각했는지 주인은 가위를 쓰기 시작했다. 머리를 다 깎자 잠자코 의자를 뒤로 눕히고 얼굴에 면도를 하기 시작했다. 그때 손님이 왔다. 주인과 동년배인 노인이었다.

"눈 쳤나?"

이것이 계절 인사인 듯했다.

"아니."

손님이 답했다.

"우리는 벌써 한 번 쳤어."

이 다음에 손님이 이상한 말을 했다.

"세 번 했어."

결국 자신은 건강이 나빠서 하지 않았다. 그러나 자신의 집에서는 젊은이가 세 번 했다는 말이었다. 이런 나이로는 무리한 중노동인 것이다.

도회 출신인 그대의 아내도 잘 견디어 아이를 넷 낳아
길렀네

이 지방에 와서 처음으로 길고 긴 겨울에서 겨우 해방되었을 때 목사가 읊은 노래였다. '그대'란 이 교회를 창립하고 20년 가까이 지켜온 초대 목사를 가리킨다. 처음 5, 6년간은 목사관도 없어서 추운 교회당 안에서 아이를 길렀다. 도쿄 출신인 부인은 얼마나 고생했을까? 분명 괴로웠으리라고 생각된다. 유즈루 목사도 그 부인도 눈이 쌓이지 않는 태평양 쪽 사람이니까, 그렇지 않아도 마음이 우울해지기 쉬운 병든 자신의 아내를 염두에 두고 격려하듯이 기도하듯이 노래를 지었으리라고 생각된다.

눈속에 작년에 보았던 얼레지 꽃을 떠올리며 눈보라치
는 창에 이마를 대어 보네

이런 노래를 쓰게 될 때까지 전도관에 와서 햇수로 3년이 걸렸다. "빵 사 오라는 부탁을 받고 집을 나왔지만"이라며 태평스런 모습이다. 길이 없어서 눈을 치듯이 글쎄 한 시간이 지나버렸어요라고 하는 것이다. 또 같은 무렵의 겨울 노래.

눈 위에 새겨진 내 발자국에 발뒤꿈치 끄는 버릇 있는 것을 알았네

이발사가 드라이어의 열풍을 머리에 대기 시작했다.

"앞으로 몇 분 걸립니까?"

"10분 걸립니다."

10분 지나면 예배가 시작된다. 서둘러 달라며 돈을 지불하고 힘들여서 방한점퍼에 팔을 집어넣었다. 반쯤 말라서 줄어든 구두를 신고 미끄러지지 않도록 한층 신경 쓰며 거리의 신호를 건너서 갑자기 눈이 깊어진 길을 전도관 쪽으로 서둘렀다. 교회로 돌아가는 골목 근처에 자동차가 두세 대 멈추어 있었다. 샛길로 돌아가자 분홍빛 모자 달린 점퍼에 털실로 짠 모자를 쓴 여자가 소형 썰매 같은, 큰 쓰레받기 같은 것을 밀면서 한 사람이 지나갈 수 있을 정도의 눈길을 만들고 있었다. 양쪽은 어깨 높이 정도의 눈 옹벽이었다. 여름에는 이 근처부터 메밀

밭이 온통 이어진다. 눈을 쓰는 사람이 길을 양보해 주어서 인사를 했더니 60세 남짓한 면식이 있는 아주머니였다.

집 앞에 메밀밭 있네 저녁때 가면 꽃이 빛나네 살며시 흔들리며

이 근처 농가에서는 일년에 두 번 메밀꽃을 피운다. 보름 밤에 보면 희게 피어올라서 좋다고 가르쳐 준 것도 유즈루 목사이다.

흰나비 메밀밭에 넘쳐 와서 흰 꽃 무리에 다시 섞인다.

달밤에 교회까지 가는 노력을 하지 않아서 아직 그 모습을 볼 기회는 얻지 못했다. 목사는 부지런한 사람이어서 맨발에 뒤꿈치가 다 낡은 헝겊 신을 걸친 채로 스쿠터를 날려서 자주 오두막까지 놀러 왔다. 토요일 아침인데

"이제 설교 끝났어."

하고 웃으며 들어온 적도 있다. 대단한 골초라서, 콜록거려서 목구멍과 가슴 깊숙이 울리는 소리가 들릴 정도이지만 이야기하는 동안에 계속 담배를 피우고, 두 번에 한 번은 담배나 라

이터를 잊고 돌아간다. 내 오두막은 산길에서 다시 붉은 흙으로 된 급경사에 그저 발디딜 곳만 팠거나 돌을 파묻은 비탈길을 올라가야만 되고, 비가 오는 날은 귀가길이 대단히 위험했다. 특히 헝겊 신이라서 더 미끄러지기 쉬웠기 때문에

"조심하세요"

라고 말하기도 전에 넘어진 적도 있었다.

그런데 어느 날, 버섯 따러 왔다가 만난 마을의 낯선 부인이 보고

"저 사람 알콜중독자 아니야"

라고 했다.

몇 년 전 이야기이다. 어디서 그런 생각이 들었는지 놀랐다. 맥주를 한 잔 마시기만 해도 새빨개져서 잠들어 버리는 목사가 알코올 중독에 걸릴 리가 없었다. 이쪽에서 밝고 건강 그 자체라고 믿고 있는 인물인데, 어두운 그림자 같은 것을 풍기는 그런 눈길이 그때는 매우 싫었다.

유즈루 목사의 아버지는 하지메 씨라고 했다. 기독교와는 전혀 인연이 없다. 도네가와(利根川) 연변에서 대대로 살아온 소작농으로 확고한 신념이 있는 독실한 농부였다. 그는 또한 17살 때부터 단가(短歌)를 짓기 시작해서 평생 동안 그 길에

계속 정진했다. 말년에는 대단한 동인지 선자(選者)의 한 사람이었는데, 마지막까지 맨손으로 밭을 계속 갈았다. 유즈루 목사의 단가는 그런 피를 이어받고 있다. 하지메 씨에게는 가집(歌集)이 두 권 있었다.

닳아서 깨끗해진 손끝에 마른 새끼줄을 꼬니 아프네

날이 저물어도 계속 괭이를 휘두르고 녹초가 된 뒤에도 밤에는 새끼를 꼬거나 멍석을 짠다. 그런 나날 속에서 지은 노래이다. 제초제나 경운기도 없었고, 소 한 마리만이 '동력'이라, 새벽녘부터 밤 늦도록 손발을 재촉하며 일해야 했던 시대의 마지막 농부라고 해도 좋을 것이다.

저녁나절에는 피로가 쌓여서 보리 훑는 기계를 밟으면서 추위를 느끼네

땀 내음과 과로 속에서 노래는 또한 신앙이었다고 하지메 씨는 50살에 겨우 낸 제1시집에 쓰고 있지만, 과장으로 보이지 않는다. 18살에 결혼했을 때부터 작업복 가슴 주머니에 단추를 달게 했다고 잡지의 추모집에서 그 부인, 곧 유즈루 목사의 어

머니가 쓰고 있다. 생각나면 언제든 노래를 적을 수 있도록 가슴 주머니에 수첩을 넣고 다녔다. 단추를 단 것은 구부리고 밭을 갈거나, 풀을 뽑을 때 떨어뜨리지 않기 위해서였다. 그의 제재는 농부 생활 자체라서 가족도 자주 점경(點景)으로 등장한다. 가장 많이 나오는 것은 당연히 아내와 장수한 어머니와, 그 다음에는 힘을 아끼지 않고 일한 장남이었다. 딸 · 딸 · 아들 · 아들 · 딸 순서로 다섯 아이를 가졌지만, 반대로 가집 속에 많이 나오지 않는 것은 뜻밖에도 차남 유즈루였다. 어릴 때부터 형은 아버지에게 기쁨이었으나 유즈루는 그렇지 못한 듯하다. 이 아들을 아버지가 읊은 것은 내가 보기로는 딱 한 수였다.

신께 기도하며 마음이 족한 사람 풀을 베며 마음이 맑은 사람, 사람은 가지가지

이것도 말년에 유즈루가 목사가 되고 난 뒤의 감회였다. 소년시절 유즈루는 아버지를 기쁘게 해 드리지 못했을 뿐 아니라, 자타에 엄격하고 머리를 빡빡 깍은 아버지로부터 유별나게 꾸중을 듣는 아이였다. 맑게 개인 가을날 오후, 국철과 사철을 갈아타며 내가 찾아간 유즈루 목사의 큰누나 이야기에 따르면, 이 아이는 꾸중거리가 너무 많이 몸에 배어 있어서 초등

학교 시절에는 아버지가 무슨 말을 하기 전부터 눈이 새빨개져 버렸다. 옷을 보아도 십중팔구는 단추를 잘못 끼우고 있었다. 반바지가 무릎 아래까지 내려와 있었다. 얼굴은 눈물 자국이 여덟 팔자로 들러붙은 채로였다. 이래서는 아버지가 아니라도 무엇을 먼저 꾸중해야 좋을지 머뭇거릴 정도였다.

도네가와 연변의 생가 근처에 있는 마을 유지 가문의 청혼을 받고 시집간 큰누나는 일찍이 남편을 잃고 여자 손으로 아이들을 다 기른 지금도 바느질일을 계속하고 있다. 동생인 목사의 평가로는 재주가 좋고 인내심이 강하고, 남을 잘 보살펴 주고 그 길에서는 명수라고 한다. 그날도 값비싼 바느질감에서 손을 놓고 이야기를 해 주었던 것이다. 누나의 회상은 이어진다.

어머니는 시어머니 아래서 농부 아내의 일 외에도 삯바느질 일을 산더미처럼 맡아서 도저히 손이 미치지 못했다. 큰누나 혼자서 이 아이를 꾸짖고 단추 따위는 바쁜 아침에도 눈에 띄면 고쳐 주었다. 그러나 한 번 나가면 돌아올 때는 반드시 잘못 끼우고 왔다.

"또냐?"

라고 말하고 싶어진다. 바지도 역시 칠칠맞지 못하다. 벨트 구멍을 잘 끼우지 못하기 때문에 곧 흘러내린다. 끌어올리면서 걷고 있는 것을 보면 한숨이 나왔다. 글자를 쓰게 해도 보통 못 쓰는 정도가 아니다. 악필이 부주의와 어딘가 깊은 곳에서 서로 얽혀서 손을 댈 수가 없었다. 초등학교 때 답안지에 이름을 안 쓴 것은 유즈루로 정해져 있었는데, 특별히 못 쓴 글씨라서 서명할 필요도 없을 정도였다.

"유즈루라고 왜 붙였나요?"(유즈루라는 한자는 讓이다—역자주)

라고 부모에게 호소하고 싶을 정도로, 이 이름을 한자로 쓰게 하니 대단한 문젯거리가 되었다.

태어나자마자 가벼운 소아마비에 걸린 탓으로—라고 더욱 뜻밖의 소리가 큰누나 입에서 나왔다. —유즈루는 만 2살 6개월까지 걷지 못했다. 언제까지나 걷지 못하는 무거운 아이를 업게 된 애보기 담당인 큰누나는 고생한 만큼 정이 들었던 것이다. 그런데 누나 이외의 형제는 이 둘째 아들을 어리광부리게 하지 않았다. 그것도 당연한 것이 하도 졸라서 형이 낚시를 데리고 가도, 본인만 못 잡을 뿐 아니라, 미끼를 잃어버리거나 실이 어딘가에 걸려서 큰 소동이 일어나고, 강도 물가도 혼자서 휘젓는다. 도저히 낚시를 할 수 없으니까 저쪽으로 가라고 꾸중을 했다. 옆에 오면 놀이도 일도 망쳐 버린다. 여자 형제들한테도 쫓겨났고, 학교 친구들도 그 점은 마찬가지였다. 당연히 매일 왕따당하고 울고 돌아온다. 눈물이 마를 틈이 없었다.

어머니가 아이들에게 새로운 솜을 둔 잠옷을 지었다. 유즈루 것은 아침이 되면 웬일인지 뒤집어져 있었고 곧 망가졌다. 할머니가 버선을 지어도 가장 먼저 구멍이 나는 것은 유즈루 것, 바지 무릎대기도 형과 마찬가지로 만들어도 이상하게 유즈루 것만이 찢어진다. 그러면서 겁쟁이로 세 살 아래 여동생 앞에서도 놀자고 오빠답게 나선 적이 없다. 아버지는 그런 유즈루를 특별히 취급하지 않았다. 밭일을 시켜도 다른 아이들과 마찬가지 척도로 완벽함을 요구하며 꾸짖었다. 유즈루 목사 스스로 전에는 집에 돌아가서 아버지의 짧게 깎은 머리를 보면 기분이 우울해졌다고 말하고 있다. 그 정도로 꾸중을 들었다.

실제로 아버지는 무서운 모습을 가진 사람이기는 했다. 야무진 누나조차 아버지가 갑자기 "3일 전에 콩밭에 배토(培土) 작업을 했을 때, 싹 위에 이런 큰 흙덩어리를 굴러가게 해 놓고 태평한 얼굴을 하고 있느냐?" 라고 말씀하셔서 질린 적이 있었다. 목사는 단가(短歌) 잡지에 아버지의 성격이 가장 잘 나온 것으로 다음의 한 수를 인용하고 있다.

분한 일을 마음으로 생각하며 오늘은 풀베기가 잘되네

그런 때 아버지는 한눈으로 알 수 있었다고 쓰고 있다. 창백한 살기를 띤 듯한 것이 가슴속에서 치밀어와 참으로 무서웠다고 한다.

누나 눈으로 보면 유즈루는 참으로 작은 초식동물로, 아버지의 말에 일격을 당하면 꼼짝도 못하는 것이었다. 잘은 모르겠지만 이 아이를 저렇게 꾸짖어서는 안 된다고 큰누나는 언제나 생각하고 있었다. 울고 있는 얼굴밖에 본 적이 없는 동생이지만 간혹 보이는 웃는 얼굴은 참으로 순수했다. 어느 날 학교에서 모처럼 씩씩하게 돌아와서 오늘은 소운동회였다고 했다.

"몇 등 했니?"

하고 묻자

"4등."

하고 대답했다.

"잘했네, 몇 명이 달렸는데."

"네 명."

이렇게 말하며 웃었다. 조금도 기죽지 않고 봄날 툇마루에서 불어오는 유채꽃 향기 같은, 곧 사라져 버리는 덧없는 한순간이었지만 이런 좋은 웃음은 갓난아이말고는 본 적이 없다고 생각했다.

유즈루는 집에서 모두가 '틀렸어' 라고 정해 버려서 우는 것을 학교에서는 익살로 발산해 버리는 것 같았다. 전후에 아버지가 초등학교에 가서 학부형 유지들에게 단가를 지도하게 되었을 때, 이런 사실을 알고 꾸중을 들었다. 그래서 집에서는 식사가 끝나고 모두 한창 화목할 때도 곧장 일어나 밖으로 뛰쳐나가 버리는 아이였다. 소아마비는 나았는데도 걸음걸이가 계속 불안해서, 뛰쳐나갈 때 화로에 부딪혀서 앞니가 부러진 적도 있었다.

눈으로 쌓인 벽 사이로 난 좁은 길을 더듬어 교회 정면으로 나왔더니, 오르간 전주곡이 울리기 시작했다. 유리창에 호랑가시나무 잎에 붉은 열매를 늘어뜨린 둥근 장식이 달려 있었다. 도청 소재지인 먼 마을에 사는 아주머니가 지난 해부터 이 교회에 와서 발로 밟는 오르간을 본격적으로 연주하게 되었다. 그때까지는 아주 약식으로, 찬송가를 부를 때 누군가 익숙한 사람이 선율만을 치고 있었던 것이다.

재빠르게 그러나 소리나지 않도록 구두를 실내화로 갈아 신고 다시 한 번 문을 열고 석유 난로로 따뜻해진 회당으로 들어갔다. 정면 단상의 의자 위에 양복에 넥타이를 맨 목사가 긴장된 굳은 자세로 앉아 있었다. 작은 의자에 놓아 둔 회보를 한 장 집어들고 뒷좌석에 앉았다. 보통 때는 반 장짜리 갱지에 예배 순서와 알림 등을 등사판으로 밀어 써 왔는데, 오늘은 호화스럽게 포인세티아와 호랑가시나무와 성서를 짜 맞춘 기성품으로 원색표지를 써서 두 단으로 접어 인쇄한 것이었다.

둘러보았더니 대강 30명 가까운 신도가 있었다. 평소에 부인들이 데리고 다니던 아이들과 손자, 게다가 평소에는 얼굴을 보이지 않던 남편이 와 있는 집도 있는 듯했다. 강단 오른편으로 장식을 매단 크리스마스 트리, 밭이 있는 쪽의 유리창마다 스테인드 글라스랄까, 일러스트 만화식이랄까, 투명한 종이에 그린 작은 그림이 압정으로 고정되어 있었다 지붕에서 쓸어 내린 눈이 여기 저기 창턱까지 높게 쌓여 있었다. 정면 목사 뒤편의 판자 벽에도, 낙타 등에 탄 고깔모자를 쓴 세 명의 동방 박사의 실루엣, 이것은 약간 유치한 점이 있어서 중학교 1학년인 목사 아들이 만들었을지도 모른다. 어른스러운 그 아이도 오늘 아침은 어머니와 나란히 앉아 있다. 깎은 뒷머리와 가늘고 흰 목덜미가 보였다.

언제였는지? 목사가 신제 중학교 시절의 자신을 모델로 쓴 6장 정도의 짧은 소설을 보여 준 적이 있다. 주인공은 중학교 3학년생인 '도서위원'으로, 시험공부도 하지 않고 매일 도서실에 남아서 도서 정리에 마음을 쏟고 있었다. 그렇게 책을 좋아하는 것이, 첫째는 도서담당 선생이 막 첫아기를 낳은 예쁜 선생이라 그곳에 가면 화장품과 젖 냄새가 나는 것을 좋아했기 때문이었다. 게다가 전쟁중에 도쿄에서 소개(疏開)해서 이곳으로 온 얼굴이 흰 1학년 여자 도서위원을 좋아하게 되었다. 이 아이는 학교에서 피아노를 배우고 있었다. 하급생인 여학생에게 분류 라벨을 붙이는 것을 지도하면서 그는 음악실에서 반복해서 들려오는 "엘리제를 위하여"에 귀를 기울이고 있었다.

얼마 뒤 연습을 마치고 흰 빰이 상기되어 들어온 여자아이가 그의 옆에 앉아서 대출 카드를 끼우는 주머니를 뒤표지 에 붙이기 시작했다. 그때 그가 떨어뜨린 연필이 그 여자아이 쪽으로 굴러갔다. 서둘러 집으려다가 그의 얼굴이 먼저 주워준 그녀의 머리에 부딪힐 뻔했고, 그는 비릿한 머리카락 냄새를 맡았다.

작업을 마치고 보리밭 사이로 난 지름길을 빠져 나와 집으로 향했다. 아직 저물지 않은 6월의 저녁 해가 익은 보리밭을 짙게 물들이고 있었다. 바람이 불어서 그는 가슴이 조여드는 듯한 향기를 맡았다. 그것은 조금 전의 머리카락 내음과 비슷했다. "보리 익는 내음"이 이 짧은 소설의 제목이었다.

또 하나 그 속편인 "하얀 달"이라는 것도 읽었다. 6시쯤 집에 돌아온 그는 '늦었구나' 하고 꾸짖는 어머니에게 '뭐 먹을 것 없어. 배고파' 라고 졸라서 찐 감자를 받았다. "이것 먹고 나서 꼴을 베지 않으면 또 혼난다."

이런 어머니의 말씀에 작업복으로 갈아입고 외양간으로 갔지만 마음이 무거웠다. 볏단을 2, 3cm로 잘라서 쌀겨를 묻힌 것이 소 여물인데, 하루 먹일 짚을 자르는 데 땀을 흘리며 40분은 걸렸다. 그것이 중학교에 들어가고 나서 아버지가 부과한 일과였다. 3학년이 되어 귀가시간이 늦어지자 어머니와 형이 대신 자르는 일이 많아졌다. 물론 형은 좋은 얼굴을 하지 않았다. 겨우 하루 먹일 잘랐을 즈음 달구지를 끌고 아버지와 형이 보리를 산더미만큼 쌓고 되돌아왔다.

"이것을 내려놓고 다시 한 번 밭에 갈 거니까, 함께 가자."

갑자기 아버지의 명령이 떨어졌다.

"내일 비가 올지도 모르니까 자른 것을 옮겨 놓아야 한다."

슬퍼졌지만 아버지의 명령은 거역할 수가 없었다. 어쩔 수 없이 빈 달구지를 타고 밭으로 향해 자갈길을 갈 즈음, 가느다란 초생달이 하늘에 떠 있는 것을 발견했다. 아버지는 스승이다. "요시우에 쇼로 선생"이라는 노래를 낮게 읊기 시작했다.

초생달 빛 어슴프레 기울어 어둠이 아름다운 어린 대나무 그림자

그는 최근에 배운 "하얀 달이 떠 있다"라는 라디오 가요를

노래하기 시작했다. 두 번째는 "하얀 꽃이 피어 있다"로 시작된다. 그곳에 오면 1학년인 그 여학생의 흰 얼굴이 저절로 떠올랐다. ―앞의 노래는 1950년에 방송된 "하얀 꽃이 필 무렵"을 말하는 것이리라. 가사의 세부가 다르다 '작가'의 집념이 강한 탓일까.

작품 속에서가 아니라, 현실에서 유즈루가 참으로 아름답다는 것에 대해 처음으로 생각하게 된 계기는 이보다 조금 전인 중학교 2학년 때였다. 목사 자신의 이야기로는 2학년 1학기 초에 아마도 맑게 개인 토요일 점심때를 지나서 이상한 경험을 했다. 점심을 먹고 거실 뒤쪽의 툇마루에서 뒹굴고 있다가 멍하니 눈을 들어 아직 잎이 없는 아득히 먼 느티나무 꼭대기, 가는 가지가 얽힌 주변에서 맑은 하늘빛이 변하고 있는 것을 느꼈다. 풀을 태우는 연기가 그 주변에 감돌고 있었는지, 그렇지 않으면 가지가 젖어서 빛나고 있는 탓인지 눈을 가늘게 뜨고 꼭대기에 초점을 맞추어 확인해 보았다. 아무래도 좋았다. 마침 이제 느티나무가 싹트기 시작하는 순간이었다.

뒤편 집 밭과의 경계, '산'이라고 부르던 대숲과 잡목 방풍림이 다 끝난 곳에 한 아름은 될 만한 느티나무 네 그루가 사이를 두고 서 있었다. 뒹굴며 올려다보니 그 느티나무의 서로 얽힌 큰 가지와 하늘 사이를 가로막는 그물 모양의 작은 가지가 황록색을 띠어서, 그 황록색이 지금 형태를 만들고 있는 느낌이 들었다. '이런 아름다운 것이 세상에 있다니!' 하고 숨이 막혔다.

이제까지 나무 따위에 신경 써 본 적이 없었다. 자신의 일이 힘겨워 도저히 나무와 풀까지 예쁘다거나 어떻다고 호의적으로 바라볼 수가 없었다. 초봄 보리의 푸르름에 정신이 번쩍 뜨일 정도라고 생각한 적은 있지만, 논밭의 작물은 아버지의 질책 소리가 뒤에 함께 있어서 큰 가지와 호박을 보면 위압적 태도로 미움을 받고 있는 느낌이 들었다.

그러나 느티나무가 움트는 것은 그런 것과는 전혀 상관없이 하늘을 물들이기 시작했다. 지금까지도 그 높이에서 누구에게도 발견되지 않고 발견될 리도 없이 계속 봄마다 그렇게 아름답게 싹트고 있었다. 아마도 이제부터 먼 먼 봄까지… 그렇게 생각하기만 해도 가슴이 아픈 것 같아 뒹굴고 있을 수 없었다.

이날 느티나무가 움튼 것이 계기가 되어, 유즈루는 어렸을 때부터 안채 입구에 있던 파초가 특히 비바람 부는 날의 잎이 스치는 소리도, 이른 봄 보리의 푸른 빛과 함께 자신에게 좋은 느낌을 주는 소식이라고 생각했다. 학교 도서실의 책을 한쪽부터 읽기 시작한 것도 이 무렵부터였는데, 집에 오는 단가 동인지를 빼고, 아버지 작품을 처음으로 읽은 것도 원인을 따져

보면 움튼 느티나무 덕분이었다.

노래 읊는 사람 쩔쩔 매면서 자고 라디오 팬인 아이들의 연예가 밤마다 많네

어느 날 살며시 아버지의 노래를 동인지에서 발견했을 때는 모두 거짓말! 말도 안 되잖아라고 생각했다. 거실에 있는 진공관식 라디오가 유일한 오락의 원천이었는데도, 좋은 가요곡 프로 때만 조그만 책상에 앉아 있는 아버지가 그런 것은 끄라고 '라디오팬' 인 유즈루를 꾸짖으며 쫓아버려 마음속에서 실망하는 날이 많았다. 그러나 왠지 뽐내는 장단 맞는 틀 속에 그런 밤의 자신들의 모습이 박혀 버린 느낌이 약간 부끄러웠다. 우스워서 다시 한 번 보고 싶어졌다.

흐린 날의 황혼 무렵 종려나무 잎에 비보다 단단한 소리가 내리네

이 노래에는 유즈루가 어렸을 때부터 만난 좋은 느낌을 아버지도 마찬가지로 느끼고 있었다는 것을 알았다. 기뻐서 얼굴이 붉어질 정도였다. 느티나무라는 동료들과 함께 이렇게 뜻

밖에 아버지와도 단가와도 만나게 되었다. 중학교 3학년이 되자 자기식으로 쓴 단가를 아버지께 보여 드려서 아버지께서 고쳐 주시기도 했다. 일 잘하는 형은 중학교를 나온 뒤에 농삿일을 이어받아서 아버지도 믿음직스러워했지만, 아무래도 집을 나와야 하는 차남인 유즈루가 독서를 좋아하는 것을 인정하고 아버지는 고등학교에 진학시켜 주셨다. 누나 이야기로는 고등학교에 들어가서도 변함없이 재주가 없어서, 페달에 한 발을 대고 타는 자전거를 가랑이를 벌려서 타지 못하고, 아버지가 사준 평평한 여자용 중고 자전거에 만족하며 5km 길을 통학했다. 기독교와 만난 것도 이 고등학교의 성서연구회를 통해서였다.

전에 누군가에게 들은 이야기인데, 유즈루 목사의 교회가 속해 있는 교단의 규칙에는 재적하는 신도수가 적어도 완전히 자급할 수 없는 곳은 교회가 아니라 전도소라고 부른다. 유즈루 목사 교회의 정식 명칭은 전도소였다.

명칭은 아무래도 좋지만 놀라운 것은 월급이 적다는 것이다. 월말의 일요일에는 주보를 놓는 작은 책상에 마찬가지로 반쪽 갱지에 등사한 회계보고가 같이 놓여 있다. 나는 교회 회원도 아닌데 마음대로 집어서 읽는다. 목사관이 있다고는 해도 50살 전후의 처자식이 있는 목사에 대한 사례가 대학 출신 회사원의 초봉보다도 적다. 신자가 헌금을 아까워하기 때문이 아니라, 수입의 자세한 내역을 읽어 보면, 대부분이 주부인 이곳 교회원의 한 사람당 헌금액은 내가 알고 있는 도회지의 큰 교회보다 훨씬 많다. 그러나 아무리 노력해도 인원이 적기 때문에 어쩔 수 없다. 더구나 여기서는 목사의 부수입이 되는 관혼상제가 없다. 없을 리는 없지만 교회에서는 거의 행하지 않았다.

가톨릭은 모르지만 내가 알고 있는 신교에서는 목사가 될 결심을 하는 것은 '신의 부르심에 응답한다' 든가, '헌신한다' 든가 하는 대단히 엄숙한 말로 표현되어 왔다. 나는 '헌신' 이란 말을 들으면 절벽에서 몸을 던지는 것을 상상할 정도이다. 초대 사도들이나 에도시대 초기의 신부나 신도들처럼 거꾸로 나무에 매달거나 불고문으로 살해당하지는 않더라도 목사와 그 부인은 부와 명성 일체의 쾌락과는 평생 인연이 없고, 또 인연이 없기를 신도들이 요구하고 감시했다. 그 대신 끝없이 그들을 지도하고 위로하고 계속 격려해서 틀림없이 천국으로 보낼 의무가 있다고 간주하고 있다. 정말로 맞지 않는 일이다.

이 길에 유즈루 목사가 발을 내디딘 것은 고등학교 2학년 때 성서연구회에 들어간 것에서 시작된다. 전에 입회 동기를 물은 적이 있었는데

"친구가 권유해서"

라든가

"이국적이었고, 그 밖에 아무것도 없을 때라서"

라고 대답할 뿐이었다. 그렇다고 해도 2학년 때 처음으로 성서를 접하고 졸업한 뒤 곧 신학교에 진학한 것은 겨우 2년 남짓한 사이에 가르침을 받고 세례를 받고 다시 목사가 되려고 결심하기에 이른 셈이 된다.

그러면 "헌신의 동기는" 이라고 묻자

"부추긴 녀석이 있었어, 목사가 되면 좋다고. 특별히 생각도 안하고 들어갔고 들어가고 나서 고민했어"

라고 했다. 유즈루가 다녔던 교회의 목사—성서연구회의 지도자였던 메이지(明治) 태생인 사람은, 신학교 입학 추천을 해준 것에 대해 인사하러 간 유즈루 부모에게

"목사가 되지 않겠느냐고 권유해서, 한 번에 '네' 라고 말한 사람은 드물다"

라고 술회했다고 한다. 상당히 마음이 달아올랐음에 틀림없다. 신약성서의 마가복음이었던가, 예수가 선교를 시작했을 때 호수에서 그물을 치고 있던 어부 베드로와 그 동생은

"나를 따라오너라"

라는 말을 듣고 곧 그물을 버리고 예수를 따라갔다고 쓰여 있다. 그후 죽음에 이를 때까지 베드로는 가장 덜렁대며, 한결같

이 계속 제자가 되었다. 내게는 그 일도 바람직하게 생각되었다.

그런데 큰누나의 이야기에 앞서 또 한 가지 '헌신'에 관한 삽화가 나왔다. 고등학교 재학중 친구의 권유인지 목사의 권유인지 유즈루의 대단한 결심이 가족 사이에서 분명해졌을 때, 원래 무엇을 시켜도 반쪽인 인간이 무슨 바보 같은 말을 하냐고 꾸중하며 질려서 전원이 모두 반대를 주장하는 중에, 뜻밖에도 가장 먼저 의견을 바꾸어 동의한 것이 아버지였다는 것이다. 이하는 그녀의 추리이다. —그렇지 않아도 신심을 싫어해서 재앙이라거나 운세라고 주장하는 것을 극도로 싫어했던 아버지가, 그 정도로 완고한 사람이 왜 가장 먼저 의견을 바꾸었을까? 생각해 보니, 정말로 이 정도로 다르구나라고 감탄할 정도로 유즈루는 누나인 자신이나 다른 형제들과는 정반대였다. 손으로 하는 일은 전혀 못했고, 머리만, 입만. 글씨는 참으로 악필이었고, 읽는 것만은 남보다 몇 배나 좋아했다. 이래서는 보통 직업은 가질 수 없다. 그 아이가 남들처럼 살려면 참으로 목사가 될 수밖에 없을지도 모른다. 장래를 진지하게 생각한 끝에 그렇게 생각을 바꾸어 허락한 것이 아닐까? (이 주장을 뒷받침하는 삽화가 있다. 시간은 건너뛰지만 유즈루가 신학교 시절에 이즈오시마〈伊豆大島〉의 교회 신도들 앞에서 그가 신학교에 들어온 동기를 말하는데, "아버지가, 너는 몸이 약해서 먹고 살아가기가 어려울지 모르지만, 목사라면 기량에 맞아 해 나갈 수 있을 것이라고 했다"라고 정직하게 고백해서, 모든 사람들이 놀랐다. 신의 소명을 받아서 헌신하는 사람이라고 일반적으로 생각해 온 성직자에게는 도저히 있을 수 없는 이야기였기 때문이었다).

"왜 목사로"라고 물어서 이제까지 받은 몇 가지 답변, 혹은 증언과는 전혀 다른 내용의 답을 실은 나는 겨우 3일쯤 전에 막 편지로 받았는데 그것은 또 나중에 언급하기로 하고 크리스마스 예배로 돌아가자.

주보의 예배 프로그램은 다음과 같이 시작되고 있었다.

주악
초대의 말씀
찬양
기원
주기도
신앙고백
찬송가 82
성경봉독 누가복음 2장 1절-14절 사회자
기도 사회자

찬송 102

그 뒤를 이어서 '설교' 가 있었다. 약간의 설명을 덧붙이자면 찬양, 신앙고백, 찬송가, 이것은 모두 찬송가집에 실려 있는 노래이다. 노래만은 서서 부른다. 기도 때는 눈을 감는다. 그 밖에 특별히 정해진 것은 없다. 후반은 다음과 같다.

설교 [땅에는 평화] 목사

기도 목사

찬송가 114

성찬식

헌금

감사기도 예배당번

찬송

축도 목사

오늘은 크리스마스라서 '성찬식' 이 있어 비둘기가 쪼아먹고 날아갈 만큼 작은 빵 한 조각과 포도주 한 모금을 나누어 주었다. 대개 어느 교회라도 비슷한 프로그램일 것이다.

지금은 장로로, 예전에 선생이었던 부인이 부드럽게 성서를 읽고 있다. 초대 목사를 도와서 이 지방에 전도소를 만든 사람 중 한 사람인 노부인은 로마 황제 아우구스트가 모든 식민지의 인구조사를 명령한 것으로부터 시작해서 요셉이 임신한 마리아와 함께 등록을 위해 자신의 본적지인 베들레햄으로 여행가는 도중 안타깝게도 어느 집이나 손님으로 가득 차서 산기가 오는 마리아가 태어난 아이를 헝겊으로 싸서 구유 안에 재운 부분을 읽어 갔다.

실례이지만 서둘러서 오늘 설교 '땅에는 평화' 요지가 주보에 나와 있는 것을 보았다. 그것은 대강 다음과 같았다.

"주 예수가 마굿간에서 태어나신 밤, 같은 베들레헴의 들판에서 양을 지키고 있던 양치기에게 천사가 노래합니다.

더 높은 곳에서는 신에게 영광이 있는 것처럼
지상에서는 마음에 맞는 사람들에게 평화가 있도록

이 노래로 독생자의 탄생이 이 땅에 평화를 주었습니다. 이 평화라는 것은 하느님에 대한 평화(로마서 5의 1)입니다. 이것은 우리 인간이 하느님과 화해하는 일입니다. 하느님과 적대하고 있는 인간, 이것이 죄라는 것입니다만, 하느님 쪽에서 독생자를 보내셔서 화해의 손을 내밀어 주셨다. 이것이 크리스마스의 깊은 뜻입니다."

어려워서 뒷부분을 다시 한 번 보았다. 땅에는 평화, 라는 말 자체는 50년 전 석유가 아닌 석탄 스토브가 소리내며 불탄, 옛날 교회의 일요 학교의 크리스마스에도 나와 있다.

그날 밤 우리들 초등학교 남학생들은 큰 면 보자기를 옷 위에 두르고 들판의 양치기로 분장했다. 붉은 전구에 솜을 씌운 모닥불을 둘러싸고, 양치기가 졸고 있는 곳으로, 성가대용의 어른 가운을 질질 끌며 여자애들이 천사로 나타나 독본을 읽듯이 소리를 맞추어 노래했다.

"더 높은 곳에는 신에게 영광 있어라.

땅에는 평화, 주의 기쁨 받는 사람에게 있어라."

놀라서 눈을 뜬 양치기에게, 지금 베들레헴의 마굿간에 구세주가 태어났다고 가르쳐 주고 천사들은 사라지고, 그러면 이제부터 뵈러 가자,

"그렇게 하자, 그렇게 하자."

하며 우리들은 일어났다. 그 다음은 마구간 장면으로, 인형을 안고 있던 마리아 앞에 양치기와 세 박사가 한 사람씩 번갈아 땅에 엎드리면서 끝을 맺었다. 나에게 크리스마스는 그 이상도 그 이하도 아니었다.

그런데 목사의 손에 있는 주보의 문장을 다시 요약하면,

평화—인간이 하느님과 화해하는 것

죄—인간이 하느님과 적대하고 있는 상태

그래서 크리스마스는 하느님이 그 독생자를 보내서 화해의 손을 뻗친 행동이라는 것이다.

50년 동안 교회와 소식을 끊고 있는 동안에 상당히 모습이 변한 듯하다.

여기에 쓰인 말은 이미 같은 유즈루 목사 입을 통해 되풀이해서 듣고 있었을 텐데, 읽고 있는 동안에는 이해한 것 같아도 눈을 뗀 순간 사라져 잊어버릴 듯한 성질의 것이었다. 그러나 어쩌면 정기(精氣)의 근본은 실은 이 주변에 감추어져 있을지도 모른다.

옛날에는 기독교에서 죄라는 것은, 담배, 술, 호색, 이 세 가지라고 나는 생각하고 있었다. 더욱 시험 성적이 나빠서 아버지께 호출당해도, 학교에서 돌아오는 길에 아이스캔디집에 들렀다 들켜도, 어머니는 '기독교인 주제에' 라고 기독교 이름으로 나를 꾸짖었다.

우리 집에서는 매식(買食)도 공부를 못하는 것도 모두 기독교에 대한 '죄' 였다. 어머니가 꾸중하시는 방법이 어둡고 엄한 탓도 있어서 나는 집안 종교가 불교였으면 얼마나 편안했

을까 하고 말도 안 되는 공상을 할 정도였다. 그러나 내가 한 걸음 교회 안으로 들어오자 곧장 꾸짖는 쪽으로 변해 버린 것이다. 술 기운이 있는 채로 교회에 오는 사람은 과연 없었지만, 중학생이 되자 담배 냄새를 풍기는 사람이 생겼다. 지금 교회에서는 도저히 상상도 할 수 없지만, 당시 프로테스탄트 교회는 마치 금주금연의 상징처럼 사람들이 생각했고 자신도 그렇게 믿고 있었다. 하여간에 담배 냄새가 없는 곳이므로, 담배 피는 사람이 들어오기만 해도 알아 버린다. 보통, 학교에서는 제복에서 담배 냄새를 풍기는 상당히 불량한 모습으로 알려지고 싶다고 은근히 원하면서, 주일학교에 다니고 있는 친구의 바지 주머니에서 담배 공초에 찌든 담배 냄새가 나는 것을 맡으면 '자네 또 피웠나' 하고 대단히 실망하고 충격을 받았다.

또 마찬가지로 평소에는 이성의 육체에 대한 이상한 호기심을 남보다 배 이상 가지고 있던 내가, 그곳이 교회 안이면, 활발한 친구가 엄지 끝을 인지와 가운데 손가락 사이에서 내밀며 성기의 상징을 과시하거나, 또 같은 일요학교 여학생의 가슴이 큰 것을 품평했을 때, 극히 불쾌한 기분을 억누를 수 없게 되었다.

자신을 문제삼는 모순을 모르는 것은 아니었지만, 교회에 오면 갑자기, 가차없이 나 자신을 어머니처럼 어둡게 꾸짖는 사람으로 바꾸어 버리는 힘이 작용해서, 그곳에서 자유로울 수가 없었던 것이다. 어머니가 기독교의 이름으로 꾸짖고, 이 세상이 싫어지는 것과 마찬가지로, 이유 없이 남을 꾸짖어 버리는 자신 속의 어두운 힘도 나를 나락으로 떨어뜨려 버렸다.

결국 자신의 어리석음에 힘이 들어 있었다. 그러나 나만이 아니라, 과거 일본의 기독교 신자 마음속 깊숙이, 이를테면 담배 냄새가 마녀사냥의 검지기로 들어와서, 마음껏 주인을 조종해서 함부로 설친 것을 기록해 두고 싶다. 내 사촌 한 사람이 전후에 교회를 떠난 것도, 그 교회의 장로인 사람이 당시는 석탄으로 물을 데우고 있어서 언제나 솥에 불씨가 있는 급사방에 들어와서, 남의 눈에 띄지 않게 구석에 쭈그리고 앉아서 부젓가락으로 담배를 쥐고 '숫파, 숫파' 하고 소리를 내며 짧은 담배를 급히 피고 가는 모습을 몇 번이나 목격한 것이 원인이 된 것 같다. 그의 부인의 이야기로는 그럴 때 집에 돌아와서

"교회는 더러워"

라고 목소리를 떨었다고 한다.

나는 농담을 쓰고 있는 것이 아니다. 같은 전후 시기에, 1955년 무렵, 우리 집에서 교회의 긴급 임원회의가 열렸다. 회의내용은 담배를 상습적으로 피우는 것으로 알려진 부속 유치원의 보모를 해임할까에 관한 것이었다. 방구석에 불기가 사

라진 스토브 주위에 10명 남짓한 사람들이 모였고 그중에 우리 어머니도 있었다. 낮은 목소리로 언제까지나 진지하게 토의를 하던 사람들의 모습을 지금도 차갑게 몸에 스며드는 어두움과 함께 기억하고 있다.

이런 종류의 제재가 제재당하는 사람과 함께 제재하는 사람의 마음도 응축시켜서 어둠 속으로 끌어내리는 일은 지금 본 것과 같아서 유즈루 목사가 교회에 다니기 시작한 1953년, 신학교에 들어간 1955년 무렵, 일본의 프로테스탄트 교회와 신자는 이처럼 싫든 좋든 자타를 조이는 제재 윤리를 미루어 왔다.

유즈루가 입학한 것은 농촌 전문 전도사를 양성하는, 전교생이 기숙사 생활을 하는 조그만 신학교였다. 같은 고등학교 성서연구회에 같은 때, 또 한 사람 목사를 지망한 우등생이 있었다. 유즈루가 끊임없이 '선동당했다' 라고 느끼고 있었던 것은, 이 친구의 존재일 것이다. 그는 전통과 권위가 있는 도쿄신학교에 들어갔다.

유즈루가 들어간 학교는 역사도 짧았고, 매일 오전중에는 학과, 오후에는 잘 못하는 농경, 목축, 원예 등의 실습이었다. 학생은 전부 합해서 20명 남짓, 그것도 한때 회사에 근무한 것 같은 나이든 사람이 많았다. 유즈루를 '도련님' 이라고 부르는 나이 많은 동급생과는 이야기도 맞지 않아서, 클래스에서는 고립되어 있었다. 이것은 유즈루와 단가를 통해서 친해진 2년 후배인 목사의 관찰이다.

이 후배 목사가 입학했을 때 이미 유즈루는 담배를 피고 있었다. 피기 시작한 동기는 본인 이야기로는 좁고 작은 학교에서 자극도 없이 2년이나 같은 얼굴만 보고 지내자 싫증이 나서였다고 했지만, 아마 다른 일에도 답답한 생각이 쌓여 있었을 것이다. 입학과 함께 기숙사에 들어갈 때 전원 금주와 금연 서약을 했다. 신학생이라고 해도 규칙위반을 풍류로 생각하는 면이 있어서 처음에는 반항적으로 피우기 시작했던 것 같다.

바로 1개월 전에 아마 농촌이라고 할 수 없는, 소도시의 콘크리트를 바른 채로 둔 새로운 교회당에서 활약하고 있는 후배 목사가 나를 만나 당시 이야기를 들려 주었다. 후배가 본 유즈루 학생의 첫인상은 '몸집이 작고 재주가 없었다' 라는 것이다. 셀프서비스인 기숙사 식당에서 큰 소리를 내며 식기를 깨는 것은 대개 유즈루였다. 어느 날 후배 앞으로 단가 동인지가 온 것을 유즈루가 발견하고 나서 두 사람은 서로 이야기를 나누게 되었는데, 이 선배 방에 놀러 가자 갑자기 담배 냄새가 풍겼다. 그 외에도 피고 있는 상급생이 없는 것은 아니었지만, 그들처럼 잘 감추면 될 텐데, 유즈루는 재를 함부로 엎

지르고, 책상과 마루와 이불에 몇 군데나 태운 흔적을 내어서 피우고 있다는 것이 한눈에 분명해졌다.

그러나 그것이 재주없는 선배에게서 후배 목사는 학교 강의식의 신학이 아니라, 농작 작업중의 논의로 단련된 살아 있는 신학사상 전수를 받아 압도당했다고 한다.

오후의 농작 실습은 학년 구별없이 합동으로 이루어졌는데, 어느 날 오후 이랑을 만들면서 갑자기 유즈루가

"성서에 무엇이 쓰여 있지요?"

라고 질문한 적이 있다. 꾸중들을 것 같아서 조심조심

"그리스도에 관한 일이지요"

라고 대답했다. 아직 후배 목사가 막 입학했을 무렵이었다. 조그만 선배는 붉은 얼굴을 언짢은 듯이 부풀리면서

"성서에 그리스도의 일 따위 쓰여 있겠나?"

라고 내뱉었다. 의미를 몰라서 잠자코 있었더니, 결국은 예수 그리스도가 쓰여 있는거야. 이걸 모르면 이야기가 안 돼, 라며 그만 괭이를 메고 저편으로 가 버렸다. 얼마 뒤에 또 한 가지 크게 구불어진 이랑을 저편에서 만들어 오다가 이번에 만났을 때

"그러면 그리스도는 무엇을 했지?"

라고 질문을 했다. 잠자코 있었더니 곧장 자문자답하며

"해방한 거야, 자유를 준 거야"

라고 말했다. 뜻밖에 나는 신학교의 딱딱하기만 한 신학을 거역하고 있다는 긴장된 기분이 들었다.

해방된다. 또는 자유를 준다는 것은 자신이라는 인간의 존재가 그리스도를 통해서 수용되고 있는 것이라고 유즈루 선배는 덧붙였다. 그리스도의 '십자가의 죽음'은 그리스도가 이런 형편없는 인간을 받아 주시기 위한 행동이었다고 생각하는 편이 좋다. 그 때문에 우리가 일방적으로 신에게 받아들여진다는 것을 전하는 것이 선교이다. 그와 반대로, '이렇게 하지 않으면 받아들여지지 않는다' 거나 '하지 않으면' 을 강조하는 것은 결코 선교가 아니다.

여기까지 들은 이야기로는 나는 잘 이해가 되지 않지만, 회상 속의 유즈루 신학생이 의외로 적극적인 것이 뜻밖이었다.

"이런 생각도 바르트(Karl Barth, 1886~1968, 변증법 신학운동의 추진자. 나치즘에 반대해서 독일 고백교회를 지도함—역자주) 신학에 기초한 것입니까?"

라고 물어보았다. 그 당시 1955년 전후 일본의 프로테스탄트 신학은 칼 바르트의 전성시대였다고 유즈루 목사에게 들은 적이 있었기 때문이다. 후배 목사는 잠자코 고개를 끄덕였다.

바르트라는 이름만은 '위기신학'(危機神學)이라는 말과 함께 전쟁중, 중학생이었을 때부터 듣고 있었다. 그러나 도저히 사람을 밝게 만드는 인간이라고는 생각되지 않았다. 한 번 본 기억이 있지만, 앞 이마가 튀어나와 차갑고 옆으로 째진 입과 아래턱이 발달하고, 테가 두거운 안경 속에는 용서할 수 없는 상대를 철저하게 부정하지 않고는 견딜 수 없는 강인한 두뇌가 가득 차 있는 느낌이 들었다. 이 사람은 '아니다' 라는 대단한 제목의 논문을 써서 예전 맹우의 미지근한 태도를 비판했다고 하는데, 아무래도 그 남자가 할 수 있는 일이었다. 두껍고 난해한 그의 저서를 책장에 한 줄로 늘어놓으면 몇 미터나 된다고 하는 것도 애정이 안 간다.

참으로 이상하게 이 차가운 사내의 생각이 아무래도 유즈루 목사의 기분과 밀접하게 이어져 있는 듯했다. 후배 목사의 전언과 소식을 전하는 김에 유즈루 목사에게 직접 바르트와 기력(氣力) 관계를 한 번 물어보았다. 목사의 대답은

"바르트에게 밝음이 있어서일까…"

하는 것이었다.

"그래도 만일 있다면 참된 구원 앞에서는 인간의 믿음과 자연 속에 창조물을 느끼는 마음이라는 것은 모두 무의미하다고 부정해 버리고, 성서 이외의 신의 계시는 없다고 단정한 철저함일까?"

"자연을 노래하면 안 된다고 하면 단가도 쓸 수 없게 되잖아요?"

라고 내가 물었다.

"그래요, 그래서 그 무렵 잠시 노래는 쓰지 않았어요."

이야기가 옆길로 새자 목사는 이 다음 기회까지 다시 한 번 바르트의 생각을 쉽게 전하도록 생각해 보겠다고 말했다.

약속한 날에 전도소에 전화를 걸자 이런 식으로 비교한 이야기를 해 주었다.

내가 물 속에서 '푸 푸' 하고 있자 누가 뛰어와서 구해 주었다. 사실은

"내가 빠져 있을 때, 누군가가 구해 주었다."

그런데 문제는

"내가 큰 소리로 외쳤기 때문에 구제된 것이다"

라는 이유도 성립된다는 것이다.

영국이나 미국의 새로운 프로테스탄트 신앙에는 이쪽이 소리쳤기 때문에 구원받았다는 생각이 적지 않다고 목사는 보충했다. 그런데 메이지 시대의 기독교 전래는 주로 미국과 영국을 경유했기 때문에 전쟁 전의 일본의 기독교인들은 그 영향을 받아들여서 '이렇게 해야만 된다' '이렇게 해서는 안 된다' 는 것에 역점을 두는 경향이 강했다. 이렇게 하자 아무래도

인간의 행위를 규제하는 것이 신앙이 되어 버린다.

이런 것의 해방으로—틀릴지도 모르지만, 나는 내 나름대로 바르트를 받아들인 것은 아닐까 하고 생각하고 있습니다라고 왠지 정색을 하고 유즈루 목사는 말했다. 다시 '이것은 우리 선생이 자주 쓴 비유입니다만' 이라고 말하면서 다시 한 번 비유를 들었다.

겨우 걸음마를 시작한 아기가 어머니와 손을 잡고 산책을 나왔다.

이때 손을 잡는 방법에는 두 가지가 있다. 아기가 어머니의 손을 굳게 잡고 있는 경우는 넘어지면 손이 떨어져 버린다.

반대로 어머니가 아기 손을 부드럽게 잡고 있는 경우는 아기가 넘어질 것 같으면 강하게 다시 잡아서 일으켜 준다.

따라서 '내가 신에게 의지한다' 고 생각하는 것은 아무래도 불확실하다. 분명한 것은 '신이 내 손을 잡아 주는 것' 이라는 쪽이다.

유즈루 목사는 신학교에 들어가서 2년째에 두 선배와 반년 동안 바르트의 『교의학요강(教義學要綱)』을 읽었다고 한다. 그 정도로 한 권의 책을 읽었다—책에 빠진 일은 없었다. 300쪽의 책을 표지가 떨어질 정도까지 철저하게 읽은 결과 처음으로 알게 된 것이 이런 것이었다. 지금은 경건한 생활과 기도가 불필요하다고 생각하는 것은 아니지만, 그 무렵은 '하지 않으면 안 된다' 고 자타를 옭아매는 어두운 교회의 분위기에서 180도 회전하여 빛 속으로 해방되었다. 전화 저편에서 유즈루 목사가 그렇게 말했다.

실습하는 밭에서 후배를 잡고서 '그리스도는 무엇을 했는가' 하고 묻고 상대의 대답도 듣지 않고

'해방한 거야. 자유를 준 거야'

라고 힘있게 유즈루 청년이 외친 것은 실로 그 무렵이었음에 틀림없다. '힘의 원천' 은 아무래도 이런 곳에 숨겨져 있는 듯했다. 잊고 있었지만, 바르트도 담배를 피웠다. 파이프를 입에 문 유명한 사진이 있다고 한다.

의기양양했던 유즈루는 3학년이 되던 봄부터 뒤에 공산당에 입당해서 유명하게 된 목사의 교회에 학교 눈을 피해서 다니기 시작했다. 그 사람이 전쟁 전부터 바르트 연구가였고 또 그 신학의 실천자였기 때문이다. 인간은 어둠에 서 있고, 신 쪽에서 비추어서 비로소 구원받는다고 주장하는 바르트 학자의 교의답게, 여기서는 '기도' 같은 것은 일절 하지 않는다. 찬송가도 가사에 포함된 자연 예찬과 인간적인 정서가 바람직하지 않으므로 이것도 폐지하고 있었다. 일요 예배는 직접 설교로 시작해서 설교로 맺었다. 강연회와 같은 것이었다.

그런데 이렇게 의기충천하기 시작했던 유즈루가 갑자기 땅으로 끌어내려진 사건이 1년 뒤에 일어났다. 외형상으로는 유즈루의 음주와 흡연이 발각되었기 때문이었지만, 학교가 위험인물로 취급하는 목사의 교회에 다니고 있었던 것도 당국의 마음을 상하게 했다. 감추는 일을 특별히 잘 못하는 유즈루가 무슨 일이나 곧장 알려지는 기독교의 좁은 세계 속에서 비밀을 감출 수 있다고 생각하고 있었다면 너무나 낙천적이었다고 할 것이다. 일단 퇴학 처분을 전했지만, 일부 선생의 중재로 이즈오시마의 목사에게 신병을 맡겼다. '흩어진 생활' 을 다시 고치기 위함이었다. 당시 두 아이를 잃고 섬의 전도에 몸을 바치고 있는 목사 밑에서 5월 중순, 유즈루는 비행장 곁의 개척지에서 낙농을 하는, 글자 그대로 개척 신자의 집에 맡겨졌다. 그곳에서는 이제까지 도네가와 연변의 자신의 집에서 괴로웠던 농삿일이 꿈처럼 생각될 정도로 힘든 나날이었다. 일을 잘 못하는 식객도 힘껏 일하지 않으면 살아갈 수 없을 정도로 그 무렵 그 지방의 생활은 어려웠다. 목사가 발행하는 『흑조(黑潮)』라는 전도신문에 이 집 주인이 낙농의 괴로움을 말하고 있는 당시의 기사가 있다.

"우리들이 하여간에 적자가 나지 않고 지낼 수 있는 것은, 새벽 어두울 때부터 밤늦게까지 일하기 때문입니다. 보통 사람들과 같은 노동시간으로 농부는 생활할 수 없습니다. 우리 집에서는 퇴비를 만들기 위해 풀을 베고, 추비(追肥)로 암모니아가 아니라, 소변을 정성으로 주고 있기 때문에, 그 수고—노동시간은 많습니다."

힘든 일과에 쫓기고 처음에는 가족과 아무데서나 자고, 극도로 연료를 아낀 미지근한 물로 목욕하고, 음식물도 검소했지만, 책을 읽을 장소도 시간도 없는 것이 무엇보다 괴로웠다. 가끔 가정예배만이 숨을 쉴 수 있을 정도였다. 처음부터 이 가족 모두와 마찬가지로 괴로움 속에서 살고 있었지만, 22살의 유즈루는 마치 러시아 노예가 된 기분이었다. 담배를 참을 수 없어서 길까지 나가서 피웠다. 그런 때는 자전거로 전도신문을 배달하고 있는 목사와 만났다.

참는다는 말을 마음속으로 결심한 날부터 나날의 발걸음에 확신을 가지네

이런 단가가 오시마에서 신학교 후배 앞으로 보내졌다. 그러나 단가의 결의와는 반대로 9월이 되자 '이제 목사가 되는 것을 그만두겠습니다' 라는 인사를 남기고 유즈루는 집으로 도망쳐 돌아왔다.

예의 없는 제자 베드로도 예수가 붙잡힌 밤에는 제사장 집으로 형편을 살피러 갔다가 하녀가 한패가 아닌가 하고 의심하자

"그 사람을 모른다"

라고 세 번이나 부정했다. 세 번째에 닭이 울고 베드로는 "닭이 울기 전에 너는 세 번 나를 부정할 것이다"라고 한 예수의 말을 생각하고 심하게 울었다. 울며 반성했는가 했더니 그런 것이 아니라 그대로 도망쳐서 몸을 감추고 예수가 처형당한 날도 보이지 않았다.

그러나 베드로와 마찬가지로 신은 도망친 갓난아이의 손을 놓아 주지 않았다. 유즈루는 다음해 봄부터 복학 허가를 받고 교회에서 1년간의 실습을 포함해서 그 뒤 2년 신학교를 다니고 졸업할 수가 있었다. 그런데 취직에서 다시 한 번 고배를 마셨다. 동급생은 일찍부터 취직자리가 정해졌는데 유즈루 혼자만이 남았다. 햇병아리 목사인 젊은 전도사의 취직은 기혼자나 약혼자가 있는 사람이 나중에 문제가 발생하지 않아서 바람직했다. 그러나 유즈루 신학생은 그런 기색이 전혀 없었다. 게다가 사람을 구하는 교회에서도 재학중의 실태가 발각되지 않을 리가 없었고, 이렇게 되면 양다리 걸치는 것이 당연하지만, 그럴수록 유즈루는 또 상처를 입었다.

마지막으로 유즈루가 고등학교 시대 다니던 지방의 모교회

(母教會)에서 '부목사'로 받아 주었지만 반드시 인재를 원해서는 아니었다. 나중에 언급하겠지만, 여기에는 사람들이 제대로 일을 맞추어 해서 부목사가 할 일이 없었다.

실은 이곳은 교회라기보다 종합복지시설로 부지 입구에 정신적인 안식처로 세워진 것이 교회당이었다. 오히려 이 작은 세계의 중심인물은 창시자인 독일 부인이었다. 독일 부인은 본래 유아교육 전문가였는데 어려서 어머니를 잃은 사람이었다. 다시 제1차 세계대전으로 약혼자를 잃고 1921년 24살 때 일본에 왔다. 먼저 부임지인 무코지마(向島) 교회에서 대지진을 당했고, 목사를 도와서 재난자 구호에 헌신했다. 제2차 세계대전 공습으로 유일한 어머니의 사진을 태우고 슬퍼한 여사는 전후에 맹렬하게 달라붙는 전쟁 고아들에게 점심인 검은 빵을 가지고 간 적이 있던 것이 계기가 되어 '저런 전쟁고아를 모아서 그 어머니가 되어야 한다'고 결심했다(다카미사와 준코〈高見澤潤子〉, 「어린 것과 함께」). 우연히 아는 사람 중에 이도네가와 연변의 마을에서 공장을 경영하는 사람이 있어서 여사에게 땅을 제공하겠다는 이야기가 나왔고 우선 공장직원 기숙사에 우에노에 있는 부랑자를 살게 하고, 이어서 유아원, 보육원을 열고, 손을 더럽히고 마음의 상처를 입으며 일했다. 고등학교 때부터 이런 모습을 보아 왔으므로, 참으로 윤리를 싫어하는 유즈루도 이 여사의 욕심 없는 행위가 모두 그리스도의 가르침에서 나온 것이라고 존경하지 않을 수 없었다.

그리고 1955년대 후반부터 1965년 중반까지 유즈루는 그 시설의 원래는 공장직원 기숙사였던 곳에 살며, 고등학교 때부터 지도를 받아 온 메이지(明治) 태생인 담임목사 밑에서 일하게 되었다. 이 사이에 결혼했고 아버지도 돌아가셨다. 그러나 본인의 말로는 마지막 1년간을 빼고는 전혀 할 일이 없었다. 겨우 자신이 예전에 속해 있던 성서연구회를 지도하고 고등학생과 사귀는 일로 '해방되었다' 고 한다.

그 무렵 고등학생 중 한 명으로 유즈루 목사의 지도를 받은 40살이 지난 연출가가 당시 목사의 모습을 말해 주었다. 그가 연출하는 것은 창고와 자동차 차고에서 연출하는 전위적인 것인데다 그것도 아주 간혹 하는 것이어서 나는 물론 유즈루 목사도 아직 실제로 보지 못했다.

"나에게 무엇이었을까? 스승답지는 않았지만 역시 영향력이 있는 사람이라고 생각한다. 고등학교 성서연구회는 공립학교라 정식 클럽으로는 인정되지 않았다. 교내에서는 집회를 할 수 없어서 토요일 방과후 교회에서 모였다. 교회 쪽에서 보자면, 신자를 늘릴 수단으로 보고 있었을지도 모른다. 이쪽은 그럴 마음이 없었다. 유즈루 씨가 세례를 받으라고는 한 번도 말하지 않았다. 그래서 자유로운 입장에서 이야기할 수 있었다. 문화적 분위기가 없는 마을이라서 유즈루 씨가 있었던 것은 자극이 되었다.

성서연구도 신학적으로 하는 것이 아니라, 도스토예프스키와 카프카, 키에르케고르 등의 작가를 통해서 이야기했다. 유즈루 씨는 문학론도 종교론도 아닌 것에 열을 뿜고 있었고, 이쪽 풋내기 의견에도 잘 응해 주었다. 이런 이야기를 할 분위기는 유즈루 씨가 있는 교회밖에 없었고, 건방진 고등학생에게는 매력 있는 모임이었다. 여덟인가 아홉 살 연상인 그를 '선생님' 이라고 부르기도 하고 '유즈루 씨' 라고 부르면서."

앞서 말한 대로 복지시설을 모아 놓은 한구석에 연출가가 다니던 무렵에는 지진 고아도 없어졌고, 부모가 없는 아이와 불행한 환경의 아이들의 기숙사와 양로원, 탁아소, 유치원 및 그들의 직원 기숙사가 복잡한 부지에 여기저기 세워졌고, 문 옆에 언뜻 보면 돌로 만든 이상한 형태의 교회당이 세워져 있었다. 교회당 정면 벽에는 '조용히, 나야말로 신이라는 것을 알아라' 라고 성서시편에 나오는 말이 일본어와 영어로 새겨져 있었다.

독일 부인을 비롯해 목사님, 시설의 책임자 중에도 훌륭한 사람이 있었다. 부목사라고 해도 유즈루가 할 일이 남아 있지 않았다. 미숙해서 잡무도 거들지 못한다. 신분적으로도 경제적으로도 우울해 있지 않았을까. 하여간에 교회의 정식 일이 우리 고등학생을 지도하는 일뿐이었다고 보인다.

원래는 공장직원의 기숙사였던 낙후된 임시거처, 6조 방 한 칸에 3조의 부엌이 딸린 방에, 창고에서 끌어내 온 미군 야전병원용이라는 쇠로 만든 침대를 놓고, 꽤 답답한 기분이었던 선생이 언제 가도 실망 속에서 담배를 피워 숨이 막힐 지경이었다. 숨이 막힐 정도면 피우지 않으면 좋을 텐데 하고 생각했지만, 나도 토요일 오후의 성서 클럽뿐 아니라, 보통 때도 방과 후에 친구와 함께 그 방에 놀러 갔다. 그 무렵 모차르트에 빠져 있었던 것 같아서 월급으로 레코드를 샀더니 담뱃값이 없어졌다고 했다.

선생과 같은 시기에 '도쿄신학대학'에 진학한 수재 클럽 선배는 이제 대학원을 마치고 독일에 유학하고 있었지만, 유즈루 선배는 베니어 판으로 만든 임시 거주지에 칩거하며 옆방에서 침과 뜸을 뜨는 원래 여자 공원이었던 할머니들이 시끄럽다고 잔소리를 하면 싸움을 하곤 했다. 입장상 불평불만을 가득 가지고, 그런 것을 잘 감추지 못하는 사람으로, 곧 직원과 싸웠다. 충분히 순수한 면이 있지만, 하여간에 선생은 무어라고 할까, '추해서'…. 젊은 여자애들이 좋아하지 않았다. 가장 괴로운 시기가 아니었을까? 나는 훨씬 나이가 어려서 그런 선생의 미숙함을 초초해 하면서 지켜보고 있었지. 이 선생이 일년에 한 번이나 두 번 정목사가 사정이 있는 일요일 아침 설교를 했다. 담임목사는 신앙이 깊고 이야기도 자신에 넘쳐 있었지만, 우리는 유즈루 씨의 설교가 즐거웠다. 육성으로 말했다고 할까… 특별히 재능이 뛰어난 것도 아니고, 언제나 헤매고 있는 그대로의 모습과 말이라서 신앙상의 일은 모르겠지만, 나는 기독교는 이런 사람을 구제하는 것은 아닐까 하는 마음이 들었다."

"교회라는 곳에는 그 주변에서는 마을 명사 같은 사람이 다닌다. 그리스도를 따라서 걸어간, 땀 냄새 풍기는 사람, 병자, 거지, 창부 등이 아니라 훨씬 상류가 많았다. 크리스마스에 내가 '바울의 개심'이라고 시나리오를 써서 상연한 적도 있지만, 실은 세 번 예수를 모른다고 하고 나서 울었던 베드로를 나는 기독교 제자 중에서 가장 좋아했다. 좋은 것은 유즈루 씨가 바울과 비슷했기 때문이다. 약함이라든가 곧 기뻐하는 모습이 어느쪽에나 충분히 있기 때문이겠지. 다 헤어진 양복 차림으로 성서를 잘못 읽는 것은 아무렇지도 않다. 베드로가 오독했는지 어쩐지는 모르지만. 화내면 얼굴이 새빨개지고. 이렇게 말하는 것은 좀 뭣하지만 가르쳐서 논하는 사람이 아니라, 함께 뜨거워지는 사람이었다. 이쪽 이야기를 진실로 들어준다. 세례를 받으라는 요구 따위는 하지 않는다. 그런 사람은 세상에 없으니까, 교문을 나가면 곧장 200m 거리를 달려갔지, 기뻐서. 한때는 교회 앞에 성서클럽 회원의 자전거가 30대 늘어선 적도 있었다. 신앙 이야기도 간혹 하지만, 선생이 신앙을 끄집어낼 때는 신앙은 윤리가 아니라고 계속 말하고 있었다. 그러면 무엇인가? 라고 물으면 존재를 긍정하는 것이 신앙이라고 말했다. 이쪽은 모르는 채로 아 그래, 선생은 니힐리즘이 아니다, 긍정적인 사람이다라고 생각한 것을 기억하고 있습니다."

성에 안 차는 마음이 있으려니 남의 잘못을 날카로운
말로써 공격해 오는구나

이 교회에 있을 무렵의 노래인데, 상대 신도가 시설 직원일까? 이런 식으로 하고 싶은 말을 계속 해댄 때도 있었고 또 참고 이해한 노래도 있다.

지위가 높은 탓일까 거만한 그대의 말을 잠자코 듣고
있네

모두 연출가의 말을 충분히 뒷받침하고 있다. 연출가가 고등학교 시절에 훨씬 연하인데 '선생의 서투름을 초조해 하면서 지켜보았다' 는 말 속에는 실연사건도 있을지도 모른다. 먼저 나온 신학교 후배 목사 기억에는 어느 날 엽서에 적어 온 사랑 노래가 있었다.

고개 숙이고 걷는 버릇이 있는 그대이기에 하얀 목덜미가 사랑스럽게 보이네

이 사랑은 맺어지지 못했다. 상대는 교회 신자인지 시설의 직원인지 모두 작은 사회인 만큼 사람들 입이 시끄럽다. 유즈루는 기쁜 일도 숨기지 못하는 성격이라서 좋아지면 상대 마음도 확인하기 전에 이런 식으로 제삼자에게 알리고 싶어한다. 어차피 내부 사람들에게도 고백했겠지. 돌고 돌아 상대편에게 전해지면 반드시 여자는 화를 낸다. 그렇게 되면 이제 끝장이다.

이어서 유즈루가 부목사로서 단 한 사람 세례를 받도록 권유한 친한 젊은 친구가 갑자기 자살하는 사건이 발생했다. 가장 마음을 터놓고 희망을 걸고 있던 청년을 아주 가까이 있으면서 죽게 한 일이 괴로워 아무 일도 하고 싶지 않아서 자신도 더러

운 기숙사 안에 웅크리고 앉아서 지내는 날이 몇 개월 지났다.

여기서 다시 아버지의 시의적절한 방문이 있었다. 이야기가 약간 거슬러 올라가지만 신학교 4학년 때 음주와 흡연 사건으로 퇴학 처분을 받기 직전, 학교측에서는 학부모를 부르기로 정했다. 후배 목사의 말로는 시골집에 연락이 가서 농삿일을 하는 아버지가 하루 일손을 쉬고 도쿄 근교에 있는 학교로 오기로 된 전날 유즈루의 낙담은 대단했다. 그때까지는 한 걸음도 물러나지 않고 "죄는 윤리가 아니라 존재감의 결여에 있다"라고 주장하던 유즈루가 아버지까지 연루되었다고 알자 갑자기 눈에 보일 정도로 입장이 약해져 갔다.

그런데 다음날 후배가 유즈루를 만나자 참으로 산뜻한 얼굴을 하고 있었다. 아버지를 만났느냐고 묻자

"조금 이야기했더니 알았다고 했다"

라고 아직 소용돌이 속에 있을 유즈루가 만사 해결되어 안도감이 이쪽으로 넘쳐오는 듯한 웃는 얼굴로 대답했다. 그 뒤에 퇴학 처분이 결정된 것을 보면 유즈루의 아버지가 학교가 마음에 들어하는 이야기를 하거나 용서를 빈 일이 없었음을 알 수 있다.

이번에는 바로 가까이에 본가가 있는데 거의 들리지 않는 차남의 신상을 마치 살펴보듯이 아버지가 맞선을 권하러 왔다. 사진을 보여 주고, 교회에 나가고 있는 사람이라니까 한 번

만나는 것이 어떻겠느냐고 하는 것이었다. 평소에는 모르는 척하고 있으면서 젊은 주인공의 운명이 드디어 위험하게 되면 갑자기 수라장에 나타나서 믿음직한 도우미 역할을 발휘하는 차분한 권총잡이 같은 사람이었다.

유즈루는 두말없이 맞선을 보기로 했다. 게다가 그날은 아버지를 따라서 전차를 바꾸어 타며 상대편 집에 갔다. 아가씨는 얼굴이 희고 말수가 적은 사람으로 여자 자매가 많아서 혼자만 계속 집에 있으며 가사와 양재와 편물을 하고 있다는 것이었다. 그런 이야기는 그쪽 어머니와 유즈루 어머니 사이에서 나누었고 유즈루는 잠자코 담배만 피고 있었다. 점심을 얻어먹고 귀가 길에 현관 옆에서 우연히 나란히 섰더니 키는 알맞을 것 같았다.

귀가 길 전철에 나란히 앉자 그때까지 잠자코 있던 아버지가

"좋지 않겠니? 얌전해 보이고"

라고 했다.

"저도 좋다고 생각합니다"

라고 유즈루는 말했다. 그것으로 정해졌다. 저쪽은 부목사의 생활에 관해서 깊은 이야기는 아무것도 묻지 않았다.

결혼식은 유즈루 부목사가 근무하는 교회에서, 피로연은 지붕이 낮은 시설의 유치원 교실 두 개를 이어서 유아용 낮은 책

상을 나란히 놓고 치렀다. 차와 과자가 나왔다. 이것은 당시 간사이(關西) 어촌 임지에서 일부러 도네가와 연변의 마을까지 온 후배 목사의 회상이다.

피로연 프로그램 끝에 드문 일로 신랑 자신의 인사가 있었다. 긴장할 때 그의 버릇으로 눈을 반쯤 감듯이 하고 달아오른 목을 가끔 기울이며 하는 이야기에 이런 말이 있었다.

"아버지는 농부로 세상에 남길 것은 아무것도 없지만 일편단심으로 노래을 지으시며 사신다."

"한 푼도 되지 않는 것에 목숨을 거는 것을 나는 아버지에게서 배웠습니다."

"내 전도의 삶도 한 푼도 되지 않는다. 따라서 아버지의 가르침을 따라서 조용히 살아가고 싶다."

후배 목사가 이 말에 감동한 것 중 하나는 처음 만난 아버지의 인상이 아들의 말을 충분히 증명하고도 남았기 때문이었다.

도스토예프스키도 릴케도 읽지 않고 흙 내음 풍기는
노래 짓는 아버지라고 경멸할 때 있었네

뒤에 스스로 아픔으로 읊은 듯이 '무학인 아버지'를 새삼스럽게 경멸한 유즈루의 신학교 시절의 젊고 미숙한 언동을 후배 목사는 분명히 기억하고 있었기 때문이다. 당사자는 흰 머리를 짧게 깎은 참으로 투박한 느낌인데, 그 내심은 유즈루 선배보다 훨씬 커 보였다.

인사말에 나온 '조용히 살아가고 싶다' 라는 말의 원전은 교회 앞 벽에 새겨진 시편 성구였을 것이다. 이때 아버지 하지메는 61살로 농부 겸 새로 만들어진 공민관장을 맡고 있었다.

결혼생활을 시작하자 이제까지의 부목사 월급으로는 살림을 꾸려 나갈 수가 없었다. 부인은 상급 학교까지 나온 사람의 월급이 이렇게 적으리라고는 상상도 하지 않았던 것 같다. 그래서 부인은 하루에 세 번 기숙사 식사를 도와주러 나가서 야간수당을 받게 되었다. 아침식사는 5시 반에 나가서 8시가 지나서 돌아온다. 유즈루가 자고 있으면 부인은 화를 낸다.

그런 나날을 1년, 2년 지내는 동안에 한 가지 변화가 생겼다. 정목사가 형편이 나쁜 날에 간혹 대신해서 이야기하는 유즈루의 설교를 성서연구회의 고등학생 외에도 평가하는 사람이 나왔다. 그 한 사람은 시설의 책임자인 독일 부인이었다. 이 사람은 유즈루가 이야기하는 날에는 교회 맨 앞쪽 벤치에서 메모를 하게 되었다.

"유즈루 선생의 설교는 공부가 됩니다. 새로운 것을 넣으려는 자세가 있습니다."

이제까지 마주치면 친절한 웃음으로 맞아 주었지만, 터놓고 이야기한 적이 없는 사람이 그런 말을 해 주었다.

다음으로 몇 명의 어른 신도가 성서연구 소모임을 만들어서 유즈루 목사를 강사로 한 달에 한 번 정도 모임을 갖자고 말했다. 기분이 나아질 순간에 아버지 하지메가 위암으로 입원했다. 수술 결과 늦게 손을 써서 일단 퇴원한 후 한 달 뒤에 사망했다. 입원중에도 퇴원하고 나서도 계속 단가를 썼고, 죽기 열흘 전에 붓을 놓았다. 그날의 단가이다.

갈 때 걸었는데 화장실에서 돌아올 때 기어서 왔네. 이불을 뒤집어쓰고 한숨에 목이 메이네

연기되었던 성서연구회는 아버지가 돌아가신 8일째 날에 첫 모임을 가졌다. 다행히 그 회합에 자택의 별채를 제공한 레코드 상점 주인 부인을 만나서 당일 받아 쓴 노트를 빌릴 수 있었다.

이야기는 교회당 벽에 쓰여진 성구의 해설로 시작하고 있다. 영문으로는

BE STILL AND KNOW THAT I AM GOD

이것은 기원전 8세기에 예루살렘 위기에 임해서 말한 예언자의 경고로 종교개혁자인 마르틴 루터의 유명한 찬송가 '하

느님은 내 보금자리' 의 원전이 된 시편의 한 구절이 되어 있다. 이 시에는 '하느님은 우리의 피난처이다' (시편 46장, 한국 찬송 384장—역자주)라는 말이 세 번이나 나온다고 유즈루 부목사는 갑자기 주제를 제시했다. 32살의 유즈루의 반짝이는 혼의 궤적을, 부인은 분명히 받아쓰고 있다. 그 마지막 한 구절만을 옮겨 적는다.

"하느님은 하느님을 배반한 사람을 위해서 스스로 독생자를 내리사 사랑해 주셨습니다. 이것은 놀랄 만한 일입니다. '너희들은 조용히 우리 하느님을 알아라.'

세상에는 여러 가지 유행과 사상이 있습니다. 그중에서 하느님의 말을 듣는 것이 중요합니다. 우리들의 경험이라든가 지혜라든가 힘이라는 것을 우선 버리고 조용히 하느님의 말을 듣는다.— '조용히' 라는 것은 명상하는 것은 아닙니다. 자신의 죄를 반성하고 새로운 마음으로 신 앞에 무릎 꿇는 일입니다. 이때 당신은 아실 것입니다. 예수 그리스도야말로 우리들의 피난처라는 것을!!"

감탄사를 두 개나 찍고 있는 것은 유즈루 부목사가 설교를 마칠 때의 날카로운 감명이 벌써 20년 가까운 옛날부터 두드러져 있었던 것, 또 받아쓴 사람에게 준 감동의 깊이를 표시하는 것이겠지. 결혼식 피로연 때 유즈루 부목사가

"아버지의 가르침을 따라서 조용히 살아가고 싶다"

라고 말했던 인사의 의미를 이것으로 알 수 있었다.

설교가 시작되었다.

안경을 쓴 유즈루 목사는 좀 전에 사회자가 읽은 누가복음의 기사는, 당시 세계 정세부터 이야기하기 시작해서, 그 큰 파도 속에 시달림을 받는 나뭇잎처럼, 젊은 이름도 없는 부부가 괴로운 여행을 강요당한 상황을 제시하고 있다고 했다. 직선거리로도 나자렛에서 100km, 대부분은 초목이 없는 사막을, 몸이 무거운 마리아가 베들레햄에 도착했는데 여관 방에서도 잘 수 없었다. 마구간에서 출산하고 갓난아이는 누더기라고 할 헝겊에 싸여서 놓였다. 이보다 슬프고 불쌍한 탄생 풍경도 드물다.

그러나 이 탄생이 역사에 중대한 의미를 가지고 있다고 알린 것은 양치기가 들은 천사의 목소리였다. 눈으로 본 현상—풍경 속에 감추어진 의미가 있다. 그곳에 하느님의 계시가 있었다. 누더기 속의 갓난아이가 세계의 구세주라고는 도저히 생각되지 않는데 그 신호를 보고 안에 있는 것을 신앙으로 아는 것이 중요하다.

나는 멍한 머리로 이렇게 듣고 있었는데, 그것과 이상하게 솟아나는 힘(元氣)과의 관계는 아직 잘 모른다. 그것보다 젊은 부부가 괴로운 여행을 떠났다는 대목에서 유즈루 목사가 시설의 부목사에서 독립해 그 옛날에 삿갓 쓴 '몬지로'가 초겨울 바람을 휘날리며 스쳐간 듯한 산골짜기 길가 교회에 담임목사로 부임하고 난 뒤의 몇 년간의 사정이 떠올랐다.

몇 굽이 몇 굽이나 돌아서 너도밤나무 새싹이 난 큰 고개를 오늘 넘어서 왔네

논과 밭과 잡목림 평원에서 자란 유즈루 목사가 아마도 마중 나온 자동차로 산길을 몇 개나 넘어서 새로 부임할 교회를 보러 간 날의 노래이다. 먼 산에는 아직 잔설이 빛나고 있는 듯한 상쾌한 기분을 전한다.

목사를 찾는 교회는 후보자가 좁혀지면 그 사람을 한 번 초청해서 신자들 앞에서 설교를 하도록 한다. 이것을 듣고 신자들이 '좋다' 고 하면 정식으로 초청장이 발송된다. 목사 쪽에서도 그때 교회의 인상에 따라 취임을 거절할 권리가 있다.

그런데 며칠 후 자신감을 꺾어 버린 답장이 왔다.

뜻밖의 사태 전하는 한 통의 편지를 떨면서 읽네

그쪽 교회 사람들이 걱정한 것은, 적어도 문맥으로 보면, 설교 말이 분명하지 않아서 듣기 어렵다는 것이었다. 앞의 시설의 교회에서는 그런 비판은 한 번도 받지 않았다. 그러기는커녕 높게 평가해 준 사람이 몇 사람 있었다. '떨면서' 읽었다고 하니 이때 목사는 상당한 굴욕을 느꼈을 것이다.

중간에 선 사람의 중재가 있었던지 얼마 뒤에 초청장이 왔고, 공장 기숙사 생활을 했던 유즈루 부부는 결혼 뒤 5년째에야 비로소 독립할 수가 있었다.

산과 산의 계곡 사이의 마을에 새로운 일을 찾으려고
아내와 함께 왔네.

철도를 이용하면 동해를 향하는 본선에서 지선으로 바꾸어 타고 산속을 약 1시간, 그리고 다시 버스로 큰 언덕을 다 올라간 고원의 입구에 있는 마을이다. 이런 곳에도 백년 전부터 기독교 씨앗이 뿌려져 있어서 조부모 대부터 헤아려 2대째, 3대째의 신도가 적지 않았다. 겨우 33살이 된 목사에게 부모만큼 나이든 신도가 많았다.

쇼와(昭和) 초기에 다시 고쳐서 지었을 때는 사람 눈을 끌만큼 하이칼라였음에 틀림없다. 페인트가 벗겨진 조그만 교회당은 이 마을 한가운데를 가로질러 오지(奥地) 쪽으로 빠져 나간 길가 쪽으로, 출입구를 내고 백년 전 처음으로 이 땅에 교회를 세운 사람의 넓은 택지 안쪽에 소박하면서 안정감 있게 서 있었다. 칼바람이 부는 이곳은 겨울에 추위가 심하지만 눈은 쌓이지 않는다.

사물이 모두 얼어붙은 깊은 밤 마주보고 앉아서 홍차 마시는 우리 가난하네

아버지의 죽음이 유즈루에게 준 가장 큰 직접적인 영향은 바르트의 반자연신학에 신경 쓰며 자제하고 있던 단가를 다시 적극적으로 쓰기 시작한 것이었다. 이들 노래는 모두 아버지가 활동했던 동인지에 투고한 것이다.

해가 바뀌자 방이 두 칸이지만 단독 건물인 셋집으로 이사갔다. 큰 길에서 갈라진 길을 따라 깊숙이 들어간 곳에 곤약을 만드는 큰 집이 있었고, 그 뒤 철도 선로를 따라서 곤약집에서 셋집으로 지은 것이 세 채 나란히 있었다. 안채와 가장 가까운 집을 빌렸다. 현관과 화장실은 선로 쪽에 있고, 뒤편에는 주인집 안주인이 키우고 있는 야채와 차밭이 있었다. 밭 아래는 여자고등학교 운동장으로 키가 큰 미루나무가 우뚝 서 있었다.

집주인 일가와는 편안하게 사귀었다. 맞은편 가족과 어울려 이야기하면서 가늘게 썬 곤약을 저울에 달아서 자루에 넣는 자루채우기나 배달을 도와주곤 했다. 부탁을 받아서 하는 것이 아니라, 바빠 보일 때 스스로 도와주는 것이라 즐거웠다. 게다가 아르바이트 대금도 받았다.

약간의 용돈수입 생겼네 대부분은 방한용구로 돌려서 쓰다

곤약집 노부부가 본 목사상.

"약간 별나서 근처에서는 '사귀기 어렵다' 고 하는 사람도 있지만, 심성이 착한 사람, 우리 집에서는 친척과 마찬가지로 지냈습니다."

이 가족은 교회와는 전혀 관계가 없다.

"마을의 직책이라든가 위생반장 등 차례가 돌아오면 기분 좋게 맡아 주었습니다."

앞쪽 밭에 시금치 씨를 뿌리지 않겠느냐고 권유했더니 이랑의 높은 곳에 뿌렸다.

"그런 곳에 뿌리면 얼어 버려서 안 돼요. 선생은 농촌 출신인데라고 했더니 얼굴을 붉히며, 농삿일을 싫어해서 열심히

책을 읽고 공부했어요 하고 웃었습니다."

노래를 지으면 부인도 즐거워하는 편이라서 툇마루에서 소리내어

"좋은 것을 지었어."

하며 보여 주었다고 한다.

> 꽃이 필 때가 되어서야 알았네 이 계곡 마을에 뜻밖에
> 도 매화가 많다는 것을

선로는 단선으로 상행과 하행을 합해도 한 시간에 한 대 정도의 비율로 열차가 지나갔다. 지나는 쪽이 오히려 쓸쓸해 보이는 간선(幹線)이다.

> 마지막 열차 집을 뒤흔들어대며 지나가네 무사히 지나
> 간 그날이 허무해

선로 맞은편은 온통 밭의 어둠, 그 저편이 산. 마지막 전차가 지나가면 아무 소리도 들리지 않는다. 실은 그 무렵 교회에서는 처음부터 밑바닥에 흐르고 있던 목사에 대한 불만 소리가 차츰 표면화되기 시작했다.

깊이 깊이 생각하면 형상이 없는 것을 감고 있는 좌절감

한 해, 한 해 신도와의 골이 깊어졌다고, 유즈루 목사는 뒤에 '변경통신' 이라는 전도동인지에 기고하고 있다. "우리들 부부가 이 교회에 있는 것은 시아버지 시어머니를 모시는 것 같은 것이었다."

목사 부인은 상당히 소심한 성격이라 무슨 일이나 남보다 두 배로 괴로워하는 성격인 데 비해서, 유즈루 목사는 상처받기 쉬운 영혼을 가지고 있으면서도 선천적으로 낙천적인 일면이 있어서 사람과 사귀는 데 말 외에 속마음을 억측하는 일은 하지도 않았고 할 수도 없었다. 그런 것이 또 남의 눈에는 무신경하게 비쳤을지도 모른다.

"그러는 사이에 나보다 아내가 몸이 아파서, 식사를 할 수 없게 되고 차츰 몸이 여위었다."

두 번째 봄을 맞이할 무렵부터 아내는 친정에 요양하러 가는 일이 잦아졌다. 한 번 가면 1개월 정도 돌아오지 않았다. 그럴 때의 혼자 노래.

아내가 아프면 마음이 닫힌다 저녁나절의 벚꽃 가로수

길 밑을 보며 가네

실제 생활이 괴롭고 슬플수록 선자(選者)가 칭찬하는 작품이 많아져서 이 해 가집의 '준동인'으로 추천받았다.

비가 세차게 내리는 밤 병든 아내를 데리고 모르는 의사를 찾아가네

투고를 시작하고 만 2년이 되어 파격적인 속도였는데 여름이 지나자 생활의 위기도 절박했다.

2개월이나 병명도 모르는 채 아파하는 아내 한 곁에 깊은 밤 앉아 있네

결국은 심인성(心因性) 내장 질환이라는 진단을 받았다. 비록 아무 일이 아니래도 생활고에 덧붙여 목사 부인이라는 역할은 사람들의 감시의 표적으로 마음 고생이 끊이지 않았다. 겨울을 알리는 세찬 바람이 불기 시작할 무렵 드디어 부인은 입원했다. 위기가 도래했다.

그런데 이쯤이 유즈루 목사의 진면목이라고 나중에 알아차리게 되었는데, 아픈 아내 부탁으로 주삣거리면서 꽃무늬가 있는 잠옷 바지를 사러 가는 '아내 입원'이란 연작 바로 뒤에

(유즈루 목사가 보여 준 단가잡지 복사에 따르면) 마치 밤이 가장 깊어지면 새벽과 이어지듯이

엊저녁 만든 카레 데워서 저녁을 먹네 아내 출산으로 친정에 가고

라고 마음껏 화사한 노래가 있다. 눈을 크게 뜨고 페이지를 넘기자,

영어 배우러 온 두 사람의 중학생 소녀 향기를 남기고 갔네

그리고 다음의 뛰어난 노래로, 칭찬하고 싶어지는 한 수가 이어진다.

산과 들에 나무들이 싹틀 무렵 태어나는 내 아이 여자이면 아키코라고 이름짓자

어쩌면 아내의 입원과 출산 사이에 만 1년간의 시간이 경과되었는지 모른다. 그러나 조금 전 운 까마귀가 벌써 웃는 것처

럼 나란히 놓고 비교해 본 덕분에, 다가가기 어려운 느낌이 있었던 목사의 정념 안쪽에 비교적 쉽게 파고들어갈 수 있는 느낌이 들었다.

"그 선생도 빈틈이 있어서 말이에요."

단가를 좋아하는 곤약집 노부인이 이야기한 것이 생각났다.

"전차에 윗옷을 두고 내려서 역에 전화를 했더니 있다고 한다든가. 그런 일도 자주 있었어요. 어차피 성인(聖人)다워서 속세를 떠나 있었으니까요."

그리고 글씨를 잘 못 쓴 것으로 인해 어린아이가 태어났을 때의 이야기로 이어졌다.

"갓난아기는 사내였는데, 여자 이름밖에 생각하고 있지 않았다. 그런 말을 하면 이상하지만, 다카시(高し)라는 이름을 방안에서 멀리 언덕과 산을 보면서 생각해 내고는 '해냈어' 하고 종이 쪽지에 써서 번개같이 뛰어왔는데 별로 잘 쓰지 못했어. 그로부터 습자를 배우기 시작했다고 하지만."

갓난아기가 착해서 '선생'은 열심히 유모차에 태워서 걸었다.

"이쪽도 남의 일을 잘 돌보아 주는 사람으로 부인이 얌전해서 말이 늦은 것이 아닐까 하고 걱정했어요."

유모차 밀고 가는 길 옆에 석류나무 있네 붉은 꽃 피

었네

이대로 즐거운 나날이 이어졌으면 하고 속으로 생각했는데 취임 후 6년이 되는 다음해 6월, 뜻밖에 교회 총회 자리에서 고집불통 노인 신도가 목사를 통렬하게 비난했다. 총회는 1년간의 전도활동과 회계보고, 승인, 임원선거, 예산안의 승인 등을 다룬다. 목사는 의장을 맡을 때가 많다. '어둠'이라는 7수 연작에서 그날의 경과를 추측할 수 있다.

욕하는 말 나를 비판하는 사람의 말 의장 석에서 듣고 있네

낮에 나를 욕하고 간 그 사람도 오늘밤에는 어둠에 눈 뜨고 있을까

남을 미워하는 마음은 나부터 없애려고 어둠 속에서 기도하고 있네

잠들기 어려운 깊은 밤 혼자서 일어나서 담배 피우네 정좌하고

밤은 깊은데 홀로 정좌를 하고 있네 방을 가로지르는 바퀴벌레 한 마리

하루 밤 내내 한숨도 못 잤네 내 눈에 눈부시게 비치는

신록의 빛

고개 숙이고 앉아 있을 때 다가오는 어린 것을 안으니
전해 오는 따사함

뜻밖에도 비난은 기독교 신앙의 척도에서 내려졌다. 진실로 불타는 신앙을 가진 노인이 갑자기 일어나서 6년 동안 20명 전후의 신도가 조금도 늘지 않는다고 하면서 화를 냈다. 그것은 목사의 소명감이 부족하기 때문이며 목숨을 걸고 전도할 기개가 부족하기 때문이다. 신도가 늘지 않으니까 헌금도 모이지 않는다고 노골적인 말까지 했다. 이때는 다른 노인이 중간에 서서 좌중을 진정시켰지만, 계속 비난받던 목사는 그날 점심때 화가 난 것을 참으려고 밥을 여섯 공기나 먹어서 부인을 놀라게 했다.

다 익은 보리 밭의 풀길을 밟으며 간다 전도문서를 가
방에 넣고

총회 사건 결과 이런 일을 하지 않을 수 없었다. 남들이 강요해서 하는 일이기 때문에 괜히 싫고 마음이 무겁다. 그러나 나와 보니 산을 걷는 것도 나쁘지는 않았다. 어느 집이나 뜻밖에도 저항없이 받아 주었고 수고한다고 말하는 사람이 많았다. 그러나 그것을 읽고 교회에 온 사람은 없었다.

마음 약해진 날에 나타나는 것은 고향집의 느티나무 새싹의 하늘거림

해가 바뀌자마자 또 괴로운 일이 발생했다. 예전에 시설 교회에서 은혜를 입었던 독일인 여사가 2일 밤 심장발작으로 급서했다. 매년 정월 3일경에는 본가와 모교회가 있는 마을로 오는 유즈루 목사가 올 정월에는 유체(遺體)와 교회에서 대면했다. 그때 여사가 키운 부인이 유즈루 목사의 이름이 적힌 작은 세뱃돈 주머니를 건네주었다. 예년대로 천 엔짜리 지폐를 몇 장 조그맣게 접어 넣은 것으로 여사의 가방 속에서 나왔다고 한다.

"인도하는 스승이여, 내 기도의 어머니여" 라고 호소하는 노래를 비롯해서 목사는 실로 3개월에 걸쳐서 노래잡지 동인지란에 여사를 추모하는 노래를 계속 썼다.

세뱃돈 준비하고 나를 기다리신 스승은 카틀레야 꽃에 묻혀서 잠들었네 (1월)

거친 바람이 부는 것은 초목뿐 아니라 스승을 잃은 내 가슴속도 (2월)

돌아가신 스승의 사진을 선반에 올려 놓네 내 책상을
내려다보는 자리에 (3월)

몇 년 전에 아버님을 잃고 또 여사를 잃은 것으로, '내 인생에서 만난 큰 존재를 모두 잃었다' 라고 목사는 간결한 회상기에 쓰고 있다. 그래도 기운을 떨치고 일어나서 오래된 회당의 벽을 다시 바르기도 하고 몸집이 큰 여사가 안경 너머로 내려다보는 책상에서 다시 그리스어 성서를 펼치고 난해한 바울서간에 몰두하기 시작했다.

곤약집 부인 친구 중에 교회 신도였던 부인이 한 사람 있었는데, 그 부인은 당시 유즈루 목사를 재미있는 선생이며, 목사님 타입은 아니었다고 평하고 있다. 커피를 좋아하고, 담배를 좋아하고, 그 무렵 길가에서 식당을 하고 있던 부인 집에 담배를 사러 와서는 하는 김에 커피도 파세요라고 권하기도 했다. 그래서

"설교를 참으로 잘하셨어요. 성서를 잘 알 수 있게 되었어요. 감동적인 설교를 하셔서 점점 교회에 가는 날도 많아졌습니다"

라고 하는 그런 일면도 있었다. 또 교회 간부들도 정신적, 물질적으로 '선생이 충분히 잘했다' 라는 이야기도 들었다고 했다.

그럼에도 불구하고 갑자기 종말이 왔다. 아마도 독일 여사가 돌아간 다음해, 곧 산골 교회에 취임한 8주년이 올 무렵.

귀신 가면을 쓴 노인 네 명이 와서 나에게 그만두라고
연판장을 내민다
미움은 작은 돌이 되어 내 속 깊은 곳에 멈추어 있네
내 마음 깊은 곳에 멈춰 있는 미움의 작은 돌 언제 녹을까

그만두라는 이유는 2년 전에 총회에서 꾸짖을 때와 마찬가지였다. 세월이 지나도 조금도 바뀌지 않는다는 점이었다. 이번에는 중재에 나설 사람도 없어서 권고에 따라 사직하고 1개월 동안 교회에도 가지 않고 곤약 집의 집짓는 일에 빈둥거리고 있었다.

그러는 동안에 다시 알선해 준 선배가 있어서 더욱 산속의 분수령을 넘어 동해 쪽으로 기운 고원에 있는 한층 조그만 전도소로 관례대로 모범 설교를 하러 갔다. 전임자는 북쪽 지방 출신인 호탕한 목사였다. 스키 리프트 자리를 여름 풀이 다 뒤덮을 정도로 무성하게 자란 산기슭에 녹색이 튀는 함석 지붕의 교회당, 그 곁에 2층으로 된 목사관도 있었고, 정원의 백양

목 잎새가 바람에 팔랑이며 반짝이고 있었다.

이 전도소를 개척한 초대 목사가 앞서 소개한 대로 아이 넷을 교회당에서 기르고 있었는데 여자아이들이 컸기 때문에 신도들이 모금을 해서 목욕탕이 있는 목사관을 세워서 교회에 기부했다. 이상한 인연이지만 유즈루가 신학교 시절에 개척 전도에 몸을 바치고 있던 잘 모르는 선배를 위해서 얇은 지갑을 털어서 조금이나마 모금에 응했던 일이 생각났다.

이쪽 초빙은 바로 결정되어 세 가족이 짐과 함께 트럭을 타고 또 몇 고개를 넘어 이사했다. 마침 메밀꽃이 피기 시작할 무렵이었다.

평화에 관해 생각해 보고 싶다. 설교가 일단락된 시점에서 목사가 말했다. 하느님의 아들 예수를 믿는 사람에게는 평화가 주어진다고 하였지만.

어떤 사람은 말했다. 이 평화는 파도가 일지 않는 조용한 호수 같은 것이 아니라, 거친 파도 속에서 어미 새의 보호를 받고 있는 새장 속의 새끼 새와 같은 것이라고. 곧 크리스마스에 아기 예수가 이 세상에 오신 것을 믿는다면, 이 세상 문제가 없어지는 것이 아니라, 하느님이 와서 태풍 속에 날개를 펼쳐서 보호해 주신다. '보호받는 평화' 가 우리들에게 주어지는 것입니다.

유즈루 목사의 설교가 호평을 받는 또 하나의 요소는 대단히 시간이 짧다는 점이다. 오늘도 이로써 이제 끝날 것 같다.

2, 3일 전 유즈루 목사가 긴 편지를 보내 왔다. 내가 이제까지 조사한 것을 대강 보고하고 몇 가지 질문을 써 보낸 것에 대한 답변이었다. 그 뒤에 이렇게 써 있었다.

"분명히 누나가 당신께 말씀드린 대로 나는 재주가 없다는 말을 듣었고 칠칠하지 못하다고 꾸중을 들으며 어둡게 자랐습니다. 소년시대와 청년시대에 나는 열등감의 덩어리 같은 인간이었습니다. 그것이 그다지 자포자기가 안 된 것은 나에게 패기가 없었기 때문일까요. 혹은 내 마음속에 있는 바보스러운 낙천적인 면 때문이었을까요.

그러나 누나가 이야기한 것을 알고, '내 나름대로 이것만은 말해 두고 싶다고 생각해서' 오늘 펜을 들었다고 했다. 신학교에 들어가서 바르트의 『교양학요강』 한 권을 숙독한 것으로 신앙관이 180도 바뀌어 해방되었다는 것은 일전에 전화로 말씀드린 대로입니다만 그 해방에 너무 취해서 이즈오시마에 가야만 되었던 점도 아시는 바와 같습니다. 그러나 그 뒤에 어느 날 밤, 학교 기도회에서 짧은 이야기를 하기 위한 준비를 하던 중 알았던, 혹은 만난, 성서 구절이 있습니다. 그것은 마태복음

25장 14절에서 30절의 비유담입니다.

이 이야기 중에서 여행을 떠나는 주인이, 세 사람의 종에게 각각의 능력에 맡게 재산을 맡긴 것입니다. 그래서 5달란트를 맡은 사람, 2달란트를 맡은 사람은 그 양에 알맞게 일하고 살려서 이익을 내어 여행에서 돌아온 주인을 기쁘게 했습니다. 마지막 1달란트를 맡은 사람은 주인의 탐욕과 냉혹함을 두려워한 나머지 일하지도 이익을 내지도 않았고, 그 돈을 다만 소중히 땅에 묻어 버렸던 것입니다. 그 때문에 주인의 꾸중을 받고 추방당했습니다.

이 이야기를 읽었을 때 나는 이 주인의 처사에 불만이었습니다. 납득이 가지 않았습니다. 왜냐하면 — 왜 주인은 능력에 따라 많이 주고 적게 주는가. 이것은 차별이 아닌가? 1달란트밖에 받지 않았던 사람이 일하지 않았던 것은 당연하지 않은가. 내 속에 있던 열등감은 그렇게 반발했습니다."

내 인생 문제는 열등감이지요라고 목사는 이어서 말했다. '열등감' 은 10년 가까이 사귀는 동안에 이때 처음으로 쓴 말이었다. 긴장해서 나는 계속 읽었다. 유즈루 목사는 고등학교 시절에 처음으로 성서의 이 부분을 읽고 충격을 받고, 그 후 기독교의 가르침에 접했기 때문에 오히려 허무하고 불안한 나날을 보내게 되었다고 생각하고 있었다.

"그런데 어느 날 밤 이 이야기를 다시 읽었을 때 뜻밖에 빠뜨리고 읽은 것을 알아차렸습니다. 그것은 주인이 종에게 우선 재산을 맡겼다는 점입니다. 비록 조그만 것이라도 신뢰하고 기대하기 때문에 맡긴 것은 아닐까? 신뢰받는다는 한 가지로 나는 신앙을 회복할 마음이 들었습니다. 그 한 가지로 이제까지 읽고 있던 성서를 새로운 눈으로 볼 수가 있게 되었습니다. 그것이 내 진실된 입신(入信)이고 헌신의 가장 깊은 기반입니다.

그렇다고 해도 헌신하고 나서 신학교를 나오고 나서도 내 마음속에 열등감은 남았습니다. 그것이 생각지 못한 곳에서 인간관계의 파탄을 불러왔습니다. 이것을 극복하는 데 오랜 시간이 걸렸습니다.

그러나 그 기반으로 돌아와 나는 나이고 싶다. 주가 맡기신 조그만 달란트를 그 나름대로 써서 도움이 되고 싶다. 이런 생각으로 지금도 살고 있습니다.

이상 내 간증으로 무슨 도움이 되었으면 해서 펜을 잡았습니다. 또 직접 말씀드리기가 부끄러워서…."

내 안에 있는 열등감이라는 말을 읽었을 때, 유즈루 목사의 몸 안에 바람이 불어오는 듯한 상쾌한 단가를 반대로 연상했다.

쓰러져서 지금은 없는 느티나무의 싹이 트는 가지가 하늘거리는 내 마음

아니, 느티나무가 싹트는 것뿐 아니라, 유즈루 목사가 현재에 이르는 토대가 된 모퉁이돌에 그 아버지의 존재를 나는 덧붙이고 싶다. 유즈루의 아버지는 아들을 단가의 세계로 데리고 갔을 뿐 아니라, 자신도 알지 못하는 사이에 유즈루를 기독교 쪽으로 밀어넣고, 참으로 독창적인 이유를 붙여서 목사가 되는 길을 열어 주었다. 뿐만 아니라, 본직인 기독교의 신도들이 한계를 느꼈을 때도 그럴 때마다 강한 방패막이가 되어 한 번도 그를 물러서게 하지 않았다. 그리고 유즈루 자신이 결혼식에서 말한 대로 전도생활의 본보기가 되어 버렸다. 느티나무와 단가와 아버지. 유즈루 목사의 마음에서 '자연'이 빛나는 것도 없앨 수가 없다 — 이런 것을 설교 시간에 생각하면서 성서 이외에 존재의 근거는 없다고 단언하는 바르트에게서 또

'아니'

라고 꾸중을 들을 것인가. 정신을 차려 보니 설교 뒤의 기도에 들어가 있었다. 유즈루 목사는 한 마디 한 마디 분명하게 신이 들으시도록 약간 짧은 혀로 힘 있게 끊으면서 기도하고 있었다. 그것도 이미 정점에 이르렀다.

"하나님. 당신 독생자의 탄생을 진심으로 축하합니다. 제발 우리들의 이 한가운데에 당신이 오늘 탄생해 주세요."

이러한 기도를 우리들의 주 예수를 통해서 당신께 드립니다라는 늘 하던 기도의 맺음말을 막 시작했을 때, 갑자기 땅이 울리는 소리가 나고 마루바닥을 들어올리는 충격과 함께 주위가 어두워졌다. 나중에 되짚어 대강 그런 순서였다고 생각한 것인데, 나는 갑작스러운 공포로 무릎 아래가 더운 물에 잠긴 듯이 따뜻해지고, 머리만이 공중에 남겨져서 붕 뜬 채로, 이것은 책망인가 벌인가 그렇지 않으면 목사의 기도의 감응인가 설마, 설마 하고 되풀이하면서 이미 뜨고 있던 눈으로 주위를 살펴보았지만 누구 하나 일어나지도 않고, 아직 약간 숙인 듯한 머리는 꼼짝도 하지 않고 천천히

"아–멘"

하며 목사에게 화답할 뿐이었다.

밭 쪽으로 열린 창 밖은 어느 사이에 해가 비치고 있었다. 스키를 착용한 아이들이 있다. 맞은편 눈 덮인 산의 경사면에 있는 나무의 밑가지 언저리에 약간 검은 것이 남아 있는 것이 이상하게 분명히 보였다. 스테인드글라스의 일러스트를 매단 창을 앞부터 순서대로 확인하자 가장 안쪽과 그 앞의 창만이 위까지 어둑컴컴하게 시야가 제한되어 있었다. 지붕의 눈이 석유

난로와 사람의 열기로 함석지붕에서 한꺼번에 미끄러져 내린 듯하다. 모두 평온한 것은 평소 설교가 끝날 무렵에 떨어지는 탓일까?

사회자는 찬송가 번호를 벌써 알렸고 풍금이 울려 퍼져서 모두 일어났다.

하늘에 계신 하느님께 영광 있어라
땅에 사는 사람에게는 평화 있으라
천사들이 모여서 부르는 노래는
조용하게 깊어가네 밤에 울려 퍼지네

주일학교 때부터의 그리운 곡인데, 어딘가 안정감이 있다고 생각했더니 3행의 가사는 어느 사이에 바뀌었다. 그 무렵에는

"천사들의 맑은 목소리는"

이라고 노래했던 것이다.

■ 지은이 소개

엔도 슈사쿠(遠藤周作, 1923~1996)

도쿄에서 태어나 어린 시절을 만주와 고베에서 보냈다. 어머니의 영향으로 1934년 가톨릭 영세를 받은 이후 교황청 훈장을 받을 만큼 독실한 가톨릭 신자로서 평생을 보냈다. 게이오대학 불문과를 졸업하고 1950년 프랑스 리용대학에 유학하면서 소설 집필을 시작했으며, 귀국 후 첫 작품 「아덴까지」(1954)를 발표하며 데뷔했다. 엔도 슈사쿠는 이후 '아쿠타가와상'을 수상한 「하얀 사람」(1955), '마이니치출판문화상을 수상한' 「바다와 독약」(1958), '다니자키준이치로상'을 수상한 「침묵」(1966) 등의 대표작을 발표했다. 작품의 특징은 일본의 가톨릭이라는 특수한 입장에서 주로 인생의 고난과 도덕의식, 양심을 주제로 삼은 것이 많다는 것이며, 그는 「침묵」을 비롯하여 다수의 작품이 해외에서 번역되었고 여러 차례 '노벨문학상' 후보에 오르기도 했다.

시나 린조(椎名麟三, 1911~1973)

효고현에서 태어났으며 집안이 몹시 가난하여 열네 살이라는 어린 나이에 가출을 했고 중학교도 중퇴했다. 이후 과일 가게 점원, 배달원, 요리사 견습생 등 여러 직업을 전전하던 끝에 전철 차장을 하던 시절 일본공산당에 입당했다. 1931년 검거되어 투옥되었는데, 이때 니체의 자서전적인 성격이 농후한 작품 「이 사람을 보라」를 읽고 문학에 뜻을 품게 되었다. 1947년 「심야의 주연」으로 데뷔한 후 1950년 기독교에 입신했고 기독교 작가로 활동했다. 「붉은 고독자」(1951), 「해후」(1952) 등의 소설을 발표하는 외에 각본가로서 「사랑과 죽음의 골짜기」(1954), 「닭은 또다시 운다」(1954) 등도 발표했다.

오가와 구니오(小川國夫, 1927~)

시즈오카현에서 태어났으며 시즈오카고등학교(현 시즈오카대학)를 다니던 1947년 가톨릭 영세를 받았다. 1950년 도쿄대학교에 입학했고, 1953년 잡지 『근대문학』에 「동해가」를 발표한 후 같은 해 10월 프랑스 파리대학으로 유학을 떠났다. 유학 중에 그는 스페인 · 북미 · 이탈리아 · 영국 등을 여행했으며, 이 경험을 토대로 「아폴로섬」(1957)을 발표하여 문단의 주목을 받았다. '가와바타야스나리문학상'을 수상한 「일민(逸民)」(1986), '이토세이문학상'을 수상한 「슬픔의 항구」(1994) 등의 대표작이 있다.

시마오 도시오(島尾敏雄, 1917~1986)

요코하마에서 태어났고 나가사키상고를 거쳐 규슈대학을 졸업했다. 제2차 세계대전 중이던 1944년 해군 특공대 지휘관으로 가고시마현 가케로마섬에 부임, 출격 명령을 기다리던 중 일본의 패전을 맞았다. 종전 후 고베에서 대학 강사 생활을 하는 한편 창작 생활을 시작하여

1948년 「단독 여행자」를 발표함으로써 신진 작가로서 주목을 받았다. 1956년 가톨릭 영세를 받았으며, 이해에 심인성 신경증에 시달리는 아내의 안정을 위해 가고시마현 아마미오시마로 이주했다. 정신병에 시달리는 아내와의 생활을 그린 「죽음의 가시」를 발표하여 일본 문단에 커다란 충격을 던져 주었을 뿐 아니라 이 작품으로 '일본문학대상', '요미우리문학상'을 수상했다. 시마오 도시오는 애초에 「죽음의 가시」를 단편소설로 발표했으나 16년여에 걸쳐 장편소설로 완성했다. 이외에 「섬의 끝」·「꿈속에서의 일상」·「어뢰정 학생」 등의 작품이 있는데, 그는 자신의 전쟁 체험과 사생활 그리고 꿈과 초현실 등을 주된 테마로 삼았다.

사카타 히로오(阪田寛夫, 1925~2005)
오사카의 독실한 기독교 집안에서 태어났으며 도쿄대학교 문학부에 재학 중 친구들과 동인지를 창간했다. 대학을 졸업한 후 아사히방송에 입사하여 라디오 프로듀서로 재직하다 퇴직한 뒤 작품 활동에 전념했다. 1975년 「질그릇」으로 '아쿠타가와상'을, 1987년 「해도동정(海道東征)」으로 '가와바타야스나리문학상'을 수상했다. 사카타 히로오는 소설가 외에 시인으로서도 작품을 발표했으며, 「호랑이 아저씨의 모험」으로 '노마아동문예상'을 수상하는 등 다양한 장르에서 왕성한 활동을 보였다.

■ 옮긴이 소개 | 노영희

충남 공주 출생

도쿄대학 비교문학 · 비교문화 전문과정에서 석사와 박사과정 수료

『시마자키 도손의 문학세계』로 도쿄대학에서 문학박사 학위를 취득

현재 동덕여대 외국어학부 교수

저서: 『아버지란 무엇인가』(1992)

『시마카키 도손』(1995)

『명문으로 읽은 일본문학 · 일본문화』

역서: 『집』(1990)

『일본문학사서설』 상 · 하(1995)

『소설의 방법』(1995)

『봄』(2000)

『마테오 리치』(2001)

『파계』(2004) 외 다수

한림신서 일본현대문학대표작선을 발간하면서

한림대학교 일본학연구소에서는 1995년에 광복 50년, 한일국교 정상화 30년을 기념하면서 일본학총서를 출간하기 시작했다. 그 성과에 대해서 한일 양국의 뜻있는 분들이 높이 평가해 주신 데 깊은 사의를 표한다.

본 연구소는 한국이 일본을 더욱 잘 알게 되고, 한일간의 문화교류가 활발해진다는 것이 한일 양국을 위하는 것일 뿐 아니라 21세기를 향한 동북아시아의 평화와 새로운 질서를 수립하는 데 크게 이바지한다고 생각한다. 그런 뜻에서 일본학총서도 발간해 왔던 것이다. 앞으로도 그 사업을 계속할 것이며 연륜을 더해감에 따라 큰 발자취를 남기게 될 것을 의심하지 않는다.

그런 확신을 가지고 지금까지 일본학총서 발간에 보내 주신 한일 양국 여러분의 성원에 보답하는 의미에서 여기에 새로이 한림신서 일본현대문학대표작선을 발간하기로 했다. 일본 문학은 이미 세계 문학사에서 확고한 자리를 차지하고 있다.

일본은 전통적으로 문학 속에 사상을 담아 왔기 때문에 일본 사회를 알기 위해서는 일본 문학을 알아야 한다고들 흔히 말한다. 그럼에도 불구하고 지금까지 상업성을 위주로 하는 일반적인 출판사업에서는 일본 문학의 전모를 알리기에는 어려운 사정이 많았던 것이 사실이다. 그러므로 본 연구소는 일본을 바로 이해하기 위하여, 한일간의 문화교류를 더욱 촉진하기 위하여 여기에 일본현대문학대표작선을 간행하기로 했다.

이러한 노력이 우리 문화발전에도 크게 이바지할 수 있기를 바라면서 일본에서도 한국 문화를 일본에 알리기 위한 노력이 일어나서 한일간에 새로운 세기를 좀더 밝게 전망할 수 있게 되기를 바란다.

여러분들의 계속적인 성원을 기대해 마지 않는다.

1997년 11월

한림대학교 일본학연구소

유토피아로 가는 네 번째 방법

유토피아로 가는 네 번째 방법

정광모 장편소설

산지니

차례

"여자와 남자가 꿈을 꾸었더니,
하느님이 그들을 꿈꾸고 있었다."

_『불의 기억』, 에두아르도 갈레아노

"재미있군요.
우리 확실히 다른 꿈들 속에서 만났던 거예요."

_『푸른 개의 눈』, 가브리엘 가르시아 마르케스

"서로 다른 두 사람이
똑같은 꿈을 꾼다는 게 정말 가능할까요?"
"가능할 법하죠."
"알료샤, 이건 너무나 중요한 문제라니까요."
무엇 때문인지 이제는 굉장히 놀라면서 리자가 계속했다.
"꿈 자체가 중요하다는 것이 아니라 당신이 나와 똑같은
꿈을 꿀 수 있었다는 사실이 중요하다는 거예요."

_『카라마조프가의 형제들』, 도스토예프스키

1

무득은 비명을 질렀다. 총을 맞고 허공으로 떨어지다니. 믿기지 않는 추락은 오래 이어졌다. 나가지 못할 꿈에 갇힌 건 아닌지, 무득은 두려웠다. 머리가 깨지고 살점이 너덜대는 모습이 떠올라 숨이 턱턱 막혔다. 그 순간 맨 처음 찾아갔을 때 봤던 푸른 탑 카페 문이 뚜렷하게 떠올랐다. 나무로 만든 문에 청동 손잡이가 달린 모습이 선명하게 눈앞에 펼쳐져 자신이 문을 향해 떨어지고 있다는 착각조차 들었다.

푸른 탑 카페는 붉은 벽돌 건물 1층에 있었다. 돌출된 간판이 없어 처음 찾는 사람은 건물 주변을 몇 바퀴 돌고서야 카페를 찾기도 했다. 무득은 청동 손잡이가 달린 나무 문 앞에 섰다. 붉은 벽돌과 묘하게 어울리는 청동 손잡이는 볼록한 모양으로, 타원형 홈이 둘레를 따라 파였고 중앙에는 삼층석탑을 새겼으며 고리가 달렸다. 호두나무 원목 세 조각을 붙여 만든 나무 문은, 위쪽 조각은 타원형이고 아래 두 쪽은 직사각형으로 단단해 보였다. 이 독특한 나무 문은 장중한 고택 정문을 닮아, 과연 사람이 많이 찾는 카페 출입문으로 어울릴까 싶기도 했다. 3월 하순에 벌써 만개한 가로수 벚나무에서 꽃잎이 흐드러지며 바람을 따라 날렸다. 나무 문과 카페 옆 통유리에도 흰 꽃잎이 붙었다가 하나씩 떨어져 내렸다.

무득은 벚나무에서 시선을 돌려 손잡이를 잡았다. 끼익 소리를 내며 문을 열자 왼쪽 구석에 작은 탁자가 놓인 빈 공간이 나왔다. 탁자에는 자그마한 푸른색 삼층석탑이 놓였다. 벽 아래쪽에 붙은 등이 은은하고 우아한 분위기로 빈 공간 아래와 벽을 밝혔다. 이상한 일이었다. 커피를 파는 상업 건물이 입구 공간을 비워놓다니. 무득은 빈 공간이 밤마다 찾아오는 꿈을 닮았다고 생각했다. 비어 있기에 채울 수 있는 곳. 빈 공간 오른쪽의 경사를 오르면 넓은 카페가 나왔다. 카페 중앙은 널찍한 사각형이고 모서리 한 곳과 측면 두 곳에 크기가 다른 방이 있었다.

붉은 벽돌에 성긴 붓으로 회칠을 한 벽이 시선을 붙잡았다. 줄에 매달린 청동 등과 벽면을 밝힌 반사광이 공간을 메우고 벽에 깊이를 더해 안온한 분위기로 사람을 당겼다. 차곡차곡 쌓인 붉은 벽돌에는 자연스럽게 만든 작은 흠집들이 나 있었다. 카페 구석에는 바위를 아무렇게나 깎아 만든 듯한 비정형 모양 스탠드 등이 노란빛을 뿌리며 사람 마음을 따뜻하게 했다. 천장에 붙은 새카맣게 칠한 두꺼운 나무는 일부러 그랬는지 불에 탄 자국이 곳곳에 남아 있고 진한 검은색의 천장은 사람의 시선을 위로 빨아 당길 것만 같았다.

카페 벽에 붙은 탁자에서 한 남자가 손을 흔들며 일어났다. 무득은 다가가서 남자와 악수를 했다. 흰 티셔츠와 청바지를 입은, 큰 키의 남자는 움직임이 가벼웠다. 탁우였다. 30대 중반으로 보이는 균형 잡힌 얼굴에 눈매가 깊은 남자를 보며 무득은 이 사람이 자신에게 깨어있는 꿈을 지도한 탁우가 맞는가 싶었다. 많은 사람을 지도하니 잠이 모자라 창백하고 지친 모습일 거라 상상했는데, 앞에 선 탁우는 조명을 받으며 무대에 서는 게 더욱 어울릴 것 같은 사람이었다. 탁우는 깨어있는 꿈에서 에너지를 얻어 더 밝은 모습인지도 몰랐다. 무득은 의자를 잡아당겨 앉았다. 묵직한 철제 의자는 앉는 부분만 나무였고, 모서리에 푸른 탑이 새겨진 탁자도 두꺼운 철제였다. 무득이 고개를 숙이며 말했다.

"충고와 지도에 늘 감사했습니다."

탁우는 무득의 감사 인사를 태연하게 받으며 말했다.

"내가 도와준 게 뭐 있겠어. 대단한 노력에 내가 놀랐지."

탁우는 자연스럽게 말을 놓았다. 무득보다 나이도 많거니와 깨어있는 꿈을 지도한 코치라는 권력 때문인지 그런 태도가 거슬리지 않았다. 탁우가 카페지기로 있는 포털 '꿈 카페 푸른 탑'은 깨어있는 꿈을 훈련했다. 보통 사람에게 꿈은 흐리멍덩하고 끝없이 동전을 줍거나 도망 다니거나 뜬금없이 친구가 나타나기도 하는, 맥락도 없고 원인과 결과도 없이 뒤죽박죽으로 섞인 잡동사니에 불과하다. 깨어있는 꿈은 다르다. 내가 꿈을 꾸고 있음을 안다. 흔히 자각몽으로 불리는 그 꿈에서 자신의 행동을 마음대로 다루며 내가 원하는 걸 할 수 있다. 비행기를 만들 수도 있고, 황제가 될 수도 있다. 그건 모래에서 자갈로, 다시 돌과 돌을 가공한 탑으로 가는 긴 길이었다. '꿈 카페 푸른 탑' 회원 등급도 그렇게 모래에서 탑까지 9등급으로 나눴다.

모래 등급이었던 무득이 깨어있는 꿈을 자유롭게 운용할 계단을 오르는 길은 까마득했다. 꿈에서 깨어나서야 꿈인 줄 깨닫는 일이 오래 이어졌다. 깨어있는 꿈에서 하고 싶은 것을 하려면 연습이 필요했다. 무득은 꿈에서 깨어나서 바로 꿈 일기를 쓰는 일부터 시작했다. 침대 옆에 수첩과 볼펜을 놓고, 잠에서 깨면 바로 꿈을 기록했다. 눈을 뜨면 꿈 내용은 손상되기 쉬웠고 가볍게 잊혀졌다. 침대에서 일어나 화장실을 다녀오는 잠깐 사이에 꿈은 흐릿해졌고 앞뒤가 섞였으며 중간중간이 뭉텅이로 잘렸다. 꿈에서 본 얼굴은 한 번 잊어버리면 다시는 이름을 가르쳐주지 않았다. 무득은 꿈에서 하늘을 날고 싶었다. 중력에 매여 아래로 떨어지기만 하는 스카이다이빙과는 다른, 자유로운 비행을 하고 싶었다. 자유와 비행을 합친 경험. 무득은 그 황홀한 경험을 원했다.

그건 주민센터라는 평면에서 되풀이되는 일상의 정반대편에 서 있었다. 무득은 매일 아침 주민센터로 출근했다. 공무원 일상은 그를 답답함과 지루함으로 옭아맸다. 신청자의 지문을 인식하고 주민등록증을 확인하고 자판을 치면 등본과 인감증명이 프린터에서 나온다. 업무지침이 규정한 한 줄 한 줄에 맞게 기초수급자와 장애인 복지를 챙기는 이 일은 누구라도 석 달 교육만 받으면 별 탈 없이 쳐낼 수 있다. 겨우 이 자리에 들어오기 위해 수많은 지망생과 무득 자신이 긴 시간을 던져 공부를 했다니, 믿기지 않았다.

아침이면 고시원에 딸린 식당에서 단체 급식용 밥과 국과 네 가지 찬으로 끼니를 때우고, 학원 강의가 끝나면 인터넷 강의를 듣고, 이어서 독서실에서 문제를 풀고, 스터디 모임을 만들어 시험과 면접 요령을 익히며 보낸 1,100일은 무엇을 위해 쓴 것일까. 주민센터의 옆자리 동료는 아무런 감정을 드러내지 않는 얼굴로 민원인에게 응답하고 서류를 뽑아 준다. 무표정하게 단순한 업무를 처리하는 동료들이 가끔 낯선 생물체처럼 느껴져 몸이 떨리기도 한다. 동료들은 자주 오는 주민에게 오늘 날씨가 좋다거나 얼굴이 좋아 보인다는 입에 발린 인사도 건네지 않는다. 그들은 9급 임용시험에 합격하자 바로 늙어버렸다. 하지만 찾아오는 주민이 보기에는 무득도 다른 동료와 똑같이 보일 것이다.

무득은 민원인이 등본을 요청해도 무심하게 민원인 옷에 달린 단추를 쳐다보기도 했다. 단추는 옷을 여미거나 풀기 편하게 하는 물건이지만 크기나 색깔, 모양이 다양해 전부 같은 이름으로 불러도 될까 싶었다. 금속으로 만든 사자 얼굴이 새겨진 단추와 반달 구멍, 커피콩 모양의 단추가 눈에 띄었다. 진주로 만들거나 꽃 모양이 프린트된 단추도 있었으며 나무나 자개로 만든 단추도 있었다. 단추의 세계가 주민센터 업무보다 훨씬 다채롭고 생동감 넘쳤다. 무득이 단추에 시선을 두고 멍하니 앉아 있으면 민원인은 의아한 눈초리로 자신의 옷을 훑어보기도 했다.

무득이 9급 시험 합격 통지를 받았을 때 그는 며칠을 붕 떠서 지냈다. 몸에 힘이 넘치고 저절로 웃음이 터져 나왔다. 그런 환희는 오래전 사라졌다. 무득은 거대한 기계에 박힌 나사조차 되지 않았다. 나사는 사라지면 언젠가 큰 사고가 날 수도 있다. 무득이 주민센터에서 사라진다면 기다리던 대기자가 들어올 뿐이다. 겨우 생활할 봉급과 겨우 사회적 생존을 유지할, 노년의 얼마 되지 않는 연금을 위해 무득은 인생을 저당 잡은 것이다. 주민센터 바깥에는 그렇게 인생을 저당하고 싶어 몸부림치는 청년들이 긴 줄로 늘어서 있다.

주민센터 선배는 무득에게 말하곤 했다. 바깥에서 이 재미

없는 일을 열망하는 취업준비생을 생각하라고. 그러면 권태롭다는 생각이 싹 달아날 테니까. 선배가 덧붙였다. 경찰관은 술 취한 사람이 순찰차 뒷좌석에 토한 오물을 치워야 해. 파출소에서 물건 부수고 난동 부리는 제정신 아닌 사람도 많고. 그런데 경찰관이 그런 미친놈을 바로 제압 못 한다니까. 그 자식이 다치기라도 하면 경찰관을 고소하는 데다 경찰관이 징계도 먹거든. 거기다 경찰관은 피범벅인 사고 현장을 조사해야 하고, 자살한 사람 얼굴을 보며 수습도 해야 한다고. 그런 난장판에 비하면 여긴 천국이야. 무득은 숨이 막히는 주민센터보다 바쁘게 움직이고 활동적인 난장판이 훨씬 좋겠다고 생각했다.

탁우가 무득에게 뭘 마실지 물어보고 카페 카운터를 향해 손을 들었다. 노란 제복을 입은 종업원이 달려와 공손히 고개를 숙이고 주문을 받아 갔다. 카운터 앞에는 다섯 명쯤 되는 손님이 서서 주문 순서를 기다리고 있었다. 기다리던 손님 중에 맨 뒷사람이 고개를 돌려 탁우 쪽을 바라보았다. 무득이 카운터로 돌아가는 종업원을 보며 의아한 표정을 짓자 탁우가 말했다.

"내가 여기 주인이라서."

"카페 주인이라고요?"

"건물 주인이기도 하고."

탁우는 인터넷 포털의 꿈 카페 카페지기이면서 현실에 존재하는 3층 건물 주인이기도 한 것이다. 무득은 왠지 탁우가 작지만 유서 깊은 성의 성주처럼 보였다. 작은 성이라고 생각하니, 카페 간판이 없는 모습도 그럴듯했다. 간판을 단 성이란 어딘지 품격이 떨어졌다. 탁우는 한쪽 발은 밤의 꿈에, 또 한쪽 발은 단단한 대지에 딛고 있는 것이다. 무득은 그가 꿈과 현실 모두에 확고한 기반을 지닌다는 게 뭔가 모순돼 보였다.

"건물은 어머님이 물려줬어. 꿈 카페 푸른 탑은 내가 개척했지만."

"양쪽 다 이름이 같고 석탑을 상징으로 쓰고 있어 연관 있어 보였습니다."

"어머니는 꿈에서 살아갈 힘을 얻곤 했어. 어머니 때문에 꿈 카페를 만들었는지도 모르지."

탁우의 어머니는 잠에 들어가서 맑고 정갈한 샘물처럼 꿈을 가득 마시고 깨어났다고 했다. 어머니는 부정을 타지 않도록 택일해서 깨끗이 목욕하고 몸가짐을 가다듬고 꿈에 들어갔다. 어머니가 꿈에서 가져오는 게 뭔지 탁우는 궁금했다. 어머니는 꿈에서 누군가를 만나기도 하고, 신비한 힘을 얻어 오는 것 같기도 했지만 입을 꾹 다물었다. 어머니가 낮에 손님을 압도하는 힘은 밤에 키워 가져온 것이다.

종업원이 커피를 가지고 왔다. 무득이 깔끔하고 입안에 은은하게 향을 남기는 커피를 마시며 물었다.

"작은 건물이 아닌데 어머님이 사업을 했던 모양이지요."

"점을 쳤어. 마당에 석탑을 둔 집에서."

"왠지 찾는 사람이 많았을 것 같습니다."

"많았지. 다들 여기 터와 석탑이 기운이 강하다고들 했으니까."

탁우는 어머니가 공들이고 가꾼 집을 허물면서 미안한 마음이 없지 않았다. 그러나 새로운 주인에게는 새로운 건물이 필요했다. 탁우는 마당이 넓은 집을 헐고 3층 건물을 올렸다. 단층집이라서 철거는 어렵지 않았다. 그는 어머니와 집에 관한 기억을 청동 손잡이와 탁자의 푸른 탑 문양에 남겼다. 디자인 업체는 탁우가 요구한 대로 꼼꼼하게 탑을 주조했다.

무득은 탁자 모서리에 있는 석탑 디자인을 바라보았다. 단순하면서 힘 있는 삼층석탑이었다. 손으로 만지니 공을 들여 돋을새김한 기단과 탑신 느낌이 손에 잡혔다.

무득은 커피를 마시며 벽으로 시선을 옮겼다. 석탑 디자인뿐만 아니라 벽과 실내에도 개성을 심으려 한 노력이 또렷하게 보였다. 푸른 탑 카페란 이름은 묘한 경계에 서 있었다. 하나는 인터넷이라는 허공에 뜬 가상공간에 자리 잡았지만, 현실의 푸른 탑 카페는 벽돌과 나무와 청동으로 구성된, 살아 있는 사람이 드나드는 공간이었다. 탁우도 두 가지 이미지가 겹쳐 보였다.

탁우는 꿈 카페에도 자신이 만들고자 한 훈련 분위기를 심어놓았다. 그는 깨어있는 꿈을 꾸고자 하는 모든 회원에게 엄격하게 꿈 일기를 쓰도록 촉구했다. 카페 게시판엔 꿈 일기가 많이 올라왔고 일기 하나하나에 탁우가 평을 달고 노력해야 할 점을 올렸다. 방대한 작업이었다. 그래서 무득은 여러 명이 공동으로 꿈 카페를 운영하는 줄 알았다. 하지만 그렇게 보기에는 꿈 카페에 올라오는 평가와 카페지기 댓글이 일관성 있고 통일되었다. 무득은 그 점이 궁금했다.

"전 카페지기가 여럿인 줄 알았습니다. 꿈 일기를 워낙 자세히 관리해서요."

탁우는 완벽하게 꿈 카페를 관리하는 어려움을 떠올렸는지 입술을 비틀어 올리며 오만하게 말했다.

"일이 많기는 해."

무득은 깨어있는 꿈을 숙달하기 위해 꿈 일기를 꼼꼼하게 쓰려고 노력했다. 꿈에서 누군가와 식사를 하면 식당 벽과 바닥, 탁자와 의자, 조명까지 기억하려 애썼다. 마주 앉은 사람의 얼굴과 행동을 세밀하게 기록했고 그가 한 말과 중간에 나타난 사람, 그리고 앞뒤 맞지 않게 갑자기 끼어들어 온 사건도 자세하게 챙겼다.

그날의 꿈 일기에는 탁우가 충고한 대로 반드시 꿈 핵심과 관련된 제목을 붙였다. 꿈 제목은 일종의 광고 표어처럼 꿈에서 일어난 사건을 대표하는 글이었다. 이런 연습을 거듭하면 다음에 비슷한 꿈을 꿀 때 꿈 일기에 쓴 꿈 제목을 생각해 내고 꿈임을 깨달을 수 있었다. 꿈은 온갖 시각 이미지가 폭발하고 춤추는 현장이었다. 언젠가는 커다란 식당에서 단 한 테이블 손님만 앉은 주위를 혼자서 달리다가 꿈에서 깨어났다. 어리둥절 침대에 누워 식당이 어디 있는지 찾기도 했다. 어떤 날은 대형 트럭과 충돌하면서 머리를 감싸 쥐고 비명을 질렀는데 깨어나니 온몸이 굳은 채 꿈속의 공포에 찬 자세 그대로였다.

꿈 일기를 자세히 기록하기도 쉽지 않은데, 꿈에서 꿈임을 깨닫는 건 더 까마득했다. 카페 게시판에 글을 올려 탁우에게 고충을 토로하면 노력합시다 답변이 돌아왔다. 탁우는 꿈속에서 뭔가 이상한 느낌이 들면 오른손으로 왼손바닥을 뚫어보기를 권했다. 꿈인지 알기 위해 시도하는 현실성 검사로, 손이 터무니없게 손바닥을 쑥 지나가면 꿈이구나 깨닫고 집중해서 주변을 찬찬히 살펴보는 것이다. 쉽지 않았다. 탁우는 꿈임을 깨닫게 하는 상징물을 하나 챙겨 기억하는 방식도 알려주었다. 현실에서 보기 어려운 물건이나 생물이 좋았다. 그 물건을 꿈에서 보게 되면 꿈인 줄 깨닫는 데 큰 도움이 되었다. 무득은 귀만 새빨간 하늘다람쥐를 골라서 상징물로 쓰기로 했다. 그런 하늘다람쥐가 있을 수도 있겠지만 적어도 지금까지 현실에서 본 적은 없었다. 꿈 수행은 쉽지 않았다. 현실에서 모래가 뭉쳐 자갈이 되는 데 몇만 년 세월이 걸리겠지만 꿈 카페의 모래 등급에서 자갈 등급으로 오르는데도 그 정도 공력이 든다고 해도 거짓은 아니었다. 신입 회원이 입회할 자격을 얻는 모래 등급을 받는 과정도 애를 써야 했다. 일곱 번의 꿈 이야기를 카페에 올리고 꿈에 관한 책 두 권 소감을 써야만 회원 가입이 허락되고 가장 낮은 모래 등급이 되었다. 푸른 탑 카페는 가입하기 어려운 카페로 소문났고 등급을 올리는 건 더더욱 어려웠다. 푸른 탑 카페는 정예 요원을 모은 군대 같았다. 외딴 토굴에서 깨닫고자 정진하는 스님이 고승에게 받는 가르침이 그럴까. 그럼에도 현실의 탁우는 고승이 아니라 카페 사장이었으며 세련된 분위기를 풍겼다.

탁우가 석탑이 새겨진 철제 탁자를 손가락으로 두드리며 무득에게 미소를 지었다.

"내 일은 무득의 노력에 비하면 부족하다니까. 처음 깨어있는 꿈에 들어갔던 그날 올렸던 꿈 일기가 지금도 생생하게 기억나네."

그날 기억은 무득에게도 강렬했다. 주민센터에서 하루하루 똑같은 삶을 찍어내며 썩어간다고 느끼던 인생을 건져낸 날이라고나 할까. 깨어있는 꿈에 들어가기 전날은 주민센터가 소란했다. 자신이 복지 대상에서 떨어졌다고 분노한 노인이 입구에서부터 고함을 질렀다. 동장 나오라고 그래. 나 어차피 살날 얼마 남지 않은 몸이야. 동사무소에서 주민센터로 오래전에 이름이 바뀌었지만 책임자 이름은 여전히 동장이었다. 정년이 2년 남짓 남은 동장의 얼굴에는 오랜 공직 생활로 얻은 소심함이 짙게 깔려 있었다. 그는 악성 민원을 많이 다뤄온 닳고 닳은 자세로 어르신, 참으십시오, 그 심정 잘 압니다. 노여움을 푸세요, 라며 처음부터 머리를 숙였다. 복지 담당자는 경력이 5년쯤 된 30대 중반 선배였다. 담당자가 노인에게 규정을 아무리 설명해도 통하지 않았다. 자신의 손아귀에 쥔 물질 약간과 혜택은 노인에게 그 무엇과도 바꿀 수 없는 보물이었다. 그 보물을 빼앗겼다고 느꼈으니, 앗아간 누군가에게 보복을 해야만 했다. 노인은 담당자에게 삿대질하며 당장 잘라야 한다고 아우성이었다. 한 시간 넘는 소란을 동장도 견디지 못했다. 경찰이 노인을 끌고 간 후에 주민센터 공기에는 우울과 피로가 떠다녔다. 중금속이 가득한 짙은 미세먼지를 마시는 기분이라 숨을 쉴수록 견디기가 어려워 퇴근할 즈음에는 쓰러질 지경이 되었다.

집으로 돌아와서 소파에 널브러진 무득은 꿈 연습을 빼먹을까 생각하기도 했다. 연습도 진척되지 않고 제자리에서 맴도는 느낌이었다. 그날 밤, 무득에게 깨어있는 꿈이 처음으로 찾아왔다. 그날 밤은 여섯 시간 푹 잔 뒤 새벽에 알람이 울리도록 시계를 조정해놓았다. 평소에는 알람을 두 시간 단위로 울리도록 설정해놓는다. 새벽에 깨어나서 기억하는 꿈은 비교적 선명했다. 그래도 깨어있는 꿈은 쉽게 문을 열어

주지 않았다. 무득은 깨어있는 꿈을 꿀 자격이 없다고 생각했다. 이제는 밤과 잠을 괴롭히는 이 짓을 그만두어야겠다고 마음먹었다.

그런 생각을 하면서 침대에 누워 자신도 모르게 잠으로 빠진 모양이다. 무득은 꿈에서 호숫가 언덕에 솟은 정자를 바라보았다. 2층 높이에 황금색 기와가 빛나고 난간은 붉은색이었다. 날렵하게 고개를 쳐든 처마를 바라보며 보기 드문 건물이라고 생각하는데, 비막을 펼친 하늘다람쥐가 허공을 날아 처마에 달라붙었다. 무득은 잠들기 전에 빨간 귀를 지닌 하늘다람쥐가 나타나면 깨어있는 꿈이라는 메시지를 오랫동안 익혀왔다. 중국 당나라 시대에 지은 정자인가 이런 생각을 하다 하늘다람쥐가 고개를 돌려 무득을 보는 순간 빨간 귀를 확인하고 그는 꿈이라는 것을 깨달았다. 무득은 오른손으로 왼손바닥을 찔렀다. 손바닥을 뚫고 튀어나온 손가락을 보면서 그는 주위를 둘러보았다. 정자는 약간 흐릿해졌으나 그대로였다. 정자 아래에서 빗자루로 비질을 하는 노인에게 물었다. 당신은 어디에서 왔습니까? 노인은 그를 흘낏 보더니 아무 말 없이 청소를 계속했다. 무득이 다시 묻자 노인은 빗자루로 푸른 호수를 가리켰다. 바닥의 자갈과 물풀이 훤히 보이는 호수에는 커다란 나무가 물에 잠겨 있었다. 물에 잠긴 나무는 푸른 잎사귀가 그대로 붙어 있어 조금 전에 나무를 뽑아 호수에 던져놓았는가 싶었다. 오리 몇 마리가 호수를 헤엄치다가 나무 근처에서 자맥질을 했다. 무득은 호수의 아름다움에 몸을 떨면서 여기가 꿈이라는 사실을 다시 상기했다. 깨어있는 꿈에서 잠시라도 집중력을 놓치면 꿈은 흐릿해지며 인물은 사라지고 졸렬하게 끝나버린다. 첫 깨어있는 꿈이 너무 생생해 무득은 깨어나서도 호수를 찾기만 하면 바로 알아볼 것 같았다. 이 호수가 혹시 지구 어디에 있는 건 아닐까? 무득은 가상의 호수 치고는 너무 뚜렷해 두렵기조차 하다고 꿈 일기에 기록했다.

무득이 첫 깨어있는 꿈 경험을 탁우에게 알리자, 그는 비밀댓글로 무득 앞에 열린 신세계를 축하했다. 꿈의 신세계는 대항해시대에 처음 태평양을 건넌 마젤란도 상상하지 못했을 거대한 경험의 도가니라고 말했다. 일단 깨어있는 꿈에 들어가면 집중하고 또 집중하라고 충고했다. 첫 깨어있는 꿈은 시작이었다. 무득의 수행은 날로 늘었다. 그는 꿈에서 자주 손바닥을 뚫어보고 화들짝 놀랐다. 빨간 귀를 지닌 하늘다람쥐는 자동차 지붕이나 건물 입구의 계단에서 갑자기 모습을 드러냈다. 무득이 바라보면 하늘다람쥐는 고양이처럼 균형 잡힌 빠른 걸음으로 어디론가 사라졌다. 꿈은 그에게 또 하나의 세상을 선물했다. 꿈 세상은 무한했고 온갖 가능성이 열려 있었으며 다채로운 경험으로 넘쳐났다. 주민센터에서 피곤하게 되풀이했던 자동차 요일제 스티커 발부와 보육료 지원 업무가 꿈에서는 사라졌다. 주민등록증을 잃는 사람이 많다는 걸 깨닫게 한 주민증 분실 처리와 재발급 업무도 없었다. 똑같은 질문과 똑같은 대답, 상부 지침에 따라 한 치도 어긋나지 않게 반복되는 주민센터의 일상은 꿈에서 반복되지 않았다. 깨어있는 꿈은 주민센터의 대척점에 있었다. 깨어있는 꿈에 들어가서 시간이 흐르면 꿈이 흐릿해지고 의식이 약해졌다. 무득이 탁우에게 상담하니 그는 깨어있는 꿈이 약해지면 팔을 벌린 채로 몸을 회전하는 기법을 써보라고 권했다. 그 방법은 효과가 있었다. 무득은 양팔을 벌리고 몸을 팽이처럼 획획 돌렸다. 몸이 빙글빙글 돌면서 세상이 회색으로 뭉쳐 보였다. 몸을 돌릴 때면 잡념이 획획 날아가는지 신기하게도 의식이 선명해졌다.

무득은 비밀댓글로 탁우에게 깨어있는 꿈에서 먼저 두 가지를 하고 싶다고 말했다. 하늘을 날고 악명 높은 살인범을 총으로 쏘아 죽이는 일이었다. 탁우는 언짢아했다. 꿈에서 총살한다고? 깨어있는 꿈은 보복을 하는 곳이 아닙니다. 무득이 말했다. 그런가요? 꿈에서 사람을 죽여도 현실의 그 사람에게는 아무런 해가 가지 않잖아요. 그냥 겁만 주는 거죠. 총살대에 묶인 놈에게 하나 둘 셋 세며 방아쇠를 당겨도 현실에서 살아 있는 놈은 꿈쩍도 하지 않죠. 꿈 카페에서 탁우가 답했다. 그럴까요. 당신이 꿈에서 직장 상사 인형을 만들어서 바늘로 눈과 몸을 마구 찔러댄다고 해봅시다. 그걸 상사가 알아도 꿈에서 벌어진 일이니 아무렇지 않을까요.

꿈이기 때문에 우린 더 절제해야 합니다. 모든 게 허용된다는 말은 모두를 허용하지 않는다는 선언과 종이 한 장 차이니까.

2

탁우는 묵직한 철제 의자를 앞으로 바짝 당겼다. 그는 말하려다 몸을 바로잡으며 입을 다물었다. 탁자에 새겨진 석탑을 내려다보며 커피를 한 모금 마시고 내려놓았다. 그건 '내가 지금 말하려는 계획을 당신이 충분히 이해할지 의심스럽다'는 몸짓으로 보였다. 무득은 꿈 카페 푸른 탑에서 깨어있는 꿈으로 가는 길을 차분히 따라왔다. 무득은 꿈에서 일어난 일을 기록하고 다음번에 더 선명하고 더 깨닫는 꿈을 꾸리라 다짐하는 연습을 꾸준히 해왔다. 꿈에서 자신이 하는 행동과 의미를 정확하게 깨닫고 주위를 관찰해서 무슨 일이 벌어지는지 주목하는 노력은 현실에서보다 수십 배의 노력과 집중이 필요했다. 탁우는 무득이 해온 그런 노력을 누구보다 잘 알았다. 탁우가 무득이 묻는 온갖 사건에 답을 달고 수단을 제시하고 더 나은 방법과 노력을 하라고 격려한 카페지기였기 때문이다. 탁우가 말했다.

"내가 여기 카페로 초청한 사람은 소수야. 꿈에서 하늘을 날아본 사람이지."

"정예 회원이군요."

"그런 셈이야."

"온 사람에게 기회를 준다고 했는데, 뭔가요?"

"이야기가 길지만……."

"왜 하늘을 난 사람을 골랐나요?"

탁우는 잠시 생각하더니 말했다. "집요하면서 자유로운 사람이기 때문이지."

하늘을 자유롭게 날아 어느 지점을 찾아가는 건 오랜 시간과 성실이 뒷받침되어야 가능한 과제였다. 탁우는 무득에게 꿈임을 자각하면서 석탑에 도착한 사람에게는 대담한 기회를 준다고 알렸다. 날아서 석탑에 찾아오라고. 그러면 담대한 기회가 무언지 알려주겠다고. 무득은 비밀댓글로 탑은 어떤 모양이며, 꿈속 어디에 있는지 물었다. 찾아야 할 탑은 깨어있는 꿈에서 서쪽에 있는 푸른 탑이었다. 탁우는 삼층석탑 이미지를 댓글에 첨부했다. 카페 철제 탁자에 새겨진 탑과 비슷한, 비례와 균형이 잡혀 간결하면서 아름다운 모습이었다.

꿈에서 하늘을 나는 건 무득의 오랜 바람이었다. 무득이 깨어있는 꿈 카페에서 활동한 건 무엇보다 하늘을 날고 싶어서였다. 푸른 탑 꿈 카페에는 하늘을 난 경험을 경탄하는 글이 많았다. 현실 세계에서 스카이다이빙을 하는 모험과는 차원이 달랐다고 입을 모았다. 무득은 호주 사막에서 스카이다이빙을 한 적이 있었다. 비행기에는 그와 영국인 커플, 중국 청년 한 명이 탔다. 무득과 같이 뛰어내리는 코치는 7,000번 뛰었지만 사고는 한 번도 없었다며 엄지손가락을 치켜 올렸다. 7,000번은 안전을 보장하는 경력 같았지만 아니기도 했다. 백만의 무사고 끝에 무득에게 일어나는 단 한 번의 사고는 어떤 의미일까? 그건 모두를 앗아가는 종말이었다. 소형 비행기는 하늘로 솟구쳐 올랐다. 대지가 당기는 힘에 저항하는 프로펠러 소리가 귀를 멍멍하게 때렸다. 고도를 높이며 땅에서 멀어질수록 몸에 두른 장비가 무거워지며 몸을 옥죄었다. 4,300미터 고도에서 비행기 출구가 덜컹 열리자 바람이 사람을 내팽개칠 듯 몰아쳤다. 영국인 커플은 서로 키스를 나누고 한 명씩 가뿐하게 뛰어내렸다. 무득은 등에 붙은 코치와 함께 비행기 문으로 다가가 발을 밖으로 내밀었다. 아래로 멀리 땅이 보였지만 왠지 비현실적인 물체로 보였고 그 땅에 도착한다는 게 의심스러웠다. 무득이 뛰지 못하자 등에 붙은 코치가 그를 밀어버렸다. 무득은 출구에서 앉은 채로 떨어지며 자신도 모르게 비명을 지르며 눈을 질끈 감았다. 지구가 당기는 힘에 끌려 땅으로 떨어지는 경로는 수직이었다. 사지를 펼친 무득은 밑에서 후려치는 바람을 뚫고 무서운 속도로 떨어지면서 시간이 길게 늘어났다는 느낌을 받았다. 이상한 일이었다. 코치가 낙하산을 펼치자 낙하 속도가 줄었음에도 허공에 머무는 시간 감각은 오히려 짧아지기 시작했다. 중력을 벗어나 잠시 자유로이 날았지만 오히려 더 철저하게 인간이란 중력에 매인 존재임을 깨닫는 경험이었다.

무득이 깨어있는 꿈에서 하늘을 나는 순간은 갑자기 왔다. 탁우가 '그날은 갑자기 온다'고 했던 말 그대로였다. 꿈에서 자주 갔던 언덕 중턱에 무득은 서 있었다. 언덕 위로 향하는 무득의 발걸음은 가볍고 경쾌했다. 언덕 꼭대기에 도착하자 경사가 진 넓은 바위가 있고 그 아래는 벼랑이었다. 날씨는 맑았는데 이상하게 언덕 아래 절벽은 흐릿했다. 무득은 바위에 오르면서 문득 이게 꿈이 아닐까 생각했다.

그러나 꿈이기에는 너무 생생했고 귀와 눈의 감각도 살아 있었다. 무득은 주머니에서 하늘다람쥐 나무 조각을 꺼내 손에 떨어뜨렸다. 깨어있는 꿈을 꾸고 있는지 판단할 소품이었다. 소품을 돌리거나 던졌는데 현실과 다르게 움직이면 아, 꿈속이구나 스스로 깨달을 수 있었다. 하늘다람쥐 조각은 손바닥 위 허공에 떠 있었다. 물리법칙이 작용하지 않는 공간이었다. 언덕 바위에서 달리며 날아보자 생각했다. 절벽이 다가오자 이를 악물고 도약하며 몸을 허공에 던졌다. 몸이 뜨긴 떴지만 꿈속에서도 중력 법칙은 군세었다. 엉뚱하고 이상한 일이었다. 머리와 몸에 박힌 오래된 관념과 습관이 더 강했는지도 모른다. 꿈속에서의 첫 비행은 짧은 거리였다. 하늘다람쥐가 비막을 펼쳐 다른 나무에 안착한 거리만큼도 되지 않았을 것이다. 몸이 허공에 뜬 지 얼마 지나지 않아, 무득은 물에 빠진 사람마냥 허우적대었다. 입을 벌려 숨을 쉬며 허우적대자 몸은 바로 무섭게 추락했다. 탁우는 무득에게 인간이 갖춘 기본 감정은 공포심이라고 조언했다. 꿈속에서도 공포심을 극복하려면 많은 시간과 노력을 들여야 하며 공포심을 극복하지 못하면 다음 단계로 나아가지 못한다고 밝혔다. 허공에서 머리가 아래로 향하며 추락하자 뾰족한 나뭇가지가 눈에 들어왔다. 그 나뭇가지가 정수리에서부터 창자까지 단숨에 꿰뚫을 날카로운 창으로 보였다. 추락할 때 침착하라고 했던 탁우의 충고는 머릿속에서 사라졌다. 우듬지가 선명하게 눈에 들어오자 무득은 머릿속이 하얘져 비명을 질렀다. 목이 아프게 질러댄 비명소리가 얼마나 절박하고 컸는지, 무득의 귀에 분명하게 들렸고 꿈에서 깬 그 순간에도 길게 울렸다. 무득은 한참을 눈뜨지 못했다. 손을 뻗어 침대 시트와 베개를 더듬더듬 만져 확인했다. 침대 옆에 놓인 책상의 둥근 다리가 손에 잡혔다. 다리를 만지고 손을 위로 더듬어 책상에 놓인 책을 쥐었다. 그래도 그는 단번에 눈을 뜨지 못하고 살그머니 한쪽 눈까풀을 올렸다. 눈을 뜨면 닥칠 어떤 처참한 순간이 두려웠다. 그때 무득은 꿈속의 감각이 현실 감각처럼 생생할 뿐만 아니라 더 순수하고 증폭된 감정임을 깨달았다.

그는 첫 비행 경험을 꼼꼼하게 기록해 탁우에게 보냈다. 탁우 답변은 간단했다. 축하합니다. 축하합니다. 축하합니다. 세 번을 되풀이한 단순한 문장을 읽으며 무득은 그 첫 경험이 결코 쉽지 않은 체험임을 깨달았다. 첫 시도에 고난도 회전연기를 잘 마친 피겨 제자에게 코치가 보내는 뜨거운 격려와 같았다. 그날 이후 무득은 공중에 머무는 시간이 길어졌고 앞으로 옆으로 자유롭게 나는 기술도 늘었다. 중력은 작동하지 않았다. 허공에서 몸을 움직이고 돌리며 가고자 하는 방향으로 비행했다.

사람이 홀로 하늘을 나는 비행은 꿈에서만 가능한, 그야말로 몽상이었다. 주민센터의 낡은 의자에 앉아 기계를 닮은 똑같은 동작으로 프린트에서 증명서를 뽑아내며 무득은 이런 생각에 빠졌다. 내가 하는 일은 똑같은 용지를 쓰고 똑같은 규정과 업무 지침에 따른다. 이 주민센터와 저 주민센터, 이 도시와 저 도시의 주민센터 증명서는 다르지 않다. 무득이 바꿀 수 있는 건 서식 하나, 글자 하나도 없었다. 무득이 주민등록 등본을 뽑는 업무에 갇혀 있다면 등본을 받아 가는 사람도 주소와 세대주와 주민번호를 쓴 종이가 정한 삶에 갇혀 있었다. 멀리서 바라보면 등본을 받는 사람들의 삶은 소실점을 향해 달리는 직선의 철로처럼 비슷비슷할 뿐이다. 술집이나 카페에서 가끔 맥주나 커피를 마시는 정도가 삶이 제공하는 자유였다. 그 자유에는 취향에 따라 에일 맥주나 라거 맥주를 선택하거나 콜롬비아 원두나 에티오피아 원두를 고르는 정도가 들어갔다. 이건 지독히도 재미없는 꿈이 아닐까. 아무리 빠져나가려 해도 출구가 보이지 않는, 온몸이 땀에 흠뻑 젖어서 절규하며 제자리를 맴도는 꿈. 그건 잴 수 없이 거대한 높이와 너비를 지닌 반복과 권태와 무의미였다. 무득이 깨어있는 꿈을 찾아 푸른 탑 꿈 카페로 간 건 따분한 꿈이 아니라 새로운 꿈을 꾸기 위해서였다. 그런 꿈이라면 이 지긋지긋한 현실과 바꿔도 좋을 것이었다.

무득이 새로운 꿈을 찾는 상상에 빠져 즐겁게 아침을 먹은 날, 복지 담당자가 휴가를 내는 바람에 무득이 복지 쪽 민원인을 맞았다. 그가 할 수 있는 업무는 없었고 단지 담당자가 휴가를 냈기 때문에 내일 오라는 말만 전하면 되었다. 60대 후반의 노인이 찾아온 건 오후 5시쯤이었다. 노인은 눈두덩이 처지고 뺨도 축 늘어져 얼굴 피부를 턱에서 아래로 당긴 사람 같았다. 노인은 독해 보이는 눈초리였고 슬쩍 곁눈질로 옆을 살폈다. 술 냄새를 풍기는 그는 자신이 기초생활수급자에서 탈락되었다고 항의했다. 무득이 기초수급자 선정자 관련 조사와 결정은 구청에서 담당하고, 여기는 복지 담당자가 없어 내일 방문해달라고 안내하자 노인은 벌컥 화를 내었다. 자신이 왜 탈락되었는지 알아야 겠다고 사무실에서 시끄럽게 악을 쓰는 바람에 무득은 당황했다. 노인은 무득에게 재차 묻고 똑같은 대답을 듣자 주머니에서 소주병을 꺼내 뚜껑을 쓱 땄다. 노인은 병뚜껑을 사무실 안으로 던진 뒤 소주병에 입을 대고 단숨에 벌컥 술을 마셨다. 병에 든 소주를 사등분해서 마시기로 계획했는지 노인은 두 번 만에 소주 반 병을 비웠다. 무득이 여기서 술을 마시면 곤란하다고 말하자 노인은 다시 소주를 입안 가득 마시더니 입술을 쫑긋 모아 무득에게 침을 뱉었다. 소주와 악취와 담배 냄새가 뒤섞인 침이 무득의 오른쪽 뺨에서 흘러내렸다. 무득은 천천히 손을 옮겨 뽑은 휴지로 느릿하게 흐르는 침을 닦았다. 이건 꿈이라고, 꿈속에서 벌어지는 앞뒤 맞지 않는 엉터리 사건에 불과하다고 무득은 화를 녹였다. 노인은 술을 한 번 더 마시고 아쉬운 얼굴로 빈 소주병을 흔들고는 사무실 안으로 병을 던졌다. 병이 깨지면서 주민센터 안에 있는 직원과 민원인의 눈길이 한꺼번에 노인에게 향했다. 노인은 꼿꼿한 자세로 목표물을 맞히는 게임을 하는 표정으로 무득의 다른 뺨에 침을 뱉었다. 이번에는 걸쭉한 침이 왼쪽 뺨과 코에 떨어졌다. 무득은 오른쪽 뺨을 닦은 휴지를 책상에 놓고 다시 휴지를 뽑아 왼쪽 뺨과 코를 누르면서 노인을 유심히 보았다. 노인은 회색 티에 깔끔한 적갈색 재킷을 입었다. 그 재킷 주머니에서 소주병을 꺼냈다니 의아할 정도였다. 이마와 목에 주름이 많고 머리카락은 얼마 되지 않지만 단정하게 빗었다. 심술궂은 표정이었지만 전체적인 인상을 말하자면 허무였다.

노인은 자신을 반기지 않는 세상에 흔들리며 허공에 퍼지는 연기와 같은 존재였다. 직장 선배 중에 악성 민원인에게 욕설을 듣거나 하면 맞서지 말고 인체생리학을 떠올리라고 말한 사람이 있었다. 생리학이라고요? 그래, 생리학. 중추신경계는 속이 빈 관에서 발생하고 두뇌는 뇌척수액 내에 떠 있고 심장에는 4개 방이 있으며 심근 세포는 신경자극 없이 수축하고, 세균 침입은 면역계의 염증반응을 유도하며, 면역계는 반드시 '자기'를 구별할 수 있어야 한다는 것 등이다. 그렇게 신경계와 심혈관계와 면역계의 기본 원리를 차분히 숙고하면 인간이란 존재에 왠지 경외감이 들면서 민원인을 향한 분노가 삭는다는 주장이었다. 생리학은 좀 어렵지 않느냐고 물었더니 삼국유사나 조선왕조실록도 괜찮다고 했다. 살았을 적에는 권세를 휘둘렀지만 죽음 앞에 결국 무릎을 꿇고 만 신라와 조선의 왕을 하나씩 따라가면 마음이 가벼워지며 인간에게 연민이 솟는다고 했다. 그러면서 모든 공무원은 민원인이 부리는 억지와 분노에 맞서는 자신 나름의 면역체계를 갖춰야 한다고 충고했다. 온갖 스타일의 민원인에게 여러 번 폭언을 듣고 삿대질을 당한 무득은 인체생리학과 삼국유사를 읽으면 민원인 관련 면역 기능을 잘 키울 수 있을까 궁금했다.

노인은 무득에게 아무 말도 하지 않고 양손으로 접수대를 짚으며 일어섰다. 어깨가 조금 구부정했지만 발걸음이 똑발랐다. 무득은 자신이 여자 담당자였다면 노인이 침을 뱉지 않았을까 자문했다. 아닐 것이다. 노인은 자신이 속한 세상을 향해 침을 뱉고 싶었다. 노인은 주민센터 직원이나 행인 누구든, 자기 앞에 선 사람이라면 가리지 않고 침을 뱉고 싶은 상태였다. 노인은 서류와 자격 조건을 꼼꼼히 따지는 지긋지긋한 법령과 행정 절차에 저당 잡힌 삶에 진절머리가 나 있는지도 몰랐다. 무득은 사무실 구석에 벽으로 가려져 있는 다용도실로 가서 물을 끓여 보이차를 탔다. 차를 평소보다 많이 넣었더니 진한 흑갈색으로 우러나왔다. 동료들이 자신을 도와주지 않았다고 해서 섭섭하지는 않았다. 누가 도와주기도 어려운 상태였다. 주민센터는 여직원이 다수라 자신이 분풀이 대상이 되는 역할을 맡은 게 오히려 잘된 건지도 몰랐다. 무득은 자신이 민원인에게 받는 모욕을 참는 능력이 강하고 금방 기억에서 지워버릴 수 있다고 믿었다. 그건 착각이었다.

무득은 깨어있는 꿈의 하늘을 날다 그 노인을 떠올리고 자주 추락했다. 심술궂은 노인을 떠올리지 않아야겠다고 다짐하면 할수록 무표정하게 침을 뱉는 노인 얼굴이 더 자주 떠올랐다. 노인은 때로는 슬프고 애처로운 모습으로, 때로는 손가락 하나 움직일 힘 없는 기력 빠진 모습으로 나타났다. 이번에는 지친 모습이네, 딱하게 여기는 순간 노인은 입술을 쫑긋 모아 무득에게 침을 뱉었다. 그러면 무득은 어어 하면서 바닥으로 추락하기 시작했다. 사람은 놀랍도록 적응력이 강한 동물이라 무서운 추락도 되풀이되자 익숙해졌다. 노인 덕분에 얻은 이득이었다. 추락을 두려워하지 않자 하늘을 더 쉽게 날게 되었다. 무득이 나는 방식은 절벽이나 언덕에서 뛰어내리는 형태였다. 꿈 카페 회원 체험담을 살피면 각자가 나는 방식이 달랐다. 어떤 사람은 땅에서 몸을 솟구쳐 바로 날기도 했고, 어떤 사람은 비행기처럼 땅을 달리면서 팔을 펼쳐 날아올랐다.

푸른 탑 카페에 한 무리의 여행객이 들어왔다. 그들은 역으로 가는 길인지 캐리어 가방을 끌고 소란을 떨며 카운터로 향했다. 그중 한 사람이 카운터 옆방 쪽을 보더니 자리가 있다고 소리쳤다. 캐리어 가방 여러 개가 한꺼번에 바퀴를 끄는 소리에 손님들이 고개를 돌려 쳐다보았다.

탁우가 얘기한 '꿈에서 하늘을 난 회원에게 주는 기회'가 무엇일까 생각하며 무득이 말했다.

"손님이 많습니다."

"탁월한 매니저 덕을 보고 있어. 내가 도움 주는 건 그다지 없고."

탁우는 여전히 시끄러운 여행객들을 흘깃 바라보며 말을 이었다.

"내가 하고 싶은 건 따로 있어."

"그게 저를 만난 이유인가요?"

"그렇지. 유토피아를 건설하는 일이야."

탁우는 유토피아란 말을 스스럼없이 입 밖에 내고 그 말에 무득이 반응하는 모습을 찬찬히 살폈다.

"어쩌면 깨어있는 꿈이 유토피아를 만들 유일한 곳일지도 몰라."

유토피아라! 생각지 않았던 낯선 단어였다. 천국이 연상되었다. 많은 종교와 정치 지도자들이 내걸었지만 성취하지 못했던 구호가 떠올랐다. 무득은 자신이 그런 대단한 곳을 바랐던가 생각했다.

탁우가 말했다.

"우린 꿈에서 유토피아를 건설하려고 해. 현실에서 많은 사람이 추구하려다 실패만 거듭한 그야말로 꿈이었지. 꿈의 유토피아에 들어올 자격을 갖춘 사람을 고르고 있어."

탁우는 입을 떼고 열정 어린 목소리로 유토피아를 향한 길을 말했다.

탁우는 인류는 종교와 자본주의, 공산주의 모두 유토피아를 건설할 능력도 전망도 없다는 쓰라린 교훈을 얻었다고 말했다. 그는 유토피아로 가는 네 번째 길을 찾았다고 자신있게 말했다. 이건 대담하면서 확실한 길로 어린이를 탄광으로 몰거나 부자를 강제수용소로 보낼 필요가 없다. 이 길에선 누구도 희생당하지 않는다. 거기다 유토피아를 건설하고 유지하는 비용은 무척 싸다. 공짜라고 해도 괜찮을 정도다. 그 유토피아는 우리의 순수한 의지를 연료로 태워서 돌아간다. 탁우가 말했다.

"누가 유토피아를 찾아낼까. 바로 우리야. 꿈이더라도 유토피아는 쉽게 얻어지지 않아. 그건 지독히도 두꺼운 장막에 가려있고 미로에 싸여 있으니까. 유토피아는 무너지기 쉬운 존재로 거기서 사는 건 더더욱 어려워. 힘들지만 그래도 우린 해낼 수 있어."

"꿈의 유토피아에선 뭐든 해도 되는 건가요?" 무득이 묻자 탁우는 호탕하게 웃었다. "뭘 하고 싶어?" 무득은 자신이 뭘 원하는지를 떠올려보았다. 하늘을 날고 싶은 바람과 언젠가 장난처럼 범죄자를 총으로 쏜다는 빈말 외에는 평소에 꿔온 허황된 소원 하나 없었다. 대통령이 된다거나 로켓을 타고 우주로 나가거나 유명 배우가 되는 꿈은 애초에 꾸지 않았다. 그런 환상에 가까운 행동이 꿈의 유토피아에서는 몽땅 가능할 터였다. 그러나 무득 마음에서는 주민센터에서 탈출해서 강변의 작은 집에 살고 끝없는 백사장으로 이름난 해변을 걷는, 도저히 유토피아로 부르기 어려운 비루한 상상만 잇달아 떠올랐다가 사그라졌다.

무득이 머릿속 상상을 지우며 물었다.

"꿈의 유토피아라는 곳은 어떻게 들어갑니까?"

탁우가 손가락으로 천장을 가리키며 말했다.

"여기서 시작하면 좋지. 건물 2층에 좋은 장소를 마련해놨어. 편안한 침대에 아늑한 공간이지."

푸른 탑 건물 3층에는 탁우 혼자 사는 공간과 개인 사무실이 있었다. 탁우는 1층 카페에서 번 돈을 2층 꿈의 기지에 쏟아 부은 셈이다. 무득은 며칠 뒤에 찾아오겠다고 말했다.

그날 밤 무득은 지하철을 타고 덜컹대는 좌석에 기대 유토피아를 생각했다. 맞은편 좌석에서 술에 취해 얼굴이 빨갛게 단 여자는 고개를 숙이고 잠들어 있다. 여자는 위태롭게 고개를 끄덕이면서도 왼손에 든 핸드폰을 꽉 붙잡고 있었다. 대머리에 빼이 홀쭉한 노인이 지친 눈으로 물끄러미 바닥을 내려다보았다. 한때는 억세게 휘둘렀을 팔뚝이 탄력을 잃었고 핏줄이 울퉁불퉁 튀어나왔다. 객차에 비스듬히 기대 손을 아래로 떨어뜨린 회사원은 지칠 대로 지쳐 내일 아침에는 자리에서 일어날 힘조차 없이 그대로 집에 쓰러져 있을 몸 같았다. 밤늦은 시각의 지하철은 하루를 마감하는 피곤한 몸들을 싣고 달렸다. 내일 밤도 이렇게 달리고 한 달 뒤에도 이렇게 달릴 터였다. 지하철 기관사는 도착할 역을 향한 자신의 반복되는 임무에 충실했다. 모두가 기이하게도 자신이 맡은 일을 꼬박꼬박 해냈다. 자신의 하루하루에 갇힌 개미를 닮은 삶. 탁우는 그 삶을 뿌리치는 길을 열고자 하는 것이다.

하지만 무득은 탁우에게 묻고 싶었다. 유토피아라고요? 설령 꿈에서라도 그런 게 있을까요. 유토피아였다는 착각이 잠시 깜박이는 건 아닐까요. 모든 사람이 동시에 유토피아 꿈을 꾸고 꿈에서 어울려 행동하면 그게 곧 유토피아인가요? 그럴 수도 있겠지요. 하지만 그게 설마 가능하다고 믿는 건 아니죠? 그렇게 혼잣말을 하면서 무득은 혹시 공간과 시간이 무한하고 욕망도 끝없이 충족시켜줄 수 있는 깨어있는 꿈에서라면 유토피아가 가능하지 않을까 생각했다. 옆좌석에서 꾸벅꾸벅 조는 청년이 무득에게 몸을 기대었다. 무득은 유토피아 상념에서 벗어나 술 냄새를 풍기는 청년을 살그머니 밀어 제자리로 보냈다.

3

사무실 짐을 박스에 담으면서 양태관은 창문으로 희미한 초승달을 바라봤다. 달은 그동안 숨어 있다 갑자기 밤하늘에 나타난 이물질 같았다. 양태관만큼이나 고단해 보이는 달은 테두리가 더 닳지 않을까 두려워하는 모습 같았다. 초승달은 침울하게 하늘에 붙어서 양태관이 도대체 뭘 하나 건너보고 있었다. 그는 근 10개월 만에 창문으로 달이 보인다는 걸 처음 깨달았다.

"저기 달이……."

동료는 책상 서랍에서 서류와 물건을 박스에 옮기다가 창문을 흘끗 바라봤다. 그는 아무 말 없이 테이프를 찌익 당겨 박스를 봉하고는 사무실에서 껴입었던 작업복을 비닐 옷장에서 꺼내 빈 박스에 던졌다. 하늘에서 시선을 옮긴 양태관은 접이식 야전침대의 나사를 돌려 다리를 빼냈다. 몸무게에 오래 눌려서인지 나사 하나가 꽉 끼어 돌아가지 않았다. 야전용 침대에서 그들은 스타트업 기업을 살리기 위한, 말 그대로 '전투'를 치렀다. 새벽까지 일하다 야전침대에 몸을 눕히면 바로 깊은 잠에 빠져들었다. 몸이 너무 지치면 꿈도 찾아올 힘이 없는지 숨어서 잠자리에 나타나지 않았다. 어슴푸레 동이 틀 즈음이 되면 양태관은 그때서야 찾아오는 정신사나운 꿈에 시달렸다. 꿈에서 양태관은 손으로 드릴을 돌려 땅을 팠다. 전동이면 참 편할 텐데 생각을 하면서 양태관은 결리는 어깨를 주무르고 드릴을 돌렸다. 그는 낑낑대며 왜 이걸 파야 하나 고민하면서도 같은 짓을 하고 또 했다. 손으로 드릴을 열심히 돌려 나오는 거라곤 흙이었다. 그래 맞다, 어디서나 보는 평범한 흙. 꿈에서도 건져내는 건 흙뿐이었다. 거짓으로라도 금덩이나 지폐가 가득 든 가방이 나올 법했는데 고작 흙이었다. 이 야전침대는 원래 재수와 거리가 먼 물건인지도 몰랐다. 양태관이 돌아가지 않는 나사를 스패너로 쾅쾅 두들기자 끼익 끽 나사가 힘에 겨운 비명을 지르며 천천히 돌아갔다. 그는 분리된 침대 다리를 들어 올려 바닥에 던졌다.

스타트업을 준비하기 전에는 여유롭게 깨어있는 꿈에 들어갔다. 꿈 카페에서 깨어있는 꿈을 수련했고 그때는 땅을 파는 꿈 따위 꾸지 않았다. 탁우라는 카페지기가 권해 썼던 꿈 일기는 책장 어딘가에 처박혀 있을 터였다. 지금도 깨어있는 꿈에서 본, 탁자에 놓인 자두 주스가 기억난다. 자신을 위해 그 자리에 준비된 주스가 아닐까 생각했다. 투명한 유리병에 담긴 주스를 손에 잡자 현실의 병보다 질감이 더 생생했다. 그는 주저하면서 유리병을 들어 한 모금을 마셨다. 새콤달콤한 맛과 향기가 입안에 퍼지고 식도를 따라 위장까지 내려가는 촉감이 몸으로 전달돼 잠깐 몸을 떨었다. 양태관은 이 맛과 느낌을 현실과 구별할 수 없다는, 아니 현실보다 더 강렬하다는 생각을 하며 한 모금을 더 마셨다. 주스의 맛에 빠져 집중력을 잃자 유리병이 흐물흐물 사라지고 꿈에서 밀려나 현실로 돌아왔다. 꿈에서 깬 이후로 그는 아직까지 그렇게 맛난 주스를 먹지 못했다. 스타트업을 시작하고 깨어있는 꿈 근처에 가볼 잠깐의 틈도 없이 현실 세계에서 성과를 내기 위해 달리고 달려야 했다.

양태관 팀은 광고용 소프트웨어를 만들었다. 빅데이터와 결합해 모바일 기기에서 광고 효과가 나타날 사람을 정확하게 찾는 복잡한 기술이었다. 양태관은 2명의 직원이자 동료와 일하면서 3개월마다 투자회사 티모어 임원 앞에서 간단한 진행 발표를 했다. 투자를 받고 1년 안에 모바일 기기에서 돌아가는, 꽤 괜찮거나 장래에 써먹을 싹수 있는 프로그램을 만들어야 했다. 스타트업에서 1년은 무척 긴 시간이었다. 양태관은 사무실에서 일하면서 밤이 길게 늘어났으면 했다. 밤새워 일하고 그 밤을 또 길게 늘려 희미하게 새벽이 밝아오는 빛을 보면서 일해도 시간은 모자랐다. 사업 아이디어와 빼대는 자리를 잡았으나 상품성이 있는 제품으로 출시해서 시장 평가를 받는 건 전혀 다른 일이었다. 시제품과 시장 상품성 사이에는 건너기 어려운 계곡이 놓여 있었다. 투자회사와 시장은 부분부분이 맞물려 완벽하게 제 기능을 하는, 깔끔하게 떨어지는 제품을 원했다. 그건 욕심 많은 독재자의 변덕과 방종을 모두 만족시키는 고난도 임무를 닮았다.

양태관은 깊은 밤에 시간을 겨우 내어 친구에게 고달픈 개발 과정을 하소연했다. 친구가 말했다. "그래. 알았어, 양태관. 벤처 기업이 힘들고 어렵다는 말, 충분히 알았어. 뭐, 한국에서 하는 사업이 다 그렇지. 피자나 치킨 가게도 그렇고, 편의점도 힘들지. 한국에서 산다는 건 개미지옥에 빠진 개미 신세야. 아무리 발버둥 쳐도 미끄러지고 미끄러져서 잡아먹히고 마니까. 누가 우리를 잡아먹는 건지는 중요치 않아. 어쨌든 먹힌다는 거지. 그게 싫으면 찌그러져 숨죽인 채 목숨만 부지하거나. 그래도 거긴 사장이잖아. 최소한 한때나마 사장이지. 죽을 때까지 사장이었으면 좋겠지만 그건 지나친 욕심 아니겠어?"

양태관은 새벽까지 일하면서 쓸 만한 창업 아이디어를 얻은 건 행운일까 불행일까 생각했다. 그는 지원을 받기 위해 창업 아이디어를 스타트업 시장에 내놓았다. 스타트업을 지원하는 회사 티모어에 응모를 한 것이다. 중국 선전에선 아이디어만 괜찮으면 열흘 만에 시제품을 만들고 카페에 모인 투자자가 시연회를 보고 바로 투자를 결정한다지만, 그렇게 환상적인 건 바라지 않았다. 미국이나 중국보다 시장이 작지만 한국도 스타트업 지원 시스템이 나쁘지는 않았다. 그는 티모어 회사 간부들 앞에서 제품을 딱 3분 시연하고 미래에 얼마나 이 아이디어가 자라고 자라서 하늘까지 닿을 건지를 열렬히 발표했다. 질문 시간은 2분이다. 양태관 앞에 앉은 벤처 1세대로 불리는 유명 기업가와 미국 박사, 대학 교수, 현직 기업가, 티모어의 임원이 그를 뚫어지게 바라보았다. 그날 아홉 팀이 시연했다. 시연을 하고 심사위원의 의심에 찬 시선을 맞닥뜨리면 목이 바짝 탔다. 친구가 그에게 아이디어를 어떻게 얻었냐고 물었다. 전에 다녔던 회사에서 업무에 쫓겨 새벽 야근을 하던 중에 떠올랐다. 이걸 저렇게 해보면 어떨까라고. 양태관 머리에 번쩍 지나간 그 순간은 지금도 생생했다. 새벽 1시쯤이었다. 운명의 여신이 그가 고생하는 모습을 측은히 여겨, 커튼을 잠깐 열어 성공한 자가 들어가는 휘황한 미래를 보여주었다. 그곳은 신세계였고 낙원이었다. 아무리 멋진 아이디어라도 낙원에 들어가기 전에는 갓난애와 같아 제대로 어른 몫을 하려면 많은 투자와 세월이 필요했다. 스타트업의 종자가 될 아이디어는 살아남기 쉽지 않았다. 아이디어는 벼랑에 난 좁은 길을 걷고 남극의 혹한을 거치고 심해의 압력을 견뎌야 겨우 살아남을 수 있었다.

양태관은 자신의 아이디어에 매혹돼 회사를 때려치우고 창업 결심을 내렸다. 소액으로 개발한 제품 아이디어는 예비 심사를 통과해서 티모어가 주최한 창업 설명회에 나갈 수 있었다. 티모어 투자실장이 양태관의 아이디어를 소프트웨어로 만들면 이러저러한 결점이 있지 않냐고 물었다. 그가 걱정하고 약점으로 생각한 딱 그 부분을 날카롭게 찍어냈다. 그는 약간은 거짓말로, 약간은 과장한 말투로 부드럽게 질문을 비켜갔다. 투자실장은 이것 봐라, 제법인데 하며 시선을 던졌다. 티모어 회사는 총 2억 원을 양태관에게 투자했다. 1억 원은 정부가 출자한 모태펀드에서 넣은 돈으로 티모어는 1억을 투자한 셈이다. 뭐라고? 2억 원이 얼마 되지 않는다고? 요새 아파트 값이 얼마인데 그걸로 무슨 사업을 제대로 해보겠다는 거냐고? 사업을 해보지 않은 사람은 돈이 얼마나 눈이 밝은지 모른다. 당신이 길거리에 쓰러져서 굶어 죽을 형편이래도 길 가는 사람은 단돈 만 원도 도와주지 않는다. 돈은 동정심이 별로 없다. 돈은 자선보다 미래에 투자하기를 좋아한다. 양태관이 하기에 따라서 2억 원은 충분한 돈일 수도 있고 아닐 수도 있었다.

양태관은 자신의 꿈을 믿었다. 그 꿈이 성취할 미래도 믿었다. 튼튼하고 오래갈 공기업이나 대기업에 들어가서 열심히, 열심히, 일을 해서 인정받고 회사도 자신도 윈윈하는 삶. 왜 그게 안 되겠어, 당연히 되리라 믿었다. 그 시간을 당겨야 했다. 너무 늦어지면 자신이 꿈꿨던 삶이 뒤틀리니까 말이다. 그건 쉽지 않은 꿈이었다. 신세계에 들어가는 꿈은 멀고 험난했다. 예전에 대기업 취직을 준비했을 때 세 번은 최종면접에서 떨어졌다. 희한하게 최종 면접 세 곳 모두 면접관이 당신의 꿈을 말해보세요. 당신의 꿈을 어떻게 성취할래요? 당신의 꿈은? 이라며 진지하게 물었다. 그때는 미래를 밝히는 꿈이라면 지긋지긋했다. 에너지 공기업에서 봤던 면접이 기억난다. 면접실은 회의실로, 장식 없는 흰 벽에 긴 탁자 두 개가 놓여 있었다. 면접관이 천연가스와 LPG 가스가 앞으로 전망이 좋다고 생각하는지 물었다. 양태관은 적절한 단어를 골라 빠르지도 않고 느리지도 않은 속도로 요점을 정리해서 말했다. 그에게 질문했던 면접관이 고개를 끄덕이면서 앞에 놓인 서류에 뭔가를 써넣었다. 양태관은 기뻤다. 면접관이 무심코 했을지도 모를 그런 작은 행동 하나가 수험생에게 얼마나 큰 힘이 되는지. 그때도 얼굴이 붉고 가르마를 단정하게 탔으며 눈이 작은 면접관이 양태관에게 꿈에 관해 물었다. 면접관은 자신은 이미 꿈을 성취했고 수험생에게 나눠줄 꿈도 넉넉함을 과시하는 밝은 미소로 차 있었다. 양태관은 최종 채용 명단에 이름이 없었고 면접관이 나눠줬던 꿈을 받지 못했다. 면접관이 나눠준 희망 가득한 꿈은 면접이 끝난 후에 현장에서 반드시 돌려받는다는 회수용 도장이 찍혀 있던 건지도 모른다.

마지막으로 본 최종 면접이 생각난다. 이건 현실에서 일어났던 쓴맛 나는 사건이고 기억에서 박박 문질러 지우려고 해도 지워지지 않았다. 그는 서류와 필기시험을 통과해서 최종 합격이란 성문 앞에 서 있었다. 면접만 잘 치르면, 적어도 망치지만 않으면 취직의 문에 들어선다. 회사에 다니는 선배들이 지긋지긋한 야근과 산더미 일을 푸념하면 그는 속으로 되뇌었다. 취직을 먼저 해야 그런 어려움에 짜증 낼 권리를 얻지. 최종 면접을 본 회사는 식품 회사로 다양한 냉장·냉동 식품과 라면, 음료, 과자를 생산했다. 회사는 안정권에 접어든 지 오래됐고 고성장과는 거리가 먼 식품회사의 약점을 메울 경영전략을 고민하고 있었다.

감색 양복을 입은 남자 면접관 두 사람에 검정 원피스 정장을 입은 여자 한 사람이 면접을 봤다. 양태관을 포함한 세 사람이 한 조로 면접실로 들어갔다. 여자 면접관이 양태관에게 먼저 과자 사업의 미래를 물어봤다. 식품회사에 지원한 사람이면 기본으로 알아야 할 내용을 조리 있게 대답했다. 다음에는 중국 시장에 내놓을 과자 아이템을 물어봤다. 회사는 중국에서 과자 두 종류가 크게 히트했지만 거기서 멈춰서 있었다. 히트한 과자 두 종류가 십 년 넘게 팔리고 있다는 실적만 해도 대단했다. 양태관은 과자보다 음료에 집중하는 게 좋겠다고 대답했다. 저칼로리에 미세먼지에 오염된 목을 씻어내는 느낌을 주는 음료. 면접관은 고개를 끄덕였다.

다른 면접관이 양태관에게 꿈이 뭐냐고 물었다. 따분하고 뻔한 답을 듣게 될 가능성이 높은 질문이었다. 면접관은 물어볼 목록을 많이 쥐고 있으니 그런 걸 물어봐도 되겠지. 그는 면접생이라면 누구라도 대답할, 공식에 따른 구태의연한 답을 했다. 면접관의 입술과 눈에 그늘이 살짝 지면서 뭔가 부족하다거나, 석연치 않다거나 하는 생각이 지나가는 게 보였다. 글쎄, 면접관은 양태관이 슈퍼맨이 되어 하늘을 날겠다고 마구 고집부리는 걸 원한 건가. 어쨌든 양태관은 최종 합격자 발표에 이름이 들지 못했다. 면접장에서 꿈은 늘 양태관을 비껴가 손이 닿을락 말락 하는 곳에 내려앉아 그에게 더 분발하기를 촉구했다. 양태관은 알았다. 그가 손을 뻗으면 꿈은 몇 걸음 더 높은 곳에 올라가서 그를 지켜본다는 사실을.

인터넷 꿈 카페에서 깨어있는 꿈을 배운 건 양태관이 면접관으로 나서고 싶어서였다. 늘 면접관 눈치를 살피고 몸짓과 한 마디 말에 기뻐하고 슬퍼하는 순간을 뒤바꾸고 싶었다. 현실에서도 면접관이 될 수 있겠지만 올챙이가 되어야 개구리가 될 수 있으니 회사에 취직해서 승진하고 인정을 받아야 면접관으로 시험장 자리에 나갈 터였다. 그때가 언제일까. 깨어있는 꿈에 들어서 면접관이 되는 건 빠르고 더 짜릿할 것 같았다. 근데 깨어있는 꿈에서도 면접관은 쉽지 않았다. 잠에 들어 꿈에서 깨어나 꿈인 줄 자각하면서 행동하는 과정도 많은 좌절을 거치고 어렵게 더듬어야 했다. 면접실에 들어선 장면까진 좋았는데 꿈에서 조금만 집중력을 놓치면 그가 앉은 의자가 사라져버렸다. 사라져버린 의자는 검은 가죽에 팔걸이는 흑단으로 만들어 아주 화려했다. 면접실에 모두 앉아 있는데 머쓱하게 양태관 혼자 서 있는 모습이라니. 의자야 꿈속에서 쉽게 만들어낼 수 있지 않냐고? 그랬으면 좋겠다. 상상력을 실행시키는 작업은 에너지가 많이 들고 경험이 풍부해야 한다.

꿈에선 면접생보다 한 단을 높인 자리에 양태관이 앉았다. 그런데 번듯하게 의자에 앉아 있으면 면접생이 들어오지 않았다. 그는 면접관인데 아무리 기다려도 굽실 허리를 숙일 수험생이 오지 않아 당황했다. 깨어있는 꿈에서 그런 수험생을 배치할 만큼 그는 공력이 높지 않았다. 조금만 집중하지 않으면 앉은 의자조차 휙 사라져, 단 위에 양태관 혼자 서 있어야 했으니까. 그는 오지 않는 수험생을 상대로 행운을 빈다는 덕담을 던지지도 못했다. 깃발은 세웠지만 깃발 아래는 그 혼자였다. 현실의 스타트업 창업이 성공해서 매출이 급상승하고 앞날이 유망하면 그는 최종 면접관으로 군림할 수 있을 터였다. 그는 면접관으로 엄숙한 질문을 던지는 상상에 자주 빠져들었다. 양태관 손에 지원자의 운명이 달려 있다. 그는 한 단 높은 자리에 앉아 지원자에게 제우스처럼 벼락을 때릴 수도 있고 관세음보살처럼 합격이란 감로수를 내릴 수도 있었다. 면접관 역할은 훗날로 미뤄두고 오늘은 스타트업 사무실을 깨끗이 비우고 참호 안으로 후퇴해야 했다.

사무실 짐을 모두 정리하고 마지막 밤에 양태관은 동료와 같이 진탕 술을 마셨다. 초승달은 이미 졌다. 초승달은 어디선가 통통하게 살이 오르면서 보름달을 향해 달려가겠지만 적어도 이 사무실에선 아니었다. 창업자 세 사람은 사무실에 야전침대를 놓고 먹고 자며 일을 했지만 창업은 실패했다. 그동안 일에 미쳐 밤인지 낮인지도 모르는 시간을 지내왔다. 밤이든 낮이든 제품을 만드는 데는 별 상관이 없었다. 한 달 한 달 등을 떠미는 시간의 압박이 강해졌다. 양태관은 미국의 성공한 스타트업 회사처럼 벼락부자가 되기를 바라지는 않았지만 성공해서 장시간 노동으로부터 자유로워지고 싶었다. 그는 동료에게 말했다. 인간은 노동하는 동물이 아냐. 노동은 결코 인간을 위대하게 만들지 않아. 비천하게 만들어. 솔직하게 말해 모든 프롤레타리아는 부르주아가 되는 게 꿈이야. 소련이라는 나라는 그걸 악착같이 부정하며 뒷걸음치다 망하지 않았나. 동료는 고개를 끄덕이며 말했다. 우리는 부르주아는커녕 소부르주아로 올라서기도 쉽지 않을 운수 같은데.

양태관 팀은 6개월 만에 괜찮은 모델을 만들었다. 소프트웨어에 든 여러 잘못을 고치면서 9개월째를 보내고 마침내 최종 발표와 시연을 했다. 시장의 변덕에 단련된 티모어 회사 눈은 높았다. 티모어 회사는 고개를 저었고, 양태관 팀은 더 이상 투자를 받지 못했다. 물과 음식과 전기가 단번에 끊긴 거였다. 비슷한 제품을 어떤 대기업에서 만들었다는 말도 들리고, 결정적인 한 방이 없다는 말도 들렸지만 어쨌든 양태관 팀은 끝났다. 소프트웨어에 들어간 몇몇 아이디어와 기술은 티모어 회사에 출자한 한 회사가 다른 방식으로 살려 보겠다고 양도를 요청했다. 양태관 팀이 헛발질을 한 건 아니며 투자금을 조금이라도 메우는 밥값을 했다는 게 위안이라면 위안이었다.

마지막 술자리에서 차가운 소주를 마시며 전우라는 명칭이 더 어울리는 동료가 지옥은 멀리 있지 않다고 양태관에게 말했다. 지옥은 숨 쉬는 공기에, 내리는 봄비에, 붉은 노을에 담겨 있어. 길을 걸으면 지옥이 나를 잡아당기는 게 느껴져. 지옥이 욕설을 하기도 해. 이 실패자야. 이 낙오자야. 넌 시궁창에 빠져 영원히 목까지 푹 담그고 있을 거야. 사업하는 사람은 매 순간, 모든 공간이 지옥이야. 사업가 당신이 산 정상 근처에 올라서려고 하면 말이야. 지옥이란 녀석은 바위 밑에서 기다리다 발을 획 잡아채서 네가 꿈꾸던 펜트하우스와 재규어 자동차와 비서를 앗아가 버려. 맨주먹으로 사업 시작하면 다 그런 꼴 난다니까. 기업가 정신이란 헛된 표어에 빠져들지 마. 똑바로 기억하고 매일 아침 백 번씩 외워. 열정과 아이디어를 밑천으로 성공하겠다는 꿈을 깨셔. 여긴 자본을 요구해. 누가 그런다고? 뭐 내 말 듣고 있는 거야? 지랄 같은 이 시스템 자체가 그렇다고. 빌어먹을 창업하고 수성하는 기업 생태계 자체가 그렇다니까. 우린 먼저 출발해서 고속도로에 올라탄 자본의 뒤꽁무니를 절대로 따라잡지 못한다니까.

양태관은 묵묵히 소주를 마시며 생각했다. 그렇다. 지금은 배를 타고 바다로 나가면 신천지가 기다리는 대항해시대가 아니다. 산업혁명 시절도 아니고 하다못해 한강의 기적 시대도 지나간 지 오래다. 스타트업 기업은 지옥 아래의 지옥이다. 딱 1년이나 2년, 성공할 꿈에 젖어 미친 듯이 달려보는 생이었다. 청춘이나 야망, 운, 그리고 욕심 등을 연료로 폭발시켜 중력을 벗어나려 몸부림쳐보는 거였다. 실패하면 동전 한 푼까지 다 털어먹고는 지상으로 추락해서 고꾸라졌다. 인스타그램과 에어비앤비도 한때는 스타트업 아니었냐고? 로또 복권에 당첨되는 사람은 있지만 우리 주위에 당첨된 사람은 아무도 없다. 성공한 스타트업이란 그런 희귀함 그 자체다.

탁우가 커피를 마시러 푸른 탑 카페에 오라는 메시지를 다시 보내 왔다. 스타트업 창업에 미쳐 그동안 탁우와 연락을 끊고 살았다. 가야지 하면서 머리에 담아둘 뿐, 갈 여유가 없었다. 탁우 메시지는 멋스럽고 의미심장했다. 탁우는 이번이 깨어있는 꿈의 새 하늘을 찾을 마지막 메시지라고 말했다. 새 하늘이라, 구미가 당기는 말이었다.

스타트업을 접은 다음 날 새벽에 양태관은 잠에서 깼다. 탁우가 말한 메시지가 생각나 깨어있는 꿈에 들어가겠다고 생각했다. 깨어있는 꿈에 들어가 봐야겠다는 갈망이 갑자기 커져 그는 놀랐다. 더운 날씨에 물을 마시지 않고 오랜 시간 걸었을 때 드는 갈증 같았다. 꿈을 바라는 그의 마음은 바짝 말라 어떤 깨어있는 꿈이든 환희로 빨아들일 기대에 차 있었다. 현실에서 성공 가능성이 사라지는 순간 꿈을 향한 열망이 더 강렬하게 나타났다.

양태관은 천천히 잠에 빠져들면서 순식간에 깨어있는 꿈으로 미끄러져 들어갔다. 그는 꿈에서 사무실 야전침대에 누워 초승달을 바라보고 있었다. 어제 야전침대를 사무실에서 빼냈고 사무실을 폐쇄했다. 어찌된 일일까. 그는 누운 채로 조심스레 사무실을 둘러보았다. 텅 빈 사무실 창문으로 초승달이 차갑게 빛났다. 어쩐지 초승달이 반나절 사이에 더 여윈 것 같았다. 어째서 초승달이 아직도 지지 않고 하늘에 붙어 있는 걸까. 야전침대에서 일어나 창문으로 가자 은행나무 한 그루가 눈에 들어왔다. 까마귀 한 마리가 은행나무에 앉아 자신을 바라봤다. 그는 동작 하나하나와 장면 낱낱에 집중했다. 이건 꿈이라는 자각이 약해지는 순간 깨어있는 꿈은 흐릿해지며 사라진다. 까마귀가 뚫어지게 양태관을 바라봤다. 초승달은 하얗고 밤은 어둡고 나무는 회갈색으로 어둠에 묻혀 있었다. 까마귀가 날개를 펴더니 천천히 정지하며 날개를 접었다. 그는 까마귀가 날개를 펴고 접었다고 마음에 되뇌며 관찰했다. 집중력을 잃지 않기 위한 그만의 방법이었다. 밤과 사물과 양태관은 정지해 있고 까마귀만 움직였다. 까마귀가 날개를 다시 펴고 하늘로 날아올랐다. 달을 향해 날면서 까마귀는 머리를 돌려 양태관을 바라보았다. 그는 까마귀의 몸짓이 자신을 하늘로 부르는 초청으로 느꼈다. 그대로 가만히 서서 까마귀가 조그맣게 사라지는 모습을 지켜보았다. 양태관은 탁우가 초청한 푸른 탑 카페로 가야겠다고 마음먹었다. 깨어있는 꿈에 창업하기 좋은 아이디어가 널려 있을지도 몰랐다. 어쩌면 깨어있는 꿈 자체가 탁월한 창업 소재가 될 수도 있었다. 어째서 그 생각이 이제야 들었을까 의아해하면서 그는 멍하니 초승달을 바라보았다. 초승달이 흐릿해지면서 사라졌다.

다음 날 양태관은 탁우를 만나러 버스를 타고 푸른 탑 카페로 갔다.

4

푸른 탑 카페가 있는 골목으로 난 1층 문을 통해 계단을 따라 올라오면 룸과 침대가 있는 2층 공간이었다. 1층 문은 벽과 똑같은 색에 전혀 문 같지 않게 딱 붙어 있어 문에 붙은 디지털 자물쇠가 아니라면 거기 문이 있는지 알아보지 못하고 지나쳐버릴 모양새였다. 계단을 따라 올라오면 다시 디지털 자물쇠가 붙은 문이 나와 열고 들어서면 넓은 로비가 나온다. 로비 벽은 1층과 같은 붉은 벽돌이다. 벽돌 색은 옅은 붉음에서 흰색이 섞인 붉음까지 다양하다. 2층 문 오른쪽 벽 옆에 원목으로 만든 타원형 탁자와 의자가 놓였다. 로비 바닥은 큰 정사각형 안에 작은 정사각형이 엇갈리게 들어 있는 단순하면서 균형 있는 타일이 깔렸고 그 위에 흑갈색 양탄자를 펴놓아, 걸어도 조용했다. 천장은 케찰 그린으로 불리는 깊고 푸른 초록색을 칠한 사각형 나무 격자로 장식했다.

2층 방 중앙에 난 복도를 따라 문이 달린 룸이 한쪽에 8개, 또 다른 쪽에 9개 모두 17개가 설치됐다. 룸에 들어가 문을 잠그면 바깥문 옆 사각형 표시등에 푸른 등이 들어왔다. 룸은 튼튼한 나무 벽으로 분리돼 아늑하고 조용했다. 포근한 분위기라 여기서 깊은 잠에 빠져들면 그 순간만은 세상의 근심에서 벗어나 훨훨 날아갈 것 같았다. 룸의 양 벽도 붉은 벽돌이고 천장은 로비와 같은 깊은 초록색이었다. 룸에 침대가 하나 놓였고 침대 앞에 두꺼운 붉은 커튼이 걸렸다. 무득이 침대에 눕자 편안하고 좋은 향기가 났다. 침대 옆에는 작은 탁자가 놓였고 벽에는 옷걸이가 붙어 있다. 룸 모서리에는 1층 카페에서 본 바위 모양의 스탠드 등이 서 있었다.

탁우는 무득과 양태관에게 로비와 룸을 안내한 다음에 1층과 2층의 디지털 자물쇠 비밀번호를 알려주며 말했다.

"유토피아 입구에 들어온 걸 환영합니다."

무득과 양태관은 타원형 탁자에 앉으며 탁우에게 물었다.

"꿈의 유토피아는 어떻게 들어갑니까? 평소처럼 깨어있는 꿈을 꾸면서 정해준 목표를 찾아가면 되나요?"

탁우가 말했다. "먼저 여기 룸에서 꿈에 하늘을 날아봐야지. 그게 첫 단계야. 강렬하게 푸른 허공을 마음껏 날겠다고 욕망하는 사람에게 길은 열려." "깨어있는 꿈에서 만약 하늘을 영원히 날지 못한다면요?" "열망하고 노력하는 사람에게 그 순간은 반드시 벼락같이 와. 꿈에서 불가능은 없으니까."

탁우가 말한 길찾기는 이렇다. 여기서 깨어있는 꿈인 자각몽으로 들어가면 흰 문과 검은 문이 나란히 있다. 반드시 흰 문으로 들어와야 한다. 검은 문으로 들어가면 텅 빈 암흑뿐이다. 되돌아 나갈 문이 없기 때문에 꿈에서 일어나야 하고, 그날 유토피아를 찾는 시간은 헛되이 끝난다. 탁우가 내 준 임무는 깨어있는 꿈에 흰 문으로 들어와 푸른 탑 꼭대기로 찾아오는 것이었다. 탑 아래는 7층 건물로 층층이 몇 개의 방이 있고 그 공간에서 각자의 유토피아로 들어가면 되었다.

탁우는 무득과 양태관을 룸에 데리고 가서, 침대 모서리에 손을 올리고 말했다. 여기 2층 침대를 이용할 수 있는 시간은 밤 아홉 시에서 밤 열두 시까지다. 자정을 넘어가지 않는다. 여기 들어온 사람이 깨어있는 꿈을 꾸는 겁니까? 그렇지. 룸이 17개인데 17명은 작지 않을까요. 그렇게 볼 수도 있겠지만 역사는 처음엔 몇 사람으로 시작해. 중국을 통치하는 공산당은 13명으로 출발했다고 하더군. 인터넷이라는 새로운 세계도 처음에는 몇 명으로 시작했고. 만약 여기 오지 않고 집에서 밤 아홉 시에 시작하면 어떻게 되나요. 힘들 거야. 흰 문과 검은 문은 푸른 탑 카페 건물과 가깝게 연결되어 있으니까.

탁우가 말한 깨어있는 꿈에서 지켜야 할 유토피아 규칙은 단순했다. 영화감독이 지켜야 할 첫 번째 규칙은 뭘까. 내가 만든 영화가 걸작이니, 관객이 몰려와 대성공을 거둘 것이니하는 생각을 버리는 거야. 소설가가 지켜야 할 첫 번째 규칙은 내 작품이 흠 하나 없이 완벽하다는 망상에서 벗어나는 거고. 오만하면 안 돼. 여러분은 꿈에서 만든 유토피아를 마음껏 즐기고 행복에 빠지는 거야. 그러나 깨어있는 꿈의 무엇도 현실로 가지고 나오면 안 돼. 현실에 뭔가를 들고 온다는 생각 자체를 하지 않아야 한다는 말이야. 의식을 깨끗하게 비워야 해. 깨어있는 꿈에서 벗어나면 망각의 강을 건넌 죽은 자처럼 유토피아를 잊어버려야 해. 현실에서 되살리려고 해선 안 된다는 말이지. 깨어있는 꿈에서 지낸 아름답고 행복한 기억을 추억으로 삼는 건 괜찮아. 명심해야 돼. 꿈의 유토피아를 현실에서 쓰려고 키우지 말아야 한다는 것을. 머지않아 꿈의 유토피아를 현실에서 구현할 수 있을지도 몰라. 그러나 아직은 아니야.

무득이 물었다.

"깨어있는 꿈에서 나오면 왜 의식을 비워야 하나요. 유토피아 기억은 생생한 추억이고 그게 사람이 깨어있는 꿈을 많이 찾을 동기이지 않나요."

탁우가 말했다.

"그게 깨어있는 꿈이 요구하는 대가야. 깨어있는 꿈에서 즐긴 유토피아는 공짜가 아냐. 꿈은 오래전, 몇만 년 전부터 숨 쉬고 있어. 깨어있는 꿈에 들어서면 그 꿈 조각이 의식에 붙어서 따라와. 숲길을 걸으면 옷에 갈퀴를 단 씨앗이 붙어 따라오는 것처럼 말이야. 그러면서 현실에서도 꿈의 유토피아에 집착하게 만들지. 그러면 현실은 황폐해지는 거야. 먼저 여러분이 원하는 유토피아를 꿈에서 만들어보는 게 어떨까.”

그날 밤 무득과 양태관은 2층 룸에서 깨어있는 꿈에 들어간 후, 밤 11시에 방 입구의 탁자에서 만나기로 했다. 무득은 옷을 벗어 단정하게 옷걸이에 걸었다. 편안한 반팔 라운드셔츠와 무릎까지 오는 헐렁한 반바지를 입고 침대에 들어갔다. 무득은 꿈에서 자주 보던 길을 걷고 있었다. 푸른 탑 건물 앞의 거리였다. 윤곽만 잡은 거리였다. 푸른 탑 건물 맞은 편의 낮은 건물들은 짓다 만 것처럼 외곽 모양만 있었다. 노인이 손수레를 끌고 힘겹게 거리를 지나갔다. 무득은 지쳐서 고꾸라질 것처럼 보이는 노인을 도와줄까 생각하면서 손수레로 다가갔다. 손수레는 텅 비어 있었다. 무득이 어이없어하면서 노인을 바라보자 노인은 목에 건 수건으로 땀을 닦으며 무득을 사납게 노려보았다. 빨간 귀 하늘다람쥐가 손수레를 폴짝 뛰어넘어 거리를 지나갔다. 무득은 지금 꿈을 꾸고 있구나 깨달으며 푸른 탑 건물 앞으로 갔다. 그는 건물 앞에 서서 몸을 곧게 세우고 의식을 바로잡았다. 오른손으로 왼손을 찌르자 쑥 손바닥을 통과했다. 자각몽에 들어온 것이다. 평소 집에서 수련할 때와 달리 여기선 깨어있는 꿈에 빨리 들어섰다. 주위를 살펴봐도 길을 다니는 사람은 없이 건물만 덩그러니 배경으로 서 있고 흰 문과 검은 문이 앞에 놓였다. 이건 오래전부터 쓰던 일종의 플랫폼으로 보였다. 밤에만 은밀하게 기차가 다니는 간이역 입구라고 할까. 흰 문과 검은 문은 푸른 탑 카페의 정문과 같고 단지 색깔이 다를 뿐이었다. 흰 문은 새하얗다기보다 검은 색이 가볍게 섞인 부드러운 흰색 느낌이었고 검은 문도 마찬가지로 흰 색이 들어가 칠흑 같은 먹빛이 아닌 다소 밝은 검은색이었다. 나무로 만든 흰 문에는 검은 줄이 다섯 개, 검은 문에는 흰 줄이 다섯 개 그어져 있었다. 무득은 흰 문에 달린 청동 손잡이를 어루만졌다. 흰 문의 나무 재질을 만지고 똑똑 두드리고 주먹으로 쳐봤다. 촉감과 무게감이 느껴졌다. 무득은 검은 문을 살펴봤다. 흰 색과 검은 색만 다를 뿐 두 문은 똑같았다. 검은 문을 열면 무엇이 나타날까? 탁우가 첫 관문과 푸른 탑을 설계했다면 왜 들어가지도 못할 검은 문을 만들었을까? 무득은 아직 그런 답을 찾을 시점은 아니라고 생각했다.

무득은 숨을 크게 들이쉬고 흰 문의 청동 손잡이를 잡고 밀어젖혔다. 푸른 하늘이 펼쳐진 문 밖은 바로 벼랑이었다. 아래와 앞과 옆이 빈 허공으로 어디에도 푸른 탑은 보이지 않았다. 흰 구름이 몇 점 한가롭게 떠 있고 까마귀 한 마리가 원을 그리며 날았다. 꿈에서 하늘을 날 수 있어야 꿈의 유토피아에 들어가는 첫 관문을 넘을 수 있다. 문밖 하늘은 너무나 파래 무득은 머리칼이 푸르게 젖는가 싶었다. 문밖은 바람이 거세게 불며 휘익 소리를 냈다. 바람이 무득을 억세게 끌어당겨 그는 하마터면 휘청하고 아래로 떨어질 뻔했다. 무득은 다시 심호흡을 하고 흰 문의 끝자락에 다가섰다. 허허로운 공간만이 앞에 놓인 현실에 공포가 덮쳐 찔끔 오줌 몇 방울이 나왔다. 아랫배가 빳빳해지면서 다리가 굳고 입안이 바짝 말랐다. 여기는 꿈속이라고 아무리 외쳐도 발을 떼지 못했다. 누군가가 무득을 흔들어 잠에서 깨웠으면 하는 마음이 고개를 쳐들었다. 오늘은 첫날이니 흰 문을 살펴보고 내일 허공으로 뛰겠다는 핑계를 대고 싶었다. 흰 문을 등지고 그만 나가고 싶은 유혹을 다잡고 몇 번 주문을 외웠다. 나는 깨어있는 꿈에서 하늘을 난 경험자다. 난 하늘을 날았다. 나는 하늘을 날 수 있다. 무득은 왼쪽 주머니에 넣은 하늘다람쥐 나무조각을 꺼내 만져보았다.

그는 숨을 고르고 허공을 향해 뛰었다. 몸이 기우뚱대며 아래로 쑥쑥 내려갔다. 무득은 저 아래 까마득한 바닥을 향해 추락했다. 그는 순간 자신도 모르게 비명을 질렀다. 이건 꿈이고 결코 땅과 충돌해 몸이 부서지지 않는다고 주문을 외워도 소용없었다. 몸통에 가속도가 붙어 아래로 향한 머리카락이 세찬 바람에 휘날렸다. 추락하는 속도에 귀가 먹먹하고 머리가 아래로 향해서인지 눈이 지끈거렸다. 까마귀가 놀라 까악 울며 무득 옆을 날아갔다. 온몸이 빳빳하게 굳은 채로 떨어지는 바람에 집중력이 더 높아져 꿈은 깨지 않았다. 무득은 몸을 오른쪽으로 빙글 한 바퀴 돌렸다. 추락을 멈출 자신만의 비법이었다. 다시 두 바퀴 더 몸을 돌렸다. 추락하는 속도가 줄었다가 멈췄지만 하늘을 날 수는 없었다. 그는 고개를 돌리며 자신이 뛰어내린 흰 문을 찾았으나 아무것도 보이지 않았다. 새파랗게 푸른 하늘 아래 오직 그 혼자뿐이었다. 허공에 멈춰서 있음을 깨닫자 어떻게 해야 할지 방향을 잃고 어쩔 줄 몰랐다. 그러자 바로 꿈이 깼다. 무득은 침대에 빳빳하게 누워 있었다. 얼마나 다리에 힘을 줬는지 종아리에 근육 경련이 일어났다. 종아리 근육이 찢어지는 느낌에 그는 몸을 비틀면서 발끝을 몸 쪽으로 당기고 손을 아래로 뻗어 종아리를 주물렀다. 날카로운 통증이 우릿하게 변하면서 숨이 죽었다. 무득은 많은 시간이 흘러서야 침대에서 일어났다.

무득이 룸에서 나와 문 입구의 탁자에 앉자 양태관도 나와 앉았다. 벽에 붙은 등에서 반원형 빛무늬를 벽 아래에 만들었다. 둘이 2층에 들어온 첫 사람들인지, 복도에 푸른 등이 들어온 룸은 보이지 않았다. 무득이 양태관에게 푸른 탑에 도착했냐고 묻자 양태관은 흰 문에서 하늘을 날다 한 번 추락했고 두 번째 시도에선 허공에서 빙글빙글 맴돌다 깨어났다고 말했다.

"추락이 어찌나 무섭던지 온몸이 땀이네요."

무득도 고개를 끄덕이며 말했다.

"추락 속도가 워낙 빨라서요."

둘은 건물 2층에서 내려와 푸른 탑 카페 정문으로 갔다.

무득은 카페 청동 손잡이를 잡아 밀며 벼랑이 나타날까 봐 흠칫 몸을 떨었다. 1층 카페와 2층 침대 사이에는 천장 하나가 갈라놓고 있지만 둘 사이 거리는 멀고도 멀었다. 푸른 탑 카페는 늦은 시각에도 사람이 많았다. 기차역이 멀지 않아 여행객이 많이 온다는 말은 사실이었다. 기차 여행객은 인테리어와 분위기가 개성 있는 이곳을 놓치기 아까운 매력적인 장소로 찍은 모양이었다. 마지막 주문은 밤 11시 10분입니다 글귀가 쓰인 카운터에서 오늘의 커피를 주문하자 직원이 말했다. 밤 11시 40분에 문을 닫는데 괜찮습니까? 괜찮다고 하자 에티오피아와 콜롬비아 원두 중에서 선택하길 권했다. 매일 오늘의 커피 종류가 달라집니까? 네. 원두를 생산한 나라와 종류가 요일별로 다릅니다. 중남미와 아프리카 나라의 작은 농장에서 생산한 원두를 사는데요, 정성을 들인 재배도 중요하지만 수확 시기나 건조 과정에 따라서도 품질이 많이 달라진다고 하더라고요. 직원과 손님 의견을 들어 원두를 볶는 방법도 조금씩 차이를 두고요. 여기 카페 사장이 열심히 커피를 챙기는 모양이지요. 네. 사장님도 관심이 크지만 커피는 지배인이 관리합니다, 지배인은 커피 강좌도 오래 했고 커피 관련 책도 두 권 냈죠. 보스턴에서 열리는 바리스타 대회에서 2등을 한 적도 있고요. 아프리카 커피 여행도 다녀왔는데 커피를 주제로 한 대중 여행도 기획해서 1년에 한 번은 출국합니다. 일종의 전문 경영인 체제군요. 그렇다고 볼 수 있죠.

무득과 양태관은 싹싹하고 애교 넘치는 직원에게 콜롬비아 커피를 받아 테이블에 앉았다. 무득은 철제 의자를 당겨 앉으며 이 카페는 왜 이렇게 무겁게 탁자와 의자를 만들었는지 이해할 수 없다고 말했다.

“꿈에서 가벼우면 중심을 잡지 못할까 봐 만든 것 같지 않습니까?”

양태관은 철제 탁자와 의자는 푸른 탑 카페를 널리 알리기 위한 홍보 수단이 아닐까 싶다고 말했다. 카페는 한국의 뒷골목까지 촘촘하게 박혀서 한국인은 어디서나 커피를 즐길 수 있지만 경쟁은 갈수록 치열해졌다. 카페에 뭔가 특색을 만들고 사진을 잘 받는 장소를 둬야 한다는 말이었다.

“전 스타트업 기업가라서 경영 관점에서 사물을 바라보는 습관이 들었지요.”

무득이 탁우가 운영하는 꿈 카페에 자주 다녔으며 깨어있는 꿈에서 하늘을 날자 여기로 초대 받았다고 말했다. 양태관은 예전에 탁우에게 배워 깨어있는 꿈에 자주 들어갔지만 최근에는 바빠서 잘 이용하지 못했다고 말했다.

“그때 깨어있는 꿈에 들어가면 신기했지요. 꿈에서 이렇게 자유롭게 살 수 있다니. 놀라움의 연속이었는데, 일에 쫓겨 늘 아쉬웠지요.”

“탁우가 꿈에서 하늘을 나는 시험을 제안하기에 뭔가 했더니 꿈의 유토피아 얘기였습니다."

"꿈에서 유토피아를 건설한다는 역발상이 대단하죠. 전 이번에 기획한 사업에 스타트업 투자를 받지 못해 여유가 있어 들어왔죠."

"투자를 못 받았다니 아쉽겠네요."

"어쩌면 잘된 일인지도 모르죠. 투자를 받았으면 기업을 키운다고 깨어있는 꿈에서 더 멀어졌겠죠. 탁우가 보낸 초청에도 응할 수 없었을 거고요."

무득은 궁금한 속내를 드러냈다.

"탁우가 깨어있는 꿈에서 어떻게 유토피아를 만들까요."

"먼저 탁우가 말한 푸른 탑이 있는 곳으로 날아가 봐야겠죠. 그가 뭔가를 조치해놓았을 겁니다."

무득이 말했다.

"탁우가 꿈에 관한 어떤 거대한 실험을 하는 건 아닐까요."

양태관이 말했다.

"꿈에 관한 실험인 동시에 현실에 관한 실험이 아닐까요. 만약 성공한다면 긍정적이고 피해가 없는 유토피아를 최초로 만든 사람으로 기록되겠지요. 꿈이니까 성공하면 좋고, 실패한들 큰 피해가 있겠어요? 인류 역사에서 유토피아를 만들겠다고 시도한 사람들은 대체로 끝이 좋지 않았지만요."

무득이 양태관에게 물었다.

"꿈의 유토피아에 들어가면 뭘 하고 싶어요?"

"글쎄요. 일단 이게 가능한지 먼저 겪어보고 싶네요. 거짓이지는 않겠지만 워낙 신개념이라서요. 하긴 역사에서 기존 생각을 뒤엎는 실험은 두려움과 불가능하다는 비난을 받으며 탄생했지만요."

무득이 말했다.

"우리는 꿈의 유토피아 실험이라는 역사에 동참하고 있는 건지도 모르겠네요. 같이 가고픈 마음에 힘이 솟습니다."

"역사책에 이름이 남을지도 모르죠. 위대한 선각자와 도전을 같이 한 제자로서 말이죠."

무득과 양태관은 가볍게 웃었다. 무득은 묵직한 철제 의자를 앞으로 당기고 커피를 마셨다. 커피는 식어 있었다.

5

화장실에서 손을 씻고 거울을 보며 장서림 경사는 옷차림을 가다듬었다. 손에 닿는 세면대 물이 유난히 차갑게 느껴졌다. 미지근한 바람을 뿜는 손 건조기는 덜덜대며 느릿하게 손을 말렸다. 그는 손을 말리며 정보를 모으려면 화장실도 뒤지고 쓰레기통도 털어봐야 한다는 정보계장의 소신을 생각했다.

정보 4과의 윤 정보계장은 정보를 모으려면 별짓을 다해야 한다는 소신을 말할 때면 엉뚱한 예를 들며 수다스러워졌다. 그는 경찰청 정보 보고서는 중앙과 지역에서 써먹을 곳이 많다는 점을 강조했고, 우리가 내는 보고서야말로 밑바닥 민심에 정통하다는 자랑을 빠뜨리지 않았다. 그가 식사 자리에서 떠든 정보 철학의 바탕에는 '이놈의 민주주의란 선거판'이라는 판단이 깔렸다. 자고 나면 선거가 돌아오고, 선거가 끝났다 싶으면 다음 선거가 기다리는 게 곧 민주주의가 되었다는 말이었다. 선거는 긴 혀를 내밀어 민주주의를 빨기도 하고 내뱉기도 하다 때론 통째로 삼켰다.

윤 정보계장은 정부가 처방하는 부동산과 일자리 대책 등이 현장에서 어떤 문제를 일으키는지 제대로 챙기는 정보 자료가 선거에 쓸모 있는 진짜 동향 보고서라며, 우리 정보에 손 내미는 놈이 워낙 많아 피곤할 지경이라고 자랑했다. 언론사 기자와 식사를 할 때도 그는 지론을 꾸준히 말했다. 경찰 출입 기자들은 그런 마법 같은 보고서가 있을 리 없다고 확신하는 냉소적인 미소를 입가에 띠면서도 윤 정보계장의 열변에 감탄하며 술잔을 기울였다. 윤 정보계장의 서론과 본론을 외우는 장서림 경사는 술자리의 말석에 앉아서 이번에는 결론이 달라질까 하는 헛된 생각에 빠져 건성으로 듣고 있었다. 기자가 '높은 사람이 보고서에 적힌 문제와 개선 방향을 참고할까요', '일 터지고 난 후에 받는 보고서가 뭔 소용이 될까요'라는 의문을 던져 지금까지와 다른 방향으로 이야기가 흘러가는가 기대하기도 했지만 정보계장은 그 의문을 지렛대로 자신의 정보론을 강조하는 방향으로 끌고 갔다.

고위층이 보고서가 제안한 개선 방향을 실행하는가 하는 의문은 요점을 찔렀습니다. 대책을 발표하기 전에 우리에게 바닥을 훑어보라고 하면 온갖 잡동사니를 모아서 쓸 만한 물건으로 조립해 반듯하게 올릴 텐데요. 우리가 평소 정리하는 주간 보고서만 잘 챙겨 봐도 정부가 황당한 헛발질을 하진 않을 겁니다. 우린 수만의 촉수를 지닌 문어 대왕이니까요. 우리 촉수를 통해 들어온 하나하나를 들여다보면 술자리에서 듣는 푸념이나 택시기사가 브레이크를 밟으며 사회를 욕하는 소음에 불과한 것처럼 보이지만 그런 소리를 모아 정리하면 산뜻한 악곡이 만들어집니다. 우리의 시간과 공간을 촘촘하게 덮은 빅데이터가 부리는 마술이죠. 그런 칭찬을 받기 위해서라면 컴퓨터 화면만 보거나 인터넷이나 뒤적여서는 부족합니다. 민심이란 여러 갈래고 주민의 이해관계도 얽히고 얽혀서 이쪽이 저쪽으로 변하기 일쑤니까요. 현장에 가서 매일 매시간 터지는 사건과 흐름을 봐야지요. 우리 정보과 형사들에게 저출산 문제를 맡겼으면 지금보다 열 배는 잘했을 겁니다. 우린 현장 체질이니까요. 아이가 몇십만 명은 늘고도 남았겠죠.

장서림 경사는 윤 정보계장의 호출을 받고 사무실로 향하면서 사회 바닥을 굴러다니는 정보와 의견이 우리 사회를 구성하는 벽돌 하나하나에 해당하며 그 벽돌을 모두 파악할 수 있다는 정보계장의 소신을 떠올렸다. 정보계장은 오늘 색다른 벽돌을 모으는 작업을 지시할 터였다. 장서림은 아무리 생각해도 그 작업이 마음에 들지 않았다.

정보계장실에 들어가자 먼저 결재를 받는 직원이 있어 장서림은 잠시 의자에 앉아야 했다. 그는 정보계장에게 말할 의견과 예상되는 대답까지 머리에서 차례차례로 묶어보았다.

쓰레기통을 털어서 정보를 모은다는 의견에는 강력히 동의합니다. 그래도 이건 뭡니까! 깨어있는 꿈 그룹에 들어가 이것들이 무슨 짓을 벌이는지 조사하라고요? 깨어있는 꿈이란 게 자각몽을 말하는 거죠? 꿈속에서 내가 꿈을 꾸고 있다는 걸 알면서 행동하는. 그깟 걸 알아서 뭘 하겠다는 겁니까. 저도 꿈에서 경찰청장으로 호령이나 치며 지낼까 봐요. 다른 부서는 몰라도 정보과는 일 잘하는 조직으로 싹싹 뜯어고칠 수 있어요. 홍수전이 일으켜 수백만이 죽은 태평천국의 난은 그가 예수의 동생이라는 꿈에서 시작되었다고요? 꿈에서 계시를 받았다고 떠들어댄 미치광이야 많았죠. 그래도 태평천국의 난은 거의 170년 전이고, 요즘은 그런 일이 없지 않습니까? 깨어있는 꿈 그룹이 수천, 수만으로 갑자기 불어날 경우를 생각해보라고요. 사소한 징후에 상상을 듬뿍 얹어 몸집을 키우는 게 우리 정보과의 잘못된 버릇입니다. 그런 황당한 사건이야 많지만 사회문제로 커지는 건 거의 없다니까요. 애들 뛰노는 거 보세요. 높은 곳에 올라가고 위험하게 놀지만 팔다리가 부러지는 애들은 드물어요. 깨어있는 꿈 그룹이 컬트 집단으로 기형적으로 성장하거나 사이비 종교로 세력을 떨칠까 걱정하는 건 쓸데없는 고민입니다.

윤 정보계장은 규율과 질서에 매인 경찰답지 않게 엉뚱한 발상이나 기이한 실천을 곧잘 해 곧 옷을 벗지 않나 예상했지만, 오래 버틸 뿐만 아니라 차곡차곡 승진도 해 동료 기수보다 빨리 경정까지 올라왔다. 그가 경찰대학을 나온 덕을 보기도 했지만 방송을 탄 강력 사건 몇 건을 해결한 공이 컸다. 강력계에 있을 때 해결한 어린이 유괴 살인은 그의 이름을 전국에 떨쳤다. 범인은 상상하지 못한 인물로, 상상치 못한 곳에서 버젓이 살고 있었고 아이의 시신이 발견된 후에도 모두 그가 범인임을 믿기 어려워했다. 정보계장은 당시 사건을 뒤집고 거꾸로 훑어 내리면서 모두가 놓친 점을 찾아냈고 그 점들을 이어 윤곽이 희미한 그림을 만들어냈다. 어찌 보면 별 단서 없는, 연결한 그림을 돌려 아이를 죽음으로 보낸 사람을 찾아냈다.

장서림 경사가 윤 계장 사무실에 들어가자 그는 주말에 열리는 집회 동향에 몰두하고 있었다. 비정규직 해결을 요구하는 노동조합 시위가 공원의 동쪽에서 열리고, 디지털 성폭력 범죄와 관련해 집행유예로 남성 범죄자를 풀어준 법원 판결에 항의하는 여성단체 시위가 시간을 달리해 공원 서쪽에서 열렸다. 경비과에선 스스로 참가한 숫자가 많은 여성 단체 시위에 신경 쓰며 정보과에 시위 정보를 요청했다. 저번 시위에선 인근 건물에서 누군가 여성 시위대를 향해 쏜 나사못이 가로수에 박히는 사건이 일어났다. 집회가 끝날 즈음 날아온 못은 사람 키보다 높은 곳에 박혔다. 박힌 나사못은 하나지만 못을 찍은 사진은 복제되고 복제되어 수만 장이 인터넷에서 돌아다니면서 높아졌다가 때때로 낮아지는 소음과 분노를 불렀다. 경비과는 여성 단체 시위에서 출발해 여성을 향한 공격이라는 또 다른 이슈로 번져나가는 연쇄 사건으로 골머리를 앓았다. 정보계장은 정보과 경찰에게 많은 여성을 만나 솔직한 의견을 구하라고 지시했다. 요동치며 흔들리는 여론 향방을 인지하고 잘 대처하는 게 정보과의 임무였다. 여론도 태어나고 자라서 늙고 죽었다. 다 늙어가는 여론은 필요 없었다. 한 번 죽어버린 여론은 장작을 아무리 넣어도 다시 활활 타오르기 어려웠다. 정보과는 태어난 여론이 무섭게 커나갈 때의 변곡점을 짚고, 돌진하는 방향과 힘을 조절하는 방안을 찾아야 했다. 그건 여론조사 기관이 해내기 어려운, 사람과의 만남에서 실마리를 잡아야 할 예술과 가까운 기술이었다.

윤 계장은 장서림 경사의 불평을 몇 마디 듣자 말을 자르고는 의자에서 일어섰다. 그는 몇 걸음 걷다가 발을 멈춰 머리를 쓸어 올리고는 장서림을 쳐다보았는데 계장이 부하에게 소신을 말할 때의 전형적인 동작이었다.

"장서림 경사. 들어봐. 공공 이익을 지켜 모두를 편안하게 살도록 하려면 말이야. 촉수를 곳곳에 뻗어 흉기가 어디 있는지, 피 냄새가 나지 않는지 점검도 해야지만 미래에 닥칠 새로운 범죄에도 대비해야 돼. 살인과 강도처럼 인류와 역사를 함께 하는 낡은 범죄 말고 말이야. 그런 범죄는 원형 선로를 따라 도는 폐쇄된 종류로 사회 곳곳으로 뻗어나가기 어려워. 이미 검증된 범죄야. 지하철에서 사린가스를 뿌린 일본의 옴진리교 사건 알잖아. 그렇게 지하에서 뿌리를 내리는 새로운 유형의 범죄는 예측할 수 없는 지진과 같아. 우리가 대처하려고 했을 때는 이미 건물과 다리가 무너진 상태야. 맞아. 우린 새로운 사건에 대응하고 또 대처해야 해. 우린 매일매일 더 대비해야 돼. 깨어있는 꿈 그룹은 미래에 닥칠 새로운 범죄 유형일 수 있어. 기차가 생기니 열차 강도가 나타나고 인터넷이 만들어지니 해킹이 따라온 것처럼 말이야. 뭔가가 처음 생기면 거기에 찰싹 달라붙는 범죄가 태어나."

장서림은 윤 계장의 말 틈을 비집고 들어가 꿈에서 일어날 범죄에 대비한다는 건 우리 능력 낭비라고 말했다. 그는 장서림이 상상력이 부족하다며 나무랐다.

"꿈에서 범죄가 일어날 가능성이 없다고! 왜 그렇게 생각하는가? 깨어있는 꿈에서 저지르는 일이 현실에서 일어나지 못할 이유가 뭔가. 술에 취해 범죄를 저지르는 것처럼, 꿈에 취해 범죄를 일으킬지도 몰라. 판사님. 전 꿈에 취했습니다. 꿈에서 본 대로, 꿈이 시키는 대로 칼을 휘둘렀을 뿐입죠. 헤헤. 제 손이 저도 모르게 날카로운 물건을 잡으려 아우성치며 뻗어갔지요."

장서림은 윤 계장의 그럴듯한 상상력에 혀를 내둘렀다. 정보계장은 상관없어 보이는 두 가지 사건을 기묘하게 결합해서 앞으로 터질 사건을 예측하곤 했는데 환장하게도 그런 예견이 잘 맞아떨어졌다. 정보계장은 사회에 폭발적으로 번져나갔던 미투 사건도 예견했고 그걸 정보 보고서에 분명하게 기록하기도 했다. 장서림 경사는 정보계장의 고집에 물러섰다.

"좋습니다. 계장님. 이 말씀은 꼭 드리고 싶습니다. 저보다 업무 성적이 나쁜 황 경사는 정치 담당으로 나갔습니다. 정치인 주변을 맴돌며 시시콜콜한 정보 쪼가리를 모아 내놓는데 매일 저녁 약속이 끊이지 않아 괴롭다는 엄살을 떨고 있습니다. 아주 살판났습니다. 업무 평가가 아주 나빴던 송 경사는 시청 담당이 되었지요. 송 경사는 경찰 연수생 시절에 해킹 실습을 한다며 연수원 사진을 경찰청 홈페이지 대문에 올린 사건을 저질러 모두를 아연하게 만들기도 했습니다. 그는 경비부장에게 경찰에 왜 특공대가 있어야 합니까? 출동한 적이 없지 않습니까? 이런 대담한 질문을 던지기도 했지요. 송 경사는 꿈 정보를 가득 캘 유연한 정신력으로 가득 차 있습니다. 저는 평범한 경찰입니다. 경찰의 길에 철로가 있다면 전 한눈팔지 않고 철로를 따라 끝까지 걸어갔을 겁니다. 경찰이 좀비로 변해야 한다는 명령을 내리면 제가 첫 번째로 따를 겁니다. 전 명령 복종형 인간으로 기존에 정해진 관습을 군말 없이 존중하는, 상상력이 비쩍 마른 스타일이죠. 제가 깨어있는 꿈에서 색다른 뭘 찾아오겠습니까?"

윤 계장이 일어나서 장서림의 어깨를 두드리며 말했다.

“그게 내가 깨어있는 꿈 그룹에 자네를 파견하는 이유야. 지루하고 평범한 눈으로 관찰해보라고. 별난 걸 찾으려는 노력을 하지 말고. 대중의 눈으로 살펴봐서 깨어있는 꿈 그룹이 벌이는 짓이 가망이 있는지 검토하는 거야.”

장서림이 한숨을 쉬었다. 그는 자신의 한숨소리에 놀라 자세를 바로잡았다.

“그럼 언제까지 근무해야 하는 겁니까?”

“큰 건을 잡을 때까지.”

장서림은 눈살을 찌푸렸다. 윤 계장은 하급자와 스스럼없이 지내면서 충격적인 말을 자연스럽게 하곤 했다. 그럴 때는 빙 돌아가서 대응하는 게 최선이었다.

“최선을 다하겠습니다. 그런데 어디서 출발하는 게 좋겠습니까?”

“잠에서 출발해야겠지. 앞으론 잠을 푹 자둬야 할 거야. 깨어있는 꿈 그룹에 맞설 무기가 잠 아니겠는가.”

그러면서 정보계장은 인쇄한 지도 한 장을 내밀었다.

“푸른 탑 카페야. 묵직한 인테리어에 맛난 커피와 디저트로 뜨는 요즘 핫한 곳 중 하나야. 여기 주인이 깨어있는 꿈의 거두야. 탁우라고 불리지. 탁우가 운영하는 인터넷 꿈 카페도 깨어있는 꿈 세계에서 뜨겁지.”

장서림 경사는 손에 든 지도에서 공간의 한 점을 차지하는 건물을 들여다보며 말했다.

"정말 현실로 존재하는 사람이군요."

"그렇지. 내가 지금까지 옛날 영화 대본을 읊는 줄 알았나? 최근에 탁우가 푸른 탑 카페 건물 2층을 고쳐서 여러 명이 잘 공간을 만들었어."

"병참을 준비했다는 말이군요."

"맞아. 자네가 출발해야 할 곳이야. 인터넷 꿈 카페와 현실에 서 있는 푸른 탑 카페 건물."

장서림은 윤 계장의 방에서 나오면서 가상공간과 현실의 건물 중 어느 쪽이 정보 가치가 더 높을까 생각했다. 가상의 공간인 것 같기도 하고 현실 건물 같기도 했다. 그는 여전히 양쪽 모두에서 멀어지고 싶었다. 한편 장서림은 푸른 탑 카페 2층에서 꿈의 유토피아로 들어서려는 사람이 궁금하기도 했다.

6

무득은 푸른 탑 카페 2층에 들어설 때마다 이번 꿈에선 탑으로 가는 길에 성공할 수 있을 거라고 생각했다. 쉽지 않았다. 흰 문의 절벽에서 하늘로 뛸 때마다 추락은 계속됐다. 추락할 때마다 두려움이 몸에 차곡차곡 쌓여 흰 문 앞에 서면 두려움이 먼저 몸을 굳게 했다. 심장은 격렬한 박동으로 자신이 가슴에 살아 있음을 무득에게 확인시켜주었다. 추락할 때마다 무득은 심장이 쿵쾅대고 온몸이 흠뻑 땀으로 젖는 두려움 속에 새로운 방식을 터득해야 한다고 다짐했다. 길은 있을 것이다. 무득은 탁우에게 비밀글을 보내 끝없는 추락을 막을 방법을 문의했으나 아무런 답이 없었다. 그 길은 스스로 개척해야만 할 코스로, 규정된 항로 따위는 없는 모양이었다. 평소 깨어있는 꿈에서 하늘을 날았던 것과 흰 문을 통과해 하늘을 나는 도전은 달랐다. 평소의 시도가 두 계단 정도를 훌쩍 뛰어내리는 형태라면 흰 문에서의 비행은 까마득한 하이 다이빙대에서 뛰어내리는 행동이었다. 무득은 추락 자체에 집중해보기로 결심했다. 추락을 두려워말고, 추락이 당연한 것이며 비행의 본질적 요소로 집어넣는 것이다. 착륙이란 시간이 오래 걸리는 느린 추락에 가까웠다.

무득은 흰 문을 지나 뛰면서 바람과 자신의 추락 속도를 있는 그대로 냉정하게 바라보는 방법을 새로 택했다. 머리를 아래로 하여 떨어지는 과정에서 몸에 일어나는 모든 감각을 하나씩 점검했다. 눈에 보이고, 우우 칼바람으로 귀에 들리고 몸으로 느끼는 감각에서 그는 떨어짐을 느꼈고 추락과 함께했다. 흰 문에서 시작하는 추락은 혹시 떨어지지 않는데도 추락하는 것처럼 느껴지는 착시 현상이 아닐까. 아니었다. 분명한 추락이었다. 추락은 꿈에서 푸른 탑까지 가는 여정의 본질적 요소일지도 모른다. 저승을 가기 위해 건너야 하는 강이나 마셔야 하는 샘물처럼.

흰 문으로 들어간 후 하늘을 나는 스물다섯 번의 시도 끝에 무득은 추락을 멈췄다. 한 번 터득하자 쉬운 요령이었다. 걷기 연습을 하는 어린애는 두려움에 첫발을 떼지 못하지만 한 번 발을 떼고 걸으면 언제 기었는가 할 정도로 쏘다닌다. 이런 원리로 그에게 추락은 사라졌다. 그러나 탑은 어디에도 보이지 않는다. 푸른 하늘과 약간 보라색이 도는 텅 빈 공간만이 그를 기다렸다. 흰 문과 그에 이은 탑은 눈에 보이지 않는 항로가 있음이 틀림없었다. 그 항로에 올라타지 않는 한 방황은 계속되고, 피곤과 무력감이 새로 얻을 유토피아를 압도하면 모험은 끝장날 터였다.

무득은 하늘을 날면서 탁우가 보낸 석탑을 찾았다. 서쪽이라는 방향은 너무 모호했다. 꿈에서 서쪽이라면 어디로 가야 하는지 궁리를 거듭했다. 석탑은 꿈속 어느 땅에 서 있단 말인가. 꿈에서 바위와 흙으로 된 땅은 어디에 있는가. 하늘다람쥐 조각 대신 나침반을 봐야 하는가. 두 달을 넘게 꿈에서 헤매다 그는 문득 깨달았다. 깨어있는 꿈에서 불가능은 없으며 석탑은 무득이 가기를 원하는 곳에 똑같은 모습으로 상상하면 되는 건 아닐까. 그는 그 방식을 시험해보기로 했다.

양태관도 똑같은 어려움에 시달리고 있었다. 무득이 보름 후 밤 11시에 만난 양태관은 2층의 통나무 탁자 나이테 무늬를 골똘히 쳐다보고 있었다. 그는 차곡차곡 쌓인 나이테에 어떤 답이 있다고 믿는지 검지로 무늬를 천천히 따라가면서 생각에 잠겼다. 무득은 양태관에게 물었다. 흰 문을 나서면 추락하느냐고. 양태관은 흰 문을 떠나 날지 못하고 여전히 추락하고 있었다. 양태관은 계속되는 추락을 성스러운 곳에 도착하기 위해 겪어야 하는 고난으로 봐야 할지 고민 중이었다. 스타트업 기업가인 양태관은 그런 추락을 무익하고 쓸모없는 오류로 평했다. "최악의 버그죠." 무득이 말했다. "버그라고요?" "사용 설명서도 없고 수리 지침서도 없는 결함이죠.

우리를 꿈의 유토피아에서 밀어내는 게 추락의 유일한 목적인 것처럼 느껴져요. 도대체 추락 트라우마를 키우는 효과 말고 어떤 기능이 있는지 모르겠어요."

유토피아 산실인 몇 개의 방 표시등에 파란 불이 들어왔다. 무득과 양태관과 비슷한 꿈의 유토피아를 찾는 개척자들이 하나둘 룸에 들어갔다. 그들이 꿈의 유토피아에 도착했을지 알 수 없었다. 그들은 소리 없이 들어와 아무런 기척 없이 사라졌다. 그들이 보기에는 무득이 그렇게 보였을 것이다. 꿈의 유토피아 탐험가들은 어두컴컴한 2층 복도에서 마주쳐도 몸을 엇갈려 서로를 지나쳤다. 꿈의 유토피아로 가는 길은 철저한 개인의 노력과 결단으로 포장되어 있었다.

무득은 꿈 카페에서 탁우에게 흰 문을 지나 탑으로 가는 요령을 물었으나 역시 아무런 답이 없었다. 탁우가 말했던, 흰 문을 통과해 서쪽으로 날아가 탑을 찾으라는 과제를 반복해서 실행하는 외에는 방법이 없었다. 푸른 탑 건물 2층에는 독특함 힘이 느껴졌다. 무득은 룸에 들어가서 윗옷과 바지를 벗어 옷걸이에 걸었다. 지정된 반바지와 반팔 라운드티셔츠를 입고 침대에 누워 꿈에 들면 반드시 흰 문과 검은 문이 동시에 나타났다. 그 자체만 해도 강렬한 경험이었다. 정확하게 같은 자리에 같은 모습으로 서 있는 흰 문과 검은 문은 태고부터 변함없이 땅에 박힌 바위처럼 굳건했다. 무득은 검은 문 앞에 서서 손잡이를 잡아보기도 했다. 이 문을 밀면 나타나는 무엇에 호기심이 없을 수는 없었다. 그건 탁우가 말한 암흑일 것이나 그 암흑 자체가 미지의 공간일 수도 있었다. 검은 문이 아무런 이유 없이 그 자리에 서 있지는 않을 것이다. 흰 문과 검은 문은 하나가 사라지면 또 하나도 함께 사라지는 밀접한 상관관계로 엮인 건 아닐까.

무득은 어느 날 문득 검은 문에 관심을 두기 때문에 탑으로 가는 항로를 찾지 못하는 건 아닐까 생각했다. 흰 문을 나서서 추락하고 허공에 떠도는 시간이 계속될수록 검은 문으로 시선이 옮겨가는 건 사실이었다. 그날 할머니가 주민센터에 지른 불로 시커멓게 타버린 서류를 바라보면서 그런 생각이 들었다. 주민센터 사무실 옆 창고에는 보존 서류가 가득 쌓여 있었다. 할머니는 창고 문을 따고 맨 안쪽으로 들어가 가득 쌓인 서류에 불을 질렀다. 다행히 라이터로 서류 몇몇에 불을 질러 불길이 천천히 번졌다. 창고에 연기가 꽉 차서 환기창으로 연기가 빠져나갔다. 지나가던 주민이 기세 오른 연기를 보고 주민센터에 전화를 걸었다. 놀란 직원들이 있는 대로 소화기를 사용해 창고는 연기와 흰 소화액 분말로 덮였다. 할머니는 소동이 벌어지는 중에도 서류 더미 안쪽에 쪼그리고 앉아 전혀 움직이지 않았다. 무득은 숨을 참고 다른 직원과 같이 창고 안으로 뛰어들어 할머니를 끌어냈다. 연기 냄새가 배고 소화액에 덮인 할머니는 억울하다를 외치며 창고 밖으로 끌려 나왔고 주민센터 복도에서 기초수급자에서 탈락한 슬픔을 담아 대성통곡을 했다. 동장이 검게 타버린 서류를 망연히 쳐다보았다. 어떤 사실을 증명한다는 존재 의의를 잃어버린 서류는 외롭고 괴로워 보였다.

탁우는 처음부터 오롯이 흰 문에만 집중하기를 원했다. 그건 탁우가 만든, 자신의 말을 믿고 자기를 따르도록 한 첫 번째 계명이 아닐까. 그 계명을 어기거나 제대로 이행하지 못하는 사람에게 푸른 탑을 안내할 이유가 없는 건 아닐까. 검은 문은 꿈의 유토피아에 들어올 신입을 향한 시험이자 믿을 수 없는 사람을 골라내는 미끼가 아닐까.

그렇다. 돋보기가 햇빛을 한 점에 모아 태우듯, 흰 문만 존재한다고 믿어야 했다. 무득은 탁우를 관찰한 느낌과 본능에 따라 그렇게 하기로 결심했다. 검은 문이란 하늘을 나는 데 방해가 되는 물건일 뿐이었다. 검은 문에 시선을 돌리지 않고 머리에서 아예 지워버렸다.

그날 밤 푸른 탑 카페 2층의 5번 룸에서 무득은 잠에 들자 바로 꿈에 들어갔다. 그는 단호하게 흰 문의 청동 손잡이를 밀고 하늘로 날았다. 그가 하늘로 뛰어들 때 현실 세계의 서쪽은 왼쪽이었다. 그는 꿈에서도 현실 방향을 참고해 과감하게 서쪽으로 날아갔다. 집중하고 집중해서 서쪽의 탑을 찾았다. 그는 탑을 꿈꿨고 탑이 존재함을 믿었고 의심하지 않았다. 저기가 서쪽이다. 꿈속에 있으면 원하는 방향으로 꿈을 통제할 수 있다. 그는 집중력을 잃지 않기 위해 서쪽의 탑을 부르며 온몸의 신경을 곤두세워 날았다. 저기 멀리서 탑이 보였다. 탑은 언덕에 선 7층 건물의 꼭대기에 서 있었다. 꿈 카페와 푸른 탑 카페 모두에서 눈에 익은 3층 석탑이었다. 난간을 둘러친 꼭대기에는 석탑이 있고 난간을 따라서 나무 의자가 놓여 있었다. 석탑 앞에는 착륙 장소처럼 표시된 푸른 원이 있었다.

석탑 앞에 내리자 탁우가 기다리고 있었다.

"마침내 왔군."

탁우가 손을 내밀었다. 무득은 뿌듯하게 탁우 손을 잡고 힘차게 흔들면서 생각했다. '탑은 실제로 존재한 거야. 나는 탑에 이르는 길을 찾았어.' 탁우 손은 따뜻했다. 탁우와 무득은 나란히 서서 저무는 해를 바라봤다. 텅 빈 허공 속 지평선으로 가라앉는 해는 무척 컸고 황금색과 붉은색이 선명하게 섞여 아름다웠다. 꿈에서 바라보는 태양은 현실의 태양과 다름없었다. 태양은 꿈에서도 생명의 에너지를 지구를 향해 뿌리고 있었다. 탁우가 지는 해를 바라보며 말했다. "유토피아에 첫 발을 디딘 걸 축하합니다." 긴장이 풀리자 스르륵 꿈이 물러났고 무득은 꿈에서 깨어났다. 무득은 5번 룸 케찰 그린색 천장을 바라보며 푸드득 몸을 떨었다. 꿈에서 깨어 현실로 돌아온 것이다. 그러나 탁우가 잡은 손 감촉과 탑 옆에 선 감각은 또렷하게 살아나 하나의 현실에서 또 다른 현실로 건너온 것만 같았다. 탁우는 무득이 인터넷 꿈 카페에 보낸 질문에 답을 보냈다. 오랜만의 회신이었다. "나는 과연 탑에 도착한 걸까요?" 탁우는 비밀답변에서 그렇다고 답했다. "당신은 탑에 도착했습니다."

무득은 깨어있는 꿈에서 탁우를 만난 과정을 돌이켜보았다. 푸른 탑 카페 2층에 만들어진 꿈의 플랫폼으로 들어가면 함께 꿈으로 들어갈 수 있었다. 흰 문은 플랫폼으로 가는 출입문이었다. 플랫폼에서는 뇌파가 서로 공조하는 방식으로 각각이 꿈을 공유하는 형태였다. 주파수를 맞추면 라디오에서 음악이 흘러나오는 것처럼, 정해진 시간에 플랫폼으로 들어가면 보이지 않는 손에 조율되어 서로가 함께 있게 되었다. 꿈의 플랫폼은 참여자가 위계 없이 평등하고 자유롭게 움직이도록 만들어졌다.

그 후 무득이 하늘을 날아 푸른 탑에 도착하는 여정은 순조롭게 진행되었다. 그는 꿈의 푸른 탑에 도착해서 나무의자에 앉아 하늘을 황금색으로 물들이는 노을을 바라보았다. 푸른 탑에 도착할 때마다 노을은 그 자리에서 황금색과 진회색, 붉은색으로 다양하게 변하며 그를 반겼다. 무득은 깨달았다. 노을은 꿈에 설치된, 푸른 탑에 도착한 사람에게 꿈의 유토피아에 들어왔음을 환영하는 꽃다발과 같은 것이었다. 무득이 푸른 탑에 다섯 번째 도착하자 탁우는 그를 아래 건물로 데리고 갔다. 무득은 아무런 장식도 없는 이동을 위한 공간인 계단을 따라 7층의 복도로 들어갔다. 7층 복도 역시 회색 공간으로 검약과 절제를 모토로 삼는 수도원의 복도 같은 느낌이었다. 7층은 방이 4개였다. 무늬가 없고 단순한 베이지색 문에 순서대로 3, 5, 7, 9번 번호가 붙었다. 손잡이만 현실의 1층 카페 문에 달린 것과 같은 모양의 청동 손잡이였다. 탁우는 무득을 5번 방으로 데리고 들어갔다. 5번 방은 입주자를 기다리는 텅 빈 사무실 같았다. 흰 벽 말고는 아무것도 없어, 곧 꾸밈과 거리가 먼 미니멀리즘 미술 전시가 열리지나 않을까 하는 생각도 들었다. 탁우는 에너지를 적게 쓰기 위해 비운 건 아니라고 말했다. "이 공간은 당신을 위한 유토피아 자리로 제공되었으니 마음껏 쓰시라. 이 안에서는 뭘 만들거나 무슨 일을 벌려도 좋다. 단 최소한의 질서는 지켜야 한다." 무득은 꿈에서 지켜야 할 질서가 어떤 것인지 생각하며 말했다. "질서라면 어떤 걸 말하나요?" "꿈에서도 질서란 그냥 질서야. 지키지 않아도 돼. 다만 선택에 따른 책임을 지면 될 뿐이지."

탁우가 방을 나가자 무득은 앞에 덩그러니 놓인 공간에서 생각에 잠겼다. 나는 뭘 꿈꿔왔던가. 누구의 시선도 의식하지 말고 네 마음대로 하라는 공간에서 난 뭘 하고 싶은가. 시간이 무한정 있는 건 아니었다. 꿈의 유토피아를 가로막는 적은 시간일지도 몰랐다. 무득은 자신의 발걸음에 집중하며 천천히 방을 걸어봤다. 가로로 아홉 걸음. 세로도 모두 아홉 걸음으로 적지도 크지도 않은 사각이었다. 양태관은 이 공간에 들어오면 뭘 만들려고 할까? 벽이 흐릿해지는 걸 느끼며 무득은 하늘다람쥐 조각을 손에 꽉 쥐었다. 집중력을 잃지 않아야 한다. 그는 군함을 떠올렸다. 놀랍게도 그가 선 공간이 변형되면서 앞쪽은 유선형으로 변하고 중앙은 높아지며 군함으로 바뀌었다. 무득은 공간을 바꾸는 힘에 놀라서 생각과 행동을 동시에 멈췄다. 다행히 만들어진 군함 형상은 쉽게 허물어지지 않았다. 그곳은 특별한 자장에 휩싸인 곳이었다. 무득은 이 공간을 감싸고 있는 힘에 놀라 머뭇머뭇하며 군함의 함포조종실로 들어갔다. 군함과 함포는 배와 포의 기능에 충실한 단순한 모양이었다. 함포는 손으로 포탄을 넣고 덮개를 닫은 다음에 포를 쏘는 구식이었다.

그는 함포를 수동으로 조종해 먼 거리에 있는 적함을 겨냥하여 포를 쐈다. 포를 쏘는 진동과 소음에 몸이 휘청했다. 멀리 표적으로 삼은 함정이 침몰하고 있었다. 실감이 가득한 경험이다. 두 번째 포탄을 장전하면서 무득은 이 행동이 게임이나 영화에서 본 모습을 비슷하게 재현한다고 생각했다. 오락으로 포를 쏴 적함을 몽땅 격침시킨다 해도 단순한 욕망의 충족에 지나지 않았다. 이건 유토피아가 아니고 유토피아의 언저리도 아니었다. 무득은 자신이 주민센터의 단순하고 따분한 생활에서 탈출을 원했지만 탈출하고 난 후에 뭘 할지는 깊이 준비하지 않았음을 깨달았다. 아침 늦게 느긋하게 일어나 게임을 즐기면서 레벨을 올리고 영화를 보고는 백화점에서 유행에 딱 맞는 옷을 사는, 유한계층의 삶을 꿈꾸었던가. 모든 프롤레타리아의 꿈은 부르주아가 되는 것이었던가. 그는 꿈에서까지 갈 곳을 못 찾고 방황하는 자신이 한심했다. 이런 상념에 잠시 젖어드는 사이 방이 어두워지며 좁아졌다. 방이 무득을 조여들어 와 그는 벽을 더듬으며 들어왔던 문을 찾았다. 방은 벌써 절반의 크기로 줄었다. 무득이 청동 손잡이를 잡고 문을 밀치자 새하얀 빛이 왈칵 몰려들며 그는 꿈에서 깨어났다. 그는 침대에 누워 가쁜 숨을 쉬며 옆으로 고개를 돌렸다. 익숙한 탁자와 얌전하게 놓인 손목시계를 봤다. 잠에 들어간 지 41분이 지났으나 그는 한나절 긴 여행을 다녀온 것 같았다.

밤 11시에 무득은 룸을 나와 입구에 있는 탁자로 갔다. 양태관은 없고 낯선 여자가 앉아 있었다. 여자는 무득이 의자에 앉아 그녀를 쳐다봐도 꼼짝않았다. 그녀는 절정의 쾌락이나 극단적인 고통에 시달려서 몸과 마음이 소진돼 손가락 하나 까딱하기 어려운 상태로 보였다. 무득은 그녀 앞에 앉아서 모르는 사람과 아무 말 없이 같은 자리에 앉아 있는 건 힘들다고 느꼈다. 여자는 이목구비가 또렷한 얼굴이었다. 단발머리에 도톰한 입술은 살포시 열려 있었고 허벅지까지 훤히 내놓은 붉은 미니스커트를 입고 있었다. 무득은 여자의 꿈속 경험을 묻고 싶어 견딜 수 없었다. 여자는 꿈의 유토피아에서 소신 있게 자신이 바라는 바를 실천했는지도 모른다. 여자가 꿈의 유토피아를 다니고 경험했다면, 그곳에서 지내는 즐거움을 누렸다면 혹시 선배로서 무득에게도 어떤 빛을 던져줄지도 몰랐다. 무득은 여자에게 말을 걸었다.

“전 무득이라고 합니다. 제가 뭘 물어봐도 될까요?”

여자는 무득이 맞은편 자리에 있는 걸 이제 깨달았는지 고개를 천천히 돌렸다. 무득은 자신을 흰 문을 통해 푸른 탑까지 간 초심자로 소개하고 자신이 막 나왔던 룸 쪽을 가리키며 말했다.

“저쪽 룸에 있었나요?”

여자는 아무 말 없이 무득을 바라보았다. 말을 막지는 않는 것 같아 무득은 다시 물었다.

“혹시 꿈의 유토피아에 들어갔다 나왔는지요?”

“그걸 왜 물어보죠?” 여자 목소리는 차갑고 냉정해 쓸데없는 질문은 모두 다 튕겨낼 것 같았다. 무득은 주저하며 말했다.

“꿈의 유토피아에서 무엇을 했는지 궁금해서요.”

“제가요? 묻는 그쪽은 뭘 했나요?”

“전 함포 사격을 했는데요. 솔직히 말하면 뭘 해야 할지, 어디로 가야 할지 잘 모르겠어요.”

여자는 어이없다는 표정을 지으며 무득을 유심히 바라보았다.

“어디로 갈 줄 모른다고요? 그럼 도대체 여긴 왜 왔나요?”

여자가 입을 꼭 다물고 눈썹을 치켜올리며 말했다. 무득은 유토피아는 잘 모르겠으며 단지 주민센터의 지루한 일상에서 탈출하고 깨어있는 꿈에서 마음껏 하늘을 나는 낙을 즐기고 싶었다는 말을 삼켰다. 대신 악성 민원인을 상대하는 부드러운 목소리로 말했다.

"혹시 이름이 어떻게 되는지요?"

"송아진이에요."

"송아진 님. 전 유토피아를 찾는 데 도움을 얻고자 하는 겁니다."

"절실하지 않군요. 이 귀한 곳에서 목적도 없이 헤매고 있다니. 용케 이 탁자에 앉아 있네요."

무득은 엄하게 그를 훈계하는 송아진 표정을 살폈다. 은근히 속을 들쑤시고 싶었다.

"난 생활이 지겹고 무의미해서 여기 왔어요. 전 소소하고 즐거운 행복이면 족해요. 엄청난 유토피아라는 건 찾아낸다 해도 잠시 스쳐 지나갈 뿐 머물 수는 없다는 생각이 들어서요."

송아진은 놀란 얼굴이었다. 그녀는 꿈에서 얻을 보물이 가득한데도 볼품없는 돌멩이를 원한다는 말을 이해할 수 없다는 표정이었다.

"유토피아를 흩어질 구름으로 보는군요."

"그건 아니지만……."

"괜히 여기 왔군요. 여기 꿈의 유토피아란 현실에서 구하지 못하고 누릴 수 없는 보배를 얻는 곳이에요. 현실이란 치졸하고 쩨쩨하고 가련하니까요."

무득은 자신만만한 송아진의 말이 거슬리고 불쾌했다.

"고귀한 가르침이군요. 다음에도 조언을 얻도록 하죠."

송아진은 일어서 문으로 걸어가며 말했다.

"그보다 꿈의 유토피아 입장권을 반납하는 게 어떨까요? 여기를 갈망하는 대기자가 많다고 알고 있는데요."

무득은 송아진이 떠난 자리를 바라보며 그녀는 꿈의 유토피아에서 무엇을 할까 그려보았다. 단호한 소신만큼 격렬한 행동으로 채운 꿈일 것이다. 송아진은 목표를 향해서 직진할 것이다. 무득은 까닭 없이 유쾌해졌다.

7

송아진은 위스키 잔을 들어 향을 맡고 입술에 적셨다. 부드럽고 풍부한 열대과일 향이 목을 타고 내려간다. 카바란 싱글몰트 위스키라고 들었다. 대만에서 이 술을 만들었다니 믿어지지 않았다. 위스키는 스코틀랜드에서 만드는 게 아니었나? 송아진 친구가 타이베이에서 멀지 않은 카바란 위스키 공장에서 자신만의 위스키를 만들어봤다고 이야기한 적이 있었다. 위스키 회사가 홍보를 위해 만든 맞춤형 위스키 제조 코스였다. 공장 2층인가에서 손님이 선택한 오크통에 든 세 가지 종류의 싱글몰트 위스키를 조합해서 손님에 맞는 위스키를 판다고 했다. 세 가지 종류는 망고나 코코넛 등 과일 향이 나고 알코올 도수도 달라서 적당한 비율로 섞으면 개성 강한 손님만의 위스키가 탄생한다고 들었던 것 같다. 그렇게 제조한 위스키를 예쁜 라벨이 박힌 병에 넣으면 날짜

와 알코올 도수도 함께 기재된 나만의 위스키가 태어난다. 카바란이 술을 만드는 곳의 옛 이름이었는지, 원주민 이름이었는지 잊었다. 어쩌면 둘 다인지도 모른다. 어디서 어떻게 만들어졌는가는 중요하지 않을 수도 있다. 위스키 향과 맛이 엉터리만 아니라면 이 순간과 장소가 잊지 못할 술맛을 혀에 새길 것이다.

송아진 팀이 단골로 오는 위스키 바는 새벽 두 시까지 연다. 언덕 끝 가까이에 있는 지하 1층과 지상 1층으로 된 납작한 건물이다. 바는 당연히 그래야 하는 것처럼 지하에 있다. 다섯 명이 앉을 수 있는 스탠드와 테이블 두 개를 둔 작은 바로, 벽은 영화와 공연 포스터로 빽빽하다. 송아진은 푸른 탑 카페에서 깨어있는 꿈을 다녀오면 여기 들른다. 다시 한 모금을 마시면서 문득 조금 전에 만났던 무득이라는 자가 떠오른다. 생활이 지루해서 꿈의 유토피아에 들렀다는 사람, 여기서 뭘 해야 하는지 묻는 어처구니없는 자식, 동쪽인지 서쪽인지 방향을 정하지 않고 걷기부터 먼저 시작해서는 어디로 가야 할지 몰라 중간에 멍하니 길 한가운데에 주저앉은 인간. 그 자식을 끌고 와 우리가 어떻게 지내는지 보여주고 싶다.

송아진은 자신과 팀이 지낸 모습을 조용히 읊조린다. 깨어있는 꿈에서 우리 네 명은 엉키고 또 엉킨다. 때로는 한 명과 한 명이, 때로는 한 명과 세 명이, 때로는 두 명과 두 명이 뒹굴며 네 명이 만드는 모든 경우의 수를 열어본다. 잠에 들어 꿈에서 깨어나 흰 문을 통과하면서 나는 점점 음란해진다. 흰 문에서 탑까지 날아가야 하는 시간이 귀찮다. 동료들도 같은 마음일 것이다. 탑에 앉아 기이한 구름과 석양에 눈길을 주고 탑 아래 6층으로 내려가 우리에게 배치된 7번 방으로 간다. 6층에는 방이 모두 4개다. 7층에도 방이 4개라고 하지만 그 방에서 뭘 하는지 나는 관심 없다.

오늘 밤 우리가 즐긴 콘셉트는 바다에 붙은 저택의 쾌락이다. 활짝 열린 베란다 바깥으로 새파란 바다와 바위가 보인다. 바람이 불어 해변에 소용돌이를 일으키고 사라진다. 바위에 앉은 갈매기 몇 마리가 하늘로 날아오른다. 천장과 벽 두 면에 거울이 붙은 방은 한가운데 큰 침대가 놓였다. 이 방을 만들고 유지하기 위한 동료의 에너지가 느껴진다. 가구와 장식은 단순하다. 깨어있는 꿈에서 장식에까지 힘쓸 에너지는 부족하다. 넓고 푹신한 침대가 필요할 뿐이다. 우리는 얽힌다. 우리는 규범의 한계를 뛰어넘는다. 육체의 한 곳과 한 곳, 육체의 여러 곳과 여러 곳이 만나고 붙고 떨어지고 달라붙는 행동을 즐길 뿐이다. 현실의 지긋지긋한 낙인은 여기선 통하지 않는다. 우리는 일억 년 전의 생명으로 돌아간다. 그때 생명은 뭘 위해 몸부림쳤을까? 목적은 오직 번식이다. 일억 년 전에 우리는 양서류였을까, 파충류였을까. 오천만 년 전, 일천만 년 전, 일백만 년 전, 십만 년 전, 이천 년 전, 오백

년 전, 시간이 흐를수록 인간은 퇴보하고 오염되어갔다. 우리는 아무 불순물도 섞이지 않은 생명에서 문명이라는 오물을 덕지덕지 뒤집어쓴 사피엔스로 전락한다. 오늘 우리는 건강한 사피엔스지만 번식만을 위해 움직이지는 않는다. 지구에는 흘러넘칠 만큼 인간이 넘쳐난다. 우리는 번식을 위한 사랑이 아니라 사랑을 번식시키고자 한다. 우리는 사랑을 향한 열정을 북돋고 터뜨린다. 그 정수를 널리 퍼뜨리고자 한다.

송아진은 갈색의 위스키 방울을 바라보며 생각에 잠긴다. 뭘 생각하느냐고. 영원한 주제, 사랑이다. 한국에서 사랑의 표준은 좁은 계곡이다. 사랑으로 가는 계곡은 좁고도 좁아 한 사람이 겨우 지나갈 정도다. 계곡 위에서 아래를 지나가는 사람에게 돌을 던진다. 아래쪽은 좁고 덥고 머리 위에서 날아오는 돌 때문에 정신을 차리기 힘들다. 계곡 위는 대군이다. 사탄아 물러가라! 팻말을 든 사람이 가득하다. 광장에서 성소수자 집회를 연 날이 생각난다. 참가자들을 잡아먹지 못해 안달하는 사람이 광장 주위에 가득했다. 지하철역에서 내려 광장으로 올라가니 노기등등한 얼굴들이 송아진을 노려봤다. 그 얼굴에서 몇 가지 특징이 엿보였다. 나이가 젊거나 많거나 키가 크거나 작거나 상관없이, 멸시하는 표정을 담은 입술을 꾹 다물고 천대하는 눈빛으로 얼굴을 찌푸리고 있었다. 그러고는 누가 선창하면 '동성애는 죄악이다', '에이

즈를 몰아내자' 같은 구호를 외쳤다.

송아진은 팻말을 들고 목에 힘줄을 세우는 청년에게 다가가 하얗고 부드러운 손을 내밀어 청년 목덜미에 살짝 올렸다. 청년은 눈을 크게 뜨고 입을 벌린 채 그녀를 쳐다봤다.

송아진은 청년의 귀에 속삭였다. "우린 사랑할 수 있어요." 청년은 하얗게 질려 쓰러질 것 같았다. 그녀는 손가락으로 목덜미를 훑으며 물었다. 청년은 어느 교회에서 나왔어? 그녀는 청년의 목에 걸린 금목걸이를 톡 치고 덜덜 떨리는 목 근육을 음미했다. 매력 넘치는 젊은 여자에게 공격당하는 두려움 때문일까. 목과 팔의 쾌락 세포가 기뻐 춤추는 걸까. 목과 팔 세포가 송아진을 향한 증오로 똘똘 뭉쳐 공격하라고 나팔을 불어대는 걸까. 그의 쇄골을 세게 누르고 손을 뗐다. 주변에서 팻말을 든 신자가 어리둥절한 얼굴로 슬금슬금 모여들었다. 그녀는 다시 속삭였다. "지금 당장 사랑할 수 있어요. 언제든지. 내일이나 모레에도." 사랑이란 오묘하면서 편리한 단어다. 청년의 종교도 사랑을 외치고 있다. 모든 사랑이 망해가고 있어 그녀는 사랑에 경계를 없애기로 했다. 망한 사랑인데도 사랑을 가둔 울타리는 높고 길었다. 먼저 육체의 경계를 없애기로 결심했다. 그녀가 주인이 되어 관심 가는 남자와 여자를 초청하기로 했다. 세 명이든 다섯 명이든 우리는 같이 사는 거야. 누가 누구와 관계하든 우린 관여하지 않아. 공유 경제가 대세라면서? 집을 공유하고 차를 공유하는데 육체를 공유 못할 건 뭐가 있겠어. 사람을 먼저 공유했어야 했는데 오히려 늦었지.

송아진은 침대에서 자신의 발을 당겨 애무한다. 새끼발가락을 빨아본다.

빤다.

이보다 순수하고 아름다운 행동이 어디 있을까? 갓난아이가 주먹을 빨면 귀엽다고 하지만 성인의 빠는 행위는 단죄받는다. 오직 검열 받은 행동만이 허락된다. 검열은 하늘과 땅을 덮은 촘촘한 그물이다. 착한 얼굴을 한 이웃과 동료가 검열을 위한 공모에 한자리를 차지한다. 관행과 눈초리와 처벌과 쑥덕거림과 따돌림과 보복과 배제가 기다리고 있다.

송아진의 사랑 팀은 모두 네 명이다. 한번에 네 명이 만나 우리 내일부터 같이 삽니다. 이렇게 진행되지는 않았다. 하나씩 만나 동의를 받고 때로는 둘이나 셋이 만나고서 팀이 만들어졌다. 여자 둘에 남자 둘로 각자 산다. 때때로 송아진 아파트에서 하나 또는 둘 또는 셋, 넷이 만났다. 송아진은 열흘이 지나도 남자하고 자지 않았다. 남자인 제이는 초조한 기색이나, 남자 이령은 조용했다. 여자인 와이는 무덤덤하게 일상을 보냈다. 일주일에 한 번은 전체가 송아진 아파트 거실에 모여 커피를 마시기로 했는데 남자들 분위기가 어색했다. 제이는 자기 몰래 송아진이 이령과 잤는지 의심하고 이령은 제이가 자신을 빼고 여자들과 함께 놀았는지 질투하고 있었다.

송아진 아파트는 방 두 개에 거실이 있는 아담한 아파트였다. 거실의 커피색 가죽 소파 앞에 단단하고 나뭇결이 예쁜 인도네시아 원목 테이블이 놓였다.

차를 마시며 제이는 송아진과 이령, 와이에게 자신이 선택되지 않아도 좋다, 난 이런 공유 사랑이 너무나 좋다, 얼마 전에 헤어진 애인은 질투가 심해서 내 삶을 매일 다 알려줘야 했고 만나면 폰 일정표에 적은 대로 어떤 일로 누구를 만났는지 밝혀야 했다. 제이는 몸의 한끝으로 몰리는 쾌락에 진절머리가 났다. 몸 전체로 따지면 사소한 곳이었다. 섹스가 끝나면 늘 불쾌했다. 몸 한끝에 강렬한 흥분이 몰려왔다가 탕 터지고 나면 허무감과 상실감이 몰려왔다. 제이는 자신을 몰아대고 초조하게 끌고 다니는 성기가, 딱딱하게 굳어 이가 들어가지 않는 빵처럼 싫었다. 다음 기회에는 차분하고 오래, 은근하게 달이는 만남을 해야지, 라고 생각하지만 만남을 몇 번 거듭하면 언제나 놈이 시키는 대로 가속 페달을 밟게 되고 말았다. 로켓이 발사되고 지켜보는 모두가 환호성을 지르지만 몇 초 후 공중에서 쾅 터져버리는 느낌이라고 할까. 제이도 안다. 가속 페달은 성기가 아니라 뇌에 있다는 것을. 몸을 헤엄치는 호르몬이 작동하는 방식으로 제이가 움직인다는 것을. 남자와 여자라는 번식을 위한 기본형은 쉽게 바뀌지 않는다. 제이는 수천만 년 지속된 번식 프로그램에 갇힌 존재다. 그래서 제이는 인간이 지닌 특별한 재능인

의지력을 발휘하기로 했고 송아진은 그 의지를 열렬히 환영했다.

와이는 여자에게 성에 관한 온갖 짐을 지우는 규격에 갇힌 사회에 저항하기 위해 모임에 들어왔다. 와이는 사람과 사람 사이에 연결망이 많아질수록 창의적인 생산물이 나온다는 철학을 신봉했으며 그 사람이 남자든 여자든 가릴 생각이 전혀 없었고, 관계의 한계를 육체나 정신 어느 쪽에 한정 짓는 시도도 달가워하지 않았다.

그들은 폴리아모리를 하기로 했다. 성기를 공유하지만 그건 일부일 뿐이다. 그들은 커다란 산에서 돌출한 바위 같은 성기보다, 훨씬 높은 정상과 산자락인 우애와 친밀감을 공유할 것이다. 남자와 여자, 인간 마음에 깊게 박힌 질투라는 감정을 뿌리째 뽑을 것이다. 질투는 사회와 나라를 망치는 근원이며 전쟁의 원인이기도 하다. 국가가 다른 국가를 질투하는 게 전쟁의 시발점이 아닐까.

그런데 송아진 팀은 현실에선 폴리아모리를 하지 않는다. 그들 넷은 현실에선 커피와 맥주를 마시고 이야기를 나누며 우아하게 생활하고, 폴리아모리는 꿈에서 즐기기로 정했다. 왜 그렇게 정했냐고? 글쎄. 현실을 더 긴장감 있게 즐기고 싶어서라고 할까. 깨어있는 꿈에서 어디까지 한계를 밀어붙일 건지, 장벽을 넘어서 사막과 절벽과 깊은 숲, 어디까지 나갈 건지 시험해보고 현실에 적용해보기 위해서라고 할까. 세월이 흐르면, 어쩌면 여섯 달이나 일 년 후에, 그들이 세운 장벽을 넘어서 현실에서도 폴리아모리를 즐길지도 모른다. 그날이 올 때까지 그들은 깨어있는 꿈에서만 집단으로 즐기고 관계하기로 결정했다.

송아진에게 묻고 싶은 게 있다고? 말해봐요. 당신은 도대체 깨어있는 꿈에 들어와서 뭘 하겠다는 건가. 거기서 난교 파티를 벌이겠다는 거야. 당신 그룹 세 명을 모두 깨어있는 꿈에 끌고 와서 한바탕 쇼를 하겠다는 거야. 송아진이 말한다. 난 그렇게 안목이 좁지 않아. 모든 인간은 폴리아모리를 원하지. 인간이 발명한 최고 선물은 전기나 바퀴가 아니라 피임 도구가 아닐까. 남자와 여자를 흠뻑 적신 피임의 축복에서 자라나는 게 폴리아모리다. 인간은 자연이 만든 몇억 년 된 번식 프로젝트에서 벗어날 수 있게 되었고 종래 금지되어 있던 난잡함을 즐길 수 있게 됐다. 난잡함이 나쁘다고? 역사 속에서 난잡함을 즐긴 건 소수의 황제와 부자밖에 없었다. 확신하는데, 인간 모두는 침을 질질 흘리며 그 난잡함을 탐내고 있다.

인간은 과거에도 난잡했고 미래에는 더 난잡해질 거다. 일부일처니, 숭고한 로미오와 줄리엣식 사랑은 잊어버려. 아, 그야, 그런 사랑도 존재한다. 하지만, 그건 인간 모두가 비웃는, 극소수만 즐기는 사랑이 될 거다. 지금 난잡함이 받는 비난과 비웃음을 그런 일대일의 사랑이 받게 되겠지. 저 둘은 일대일 사랑을 한대, 정말! 아유, 추잡해. 내가 난잡스럽게 얘기했나. 인간은 원래 난잡한 존재다. 우리 몸과 영혼에는 개구리와 상어와 거미의 세계가 다 들어 있어. 육체만 난잡한 게 아니라 정신도 난잡해져야 돼. 온갖 생각, 종교, 언어, 이단을 난잡하게 받아들여야 하지 않을까. 인류는 여전히 구석기 시대의 감정과 반응에 갇혀 살면서 낯선 사람이 보이기만 하면 자신을 공격할 이방인으로 여긴다.

그러면 송아진 당신은 동거하는 세 명과 같이 깨어있는 꿈에 들어와 난잡을 펼쳐놓겠다는 건가? 물론 그렇게 할 것이다. 사람은 현실에서 폴리아모리를 실천하기 어려워한다. 나 혼자 들어가서 꿈의 유토피아에서 판을 벌여봐도 좋다. 그러다 한 명, 두 명, 세 명 더 들어와도 좋고. 난 꿈의 유토피아에서 만나는 누구와도 즐길 거야. 그런 복잡한 사랑 덕분에 서로서로 총질을 하며 꿈의 유토피아가 흔들리지 않겠냐고? 그런 피곤한 생각은 치우고 깨어있는 꿈에 들어와 봐. 나와 같이 난잡하게 놀자고. 그게 유토피아야. 탁우는 어떻게 생각하느냐고? 탁우는 탁우고 나는 나야. 난 탁우에게 매인 존재가 아니야. 탁우가 깨어있는 꿈의 문을 열어준 거야 고맙지만 그가 교리와 의식을 정하는 교주는 아니야.

탁우가 폴리아모리 꿈을 막지 않을까 걱정스럽다고. 글쎄. 우리 꿈을 무슨 재주로 막겠어, 또 막지도 않을 거고. 유토피아에 무슨 울타리가 있을까. 어디로 유토피아를 찾아갈지 헤매는 무득이란 작자에게 이런 이야기를 해줄 걸 그랬어. 그 자식이 하도 엉터리라 기분을 망쳐버렸어. 바로 옆에 달콤한 샘물이 솟는데 목이 말라 죽겠다며 헤매는 꼬락서니라니. 무득을 떠올리자 기분이 상한 송아진은 카바란을 다시 한 모금 넘겼다. 자기가 가고 싶은 곳도 못 찾는 무득이란 사람이 어떻게 꿈의 유토피아에 들어오게 되었을까. 꿈의 유토피아에도 평범하고 평범한 사람이 들어오다니.

깨어있는 꿈을 벗어나면 송아진과 세 사람은 이곳에 바로 온다. 바가 있는 앞길에서 내려다보는 도시 불빛이 외롭게 보이기도 하고 부드럽기도 하다. 밤이 깊어 도시는 어둠에 가라앉아 있다. 도시는 몸을 웅크리고 이를 악물고 다가올 새벽을 기다리고 있다. 네 사람은 바에서 각각 앉아 있다. 한 사람은 스탠드의 한쪽 끝. 또 한 사람은 스탠드의 다른 끝. 두 사람은 각기 다른 테이블에 앉아 있다. 그들은 떨어져 한마디 말도 나누지 않는다. 깨어있는 꿈에서 그들이 놀았던 음탕과 음란은 온몸에 흔적을 남겼다. 어깨와 등이 아프고 허벅지가 당기며 귀와 엉덩이에는 이 자국이 남아 있다. 꿈에서만 아플 뿐, 현실의 몸은 아프지 않아야 하지만 현실의 몸도 아프다. 이상한 일이었다. 꿈에서 깨면 우리는 각자 차를 타고 여기 위스키 바로 온다. 바에서 기억을 되새김하고 깊숙이 저장한다. 꿈이 저장된 뇌를 찍을 수 있다면 우리는 근사한 동영상을 보여줄 수 있다. 탄탄한 몸과 신음과 여러 자세는 압도적이다. 물구나무 서 있기도 하고, 벽에 붙어 있기도 하다. 때론 네 마리가 흉측하게 엉긴 곤충처럼도 보인다. 그들 넷은 침묵하며 머리에서 동영상을 돌려본다. 머릿속에만 있는, 누구도 들어오지 못하는 동영상이다. 아, 이 동영상을 함께 볼 수만 있다면.

왜 바에서 현실의 동료와 말을 전혀 나누지 않느냐고? 그들이 정한 불문율이다. 깨어있는 꿈에서 여럿이 동시에 사랑하고 사랑받는 기억도 각자의 머리에 외따로 떨어져 있다. 그들은 자유롭다. 그들은 얽매이지 않는다. 새벽에 네 사람이 처음 위스키 바에 들어섰을 때 막 문을 닫으려던 바텐더는 욕망을 깡그리 펴내 버려 황폐한 손님 표정에 놀랐다. 그들이 떨어져 앉아 각자 주문을 하자 더 놀랐다. 바텐더 추천에 따라 송아진은 대만 위스키 카바란, 남자 제이는 라가불린, 이령은 보모어, 와이는 몽키 47 진토닉을 주문했다. 바텐더는 신중하게 위스키를 따르고 치즈와 땅콩을 내놓는다. 그들은 각자 위스키를 마시고 바텐더에게 말한다. 바텐더가 추천하는 위스키를 한 잔 더. 처음에 바텐더는 물었다. 네 분 같이 드릴까요. 송아진은 모욕당한 얼굴로 고개를 거칠게 가로저었다. 짧게 깎은 머리에 턱수염을 기르고 둥근 안경을 쓴 바텐더는 황급히 말을 거뒀다. 그들이 바에 들른 첫날, 바텐더는 그들의 정체를 궁금히 여기며 훔쳐보았다. 진지하고 따분하게 보였을 것이다. 바텐더는 나른하고 지친 얼굴 뒤에 감춰진 격렬한 정사를 알지 못할 것이다. 서로를 알지만 전혀 아는 체를 하지 않는 비밀스런 행동에 깨어있는 꿈이 연결되어 있음을 알 수 있을까.

송아진은 보모어 위스키를 마시는 이령을 물끄러미 쳐다보며 생각했다. 이령은 남자인지, 여자인지도 모르겠어. 어쩌면 겉은 남자, 속은 여자이거나 속은 남자이고 겉은 여자일 수도 있겠지. 우리 성(性)은 스스로가 말하기 전에 잘 알 수 없고 본인도 모르거나 착각할 수 있으니까.

이령은 높은 원형 의자에서 지지대에 놓은 발을 바꿨다. 발을 의자 아래의 지지대에 올리지 않으면 자세가 똑바로 잡히지 않았다. 이령은 자신을 바라보는 송아진과 눈이 마주쳤다. 송아진이 무표정하게 잔을 들어올렸다. 이령은 송아진을 애무한 기억을 더듬으며 보모어를 마시고 한 잔 더 주문했다. 그녀가 자신에게 아무것도 묻지 않고 말을 건네지 않아 편했다. 여기선 비밀의 왕국이란 의미가 없었다. 우린 존재 그대로 사람을 받아들이니까. 송아진이 물었다면 이령은 자신에 관한 얘기를 해줄 수도 있었다. 깨어있는 꿈의 나라에선 별 의미 없는 얘기였다. 이곳 바에서도 중요하지 않을지 몰랐다. 그러나 이령은 관습과 편견과 고집이 가득 찬 사람이 우글대는, 현실이라는 세상에서 중요했던 자신의 삶을 머릿속에 떠올리며 송아진에게 속으로 얘기했다. 송아진은 듣지 못하겠지만 그건 아무래도 좋았다. 우리의 꿈속 유토피아

관계는 원래 그랬으니까. 이령의 속마음 얘기는 이랬다.

이리 와. 귀여운 아가씨, 이리 오라니깐. 팔걸이의자에 앉아 초콜릿을 뿌린 카스텔라를 들어보세요. 여긴 푸른 탑의 공간, 흰 문을 지나 하늘을 날아 도착한 유토피아지. 아가씬 내가 창조한 사람이라고 말해도 괜찮을까? 기분이 썩 좋지는 않다고. 아가씨는 송아진라는 이름이 있고 현실에서 존재하며, 자유의지도 지녔고 스스로 결정을 내릴 능력도 있다고. 흠. 그렇게 되면 아가씨도 좋고, 나도 좋겠어. 우리 팀은 모두 네 명이라고. 알아, 안다고. 아가씬 반짝이는 검은 눈에 늘씬한 몸매를 지닌 게임 속 캐릭터를 닮았어. 송아진 아가씨, 밤은 길지만 내 이야기를 들으며 같이 한잔해요. 아, 이 밤이 지난다고 끝은 아니야. 내일 밤도 또 만나겠지만 꿈이라서 장담하지는 못해. 현실 삶에서도 애인을 다음 날 꼭 만난다는 보장은 없어. 떠나가 버릴 수도 있고, 슬프게도 사고를 당해 죽어버릴 수도 있고 내가 도망가버릴 수도 있어. 당신은 꿈의 인물이니까 현실의 인간 이야기가 귀에 잘 들어오지는 않겠지만 말야. 내게 궁금한 게 있다고? 물어봐, 걱정 말고 물어봐. 어떤 질문도 오케이야. 남자라고 하는 내가 여자로도 보이는데 또 데이트는 여자와 해서 궁금하다고? 혹시 내가 레즈비언이냐고. 아. 그렇군 그래. 꿈도 현실과 똑같다는 걸 절감해. 현실에서 지독하게 따라다녔던 질문을 여기서도 듣다니 말이야.

그래. 알았어. 내 얘기를 할게. 난 젖가슴이 싫어. 동그란 그릇과 접시도 싫어. 고려와 조선의 둥근 도자기도 싫다니까. 백자 달항아리의 둥근 곡선은 지긋지긋해. 항아리의 입 부분과 동근 몸통과 밑의 굽도 아주 맘에 안 들어. 난 모오든 둥근 물건을 없앴으면 좋겠어. 하늘의 달도 끌어내리고 네모난 달로 바꾸고 싶어.

난 어려서부터 선머슴애로 불렸지. 날 그냥 사내애로 불러주면 안 될까? 아니, 난 사내야. 어렸을 때 엄마가 사준 첫 분홍색 치마와 상의를 쓰레기봉투에 넣고 분리수거장으로 갔어. 옷은 재활용통에 넣어야 하지만 난 쓰레기통에 던져버렸어. 바퀴가 달린 녹색 쓰레기통은 퀴퀴하고 시큼한 냄새 나는 쓰레기봉투로 차 있었어. 어떤 쓰레기봉투는 쓰레기를 꾹꾹 담아 한 가닥 털조차 들어갈 수 없을 만큼 팽팽해, 끝이 날카로운 물건으로 톡 건드리면 지저분한 내용물을 다 토해낼 것 같았어. 또 다른 쓰레기봉투는 꽉 찬 봉투 입구를 테이프로 칭칭 동여매 놓았지. 쓰레기통에 내 옷만 달랑 들어 있는 텅 비다시피 한 봉투를 던져 넣었어. 엄마한테 종아리에 피가 맺히도록 맞았어. 얼마나 맞았는가 하면 다음번에 분홍 옷을 받으면 입을까 하는 생각이 잠깐 솔깃할 정도였어. 난 두 번째 분홍 옷도 쓰레기통에 버렸고 종전보다 더 심하게 두들겨 맞았어. 온몸이 쑤셔 종일 끙끙 소리를 내며 침대에 누워 있었어. 엄마는 또 분홍 옷을 버리면 집에서 쫓아내겠다고 위협했지만, 난 세 번째 분홍 옷도 쓰레기통에 버렸어. 분홍 옷을 쓰레기보다 수십 배나 더 혐오했으니까. 역겨운 쓰레기보다 분홍 옷이 더 나를 미치게 만들었어. 여자애들이 데리고 노는 인형도 버렸어. 엄마는 내가 세 번째 옷까지 버리자 그냥 놔두었지. 난 로봇과 로봇으로 변하기도 하는 자동차, 전쟁놀이가 좋았어. 머리도 짧게 깎고 치마는 입어본 적이 없어.

머리와 옷 문제로 엄마와 많이 싸웠지만 엄마 아빠 모두 내 행동에 밀려 내가 하겠다는 걸 굳이 말리지는 않았어. 집안에 별난 종자 하나 들어선 걸로 치부했지. 어릴 때 내게 맞아 코피 난 남자애들이 많았어. 이상한 일이었어. 난 싸움을 하면 투지가 활활 타올랐어. 물러서지 않았지. 정말 밀리면 물어뜯어서라도 이기려고 노력했지. 난 젖가슴과 성기만 여자였고 나머진 남자였어. 왜 내 호르몬과 뇌는 남자였을까? 이건 내가 선택한 길이 아니야. 평범한 여자애로 살았으면 난 행복했으리라 생각해. 상냥하고 애교 많은 소녀로 주위에 미소를 뿌리며 뛰어다녔겠지. 놀이터의 할머니가 아이, 이뻐라 하며 머리를 쓰다듬어 주면 웃으며 고개를 꾸벅 숙여 인사하는 꼬마 숙녀가 맞춤했겠지. 하지만 지금의 난, 내 몸 어디에 여성 호르몬이 돌아다닌다면 몸을 비틀어 꽉 짜서라도 뽑아내고 싶어.

남성의 영혼과 여성의 몸을 가진 건 머리는 핸들을 오른쪽으로 돌리라고 지시하는데 손은 왼쪽으로 돌리고 있는 상황이었어. 초등학생 시절부터 나는 태권도를 배웠어. 뼈대가 단단한 나는 남자와 대련도 곧잘 했어. 난 남자 세계에 속했으니까, 그들과 언제든지 몸으로 맞닥뜨려도 이길 채비를 해야 했지. 그렇게 남자로서 준비를 해나가고 있었던 거야. 여고에 진학하니 나를 사로잡은 딜레마가 더 폭발하는 것 같았어. 나는 내가 속한 집단에 속하지 않았고, 속하고 싶지도 않았어. 남자인 나는 여자 몸이라는 감옥에 갇혀 있어. 이건 벗어나지 못하는 감옥의 감옥이야. 도대체 이 감옥을 어떻게 탈출해야 하나?

체육 시간에 같은 반 여학생들과 옷을 갈아입는 게 정말 괴로웠어. 반 아이들은 웃으며 엉덩이를 내놓고 가슴도 드러냈어. 가장 젊은 때의 육체가 눈앞에서 마구 걸어 다니고 있었지. 반 아이들은 깔깔대며 웃고 장난치며 서로 몸을 찌르기도 했어. 그럴 때면 껍데기가 여자임을 강제적으로 확인해야 하는 나는 괴롭고 분했어. 나를 괴롭힌 건 솟아나온 가슴이었어. 난 가슴을 쥐어뜯고 싶었어. 긴장하면 손톱을 잘근잘근 씹어서 뜯는 버릇을 가진 사람처럼 말이야. 수술로 가슴을 제거하니 날아갈 것 같았어. 다리털처럼 깨끗하게 밀어 아무런 자국 없이 말끔하게 만들고 싶었지만 그렇게까지는 안 되었어. 가슴 흉터는 나를 상징하는 흔적이야. 그곳도 남성으로 돌출하도록 수술하고 싶었지만 뒤로 미뤘지. 수술비

용도 만만찮아 부담이 크기도 했고. 부모는 내 수술비를 절대로 대주려고 하지 않았으니까. 가슴 수술을 한 일만 해도 부모에게 엄청난 욕을 얻어먹었으니까. 왜 주어진 삶대로 살지 못하는 거냐고? 글쎄. 삶은 누가 누구에게 주는 것일까. 난 이런 모습으로 살겠다고 부모나 그 누구에게도 요청한 일 없어.

난 남자에게 마음이 끌리지 않아. 내가 남자인데 끌릴 게 뭐가 있겠어. 벌어진 어깨와 단단한 근육은 부럽지. 내가 지니지 못한 근육을 갖고 있는 남자에게 짜증이 날 뿐이야. 걔들은 별 노력도 하지 않고 남자 몸을 얻었잖아. 정말 불공평해. 여고 시절에 나를 따르는 여자애가 몇 명 있었어. 걔들끼리 내 마음을 더 잡으려고 서로 질투도 하고 말이야. 머리를 짧게 깎고 중성적인 매력을 풍기며 선생에게 반항적인 학생을 선망한 거겠지. 난 한 여자애와 친하게 지냈어. 걔는 내 목소리를 들으면 마음이 울렁거린다고 고백했지. 커튼을 치고 내 목소리를 들으면 나를 여자로 생각하기는 힘들어. 그렇다고 굵직한 저음이나 컬컬한 목소리도 아니야. 잘생긴 소년이라면 이런 목소리이지 않을까 하는 미성이지. 목소리는 내 얼굴과 몸과 별도로 태어난, 족보 다른 실체였지. 여고 시절 그녀는 내 무릎에 누워 내 이야기를 듣는 걸 좋아했어. 난 물었어. 무슨 이야기를 듣고 싶어? 그냥 아무 이야기나. 쑥스러운 대화지만 그녀는 내 이야기보다 목소리를 듣고 싶었던 게야. 그녀가 누운 내 몸은 억셈과 부드러움 사이의 중간이었고 내 손과 팔도 그랬지. 여자 손으로 보기는 아무래도 어색했지만 그렇다고 남자 손도 아니었지. 목소리도 중간에 걸친 셈이고. 그 뒤로도 여러 여자가 나를 따라다녔어. 중성적인 매력이 여자를 잡아당겼다고 할 수 있겠지만, 난 의심했지. 그 여자들은 임신하지 않으리라는 보장 때문에 나를 편하게 만난 건 아니었을까.

하여튼 내 꿈은 군대를 가는 거였어. 내가 배낭 메고 20킬로는 거뜬히 뛰었거든. 동작이 빨라 태권도를 잘했고, 남자 축구팀에 들어가도 공을 잘 찼으니까. 스무 살부터 나는 밤에 잠들기 전에 군대를 가는 상상을 했어. 간다면 공수특전사가 괜찮았겠지. 난 두려움이 없어 높은 곳에서 잘 뛰어내렸으니까. 어릴 때부터 비행기에서 뛰어내리며 하늘을 훨훨 나는 꿈을 꾸었지. 잠들기 전에 하늘을 나는 상상을 하며 잠에 빠져들었다니까, 정말이야. 탱크병도 괜찮아. 좁은 공간에서 침착하고 능숙하게 탱크를 몰아 적의 탱크를 공격할 자신이 있었으니까. 여자 힘으로 건물을 날려버리는 건 예전에 불가능했어. 남자도 쉽지 않았겠지만 이제는 포탑을 돌려 정확하게 목표를 쏘면 돼. 엔진과 무한궤도와 자동차 바퀴는 여자의 힘을 아주아주 키워줬지. 현대문명은 여자 편이야.

겉모습대로면 난 군대를 가도 됐어. 머리를 짧게 깎았고 바지에 남성용 상의를 입고 구두도 남자용이었으니까. 상체와 팔은 근육운동을 해서 단단하게 모양이 잡혀 있고 악력 훈련을 해서 손아귀 힘도 좋았어. 나와 악수를 하며 놀라는 남자가 많았어. 남자는 손아귀 힘을 키우려고 나처럼 노력하지는 않으니까. 여군으로 가면 되지 않느냐고? 아냐. 난 남자라니깐, 남자로 군대를 가고 싶었어.

난 굴삭기와 타워크레인 운전을 배웠어. 단단한 땅을 후벼 파는 버킷이 딱 내 맘에 들었어. 탑 모양의 높은 곳 조종석 의자에 앉아 중량물을 들어서 짓고 있는 건물에 옮기는 타워크레인은 어떻고. 내 팔뚝과 손의 힘을 팍팍 확대하는 굴삭기와 타워크레인이 좋았어. 아예 전투기 조종사로 길을 잡을 걸 그랬나. 아님 함포 사격은? 드론을 조종해 지상 표적을 향해 미사일을 쏘는 건? 이건 모두 내가 할 수 있는 거야. 칼을 내리치고 방패로 막는 육체적 남자가 영웅을 독차지하는 야만의 시대는 저 멀리 사라졌어.

내 소원이 뭐냐면, 지긋지긋한 껍질을 벗어버리는 거야. 나를 얽매는 몸이 사라지고 난 남자가 되는 거야. 근사한 거시기를 사타구니에 하나 찰 필요는 없어. 덜렁대는 그걸 내가 썩 좋아하지는 않아. 육체적으로 꼭 남자가 되고 싶은 건 아니야. 단지 내 영혼이 가리키는 몸을 갖고 싶을 뿐이야. 혼은 호랑인데, 몸은 암소인 동물을 생각해봐. 내 유토피아는 그런 제약을 벗어버린 곳이야. 깨어있는 꿈에선 그게 가능해. 그게 유토피아가 아니면 어디겠어. 그렇지만 밤의 꿈에서만

사는 남자로 만족하지는 않을 거야. 햇빛 가득한 낮에도 남자로 등극하기 위해 문을 계속 두드릴 거야.

내 얘기가 어때. 송아진 아가씨. 가만히 좀 있어 봐. 윗옷 단추를 풀어 가슴을 만지고 젖꼭지를 빨고 싶어. 내 입술이 촉촉하게 전하는 느낌에 푹 빠지고 싶어. 당신이 허리를 비틀며 토하는 신음을 듣고 싶거든. 허락한다고. 그래. 고마워. 송아진 당신은 꿈에서 나타난 천사고 선물이야. 내일 밤에도 푸른 탑 공간에서 만나. 내일은 같이 뭘 할까. 자전거를 타자고? 하하. 2인용 자전거를 구해 내가 앞에 타고 마음껏 달려 보자고. 휙휙 머리칼을 날리는 바람에 맡기고 붉게 물드는 강변 노을을 함께 바라보자고. 정말 괜찮은 생각이야. 그래, 내일 보자고. 내일 밤에.

송아진은 미소 짓는 이령을 바라봤다. 이령은 자신만의 상상에 빠져 나른하게 풀려 있다. 그래, 우린 행복하다. 꿈의 유토피아에서 행복하고 이 바에서 행복하다. 우리는 꿈에선 도취되었고 현실에선 복잡한 관계에서 탈출했다. 행복한 관계였다. 우리는 현실에선 깨끗했고 꿈에서는 음란했다. 행복은 오래갈 줄 알았다. 그 사건이 터지기 전까지는 말이다.

탁우는 7번 방에서 벌어지는 송아진과 팀원의 환락을 지켜보았다. 꿈의 푸른 탑 건물은 탁우의 통제권에 들어 있었다. 탁우는 지켜보되 간섭하지 않았다. 탁우는 앞으로 터질 일을 걱정했지만 아직 개입하지 않았다.

탁우는 송아진을 지켜보면서 떠나간 홍리가 부활해서 돌아온 줄로만 알았다. 홍리는 깨어있는 꿈 프로젝트를 시작할 때 탁우와 잘 어울리는 파트너였다. 적어도 탁우는 그렇게 믿고 있었다. 탁우는 깨어있는 꿈의 관문인 흰 문을 만들고 홍리는 검은 문을 만들었다. 홍리는 문란했다. 홍리는 검은 문으로 들어가서 탁우가 관계하고 싶지 않은 난잡한 세계를 떠돌아다녔다. 검은 문으로 남자와 여자가 들어갔고, 다른 남자와 여자가 기다렸고, 또 다른 남자와 여자가 들어갔다. 검은 문으로 들어간 방에는 짙은 커튼이 달렸고 은근한 향이 피어 올랐다. 검은 가죽 소파와 탁자와 의자와 큰 침대의 용도는 하나였다. 방의 천정은 단정하고 균형 잡힌 다마스크 문양이었고 벽은 넝쿨이 어지럽게 뻗어나가는 무늬였고 바닥은 음란한 그림이었다. 홍리는 그런 성질을 모두 모은 복합체였다. 홍리는 어떤 실험이든 끝까지 달렸고, 종착점에 다다르면 그 지점을 넘어 더 달렸다. 검은 문은 홍리의 신음과 방탕에 흠뻑 젖어 무너질 지경이었다. 탁우가 사랑한 홍리는 손에 전혀 잡히지 않는, 높은 곳만을 날며 벌과 나방과 교배하는 나비와 같았다. 홍리가 성(性)을 정복할수록 그녀는 담백하고 청순한 모습으로 변해갔다. 그녀를 처음 보는 사람은 그녀의 순수함에 고개를 돌리지 못했다. 더러운 것. 홍리를 소멸시키니, 송아진이 뒤따라 들어왔다. 지긋지긋한 성(性)의 원뿌리와 곁뿌리들. 탁우는 계속 지켜보았다.

탁우는 눈을 감았다. 폭풍우 치는 해변과 홍리가 떠올라 그를 둘러쌌다. 탁우와 홍리는 바닷가 카페의 3층에 앉아 있었다. 바깥은 세찬 비에 바람까지 거세게 불어 카페에 손님이라곤 반대편 테이블에 앉은 연인 한 쌍만 있었다. 유리창으로 보이는 거친 바다를 두고 연인은 손을 맞잡고 각자 고개를 돌려 스마트폰을 보고 있었다. 여자는 스마트폰 영상이 우스운지 한 손으로 의자를 때리며 웃기도 했다. 그러면서 둘은 손을 꼭 잡고 있었다.

홍리와 탁우가 앉은, 각이 진 자리에서는 해변을 따라 몰아치는 파도가 잘 보였다. 파도는 높이 치솟았다가 포말을 뿌리며 다시 육지에 도전했다. 파도가 후려치는 해변 가까운 곳에 바위 하나가 우뚝 서서 파도에 맞서고 있었다. 진회색 하늘 아래 멀리서부터 달려온 파도는 바위에 세차게 부딪치며 바위를 잡아먹지 못해 미쳐 날뛰었다. 탁우가 홍리의 손을 붙잡았다. 손에 전해지는 따뜻한 감촉을 느끼며 홍리는 얼굴을 기대 탁우에게 입을 맞췄다. 홍리는 대담하게 탁우의 손을 잡아 자신의 블라우스 안으로 밀어넣었다. 홍리의 젖꼭지는 딱딱하게 서 있었다. 홍리는 블라우스의 단추를 풀어 한쪽 어깨를 내리더니 탁우의 입술을 젖꼭지 쪽으로 당겼다. 탁우가 홍리의 젖꼭지를 입술로 물자 홍리는 아아 깊은 신음을 내었다. 건너편 창가에 앉은 연인은 고개를 한 번 들더니 다시 스마트폰을 들여다봤다. 3층 엘리베이터가 덜컹 열리는 소리가 났다. 누군가 홍리 쪽으로 오다 화들짝 발걸음을 돌렸는지도 모른다. 아니면 처음부터 이쪽이 아니라 전망이 좋은 반대편 창가로 다가갔는지 모른다. 홍리는 다른 사람의 시선을 아예 의식하지 않는다. 탁우는 홍리의 젖가슴에서 얼굴을 떼고 고개를 들었다. 홍리는 밝게 웃으며 그를 마주 보았다. 탁우는 홍리와 잠시라도 하나가 된 추억을 가졌다고 생각했지만 그건 착각이었다. 홍리는 남녀의 추억이나 과거를 아예 담아두지 않았다. 그따위는 모두 순식간에 흘러가는 강물이었고 아예 처음부터 홍리 마음에 없었는지도 모른다. 홍리는 깨어있는 꿈에서도 마음대로 꾸민 쾌락의 잔치를 벌였다.

지금 홍리는 책방을 운영하고 책방 옆에는 홍리가 좋아하는 우동집도 있다. 홍리는 지금은 얌전하게 지내고 있을까? 그녀의 몸 자체가 요구하는 대로 새로운 꿈의 유토피아에서 구르고 있을까? 홍리는 푸른 탑 카페 2층으로 돌아오고 싶을 것이다. 검은 문으로, 그녀의 욕망으로, 풍요로운 난잡함으로. 그녀는 무득처럼 꿈의 유토피아를 방황하며 길을 모색하지는 않을 것이다.

8

무득은 흰 문을 지나 도착한 푸른 탑의 계단을 따라 7층으로 내려왔다. 5번 방의 청동 손잡이를 잡을 때면 그는 앞으로 뭘 해야 할지, 아무런 전망도 없이 문을 들어서는 게 두렵기조차 했다. 깨어있는 꿈에서 그는 어디로 가야 하는지 아직 몰랐다. 탁우가 깨어있는 꿈은 모든 걸 허락한다고 아무리 강조해도 무득은 5번방에서 멍하니 있다 나올 뿐이었다. 무풍지대에서 바람을 받지 못하고 한곳에 못 박힌 돛단배와 같았다. 유토피아에선 모든 걸 마음대로 할 수 있다고 되뇌면 오히려 빈말로 들렸다. 최고의 미녀와 엉켜 자거나 군대를 이끌고 적을 무찌르며 유라시아대륙을 정복하거나 축구선수가 되어 영국 프리미어 공격수로 뛰는 꿈 따위는 시시하고 유치하게 보였다. 송아진이 무득에게 자리를 비켜 들어오기를 고대하는 사람에게 물려주라고 비아냥댄 말은 진실일지도 몰랐다. 5번 방에 들어와 텅 빈 공간을 마주하고 벽을 따라 걷고 빠져나가기를 되풀이하면서 무득은 자신이 과연 무엇을 원하는지를 끊임없이 되물었다. 뭐가 나를 행복하게 만들 수 있을까?

그는 5번 방에 앉아서 눈을 감고 머릿속에 검색창을 띄워서 원하는 것을 찾아보았다. 온갖 목록을 지워나가면서 확인한 건 그가 작은 걸 원한다는 사실이었다. 고추잠자리와 왕잠자리, 실잠자리가 가득 나는 연못에서 뛰어다니기, 집 뒤의 동산에 올라가 마을을 내려다보기, 친구들과 공차기 같은 소망이 떠올랐다. 무득은 이런 소망이 꿈의 유토피아에 아무래도 어울리지 않는 것 같아, 5번 방에 그런 모습을 창조하기를 미뤘다. 그런 소망은 지극히 사소해 흰 문을 통과해 하늘을 날아서 여기까지 온 노력과 꿈의 유토피아에 들어오기를 바라는 사람을 모욕하는 건 아닐까 두려웠다. 그는 5번 방의 허전한 공간에서 지내면서 그 공간이 뭔가를 말하지 않나 귀를 기울였다. 그가 아무것도 하지 않으면 5번 방 공간이 스스로 에너지를 발휘해서 뭔가 제시해주지 않을까? 꿈의 유토피아 공간이라면 그런 능력도 보여주지 않을까? 아니었다. 공간 스스로는 방에 들어온 사람에게 관심이 없고 무뚝뚝하게 혼자 존재할 따름이었다.

무득은 벽에 손을 짚고 걸으며 곰곰이 따져보았다. 꿈의 유토피아 플랫폼은 본인이 강렬하게 욕망해야만 구동되는 시스템이었다. 무득은 주저앉아 무릎을 감싸고 어처구니없을 정도로 욕심이 없는 자신을 탓했다. 그는 자신이 욕망의 거식증에 걸린 게 아닐까 자책했다. 평소 좋아했던 여가수를 떠올려, 여기서 존재를 창조해 같이 지내볼까도 궁리했다. 그는 방 한구석에 응접실을 만들고 여가수를 앉혀놓기도 했다. 여가수는 자신이 늘 봐왔던 모습과 같았다. 큰 눈에 살짝 파인 보조개. 어깨로 내려온 윤기 나는 머리칼, 날씬한 몸매. 여가수는 생글생글 웃는 얼굴로 그의 명령을 기다리고 있었다. 무득은 그녀가 부른 히트곡에 맞춰 그녀에게 춤추라고 말할 뻔했다. 무득은 그녀의 춤을 화면으로 수십 번은 보지 않았던가? 그녀는 지시만 떨어지면 환한 미소와 아름다운 몸짓으로 리듬에 맞춰 이 장소를 밝힐 준비가 된 것 같았다. 여가수는 자신에게 아무런 요구도 하지 않고 그냥 내버려두는 걸 불쾌해하는 것 같기도 했다. 내가 여기 있잖아요. 왜 같이 즐기려 하지 않나요. 당신은 잘못을 저지르지 않았고, 나를 학대하는 악당도 아니에요. 난 당신과 이 공간이 만들어낸 에너지예요. 무득이 아무런 요구를 하지 않자 여가수는 스르륵 허물어져 사라졌다.

무득은 눈을 감았다. 자신이 원하는 바를 의식과 무의식을 뒤져 찾았다. 무의식의 바다에서 올라온다면 심해에 사는 이마에 푸른 발광체를 단 기괴한 물고기라도 좋았다. 적을 향해 도끼를 휘두르는, 살인을 즐기는 병사라도 좋았다. 깊은 바다에서 거품과 함께 떠오른 건 벽장이었다. 그는 벽장의 어둠을 기억해냈다. 그건 너무도 오래 무의식에 잠겨 있어 무득은 선뜩 놀라며 자신의 기억이 맞는지 의아해했다.

나무 손잡이가 달린 갈색 낡은 벽장은 구름 문양의 단순한 무늬목이 붙었다. 소년 무득은 벽장에서 자신보다 두 살쯤 많은 앞집 소녀와 같이 들어가 있었다. 벽장 아래에 이불 두 채가 놓여 있어 둘은 푹신하게 앉을 수 있었다. 벽장문은 꼭 닫혀 캄캄했다. 캄캄한 속에 소녀의 모습은 선명하게 마음에 떠올랐다. 소녀의 숨소리가 느리게 전달되었다. 그녀에게 독특한 향기가 났는데 냄새가 강렬해 지금 이 방에서도 맡을 수 있었다. 소녀는 벽장의 벽에 등을 대고 무득은 반대쪽에 무릎을 안고 앉았는데 그래도 서로의 발끝이 닿았다. 캄캄해서 소녀 얼굴은 보이지 않아야 하건만 오히려 어둠 속에서 얼굴은 선명했다. 이상한 일이었다. 벽장 안을 장악한 건 어둠이었다. 암흑이라고 해도 좋을 빛의 부재 속에서 살아 움직이는 건 소리와 냄새였다. 소녀의 숨소리가 점점 크게 들리고 소녀의 생명과 몸이 만들어내는 자연스런 숨에 섞여서 전해지는 체취도 강해졌다. 숨은 몇 겹으로 나눠져 벽장 속에 차곡차곡 묵직하게 쌓였고 숨소리와 체취는 갈수록 무득을 눌렀다. 불쾌하지는 않은, 두려움과 호기심이 섞인 감정에 그는 몸을 맡겼다. 소녀의 맨 발끝에서 전해지는 촉각이 그를 달뜨게 했다. 소녀의 발가락 체온은 따뜻했고 점점 뜨겁게 느껴졌다. 태고부터 내려온 안온함이라고 할까, 무득은 어둠의 공간이 편안하면서도 자극적이었다. 이대로 오래 있어도 좋을 것 같았다. 무(無)에 가까운 암흑이 무득의 몸을 계속 통과하고 통과해서, 무득은 까맣게 말려서 어둠에 흡수된 것만 같았다. 소녀가 내민 손을 무득이 잡았다. 소녀의 손목에서 뛰는 맥박이 무득에게 전달되었다. 무득의 몸은 그 맥박에 동조해 함께 뛰고 있었다. 어둠도 함께 뛰면서 무득과 달렸다.

언제 무득이 의식을 잃었는지 모르겠다. 그는 닫힌 공간에서 조금씩 질식하면서 현실에서 떨어져 나가고 있었는지도 모른다. 그는 소녀가 얘, 얘, 일어나봐, 라며 귀에 대고 소곤대는 소리에 정신을 차렸다. 소녀의 입술이 무득에게 밀접하게 붙어 얇은 막이 뺨과 귓불을 간질였다. 소녀는 의식을 잃은 무득이 걱정되지 않는지 호들갑스럽게 굴지 않았다. 소녀는 손바닥으로 무득의 얼굴을 쓱쓱 쓰다듬다가 손가락으로 장난스럽게 뺨을 튕겼다. 벽장문은 활짝 열려 빛이 무득의 눈을 따갑게 때렸다.

소녀의 숨소리와 냄새는 꿈의 5번 방에서 다시 재생되었다. 무득은 과거 기억이 사라지지 않았을 뿐만 아니라 긴 세월 동안 나름의 방법으로 부피를 늘리고 밀도를 높였음에 놀랐다. 기억에서 다시 태어난 소녀의 모습은 현실의 벽장 안에서 만났을 때보다 더 생생하고 표정이 풍부해졌으며 유일한 기억에서 얻은 독특한 품격까지 느껴졌다. 기억의 소녀는 무득을 향해 자신이 원하는 바를 말하고 실현될 수 있도록 부탁하는 것 같았다. 그러면서 무득은 5번 방에서 만들고 싶은 무엇을 깨달았다. 그건 소녀와 함께 지냈던 달콤한 경험을 간직한 벽장을 길게 늘인 동굴이었다.

그가 성인이 돼버린 지금 벽장을 닮은 동굴을 만든다고 해서 그 동굴에 무엇이 있을지는 알 수 없었다. 소녀 대신 마녀가, 즐거움 대신에 공포가 채워져 있을지도 몰랐다. 그래도 그는 동굴로 들어가고 싶었다. 깨어있는 꿈에서 뭔가를 만들고 유지하려면 집중력을 잃지 말아야 한다. 그는 온 정신을 모으면서 동굴을 만들었다. 그건 절반은 그가 만들려고 하는 의도에 따르고 절반은 푸른 탑 건물에 내재한 원리를 따라 움직이는 것 같았다. 기다란 벽장을 모로 세운 것 같은 동굴 입구엔 손으로 당기는 문짝이 붙었다. 동굴 입구는 5번 방 바닥에 닿았고 바닥을 따라 구불구불하게 놓였다.

무득은 문을 열고 들어갔다. 나무로 만든 문이 닫히는 소리가 딱 났다. 옛 벽장을 닫던 소리와 비슷하기도 하고 아닌 것 같기도 했다. 옛 벽장 소리가 지금까지 이어져오기나 한 걸까. 그 소리는 무득이 기억을 가공해 원음과 달라져버렸는지도 모른다. 그는 엎드린 채로 무릎과 손을 짚고 기어갔다. 그가 원했던 동굴의 길이는 5번 방을 채울 정도였다. 문을 열고 들어설 때는 그 정도 길이로 보였지만 안으로 들어서 기어가자 제법 긴 공간임을 알았다. 오른쪽으로 굽어지고 왼쪽으로 꺾어 얼마쯤 기었을까. 쉬면서 머리를 들자 천장에 부딪혔다. 단 한 알갱이 빛도 들어오지 않아 완벽한 암흑이었다. 어둠이 무득의 몸을 통과해 나가면서 그의 몸을 점점 더 까맣게 만드는 것 같았다. 그가 검정 잉크에 물드는 종이처럼 어둠에 묻혀서 어둠의 한 조각으로 녹아들어 가는 위험은 없을까? 벽장 동굴의 출구는 어디에 있을까? 그런데도 전혀 두렵지 않았다. 여긴 꿈이다. 어떤 실험도 어떤 동굴도 자각하고 있으면 공포를 불러오지 않았다. 꿈을 꾸는 사람이 이 꿈을 도저히 견디지 못하겠으면 꿈에서 깨어나면 될 뿐이었다.

무득은 동굴을 기면서 탁우가 여기를 꿈의 유토피아로 부른 자신감을 이해했다. 2층 입구 탁자에 같이 앉은 송아진이 이곳에서 뭘 해야 할지 모르겠다고 하는 무득을 어처구니없다는 시선으로 본 일도 받아들였다. 여긴 정말 굉장한 곳이었다. 무득은 암흑 속에서 한 점 암흑으로 함께 움직이고 있었다. 그는 바람 소리를 들었다. 사람의 숨소리 같기도 하고 계곡을 따라 휘익 내려오는 흐름 같기도 했다. 소리와 함께 식물의 꽃향기로 추측되는 냄새가 번져왔다. 소리와 냄새는 같은 성질이 아님에도 둘 다 끊어졌다 이어지곤 한다는 생각이 들었다. 어쩌면 착각인지 몰랐다. 암흑에서 무득의 귀와 코가 예민해져 청각과 후각의 두 감각으로 세계와 접촉하려

애쓰는 것인지도 몰랐다. 청각과 후각은 무득이 세계와 단절되지 않도록 거짓 감각을 일으켜 무득에게 내놓고 있는 건 아닐까. 무득 너는 세상 어딘가에 연결되어 있고 그 끝은 암흑에서도 결코 끊어지지 않는다는 믿음을 불어주고 있는 건 아닐까.

이 동굴은 하나의 통로가 아니라 여러 갈림길이 있고 그 갈림길마다 그를 계속 인도하는 소리와 향기가 있다는 생각도 들었다. 무득은 넓은 곳에 도달했다는 감각으로 멈췄다. 손을 더듬어 원형 공간임을 알았다. 그는 벽을 따라 손을 짚고 일어섰다. 머리에서 한 뼘 정도 위에 천장이 있었다. 벽과 천장은 나무 재질로 차갑지는 않았다. 그는 일어나서 팔을 벌리고 한 바퀴 천천히 돌았다. 벽에 부딪치지 않는다는 걸 확인하고 세 걸음을 더 걸어 한 바퀴 돌자 벽이 만져졌다. 여기가 동굴의 끝인지는 몰랐지만 이 장소로 충분했다. 벽을 따라 더듬자 바닥에서 세 뼘 정도 높이에 나무 침상과 같은 물체가 느껴졌다. 그가 벽을 따라 더듬고 침상을 만지며 얻어낸 이곳의 모양은 알을 닮은 작은 타원 모양에 나무 침상이 벽에 붙은 형태였다. 그는 몸을 벽에 붙여서 침상에 누웠다. 부드럽지도 않고 푹신하지도 않으며 딱딱하지도 않은, 눕는 순간 사람을 안온하게 만드는 침상이었다. 그는 팔과 다리를 약간 벌려 편안한 자세로 천천히 숨을 쉬며 숨이 코에서 목을 거쳐 배로 들어가는 느낌을 지켜보았다. 달리 할 일도 없었다. 동굴의 천장이 뚫려 하늘에서 쏟아지는 별빛에 몸을 담그면 좋으련만. 그러면 수십만 년 전의 원시인이 들판에 누워 하늘을 본 느낌에 다가갔을 텐데.

무득을 괴롭히거나 귀찮게 하는 얼굴이나 소리는 침상에선 완전히 사라졌다. 무득의 머리도 텅 비어 사람 얼굴이 떠오르지 않고 핸드폰이나 지하철 소리도 들리지 않았다. 물줄기로 비누 거품을 씻어내듯이 그는 어둠이 그를 씻어 내림을 느꼈다. 여기는 꿈도 아니고, 삶도 아니며 죽음도 아니었다. 그는 자신도 모르게 얼굴 근육이 풀어지고 몸이 부드러워짐을 느꼈다. 이건 고독이지만 강대한 권력이나 많은 재화와 맞먹는 고독이었다. 무득은 이 소소한 즐거움의 정체를 스스로에게 물어보면서 혹시 자신이 자만하고 있는가 물어보았다. 꿈에서 얻는 권력과 돈이 현실에서 되풀이되지 않음을 알고 있기에 여기 고독을 높게 평가하는지도 몰랐다. 벽장 동굴은 현실에서 방전된 그를 충전시키는 거대한 충전기가 될지도 몰랐다.

무득이 손을 뒤로 넘기며 몸을 쭉 폈다. 일어나야 할 때다. 암흑 속에선 자연스럽게 집중하게 되지만 영원히 여기서 살 수는 없다. 손이 침상 위에 닿자 뭔가 손에 걸렸다. 그는 몸을 일으켜 침상이 있는 벽 쪽을 더듬었다. 벽감에 꽂혀 있는 뭔가를 찾아 손에 들었다. 책이었다. 책장을 펼쳐보았으나 아무것도 보이지 않았다. 책 제목도 눈에 들어오지 않았다.

여긴 단 한 톨의 빛도 없는 절대 암흑이었다. 책 표지는 가죽으로 느껴졌다. 그는 감각에 집중해서 천천히 표지를 더듬고 손가락으로 표지를 비벼보았다. 어떤 종류의 가죽인지는 알 수 없었다. 무득은 평소에 눈을 감고 가죽을 만진 적이 없었다. 속지는 뭔가를 그린 종이였다. 오돌토돌한 점과 면이 느껴졌고 장수가 많지 않아 대략 50쪽 내외가 아닐까 싶었다. 표지에는 가죽을 오려서 만든 제목이 붙어 있었다. 점자를 읽는 시각 장애인의 불편한 마음에 공감하면서 그는 천천히 한 글자 한 글자를 손으로 새기며 알아보려 했다. 그럼에도 글자는 금방 인식되지 않았다. 다시 시도했다. 공간의 힘이 약해지고 비틀린다는 느낌이 들었다. 깨어있는 꿈에서 깨어날 시간이 다가왔다. 무득은 **유-토-피-아-**로 글자를 먼저 읽자 마음이 급해졌다. **가-는**, 그리고 **방-법**이 읽혔다. 그는 손으로 제목을 훑으면서 제목을 정리했다. **'유토피아로 가는 네 번째 방법.'** 글자를 인식하고 손으로 더듬으니 확실히 제목이 들어왔다. 그는 표지를 더듬은 촉감을 기억하고 머리와 몸에 심었다. 이건 꿈속에서 본 책이지만 혹시 세상 어딘가 존재할지도 모르는 일이었다.

그는 책을 벽감에 도로 꽂아놓았다. 꿈에서 얻은 어떤 물건도 현실로 가지고 가지 않겠다고 약속했다. 무득이 자신과 한 약속이었다. 여긴 우리가 모르는 세상이지만 현실과 긴밀하게 결합되어 있을 수도 있다. 현실에 없지만 사람을 따라

나와 꿈에서 현실로 퍼진 게 있을 수도 있다. 꿈에서 유령으로 떠돌던 예리한 조각이 혹시 현실로 뛰쳐나온 건 없을까? 우울증과 자살 같은 게 그렇지 않을까? 꿈이 그런 짓을 하다니 믿기지 않지만 그것 역시 절대로 없다고 단언할 수 없다.

무득은 푸른 탑 카페 건물의 5번 방에서 깨어났다. 벽장 동굴은 사라졌다. 그러나 손에 남은 책 표지의 촉감은 그대로였다. 그는 아무 흔적도 남지 않은 손을 들어 오래도록 쳐다봤다. 손은 무득이 뭔가를 만진 게 분명하다고 말했다. 시계를 보니 잠에 들어간 지 54분이 흘러 있었다. 무득은 침대에서 일어나 옷을 입고 룸을 나섰다.

9

꿈에서 깬 무득이 룸에서 복도로 나오자 2층 탁자에는 양태관이 앉아 있었다. 그는 밝고 흥분된 표정으로 옆에 둔 큰 가방의 손잡이를 잡고 있었다. 양태관은 무득에게 깨어있는 꿈에서 괜찮은 곳을 다녀왔냐고 물었다. 무득은 괜찮은 곳이란 말에 이질감을 느끼면서 그가 들어간 동굴을 말했다. 태초의 암흑에 다녀온 것 같다고, 암흑에게 빛의 세례를 받은 느낌이라고 말했다. 양태관은 동굴 경험에 그다지 감명 받지 않은 것 같았고 관심을 보이지도 않았다. 무득은 양태관이 마음이 들떠서 동굴체험에 귀 기울이지 않는 모습에 현실로 돌아왔음을 깨달았다.

무득은 벽을 바라보았다. 푸른 탑 카페 2층의 벽은 말끔했다. 동굴을 다닌 체험이 강렬해서인지 깨끗한 복도 벽도 주민센터의 벽처럼 느껴졌다. 주민센터의 칙칙한 벽에는 낡은 혈압측정기가 놓였고 행정서비스헌장이 붙어 있었다. 하도 자주 봐서 외우는 공허한 헌장 1조가 생각났다. 우리는 항상 밝은 미소와 친절한 자세로 고객을 우리의 가족처럼 맞이하겠으며, 모든 민원을 고객의 입장에서 생각하고 신속 공정하게 처리하겠습니다. 현실은 주민센터의 증명서 발급 장소처럼 무미건조한 곳이었다. 무득은 돌아온 현실에서 자신의 동굴 체험이 빛이 바래 너덜너덜 해어진 천처럼 느껴져 우울해졌다.

양태관은 깨어있는 꿈에서 시도한 혁신적인 실험에서 밝은 전망을 찾았다고 말했다. 무득은 깨어있는 꿈에서 다시 시도할 혁신이 있다는 사실에 놀라 되물었다. "혁신적인 실험요?" 양태관은 깨어있는 꿈의 경험을 보존할 방법이라고 말했다. 깨어있는 꿈의 경험은 독창적이고 황홀하기에 그걸 동영상으로 만들 수만 있다면 꿈을 꾼 사람뿐만 아니라 일반인에게도 큰 이슈가 되리라는 것이었다. 동시에 깨어있는 꿈을 많은 사람에게 확장시킬 유력한 수단이 된다는 의견이었다. 양태관은 무득이 다녀온 동굴은 어두워 동영상으로 찍기 어려운 곳이라고 말했다. 무득은 놀라서 말했다.

"꿈을 동영상으로 찍는다고요?"

양태관은 자신의 경험을 말하기만 하면 무득이 깜짝 놀랄게 분명하다는 자신감에 차서 웃으며 말했다.

"깨어있는 꿈에서 경험한 활동이 나타내는 뇌파를 이용해 동영상을 찍을 수 있죠. 흐릿하지만 어떤 활동인지는 알아볼 수 있어요. 기록 장비와 꿈꾸는 환경을 개선하면 화질이 더 좋아질 겁니다."

무득이 씁쓸하게 말했다.

"그런 게 가능하다니 놀랍습니다."

"기술이 워낙 급속하게 발달하니까요."

양태관은 전극을 머리와 얼굴에 붙이고 깨어있는 꿈에 들어가면 전극을 통해 들어오는 뇌파를 종합해 동영상으로 만들 수 있다고 말했다. 특이한 건 집에서 꾸는 깨어있는 꿈에서는 화질이 흐릿한데 여기 2층 꿈의 유토피아 방에서는 상태가 더 낫게 나온다는 것이었다. 그러면서 양태관은 혹시 무득도 시도해볼 생각이 없는지 물었다.

무득은 당분간은 자신이 다닌 동굴로 만족한다며 양태관이 다녀온 꿈의 유토피아는 어떤 곳이냐고 물었다. 양태관은 동영상 사업에 사로잡혀 자신이 다녀온 꿈의 유토피아를 돌아볼 정신은 없어 보였다. 양태관이 말했다.

"나는 아직 실험용으로 다니고 있어서요."

"우리 모두가 깨어있는 꿈에서 실험을 하고 있는 게 아닌가요."

"아, 나는 동영상을 찍기 위한 실험용 성격이 크죠."

"동영상이 쓸모가 있나요? 다음에 깨어있는 꿈에 더 잘 들어가기 위한 수련용으로 쓰는 겁니까?"

양태관 얼굴은 표가 나게 환해졌다.

"제대로만 나오면 동영상은 쓸 곳이 많죠. 꿈의 유토피아 경험을 찍은 동영상이라면 그 자체가 유토피아의 연장이라고 해도 되지 않을까요. 많은 사람이 동영상을 보고 경험을 나누고 즐길 수도 있죠. 유튜브처럼요. 어쩌면 깨어있는 꿈의 유튜브라는 새로운 플랫폼이 만들어질지도 모르죠."

"쉽지는 않을 텐데요. 유튜브야 스마트폰을 통해 바로 들어가면 되지만 깨어있는 꿈에 들어오려면 상당한 꿈 수련을 해야 하는데, 몇 명이나 가능할까요."

양태관은 낙관적이었다.

"동영상 사업이 일단 시작되면 깨어있는 꿈에 들어가는 매뉴얼이 나오고 개선된 제품이 이어져 시간과 노력을 단축시킬 겁니다. 소수만 만들거나 들어갈 수 있다면 젊은 세대는 오히려 열광적으로 몰려올 겁니다. 그들이 깨어있는 꿈 동영상을 자신의 정체성을 찍은 자화상으로 여길 수도 있죠. 반 고흐가 그린 귀에 붕대를 감은 자화상처럼요."

무득이 말했다.

"깨어있는 꿈을 동영상으로 찍는 걸 탁우가 허락할지 모르겠네요. 여기는 탁우가 제공한 장소고 탁우가 만든 플랫폼에 신세를 지고 있으니까요."

양태관이 말했다.

"탁우에게도 큰 기회가 될 겁니다. 탁우는 꿈에서 유토피아를 만들고 개인이 유토피아에서 행복하기를 바라고 있어요. 동영상이 그 구상과 맞지 않을 까닭이 없지요."

"탁우가 뭘 원하는지 우리는 잘 모르죠."

무득은 그날 밤 탁우에게 메시지를 보냈다. 혹시 『유토피아로 가는 네 번째 방법』 책을 아냐고. 무득은 5번 방에서 자신이 체험한 동굴을 탁우가 어떻게 해석할지 궁금했다. 그리고 동굴에서 발견한 책의 정체를 알고 싶었다. 새벽에 탁우에게 전화가 왔다. 무득이 손으로 더듬어 진동으로 울리는 스마트폰을 잡자 새벽 1시 35분이라는 숫자가 떴다. 깊이 잠들었던 무득은 잠이 묻어 있는 목소리로 전화를 받았다. 탁우는 새벽에 미안하다는 인사치레도 없이 바로 물었다.

"그걸 어디서 보았나?"

잠이 덜 깬 무득은 얼떨결에 다시 물었다.

"네. 뭘 말입니까?"

"네 번째 방법 책 말이야."

무득은 간략하게 5번 방의 꿈에서 동굴에 들어갔고 거기서 표지가 가죽인 책을 만진 일을 설명했다. 탁우는 한참을 아무 말도 하지 않았다. 너무 조용해서 무득은 전화가 끊어졌나 싶어 탁우를 불러보았다.

탁우가 그제야 심각하게 되물었다.

"동굴에서 책을 손에 들었다고?"

"네. 표지를 더듬어 책 제목을 알아냈지요."

다시 탁우가 침묵했다. 침묵은 그 자체로 탁우의 놀람과 당황하는 모습을 전했다. 탁우는 무득에게 저녁에 푸른 탑 카페에서 만나자고 말했다.

그날 저녁 탁우가 만나야 할 사람이 한 명 더 기다리고 있었다. 정보과 경찰이었다. 탁우는 이상한 방향으로 푸른 탑 카페 일에 뛰어든 두 사람을 곰곰이 생각했다. 탁우도 오래 잊고 있었던 『유토피아로 가는 네 번째 방법』. 그 책이 엉뚱한 방법으로 모습을 드러냈다. 정보과 경찰이 자신을 만나러 온다는 일도 특이했다. 경찰은 좋은 일과 연관되는 사람은 아니었다. 잠이 달아나버려 탁우는 자리에서 일어나 앉았다.

탁우는 동굴의 책이 홍리가 남겨둔 흔적이 아닐까 생각했다. 홍리가 일부러 놔둔 책이 누군가의 눈에 띄어, 홍리가 원하는 모종의 임무를 하게 되는 건 아닐까 의심했다. 홍리가 무엇을 바랐는지는 알 수 없었다. 홍리는 푸른 탑 꿈 카페를 떠났지만 순순히 물러갔다고는 볼 수 없었다. 책은 동굴이든 어디든 놓여서는 곤란한 물건이었다. 책은 꿈의 유토피아에서 제거돼야 할 불온한 이물질이었다.

장서림 경사는 탁우를 만나기 위해 푸른 탑 카페 건물로 왔다. 그는 건물 주변을 두 바퀴 돌고 뒷골목 쪽에 붙은 출입문을 찾았다. 그는 출입문 위에 붙은 검은색 원형 감시카메라를 흘낏 쳐다보고 디지털 자물쇠의 덮개를 올려본 뒤 다시 닫았다. 건물 벽을 쌓은 붉은 벽돌은 단단했고 주변은 깨끗했다. 골목은 막다른 길은 아니었지만 지나다니는 사람이 없었다. 장서림은 푸른 탑 꿈 카페에서 아직 초보 단계를 벗어나지 못했다. 꿈 일기를 적고, 끊임없이 꿈에서 깨어 있으려고 노력하는 여러 방법을 시도했다. 깨어있는 꿈에 들어선다는 건 상당한 수련을 요하는 일임에 틀림없지만 그는 집중해서 수련하면 어느 단계는 넘어설 수 있다고 자신했다. 꿈 카페 체험기에 실린 하늘을 날고, 건물을 짓는, 깨어있는 꿈 체험기 정도는 충분히 해낼 수 있다고 생각했다.

그러나 깨어있는 꿈이 그에게 조사해야 할 정보업무가 되는 순간, 그건 넘어설 수 없는 장벽이 되고 말았다. 영화 평론가가 평론을 쓰기 위해 어쩔 수 없이 같은 영화를 여러 번 보는 것처럼 깨어있는 꿈에 들어가는 노력이 고통스런 업무가 된 것이다. 깨어있는 꿈에 들어가서 잠시 머물 수는 있었다. 그가 꿈속에서 자각몽임을 깨닫고 주변을 관찰해야겠다고 마음먹은 순간 팔과 다리가 사라지면서 꿈에서 깨어나 버렸다. 장서림은 탁우에게 수련 진도가 나가지 않는 상황을 밝히고 도움을 요청했다. 탁우는 카페의 초보자 가이드 코너를 읽고 처음부터 신중하게 따라서 시도해보라는 충고를 보내왔다. 탁우의 답변은 건조하고 간결해 일부러 피하는 인상마저 들었다. 초보자 가이드에는 장서림과 비슷한 상황을 사막을 건너는 단계로 해석하면서 열심히 수행해서 자신의 힘으로 넘어갈 수밖에 없다고 쓰여 있었다. 사막은 누구도 대신해서 걸어줄 수 없는 곳이었다. 장서림은 시간이 넉넉하면 자신의 힘으로 사막을 건너갈 수 있다고 판단했다. 아쉽게도 그는 한가롭게 꿈 수련을 할 여유가 없었다. 임무를 처리해야 하는 정보과 형사의 시계는 빨리 간다. 때로는 시계 분침이 초침처럼 급하게 뛸 때도 있었다.

장서림은 다른 방법을 쓰기로 했다. 그는 꿈 카페에 오른 글과 사진을 샅샅이 훑은 뒤 직접 카페지기 탁우를 만나기로 작정했다. 정보계장도 동의했다. 정보계장은 자신이 원하는 고급 정보는 탁우에게서 나온다고 자신했다. 실패할 수도 있지만 장서림은 정보과 형사가 쓰는 몇 가지 덫을 준비해뒀다. 장서림은 탁우에게 비밀댓글을 보내 자신이 경찰임을 밝히고 중요한 일이 있으니 만나자고 말했다. 탁우는 중요한 일이 뭐냐고 물었고 장서림은 만나서 얘기해야 하는 건이라고 답했다.

장서림은 푸른 탑 카페의 철제 의자에 앉아 왜 탁자와 의자를 무거운 철제로 제작했는지 궁금해했다. 지나친 투자 같기도 했다. 카페는 낮인데도 손님이 많았다. 이 도시에 오면 한 번은 들러봐야 할 카페로 소문이 난 가장 큰 이유는 독특한 디자인과 뛰어난 커피 맛 때문일 것이다. 이런 카페를 만들고 운영한 탁우는 상당한 능력자임이 틀림없었다. 푸른 탑 카페 주변을 따라 한때는 버려졌던 오래된 창고와 식당 건물도 덩달아 부활하고 있었다. 1960년대 만든 중국집은 스웨

덴 의자와 장식용 승용차, 북유럽 접시로 꾸민 카페로 변신했고 1940년대 만든 쌀 창고는 건물 뼈대를 살리고 어두운 벽을 밝고 화사하게 칠한 다음에 카페 겸 식당으로 되살아났다. 창고 건물이 겉은 어둡고 실용적이며 안은 밝고 장식적인 이중의 얼굴을 갖게 된 셈이다. 1960년대 만든 옛날 목욕탕을 개조해 꾸민 카페도 입에 오르내렸다. 뜨거운 물을 채웠던 욕탕에 앉아 마시는 냉커피는 별미였다. 벌거벗은 사람이 앉았던 사우나실에서 옷을 차려입은 남녀가 즐거운 대화를 나눴다. 푸른 탑 카페 건물도, 신축이지만 오래된 건물을 재생한 듯한 각별함을 내보이고 탁월한 커피 맛이 더해져 인기를 얻었을 것이다. 장서림은 카페에서 파는 빵과 샐러드가 맘에 들었다. 큼직한 통팥이 들어간 빵, 크림과 통팥이 절반씩 들어간 빵, 페스추리, 오징어먹물빵, 신선한 샐러드로 다섯 종류였다. 디저트도 카페에서 만든 치즈케이크와 당근케이크 등 다섯 종류만 있었다. 장서림은 카페 사장이 다섯이라는 숫자를 좋아한다고 생각하면서 통팥빵과 오늘의 커피 두 잔을 시켰다. 그는 남은 한 잔은 손님이 오면 가져다 달라고 부탁했다. 가게를 운영하는 사람을 만날 때 음식을 팔아주면 이야기가 순조롭게 진행되기 쉬웠다.

탁우는 정문에서 들어왔다. 장서림은 그가 들어올 때 카페 사장임을 알아챘다. 대략 알고 있던 얼굴이나 체격과 비슷했지만 카페에 들어오는 느낌은 달랐다. 장서림은 손을 들고 커피를 한 잔 마시며 그를 관찰했다. 균형 있는 얼굴에 키가 큰 그는 청바지와 흰 티를 입었을 뿐인데 화려하고 비싼 옷을 입은 분위기를 풍겼다. 탁우는 카페를 가로질러 장서림에게 와서 침착하게 자신을 소개했다.

"탁우입니다."

장서림은 자신을 정보과 형사로 소개했다. 그가 경찰 신분증을 꺼내 탁자에 놓자 탁우는 시선을 한 번 줬다가 고개를 돌려 장서림을 바로 쳐다봤다. 탁우는 자세가 반듯했고 동작이 절도 있었다. 사관학교를 졸업한 생도가 사회에 나와 몸을 조금 부드럽게 움직이는 느낌이었다.

"무슨 일이시죠?"

장서림은 자신이 지금 하는 말은 과장되거나 왜곡되지 않았다는 심각한 표정을 지었다. 그가 자주 하는 솜씨 좋은 연기였다. 경찰이 원하는 고급정보는 책을 펼치면 나오거나 술자리에서 귀동냥해 들을 수 있는 게 아니었다. 정보를 얻기 위해서라면 과장과 거짓말이 필요하고 때로는 속임수도 써야 했다. 동작과 말이 그럴듯하게 어우러져야 한다. 탁우는 무의식이 어떻게 움직이고 의식과 행동으로 올라오는지 잘 아는 사람이었다. 장서림은 자기가 탁우가 운영하는 꿈 카페의 회원이라고 강조하면서 깨어있는 꿈에 들어가기가 쉽지 않음을 절감한다고 말했다. 탁우는 아, 그런가요 하면서 미세하게나마 친근한 얼굴로 바뀐 것 같았다.

“깨어있는 꿈에 들어오는 게 꼭 어렵지는 않지요.”

장서림은 그랬으면 좋겠다며 자연스럽게 찾아온 용건으로 넘어갔다.

“살인 사건이 터진다는 제보가 들어왔습니다.”

탁우는 전혀 놀라지 않았다. 그 정도 일이 대수인가 하는 표정이었다. 놀란 건 도리어 장서림이었다. 살인이 날지 모른다는 소식을 들으면 사람들은 안색이 달라지고 깜짝 놀라며 표정이 변했다. 탁우는 드라마 한 장면에서 이런 대사를 들었을 때 놀라지 않는 배역을 맡은 사람으로 보였다. 탁우는 감춰진 진실을 찾는 얼굴로 장서림을 유심히 살펴보았다. 장서림은 심각한 표정을 꼿꼿이 유지했다. 탁우는 사건이 날 공간보다 시간을 먼저 물었다.

“언제 일어난다고 하던가요?”

장서림은 이 건물 2층에서 일어난다고 침착하게 말했다. 엇박자 답이었다. 어디선가 들어온 반사광에 눈이 부셔 장서림은 손을 들어 창을 만들었다. 빛이 비치는 곳에 먼지가 어지럽게 움직였다. 반사광에 눈이 가려 얼굴이 뿌옇게 보이는 탁우가 말했다.

“누가 죽는다고 합니까?”

탁우가 담담하게 물어보는 바람에 장서림은 당황했다. 탁우는 엉뚱하게 범인보다 피해자를 먼저 물었다. 장서림은 자신이 상상으로 만들어낸 살인 사건을 탁우가 실제로 기획하는 건 아닌지 의심스러울 지경이었다. 탁우는 상대방의 의도에 말려들지 않고 엉뚱한 방향으로 움직이는 스타일이었다. 깨어있는 꿈에서 벌어지는 기상천외한 사건에 숙달되어 현실에서 터지는 살인 정도는 시시하게 보이는 건가. 탁우는 누구나 궁금해할, 제보한 사람의 신원에 관해서는 묻지도 않았다.

"여기 카페 2층에 자주 오는 사람이라고만 하더군요."

탁우는 태연하게 고개를 끄덕였다. 무심한 동작이라서 2층에 죽어 마땅한 사람이 여럿 있다는 인정처럼 보였다. 장서림은 이런 종류의 제보가 실제로 벌어질 가능성은 크지 않다고 안심시켰다. 경찰은 만약의 경우에 대비하고 위험을 경고하기 위해 조치할 따름이라고 말했다. 범행 동기가 알려지지 않았기에 아직까지 위험도가 높은지는 알 수 없다고. 장서림은 명함을 탁우에게 건네며 말했다.

"수상한 조짐이 있으면 언제든지 연락하십시오."

그러면서 장서림은 여기까지 왔으니 가볍게 확인한다는 투로 물었다.

"카페 2층에서 뭘 합니까?"

탁우는 특별한 건 없다고 말했다.

"제가 2층에 올라가 봐도 됩니까?"

탁우는 잠시 장서림 얼굴을 쳐다보다가 그다지 망설이지 않는 투로 대답했다.

"같이 가보시죠."

1층 푸른 탑 카페에서 2층으로 올라가는 길이 없어 장서림은 바깥으로 나와 뒷골목 출입문을 통해 올라갔다. 장서림에게 룸이 늘어선 2층은 시설은 좋고 가격은 싼 간이숙소처럼 보였다.

장서림은 2층 복도를 걸으면서 물었다.

"여기가 깨어있는 꿈을 꾸는 곳인 모양이지요."

"그렇죠. 당신이 들어오고 싶어 하나, 들어오지 못하는 곳으로 가는 길목이죠."

장서림은 룸을 열어보고 침대 하나가 달린 방에 흥미를 잃었다. 그건 엄청난 방문객이 쏟아져 들어오는 관광지로 변한 궁궐에서, 황제 방을 둘러보며 후궁과 황제의 정사를 상상하는 모습과 닮았다. 뇌에 엄청난 에너지를 퍼부으면 후궁 얼굴과 행위를 상상할 수 있지만 그마저도 끊기고 흐릿하여 금방 사라지기 일쑤인 백일몽에 지나지 않았다. 장서림은 이런 공간에서 일어나는 깨어있는 꿈은 결국 꿈의 세계에 갇혀 이쪽 세계로 넘어오지 못하는 거라고 생각했다. 꿈에서 현실로 넘어오는 장벽은 높고 길다고 믿었다. 그렇지 않으면 현실은 미치광이의 무대로 변하고 말았으리라. 장서림은 이렇게 생각하면서도 역사 속에서 폭군과 독재자와 살인마를 비롯한 수많은 미치광이가 마구 날뛰었다는 사실을 기억했다.

장서림이 꿈과 현실 사이에 놓인 장벽을 따져보며 물었다.

"현실에서 살인을 저지르고 꿈으로 도피한다는 게 가능합니까? 역으로 꿈에서 살인을 저지르고 현실로 도피하는 거는요?"

탁우의 대답은 간명했다.

"그건 당신이 직접 해보지 않는 한 뭐라고 말하기 어렵죠."

장서림은 어깨를 으쓱하며 말했다.

"그럴 리가요. 설마 그게 가능하다고 믿는 건 아니겠죠?"

"삼십 년 전에 스마트폰으로 드라마를 보고 외국에 전화를 걸고 뉴스를 검색할 거라고 누군가 예언했다면, 몽상이라며 아무도 믿지 않았겠죠."

"그거와 제가 물은 건 다른 것 같은데요."

"상상이 현실이 된다는 본질은 같죠."

"그런가요?"

장서림은 뒷골목으로 난 출입문을 나서면서 정보계장이 말한 미래의 새로운 사건 유형이 이 건물에서 일어나기는 어렵겠다고 생각했다. 여긴 그저 현실에 지친 꿈 카페 회원이 잠시 쉬는 휴게공간으로 보였다. 여기서 어떤 꿈을 꾸고 꿈에서 무슨 짓을 저지르든 그런 꿈과 행동은 출입문을 빠져나오지도 못할 것 같았다.

탁우는 1층의 카페로 돌아왔다. 그는 진한 에스프레소를 한 잔 마시며 생각에 잠겼다. 정보과 경찰이 왜 찾아왔을까? 어느 지점에선가 홍리와 연결되는 장면이 있을 것이다. 탁우가 홍리와 헤어진 사건은 탁우가 홍리를 몰아낸 것이면서 동시에 아름다운 이별이기도 했다. 탁우는 그렇게 생각했다. 탁우와 홍리가 함께 지낼 때의 여기 2층은 변변하지 못한 방이었다. 나무로 만든 2층 침대는 삐걱대었고 매트리스도 저급품이었다. 2층 침대가 두 개 들어간 방 두 칸은 좁은 학생 기숙사와 비슷했다.

홍리는 떠나면서 긴 말을 하지 않았다. 탁우는 홍리와 헤어지면서 상당한 돈을 선물했다. 당신의 난잡으로 내 몸과 마음의 절반은 죽어버렸지만 그럼에도 사랑했던 당신을 보내면서 지급하는 보상금과 같은 돈이라고 설명했다. 무척 사랑했으나 도저히 자신의 영역에 들어오지 않는 여자에게 주는 이별 선물이었다. 홍리가 웃으며 말했다. 헤어질 때 받는 위자료와 같은 거야? 지금 당장 사용해도 돼? 홍리가 돈이 든 가방 손잡이를 부드럽게 쓰다듬으며 물었다. 탁우는 고개를 끄덕였다. 홍리의 손동작은 사람을 유혹하고 자극하는 결이 있었다. 헤어지는 자리는 어색했다. 오래 사랑한 사람들은 고통과 기쁨을 함께 겪었고 그런 경험은 모종의 작용을 통해 두 사람의 감정을 단단하게 묶는다. 그렇게 생각했던 건 착각이었다. 헤어지면 감정은 재빨리 사라졌다.

탁우는 홍리에게 자신이 죽으면 푸른 탑 건물의 2층을 사용할 수 있는 권리를 주겠다고 알렸다. 홍리가 탁우를 비웃었다. 난잡과 음란과 방탕으로 얼룩진 꿈을 꾼다고 나를 쫓아내면서 그렇게 살 수 있는 권한을 내게 준다고? 탁우는 답했다. 우린 푸른 탑 꿈의 지분을 절반씩 가졌고 내가 사라지면 나머지 절반을 홍리가 행사하는 건 당연하다고. 그게 지옥이든 천국이든, 아니면 수도원이든 섹스 파티장이든 아무런 관계를 하지 않겠다고. 홍리가 다시 물었다. "그 말을 믿으라고?" "믿어서 손해 볼 건 없지." 홍리는 말했다. "납득되지 않는 말이지만, 당신은 원래 이해되지 않는 말을 자주 하니까 그렇다고 치고, 이 돈에 내 자금을 보태 책방과 식당을 만들 생각이야. 책방 지하에 깨어있는 꿈을 꿀 작은 공간을 만들 테고. 그런 피난처를 막지는 않겠지. 여기 공간은 며칠 사이에 정리할게."

탁우와 홍리의 대화는 아름다운 이별처럼 보였지만 그렇게 끝나지는 않았다. 탁우는 홍리와 헤어진 다음 날 깨어있는 꿈의 검은 문으로 잠입해 홍리와 놀던 남자와 여자를 찾았다. 그 난잡과 방탕의 자리에 홍리는 없었다. 음란과 방탕을 벌이는 사람은 네 명이었던가? 다섯 명이었던가? 카빈 소총과 탄창 다섯 개를 들고 탁우는 잠시 난장판을 지켜보았다. 난장판이 맞았다. 그들은 관능과 유희에 빠져 탁우가 그 장소에 들어왔다는 사실조차 깨닫지 못했다. 탁우는 예전에 보았던 홍리의 난잡을 떠올렸다.

탁우는 기묘한 콘서트장에 앉아 있었다. 무대에는 연주장에서 보기 어려운 커다란 그랜드 피아노 하나가 덩그러니 놓여 있었다. 피아노의 건반이 무척 커서 건반에 여러 명의 사람이 앉거나 누울 수 있었다. 탁우는 저런 괴상한 피아노를 누가 연주할까 의아하게 쳐다보았다. 관객석은 백여 명쯤 자리가 마련된 콘서트장이었지만 텅 비어, 탁우 혼자만 앉아 피아노를 쳐다보고 있었다. 콘서트장은 조용해 탁우는 침묵이 갑갑했다. 무대 오른쪽에 출입문이 보였는데 탁우는 누군가 들어오는가 싶어 유심히 쳐다보았다. 시간이 흘러도 아무도 들어오지 않아 탁우는 콘서트장을 벗어날까 생각했다. 출입문은 무대쪽에 설치된 하나뿐이었다. 탁우는 무대의 출입문으로 나가려고 일어섰다가 도로 주저앉았다. 이상한 일이었다. 탁우는 어떤 일이 곧 벌어진다는 예감에 잡혀 빠져나가지 못하고 있었다. 출입문이 열리더니 누군가 들어왔다. 탁우가 잘 아는 사람이었는데 얼굴이 떠오르지 않았다. 탁우는 안간힘을 써 겨우 그 사람이 홍리임을 알아보았다. 얼굴에 붉은 두 줄을 세로로 긋고 이마와 뺨에 보라색 무늬를 칠해 낯선 사람으로 보였다. 검은색 팬티를 입고 망사 옷으로 몸을 덮어 몸이 훤히 들여다보였다. 홍리는 피아노 의자를 딛고 건반에 올라갔다. 홍리의 몸에 눌린 피아노에서 리드미컬한 화음이 울려퍼졌다. 탁우는 콘서트장을 채운 그 소리를 멍하니 듣고 있었다. 탁우가 귀를 막아도 들릴 수밖에 없는 소리였다. 눈가에 복면 띠를 두른 사람 세 명이 출입문에서 나타나 피아노 건반 위에 올라갔다. 남자 두 명과 여자 한 명이었다. 그 셋은 모두 검은색 얇은 팬티만 입고 있었다. 셋은 각자 홍리의 팔과 다리와 몸을 빨기 시작했다. 홍리가 몸을 비틀자 건반이 울렸다. 홍리가 누르는 건반 음은 가볍게 살짝 흘렀다가 거칠고 둔탁한 소리를 내면서 콘서트장을 채웠다. 탁우가 눈을 감자 연주는 아름다고 선명하게 귀를 울렸다. 탁우는 도저히 눈을 감고 들을 수가 없었다. 눈을 뜨자 홍리의 몸은 절정을 향해 달려가고 있었다. 그들 넷 모두 얽히고 얽혀서 함께 절정을 향해 치닫고 있었다. 피아노에서는 교향곡의 절정에서 금관악기가 내놓는 웅장한 음이 울려나와 역시 넷의 몸만큼이나 얽히고 얽혀서 퍼졌다. 탁우는 양손으로 귀를 막았다. 귀를 막자 피아노 소리가 탁우의 몸에서 증폭해서 몸을 터트릴 것처럼 부풀어 올랐다. 탁우는 입을 벌려 소리를 토해 내었다. 입을 닫자 소리가 몸에서 다시 올라왔다. 탁우는 그 소리가 몸 안에서 긴 창이 되어 창자와 심장을 뚫는 것처럼 느껴졌다. 관객인 탁우는 초라해지고 초라해졌다. 탁우는 이를 꽉 깨물고 무대로 뛰어올라 출입문으로 향했다. 갑자기 피아노 소리가 뚝 끊겼다. 탁우가 돌아보자 홍리는 탁우를 바라보며 웃고 있었다. 웃고 있었지만 이상하게 웃음소리는 들리지 않았다. 홍리 젖가슴에 여러 명이 남긴 붉은 키스 마크가 또렷했다. 탁우는 강렬한 모욕감과 함께 살의를 느꼈다.

탁우는 회상에서 깨어났다. 이곳 검은 문 장소는 난잡했던 콘서트장과 달라지지 않았다. 탁우가 카빈 소총을 겨냥해 첫 번째 사람을 쏘았다. 음란의 장소에 비명과 공포, 피와 뇌수, 뼈마디와 살이 튀었다. 탁우는 카빈 소총을 반자동으로 놓고 조준 사격을 했다. 쾌락은 지옥의 고통으로 바뀌었다. 남자와 여자는 탁우에게서 도망가려고 아우성이었다. 그들은 침대 밑으로 기어들어 가고 천장에 붙어서 웅크리고 출입문을 빠져나가려고 서로 잡아 뜯었다. 탁우에게 무릎 꿇고 다시는 잘못을 저지르지 않겠다고 사정했다. 탁우는 홍리가 어디로 갔는지 물었으나 그들은 알지 못했다. 흰 벽은 피로 범벅이 돼 순식간에 원래의 색이 뭔지 알기 어렵게 변해버렸다. 꿈에서 살해당한 것이 진정한 죽음인가? 홍리의 동료는 당장의 고통과 공포로 감각과 이성이 마비되어 그런 점을 따질 여유가 없었다. 여자 한 명은 태연했다. 그 여자는 얼굴과 가슴과 다리에 쏘는 총알을 그대로 받아냈다. 여자는 탁우를 향해 더럽고 치욕적인 욕들을 끊임없이 해대었다. 탁우가 여자의 입을 겨누고 물었다. 홍리는 어디에 있지? 여자는 기묘한 웃음을 터뜨리고 탁우가 여자의 입에 총을 쏠 때까지 저주를 그치지 않았다. 홍리와 그들 일당은 다시는 검은 문으로 들어오지 못할 것이었다. 검은 문 앞에만 서면 그날의 공포가 머리에서 발끝까지 휘감아 꼼짝도 하지 못할 테니까. 그렇게 동료가 학살된 후에야 홍리는 탁우가 돈을 건네준 이유를 깨달았을 것이다. 탁우는 자신이 저지른 학살의 대가를 약간

치르기 위해 넘긴 것이라고. 탁우가 마음의 고통을 덜기 위해서 넘긴 돈이라고. 탁우가 오래 사랑했고 지금도 사랑하는 홍리의, 동료들 몸과 얼굴에 수십 발의 총알을 난사하면서 탁우는 스스로 죽어 마땅한 짓을 하고 있다고 생각했을까?

장서림이라는 정보경찰은 이런 사실을 알고 있는 것일까? 어쩌면 장서림은 알고 있는 사실을 모두 탁우에게 말해주지 않았을지도 모른다. 경찰은 기본적으로 믿을 수 없는 족속이다. 그러나 누가 탁우를 죽이러 온다고 해도 그는 떳떳하게 맞설 자신이 있었다. 탁우는 칼이나 권총을 쥔 사람에게 말할 것이다. 내가 사랑했던 홍리가 행한 난잡은 죽음보다 더한 배신이 아니냐고. 당신이 그렇게 생각하지 않는다면 내게 총을 쏘라고. 내게 총을 쏘는 건 남자의 사랑과 헌신에 대한 공격이라고. 탁우는 자신도 모르게 주먹을 움켜쥐었다. 무득이 카페로 올 약속시간이 가까워졌다.

10

무득은 푸른 탑 카페에 도착했다. 탁우가 먼저 기다리고 있었다. 탁우는 푸른 탑 카페의 묵직한 철제 의자에 앉아 깊은 상념에 빠져 물끄러미 탁자를 내려다보고 있었다. 정보과 형사가 떠난 지 얼마 되지 않았다. 탁우는 장서림의 만남을 되새겨보고 있었다. 그가 살인 사건 제보라는, 믿을 수도 있고 믿지 않을 수도 있는 사건을 들고 찾아온 배경을 곰곰이 따져보았다. 꿈에서 홍리 동료를 죽인 사건과 관련이 있는지, 시대의 흐름을 확인하기 위해서인지, 아니면 어디선가 깨어있는 꿈에 탐닉한 자가 몹쓸 사건을 저질렀는지도 모를 일이었다. 아직 그 이유를 정확히 알 수 없었다. 어쨌든 경찰이 탁우의 2층 깨어있는 꿈 시설에 관심을 두고 관찰 대상에 탁우와 푸른 탑 카페를 넣었다는 사실은 유쾌하지 않았다.

그러나 그건 무득이 봤다는 책에 비하면 아직은 가벼운 일이었다. 탁우는 두 권밖에 없는 수제 책이 어떻게 무득의 깨어있는 꿈속에 나타났는지 머리가 무거웠다. 꿈 카페를 떠난 홍리 짓이라고 짐작했지만 확신하지는 못했다. 탁우는 여전히 탁자에 손을 올리고 있었다. 무득은 탁우에게 왜 이런 무거운 철제 물건을 만들었냐고 묻고 싶었지만 평소와 달리 조급함이 느껴지는 탁우의 모습에 말을 삼켰다.

무득을 만난 탁우는 다짜고짜 동굴에서 봤다는 책 이야기를 물었다. 책 이야기를 꺼내면서 탁우는 폭넓게 대화하기 어려운, 까탈스런 사람으로 보였다. 무득은 조용한 푸른 탑 카페를 둘러보면서 날카로워진 탁우를 바라봤다. 가끔 생기는 일이지만 들어오는 사람은 적고 나가는 손님은 많으면서 생기는 공백으로 잠시 동안 카페에 손님이 없는 때가 있었다. 지금이 그런 때인지 중앙 홀은 무득과 탁우뿐이었다. 빈 카페는 고즈넉하게 보일 수도 있었지만 지금은 불안한 분위기를 풍겼다. 누가 엿들을 염려를 할 필요가 없어서인지 탁우 목소리가 평소보다 한 톤 높게 들렸다.

무득은 동굴에서 만진 책 모양을 자세하게 얘기했다. 책 내용을 눈으로 볼 수 없어 만지고 더듬어서 알아낸 책 제목이었다. 무득은 글씨의 촉감과, '유토피아'와 '방법'이란 단어가 크기와 입체감이 다른 서체로 쓰여 있던 점을 말했다. 그 의미심장한 서체를 만든 사람은 뭔가를 호소하고 있었다. 탁우의 이목구비가 뚜렷한 얼굴에는 알 수 없는 흔들림이 깔렸다. 무득 이야기를 들으면서 마음 바닥에 깔린 흔들림은 때로는 커졌다가 작아졌다. 탁우가 물었다.

"그 책을 다시 만지면 알아볼까?"

무득이 손을 들어 손바닥을 쫙 펴며 말했다.

"글쎄요. 동굴 속에서는 어둠과 책이 한데 뭉쳐 있어서요. 손의 촉감이 잘 살아나야겠죠. 그 책을 압니까?"

탁우가 그렇다고 말했다.

"그 책은 뭘 다뤘지요?"

"그건 다음에 얘기하지."

무득은 멈추지 않고 질문을 이어나갔다.

"유토피아로 가는 네 번째 방법이 제목이라면 첫 번째부터 세 번째 방법도 있을 것 같은데요."

"예전에 말한 적이 있었던 것 같은데. 세 가지 방법의 공통점은 모두 망했다는 점이야. 어떤 건 거창하게 시작하고, 어떤 건 미약하게 출발했지만 결과는 똑같아."

탁우는 진중하게 말했다.

유토피아로 가는 첫 번째 길은 종교였다. 종교는 천국과 깨달음의 세계를 약속했다. 경건한 종교인과 그들 바람이 강렬할수록 협잡배와 사기꾼도 덩달아 많아졌다. 천국이란 존재하는지 확인할 수조차 없는 꿈이었다. 종교는 믿음과 수행으로 현실 세계에서 유토피아를 만든다는 꿈도 꾸었지만 그런 장대한 이상을 성취할 방법은 없거나 극소수만 그 길을 갈 수 있었다. 종교는 수많은 실험을 거듭한 끝에 유토피아에서 후퇴를 거듭했고 천국은 더 멀어졌다. 두 번째는 생산력이 폭발한 자본주의의 길이었다. 산업혁명 초기의 처참한 빈부격차는 곧 사라지며 기술개발과 혁신으로 모두가 좋은 일자리와 주택과 편안한 복지를 받을 수 있다고 꿈꾸었다. 하지만 자본주의는 자신뿐 아니라 지구까지 망치는 길로 들어섰다. 세 번째 길은 모두가 평등하며 한 사람은 모두를 위해, 모두는 한 사람을 위한다는 공산주의 혁명의 길이었다. 공산주의자는 종교와 자본주의를 넘어서는 원대한 꿈을 꾸고 그 꿈을 현실에 옮겼다. 이들 세 가지 방법은 현실이 말해주듯 실패했거나 소수의 사람만이 혜택을 누리는 불완전한 유토피아로 끝나고 말았다. 아니 유토피아란 이름을 붙이기도 민망한 결과를 남겼다.

무득은 고개를 끄덕이며 물었다.

"거칠고 구멍이 많은 요약 같은데요."

"논쟁을 하면 끝이 없겠지. 큰 줄기가 그렇다는 말이야."

"그렇다면 네 번째 방법은 깨어있는 꿈을 통한 유토피아인가요?"

탁우가 느긋하게 손을 들어 긍정했다.

"깨어있는 꿈이 인류 역사를 뒤바꾼 종교와 자본주의나 사회주의와 같은 위상을 차지한다니 놀랍습니다."

"꿈은 매일 우리와 함께 하는데, 그 정도 힘을 지니지 않을까?"

"글쎄요. 전 꿈에 들어간 동굴에서 무척 편안했다는 기억이 남아서요."

"그것도 좋지. 우리를 징벌하겠다고 으르렁대는 유일신이나, 우리를 노예로 삼고자 분투하는 무슨 주의보다 낫지 않은가. 거기다 우리에게는 더 탐구할 미지의 영역이 활짝 열려 있고 말이야. 우리 모두가 깨어있는 꿈에서 동시에 같은 유토피아로 들어가 모여 지낼 수도 있겠지. 언젠가는 말이야. 그건 그야말로 착취도 억압도 없는 천국이지."

무득은 깨어있는 꿈을 동영상으로 찍겠다는 양태관을 떠올렸다. 사람이란 동물은 꿈의 유토피아를 벌써 분 단위로 쪼개서 팔 수 있는 상품으로 바꾸는 술법을 부리고 있었다. 무득은 양태관이 하겠다는 동영상 촬영을 탁우에게 말하려다가 그만두었다. 터질 사건이라면 터지게 되어 있었다.

무득이 물었다.

"『유토피아로 가는 네 번째 방법』은 누가 썼나요?"

"아직은 말하기 어려워. 시간이 걸려."

"표지가 가죽이라 책이 몇 권 되지 않을 것 같은데요."

"책은 두 권이야. 수제본이지."

무득이 끈질기게 물었다.

"그 책은 누가 가지고 있나요?"

탁우는 대답 대신 무득에게 물었다.

"그 책이 왜 무득의 동굴에 나타났을까? 혹시 짐작이 가는 이유는?"

"없어요. 저도 깨어있는 꿈에서 책을 보다니 이상하게 생각했죠. 현실에 균열이 생겨 깨어있는 꿈으로 스며든 게 아닐까 하는 터무니없는 생각도 했으니까요. 하여튼 어둠과 책이 혼연일체처럼 느껴졌어요."

"다음에 깨어있는 꿈에 들어가면 책을 잘 관찰해봐. 책이 있는 위치와 앞 몇 쪽도 자세하게 만져보고."

"노력하겠지만 잘 될까 싶네요. 워낙 어두워서요."

"첫 쪽에 혹시 그림이 그려져 있는지 알아봤으면 하는데."

"알겠습니다. 그런데 엉뚱한 추론이지만 책이 그곳에서 누군가 찾아오기를 기다렸다는 생각도 드네요."

"책 스스로가?"

"글쎄요. 하도 이상하니까 별생각을 다 해보는 거죠."

"책이 사람을 기다렸다면 왜일까?"

"책이 무슨 과제를 줄려고 했는지도 모르지요. 그 책이 처음에 하려고 했던 임무 같은 거요."

"임무! 무슨 임무?"

"깊이 따져본 건 아니고요. 괴상한 일에는 엉뚱한 발상이 어울려서 해본 가설이죠."

무득은 얘기를 바꿔 탁우에게 푸른 탑 카페 건물 말고 다른 곳에서 깨어있는 꿈에 도전해도 되냐고 물었다. 탁우의 얼굴이 눈에 띄게 어두워졌다.

"왜 다른 곳에서 도전하고 싶을까?"

"여기 2층이 꿈으로 들어가기는 좋죠. 제가 어떤 구체적인 계획이 있는 건 아니고요. 5번 방에서 뭘 해야 하는지 난감했거든요."

"뭐가 난감했다는 말인가?"

"전 권력자가 되거나 유명한 배우와 자거나 하는 그런 욕망 실험에는 관심이 없어서요. 그저 편안하게 쉬는 공간이면 족해요. 구태여 제가 귀중한 꿈의 유토피아 방을 차지할 까닭이 있을까 싶어서요. 공간 낭비이기도 하고 미안하기도 한 거죠. 2층에서 만난 송아진이라는 분은 꿈의 유토피아에서 어디로 가야 할지 모른다고 한 저를 비난하기도 했으니까요."

"송아진이 그렇게 말했어? 그건 지나친데."

"아뇨. 일리가 있어요. 꿈의 유토피아에서 방황하는 내가 미안하기도 하고요."

"미안해할 거는 없어. 2층 공간은 편안하게 써도 돼."

"많은 사람에게 기회를 주는 게 좋을 것도 같아서요."

"기회라. 어떤 기회 말인가?"

"편안하게 자기를 돌아보며 쉬는 기회라고 할까요. 제 동굴 속 체험 같은 거죠."

"바라는 걸 마음대로 할 수 있는 유토피아가 놓여 있는데도 그냥 휴식을 취해보겠다? 현실을 사는 데 도움 될 에너지를 꿈에서 가져가겠다는?"

"그렇다기보다, 유토피아라는 건 너무 환상적이고 동떨어진 것 같아서요. 불교에서 말하는 자재천왕(自在天王) 같은 거 아닐까요. 뭐든지 네 마음대로 할 수 있는 왕이 되게 해주겠다, 그렇게 마음대로 할 수 있는 왕이 바로 마왕(魔王)이라고 하더라고요."

탁우는 침묵하며 무득을 뚫어지게 쳐다보았다. 무득은 탁우가 철제 탁자의 가장자리를 붙잡고 힘을 꽉 주는 것을 지켜봤다. 무득은 눈을 깔고 탁자를 보다가 그냥 머리에 떠오르는 생각일 뿐이라고 말했다. 탁우는 무득을 쏘아보며 말했다.

"혹시 책방에 들렀는가?"

"네? 무슨 책방 말인가요."

"고집스럽고 자신의 욕망에 충실한 여자가 운영하는 책방이야."

"우리와 관계있는 책방인가요?"

"언젠가는 만나게 될 거야."

무득은 탁우에게 말했다. "내가 만약 몇몇 사람과 깨어있는 꿈을 시도하는 모임을 만들면 당신에게 허락을 받아야 하는가요." 탁우 눈빛이 단단하고 차가운 강철로 변했다. 무득은 저 눈빛을 어디에서 보았을까 생각했다. 탁우가 말했다. "내가 허락하지 않으면 하지 않을 건가. 무득, 당신이 가고 싶다면 가는 게 아닐까 우려스러워. 나는 그런 사람을 여럿 보았어." 무득은 자신 앞에도 여럿이 그랬다니 안심이 되었다. "아, 그런가요. 그들은 어떻게 지내는가요?" "그들은 유토피아를 떠났어. 유토피아는 한번 떠난 사람에게 다시 문을 열어주지 않아. 그건 배신이니까."

무득은 심각한 분위기를 눅이려 헛웃음을 치며 말했다. "뭐, 배신까지야, 새로운 실험을 잠시 한다는 정도로 가볍게 받아들일 수도 있지 않을까요?"

탁우는 고개를 젓더니 일어나서 악수를 청했다. 그는 가볍게 무득 손을 잡았다가 힘을 줬다. 손아귀 힘이 놀라울 정도로 강해서 무득은 악수를 한 채로 비명을 지를 뻔했다. 탁우는 일그러진 무득 얼굴을 보면서 손의 힘을 뺐다가 다시 꽉 쥐었다.

11

오늘 따라 경찰청 정보과의 외근이 많아서 자리가 많이 비어 있었다. 출입문에서 먼 마지막 자리의 경찰 한 명이 서류와 메모지를 보면서 컴퓨터 자판을 두들기는 소리가 낮게 깔렸다. 책상은 장서림이 깨어있는 꿈을 향해 떠날 때 정리해 놓은 모습 그대로 그를 맞았다. 책상은 그가 꿈에서 길을 잃지 않고 돌아오리라는 믿음을 잃지 않았다. 깨어있는 꿈으로 출장 나간 열흘이 아주 길게 느껴졌다. 그가 꿈에서 탑으로 날아가 유토피아를 찾는다는 헛된 시도를 하는 사이에 경찰청 앞마당의 보도블록 사이를 뚫고 잡초는 끈질기게 솟아올랐다. 장서림 자리 근처에 놓인 회의용 탁자에 신문이 쌓여 있었다. 그가 슬쩍 들춰보니 여당과 야당은 장관의 별로 특별하지 않은 발언을 놓고 국회에서 사과를 요구하거나 허위 공세를 그만두라며 싸웠고, 건물 화재로 빠져나가지 못한 사람이 죽는 사건이 일어났었다. 장서림은 신문을 뒤적이면서 그가 현실 세상에서 빠진 열흘 동안 예전과 비슷하게 굴러간 사건들을 훑어보았다. 세상은 열흘 전과 같았다. 아파트 값이 조금 올랐고, 연예인 몇이 뒷소문 입길에 오르내렸다. 안전시설이 미비한 건축공사장에서 추락사고가 일어나 작업자 두 명이 죽는 사고가 일어났으며, 음주운전은 여전했다. 장서림이 꿈에서 실종돼도 현실 세상은 눈 하나 까닥하지 않고 잘 굴러갈 터였다.

맞은편 책상의 송달미 경사가 인사를 건넸다.

"유토피아에서 지내다 와서 그런지 얼굴이 좋아요."

"아직 근처까지 가지도 못했는데 벌써 좋아졌나요? 다음번엔 코를 높이고 눈을 다듬는 성형까지 하고 올 참입니다."

송달미 경사가 눈웃음을 지으며 말했다.

"멋진 턱을 만드는 수술까지 하지 그래요. 거기선 아프지 않을 것 같은데요."

"거기서야 완벽하게 마무리해주죠. 여기로 돌아와서 상처가 덧나지 않을까 걱정입니다."

"그렇게 멀리까지 유토피아를 찾을 게 있나요? 바로 옆에 주 예수님이 계시는데요."

송달미는 모든 결정을 내릴 때 교회가 우선이었다. 수요일과 금요일에 열리는 교회 행사는 절대로 빠지지 않았고 일요일은 교회에서 종일 주일학교와 식사 봉사를 했다. 결혼 상대도 독실한 신앙인이어야 하는데 아직 자신과 걸맞은 믿음을 지닌 남편감을 찾지 못했다고 했다. 송달미는 하느님이 적당한 신랑감을 보내준다는 믿음을 6년째 지속했고 최근에는 더 강해진 것 같았다. 그녀의 업무 처리는 완벽했다. 송달미는 성실하지 못하다는 비난을 받으면 신이 맡긴 의무를 충실히 이행하지 못했다는 괴로움에 시달렸다.

장서림이 말했다.

"중세 유럽의 기독교 왕국이 유토피아였는지 의심스러운데요."

"나쁘진 않았죠. 인간은 뜻이 아무리 거룩해도 눈같이 깨끗하게 행동하지는 못해요."

어쩌면 그럴지도 모른다. 지금처럼 돈이 황제 노릇을 하는 시절보다 서양 중세와 불교가 점령한 티베트에 사는 사람이 행복했을지 몰랐다. 과거로 돌아가 그곳 주민의 행복지수를 조사하면 그들은 행복하다고 확신하고 있으며, 주민의 행복을 의심하는 이방인을 현실을 모르는 바보로 비난할지도 몰랐다. 장서림은 반듯한 기독교인을 떠나 정보 4과의 윤 정보계장을 만나러 갔다. 장서림은 계획된 꿈 탐색 출장을 줄여주기를 원했다. 장서림은 당장이라도 유토피아의 기원과 유토피아를 꿈에서 만들겠다는 군상에 관한 장문의 보고서를 내고 현실로 돌아오고 싶었다. 꿈의 유토피아를 만들겠다는 카페 주인을 벗어나 구하는 정보를 착착 내놓는 사람과 커피를 마시고 싶었다. 세상은 꿈이 아니라 현실을 축으로 돌아가고 있었다. 세상을 바쁘게 돌아다니는 정치인과 사업가와 자영업자와 기술자는 이 세상을 굴리는 톱니바퀴를 하나씩 들고 있었고 그 톱니를 끼워 맞추면 먼 곳의 현실이 보이는 전망대를 만들 수 있었다.

장서림은 보고서 첫머리를 이렇게 시작할까 생각했다.

종교는 유토피아를 약속했지만 사람을 유토피아의 정상에 올려놓지 못했다. 사람들이 종교가 약속한 유토피아를 얻었다면 현실에서 그렇게 종교가 번성하지 않았으리라. 종교란 결핍과 희망을 먹고 사는 신념이다. 그건 다가가면 다가간 만큼 멀어지는 신기루를 닮았다. 자본주의는 공장과 철도를 앞세워 유토피아를 만들겠다고 장담했지만 그 생산력은 시장경제라는 깔때기를 따라 부자에게만 더 몰려들었다. 공산주의는 혁명 대중이 뿜어낸 평등과 분배라는 유토피아를 향한 열정에 힘입어 번성했지만, 이상주의의 몰락과 부자와 강대국이 되고 싶다는 욕망에 밀려 붉은 개발주의로 변형되었다. 중국에서 엄청난 도로가 건설되고 거대 기업이 줄을 이었는데, 자본주의와 다른 차이는 국가가 내건 커다란 간판 아래쪽에 깨알 글씨로 '사회주의 시장 체제'라는 글자가 붙어있는 것이었다.

정보 보고서로는 낙제였다. 이게 도대체 무슨 헛소리인가! 윤 정보계장은 학술 냄새가 풀풀 나는 망측한 보고서는 처음 본다고 툴툴대겠지. 윤 계장은 늘 말했다. 정보 보고서는 지금 어떤 일이 벌어지고 있고, 앞으로 어떤 일이 벌어진다는 전망을 한눈에 볼 수 있도록 작성되어야 한다. 정보 보고서에 과거는 필요 없다. 과거란 현재를 알기 위한 약간의 양념에 불과하다. 윤 계장이 좋아하는 모범 보고서는 증권사 리서치 보고서를 닮았다. 몇 명의 인원이 몇 개를 팔았고, 어디 어디에 어떤 공장과 서비스가 있으며, 소비자는 회사가 최근 내놓은 제품에 뚱한 반응을 보이고 있고, 회사가 추구하는 사업 모델이 얻는 현재 이익과 앞으로의 이익 추세 목록이 붙어 있으면 족했다. 나머지는 퀴퀴한 논쟁을 좋아하는 학자의 일거리로 남겨두었다.

윤 정보계장 책상 오른쪽 위에 보고서와 서류가 쌓여 있었다. 그는 열중해서 보고서를 읽다가 장서림이 들어오자 서류에서 얼굴을 들었다.

"어서 와. 꿈 여행은 재미있나?"

"죽겠습니다. 이게 뭐 하는 짓인지."

"나 같으면 젊을 때 꼭 해보고 싶은 도전인데."

"지금도 해볼 만합니다. 저하고 바꾸시죠. 이건 뭐 패션이나 미용 정보를 모으는 게 더 낫지. 우리 주 업무는 범죄 정보와 사회 동향 분석 아닙니까?"

"내가 하고 싶은 말이 그거야."

윤 정보계장은 자리에서 일어나 옆의 탁자에 올려놓은 그라인더에서 갈아놓은 원두를 꺼내 커피머신에 걸고 스위치를 올렸다. 윤 계장이 내린 커피를 장서림에게 건네주며 말했다.

"현실 커피가 맛이야 덜하겠지만 마시자고."

"깨어있는 꿈에서 제공한 커피와 비교해본 모양이죠?"

"앞으로 비교하고 싶네. 뭐, 별 급한 일도 없고. 어때, 성과가 있었나?"

"꿈 카페와 푸른 탑 카페를 운영하는 탁우라는 사람을 만났습니다. 그랬더니……."

장서림은 탁우를 만나 푸른 탑 카페 건물 2층에 들어간 얘기를 늘어놓았다. 그가 보기에 탁우는 별스러운 짓에 돈을 쏟아붓는 사람으로 보였다. 만년필이나 접시나 화폐를 모으고 수집물에 푹 빠져 스스로 만든 유토피아에 갇힌 사람은 많았다. 탁우는 꿈이라는, 고대부터 현대 인류까지 익숙한 새로운 종목을 잡았다고나 할까.

"탁우라는 사람은 위험해 보이지 않는다? 푸른 탑 카페 2층도 별다른 건 없고?"

장서림은 그렇다고 단언할 수는 없지만 여러 사정을 종합하면 그런 가정이 유력하다고 답했다.

윤 정보계장이 장서림의 보고에 미심쩍은 얼굴로 말했다.

"요즘 대학과 사회에 자각몽 모임이 크게 늘어난 사실은 알고 있나?"

깨어있는 꿈을 다루는 자각몽 모임은 조금씩 늘고 있었지만 증가 속도가 미미해서 의미 있는 움직임은 아니었다. 그런데 윤 계장 얘기로는 불과 한 달 사이에 폭발적으로 늘고 있다는 것이다. 대학의 자각몽 동아리에 회원이 급증하고 일반인들은 인터넷과 소셜 네트워크에서 열광적으로 카페를 만들고 가입하며 자각몽으로 들어가는 훈련에 매진하고 있다는 것이다. 탁우가 말한 꿈의 유토피아란 개념과 그곳으로 함께 들어가자는 제안은 아직 잘 보이지 않았다. 그런데 이런 동아리와 카페에서 능력이 뛰어난 소수는 독자적으로 탁우가 말하는 꿈의 유토피아와 유사한 실험에 성공한 것처럼 보였다.

어떤 청년은 꿈에서 수영장과 운동장이 딸린 대저택에서 살았다. 마음이 답답하면 운동장을 다섯 바퀴 돈 다음, 옷을 벗고 물이 맑아 파란 바닥이 훤히 보이는 수영장에 풍덩 몸을 던졌다. 찰랑찰랑 물에 몸을 적시다가 꿈에서 깨어 현실의 고시원 단칸방으로 돌아오자 분노했다. 어떤 이는 꿈에서 조종사로 비행기를 몰고 붉은 노을이 지는 시베리아 평원을 가로지르며 독일 프랑크푸르트 공항까지 다녀왔지만 현실에서는 만원 지하철에서 옷이 구겨지고 신발을 밟히며 출근했다. 어떤 이는 열광하며 흠모했던 남자 아이돌과 손을 잡고 몸을 기대며 데이트를 즐기다 꿈에서 깨어나자 일상의 삶에 저주를 퍼부었다. 이런 사례에서 자각몽에 들어간 자들은 공통적으로 꿈에서 천국을 즐기다가 누추하고 형편없는 현실을 돌아보며 엄청난 분노에 휩싸였다. 윤 계장은 이런 흐름이 시대 경향으로 정착하는지 주목하고 있었다. 탁우가 기획하고 실천하는 것처럼 깨어있는 꿈에서 유토피아로 들어가는 길이 쉬워지면 많은 사람이 지긋지긋한 현실 삶을 때려치우고 꿈에서 방랑자로, 떠돌이 생활을 하며 지내지 않을까 우려스럽기도 했다. 현실에서 더 이상 미래를 향한 희망이 보이지 않으면 꿈의 달콤함으로 몰려드는 게 아닐까? 윤 계장은 폴리아모리 팀이 급격하게 느는 데도 주시했다. 장서림이 물었다.

"폴리아모리라면 제가 아는 그것 같은데……. 어떻게 되는 겁니까?"

"여러 사람이 여러 사람을 동시에 사랑하는, 한 사람을 독점하지 않는 다자간 사랑이야. 대기업도 잘못된 독점 행위를 하면 처벌받잖아. 뭐, 사랑도 독점하지 않는다 이거야. 푸른탑 카페에는 그런 사람 없었어?"

"글쎄요. 있었던 것 같습니다만."

"정보활동을 어떻게 하는 거야. 그런 팀에 끼어 즐겨보면서 조사해보란 말이야."

윤 계장은 더 심각하게 보이는, 꿈과 현실을 혼동하는 사건에도 주목했다. 꿈에서 폭행당했다고 현실 세상에서 가해자의 차량 유리창을 망치로 부순 사건도 일어났다. 윤 계장이 파악한 사건만 세 건이었다. 혹시 꿈에서 살인을 저지른 사람은 현실에서도 쉽게 살인을 저지르는 건 아닐까? 꿈에서 생생하고 현실감 풍부한 범죄를 일으키면 현실에서 똑같이 해치우는 건 아닐까?

장서림이 말했다.

"꿈이 범죄 사건의 시뮬레이션 역할을 한다는 겁니까?"

"그래. 꿈에서 조직폭력배가 날이 시퍼런 회칼로 상대방 허벅지를 쑤신다고 해봐. 현실에선 그런 실험을 할 수가 없고 실습했다가는 모두 감옥에 들어가겠지. 꿈에서 칼질을 하고 그 경험을 현실에 응용하는 거야. 조폭 두목이 꾸는 꿈의 유토피아란 모든 폭력조직을 장악해 우두머리가 되는 삶 아니겠어? 그렇게 하기 위해서는 뛰어난 실력과 경험을 지닌 조직원이 필요하지. 그런 후보자를 깨어있는 꿈의 유토피아로 보내 진짜 현실처럼 폭력조직을 장악해보는 거지. 그리고 유유히 현실로 돌아와 꿈이란 스승이 가르친 프로그램대로 움직여보는 거야."

윤 계장이 수사보고서를 하나 펼쳤다. 꿈에서 손가락질과 욕지거리로 모욕당했다고, 현실에 돌아와서 모욕한 사람의 차량 유리창을 파손한 사건이었다. 수사관이 피의자에게 왜 차량을 파손했냐고 묻자 피의자는 차량 소유자가 꿈에서 자신에게 욕설하고 모욕했기 때문이라고 답했다. 그건 그냥 꿈을 꾼 것에 불과하지 않습니까. 아니오. 우리 둘 다 깨어있는 꿈에 있었기에 그도 내게 욕한 걸 압니다. 하지만 그건 꿈속에서 벌어진……. 피의자는 화를 벌컥 냈다. 그건 꿈이 아니라 현실과 똑같아요. 똑같이 불쾌하고 속이 뒤틀리는 모욕을 당했다니까요. 현실로 돌아와도 생생하게 기억나고 상처받은 감정이 되살아나요. 수사관은 범행동기를 쓰기 위해 안간힘을 쓰다가 포기하고 말았다. 어쨌든 차량 유리창을 부수고 문짝을 긁었기에 기물손괴죄로 처벌될 겁니다. 피해 보상을 하고 합의를 하시는 게……. 나도 모욕을 당했으니 상대방도 처벌해야 할 것 아뇨. 그건 꿈에서 일어난 일이라서 범죄 구성요건이 되지 않는……. 여보세요. 내가 피해를 당했다는데! 오죽했으면 내가 차량을 부쉈겠어요.

장서림이 물었다.

"이게 도대체 무슨 상황인가요?"

"더한 사건도 있어. 여기 피의자 진술을 읽어보게." 윤 정보계장이 서류를 내밀며 말했다.

좁고 어두운 골목이었습니다. 안개가 끼어 흐릿했고 시계 초침이 재깍재깍 들렸지요. 길에서 초침이 들리다니 이상해서 고개를 들어 살펴보니 가로등 옆 골목에 어울리지 않는 시계탑이 서 있었죠. 사람들이 시계탑을 피해 비칠대며 길을 걸어갔습니다. 골목을 따라 술집과 식당이 늘어섰는데 다 조그마한 가게였지요. 시계탑 앞에서 꽃을 파는 아줌마가 꽃을 권했습니다. 아줌마는 하체에 착 달라붙는 청바지에 하얀 블라우스를 입고 있었죠. 나이에 어울리지 않게 젊게 옷을 입은 것 같아 다시 쳐다보았죠. 아줌마가 내민 비닐로 싼 장미 세 송이가 3천 원이었는데 난 손을 저었지요. 그런데 아줌마가 이걸 들고 아내나 여자 친구에게 드리면 좋아할 거라면서 계속 권했지요. 난 짜증이 나서 아내도 여자 친구도 없으니 제발 좀 꺼져달라고 소리를 질렀지요. 그러자 아줌마가 시계탑으로 가더니 갑자기 사라지더군요. 난 이 아줌마가 어디로 움직였지 두리번거리며 시계탑으로 갔는데 시계탑 기둥 옆에 신문지에 싼 칼이 떨어져 있었습니다. 칼이 내게 말했습니다. 나를 손에 들게. 난 칼이 시키는 대로 했습죠. 그게 말이 되냐고요? 난 온순하고 언쟁하는 걸 싫어하는 성격이라서 쉽게 따랐지요. 골목에 사람은 점점 사라지고 조용했습니다. 사람이 적어져서인지 시계탑의 초침 소리가 더 크게 재깍재깍 울려 귀에 거슬리고 짜증이 났지요. 칼이 내게 말을 걸었습니다. 앞에 있는 술집으로 들어가라고. 옆으로 문을 미는 방식의 집이었는데 그게 이자카야라고 부르는 일본식 술집이었어요. 벽 쪽에 천장에서 쇠줄을 내리고 굵은 밧줄 세 개를 옆으로 걸쳤다가 아래로 내린, 꼭 기역자 모양으로 장식한 곳에 탁자가 다섯 개 있었습니다. 한 곳은 손님이 세 명 앉아 시끄럽게 술잔을 주고받고 있었고, 한 곳은 남자 혼자 앉아 있었지요. 내가 남자에게 다가가니 그 남자가 말했지요. 당신도 깨어있는 꿈에 들어온 건가. 그때서야 난 깨달았지요. 난 깨어있는 꿈에 들어와 있고 여기는 꿈의 술집이라고. 남자가 어딘지 낯이 익어 유심히 쳐다보았지요. 초침 소리는 술집까지 따라와 재깍거려 여간 신경이 거슬리지 않았고 긴장해서인지 뺨의 근육이 실룩거렸지요. 남자가 말했죠. 현실에서 만났으니 꿈에서도 못 만난다는 법이 없지. 나는 남자의 정체를 알았습니다. 왜 그렇게 남자 얼굴을 늦게 알아봤는지 이상할 정도였지요. 남자는 5년 전 내게 카페 매출을 속여서 팔아넘긴 놈이었지요. 나는 카페 운영을 한 지 불과 한 달 만에 남자가 가게의 손님 숫자와 매출을 교묘하게 속인 걸 알게 되었지요. 남자가 내게 팔기 전에 올린 매출의 절반밖에 손님이 들어오지 않았지요. 남자에게 왜 이렇게 매출이 오르지 않느냐, 속인 게 아니냐고 항의하자 남자는 영업을 잘하라며 오히려 내게 큰 소리를 쳤습니다. 나는 카페를 인수한 지 9개월 만에 큰 손해를 보고 물러났고, 권리금에 월세에 이만저만 손해가 아니었습니다. 경찰에 남자를 사기로 고소했지만 행방을 찾을 수 없었지요. 그 개자식이 닭꼬치 안주에 사케를 마시고 있는 겁니다. 난 꿈속의 가게에 들어와 있고 깨어있는 꿈에서 벌어질 일은 벌어지고 마는 거지요. 나는 남자에게 버럭 소리를 지르고 카페로 손해 본 돈을 물어내라고 말했죠. 그런데 옆 좌석의 손님도 그렇고 이 남자도 전혀 미동을 하지 않았죠. 가게 중앙 테이블에도 손님이 세 명쯤 있었는데 그 사람들도 고개를 돌리지 않았습니다. 옆 좌석의 손님은 마치 귀머거리가 된 것처럼 그냥 술 마시고 떠들었고 남자는 나를 안중에 두지 않고 가벼운 표정으로 사케를 마시고 한 잔 더 부었지요. 나는 화가 났습니다. 이 자식이 나를 무시한다는 게 더 분했지요. 나를 아주 만만하게, 몰랑하게 본 것이지요. 시계 초침 소리가 쿵쾅쿵쾅 귀에 울렸지요. 나는 사기꾼의 멱살을 잡고 자리에서 끌어올렸어요. 팔에 힘이 가득 들어가 혈관과 힘줄이 울퉁불퉁 튀어나왔습니다. 남자가 말했죠. 여긴 꿈이야. 꿈까지 따라와 시끄럽게 하다니 너무한 거 아냐. 나는 꼭지가 돌았습니다. 개자식이 미안하다는 말을 한마디만 해도 내가 그러지는 않았죠. 더구나 꿈에서까지 미안하다는 말조차 하지 않다니 이건 정말 사람을 깔보는 거지요. 난 맛 좀 보여주겠다, 사람을 우습게 보고 말이야, 하면서 칼을 꺼내 들었습니다. 시계 초침이 쿵쿵, 무슨 자동차의 엔진 음이나 기차가 역에 들어오는 소리, 아니 새해 자정의 보신각 종소리처럼 쾅쾅 울려대었습니다. 그런데 그때부터 술집 풍경과 사람 모습이 점점 흐려지면서 사라지기 시작했지요. 남자 모습도 희미해지다가 반짝 밝아졌고 다시 흐릿하게 변했지요. 난 정말 우연히, 힘들게 붙잡은 사기꾼을 놓치기 싫어 멱살 잡은 손아귀에 있는 힘을 다 쥐었습니다. 그리고 놈을 벽으로 끌고 가서 벽에다 밀어붙여 칼을 꾹 어깨에 박아 넣었죠. 벽에다 놈을 고정시켜 사라지지 못하도록 말입니다. 놈의 멱살을 잡고 있었지만 놈은 워낙 괴상한 재주가 많은 놈이라서 확실하게 해야 했죠. 이상하고 황당한 생각인데 꿈에서야 흔한 일이죠. 난 바지 뒷주머니에서 망치를 꺼내 그놈 코를 한 대 때렸습니다. 그놈 코에서 두 줄 피가 흘러 뺨으로 내려왔다가 목을 따라 가슴으로 흘렀지요. 왜 망치가 뒷주머니에 들어 있었냐고요. 글쎄요. 제가 묻고 싶습니다. 바지 뒷주머니에는 핸드폰을 넣거나 손수건만 한 장 달랑 넣고 다녔으니까요. 오랜 습관이었지요. 이게 그 망치가 맞냐고요. 글쎄요. 이런 건 처음 보는군요. 아니, 제가 뭐 형사님을 일부러 골탕 먹이려고 그러는 건 아니죠. 그냥 처음 보기에 처음 봤다, 이렇게 말할 따름입니다. 이게, 내가 타고 간 버스에 비치된 비상망치다 그 말이죠. 하하. 전 모르겠습니다. 버스 비상망치가 내 뒷주머니에 있다니 이상한 일입니다. 그날 내가 탄 89번 버스에서 비상망치가 사라졌다고요? 제가 비상망치를 뜯어서 주머니에 넣는 게 버스 감시 카메라에 찍혀 있다고요. 그게 도대체 어쨌단 말입니까! 거듭 말하지만 난 꿈에서 사고를 쳤을 따름입니다.

윤 계장이 진술서를 받아서 책상에 올려놓으며 물었다.

"어떻게 생각하나?"

장서림은 아무 말 없이 서류 표지를 바라보았다.

윤 계장이 말했다.

"이미지 시대에 일어날 법한 범죄야. 문자가 힘을 쓰는 시대는 가고 있고 온통 이미지야. 스마트폰과 페이스북과 유튜브. 사람은 이미지에 중독되었어. 꿈도 이미지고. 생생하면 생생할수록 꿈에서 더 강렬한 자극을 받겠지."

"아무리 그래도 현실에서 사람이 다친다는 건……"

"꿈에서 칼에 찔리면 현실에서 칼로 보복하는 시대가 온 거야. 연쇄 살인범은 꿈에서 장소와 방법을 정해 살인 연습을 충분히 해보겠지. 그런 다음에 현실로 돌아와 숙달된 솜씨로 살인 욕망을 채우겠지."

장서림은 윤 계장에게 지나친 우려라며 반박하려고 했다. 그러나 등을 타고 흐르는 오싹한 전율을 느꼈다. 꿈속에서 시민을 위한 유토피아가 만들어진다면 살인범과 절도범을 위한 유토피아도 만들어질 수 있을 것이다. 꿈에서 흘리는 한 줄기 피가 꿈과 현실을 막은 벽을 타고 넘어 현실에서도 똑같이 재현된다면, 꿈에도 경찰서를 지어야 할지 모른다. 재판소도 뒤따라 갈 것이다.

윤 계장이 물었다.

"깨어있는 꿈에서 위험한 인물은 없나?"

"위험한 인물이라면…… 그 누구보다 탁우죠."

"그 자식은 태평천국을 만들겠다던 홍수전을 닮은 인간 아닐까 싶어. 지상에서 천국을 만들겠다던, 자신이 예수 동생이라고 하던 사람 말이야."

"홍수전보다야 훨씬 똑똑하죠. 지상이 아니라 꿈에서 만들겠다고 하니까요."

"꿈에서도 유토피아는 안 돼. 그런 게 된다면 나도 단박 그곳으로 옮겨 가지. 사무실에 쌓인 지긋지긋한 서류는 쓰레기통에 던지고 말야. 위험해 보이는 또 다른 사람은 없어?"

"그렇게 따지면 되지도 않을 유토피아를 추구하는 모두가 위험하죠."

"인간이 지닌 큰 질병이 만족하지 못하는 병이야. 민간 실험실에서 탄저균 바이러스를 배양하다 실험실 밖으로 유출됐다고 생각해봐. 사람이 죽고 지역을 폐쇄하고 난리가 날 거야. 유토피아 어쩌고 하는 바이러스는 그런 걸 추구하는 사람의 머릿속이란 실험실 안에만 갇혀 있어야 돼. 역사에서 유토피아를 만들겠다고 달려들었던 일은 모두 비극으로 끝났어."

"경찰 정보과가 다루기에는 거대한 이야기 같은데요."

윤 계장이 말했다.

"유토피아를 만들겠다고 출발한 움직임은 원래 작아. 우리 옆에 있는 작고 별거 아닌 게 무서운 거야. 푸른 탑 카페 부근에서 순찰 경찰이 칼에 찔려 중상을 입었어. 범인은 고시원에 처박혀 있다가 무단히 뛰쳐나온 놈이야. 깜박 졸았는데 꿈에서 악령을 벌하라는 계시를 들었다느니 횡설수설하고 있어. 페스트가 번질 때 길거리에 나와 죽은 쥐 한 마리처럼 징후가 중요해. 불길한 징후야."

12

양태관은 벤처 투자업체 거병 회의실에서 창업 지원을 위한 발표를 기다렸다. 회의실은 크지 않아 마이크 없이도 발표자의 말이 잘 들렸다. 벤처 투자업체 거병은 창업자를 지원하는 회사였다. 회사를 만드는 회사인 거병은 송기련 대표가 투자한 비율이 총 투자 금액 중 70퍼센트이고 30퍼센트는 투자회사와 개인이 담당했다. 송기련 대표의 개인회사나 마찬가지였다. 거병이 선정한 업체를 도우는 창업 지원금은 투자비율에 따라 책정되었지만 송 대표가 조금 더 부담해 총 금액의 80퍼센트를 맡았다. 40대 초반인 송기련 대표는 원유와 구리 등 자원과 선물 옵션에 투자해 부를 쌓았다. 그녀가 큰돈을 번 시기는 미국 금융위기가 닥치기 직전인 2007년부터 금융위기가 심화된 2008년을 거쳐 2012년 사이 6년이었는데, 무시무시한 금액을 벌어들였다고 알려졌다. 심지어 송 대표도 자신이 번 돈의 액수를 모를 거라는 믿지 못할 말까지 퍼졌다.

어떻게 해서 송기련 대표가 원유와 구리, 콩과 같은 원자재와 농산물의 1년 후, 또는 3년 후 받게 될 가격을 예측하는 능력을 가지게 되었는지는 아무도 몰랐다. 신도 뛰어들기 두려워할 선물 시장에 송 대표가 보여준 탁월한 능력에 악마나 신내림을 받은 무당에게 힘을 받았을 거라는 소문이 돌았다. 누군가는 송 대표가 예지몽이라 불리는 미래를 예측하는 꿈을 꾼다고 말하기도 했다. 건실한 자동차부품 제조업을 운영한 송기련의 아버지는 경영과 관련해 빚을 내지 않았고, 회사가 이익을 내면 은행에 쌓아두는 보수적인 경영자였다. 아버지는 송 대표에게 약간의 사업자금을 증여 방식으로 물려주었는데 아버지조차 딸의 성공에 놀랐다고 한다.

송 대표는 번 돈으로 국제빌딩회사를 설립했다. 베이징과 뉴욕, 시드니와 홍콩 등에 상업빌딩을 매입해 자산을 안전하게 관리했다. 벤처 투자업체 거병은 송기련 대표가 운영하는 회사 중 하나로 어찌 보면 사회공헌 성격을 띤 업체였다. 거병은 매달 한 번씩 스타트업체를 심사해서 선정한 몇 개 업체를 지원했다. 송 대표는 거병에서 돈을 벌기를 바라지 않았다. 거병이 설령 망한다고 해도 송 대표의 재산에 주는 타격은 미미했다. 그녀는 빈손으로 창업하는 젊은이에게 호의적이었다. 거병의 투자대상은 영화제작, 정보통신 인터넷 업체, 뷰티 사업, 드론과 반도체 기술 등 업종을 가리지 않았다. 송 대표는 벤처투자를 통해 돈을 번다는 욕심을 버렸다고 하지만 화장품과 영화투자를 통해 상당한 이익을 냈다. 그 이익은 모두 거병에 재투자되었다. 거병의 투자위원회 5명이 공동으로 투자할 벤처업체를 결정했지만, 다종다양한 업종의 속사정에 정통한 송 대표의 탁월한 안목이 큰 역할을 했다. 중국어 실력이 뛰어난 송 대표는 투자한 한국기업이 중국에서도 성공할 수 있을지를 유심히 보았다. 한국에서 창업했지만 중국과 한국에서 동시에 성공한 마스크팩 회사가 송 대표의 성공작품이었다.

거병의 벤처투자 심사장에서 발표 시간은 3분이었다. 발표를 마치면 심사위원의 질문이 쏟아졌다. 제품을 만들거나 제공할 서비스에 관한 아이디어가 결정적으로 중요했다. 그 아이디어를 시장에서 실현해 이익을 남길 접점과 가능성도 정확하게 제시해야 했다. 심사위원 한 명은 습관이 되다시피 한 질문을 창업자에게 던졌다. 자선사업을 하겠다는 생각은 아니지요? 그럼 창업자는 정색하며 이 사업이 얼마나 전도유망한지를 열렬히 강조했다. 창업 심사에 통과하면 사무실과 기본 자금을 받았다. 한 달 또는 두 달 단위로 창업 진행을 다시 심사해 추가 자금을 지원했다. 거병은 가능성 있다고 본 창업자에게 돈을 아끼지 않았다. 벤처 투자업은 열 개 업체를 지원하면 하나가 겨우 성공하지만 성공한 업체에서 얻는 이익이 나머지 실패한 투자 자금을 메워주었다. 링 안에서 격렬한 싸움 끝에 한 명만 살아남는, 격투기와 유사한 업종이었다.

양태관은 발표 순서를 기다리며 송기련 대표를 흘낏 쳐다보았다. 송 대표는 화재진압 로봇 제작을 발표하는 공학자를 바라보고 있었다. 발표가 끝나자 송 대표는 한 손으로 턱을 받치고 한 손으로 재빠르게 메모를 했다. 양태관이 거병의 심사위원 앞에 섰을 때 긴장하지는 않았다. 다만 깨어있는 꿈에 관해서 알지 못하는 심사위원이 혁명에 가까운 아이디어를 어떻게 받아들일지 걱정할 뿐이었다. 그는 발표 시간 1분은 깨어있는 꿈의 성격과 구조를 설명했고, 1분은 머리에 붙인 뇌파감지장비를 통해 깨어있는 꿈을 영상으로 녹화할 수 있으며, 나머지 1분은 녹화한 영상을 즐기며 사고파는 상업화를 말했다.

발표가 끝나자 오른쪽 끝에 앉은 심사위원이 물었다.

"깨어있는 꿈에 들어가기가 쉬운가요? 많은 훈련과 연습을 해야 합니까?" 양태관은 꿈에 들어가는 과정이 쉽지는 않지만 8,000미터급 히말라야 고산을 등산하는 것만큼 어렵지는 않다고 답했다. 안나푸르나봉 주위로 중급 트레킹을 하는 수준과 비슷합니다. 많은 사람이 트레킹을 즐기고 있지요. 심사위원이 되물었다. 하지만 그곳은 고산병에 걸리기도 하는 4,200미터 높이가 아닌가요? 여성 심사위원이 비슷한 질문을 다른 시각에서 물었다.

“깨어있는 꿈에서 꿈임을 자각하는 플랫폼이 있나요? 깨어있는 꿈에 들어가서 꿈인 줄 아는 시스템 말이에요.”

양태관은 자신의 경험을 들어 대답했다. “제가 들어간 꿈의 플랫폼 구조는 이렇습니다. 깨어있는 꿈에 들어가면 흰 문과 검은 문이 나옵니다. 흰 문으로 들어가서 하늘을 날아 푸른 탑으로 가죠. 언덕 끝에 서 있는 푸른 탑은 7층 건물인데 아래층으로 내려가면 자유롭게 자신이 원하는 소망을 실행할 수 있는 방이 있습니다.” 심사위원이 다시 물었다. “흰 문 관리는 누가 하죠?” “저희 깨어있는 꿈을 관리하는 꿈 카페의 책임자입니다.” 턱이 뾰족하고 입술이 얇은 여성 심사위원은 양태관의 대답에 한숨을 쉬며 노트에 의미 없는 동그라미를 그렸다. 심사위원 중 둥근 뿔테 안경을 쓰고 젤을 발라 머리를 세운 남자는 어이없다는 얼굴이었다. 이런 황당한 제안을 더 심사할 가치가 있냐는 표정이었다. 그 표정을 말로 바꾼다면 ‘예측할 수 없고, 실현 가능성도 운에 맡기는, 비즈니즈 아닌 비즈니스를 들고 온 바보 아닌가!’ 쯤이 될 터였다.

양태관은 바보로 전락해 투자기회를 날릴 위기를 막으려 빠르게 덧붙였다. “제가 발표한 동영상에서 봤듯이 꿈을 동영상으로 찍는 건 가능합니다. 지금은 유튜브와 동영상 시대가 아닙니까? 꿈을 동영상으로 찍으면 응용 가능성은 무궁

무진합니다." 심사위원 한 명이 짜증 섞인 목소리로 물었다. "꿈 동영상을 어디에 쓸 수 있다는 말인가요." 양태관은 발표장 바닥을 발로 굴리며 목소리를 높였다. "그건 전기와 같죠. 패러데이가 처음 전기를 발견했을 때 아무도 그 이상한 현상을 어디에 쓸지 몰랐습니다. 동료 과학자는 농담거리로 전기를 입에 올렸죠."

심사위원 한 명은 손가락을 세워 탁자를 톡톡 두 번 두드렸다. 한 명은 중앙 자리에 앉은 송 대표에게 고개를 돌려 발표를 정리해야 하지 않을까요 하는 눈빛을 보냈다. 송 대표가 양태관에게 물었다. "스타의 꿈 영상을 찍을 수도 있겠군요." 심사위원 모두가 멈칫하는 느낌이었다. "당연하죠." "해상도가 낮아 흐릿한데 높일 방법이 있나요?" 양태관은 솔직히 말했다. 이 자리에서 뭔가를 과장하거나 속이는 시도는 어리석은 짓이었다. "연구 과제입니다. 기술이 빨리 나아질 겁니다. 그렇지만 지금의 흐릿한 영상도 나쁘지는 않습니다. 상상의 여지를 주니까요. 선명한 영상보다 실제와 가상이 반쯤 섞인 추상화처럼 보이는 게 훨씬 예술성과 상품성이 뛰어날 수도 있습니다. 장자가 꿈에서 나비가 되어 날아다녔다는 호접몽을 동영상으로 찍었다고 가정해보십시오. 더듬이와 노란 날개가 완벽한 나비보다 뭔가 어둑하고 희미한 나비 이미지가 더 매혹적일 수 있지 않을까요?"

송 대표가 위원들을 돌아보더니 고개를 끄덕이며 심사를

끝냈다. 양태관은 심사를 망쳤다고 생각했다. 내가 꾼 자각몽을 찍어 판다는, 허황된 몽상으로 들리는 스타트업에 돈을 댈 회사가 있을까? 그건 마차가 자동차에 대항해서 손님을 더 끌 수 있다고 자신한 마차업자의 주장처럼 엉터리 예언으로 보였다.

그날 밤 양태관은 집에서 혼자 맥주를 마셨다. 음악을 낮게 틀고 전등을 끈 채로 창밖에서 흘러들어 온 어두운 빛에 기대 맥주 캔을 땄다. 방은 양태관의 미래 모습처럼 어두침침했고 안주도 하나 없었다. 그는 맥주를 한 모금 마시고 좁은 방을 둘러보았다. 양태관이 하는 일이 가능성 있다는 걸 인정해줄 바보는 어디에도 없었다. 양태관은 바보였고, 그만큼 멍청한 바보가 또 있어야 사업은 한 걸음을 뗄 수 있었다. 스타트업은 두터운 안개 속을 방향도 모른 채로 마구 달려 벗어났을 때에야 목표한 곳에 도착했는지를 아는 사업 모델로, 절반은 미친 바보만이 용감하게 들어갈 수 있는 세계였다. 꿈 동영상 사업은 온갖 어려운 고비를 겪고 목표한 곳에 도달해도 십중팔구 더 나가지 못할 절벽일 가능성이 큰 프로젝트였다.

다음 날 아침 침대에 누워 있는 양태관의 머릿속으로 온갖 잡념이 밀고 들어왔다가 빠져나갔다. 떠오르는 잡념에 초점을 맞추면 금방 다른 잡념이 덮쳐 소용돌이치며 쓸모없는 거품을 만들어냈다. 양태관은 늘어져서 멍하니 천장을 바라보다 걸려온 전화를 받았다. 거병 송기련 대표였다. 전화로 듣는 송 대표 목소리는 벤처 투자 심사장에서의 냉철하고 타산이 깔린 목소리와 달리 따뜻하고 부드러웠다. 송 대표는 오전에 사무실에서 만나자고 했다.

송 대표 사무실은 그녀가 소유한 빌딩 21층에 있었다. 출입 통제 시설이 설치된 로비의 경비실에서 양태관의 신분을 확인하고 21층에 전화를 걸어 확인을 했다. 양태관이 엘리베이터를 타고 21층에 내리자 남자 비서가 기다렸다. 사무실 입구에서 비서가 디지털 키를 열고 비서실로 들어갔다. 칸막이가 쳐진 평범한 사무실인 비서실을 통해 송대표 사무실로 들어가자 그녀는 책상에 앉아서 서류를 보고 있다가 일어서 양태관을 맞았다. 사무실은 한쪽 벽면이 천장까지 닿는 책장이었고 책상 옆에 오디오가 놓였다. 피아노 협주곡이 낮게 깔렸다. 사무실 한쪽에 여덟 명이 앉는 회의용 탁자가 놓여 있었다. 남자 비서가 다양한 음료가 적힌 메뉴를 건넸다. 메뉴에는 여러 종류의 커피와 중국 차, 과일 주스와 디저트용 케이크와 쿠키까지 있었다. 손님에게 카페처럼 차를 고르게 하는 회사라니 독특했다. 송 대표가 말했다. 많이 드세요. 커피는 비서가 직접 내려요. 바리스타 교육을 받아 솜씨가 좋아요. 케이크와 쿠키는 1층 카페에서 가져옵니다. 맛이 괜찮아요.

양태관과 송 대표는 커피를 앞에 두고 이야기를 나눴다.

송 대표는 깨어있는 꿈이 실용화될 수 있다면, 바꿔 말하자면 '이익을 낼 수 있는 방법'은 스타의 꿈 동영상이라고 말했다. 정확하게 말하면 스타로 도약하고픈 수많은 스타 지망생들의 꿈 동영상이었다. 투자 심사를 끝내고 하룻밤을 보내며 송 대표는 여러 가능성을 검토한 모양이었다. 송 대표는 말했다. 가수와 배우와 같은 스타 지망생은 뜨기 위해서라면 뭐든지 할 준비가 되어 있다. 지망생의 깨어있는 꿈 동영상이 성공해서 대중에게 인기를 끌면 스타들도 붙기 시작할 것이고 일반인도 따를 것이다. 송 대표는 현재 꿈을 찍는 기술이 탁월하지 않은 점을 결정적인 단점으로 평가하지 않았다. 그녀는 말했다. 당신 말처럼 꿈 동영상은 생생하지 않고 흐릿한 상태가 더 좋을 수 있다. 동영상에 구멍이 듬성듬성 뚫려 있어 보는 사람이 상상력을 키울 공간이 필요하다. 완벽하게 통제되고 빈틈없이 가꾼 사진과 동영상은 SNS에 넘쳐나고 대중은 그렇게 쏟아지는 완전함에 질린 상태다. 인스타그램에 오르는 스타와 스타 지망생의 사진은 철저하게 통제된 위선 그 자체다. 스타가 뿌리는 완벽한 사진과 완전한 동영상은 서로가 속고 속이는 줄 뻔히 아는 가식에 찬 물건이다.

스타 지망생이 인간 밑바닥에 깔린 욕망을 보여주면 대중은 상상력을 동원해서 이야기를 만들고 덧붙여 새로운 이야기를 창조할 것이다. 거창하게 말하면 어쩌면 그 이야기는 현대의 일리아드와 오디세우스가 될지도 모르며 젊은이에 맞는 작은 신화가 될지도 모른다. 송 대표는 문학적 상상력이 풍부하면서 상대방을 설득하는 힘이 강했다. 그녀 말을 듣고 있으면 그녀가 하는 말이 모두 다 가능하고, 손에 든 보잘것없는 몇 개의 돌이 거대한 탑으로 변하는 환상이 일어났다. 그녀는 단호하면서 확신에 찬 목소리로 꿈 동영상 사업의 미래가 밝다는 점을 인정했다.

야망은 더 나아갔다. 우울증에 걸려본 적 있어요? 아뇨. 전 몸은 튼튼하지 않지만 기분은 야무집니다. 좋은 자질이군요. 우리나라에 우울증 환자가 얼마나 되는지 알아요? 모르지만 많을 것 같군요. 그렇죠. 우리나라는 우울증 환자를 양산하고 있어요. 60만 명이 넘는데 그중 15퍼센트만 병원 치료를 받아요. 우울증은 사람을 무기력하게 만들 뿐만 아니라 심혈관질환을 만들거나 악화시켜요. 프로작이나 프리스틱 같은 약물 치료와 심리요법만으론 우울증이 완벽하게 치료되지 않아요. 그녀는 비서를 불러 커피를 한 잔 더 시켰다. 내가 관심 두는 새로운 아이디어는 이거예요. 깨어있는 꿈 동영상 작업은 뇌신경 점화를 조절할 수 있을지 몰라요. 기쁘고 즐겁고 슬퍼하고 우울하게 만드는, 우리가 추적하고 있으나 아직 비밀의 문턱에도 가보지 못한 뇌 신경세포의 작동에 뭔가 충격과 자극을 줄지 모르죠. 어쩌면 깨어있는 꿈 자체가 우울증을 치료할지도 몰라요. 양태관은 말했다. 탁우가 관리하는 깨어있는 꿈은 유토피아를 목표로 하고 있습니다. 질병 치료에는 관심이 없어요. 송 대표가 말했다. 뇌를 자극하고 새로운 상황을 제공해서 우울증을 치료한다면 그게 유토피아 아니겠어요. 적어도 작은 유토피아는 되지 않겠어요? 어쩌면 치료가 힘든 여러 신경정신질환을 치료할 수 있을지도 모르지요.

양태관이 말했다. 지나친 생각 같은데요. 그럴까요? 우리가 꿈을 알고 있을까요? 우리가 꿈에 관해 뭘 아나요? 75억 명이 넘는 인간이 잠이 들면 하룻밤에 꾸는 꿈이 적어도 75억 개나 생산되고 한 달에만 2,250억 개가 만들어지는데, 끝도 중간도 모르는 미지의 작용이 아무런 기능이나 역할이 없다고 하기에는 이상하지 않나요? 우리는 잠을 자지 못하면 죽잖아요? 바꿔 말하면 우리는 꿈을 꾸지 못하면 죽는 거예요.

송 대표가 이야기를 연결해서 사업 모델로 조립하는 얘기를 듣고 있으면 솔깃하게 빨려들어 갔다. 양태관은 송 대표라면 새로운 영역을 개척할지 모른다고 생각했다. 그녀가 투자한 사업은 송 대표의 혜안 덕으로 아이디어가 성숙되고 현실로 옮겨져 성공한 케이스가 많았다.

송 대표가 투자해서 성공한 스타트업에 홈스쿨 강사 기업이 있었다. 강사는 모두 여성이었다. 학교에 가지 않고, 집에서 공부하는 학생이 자기가 원하는 과목과 선생을 골라 요청하면 이 기업이 파견하는 형태로 운영했다. 사업이 성공하면서 학교를 그만두고 집에서 공부하는 학생이 늘어난 것인지, 집에서 공부하는 학생이 많아지면서 이 기업이 성공했는지는 확인하기 어려웠다. 두 과정이 동시에 일어났는지도 모른다. 하여튼 학생이 학교를 그만두고, 동시에 홈스쿨 기업이 폭발적으로 성공하면서 새로운 사업 분야가 만들어졌다. 홈스쿨 학생은 출석과 학생을 얽어매는 규칙과 급우와 관계를 유지하는 데 에너지를 쓸 이유가 없어졌다. 그건 1인용 식당이 폭발적으로 성장한 시기와도 비슷했다. 혼자 술을 마시는 1인용 술집과 혼자 먹는 1인용 식당이 늘어나고 탈학교 현상이 비슷한 시기에 펼쳐지는 현상을 사람들은 놓쳤다. 그건 바로 깨어있는 꿈으로 사람이 몰려드는 시기와도 비슷했다. 홈스쿨 강사 기업은 성공했지만 인기 있는 강사는 한정되었다. 기업 방침은 명확했다. 고유 브랜드가 붙은 인기 강사도 정해진 근로시간을 넘어 근무할 수 없었다. 강사가 이동하는 시간 때문에 일정 지역 안에서만 움직일 수 있었다. 브랜드를 단 인기 강사는 자신의 강의 비법과 학생을 다루는 요령을 회사 강사에게 교육했고 그 교육을 이수하고 수습과 실전 훈련을 마친 강사에게 서브 브랜드 명을 주었다.

송 대표가 투자해서 만든 히트 상품인 스포츠 음료는 더 독특했다. 시골에서 한정된 수량만을 만드는 붉은색 음료였는데 폭발적으로 팔려나갔다. 콜라와 커피와 비타민을 섞은 효과를 낸다고나 할까. 그런데 제조 비법은 경영자 말고는 아무도 몰랐다. 음료를 발명한 사람은 시골에서 사는 수염을 길게 기르고 개량 한복을 입은 60대 중반의 전직 한의사였다. 붉은 음료 역시 소규모로 생산했다. 경영진은 공장을 확장하지 않았고 제조 비법을 특허 내지도 않았다. 철조망에 둘러싸인 공장은 마법의 정원 같았다. 식품안전처에서 이 붉은색 음료를 조사했으나 인체에 유해한 물질은 나오지 않았다. 식품안전처 직원이 조사 자료를 대기업 음료 회사에 몰래 넘겨주어 말썽이 나기도 했다. 공장은 24시간 돌아갔지만 시골의 작은 공장이라 생산량은 많지 않았다. 음료는 편의점에 놓자마자 팔려나가 구할 수가 없었다. 회사는 생산량이 모자라 편의점 중에서도 큰 곳을 선별해서 소량으로 공급할 수밖에 없는 사정이었고 언론은 수시로 마법의 음료 성공 비결을 보도했다. 송 대표는 공장 건축과 초기 운영 경비를 모두 대주었다. 송 대표는 식음료업계에서 성공하기 어렵다는 신상품 음료를 어떻게 확신하게 되었을까?

그녀는 시장 참여자들이 성공하기 위해 아귀다툼을 벌이는 중에 모두가 놓친 틈새시장을 개발하고 찾아냈다. 그녀가 미국에서 태어났다면 그녀의 손에서 페이스북과 에어비앤비와 우버가 태어났을지도 몰랐다.

음료 회사 경영자인 전직 한의사는 시골에서 혼자 사는 남자였는데 거병의 면접장에서 자신이 만든 붉은색 음료를 심사위원에게 한 잔씩 마시게 하고 그냥 나를 믿으라는 말을 반복했다고 한다. 그런 말을 믿고 25억 원이 넘는 투자를 감행한다는 건 만용에 불과했다. 송 대표는 투자한 회사의 지분을 70퍼센트 가진다는 조건으로 자금을 넣었고 성공했다. 붉은색 음료가 이름을 알린 지 5년이 지났을 때 창업자가 갑자기 죽었다. 붉은 음료의 비밀도 사라져버렸다. 송 대표 회사는 5년 동안에 받은 수익과 배당으로 투자에 성공했지만 제조 비법은 알아내지 못했다. 아마 처음부터 끝까지 알려고 하지 않았을 것이다. 송 대표는 자신이 투자한 스타트업의 영업비밀을 캐내는 일을 금지했고 혹시라도 자기 회사 직원이 그런 짓을 벌이면 바로 해고되고 형사처벌을 받는다고 강조했다. 그대는 그대의 길을 가고, 나는 나의 길을 가되, 같이 걷는 동안 서로가 이익을 얻는다는 사업 방침은 철저했다. 그런 송 대표가 꿈 동영상 사업에서 미래를 밝힐 불꽃을 본 것이다.

송 대표는 사업을 시작할 때 나타나는 추진력을 보이며 단호한 어조로 말했다.

"당신이 말하는 탁우라는 사람을 만나고 싶어요. 소개해줄래요?"

양태관은 커피를 한 잔 더 시키며 송 대표의 제안이 어떤 효과를 낳을까 생각했다. 탁우는 자신이 만든 꿈의 유토피아에 빠져든 사람이 아닌가. 그가 이런 상업 모델을 받아들일 가능성이 있을까? 혹시 탁우가 꿈의 유토피아를 확장하기 위해 새로운 구상을 받아들일 수도 있지 않을까? 양태관은 탁우가 어떤 결정을 내릴지 잘 모르겠다고 생각했다. 양태관은 탁우를 잘 알지 못하면서 꿈 동영상 사업이란 모델을 강하게 밀고 나온 것일지도 몰랐다. 양태관이 되돌아가기에는 너무 멀리 왔는지도 몰랐다.

13

양태관은 꿈 카페를 통해 탁우에게 비밀 메시지를 보냈다. 양태관은 메시지를 직접 보낼까 고민하면서 컴퓨터를 켜서 몇 줄 쓰고는 지우고 다시 썼다. 그는 이걸 보내야 할까 고심한 끝에 스타트업 창업자가 지녀야 할 원칙으로 돌아갔다. 부딪혀보고 도전하지 않으면 아무도 창업자를 알아주지 않았다. 양태관은 탁우의 입장에서 글을 읽으면 어떤 느낌이 들지 여러 번 살폈다. 은유가 많고 뜻이 희미해서 분명하지 못한 문장이었다. 그러나 흐린 글을 가로지르는 줄기가 언뜻 보였다. 주의 깊게 읽으면 줄기를 놓치기는 어려웠다. 탁우가 긍정적인 대답을 할지 알 수 없었다. 양태관이 보기에 깨어있는 꿈은 사업으로 번창할 여러 가능성을 안고 있었다. 그 가능성을 썩힌다는 건 아무래도 아쉬웠다.

그러나 탁우가 깨어있는 꿈에 투자를 받으려고 했다면 그가 먼저 적절한 조치를 취했을 것이다. 어쩌면 양태관은 탁우가 그런 작업을 벌써 하고 있는 걸 모를 수도 있다. 아니면 탁우는 깨어있는 꿈을 상업적으로 이용하는 작업을 경멸과 분노에 차서 거절할지도 몰랐다. 탁우는 투자에 관한 얘기가 왜 나왔는지, 어디서 그 이야기를 들었는지를 꼬치꼬치 캐물을 수도 있었다. 양태관은 그런 경우에 대비해 보낸 글은 아는 사람을 통해 우연히 들은 내용으로, 진척된 상황은 아무것도 없는 걸로 안다고 둘러대려고 마음먹었다. 탁우에게 혹시라도 마음이 상했다면 이해해달라고 양해를 구하며 깨어있는 꿈의 동영상 작업은 이론상 가능한지 검토하는, 아이디어 차원으로 공중에 머물러 있고 아이디어가 땅에 발을 디디려면 오랜 시간이 걸릴 일이라는 답변을 준비했다. 어쨌든 부딪쳐봐야 했다.

탁우가 투자 관련 의논을 아예 거부하면 양태관은 거병의 송 대표가 어떤 방식으로 일을 진행할지 타진해야 할 점도 있었다. 송 대표는 표적을 잡으면 치밀하게 공략하는 성격인데다 중간에 포기하는 일도 드물었다. 갈 때까지 가서 안 된다는 결과를 최종 확인해야 물러나는 사람이고, 그런 과정에서 원 프로젝트가 실패하거나 잘 되지 않아도 가지를 친 분야나 새로 얻은 아이디어에서 또 다른 성과를 건져내고야 마는 스타일이었다. 탁우가 보낸 메시지는 양태관이 여러 갈래로 예상한 내용과 맞지 않는 뜻밖의 내용이었다.

"당신도 거기 책방에 포섭되었는가?"

양태관은 책방이 뭘 말하는지 알 수 없어 당황한 마음이 그대로 묻어나는 어조로 메시지를 보냈다.

"책방이라니? 무슨 말씀인지요."

탁우가 보낸 글에서 그가 입술을 앙다물고 신경을 곤두세워 말하는 느낌이 전해졌다.

"모르는 척하지 말자고. 그렇지 않으면 이런 일이 생길 수 없으니까."

양태관은 이런 경우 정직하게 말하는 게 최선임을 알았다. 서로가 상대의 의중을 떠보려고 속마음을 숨기는 과정에서 어감이 다른 말이 오가고 대화는 비틀어져 각각 멀리 흩어져 버리다 이야기를 시작한 출발점으로 돌아갈 수 없게 된다.

"책방이 무슨 뜻인지 정말 모르겠네요. 솔직하게 말씀드리는 겁니다."

탁우는 그의 해명을 귀담아 듣지 않았다. 침착한 탁우답지 않게 그의 글에는 분노가 배어 있었다.

"당신이 뭐라고 말해도 좋지만 우연이라 보기에는……."

탁우는 말을 하던 도중에 연락을 주고받을 가치가 없다고 파악했는지 불쑥 메시지를 끊어버렸다.

그날 밤 양태관은 무득에게 연락해서 푸른 탑 카페의 1층에서 만났다. 커피 가게는 여전히 붐볐다. 양태관은 무득의 빛이 나는 얼굴과 기운이 넘치는 모습에 놀랐다. 무득은 양태관에게 전에도 말했던, 자신이 깨어있는 꿈에서 다녀온 동굴 이야기를 했다. 동굴에 들어가면 새의 둥지와 같은 오목한 공간에서 푹 쉬다가 나온다는 말이었다. 무득은 동굴이 암흑과 편안한 공간 두 요소로 구성되었으며 둘이 합쳐지면 더할 나위 없는 휴식에 빠져든다고 말했다. 무득 경험에 따르면 그건 따뜻한 목욕과 태국 발마사지와 아침 10시까지 늘어지게 자는 잠을 합한 휴식이었다. 양태관은 무득이 부러웠지만 그 실체를 겪어보지 못해 어느 정도로 부러워해야 할지 가늠하기 어려웠다. 양태관에게 깨어있는 꿈만큼이나, 아니 그보다 더 중요한 건 현실에서 스타트업의 성공이었다.

양태관은 무득에게 탁우와 오간 메시지 얘기를 하면서 탁우가 꺼리는 책방이 뭔지 아냐고 물었다. 무득은 자신도 탁우에게 책방을 들었지만 그게 뭘 의미하는지는 모른다고 말했다. 책방은 상징이 아니며 이 도시 어딘가에서 책을 팔며 운영되는 물리적인 실체라고 짐작은 했다. 양태관은 책방을 운영하거나 관련 있는 사람이 탁우와 관계가 깊은 문제 인물이며, 그 사람은 탁우가 추구하는 꿈의 유토피아와 연결된 사람이라고 추측했다. 무득은 그 책방에 『유토피아로 가는 네 번째 방법』 책이 있을 법하다고 미루어 짐작했다. 양태관과 무득은 책방과 연결된 사람을 찾아보기로 의논했다. 책방은 찾기 막막한 곳이었다. 과거의 책방인지, 지금도 책방을 운영하고 있는지, 책방이 어디에 있는지, 마땅한 정보가 없었다.

양태관은 다음 날 오후 푸른 탑 카페에 들러 종업원에게 커피를 주문하면서 금방 생각난 척하며 물었다.

"책을 사려고 하는데요. 탁우 사장이 아는 책방이 어딘가 있던 것 같은데요."

종업원은 의례적인 미소를 지으며 자신은 잘 모르겠다고 말했다.

"혹시 여기 오래 근무한 직원은 계시지 않은가요?"

"지배인을 불러드릴까요?"

"아뇨. 지배인에게 묻기가 좀 그래서……."

"아, 그러면 고참 직원이 있는데, 30분쯤 후에 출근해요."

"잘 됐네요. 나갈 때 물어보죠."

양태관은 커피를 마시며 주위를 둘러봤다. 회칠이 쓱쓱 지나간 이 건물의 붉은 벽돌은 언제나 마음을 편하게 했다. 오래된 건물이 자신을 포근하게 껴안는 느낌이 들었고 철제 의자와 탁자는 그런 안정감을 강화시켰다. 그는 곰곰이 탁우가 책방을 말하며 나타낸 분노를 생각했다. 탁우는 자신의 제안 자체를 반대한다기보다 책방과 연계된 음모나 작전을 두려워하는 것 같았다. 탁우와 책방 관계자 사이에는 꿈의 유토피아를 둘러싼, 적대적이거나 함께할 수 없는 지점이 존재했고 그런 끝에 이르기까지 기나긴 갈등이 있었을 것이었다. 그런 갈등의 원인과 결과를 알아내면 꿈 동영상 프로젝트를 해결하기 위한 첫 발걸음을 뗄 수 있을 것 같았다. 푸른 탑 카페는 주문은 손님이 카운터에서 해야 하지만 마시고 난 컵과 쟁반을 가져다주지 않아도 되었다. 카페 직원 한 명이 매장을 그때그때 돌아다니며 접시와 컵을 정리했다. 양태관은 컵을 카운터로 가져다주면서 좀 전에 대화를 나눴던 직원에게 가서 고참 직원을 찾았다.

"잠깐만 기다려주실래요."

여직원은 카운터 뒤로 돌아가더니 키가 큰 남자 직원과 돌아왔다. 양태관은 우연히 생각난 듯 물었다. 책을 살까 하는데, 탁우 사장이 아는 책방이 있는 것 같아서요. 남자 직원은 책방 이야기는 오래전에 들은 적이 있는데 하며 말꼬리를 흐리며 잠시 생각에 잠겼다. 그는 원도심 우동집 옆에 책방이 있다는 기억을 떠올렸다.

"책방이나 우동집 이름은 떠오르지 않아요?"

"네. 이름까지는…… 위치는 모르는데 아마도 구석이나 외진 곳일 거예요."

양태관은 웃으며 말했다.

"책 사러 가기 쉽지 않은 곳 같은데요."

"그렇죠. 원도심도 넓고 골목도 많아서요."

양태관은 무득에게 연락해 먼저 책방을 찾아가 봤으면 한다고 말했다. 자신은 상업적 이해관계에 얽혀 책방 주인을 만나도 어쩐지 찜찜할 것 같았다. 무득은 인터넷 지도를 열고 우동집 옆의 책방을 검색했다. 원도심은 집과 가게가 들어선 지 오래됐고 작은 골목이 실핏줄처럼 뻗어나갔다. 도시의 길은 대동맥에서 분기를 따라 중간 크기의 핏줄에서 모세혈관까지 이어지는 사람 핏줄 모양처럼 큰 도로에서 이면도로로, 다시 일차로와 차가 들어가지 못하는 골목으로 연결된다. 원도심이 바로 그랬다. 원도심은 역사가 오랜 시청이 있고, 인구가 늘던 시절에는 번화했지만, 지금은 시청이 다른 곳으로 옮겨가고 인구가 줄어들어 쇠락했다. 덕분에 집값이 싸서 가난한 예술가나 저렴한 거주지를 찾는 사람, 새로운 시도를 하고 싶지만 자금 사정이 어려운 사업체가 들어오기 좋아졌다. 그곳은 시간의 흔적이 배인 낮은 건물들이 있어 분위기부터 달랐다. 건물과 건물 사이로 전선이 얼기설기 놓여 미관을 해치는 풍광 사이로 지나가는 바람이 싱그러웠다. 길을 걸으면 생뚱맞은 마로니에를 심은 길이 나오기도 하는데 그 가로수조차 옛 시절의 마음과 우수를 담고 있는 나무 같았다.

골목이나 이면도로에는 일본인이 한국을 강점했던 시절 살던 목조 가옥과 건물이 아직 남았고 주인이 세련된 카페나 술집으로 개조한 곳도 있었다. 어떤 좁은 식당은 긴 탁자 하나만을 놓고 여러 명이 함께 둘러앉아 식사하도록 해놓았다. 과거는 과거대로 색깔이 지워지지 않았고, 현재는 현재대로 새로운 색감을 찾아 나서는 지역이었다. 지도에 작은 서점은 여러 곳이 나왔는데 걸어 다니면서 이 집들을 찾아봐야 할 형편이었다. 탁우가 말한 책방은 이런 방식의 검색에 노출되지 않는 은밀한 곳일 수도 있었다. 책방이 어떤 이름이나 북카페 등의 사업체로 운영하는지, 책방 옆의 우동집이 지금까지 영업을 하는지도 알 수 없었다. 무득은 양태관에게 토요일에 원도심을 걸으면서 책방을 찾아보겠다고 말했다. 날씨가 좋으면 도시의 속살을 따라 가게를 기웃기웃하며 사람 구경을 하는 것도 나쁘지 않을 것 같았다.

14

무득의 푸른 탑 카페 2층 순례는 단순해졌다. 흰 문으로 깨어있는 꿈에 들어가 푸른 탑에 도착해서 자신의 방으로 찾아간다. 바로 동굴로 들어간다. 동굴 입구는 변하지 않았다. 편안하게 무릎을 대고 기어서 들어가면 곧 두 번 세 번 꺾이는 곳이 나왔고 원시의 암흑에 온몸을 적셨으며 책이 있는 곳까지 구불구불 이어졌다. 그는『유토피아로 가는 네 번째 방법』책 표지를 손으로 만지며 편안하게 누웠다가 깊은 어둠 속으로 녹아들어 갔다. 잠을 자는 것도 깨어있는 삶도 아니었고, 숨을 멈춘 것도 숨을 쉬는 삶도 아니었다. 그는 암흑 속에서 한 점으로 축소되었다. 단지 심장이 뛰는 소리만 들렸다. 암흑에 누워 있으면 심장 뛰는 소리가 사라지고 손목 맥박의 움직임이 사라지고 다시 발목에서 맥박이 들리다가 심장 소리로 돌아왔다. 심장조차 조곤조곤 여리게 뛰어 그

맥동이 줄어들다 사라질까 두려울 정도였다. 더 깊은 암흑으로 들어가면 맥박 소리조차 사라져버려 그는 자궁에서 세포분열이 시작된 시초로 돌아간 느낌조차 들었다. 무득은 과거로 돌아가 아무런 의식도 없고, 죄도 없고, 부끄러움도 없으며, 자신이 저지른 짓을 후회하는 마음도 없이 투명한 연못에서 둥둥 떠다녔다. 그는 몸의 내장과 살갗을 안팎으로 뒤집어 따뜻한 봄바람에 말려 건져낸 존재 같았다. 동굴은 고치였고, 무득은 고치 안에 고귀하게 보존된 알이었다. 그는 절대자이자 단독자로 고치에서 숙성되었다. 숙성이 끝나면 그의 몸 안에서 반짝 불빛이 켜졌고 몸이 부풀며 원래 형태로 돌아왔다. 나가야 할 때였다. 무득이 몸을 돌려 캄캄한 동굴을 기어 나와 탁우가 꿈의 유토피아용으로 제공한 카페 2층 룸의 침대로 돌아오면 온몸을 빛에 적시며 은하수를 건너온 느낌이었다. 무득은 동굴로 족할 뿐, 제국의 권력과 쌓은 돈, 미인과 화성 기지를 비롯한 어떤 꿈의 유토피아도 필요 없었다.

배낭을 진 아주머니가 주민센터로 와서 요청하는 커피 한 잔이 무득이 다닌 동굴과 의미가 비슷할지도 몰랐다. 머리를 끈으로 묶은 아주머니가 무득에게 와서 커피 한 잔을 청하면 무득은 직원용 커피기기에서 커피를 내려 드렸다. 벌써 서른 번도 넘었을 특별한 서비스였다. 아주머니는 당연하게 받아야 할 서비스인 양 태연하게 잔을 들고 대기용 의자에 앉아 옆사람에게 말을 걸었다. 아들 하나는 교도소에 가 있고 다른 한 명은 행방불명되었으며 남편은 구청과 법원 잘못으로 빚에 쪼들리다 도망갔다는, 조금씩 다르지만 결국 똑같은 얘기였다. 구청과 법원이 뭘 잘못해서 남편이 도망갔는지는 말하지 않았지만 배낭 아주머니는 관공서를 무척 미워했다. 아주머니는 주민센터와 구청을 순례하는 여정으로 잘 알려진 사람이었다. 아주머니는 일주일 또는 보름 간격으로 한 번씩 주민센터에 나타났다. 배낭엔 뭘 넣고 다니는지 묵직했다. 아주머니는 배낭을 등에서 떼지 않았고 배낭에 뭘 넣거나 물건을 꺼내는 걸 본 사람도 없었다. 아주머니가 큰 소란을 부리는 일은 없었다. 직원에게 커피를 요청해서 직원이 순순히 한 잔 건네주면 아무 탈이 없었다. 더도 덜도 아닌 커피 한 잔. 그러나 사정을 잘 모르는 직원이 별 이상한 사람을 보겠다는 얼굴로 거절하면 주민센터가 떠나가도록 세금도둑이라는 욕설을 들어야 했다. 무득은 배낭 아줌마의 화려한 전력을 모르고 처음 만났을 때 그냥 커피를 내줬다. 커피 한 잔은 기기에서 내리면 금방 나왔다. 무득은 자신이나 아줌마의 삶이나 별 차이가 없다고 느꼈다. 둘 다 진흙탕 속에서 뒹구는 삶이었고 누구 얼굴에 진흙이 더 묻었는가 차이가 있을 뿐이었다. 그렇게 생각하고 무득이 친절하게 커피를 내주자 배낭 아주머니는 무득을 좋게 봤다. 아주머니가 참한 아가씨를 소개해주겠다고 고집을 부려 무득이 기겁하기도 했다. 어쩌면 배낭 아주머니는 편히 쉴 자신만의 동굴을 찾지 못해 이렇게 방황하고 있는지도 몰랐다.

무득이 동굴에서 한 점으로 줄어들었다가 다시 숙성되는 경험을 했다며 양태관에게 말하자 그는 팔짱을 끼고 무덤덤하게 들었다. 양태관은 솔직히 묻는다면서 꿈에서 모든 걸 고르고 실제로 겪어볼 수 있는데 왜 동굴 속에 처박혀 있는지 납득할 수 없다고 말했다.

무득이 동굴에 집착하는 건 아니었다. 그가 푸른 탑 건물 7층의 5번 방에 들어가면 언제나 동굴이 그곳에 있을 뿐이었다. 구태여 새로운 유토피아를 찾아 헤맬 필요가 없었다. 동굴이 사라지면 어쩌나 하는 걱정은 들지 않았다. 그가 찾아가면 동굴은 산의 입석처럼 늘 그 자리에서 기다리고 있었다. 동굴이 그에게 대체할 수 없는 강력한 배터리 충전기 역할을 하는 건 분명했다.

그날도 무득은 깨어있는 꿈의 동굴에서 깊이 가라앉아, 있음과 없음의 경계에 머물러 있었다. 그는 어디선가 느껴지는 진동 소리에 눈을 떴다. 동굴은 먼지 하나 없는 클린룸이자 방음 공간이었다. 그는 묵직하면서 둔탁한 뭔가가 동굴 밑바닥을 기어오며 내는 소리임을 깨달았다. 무득은 귀를 바닥에 대었다. 깨어있는 꿈에서 강제로 깨어 이곳을 벗어날 수도 있지만 무득은 아직 그래 본 적이 없었다. 그가 동굴에 들어오고 나가는 절차는 정해져 있고 되풀이한 규칙으로 몸과 마음에 뿌리를 내렸다. 바닥에서 쓰르르 쓰르르 진동이 귀를 타고 올라왔다. 암흑에서 눈은 쓸모없는 감각기관이었다. 그는 『유토피아로 가는 네 번째 방법』 책이 있는 주변 공간에 머물렀다. 동굴의 끝이 있을 수도 있고 없을 수도 있지만, 무득은 마지막까지 탐험할 마음을 내지는 않았다. 뭔가가 다가오는 이 순간에도 그는 망설이며 동굴에서 앞으로 나아가기를 주저했다. 그는 다시 바닥에 귀를 대보고 진동이 더 커진 걸 깨달았다. 무득은 납작 엎드려 온몸을 동굴 바닥에 밀착시켰다. 배와 가슴과 허벅지가 그 진동을 불쾌하게 느끼는 게 역력했다. 속이 울렁거리고 살갗에 소름이 돋기까지 했다. 무득은 손과 무릎을 바닥에 붙이고 기어서 동굴 안으로 들어갔다. 바닥이 돌이거나 딱딱한 재질이 아니라서 무릎이 아프지는 않았지만 편하지도 않았다.

무득은 혹시 뒤에서 쫓아오는 움직임이 자신을 위험한 곳으로 몰려는 시도인 건 아닐까 생각했다. 뒤의 소리는 몰이꾼이 내는 고함과 북과 쇳소리일 수도 있었다. 그는 『유토피아로 가는 네 번째 방법』 책이 있는 공간 안으로 깊숙이 들어간 적이 없다는 사실에 새삼스럽게 놀랐다. 무득은 안온한 자리에 눌러앉아 껍질 밖으로 고개를 내밀지 않았던 것이다. 동굴은 점점 좁아지고 천장이 낮아져 무득은 낮은 포복자세로 기어야 했다. 동굴에 그의 거친 숨소리가 퍼졌으나 소리가 어딘가에 부딪쳐 반사해서 다시 들리지는 않았다. 무득은 자신의 귀에 들리는 숨소리가 무척 낯설게 느껴져 호흡 자체가 두렵게 느껴지기 시작했다. 정적이 가득한 동굴 안에 무득의 숨소리와 쉿쉿, 텃텃 하고 바닥을 울리면서 가깝게 다가오는 정체 모를 소리가 섞여, 그는 자신의 숨소리가 정체 모를 괴물이 만드는 소리인지 점점 헷갈렸다.

병목처럼 좁은 곳에 도착했다. 자신의 몸도 거기에 맞춰 가늘게 변해야만 빠져나갈 수 있을 것 같았다. 그는 손을 일자로 바닥에 붙여 뻗으면서 머리를 빼내고 어깨를 밀어 넣었다. 어깨가 빠져나가지 않아 몸을 비틀어 나사 모양으로 돌리면서 한쪽 무릎과 다른 쪽 무릎, 한쪽 발끝과 다른 쪽 발끝을 교대로 앞으로 밀었다. 그는 몸을 점점 돌려 비스듬한 자세에서 모로 세운 자세로 옮겨 한쪽 무릎과 발끝으로 바닥을 박찼다. 좁은 공간에 걸린 어깨가 아프지는 않았다. 동굴 재질은 단단한 돌은 아니었지만 스펀지도 아니었다. 부드러운 실리콘을 닮았는데 부딪쳐도 아프지 않지만 누르거나 때려서 모양이 변형되지도 않았다. 어떻게든 어깨를 빼내 좁은 틈을 빠져나가야만 했다. 몸을 앞으로 당기면서 거칠어진 숨소리에 섞인 기분 나쁜 진동과 소리도 빠르게 다가왔다.

무득은 무언가가 발바닥을 스치는 감촉을 느꼈다. 몸이 낀 좁은 공간에서 맨 발바닥에 전해지는 촉감은 싸늘하고 역겹고 두려웠다. 무득은 이건 자신의 공포감이 만들어낸 환상이 아닐까 생각하며 심호흡을 했다. 그러나 몸의 감각은 발바닥으로 더 강력하게 모여 발바닥에 먼지 하나라도 앉으면 감지할 만큼 예리해졌다. 다시 발바닥에 뭔가가 접촉하자 무득은 그걸 곤충의 더듬이로 알았다. 몸을 돌리거나 불을 켜서 더듬이인지 확인할 방법은 없었지만, 무득의 감각은 더듬이가 발바닥을 더듬고 있다고 알렸다. 무득은 하늘소나 사슴벌레와 같은 곤충의 더듬이를 끔찍이도 두려워하고 싫어했다. 더듬이가 적이나 먹이를 찾기 위해 앞과 주변을 더듬는 동작 자체가 그에게는 멀찍이 물러서게 하는 공포였다. 어린 시절에 더듬이와 관련된 혐오스런 기억이나 사건이 있었을지 모른다. 그런 두려운 감정의 근원을 찾기는 어렵지만 더듬이는 본능적으로 그를 움츠리게 하고 욕지기가 올라오게 했다. 무득은 이것이 실제 감각이 아니라, 누군가 만들어낸 감각일지 모른다고 의심하면서도 발바닥을 오므리며 몸부림쳤다. 이번에는 확실히 발바닥 여기저기를 짚거나 훑는 더듬이를 느꼈다. 무득은 기합을 지르며 모로 세운 몸을 돌려 배가 천장을 보도록 비틀면서 발을 찼다. 더듬이 여러 개가 발에 걸리고 어떤 갑각류의 턱을 걷어찼다는 느낌과 쒸엑 쒸엑 하는 소리가 들렸다. 무득은 이건 모두 가공의, 실제로 겪지 않는 촉감과 소리라고 자신을 설득했으나 몸은 그런 논리를 깨끗하게 무시하고 자신에게 입력된 감각에 따른 생존 반응을 재빠르게 해치우기 위해 필사적으로 몸부림쳤다.

무득은 어깨가 빠져나가자 등을 댄 채로 빠르게 기어나갔다. 몸은 땀으로 흠뻑 젖었으며 커다란 벌레가 자신을 덮칠까 봐 손을 들고 얼굴을 방어했다. 길은 약간 오르막이었다. 무득이 기어오르던 중 상체가 허공에 붕 뜨더니 바닥으로 쿵 떨어졌다. 그리 높지는 않아 길 가운데 움푹 파인 공간으로 보였다. 무득은 멍청하게 등을 대고 누웠다가 자신이 떨어진 곳까지 따라온 추적자의 존재를 느꼈다. 추적자가 환상의 존재가 아니라는 쌕쌕 소리가 분명하게 들렸다. 보이지 않고 어둠과 하나가 되어 있기에 상상력을 자극해 더욱 무시무시한 존재였다. 무득은 숨도 쉬지 않고 얼어붙은 채로 가만히 있었다. 그 존재가 훌쩍 뛰어 무득을 덮친다면 그로서도 싸울 수밖에 없었다. 사람이 지닌 손과 발과 이는 강하지는 않지만 자신을 방어할 무기로는 나쁘지 않았다. 미지의 존재는 무득보다 조금 높은 공간에서 움직이지 않고 우뚝 서 있었다. 무득은 암흑 속에서 보이지 않는 그 존재를 노려보았다. 존재는 어둠을 모두 빨아들이며 둥실 떠오르는 하나의 형상이었다. 동굴이 좁아서 존재도 작았지만 크기에 걸맞지 않은 힘을 지니고 있었다. 그 힘은 암흑을 헤치고 공간의 장으로 파동을 그리며 무득에게 전달되고 있었다. 그러면서 존재는 무득에게 뭔가를 강요하고 있었다. 무득은 암흑 속 형상을 응시했다. 뭔가가 그에게 암흑과 뒤섞인 힘을 전하려고 한다는 사실을 알아채자 무득은 형상이 더는 두렵지 않았다. 그건 무득에게 보낸 경고이자 퇴각하라는 신호였다. 무득은 형상이 무엇일까 생각했다. 벌레도 아니고 괴물도 아니었다. 무득은 불현듯 형상이 탁우가 아닐까 생각했다. 왠지 그 의심이 괜찮은 가정 같았다. 무득이 지내는 깨어있는 꿈의 어두운 동굴에 들어와서 그가 무의식적으로 싫어하는 존재로 변신하는 능력을 가진 자는 탁우밖에 없을 것 같았다. 무득이 동굴에서 뒹굴뒹굴 만족하며 사는 나약해 빠진 놈팡이로 보여, 동굴에서 쫓아내려 할지도 모르는 일이다.

무득이 뚫어지게 바라보는 바람에 희끄무레한 생김새를 지닌 모습으로도 보이는 형상에게서 희고 끈끈한 가래침 같은 물체가 날아왔다. 무득은 손가락으로 그걸 잡아서 살펴봤다. 풀과 본드와 가래를 섞은 듯, 접착력이 있는 미끈한 반고체와 액체를 섞은 것이었다. 주민센터에서 만났던 노인이 무득 뺨에 뱉었던 침보다 끈끈했다. 다시는 보고 싶지 않은 노인이었다. 무득에게 침을 뱉는 노인은 파충류 형상을 닮아 혀조차 길고 갈라져 보였다. 무득은 독사가 목을 조르는 것처럼 노인의 목을 꽉 쥐어 누르는 이미지가 떠올라 숨이 가빴다. 그런 노인은 어디에나 언제나 있을 법한 존재였다. 형상은 끈끈한 물체를 쉴 새 없이 무득에게 쏘았다. 거미가 먼거리에서 투망을 던지고 거미줄을 치는 행동 같았다. 무득은 정신을 차리고 몸을 일으켜 구덩이를 빠져나가 동굴 위로 기어가기 시작했다. 몸에 벌써 끈끈이가 달라붙어 무릎과 발이 빨리 떼어지지 않았다. 저놈이 무득을 끈끈이 줄로 묶어 내장을 가르고 눈알과 혓바닥을 뽑아 먹어치울지도 몰랐다. 그런 상상은 오싹했지만 동시에 저 형체가 그런 상상을 하도록 강요하고 있다는 의심도 들었다.

무득은 깨어있는 꿈에서 부딪힌 추격전에 단순하고 수수하게 대응하기로 마음먹었다. 저것의 정체가 무엇인지 알려고 하지 않고 도주에 집중하기로 했다. 되돌아서서 형상을 공격할까도 생각했지만 아직은 때가 아니었다. 물러서야 할 때는 물러서야 한다. 무득은 기고 또 기었다. 점점 동굴이 넓어져 무릎과 팔을 세웠다. 이마에서 땀이 뚝뚝 흘러 손으로 눈을 훔쳤다. 동굴이 오각형 모양으로 느껴졌다. 여기서 공간 감각이란 소용없었지만 동굴 입구를 거치지 않고 갈림길에서 책이 있는 곳으로 돌아갈 수 있을 것이었다. 공간만이 아니라 시간도 길게 늘어나 실제 지나간 시간은 얼마 되지 않았지만 무척 길게 느껴졌다. 무득은 자신의 거친 숨소리에 마음을 모았다. 거친 숨소리에 발을 맞춰 달렸다. 뒤에서 들리던 소리는 청각에서 깨끗하게 지워버렸다.

무득은 편안한 기운을 느껴 발을 멈췄다. 책이 있는 곳의 평소 쉼터였다. 온 힘을 다해 만 미터 달리기를 끝낸 육상 선수처럼 맥이 빠졌다. 무득은 호흡을 고르며 양손으로 무릎을 짚었다. 종아리 근육에 쥐가 나서 그는 다리를 뻗고 발끝을 세워 경련이 멈추기를 기다렸다. 다행히 원래의 장소로 돌아왔다. 똑같은 암흑이지만 여기는 어둠의 결이 다르다. 하지만 여기서 예전처럼 아늑하게 쉴 수 있을까. 동굴의 부드러웠던 속살은 시들고 변색해버렸다. 여기서 쉬면 온몸을 채웠던 상쾌감은 어디론가 물러나고 기이한 쇳소리와 끈끈한 가래로 바꿔치기 당할 것 같았다.

무득은 책을 찾아보았다. 다시 여기로 들어오게 될는지 알 수 없어 책을 다시 만져보고 싶었다. 책은 없었다. 무득은 허전한 촉감을 느끼며 벽과 바닥을 여러 번 훑어보았다. 책이 놓여 있던 평평한 곳은 손에 잡혔으나 책은 사라졌다. 무득은 망연자실 우뚝 서 있었다. 암흑이 자신의 몸 한쪽을 찢어내 삼킨 것 같았다. 탁우가 책을 없애버렸을까. 현실 어딘가에 있을 책을 찾아 나서야 할까. 탁우는 『유토피아로 가는 네 번째 방법』 책을 기억에서 지워버리고 싶어 했다. 괴롭거나 수치스러운 기억을 삭제해서 영원한 망각 속에 던져두고 싶은 것처럼. 책은 탁우에게 상처를 들쑤시는 가시에 불과했다. 무득은 고개를 들었다. 아늑한 동굴은 멀리 사라지고 검은 무덤을 닮은 공간만 남아 무득에게 그래도 이곳으로 들어오겠냐고 비웃음이 담긴 얼굴을 들이대었다.

15

무득이 동굴로 들어갈 수 없게 되면서 그는 흰 문을 찾아갈 의욕을 잃어버렸다. 무득은 주민센터에서 반복되는 일상에 갇혔다. 퇴근해서 푸른 탑 카페 2층의 룸으로 달려가는 설렘은 사라졌다. 그는 주민센터에서 등본을 뽑아주고 주민등록증을 재발급해주며 끝없이 반복되는 서류 사이에서 지냈다. 무득 옆자리에는 이번에 처음 발령받은 젊은 직원이 앉았다. 그는 업무 매뉴얼에 따라 일을 처리했다. 업무 매뉴얼이란 업무를 처리하면서 적용할 원칙과 절차를 기재한 문서지만 일이 그 원칙에 딱 맞게 떨어지는 경우는 드물었다. 세상과 매뉴얼은 어딘지 조금씩 어긋났고 직원은 보통 융통성 있게 일을 처리하면서 그 어긋남을 잠깐이나마 맞춰놓았다. 직원에게 어긋남은 어긋남 대로 존재해야 하는 중요한 가치였다. 직원은 수시로 민원인과 시비가 붙고 위태로운 말다툼을 했다. 무득이 몇 번 충고했지만 그의 말은 매뉴얼의 힘을 넘어서지 못했다. 직원이 무득의 안이한 업무 처리 방식을 따지고 들어오자 그는 침묵을 지키기로 마음먹었다.

15년 된 1톤 트럭을 폐차하기 위해 아들이 인감증명을 떼러 왔다. 차량 소유자는 아버지였다. 직원은 아버지가 며칠 전에 사망했는지 의심했다. 병원에서 사망진단을 내면 보건복지부와 연계된 전산망을 통해 사망신고 전이라도 사망 의심자로 행정망에 뜬다. 직원이 아버지가 죽지 않았냐고 추궁하자 아들이 말했다. 새로 화물 트럭을 급히 뽑아야 해서……. 트럭을 등록할 주차장 문제도 있고 경유차 지원 혜택 시한도 있고 해서요. 아버지가 돌아가신 건 알지만……. 사정은 알겠지만 규정상 어렵다고 돌려보내면 될 일이었다. 그는 단호하게 안 된다고 선언하고 업무 매뉴얼에 있는 지침을 실행했다. 허위 인감을 떼려 했다는 이유로 바로 112에 신고한 것이다. 주민센터로 온 경찰은 어처구니없어 했다. 이건 민원인에게 절차를 잘 안내하면 될 일이지 이렇게 신고를 해버리면……. 직원은 딱 잘라서 말했다. 이게 범죄가 아니라는 말인가요? 아니 그게 아니라 세상일이란 게……. 그는 위법한 행동에 적절하게 취할 조치라고 말했다. 동장이 무득을 불러 옆자리에서 조언을 좀 하지 그랬냐고 은근히 나무랐다. 무득은 자신이 말할 틈도 없이 일이 진행됐다고 변명했다. 무득이 이 건은 조용히 처리하면 문제 생길 사건이 아니라고 말했다가는 직원과 큰 싸움이 날지도 모를 일이었다. 무득은 현실이라는 공간에서 벌어지는 시비에 극심한 피로가 몰려왔다.

무득은 꿈 카페의 자유게시판에 글을 올려 작고 소박한 꿈 세계에 동참할 사람을 구했다. 무득은 새로운 동굴과 그와 같이 갈 사람을 찾고 싶었다. 푸른 탑 카페와 동떨어진 자신의 꿈 세계를 쌓으려는 시도였다. 그는 깨어있는 꿈에서 어떤 거창한 일도 벌어지지 않는다고 알렸다. 평소에 그가 하던 일, 예를 들자면 달리기나 등산을 좋아하는 사람은 깨어있는 꿈에서도 똑같은 일을 할지도 모르며 그렇게 하기를 권장한다고도 했다. 꿈이니까 하고 싶은 소망을 마음대로 해보고 자신의 부족한 점을 뒤집어엎고 거창하고 원대한 일을 저질러도 되지 않을까 하는 댓글에는 이렇게 답했다. 어쩌면 꿈과 현실이란 두 개의 세계에서도 에너지 보존의 법칙이 적용될지도 모릅니다. 현실이 거창하면 꿈의 영역이 줄어들고, 꿈이 대단하면 현실이 작아진다면 어떨까요. 현실의 우리는 부족한 점이 많아 깨어있는 꿈에서 마음껏 활개를 치는지도 모르죠. 바꿔 말하면 깨어있는 꿈에서 유토피아를 만들어, 하고 싶은 일을 마음대로 하면 그 풍요함을 즐기지 못한 현실은 그만큼 쪼그라드는 건 아닐까요. 그래서 우린 현실에서 앞날을 개척해나갈 용감함을 잃고 말지도 모릅니다. 저희는 작은 일을 해볼까 합니다. 깨어있는 꿈에서 현실 삶을 바꿀 조약돌을 하나 더 얹는 정도의 실험을 추구합니다. 그런 깨어있는 꿈을 실천해보고 의미가 없다거나 실망해서 빠져나가는 분도 있을 겁니다. 일단 참가해보고 어떤 결과가 나오는지 점검해봅시다. 현실 삶을 사는 데 도움이 되지 않으면 문을 닫을 수도 있겠지요.

무득은 자신이 사는 작은 아파트의 방 두 개 중 하나를 비워 침대 두 개를 넣었다. 침대와 침대 사이에 가림막을 설치하고 사용시간은 밤 8시부터 11시까지로 제한했다. 세 사람이 겨우 신청했다. 그중 두 사람이 두 달 동안 함께 '소박한 깨어있는 꿈'을 실천해보기로 했다. 두 사람은 무득과 비슷한 나이였다. 한 명은 전기기사로 일하는데 깨어있는 꿈을 노숙자에게 배웠다고 말했다. 무득이 되물었다. "노숙자한테서요?" 전기기사는 노숙자지원센터인 희망모둠이란 곳에 자원봉사를 다녔는데 그곳은 노숙자에게 1일 숙소를 제공했다. 저녁 6시에 먼저 들어오는 순서로 입소해서 다음 날 아침 7시에 나가야 했다. 2층 침대 여러 개가 들어간 방이 세 개였는데 모두 20명 가까운 사람이 잘 수 있고 샤워시설도 딸렸다. 그는 노숙자 숙소의 침대를 정리하고 시트를 씻어서 갈고 청소하는 자원봉사를 했다. 숙소에 들어오는 노숙자와 서로 소개하고 함께하는 시간도 가져 얼굴이 익었는데, 어느 날 길을 가다가 지하철 계단에서 자신을 부르는 소리를 들었다. 어이, 봉사자. 고개를 돌려보니 지하철 계단에 수염이

덥수룩하고 배낭을 짊어진 낯익은 노숙자가 있었다. 자선단체에서 얻었음 직한 낡은 옷과 신발을 신고 있었고 멀리서 보면 멀쩡한 사람처럼 보였지만 그가 앉은 자리 주변에 깔린 심한 냄새가 사람들을 그 옆에서 몰아내고 있었다. 가만 생각하니 자신을 부른 노숙자는 어쩌다 한 번씩 숙소에 입소하는 사람이었다. 매일 입소하는 노숙자는 목욕하고 빨래를 하기에 그다지 냄새가 나지 않았다. 그에게 가까이 다가가니 지독한 냄새 때문에 머리가 아팠다. 냄새에 익어 그를 유심히 살펴볼 여유가 생기자 번쩍이는 눈빛에 놀랐다. 노숙자 중에 그런 눈빛을 보이는 자가 더러 있었다. 길거리로 몰리게 된 사연이 게으름이나 음주와 같이 단순하지 않고 두툼하며, 운명과 싸우는 굴곡진 생을 살아온 몸과 달리 영혼은 냄새 나지 않으며 결코 죽지 않았다는 증거로 보이는 눈빛이었다.

노숙자는 계단에 앉아서 전기기사에게 숙소에서 자원봉사하는 모습을 여러 번 봤다며 좋게 평가했다. 그러면서 언제 깨어있는 꿈에 한 번 들어가 보라고 권했다. 전기기사는 처음 듣는 말에 그게 뭐냐고 되물었다. 노숙자는 깨어있는 꿈이란 자각몽으로, 꿈을 꾸는 중임을 스스로 깨닫고 있는 상태의 꿈이라고 말했는데, 들어보니 괜찮은 경험이었다.

전기기사는 그런 시도를 해보겠다고 말하고 까맣게 잊고 지냈다. 어느 날 희망모둠계단에서 노숙자를 다시 마주쳤다.

그는 전기기사에게 밥을 사주었다. 노숙자에게 얻어먹는 밥이라니 이상했지만 노숙자가 돈을 내겠다고 부득부득 우기는 바람에 그렇게 하기로 했다. 노숙자는 밥을 먹으면서 깨어있는 꿈에서 자신에 관한 진실을 깨달아 노숙자로 살게 됐다고 말했다. 노숙자의 말을 전하면 이랬다.

"깨어있는 꿈에서 난 깨달았네. 내가 악랄한 건물주였음을. 어떻게 깨달았냐고? 난 꿈에서조차 임대료를 무시무시하게 올려 불쌍한 임차인이 목매달아 죽게 했다네. 현실에서도 그 비슷한 일을 저지른 적이 있거든. 그래서 그 유사성에 깜짝 놀랐어. 깨어있는 꿈의 실감은 생생해. 난 깨어있는 꿈에 들어설 때마다 내 새로운 모습에 놀라곤 했어. 깨어있는 꿈에 들어가면 건물주였던 내 행패와 수탈로 고통을 받은 사람이 꼭 나타나서 내게 하소연을 하기도 하고, 나를 위협하기도 하며, 칼을 들고 나를 죽이려 달려들기도 했어. 그러다 마침내 난 깨달았어. 나는 바닥까지 내려가서 모든 걸 새로 시작해야만 한다고. 그래야만 내 진정한 모습으로 돌아갈 것이라고. 나는 구도의 길로 떠난 거야. 내 재산을 9등분해서 그 중 1등분만을 내가 가졌어. 나머지 몫은 아내와 자식과 내가 빚을 졌다고 생각하는 사람에게 나눠주었어. 난 자유로워졌어. 아홉 개 중의 하나를 챙긴 몫만도 나를 누르는 무게가 만만찮지만 말이야."

"그래도 노숙이 찬란한 경험이라고 할 수는 없지 않나요?"

"그건 사람마다 다르지. 난 돈이 제법 많아. 자네가 200년을 일해 돈을 모아도 내 재산을 못 따라올걸. 나도 다른 사람처럼 돈이 주는 속박에 매여 있었어. 하지만 깨어있는 꿈이 내게 가야 할 길을 가르쳐줬다네. 난 집에서 나왔고 이렇게 노숙자로 산다네. 인도에서였다면 길을 유랑하는 성자로 대접받았겠지. 여긴 한국이야. 나를 아주 우습게들 보지. 킬킬. 내 아내와 자식부터 나를 조롱하지. 난 노숙자들에게 돈을 많이 쓰고 있어. 인기가 아주 좋아. 노숙자들은 내가 야밤에 도둑질을 하는지 의심해. 오만원권을 자주 쓰니까. 하지만 내가 몸에 지닌 돈은 얼마 되지 않아. 강도가 나를 털어도 가져갈 돈은 얼마 되지 않지. 내 주변 사람도 모두 알아. 나를 납치해서 돈을 요구하면 어떻게 되냐고? 뭐, 노숙자를 납치까지 하는 미친놈이 있겠어? 하지만 그런 사태에도 대비는 해두었어. 내가 거래하는 변호사가 있는데 재산 처리에 관한 공증서를 만들어두었지. 나를 납치하거나 등등 이유로 어떤 범죄자가 돈을 요구하면 그 즉시로 내 돈은 몽땅 기부하기로 약정했어. 어때! 기부는 항상 좋으니까."

전기기사는 노숙자의 말이 머리에서 사라지지 않아 언젠가는 깨어있는 꿈에 들어와서 움직이는 경험을 해보기로 마음먹었다. 그런 동기로 푸른 탑 꿈 카페에서 초보 활동을 시작했다. 무척 벅찼지만 힘들었다. 그러다가 무득의 초대 글을 보고 들어오기로 마음먹은 것이었다.

무득이 만든 깨어있는 꿈에 들어온 다른 한 명은 세무법인 직원이었다. 그는 세무 일을 보기 전에는 한국에 부자가 그렇게 많은 줄 몰랐다. 또 세무사가 부자에게 세금을 아끼기 위해 조언하는 실태를 보면서 부자의 힘이란 대단하다는 걸 깨달았고 자신은 아무리 노력해도 그 부자를 따라갈 수 없다는 진실에 절망했다. 부자가 되고 싶어서만은 아니었다. 그는 부자가 저지르는, 자식에게 은밀히 재산을 넘기는 탈법과 욕심에 화가 났고, 그렇게 자신과 가족만을 위해 돈을 계속 쌓는 행위에 진절머리가 났다. 예전의 귀족과 양반처럼 아이가 태어날 때부터 부의 계급이 뚜렷하게 판정된다는 사실이 서글펐다. 그는 깨어있는 꿈에서 부자놀이를 하고 싶지는 않았다. 세무사 사무소에서 고함을 지르며 으스대거나 사람을 무시하는 부자 행태를 신물나게 봤기 때문에 오히려 그런 행실을 머리에서 깨끗하게 씻어내고 싶었다. 그에게 깨어있는 꿈이란 좀 더 순도 높은 휴식이었다. 그는 꿈에서 작은 휴식용 오두막이나 산중턱이나 호수의 전망대 벤치에서 쉬면서 마음을 맑게 하고 싶었다.

전기기사와 세무법인 직원은 깨어있는 꿈의 초보를 막 넘어선 단계였다. 둘은 탁우가 연 푸른 탑 카페 2층의 꿈 유토피아 이야기를 듣자 부러워했다. 그들은 하늘을 마음껏 날아다니는 무득이 놀라웠다. 무득이 꿈의 유토피아에 들어갔다는 얘기를 눈을 반짝거리며 들었고, 거기서 들어간 동굴의 아늑함에 감탄했다. 그들도 그런 동굴이 있다면 동굴 어느 곳에나 자리 잡고 누워서 먼 열대의 흰 모래 가득한 해변에서처럼 푹 쉬다 나왔으면 하고 바랐다.

두 사람의 깨어있는 꿈 수련은 조금씩 조금씩 나아갔지만 그걸 과연 진전이라 말할 수 있을지 의심스러웠다. 그들은 깨어있는 꿈을 오래 지속하기 위해 꿈에서 팔을 벌려서 몸을 회전하기도 하고, 양손을 모아 위로 뻗는 자세를 취하기도 하고, 집중할 상징물을 소지하기도 하며 다양한 시도를 계속했다. 그건 연못에 벽돌을 하나씩 던지는 끈질긴 시도이기도 했다. 벽돌은 연못 바닥에 하나씩 쌓일 테지만 수면 위로 모습을 드러낼 때까지 잠긴 실체를 짐작하기 어려웠다. 그러나 벽돌이 연못 바닥에 쌓이고 있는 건 분명해, 끈기를 가지고 오래 벽돌을 던지면 언젠가는 수면 위로 벽돌더미가 나타날 터였다. 무득은 두 사람의 수련이 늦는 이유가 자신의 집에서 깨어있는 꿈에 들어가려고 하기 때문이 아닌가 생각했다. 탁우의 푸른 탑 건물 2층에서는 하루가 다르게 쑥쑥 꿈 체험이 나아져 얼마 되지 않아 꿈의 유토피아에 들어갈 수 있었다. 아무래도 탁우가 건물 2층에 만든 꿈 수련장에 독특한 에너지나 힘이 작동하는 것 같았다. 어쩌면 건물과 땅이 담고 있는 기운과 공력에 영향을 받는지도 몰랐다. 좋은 징조는 있었다. 세무직원은 앓던 우울증 증상이 나아졌다. 깨어있는 꿈은 우울증을 치료하는 효과가 있었다. 무득은 우리가 몇억 년 전의 바다에서 살 때부터의 기억을 꿈이 나눠 갖고 있다고 생각했다. 생명은 바다에서 시작해 육지로 올라왔는데 초창기 생명에게 육지란 위험이 가득하고 살기 어려운 곳이었다. 우울증은 원시시대에 스트레스와 힘든 생존을 겪으며 얻은 흔적이고, 현대 대도시 환경에서 크게 자라난 병일 것이다. 그래서 꿈은 그 스트레스를 해소하고자 앞뒤 맥락이 맞지 않는 도망과 황당한 사건을 벌이는지도 몰랐다. 우울증과 같은 증상은 꿈에서만 돌아다니고 현실로 올라오지 않아야 하는 증상일 수도 있었다. 깨어있는 꿈에 들어가면 자신이 뜻하는 대로 움직이고 욕망을 충족시키면서 생생한 삶의 역동성을 흠뻑 즐기게 되고, 꿈속 활발한 활동은 우울증처럼 씁쓸한 기운을 가라앉히는 시럽 역할을 하는 건 아닐까.

무득은 깨어있는 꿈을 경험한 세무직원, 전기기사와 맥주를 마시며 꿈 얘기를 했다. 마시는 맥주는 정해져 있어 무득은 하이네켄을, 세무직원은 기네스 흑맥주를, 전기기사는 국산 캔맥주를 마셨다. 무득은 언제든지 마실 수 있도록 세 가지 종류 맥주를 가득 사 냉장고에 넣어놓았다.

전기기사의 고민은 늘 똑같은 깨어있는 꿈을 되풀이해서 접한다는 사실이었다. 깨어있는 꿈에 들어가면 관문처럼 소녀가 앉은 방이 나타났다. 검은색 챙이 짧은 캡 모자를 쓴 소녀는 청바지에 터틀넥을 입고 팔걸이가 있는 나무 의자에 앉아 있었다. 소녀는 열다섯 살쯤 돼 보이는데 골똘한 생각에 빠져 전기기사가 그 방에 들어선 걸 모르는 눈치였다. 소녀 뒤편으로 문이 보였다. 그 문으로 나가면 깨어있는 꿈의 다음 단계로 나갈 수 있어 보였다. 하지만 전기기사가 아무리 노력해도 그 문 쪽으로 다가갈 수 없었다. 그가 문으로 몇 발자국 다가가면 소녀가 그 방에 다른 남자가 있다는 사실에 화들짝 놀란 표정으로 전기기사를 쳐다봤고 그 공간을 침범한 모습에 비난하는 눈초리를 보냈다. 전기기사의 영혼을 확 빨아당겨 꼼짝 못하게 만드는 깊고 새카만 눈이었다. 전기기사가 소녀를 물끄러미 쳐다보자 소녀도 그를 마주보았다. 방은 천장이 높았고 한쪽에 커다란 거울이 붙어 있었다. 깨어있는 꿈에 들어가서 늘 소녀가 있는 방에 머무르자 전기기사는 소녀에게 공손하게 말을 건네보았다. 죄송하지만 뒤편 문으로 나가고 싶은데 도와줄 수 있나요? 소녀는 무슨 소리인지 모르겠다는 놀란 얼굴로, 왜 내게 그런 걸 묻느냐는 표정이었다. 전기기사는 소녀를 어디선가 본 기억이 들어 더욱 꼼짝하지 못했다. 기억의 갈피를 뒤져도 소녀 모습은 어디선가 찾아질 듯 찾아지지 않았다. 그는 초조하게 소녀 앞에서 발걸음을 옮기며 문 쪽으로 나가지 못했는데 그런 모습이 하도 한심해서 어느 날 과감하게 소녀 옆을 돌아 문으로 다가갔다. 그러자 소녀가 비명을 질렀다. 방을 울리고 거울도 깨뜨릴 기세의 고음에 전기기사는 바로 쓰러져 꿈에서 깨어났다. 깨어있는 꿈의 관문을 차지한 소녀를 넘어서는 숙제를 전기기사와 무득 모두 풀지 못했다. 전기기사는 깨어있는 꿈에서 무득이 들어갔던 동굴을 만들거나 찾아서 아늑한 휴식을 취하고 싶었다. 혹시 소녀가 있는 방에서 동굴을 만들 수는 없을까? 가능할 것 같았지만 전기기사는 소녀가 빤히 쳐다보는 가운데 뭘 제대로 집중해서 해내지를 못했다.

세무직원은 깨어있는 꿈에 들어서면 가로등 아래 벤치에 앉은 아버지를 만났다. 아버지는 차분히 소주를 마시고 빈 병을 벤치 아래에 줄지어 선 소주병 대열에 내려놓았다. 아버지는 소주잔을 들어 눈을 맞추고는 단숨에 마셨다. 세무직원은 벤치에 앉아 아버지에게 술을 그만 마시면 안 되겠냐고 말했고 아버지는 들은 체도 하지 않았다. 그는 문득 여기는 꿈속이고 꿈에서 아버지가 뭘 어떻게 하든 간섭할 일이 아니라고 생각했다. 그래서 아무 말도 없이 아버지 옆에 묵묵히 앉았다. 아버지는 그에게 그를 키운 이야기를 했다. 세무직원은 그가 태어났을 때부터 매달 있었던 일을 놀라울 정도로 세세하게 알게 되었다. 세무직원은 한 살 때 손에 나무 주걱을 꼭 쥐고 어디든 다녔다는 얘기부터 그가 말 모양의 장난감을 좋아했으며 사람을 만나면 낯을 가리지 않았고 특히 몸이 뚱뚱한 아주머니를 좋아했다고 들었다. 세무직원은 아버지가 말하는 얘기를 듣다가 집중력이 떨어지면 꿈에서 깨어났고, 아버지가 읊어주는 세무직원의 성장기는 끝없이 이어져 거대한 평전이 될 것만 같았다. 아버지가 말하는 성장기는 사실인 것일까? 왜 아버지는 벤치에 앉아 소주를 마시며 끝없는 어린 시절 이야기로 세무직원을 붙잡아놓는 걸까? 세무직원은 전기기사와 마찬가지로 깨어있는 꿈에 본격적으로 들어가는 관문의 의미를 곰곰이 따져보고 빠져나갈 방법을 찾아보았다. 그는 때로는 아버지의 말을 자르기도 했고, 아버지의 술병을 빼앗기도 했으며 묵묵히 벤치를 비추는 가로등을 발로 차기도 했다. 그러나 다음 번 깨어있는 꿈에 세무직원은 어김없이 아버지가 술을 마시는 벤치 옆에 서 있었다.

무득은 언젠가 저자 초청 모임에서 들은 이야기를 기억해냈다. 강연자는 시나리오 작가였는데, 시나리오를 배우는 습작생 중에 아버지가 나오는 시나리오만 열 몇 편을 쓴 사람이 있었다는 말이었다. 아버지가 50대 중반에 일찍 죽었다는 사정만 빼면 그다지 맺힌 일도 없고 평범한 가장인 아버지와 원만하게 지냈는데도 그랬다고 했다. 습작생이 쓰는 시나리오는 아버지 연작 시나리오로 상당한 완성도를 보여줘, 강연자는 습작생에게 소설로 쓰도록 권했다고 말했다. 그러면서 강연자는 습작생이 열 몇 편의 아버지 관련 시나리오를 쓴 후에 다른 소재로 넘어갔고, 그 후로 다시는 아버지에 관한 글을 쓰지 못했다고 말했다. 자신도 인식하지 못하는 마음속에 쌓인 뭔가를 다 퍼내고 난 후로 글쓰기의 다음 단계로 넘어간 거라 평을 하면서 글을 쓰지 않았으면 왜 그렇게 아버지에 관한 시나리오를 많이 썼는지 절대 이해하지 못했을 거라는 말이었다.

무득은 세무직원에게 그 이야기를 해줬고 세무직원은 깨어있는 꿈에서 아버지의 이야기를 군말 없이 듣는 쪽을 택했다. 아버지는 계속해서 스물다섯 번이나 연달아 꿈에 나오더니 어느 날 깨어있는 꿈에서 그는 아버지가 없는 벤치를 발견했다. 세무직원은 벤치에서 얼굴을 감싸고 한참을 울고 꿈에서 깨어났다. 아버지가 사라지자 아버지가 못 견디게 그리웠다. 아버지가 자신에게 못 다한 이야기가 있을지도 모른다는 생각에 그는 한참 우울했다. 그 후에 깨어있는 꿈에 들어가면 벤치가 있는 첫 장면은 사라지고 그는 익숙한 거리에서 있었다. 세무직원은 카페와 세탁소와 과일 가게가 있는 거리를 지나면서 자신이 무엇을 꿈꿔야 할지, 어디로 가야 할지를 생각했다. 그는 거리에서 사과를 사서 깨물고, 검은 벽돌로 외장을 꾸민 카페에서 허브차를 사서 카페 앞에 놓인 스툴에 앉아 거리를 바라보았다. 거리를 바라보면서도 집중하지 않으면 거리가 희미해지고 사라져버렸다. 끊임없이 이건 깨어있는 꿈의 장면이라고 상기하고 정신을 모으지 않으면 카페 아가씨의 얼굴이 흐릿해지고, 허브차도 스르륵 사라지면서 꿈에서 밀려났다. 세무직원은 거리를 벗어나 뭔가를 하거나 완성하는 과제를 해결하지 못하고 끝없이 거리를 맴돌고 있었다. 그런 이야기를 들을 때면 무득은 자신이 큰 힘이 되지 못하는 것 같아 미안한 마음도 들었다.

무득은 푸른 탑 카페 건물 2층에서 얻었던, 꿈의 통로로 들어가는 강력한 힘이 마땅치 않으면서도 자신이 꿈 카페를 운용하는 지금은 그 힘을 얻지 못해 아쉽기도 했다. 깨어있는 꿈에서 자신의 취향에 맞는 생활을 마음껏 즐기고 온화하고 평온한 마음으로 현실로 돌아온다는, 어찌 보면 힘들여 깨어있는 꿈에 들어갈 필요가 없는 경험을 구한다는 게 이상하게 보일 수도 있었다. 그런데 그런 평온한 경험을 하기 위해서도 엄청난 에너지와 공력이 들어가야 했다. 그래서 깨어있는 꿈에서 평온한 경험이란 하늘을 날거나 황제가 되는 것만큼이나 겪기 어려운 고난도의 단계라는 깨달음을 얻게 되었다. 무득은 그런 평온한 경험은 꿈과 현실이 서로를 응시하고 모방하는 수준이 아닐까 했다. 그런 경험을 하기 위해서는 꼭 하늘을 날아야 할 필요도 없고, 푸른 탑의 흰 문과 검은 문이란 관문도 필요 없으며, 푸른 탑 아래에 건설된 꿈의 유토피아를 동경할 필요도 없었다. 무득과 전기기사와 세무직원에게 깨어있는 꿈이란 숲의 오솔길 사이로 걸어가면 나타나는 고요하고 풍요로운 호수였다. 호수에 잔물결이 일고 호숫가를 따라 수초가 무리 지어 자라났다. 꿈이라는 호수 앞에 놓인 정자에 몸을 기대 나뭇가지에 앉은 새를 편안하게 바라다보는 느낌이었다. 무득에게 깨어있는 꿈은 그걸로 족했고 두 사람의 동지가 함께하고 있었다. 이건 오래도록 이어질 호젓하고 아름다운 길이었다.

16

양태관은 카페 2층의 7번 룸에서 머리 여러 곳에 뇌파 감응 장비를 붙이고 깨어있는 꿈으로 들어갔다. 머리 수십 곳에 붙인 장비는 작은 막대기를 닮은 뿔처럼 보였다. 그는 흰 문을 통과해 푸른 탑에 도착할 때까지 이상한 점을 찾지 못했다. 그날 하늘은 평소와 똑같이 푸르렀고 바람도 적당히 불었다. 양태관이 예리하게 주변을 관찰했다면 힘을 줘야 흰 문이 열리고 푸른 탑 둘레의 의자 한쪽이 기울어져 있는 모습을 발견했을 것이다. 푸른 탑 위를 까마귀 두 마리가 깍깍거리며 불안하게 빙빙 도는 것도 예전에 없던 일이었다.

푸른 탑 아래 7층의 7번 방으로 들어선 양태관은 예상치 못한 광경에 그 자리에 섰다. 7번 방은 크지 않은 공간으로, 그는 평소에 방의 침대를 벽에 붙여놓았다. 그런데 양태관이 들어선 7번 방 공간은 훨씬 넓고 천장도 높았다. 놀랍게도 어떤 의식을 위한 계단이 벽에 붙어 서 있었다. 여기는 7번 방이 아니라 간판만 바꿔 단 새로운 방이었다. 방 중앙에 양태관이 앉을 빈 의자가 놓였다. 탁우가 의자 옆에 서서 이곳은 재판정이라고 알려주고 두 계단을 올라가서 섰다.

배심원 세 명은 일곱 계단 올라간 왼쪽의 넓은 공간에 앉아 있었다. 계단은 사람이 오르내리는 용도가 아니라 디딤판이 넓은, 의식을 위한 단처럼 보였다. 양태관은 단을 올려다보았고, 단에 앉은 사람을 우러러보는 모습이 되면서 그들이 가진 힘을 자연스럽게 존중하는 자세가 되었다. 일곱 계단 위에 앉아 있기만 해도 그런 위압감을 주다니 놀라웠다. 단에서 저들이 내려다보는 양태관은 어떤 모습일까. 양태관은 의자에 앉았다. 단 위쪽에서 의자를 특별히 밝게 비추는 강렬한 등이 켜지면서 양태관 얼굴을 비췄다. 빛이 얼굴을 두드리고 할퀴는 느낌이다. 양태관은 숨을 헉 몰아쉬고 단을 바라보았다. 단에서 쏘는 빛 때문에 앞이 제대로 보이지 않고 단에 있는 사람 얼굴이 빛 속으로 사라졌다. 빛 주변에 몇 사람이 여전히 있는 건 분명했다. 단 위의 사람이 보이지 않으니 마음이 편치 않았다. 등을 껐으면 좋겠다. 양태관은 의자에서 일어날 수 있고 일어나야만 했다. 그를 이 자리에 묶어놓는 명령이란 있을 수 없다. 양태관은 생각한다. 나는 자유로운 인간이고 이 자리에 앉아 누군가에게 재판을 받을 이유는 없다. 여기는 꿈속이다. 나는 수갑을 차고 있지 않다.

당연하다. 누가 내게 수갑을 채울 힘을 지니고 있단 말인가? 나는 불쾌하게 내 얼굴을 쏘는 빛에서 몸을 돌려 이 자리에서 걸어 나가야 한다. 양태관은 발을 떼려고 움직였다. 어떤 힘에 붙잡혀 있는지 발은 쉽게 움직이지 않는다. 뒤꿈치를 들고 발가락을 바닥에 붙이고 한쪽 발을 뒤로 뺀다. 양태관은 일어날 것이다. 그의 마음을 읽었는지 탁우가 말한다. "움직이지 마. 재판 받고 있으니까." 양태관은 화가 났다. 탁우가 나를 왜 재판에 넘긴단 말인가. 양태관은 자유로운 인간이었고 앞으로도 그럴 것이다. 꿈에서조차 권력이 사람을 맘대로 죄고 괴롭힌다는 말인가. 권력이란 꿈에서도 작동하는 괴물인가, 라고 양태관은 큰 소리로 말하려고 했으나 속으로 조그맣게 중얼거렸을 따름이다.

양태관은 당당하게 일어나서 항의해야 마땅했다. 그러나 그는 탁우의 지시에 발을 바닥에 붙이고 손을 무릎에 가지런히 놓았다. 그는 말썽을 좋아하지 않는 사람이다. 그는 은근히 배심원 세 사람에게 재판에 임하는 마음가짐을 보여주고 싶었다. 재판이라는 낱말이 이마를 찍어 일어나지 못하도록 누른 건 아니었다. 화를 벌컥 내며 뭐 하는 짓이냐며 의자를 단 위로 집어던질 수도 있었다. 세 사람에게 난폭한 모습을 보여준다기보다는 자신에게는 죄가 없고 이 자리에 있을 까닭이 없다고 논리적으로 차분히 설득하고 싶었다. 동시에 양태관은 이 당황스런 꿈에서 깨서 빠져나가고 싶었다. 아랫배에 힘을 주고 정신을 집중해서 마음으로 꿈이다 외쳤다. 그는 현실에 존재하는 서울역을 떠올리고 매표소 앞에서 줄을 서서 기다린다. 매표소를 빠져나가려고 한다. 그러면 푸른탑 카페 2층의 침대에 누워 있는 자신을 발견하게 될 것이다. 깨어있는 꿈에서 빠져나가려는 시도는 계속 실패했다. 아무리 꿈에서 벗어나려 해도 깨어나지 않았다. 탁우가 꿈의 플랫폼 기능을 일부 차단해 사람이 나가지 못하도록 막은 것으로 보였다. 그러자 재판 받는 이 상황이 혹시 꿈이 아니고 현실인가 하는 공포가 밀려왔다. 그래도 현실에서 재판 받는 건 아닐 것이다. 온갖 사건이 엉뚱하게 벌어지기도 하는 꿈과 달리 현실이란 호락호락하지 않다.

탁우가 말했다. "너는 유토피아를 파괴하려 한 죄로 기소되었다. 반역죄다."

양태관의 온몸이 위기를 느껴 긴장한다. 반역죄란 언제 어디서나 심각한 죄목이다. 양태관은 어이없다는 말투로 반박한다. 탁우와 법정에 저항해야 할 것 같아 탁우의 말투를 따라 반말로 말한다.

"단 위에 서 있는 건 탁우에게 어울리지 않는 모습이다. 반역죄란 또 뭔가?"

탁우가 양태관의 질문에 답변하지 않고 재판 절차를 알렸다.

"재판은 공정하게 진행된다. 여기 단에 있는 배심원 세 사람이 유죄 여부를 결정할 것이다. 네게 불리한 답변은 강요하지 않는다. 침묵을 지켜도 좋다."

탁우가 양태관에게 물었다.

"너는 왜 깨어있는 꿈으로 들어왔는가?"

"왜 내게 무례하게 묻는 거지?"

"여기는 법정이니까. 법정은 재판을 하는 곳이고, 재판을 하려면 사건의 진실을 알기 위한 질문이 꼭 필요하지. 다시 말하지만 침묵을 지켜도 좋아."

"그야 깨어있는 꿈에 들어와 유토피아로 가기 위해서지. 그건 탁우 너도 알고 있지 않은가?"

"벤처 사업을 하기 위해서가 아니었나? 깨어있는 꿈을 동영상으로 찍어서 파는?"

"그런 시도는 했지. 이봐, 내게도 변호사가 있어야 하는 거 아닌가? 이게 만약 재판이라면 말이야."

"너는 충분히 발언하고 자신을 변호할 수 있어. 머리는 멀쩡하고 폭행당하거나 묶여 있지도 않아. 이 법정은 공평해. 어떤 사업을 하기로 했나?"

양태관은 자신이 기획한 사업을 간단하게 정리해서 말했다.

"멋지고 유쾌한 유토피아 경험을 3분 동영상으로 찍는 거야."

"아름다운 기억을 두고두고 즐기겠다?"

"추억을 사라지지 않게 보관하는 거지. 현실에서도 그러지 않나. 사진과 동영상으로 말이야.”

탁우는 단에서 내려와 양태관 옆에 섰다. 탁우는 큰 키를 돋보이게 하는 베이지색 치노 바지에 감색과 연한 회색이 교차하는 셔츠를 입고 있었다. 옷에 어울리지 않는 핑크색 구두를 신고 있어 꿈으로 들어올 때 조합이 잘못되었나 싶었다. 탁우는 양태관 왼쪽을 따라 한 바퀴 걷고 다시 오른쪽을 따라 한 바퀴를 걸었다. 구두 소리가 일정한 속도로 울렸다. 탁우는 왼발 오른발 아니면 하나 둘 박자에 맞춰 걷고 있는 것 같았다.

“그걸 가공해서 팔겠다면서?”

“저 조명부터 끄면 어떨까? 눈이 부셔 머리가 바짝 말라버리겠어.”

“여기 법정에 맞는 조명이야. 저기 배심원들이 당신을 유심히 관찰할 수 있게 도와주는 도구지. 네가 떳떳하다니까 그게 더 좋지 않나.”

양태관은 배심원을 노려보았다. 배심원이 어떤 표정을 짓고 있는지, 무슨 행동을 하고 있는지 빛에 가려 보이지 않았다.

“저 배심원이라는 사람은 누구야?”

“너보다 똑똑한 사람. 너보다 여기를 아끼는 사람.”

탁우는 양태관이 앉은 의자 주변을 뚜벅뚜벅 돌면서 꿈의 유토피아에 관해 말했다. 말투가 딱딱하고 건조해서 논문 요약본을 읽는 것 같았다.

"나보다 여기를 아끼는 사람은 없을 것이다. 여기는 유토피아를 체험하고 가꿔낼 수 있는 곳이다. 여기 유토피아는 비용이 싸다. 동시에 참가자가 건설하고 없앨 수 있는 곳이다. 나는 꿈의 유토피아를 현실의 유토피아로 넓힐 수 있다고 생각한다. 현실에서 그 기억을 회상하고 감상하고 즐기면 깨어있는 꿈은 현실로 확장되는 거다. 그런데 뭐가 부족해 여기 체험을 동영상으로 찍고, 거기에 더해 그 동영상을 팔겠다는 건가!"

양태관은 탁우 말에 반박했다.

"깨어있는 꿈에서만 가능한 유토피아라니 얼마나 아까운가. 나는 유토피아를 보관하고 싶었다. 컴퓨터에서, 스마트폰에서 언제든지 재생되는 유토피아, 내 체험과 느낌을 다른 사람과 공유하는 방식. 그 체험에 돈을 받는다고 한들 어떻다는 말인가? 유토피아 체험은 다양한 종류로 나눠질 것이다. 화성에 거주지를 만드는 사람. 블랙홀에 뛰어들고 싶은 사람. 카네기홀에서 바이올린 공연을 하고 싶은 사람. 심해로 다이빙을 하는 사람. 남자로, 여자로, 양성애자로 매일 변신하는 사람. 보안관이 되어 사회를 망치는 악당을 이틀에 한 명씩 죽이는 사람. 장군으로 전쟁을 지휘하는 체험, 나라를 망치는 정치인 암살 체험은 어떨까? 그들은 체험의 종류별로 취향에 맞는 동네를 만들어 끼리끼리 유토피아에 살 거다. 게임은 남이 만든 프로그램에 따라 움직인다. 아무리 정교하고 그럴듯하게 보여도 그건 남의 프로그램이지만 유토피아 영상은 직접 내가 체험한 거야. 화성에 거주지를 만들고 싶으면 매일 밤 벽돌을 하나하나 쌓으며 만들 수 있어. 같은 그룹끼리 의논해가면서 말이야."

탁우는 양태관 왼쪽으로 돌기 시작했다. 구두 발자국 소리가 중간에 잠깐 어긋났다. 구두 소리는 자신감 넘쳤지만 불안한 음색이 스며들어 있었다. 두 바퀴를 돌려고 했지만 한 바퀴를 더 돌았는지도 모른다.

탁우가 말했다.

"그게 유토피아일까?"

양태관이 말했다.

"그게 유토피아가 아니면 뭔가? 그건 상품이고 소비에 불과하다고 말하고 싶은가? 세상에! 상상력을 발휘하게. 상상력을. 깨어있는 꿈을 만든 상상력은 녹슬어버렸어? 지금 소비하지 않는 이상이 어디에 있단 말인가. 난 체 게바라 셔츠나 모자를 찬양해. 혁명은 수많은 사람의 희생과 고통을 통해 성공하는데, 그 성공도 잠깐에 불과해서 혁명했던 세력이 기득권 세력으로 변해 공격당하는 사태가 이어져. 그러니 혁명을 상징하는 이미지를 소비하는 형태도 나쁘지 않은 거야. 마음속에 혁명 생각을 키우고 가끔 혁명 행동을 하며 상품이 된 혁명 이미지를 쓰는 거야. 진짜 혁명보다는 못하지만 실패로 돌아간 수많은 혁명을 되돌아보면 별 차이가 없을 거야."

탁우는 걸음을 멈췄다가 다시 왼쪽으로 돌았다. 양태관은 잠시 생각에 잠겼다가 말을 이었다.

"나는 상상했어. 화성을 탐험해 거주지를 만드는 꿈을. 화성 어디가 좋을까. 주거지를 짓기 위해 화성 땅을 파고 기초를 만드는 작업은 쉽지 않을 것이다. 건설 장비를 어떻게 지구에서 화성으로 옮길 것인가. 로켓 화물칸에 실을 수 있는 화물은 제한되어 있으니까. 꿈은 천천히 조금씩 나아가지. 깨어있는 꿈 3일 만에 뚝딱 지어 올리는 화성 거주지는 그다지 매력 없으니까. 꿈 하루에 유리 몇 장을 올리는 지극한 정성으로, 때로는 5층까지 올린 건물이 무너지기도 하는 아픔을 견디면서 완성된 화성 거주지를 꿈꿨어. 그 꿈을 3분 동영상 50회분으로 편집해서 판매하고 구매자에 한해 깨어있는 꿈 화성 탐험팀에 초청하는 거야. 화성 탐험팀은 구매자와 같이 새로운 거주지를 만들지."

양태관은 탁우에게 자신이 구상한 벤처 회사 꿈을 말했다. 꿈 프로젝트는 화성을 넘어 은하계로 나갈 수도 있으며, 과거 로마와 당나라 시대로 돌아갈 수도 있다고. 우리는 고대 중국의 시안으로 가서 실크로드를 향해 출발할 수 있고, 로마 군인으로 한니발과 결전을 치를 수도 있으며 이 모든 게 유토피아라고. 이 모든 걸 잘 가공해서 팔 수 있고, 잘 팔리면 다시 깨어있는 꿈으로 사람이 몰려와서는…….

탁우는 오른손을 들어 양태관의 진술을 중지시켰다. 탁우는 바닥에 침을 뱉고 오른발로 신경질적으로 바닥을 비비더니 말했다.

"생각보다 훨씬 위험해. 꿈의 유토피아 밑을 파고들어 폭삭 무너뜨리는 망상이라니. 깨어있는 꿈이 이런 놈에게 파괴되고 있다니." 탁우는 입술을 꾹 다물고 팔을 하늘로 쳐들어 큰 소리로 말했다. "이런 놈이 더럽히다니!"

탁우는 배심원을 향해 똑바로 섰다. "배심원 여러분. 여러분은 이 미치광이 말을 잘 들었으리라 믿습니다. 피고인은 깨어있는 꿈을 상품으로 팔아 더 많은 사람을 깨어있는 꿈으로 끌어들이고 그 사람들의 꿈을 다시 더 많이 파는 끝없는 확장을 주장하고 있습니다. 피고인은 깨어있는 꿈에서 우리가 살았던 유토피아 체험을 쉽게 다운로드할 수 있는 3분 동영상으로 만들겠다는 겁니다. 피고인은 이런 상상을 단지 상상하기에 그친 것이 아니라 실제로 작업해서 상품으로 만들었습니다. 다행히 흐릿하고 미완성이었지요. 피고인은 앞으로 꿈을 팔고 그 꿈에 현혹된 몇몇 사람을 깨어있는 꿈으로 끌어들이기 위해 카페에 가입해 훈련하도록 할 겁니다. 우리 꿈속에서 빛나는 유토피아를 장사꾼이 들끓는 장바닥으로 만들고자 획책한 것입니다. 우리는 유토피아가 나아갈 원대한 계획을 세워두었습니다. 33인에서 66인으로 다시 99

인으로 한 발자국씩 시험하고 준비하며 꿈에서 시작해 현실로 나아가는 길을 걷고자 했습니다. 배심원 여러분. 이 자는 우리 깨어있는 꿈을 타락시키고, 깨어있는 꿈을 모욕하고 깨어있는 꿈에서 짠맛을 모두 빼내 흙바닥에 그냥 버려지는 흔한 상품으로 만들고자 했습니다. 이 자의 죄는 무겁습니다. 저는 배심원 여러분에게 이 자를 사형에 처해 깨어있는 꿈을 해칠 음모를 꾸미는 모두에게 엄중히 경고하고 우리가 나아갈 길을 새롭게 다지기를 원합니다."

탁우가 돌아서서 양태관에게 말했다.

"할 말이 있으면 해보게."

"최후 진술을 하라는 거야?"

"뭐라고 이름을 붙이든 주장하는 뜻을 말해봐."

"먼저 내게 쏘는 저 빛을 다른 곳으로 돌려줘. 토할 지경이야."

빛이 벽으로 향하자 양태관은 배심원을 살펴보았다. 양태관이 푸른 탑에서 만나고 2층 카페에서 가끔 보던 동료였다. 그들은 양태관보다 높은 곳에 앉아 있어 이상하게도 권위 있고 학식이 높은 사람처럼 보였다. 양태관은 배심원이 그다지 뛰어나지 않은 인간임을 안다. 하나하나 따지면 별 볼일 없는 인간이다. 그들은 되지도 않을 유토피아 꿈에 젖어 탁우의 꼬드김에 놀아나 배심원이란 엉뚱한 가면을 쓰고 있다. 이런 사람에게 내 주장을 구태여 밝힐 필요가 있을까. 양태관은 잠시 망설이다가 말했다.

"배심원 여러분. 인간은 위선을 저지르는 동물입니다. 표리부동한 동물이기도 하지요. 제 말은 유토피아는 꿈에서든 현실에서든 만들어지기 어렵다는 겁니다. 사람은 유토피아에 살게 되면 즉각 그 경험을 복제해서 어딘가에 쓰려고 합니다. 사람은 비행기를 만들자마자 폭격에 사용했고, 칼과 몽둥이는 삶을 유익하게 하는 데 도움을 줬지만 동시에 공격 무기로 쓰였습니다. 무기로 쓰면서 삶에 도움이 되었다는 게 정확할 겁니다. 유토피아 꿈을 3분 동영상으로 만들어 팔고 사람을 모으고 그들을 유토피아 꿈으로 달려오도록 하는 게 최선은 아닐지라도 유용한 하나의 길입니다. 모두가 이익을 보고, 모두가 즐겁고, 모두가 성장합니다. 그걸 단죄한다는 건 그야말로 이상을 위한 이상으로, 결코 성공할 수 없습니다."

배심원 권이 물었다. "자신의 행동을 반성하지 않나요?"

양태관이 어깨를 으쓱 올렸다. "무엇을요?"

양태관 얼굴을 쏘던 빛이 방향을 바꾼 후에 눈이 익자 법정이 잘 보였다. 법정은 둥근 모양으로 벽에 허리 높이까지 물결 모양의 갈색 나무를 대놓았다. 방청석은 없었다. 법정은 오래전에 만든 모양이었다. 양태관에게 보이지 않지만 법정 오른쪽 문을 열고 나가면 창살이 있는 유치장이었다. 탁우는 푸른 탑 카페 2층의 유토피아 공간에 처음부터 법정과 유치장을 세워둔 것이었다.

배심원 조가 물었다. "자신의 행동을 반성하지 않나요?"

배심원 서가 물었다. "자신의 행동을 반성하지 않나요? 아무 잘못도 없다고 생각하나요?"

양태관은 입을 다물었다.

배심원 권이 말했다. "마지막으로 더 할 말은 없나요?"

양태관이 말했다. "이 재판을 인정할 수 없어. 깨어있는 꿈에 법정과 배심원이 있다는 사실 자체가 무효야. 꿈에서조차 이따위 폭력이 존재한다니."

탁우가 말했다. "당신 같은 파괴범을 잡기 위해 만들었지. 우린 파괴에 대항해야 하니까. 질서는 어디서든 지켜져야 해."

양태관은 주변을 둘러봤다. 이상한 꿈이었다. 어떻게 해도 빠져나가지지 않는 꿈에 들어오다니. 그는 원하지도 않는데 낯선 촬영장에 던져진 주연배우 같았다. 감독은 시나리오대로 촬영을 진행하고 자신은 거부해도 억지로 동원된 배역 자리에 서 있어야 했다.

중앙 자리의 배심원 권이 말했다. "마무리하겠습니다."

배심원 권, 조, 서가 서로 이야기를 나누더니 셋 모두 고개를 끄덕였다.

배심원 권이 판결을 선고했다. 피고인은 깨어있는 꿈을 파괴하고 유토피아를 더럽혔으므로 사형을 선고한다.

사형을 선고하는 순간 비켜 있던 조명이 양태관 얼굴로 다시 쏟아졌다. 양태관은 손을 들어 무서운 공격을 피하기 위한 것처럼 눈을 가렸다. 사형 선고를 듣는 순간 가슴이 쿵 무너지고 다리가 떨렸다. 아무리 꿈에서라지만 끝이 보이지 않는 컴컴한 우물 속으로 던져지는 느낌이었다. 지금까지 양태관에게 이 재판은 청문회로 느껴졌다. 묻고 대답하고 공격하고 방어하는, 말로만 이어진 자리. 탁우가 배심원에게 사형을 요청할 때도 연극으로 보였다. 나를 깨어있는 꿈에서 몰아내는 각본을 짠 연극. 양태관은 망연히 중얼거렸다. 사형이라고? 꿈에서?

배심원 권이 양태관을 쏘아보았다. 증오가 강하게 실려 눈빛만으로도 사람을 해칠 수 있을 것 같았다. 배심원 권이 다시 큰소리로 말했다.

"재판은 단심으로 항소는 허용되지 않는다. 사형은 즉각 집행한다."

탁우가 양태관 뒤로 다가와 재빨리 팔을 뒤로 돌려서 수갑을 채웠다. 팔을 강하게 꺾는 바람에 늑골이 당겨 아팠다. 탁우는 양태관을 놓치면 도망갈까 봐 걱정하는지 양손으로 어깨를 단단하게 움켜쥐었다. 양태관은 어이가 없었다.

"단심제라고! 형편없어. 여긴 도대체 어떤 나라인 거야."

탁우가 양태관을 일으켜 세우며 대답했다.

"나도 이런 짓을 두 번 하고 싶진 않으니까!"

탁우가 양태관 목 뒤 옷깃을 잡고 밖으로 끌어냈다. 법정 뒷문을 열고 나서자 사형장이었다. 사형장은 긴 마당으로 중앙에 나무 기둥이 서 있었다. 마당은 흰색 벽으로 둘러싸여 법정에서 들어오는 문 말고는 길이 없었다. 새하얀 페인트를 칠한 흰 벽은 너무나 밝아 광고를 찍기 위해 효과용으로 설치한 임시 벽처럼 보였다. 햇빛이 강하게 내리쬐어 눈이 부셨다. 탁우는 양태관을 질질 끌다시피 기둥으로 데리고 가 밧줄로 묶었다. 기둥의 뒤쪽 중앙에 달린 고리에 밧줄을 건 다음 능숙한 솜씨로 수갑 사이로 줄을 빼내서 몸과 기둥에 두 바퀴 둘러 매듭을 지었다.

양태관이 말했다.

"많이 해본 솜씨인데."

"꼭 해야 한다면 단호하게 해야지."

밧줄은 꽉 죄지 않아 불편하지 않았다. 이대로 기둥에 묶여 몇 시간도 서 있을 수 있을 것만 같았다.

탁우가 말했다. "나쁘지는 않아. 꿈에서 죽고 현실에서 살아 있는 게 현실에서 죽는 것보다 낫지. 마지막으로 먹고 싶은 거 없나?"

양태관은 고개를 젓고 탁우에게 집행도구가 뭐냐고 물었다. 총이라는 대답이 돌아왔다.

"뭐야, 총인가. 화형이 아니라 다행이네. 깨어있는 꿈에서 최초로 화형을 당한 저항자로 역사에 남을 뻔도 했는데 말야. 그보다 총을 보여줬으면 하는데."

"왜? 앞으로 개발할 게임 아이템으로 쓰려고?"

탁우가 탄창이 꽂힌 카빈총을 보여줬다. 생산된 지 오래된, 2차 세계대전부터 쓰던 총이었다.

"그따위 구식을 게임 어디에 쓰겠어. 수집품으로 거실 벽에 걸어두는 게 낫겠어."

탁우는 수집 취미가 각별하다며 웃었다.

"마지막으로 남기고 싶은 말은?"

양태관이 말했다.

"넌 개새끼야. 바보 천치이기도 하고."

탁우가 빙긋 웃으며 말했다.

"넌 개새끼 옆에 앉아 뜯을 뼈다귀를 찾았던 개새끼지."

양태관이 말했다. "묶여서 이따위 대화를 하는 게 꼴불견이야. 빨리 끝내는 게 어떨까?"

탁우가 느릿느릿 말을 이었다.

"공포란 닥쳐올 사건을 기다리면 기다릴수록 커지는 감정이야. 서두르지 말고 찬찬히 맛봐. 사형을 집행하지 않는 현실에선 겪어보기 힘든 감정이니까."

탁우는 세워총 자세로 뒤돌아서서 발을 높이 들어 열 걸음을 걸었다. 뒤로 돌아 차렷 자세로 판결을 소리 높여 알렸다. 배심원단이 양태관에게 총살형을 선고했음을 알린다. 본인은 배심원단에게 명 받아 총살을 집행한다.

탁우는 왼쪽 다리를 반 걸음 앞으로 내밀고 개머리판을 어깨에 고정시켜 양태관을 조준했다. 첫 발이 양태관에게 날아갔다. 공기를 뚫고 회전하는 총알이 양태관의 눈에 보였다. 총알 주위로 달궈진 공기가 열기를 뿜으며 번지는 모습이 환영처럼 나타났다. 망상일 것이다. 양태관은 도대체 무엇을 보고 있는 것일까? 꿈이지만 총알은 분명 그의 눈앞에 존재했다. 총알은 양태관 하복부 오른쪽을 뚫고 들어가 기둥에 박혔다. 하복부에서 통증이 밀려 올라와 가슴까지 퍼졌다. 탁우가 다시 총을 쏘았다. 총알은 쉐엑 소리를 내며 왼쪽 허벅지 뼈에 박혔다. 총알이 박힌 부근에서 뼈가 부서지는 통증이 덮쳤다. 세 번째 총알은 간에 박히고 네 번째 총알은 척추에 박혔다. 양태관의 몸은 고통으로 온통 불덩어리가 되었다. 그는 속으로 외쳤다. 이건 꿈이다. 곧 깨어날 꿈. 통증은 가짜고 곧 사라질 거짓이다. 다섯 번째 총알은 종아리를 부수고 여섯 번째 총알은 어깻죽지에 박혔다. 탁우는 총을 세워 총구를 들여다보더니 다시 어깨에 올렸다. 탄창을 다 비울 작정인 것이다. 양태관은 숨을 헐떡였다. 그의 몸 어디에도 피는 흐르지 않는다. 이 통증은 혹시 그가 날아오는 총알을 봤기 때문에 생긴 환상인가? 양태관은 발끝에서 머리까지 속에서 터지는 통증으로 부들부들 떨고 있다. 겉으로는 멀쩡하다. 탄피가 탕탕 떨어지는 이 짧고 짧은 순간을 못 견디다니. 양태관은 마지막 한 발을 기다린다. 그 한 발 앞으로 몸을 던지고 싶다. 일곱 번째 총알은 오른쪽 폐를 꿰뚫고 여덟 번째 총알이 심장에 박힌다. 드디어 심장이다. 그는 탄피가 떨어지는 모습에 기쁘다. 총알은 양태관 눈앞에서 기뻐 춤추는 모습으로 휘청거린다. 심장은 총알이 몸을 공격할 때도 열심히 판막을 열고 피를 내보내며 뛰고 있었다. 심장은 총알이 수백 발 쏟아져도 자신을 비켜가리라 믿고 최선을 다하고 있었다. 24시간, 365일 밤낮없이 피를 내보내는, 오직 노동에 노동만 한, 어떤 당파도 짓지 않은 성실한 존재는 공격당할 리 없다고 믿고 있었다. 양태관은 총알이 심장을 향하고 있음을 정확히 알고 있었다. 앞선 일곱 발의 총알은 마지막 한 발을 위해 길을 닦은 존재였다. 심장은 푸드득푸드득 추락하기 시작했다. 몇 번 더 시동이 걸리지 않는 엔진을 돌리려고 펄떡펄떡 안간힘을 쓰다가 완전히 손을 놓고 말았다. 양태관의 몸과 붙은 의식은 희미해지면서 살 능력을 잃은 몸에서 떨어져 나왔다.

양태관은 허공에서 기둥에 묶인 자신의 신체를 보았다. 기둥에 묶인 몸은 고개를 푹 숙이고 있었다. 양태관은 자유롭게 훨훨 하늘로 올라갔다. 저 아래 기둥에 묶인, 작아지고 있는 몸뚱이가 하찮게 보였다. 턱이 간지러워 허공에서 턱을 긁었다. 곧 얼굴이 간지럽고 몸 전체가 가려웠다. 꿈에서 깨어나는 중이었다.

꿈에서 깨어나자 양태관은 침대에 누워 있었다. 눈을 뜨기 전에 손가락과 발가락을 움직거려 보았다. 잘 움직였다. 손가락 숫자를 왼쪽부터 세어보았다. 정확했다. 깨어있는 꿈에서 느끼는 감각은 현실을 닮았고 강력했다. 왼손을 가슴에 올리자 심장은 약하게 끊길 듯 말 듯 겨우 움직임을 이어나가는 것 같았다. 여기가 깨어있는 꿈속에 배치된 침대가 아닐까 두려웠다. 눈을 뜨기가 이렇게 두려웠던 적은 없었다. 천천히 오른쪽 눈을 떴다. 몸을 왼쪽으로 돌려 벽에 붙은 선인장 장식을 바라보았다. 장식은 그대로였다. 꿈의 유토피아로 가는 푸른 탑 카페의 2층 방, 혼자 누운 침대였다. 꿈의 고통이 현실의 고통으로 따라오지 않았다. 오른손을 다시 가슴에 올려 심장 박동을 느꼈다. 심장은 태아 때부터 지금껏 해오던 자기 할 일을 충실하게 수행하고 있었다. 총알이 심장을 꿰뚫고 지나가며 온몸을 전율시킨 충격은 사라졌다. 현실에서 총살은 존재하지 않았다. 탁우는 꿈에서만 양태관을 향해 총탄을 퍼부었던 것이다.

며칠 후 양태관은 푸른 탑 카페로 향했다. 2층 방 입구의 디지털 자물쇠 비밀번호는 바뀌지 않았다. 한 번 자유롭게 이곳에 드나든 사람에게는 이 공간을 허락한다는 뜻인가? 2층 복도로 들어가서 탁자에도 앉았다. 어떤 제지도 없이 평소와 똑같았다. 양태관은 일곱 번째 방의 비어있는 침대로 들어갔고 누워서 깨어있는 꿈으로 들어갔다. 양태관은 깨어있는 꿈으로 들어가는 과정에 장애가 없고 순조로운 게 도리어 이상했다. 깨어있는 꿈으로 들어가는 관문인 흰 문과 검은 문이 나타나 그 앞에 섰다. 흰 문 앞에 서서 문을 열고 들어가려고 했다. 첫 총탄을 맞은 하복부에서 통증이 몰려왔다. 고통은 일곱 발 총탄을 따라 일곱 번 고스란히 되풀이되었다. 마지막 여덟 번째 총알이 심장을 뚫자 양태관은 가슴을 부여잡고 흰 문 앞에서 뒹굴었다. 심장 통증은 가슴과 등 근육을 모두 뒤틀었고 꽉꽉 죄어들었다. 헐떡대는 몸은 기진하기 전에 이 장소에서 몸을 피하도록 요구했다. 양태관은 허우적대며 기어서 흰 문 앞에서 벗어났다. 바닥을 마구 긁은 손과 팔 상처에서 피가 흘렀다. 끈적하고 붉은, 양태관의 몸을 돌아다니던 현실의 피였다. 흰 문에서 열 걸음쯤 멀어지자 고통이 사라졌다. 양태관은 피 묻은 손으로 얼굴을 훔쳤다. 들어갈 수 없는 흰 문이 멀지 않았다. 자연스럽게 드나들던 흰 문이 이젠 철벽이었다. 양태관은 흰 문 앞에서 빙빙 돌며 그가 받은 처벌을 끊임없이 떠올리는 신세였다. 이제 푸른 탑 카페의 2층 방 침대는 단지 잠을 자는 숙소에 불과했다. 깨어있는 꿈에 들어가지 못하는 잠이란 아무런 가치 없었다. 거지가 생존하기 위해 먹는 흙 묻은 밥에 불과했다. 잠을 위한 잠. 평범한 인류 모두가 매일 밤 들어가는 천민의 잠. 제대로 자지 못하면 다음 날 출근과 업무에 지장이 크다는 이유로 의무적으로 챙겨야 하는 잠.

양태관은 뭐든지 할 수 있는 유토피아에서 쫓겨난 천사였다. 천사는 유토피아로 돌아가기를 갈구하지만 한 번 닫힌 문은 열리지 않았다. 천사는 이를 갈며 자신을 쫓아낸 자를 증오한다. 천사가 천국에서 쫓겨나면 악마로 변신하지 않던가. 양태관은 뭘로 탁우를 공격할 수 있을까? 마땅히 떠오르지 않았다. 양태관은 천사 무리의 끝자리에서 허우적대는 연약한 마귀에 불과했다.

17

무득이 찾던 책방은 골목 안쪽에 있었다. '우리 책방'이라는 안내 나무판이 길에 나와 있지 않으면 골목에 들어앉은 책방을 상상하기 어려울 터였다. 골목의 단층 가정집을 개조한 책방은 붉은 지붕에, 예전부터 그 터에 자리 잡고 있었던 것으로 보이는 작은 정원이 있었고 감나무와 팥배나무가 마주 보고 서 있었다. 책방 구석에는 앉아서 책을 볼 수 있는 긴 탁자가 놓였고 안쪽으로 예닐곱 사람이 모여 이야기를 나눌 수 있는 작은 방이 있었다. 작은 방에는 연두색 페인트를 칠한 깜찍한 나무문이 달려 있고 그 옆 벽에는 요일별로 방에서 모임을 여는 모임 이름이 적혔다.

책방의 탁자에 여자가 두 명 앉아 책을 보고 있었다. 한 사람은 회색 머리칼이 어울리는 나이 든 분으로 자세가 바르고 어깨가 반듯해 노인 같지 않았다. 한 사람은 30대 초반쯤으로 보이는 여자로 무득이 들어가자 미소를 띠며 고개를 끄덕였다. 머리를 어깨까지 내린 여자는 눈빛이 맑고 청순해 보였다. 평대에는 주인이 나름의 기준으로 읽을 가치가 있다고 선정한 신간을 전시해놓았고 벽에 붙은 책장에는 출간한 지 꽤 시간이 흘렀지만 역사와 자연과학, 심리학과 건축 등 해당 분야에서 정평이 난 책들이 꽂혔다.

무득은 이 책방이 양태관이 말한 책방임을 확신하고 책방 분위기를 알기 위해서 여러 번 들렀다. 무득이 둘러보는 사이에 한 사람이 들어와 책을 한 권 샀다. 젊은 여자가 계산을 하고 예쁜 책갈피를 한 장 꽂아서 건네주더니 긴 탁자로 돌아가 다시 책을 손에 들었다.

무득은 이 책방에 오기 전에 바로 옆에 붙은 우동집에 들러 우동을 한 그릇 먹고 왔다. 우동집도 낡은 단층집을 개조한 모양으로, 옛집 골격이 남아 있었다. 가게 안쪽에 훤하게 보이는 주방이 있고 바깥에 4인용 탁자가 다섯 개 놓였다. 세 개는 입구 가까이에 있고 나머지는 격자로 창문 모양을 만들어놓은 곳에 있었다. 작은 집인데다 골목 안에 있어 그 탁자가 다 찰 일은 드물 것 같았다. 주방에 두 사람이 일하고 손님이 들어와서 큰소리로 주방을 향해 주문을 말하면 네 알겠습니다, 라고 답하는 방식으로 주문이 처리됐다. 주방에서 만든 우동을 주방과 연결된 긴 탁자에 올려놓고 손님, 맛있게 드십시오, 외치면 손님이 자기 테이블로 들고 갔다. 메뉴가 우동, 새우튀김 우동, 유부 우동 세 종류밖에 없어 가능한 형태였다.

내놓은 우동은 사누키 우동 스타일로 보였다. 좋은 밀에다 소금과 물을 넣어 오랜 시간 발로 밟아 반죽을 하고 이틀 정도 저온에서 숙성해서 다시 발로 밟고 밀대 위에서 밀방망이로 늘여 적당한 굵기로 툭툭 자른 면이었다. 벽에 작은 글씨로 면 만드는 방법이 간략하게 적혀 있었다. 육수가 사람을 잡아당기는 깊은 맛이었다. 우동을 목구멍으로 넘기면 배고팠던 영혼이 푸드득 깨어난다는 느낌이 들었다. 처음 입에 넣었을 때는 밋밋한 맛이라고 생각했고, 두 번째로 젓가락을 입에 가져갈 때는 깊고 은근한 맛이었으며, 세 번째에는 면과 국물에 개성과 매력이 넘치는 맛이 있구나 깨달았다. 단골이 생길 맛이었고 실제 단골도 적지 않은 듯했다. 무득이 우동을 먹는 사이에도 손님이 두 팀 들어왔다. 우동집은 애써 장사를 하려 들지 않으면서 오히려 손님을 끄는 집이었다. 넉넉하고 푸근한 감정이 배어 있어 들어오는 순간부터 편안해져서 좋았다. 우동집을 여는 시간은 11시 30분부터 2시, 5시부터 7시 30분까지 5시간이었다. 토요일은 11시 30분부터 2시까지만 하고 일요일과 공휴일은 쉬었다. 일하는 분에게 물어보니 토요일은 한 명만 나오기 때문에 여간 바쁘지 않다는 말이었다. 하여튼 우동 식사는 습관적으로 거치는 절차가 되어 무득은 우동집에 들른 다음에 책방에 왔고, 책방에 오기 위해서라도 우동을 한 그릇 먹는다는 묘한 규칙이 생겼다. 우동을 먹고서 느긋하게 소화도 시킬 겸 책 구경을 한다는 게 정확한 표현일까.

벽에 붙은 책장은 일곱 칸으로, 제일 위 칸은 받침대가 없으면 손이 닿지 않았다. 무득은 찾는 책이 어디에 놓여 있을까 생각했다. 양태관은 무득과 이야기하면서 『유토피아로 가는 네 번째 방법』 책이 책방 어딘가에 있을 거라고 추측했다. 책이 여기 있다면 오게 된 경위가 있을 것이다. 그 책은 탁우와 책방 주인을 연결하는 고리이며 깨어있는 꿈에 들어가면 나타나는 흰 문과 검은 문의 의미도 밝혀줄 수 있을 것이다. 양태관은 추론을 이어나갔다. 책은 수제본이며 필사본일 가능성이 컸다. 인터넷 어디를 검색해도 그 책은 나오지 않았다. 양태관이 미국과 유럽의 여러 나라, 러시아와 중국과 남미에서 쓰는 언어로 검색을 해도 마찬가지였다. 일본과 동남아시아, 아프리카에서 쓰는 언어로도 찾아보았다. 양태관은 인터넷에 돌아다닌다면 복잡한 미로에 숨겨져 있어도 여러 가지 기술을 섞은 검색을 통해서 찾아낼 수 있다고 자신했다. 그 책은 손으로 정성들여 만들어 깊은 곳에 보관되었을 것이다. 꿈의 유토피아를 건설하는 방법과 해체하는 방법도 책에 실려 있을 수 있다. 뭔가를 탄생시킨다면 없애는 방법도 쌍으로 존재할 터이니까.

양태관은 자신이 직접 책을 찾아 나선다면 좋겠지만 그럴 수 없어 미안하다고 무득에게 말했다. 양태관은 탁우에게 총살당한 후로 꿈의 유토피아와 관련한 일을 제대로 해내지 못했다. 총알은 양태관의 몸과 정신에 너무나 깊게 박혀 어떤 외과의사와 상담사도 제거할 수 없어 보였다. 총알은 꿈에서 양태관의 몸을 관통했지만 꿈에서 깨어난 현실에서 여전히 그대로 몸에 남아 있기도 했다. 그건 지구에서 보이지 않는 달의 뒷면처럼 양태관의 몸과 정신에 깊은 상흔으로 존재하고 있었다. 무득도 비슷한 처지였지만 무득은 견뎌냈다. 무득의 마음에는 낙타를 닮은 인내심이 두껍게 깔려 있었다.

무득은 책방에 다섯 번을 왔다. 올 때마다 책을 한두 권씩 사면서 주인과 낯을 익혔다. 머리가 길고 얼굴이 갸름하며 순수하게 보이는 책방 주인은 악령과는 거리가 멀어 보였다.

무득이 꿈에 관한 책은 없나요 묻자 주인은 꿈과 유토피아에 관한 책이 꽂힌 코너를 가리켰다. 무득이 책을 뒤져보며 말했다. "꿈과 살인에 관한 책이 혹시 없을까요?" 여주인은 다소 긴장한 목소리로 물었다. "꿈과 살인이라면 어떤 주제를 다룬 책인지……." "뭐 이런 거요. 꿈에서 죽이면 현실에서 죽는……."

주인은 한 손을 펼치고 고개를 오른쪽으로 기울이며 살짝 웃었다. 그건 대답하기 어려운 난처한 말을 들었을 때 은근히 피해 가는 세련된 동작으로 보였다. 주인은 책장에서 꿈에 관한 책을 한 권 꺼내 탁자에 놓으며 말했다. "사람은 꿈꾸는 기계니까 별별 꿈을 다 경험하지 않겠어요?" "사람이 꿈을 꾸는 기계라고요?" "인간에 관한 새로운 통찰이에요. 현실에서 벌어지는 학살과 죄악을 보면 인간이 꿈만 꾸며 사는 게 낫지 않을까 싶어요." "그래도 그럴 수야 있나요. 현실이 있으니까 꿈이 있고, 꿈이 있으니까 현실도 있는 거죠."

무득이 골라놓은 책을 사면서 물었다.

"이 건물에 세를 들고 사시는 건가요?"

"아뇨. 제가 예전에 있던 주택을 뼈대만 두고 새롭게 고쳤어요. 제 소유랍니다."

"예쁘게 지었습니다. 제가 한 번씩 가는 카페가 있는데 꼭 쌍둥이 건물 같은 느낌이네요. 그 건물은 붉은 벽돌에 흰색을 거칠게 칠해 독특한 분위기가 났죠. 그 건물과 이 책방은 어딘지 어떤 물건의 오목과 볼록 같은 느낌이네요."

주인은 망설이지 않고 자연스럽게 말했다. "아, 같은 건축가가 설계를 했어요." 그녀는 천장을 가리켰다. 천장은 약간 불에 탄 듯한 나무를 붙여 검은색 나무 색감이 독특한 분위기를 냈다. 푸른 탑 카페 천장도 저랬다. 같은 건축가가 설계를 했다면 탁우를 안다는 뜻이기도 했다. "하지만 지붕은 달라요." 주인은 이 집과 우동집의 지붕은 알루미늄에 불소 수지를 코팅한 붉은색 제품으로 만들었다고 말했다. "그래야 골목에서 눈에 잘 띄거든요. 우린 대로변에 붙은 카페가 아니니까요." 주인은 무득에게 가벼운 미소를 보내고 탁자로 돌아갔다.

무득은 두 번째 책장에 섰다. 맨 위 칸에서 뭔가 울림이 전해졌다. 저 책이 아닐까? 맨 위 칸 끝에 꽂힌 일곱 권의 책 중에 마지막 책의 등은 가죽으로 주황색 표지 책이었다. 동굴의 짙은 어둠에서 책을 봐서 색깔을 알 수는 없었지만 가죽 감촉은 기억하고 있었다. 꿈에서 경험한 『유토피아로 가는 네 번째 방법』에 관한 촉감 기억은 시간이 흐를수록 변형되고 재조합되어 다른 실체로 바뀌는 건 아닐까. 무득은 그런 생각을 하면서 책방 구석에 놓인 2단 받침대를 들고 와 맨 위 칸에 손을 뻗었다. 주황색 책은 책장에 고정시켜 놓았는지 뺄 수가 없었다. 다른 책 중에서 지도책을 한 권 골라 훑어보고 다시 꽂은 뒤 손을 뻗어 주황색 책을 쥐고 천천히 촉감을 느껴보았다. 가죽으로 만든 장정의 감촉이 부드러웠다. 받침대에 선 불안전한 자세여서 그런지 억지로 책을 빼내려다 몸이 휘청해서 받침대에서 내려왔다. 주인 여자가 다가와서 물었다.

"무슨 책을 찾으세요?" 무득은 맨 위 칸을 가리키며 저기 주황색 책이라고 말했다. "저 책은 팔지 않아요." "내용만 볼 수 없을까요." 주인은 미소를 띠고 말했다. "좋은 꿈을 꾸고 다시 오세요."

좋은 꿈이라. 그냥 지나칠 덕담으로 들리기도 했지만 의미심장했다. 주인은 저 책을 보려는 사람의 사연을 알고 있는 것처럼 느껴졌다. 무득은 책 두 권을 사고 책방을 살폈다. 탁자에 앉은 할머니가 책을 좋아하냐고 물었다. "네. 조금요." 회색 머리칼이 품위 있게 풍성한 할머니가 웃으며 말했다. "동네 책방이니 많이 찾아오세요. 대형 서점보다 배치가 아담하고 책이 눈에 잘 들어온답니다." "자주 찾을 생각인데 저기 주황색 책은 좋은 꿈을 꾸고 와야만 한답니다." 할머니가 웃더니 여주인이 꿈은 능숙하지만 책방을 꾸려나가는 건 못 미쳐요, 라고 말했다. 무득이 말했다. "모든 사람이 꿈을 꾸지 않나요? 꿈에 능숙할 게 뭐 있나요." 할머니가 말했다. "여기 앉아요. 제가 커피를 한 잔 드릴게요."

주인은 갸름한 얼굴에 노인은 각진 얼굴이었으나 둘은 닮아 보였다. 풍성한 머리칼과 편안하고 깊이 있는 눈빛과 표정이 둘의 인상을 비슷하게 만들었다. 할머니는 무득에게 커피를 내놓고 일이 있다면서 책방을 나갔다. 주인이 무득에게 물었다.

"저 책을 어떻게 알게 되었어요?"

"아는 사람이 말했죠. 꿈에서 책을 만나기도 했고요."

주인이 몸을 탁자로 붙이면서 물었다.

"꿈에서 저 책을 만났다고요?"

"네. 어둠 속에서 책을 만져보았죠. 촉감이 똑같네요."

주인이 놀란 목소리로 다시 물었다.

"아는 사람이 저 책을 말해주었다면서요? 누구인지……."

"푸른 탑 카페에서 깨어있는 꿈을 지도하는 사람이죠."

주인은 입을 다물고 무득을 지켜봤다. 주인은 어떤 기억에 붙잡혔는지 책방에 들어온 새 손님이 묻는 얘기를 알아채지 못했다. 단골로 보이는 손님이 주인에게 목소리를 높이자 고개를 돌려 미안하다고 말했다. 손님이 말했다. "바쁜 모양이에요." "아뇨. 잠깐 딴생각을 하느라고요." 손님은 책값을 계산하고 주인이 권하는 차를 사양하고 책방을 나갔다. 책방에 깔린 침묵 사이로 주인이 무득에게 물었다.

"꿈을 지도하는 사람이라면 탁우를 말하겠죠?" "네." "탁우를 지금 만나요?" "자주 만났죠. 이상한 사건이 벌어졌지만요." 무득은 자신이 동굴에서 이상한 소리를 내는 미지의 물체에게 쫓긴 경험을 말하지는 않았다. 그 이야기를 꺼내기는 아직 일렀다. 주인은 탁우와 관련된 이상한 사건이 뭔지 묻지 않았다. 무득에게 동굴 속에서 뭔가에 추적당한 것보다 훨씬 큰 사건이 며칠 전에 벌어졌다. 무득은 주인에게 지금은 푸른 탑 카페의 탁우를 만나지 않는다고 말했다. "왜요?" "탁우에게 총살당했거든요."

주인은 놀랄 만큼 큰 소리로 웃더니 책방을 가득 채운 웃음소리에 놀라선지 뚝 멈췄다. 책방은 조금 전 웃음과는 전혀 다른 기이하고 숨 막히는 침묵으로 가득 찼다. 주인은 과거 기억에 빨려 들어갔는지 무득과 책방 자체를 잊어먹은 것 같았다. 그녀는 빳빳하게 굳어 건드리면 쇳소리가 울려 나올 것 같았다. 그녀는 책장을 향해 얼굴을 돌리고 섰는데 다시는 돌리지 않을 작정처럼 보였다. 책방은 조용히 깊은 지하로 옮겨간 것 같았다. 꽁꽁 다진 침묵에서 주인을 건져내는 건 거의 불가능하지 않을까 싶었으나 그녀는 바늘로 찌른 것처럼 갑자기 말을 뱉었다.

"깨어있는 꿈에 탁우와 같이 들어갔나요?"

"그랬죠."

주인은 고개를 몇 번 끄덕이더니 자신을 홍리라고 소개하고 신중하게 물었다.

"총살당했을 때를 말해줄 수 있나요."

홍리는 무득을 똑바로 바라봤다. 단 한마디라도 거짓을 말하면 그녀도 무득을 총살할 수 있다는 엄중한 눈빛이었다. 무득은 그날 그 사건으로 천천히 되돌아갔다.

무득은 모두에게 열린 깨어있는 꿈을 원했다. 무득에게 탁우가 관여한 깨어있는 꿈은 피곤한 존재였다. 탁우가 선별한 자만이 탑에 도착하는 자격시험을 치를 수 있었고 그가 설정한 흰 문이라는 관문을 통과해야 깨어있는 꿈에 들어갈 수 있었다. 무득이 자신의 깨어있는 꿈을 만들겠다는 목적은 단순했다. 깨어있는 꿈을 자기가 만든 도자기처럼 고유한 브랜드로 여길 생각은 조금도 없었다. 무득은 독점이 아니라 버스기사에게, 아파트 경비원에게, 공원 청소부에게, 학원 강사에게, 시장 상인에게, 공장 노동자와 학생에게 모두 깨어있는 꿈을 선사하기를 원했다. 그중 많은 사람이 깨어있는 꿈도 꿈일 뿐이라고, 모든 꿈은 결국 개꿈이고 헛소리라며 깨어있는 꿈을 멸시할지도 몰랐다. 그래도 좋다고 생각했다.

무득은 새로운 꿈 센터를 만들고 있었다. 자신의 꿈 센터에 온 사람은 전기기사와 세무직원 둘뿐이었지만 그는 누구나 와서 머물 수 있는 꿈 유토피아를 그야말로 '꿈꿨다.' 무득은 꿈 수행을 가능한 한 단순하고 명료한 절차로 만들어 깨어있는 꿈을 보통 사람도 쉽게 와서 즐기는 장소로 만들고 싶었다. 도시 어디에서도 조금만 걸어가면 주민센터를 만난다. 그곳에선 주로 주민의 민원을 처리하지만 문화 활동도 한다. 그리고 도시 곳곳에는 아이들이 뛰어놀고 어른도 쉬는 어린이 놀이터가 있다. 무득은 꿈 센터를 주민센터와 어린이 놀이터로 만들고 싶었다.

무득이 끈기 있게 실험한 결과, 무득의 집에서 들어가는 깨어있는 꿈과 푸른 탑 카페 2층의 탁우가 제시한 흰 문을 통해 들어가는 깨어있는 꿈 사이에는 큰 차이가 있었다. 무득의 꿈 센터가 구불구불 돌아가고 잘못 들기도 하는 오솔길이라면 탁우가 만든 흰 문은 깨어있는 꿈으로 곧장 들어가는 포장된 지름길이었다.

무득의 유토피아에서 바라보는 석양은 밋밋하고 어설픈 느낌이었다. 그림을 곧잘 그리는 초등학생이 정성을 다해 그렸지만 유치하고 성숙하지 못한 느낌이 드는 작품과 같았다.

무득이 흰 문을 통해 들어간 푸른 탑 꼭대기에 걸터앉아 바라본 석양은 멀리 펼쳐진 지평선에 붉은 사암과 회색 언덕이 깔려 장엄하고 독특한 느낌이었다. 붉은 해가 회색과 갈색과 어둠으로 사라지는 모습은 사람이 계속 찾게 만드는 중독성이 있었다. 무득은 자신이 탁우의 푸른 탑에 오르지 못하면 가장 아쉬워할 장면이 장엄한 석양 구경이라고 생각했다. 석양은 그를 풍요롭고 아스라한 물감으로 적셔, 그는 흑백 인간에서 총천연색 인간으로 탄생되는 것 같았다. 무득에게 유토피아란 모두가 아름다운 석양을 볼 수 있는 권리와 같은 뜻이었다.

무득의 꿈 센터에 들어온 두 명이 진전되지 않는 꿈 수행을 할 때 무득은 탁우를 만났다. 그때는 탁우가 양태관을 총살한 후였다. 탁우가 무득에게 연락해 무득의 집 근처 카페로 찾아왔다. 탁우는 의자에 앉자마자 바로 본론을 꺼냈다.

"깨어있는 꿈을 따로 만들었다면서." 무득은 탁우가 다짜고짜 추궁하는 말투가 불쾌했지만 마음을 억눌렀다. "나는 꿈 센터라고 부르고 있습니다만." "뭐라고 부르든 여기 깨어있는 꿈과 똑같은 일을 하는 거잖아." "다르다고 보는데요. 난 꿈 센터에 찾아오는 사람에게 자리만 만들어줘요. 그들이 어떤 유토피아를 꿈꾸든, 혹은 원하지 않든 상관하지 않아요." "그건 결국 꿈에서 유토피아로 들어가 난잡하게 즐기는 거야." "난잡과는 달라요. 난 누구에게나 꿈 센터를 개방할 겁니다. 흰 문과 같은 관문도 없어져야죠."

"관문을 없앤다고!" 탁우가 헛웃음을 쳤다.

"깨어있는 꿈을 노숙자와 도박 중독자와 섹스에 굶주린 자들로 채우겠다고!"

무득이 말했다. "창문을 열면 맑은 공기가 들어오죠. 소음과 날벌레도 끼지만."

탁우가 말했다. "세상이 따돌린 자들로 깨어있는 꿈을 채운다? 그래선 안 돼. 여긴 엄격한 사관학교여야 마땅해. 사관학교를 졸업한 장교는 순식간에 병사를 훈련시킬 수 있어. 깨어있는 꿈에 숙달된 정예병사는 이 세상에 유토피아를 퍼뜨릴 수 있지."

무득은 점점 참을 수 없었다. "당신이 깨어있는 꿈을 자신의 소유물로 여기면 곤란합니다. 특허권을 쥔 발명가처럼 행동하니까요."

탁우가 얼굴이 벌게져 말했다. "모욕이야. 내가 유토피아를 독점하기 위해 그런다고 보나? 유토피아는 엄격하게 관리되어야만 해. 그건 길거리에 굴러다니는, 아무나 발로 차는 돌멩이가 아니야."

"돌멩이로선 아주 섭섭할 얘기네요. 나는 그 돌멩이에게 기회를 주겠다는 겁니다."

무득은 자신의 웅대한 비전을 탁우가 알고 있는지 궁금했다. 무득은 현재 하나의 꿈 센터를 말했을 뿐이었다. 꿈 센터

하나가 세 개로, 다시 다섯과 일곱으로 늘어나는 건 쉽지는 않았지만 불가능한 일도 아니었다. 보통 사람에게 꿈에서 유토피아를 즐길 기회를 줘야 했다. 이건 단순히 오락일까? 현실을 바꾸지 못하는 사람이 현실을 피해 숨어서 즐기는 패배자의 길인가. 그렇다면 이건 현실의 지배자가 좋아할 길인지도 모른다. 하지만 무득은 다른 생각을 갖고 있었다. 언젠가 꿈에서 유토피아를 충분히 맛보고 실험한 세력이 현실로 돌아올 것이라고. 그들은 현실에서 유토피아를 만들 수 있을 거라고. 그들의 유토피아는 수없이 실패한 역사 속 유토피아의 전철을 따르진 않을 거라고. 억지로 유토피아에 현실을 끼워 맞추지 않을 것이고 그렇게 하기 위해서 느리지만 착실한 걸음으로 나아가겠다고.

무득이 탁우에게 물었다. "왜 꿈속에서 양태관을 죽였나요?" 분노에 찬 말투라기보다 씁쓰레한 목소리였다.

탁우는 양태관이 반역죄를 저질렀다고 말했다. "놈은 깨어있는 꿈을 더럽히려고 했어. 깨어있는 꿈을 찍은 동영상을 팔려고 했지. 어린 유다야. 돈으로 유토피아를 팔아넘기는 자는 싹을 잘라야 해."

"그래서 총살했다고요?"

"배심원단이 내린 선고야."

무득이 말했다. "그럼 나도 처벌받을 수 있겠네요. 꿈 센터를 만들려는 나는 이단죄인가요?"

탁우가 말했다.

"꿈 센터는 좋은 의도로 시작했지."

"결과가 나쁘면 큰일 난다는 뜻으로 들리는데요"

탁우가 말했다. "결과를 만들어내기 쉽지 않을걸."

무득은 탁우가 의심스러웠지만 자신의 꿈 센터에서 벌어지는 기술 문제를 꺼냈다. 기술 문제에서 탁우를 뛰어넘을 사람은 없었다. 무득은 꿈에서 유토피아를 실천하는 건물에 관심이 깊었다. 한 걸음 더 나아가 건물을 벗어나 새로운 단지와 마을을 만들고 싶었다. 그게 잘 되면 도시로 나아갈 수 있었다. 유토피아 도시. 그렇게 되면 유토피아는 완성되는 게 아닐까. 건물과 도로와 철도와 강이 있는 도시에서 깨어있는 꿈을 살게 되면 현실로 귀환하는 걸 잊어먹지는 않을까. 깨어있는 꿈을 관리하는 경찰이 꿈 유토피아에서 강제로 사람을 끌어내 현실로 돌려보내는 임무를 수행해야 할지도 모른다.

탁우는 무득의 얘기를 듣고 진행이 빠른 점에 놀랐다. 무득은 꿈꾸는 자의 뇌파와 동조해 깨어있는 꿈으로 들어가는 단계를 차근차근 밟고 있었다. 머지않아 무득은 자신만의 꿈 유토피아를 열고 손님을 초청해, 규제 없는 무정부의 세계를 만들지도 모른다. 한편 무득이 깨어있는 꿈에 사람을 넣고, 꿈에서 건물을 만들고 공간을 제공하는 기술 부분에서 어려움을 겪고 있는 과정도 사실이었다. 무득이 이 모든 문제를 단번에 해결하기는 쉽지 않았다. 그러나 탁우는 무득이 깨어있는 꿈에서 갑자기 실력이 도약하는 일이 생길까 두려웠다. 도약이 언제 어디서 어떻게 나타날지 예측할 수 없었다. 탁우 자신도 깨어있는 꿈 수련을 오래 하다가 어느 날 자신이 만든 깨어있는 꿈 세계에 사람을 초대하는 비약에 성공하지 않았던가?

탁우는 무득이 자신과 같은 기술을 완성하고 숨기고 있는지 모른다고 생각했다. 저 유순하고 큰 눈은 아무런 비밀을 감추지 않은 것처럼 보인다. 무득의 태도는 부드럽고 온화하다. 하지만 무득은 집요하게 자신의 꿈 세계를 구축하려고 시도하고 자신에게서 비밀을 캐내기 위해 노력해왔다. 무득이 독자적인 능력으로 우뚝 서는 날이 얼마나 오래 걸릴지는 알기 어렵다. 혹시 기적의 혜택을 입으면 석 달, 어쩌면 여섯 달 후에 무득이 자신만의 새로운 기술을 완성할지도 모른다. 그날이 오면 무득은 자신이 쓴 가면을 벗어던질지 모른다. 무득이 지금껏 한 말도 전혀 다른 목소리로 바뀌지 않을까. 탁우는 자신에게 쫓겨나 책방을 차린 홍리가 떠올랐다. 딴 곳으로 떠난 자는 홍리와 일당으로 족했다. 현실에서는 탁우와 사귀지만 깨어있는 꿈에 들어가면 온갖 난잡을 벌이던 홍리였다.

그런 생각이 떠오르자 탁우는 온몸에 소름이 끼쳤다. 삶에서 그런 배신을 여러 번 겪지 않았던가. 배신자는 배신의 칼을 뽑기 불과 몇 분 전까지 태연하게 탁우를 향해 거짓말을 하고 있었다. 인간은 거짓말하고 배신하는 동물이다. 사람은 언제 그런 모습을 드러내는가. 자신의 재물을 얻고 자신의 권력을 쟁취하고자 할 때 그렇게 변하는 것이다.

일주일 후에 탁우는 무득에게 꿈 기술을 알려주겠다며 깨어있는 꿈의 푸른 탑으로 초청했다. 푸른 탑 꼭대기는 아래를 내려다보며 이야기하기 좋은 곳이었다. 구름과 안개가 아래로 지나가고 멀리 산의 윤곽이 보였다. 태양은 꿈에서도 떠오르고 졌다. 탁우가 말했다. "기술 문제에 관해서면 그곳이 좋아." 무득이 말했다. "바쁘지 않은가요?" 탁우가 말했다. "내일 밤은 시간이 괜찮아. 먼저 오거든 나를 부르게."

무득은 다음 날 밤 푸른 탑 카페 2층 침대에서 꿈에 접어들자 곧장 흰 문 앞으로 움직였다. 무득은 흰 문의 청동 손잡이를 잡고 잠시 망설였다. 탁우는 양태관을 총살했다. 양태관이 깨어있는 꿈을 동영상으로 제작해서 판매한다는 사업은 어처구니없었지만 그래도 총살까지는 아니었다. 총살은 탁우가 움직이는 꿈의 유토피아 세계의 단면을 보여줬다. 즐겁고 아름다운 꿈의 유토피아 이면의 벽과 지하실은 핏자국이 묻어 있을지 몰랐다.

무득은 흰 문을 밀치고 들어갔다. 육중한 흰 문을 힘껏 밀면 문은 가볍게 쑥 열렸다. 무득은 문 안으로 들어와 멀리 보이는 푸른 탑을 향해 몸을 솟구쳤다. 난다. 난다. 나는 날고 있다. 무득은 고도를 높여 똑바로 날아가다 오른쪽으로 몸을 기울여 반원을 그리며 탑 꼭대기에 도착했다. 항로는 사람마다 달랐다. 어떤 사람은 탑을 향해 똑바로 날아가기도 했다. 고도를 높이면 직선 코스는 바람이 거세져 방향을 잡기가 쉽지 않았다. 탑 주위 바람은 순간순간 방향과 세기가 바뀠다. 매가 힘들이지 않고 거센 바람을 타고 나는 것처럼 무득은 어떤 방향으로 날아가도 능수능란하게 속력을 조절하고 바람을 탔다. 비행 기술은 바람을 어떻게 타느냐에 달려 있었다. 흰 문을 갓 들어온 자는 바람을 제대로 타지 못해 허공에서 추락하기 일쑤였다. 추락하는 입문자는 공포에 질려 무시무시한 비명을 질러댔고 고참은 탑 꼭대기에서 그 모습을 보면서 웃어대었다.

탁우는 푸른 탑 아래 앉아 기다리고 있었다. 탁우가 의자에 앉도록 손짓했다. 푸른 탑에는 의자에 앉아 있기 어려울 정도로 바람이 거세게 불었다. 무득은 의자를 손으로 꽉 잡았다. 바람에 날려 아래로 떨어질 염려는 없었다. 그래도 바람이 세차면 불안하고 두려운 마음이 들었다. 깨어있는 꿈에서 바람은 변화무쌍했다. 비는 한 번도 오지 않았다. 바람은 푸른 탑에 올라온 사람이 안정되게 서는 능력을 시험하기 위한 도구처럼도 보였다.

무득은 탁우와 현실에 존재한 카페에서 커피를 마시며 처음 만났다. 현실보다 꿈에서 만나는 게 무득은 편했다. 현실,

즉 푸른 탑 카페에서 만나면 어딘지 불편했다.

탁우는 무득에게 그동안 무득이 운영하는 꿈 센터가 어떻게 돌아가는지 물었다. 무득은 여러 문제가 잘 풀리지 않는다고 말했다. 지금 충실히 실습하는 두 사람은 깨어있는 꿈에 들어갔다 나오면 의문과 과제를 잔뜩 짊어지고 나왔다. 무득은 문제가 풀리는 즉시 꿈 센터를 많은 사람에게 알릴 생각이었다. 하지만 무득은 탁우에게 꿈 센터 작업이 오래 걸리고 실패할 가능성이 크며 설령 제대로 돌아간다 해도 소수 사람에게만 개방된다고 말해왔다. 거짓말은 아니었다. 무득도 꿈 센터를 공개했을 때 일어날 일에 완벽하게 대비가 되었다고 자신하기 어려웠다. 무득은 깨어있는 꿈을 지도할 능력도 부족했다. 탁우가 깨어있는 꿈에서 유토피아를 실현한다는 대장정을 처음 시도한 공로가 작지 않지만 무득은 꿈에서 그런 노정이 꼭 하나의 길만 택해 갈 이유는 없다고 생각했다. 근본을 따지면 무득과 탁우는 평등한 관계였다. 깨어있는 꿈에 참여하는 모든 사람은 평등했다.

탁우가 무득의 설명에 눈살을 찌푸렸다. 탁우는 어깨를 으쓱했다.

탁우가 말했다. "소수에게만 개방한다고? 그럼 왜 복잡하게 꿈 센터를 여는가?"

"여러 가지 실험할 거리가 많으니까요. 탁우의 세계에 도움이 될 수도 있고."

"내게? 난 그런 꿈 센터에 관여하고 싶지 않아."

"실험한 결과는 바로 알려줄 겁니다."

"내 말은 꿈 센터를 닫고 여기서 실험해도 충분하다는 거야."

무득이 그것도 좋지만 다른 곳에서 실험하면 우리의 꿈이 더 풍성해진다고 말했다.

탁우가 노골적으로 잘라서 말했다. "그건 세월이 많이 흘러서 해도 돼."

"지금은 어떤 위험이 있다는 건가요?"

"우리가 이런 대화를 한다는 자체가 대단한 위험이지."

무득은 탑 아래를 내려다봤다. 여전히 강풍이 불고 아무도 탑으로 날아오지 않았다. 깨어있는 꿈에 들어올 수 있는 30여 명 중 아무도 오지 않다니, 무득은 문득 탁우가 탑으로 오는 흰 문을 봉쇄했을지 모른다는 생각이 들었다. 왜 그런 불길한 생각이 떠오르는 걸까?

무득은 오래전부터 묻고 싶었던 질문을 탁우에게 던졌다.

"당신은 꿈 세상을 독점하겠다는 건가요?"

"아니야."

"그럼 유토피아를 독점하겠다는 건가요.?"

"물론 아니지."

"그럼 뭐가 문제죠?"

탁우가 말했다. "무득, 자네가 나를 배신하겠다는 거야."

"제가요? 난 배신한 적 없어요. 깨어있는 꿈에서는 모두가 평등해요. 꿈의 유토피아에서도 그렇고요."

탁우가 의자에서 일어나 탑의 가장자리에 섰다. 발을 한 걸음만 헛디디면 아래로 추락할 것처럼 보였다. 탁우는 그럴 가능성은 조금도 없음을 확신하는 발걸음으로 몸을 돌리고 말했다.

"유토피아는 마음대로 들어가서 마음대로 만들다가 싫증나면 집어치우는 그런 곳이 아니야. 그건 유토피아를 모욕하는 거야."

"그럼 어떻게 한다는 거죠"

"깨어있는 꿈이 확고하게 자리 잡을 때까지 우린 협조해야 하네."

"협조라니! 도대체 무슨 뜻인가요? 탁우를 통해서만 유토피아에 들어가야 한다는 건가요."

"내 말을 틀리게 해석하는데."

"틀릴 게 뭐가 있나요. 옛날에 교주나 독재자가 하던 말 아닌가요. 나를 통해서만 천국으로 들어가고 지상낙원을 즐겨야 한다는."

"꿈 센터를 계속 만들겠다는 건가."

"대답할 필요도, 의무도 없어요."

탁우는 곰곰이 생각하다 마침내 단호하게 말했다.

"그럼 자네가 가야 할 곳은 한 군데뿐이야."

"어이가 없네요. 오늘 꿈 기술을 가르쳐준다는 제안은 속임수였네요."

거센 바람에 무득은 균형을 잡고 있기가 쉽지 않았다. 탁우의 눈만이 활활 불타오르며 번쩍거렸다.

탁우가 주머니에서 오래된 권총을 꺼내 무득을 겨눴다.

무득이 탁우를 비웃었다.

"양태관은 재판이라도 열더니 뭔가 이건? 살인인가?"

"뭐라고 해도 좋아. 넌 깨어있는 꿈 기술을 얻고서 배신하려는 스파이에 불과해."

무득은 몸을 날려 흰 문으로 돌아가려고 시도했다. 몸이 뜻대로 움직이지 않았다. 여긴 탁우의 자장이 강력하게 작동하는 곳이었다. 무득은 다시 몸을 솟구쳤다. 탑 꼭대기를 벗어나기는 어려웠다. 탁우는 자신이 친 울타리를 벗어나려는 무득을 가소롭게 바라보았다. 탁우는 성큼 걸어와서 무득의 멱살을 붙잡아 푸른 탑의 가장자리로 끌고 갔다. 탑 아래는 아득해 보이지 않았다. 무득은 꿈에서 깨어나려 몸부림쳤다. 여기서 깨어나 푸른 탑 카페 2층의 침대에서 일어나면 모든 건 한바탕 꿈에 지나지 않을 터였다. 무득은 꿈에서 깨어나지 못했다. 오히려 꿈이 무득을 꽉 잡고 자신의 시간표대로 끌어가고 있었다.

탁우는 권총을 무득 왼쪽 관자놀이에 댔다.

"잘 가."

탕 소리가 들리며 머릿속으로 휙 바람이 지나갔다. 무득은 온몸을 떨었으나 아무런 통증도 느껴지지 않았다. 무득은 머리를 만지고 다시 가슴을 만졌다. 아무 일도 일어나지 않았다.

"아, 그냥 하늘로 한번 쏘아봤어."

탁우는 무득의 당황한 얼굴을 재미있게 쳐다보더니 무득을 허공으로 밀었다.

무득이 흠칫 놀라며 떨어지자 탁우는 권총으로 바로 무득 가슴을 쏘았다. 무득이 비명을 지르며 욕설을 하자 그는 무득의 배를 향해 연달아 두 발을 더 쏘았다. 무득은 가슴과 배를 움켜잡았다. 무득은 빠른 속도로 추락했다. 푸른 탑에 선 탁우 모습이 점점 작아졌다. 가슴과 배에서 피가 펑펑 흘러나와 손을 적셨다. 온몸에 통증이 번졌으나 총에 맞아서인지 아니면 추락하고 있기 때문인지 알 수 없었다. 푸른 탑은 사라져 보이지 않았다. 그래도 추락은 계속되고 가속도까지 붙어 놀라울 만큼 빠른 속도로 떨어졌다. 바람이 쓰익 쓰익 귀에서 울렸다. 무득은 영원히 추락하는 꿈에 갇힌 게 아닌지 두려웠다. 곧 닥칠 지상과의 충돌이 두려웠다. 머리가 산산조각으로 깨지고 뼈와 살점이 으깨지는 장면이 떠올라 숨이 턱턱 막혔다. 무득은 꿈에서 깨어나기 위해 있는 힘껏 소리를 질렀다. 목소리도 나오지 않았다. 뭔가 이상하다는 느낌이 들었으나 뭐가 이상한지도 뚜렷하게 깨닫기 힘들었다.

추락과 꿈의 고통이 이렇게 오래갈 리 없었다. 무득은 자신이 헛것에 사로잡힌 게 아닐까 의심했다. 배는 끊어질 듯 아팠고 가슴에서 피가 쏟아졌다. 무득은 죽으면서 바로 깨어있는 꿈에서 깨어나야 했다. 그제서야 무득은 무한한 추락이 탁우가 노린 효과임을 깨달았다. 무득은 단지 깨어있는 꿈에서 살해당했기 때문만 아니라 추락과 총상이 겹친 두려움과 고통이 트라우마로 영원히 남도록 탁우가 조처했음을 깨달았다. 무득은 현실로 돌아가도 다시는 깨어있는 꿈으로 들어갈 엄두를 내지 못하며, 꿈 센터를 운영하는 건 불가능하거나 힘들어 어떤 성과를 거두기 어려울 것이다. 등에서 식은땀이 흘렀다. 중상을 입고 추락해서 죽을 사람이 식은땀이라니. 무득은 이 지경에 식은땀에 관심을 쏟는 자신이 우스워 웃음을 터뜨렸고 그 순간 깨어있는 꿈에서 깨어났다. 무득은 땀에 흠뻑 젖은 채 카페 건물 2층의 침대에 누워 있었다. 침대는 그가 더 추락하지 않도록 그를 꽉 붙잡아줬다.

무득은 깨어나자 가슴과 배의 총상을 확인했다. 아무런 상처가 없자 안도감이 몰려왔다. 바로 뒤이어 탁우를 향한 적개심이 솟구쳤다. 탁우는 그가 관리하고 그가 움직이는 유토피아를 건설했다. 거기에 반항하면 어떻게 되는지 양태관과 무득을 통해 꿈 지망생들에게 보여주고 싶었을 것이다. 무득은 그렇게 확신했다.

무득은 그날의 총살 현장을 회상하자 온몸이 떨렸다. 여기가 책방임을 잊어먹고 하마터면 비명을 지를 뻔했다. 무득은 손으로 입을 틀어막고 여러 번 기침을 했다. 추락하면서 허공에 막막하게 떠 있던 공포와 총알이 찢고 지나간 고통이 되살아났다. 잔인한 총알이 가슴과 배를 꿰뚫을 때의 고통은 사라졌지만 무득의 뼈에 새겨져 있었다.

책방은 어두웠다. 무득은 얘기를 마치고 깊은 어둠의 고통에서 천천히 빠져나왔다. 홍리는 총알이 자신의 몸을 꿰뚫는 것처럼 몸을 부르르 떨었다. 홍리도 살이 찢기고 피가 솟구치는 상처를 겪은 걸까. 그녀는 낮은 목소리로 말했다. 모레 책방 문 닫을 시간에 와요. 저녁 8시에요. 무득은 총살 장면을 회상한 것만으로도 온몸이 쑤시고 아파 대답할 기운도 없었다. 무득은 조용히 물러났다.

홍리는 자신이 꿈의 유토피아에 심어둔 책을 무득이 발견해서 기뻤다. 책은 나침반이자 지도였다. 그녀는 책이 누군가에게 발견될 것이고, 책을 찾은 사람은 책을 만든 경로를 찾아 이곳 책방으로 올 것이라 자신했다. 책은 책방과 연결된 실 꾸러미였다. 시간이 흐르면 푸른 탑 꿈카페를 장악한 탁우에게 대항하는 마음이 길러질 터였다. 그런 뜻에서 무득이 탁우에게 꿈에서 살해당한 일도 좋았다. 양태관도 탁우에게 저항할 후보자였다. 벤처 투자업체 거병의 송기련 대표가 만나자는 연락을 했다. 송기련 대표는 깨어있는 꿈의 성장에 투자하고 싶어 했다. 송기련 대표도 홍리에게 도움이 될 수 있었다. 홍리는 자신을 깨어있는 꿈의 세계에서 몰아낸 탁우를 얽을 그물코를 하나씩 엮고 있었다.

18

송기련 대표는 자신의 빌딩 사무실에서 양태관과 홍리를 만났다. 양태관이 탁우에게 총살당하는 의외의 사건이 일어나면서 송 대표는 깨어있는 꿈을 사업 소재로 쓸 수 있는 다른 길을 찾고 있었다. 양태관은 '우리 책방'의 홍리가 탁우와 같이 깨어있는 꿈을 공동으로 일군 사람임을 무득에게서 들었다. 탁우가 안 된다면 홍리와 연결하는 방식도 괜찮을 수 있었다. 홍리도 탁우에게 피해를 당한 사람으로 새로운 길에 관심을 둘 가능성이 컸다.

송기련 대표는 홍리를 직접 만나 문제를 풀어내기로 결심했다. 이런 사업의 돌파구는 직접 단호하게 부딪쳐야 뚫렸다. 홍리는 송기련 대표가 만나자고 연락했을 때 망설이지 않았다. 그녀는 깨어있는 꿈의 세계에서 온갖 일을 겪었다. 지금은 잠시 쉬고 있을 뿐 그녀 마음의 뿌리는 죽지 않았다.

그 뿌리는 깨어있는 꿈에서 거대한 성의 해방과 환락의 장소를 만들어 이곳에 오고 싶은 이들에게 제공하는 일이었다. 홍리는 무수히 많은 남녀와 섞이고 감정을 나누면 더없이 맑아졌다. 홍리에게 성의 해방은 모든 사상의 해방에 앞서는 전초기지이면서 반드시 쟁취해야 할 고지였다. 그 고지를 차지할 수만 있으면 나머지 옥토는 내줄 수도 있었다. 탁우가 푸른 탑 카페에서 그녀를 몰아냈을 때 그녀는 밀려 나올 수밖에 없었다. 그녀는 휴전을 선택했고 책방과 책방 지하의 깨어있는 꿈으로 들어가는 작은 공간으로 후퇴했다. 홍리와 함께 깨어있는 꿈에서 열락을 누렸던 동지들도 쫓겨 나왔다. 홍리가 순순히 물러나게 된 데는 탁우와 결정한 휴전 합의가 중요하게 작용했다. 탁우는 홍리가 운영하는 책방과 책방 지하의 작은 깨어있는 꿈 그룹을 인정했다. 홍리는 탁우의 흰 문을 인정하고 더 이상 검은 문에 개입하지 않기로 약속했다. 하지만 모든 휴전은 불안정했다. 서커스단 곡예사가 장대 끝에 올려 돌리는 접시처럼 힘이 더해지지 않으면 쉽사리 떨어져 깨지는 약속이었다.

송기련 대표는 홍리에게 깨어있는 꿈이 무한한 사업 가능성을 안고 있음을 말했다. 홍리는 묵묵히 들었다. 홍리는 깨어있는 꿈이 앞으로 뻗어나갈 가능성은 인정했다. 그러나 그것이 사업으로 확장될지에 대해서는 자신하지 못했다. 그건 홍리가 알지 못했고 직접 운영해보지 못한 영역이었다.

깨어있는 꿈을 사업과 관계 지으려면 탁우 문제를 정리해야 했다. 검은 문을 복원하고 홍리가 검은 문으로 드나들 권리를 되찾아야만 했다. 탁우가 검은 문 복구에 동의할까? 탁우는 홍리를 향한 사랑이 깊어질수록 검은 문을 증오했다. 흰 문을 통해 들어간 드넓은 곡창인 꿈의 유토피아는 탁우를 부드럽게 만져주지 못했다. 탁우는 홍리가 검은 문으로 들어가서 매일매일 펼치는 난잡과 방탕과 향연을 더는 견디지 못했다. 탁우는 현실에서 홍리와 사랑을 나누었으나 그건 고작 홍리의 손가락 하나 정도 차지하는 몫밖에 되지 않았다. 탁우는 홍리의 정신과 육체 모두를 틀어잡으려고 했고 그때마다 홍리는 탁우를 가엽게 여기기도 하고, 때로는 증오하기도 했다. 홍리가 깨어있는 꿈에서 미지의 땅으로 날아가고자 힘차게 젓는 날개를 탁우는 꽉 움켜쥐어 움직이지 못하게 했다. 탁우가 할 수만 있다면 홍리의 날개를 자르거나 꺾어버렸을 것이다. 그렇다. 홍리는 알았다. 탁우가 검은 문을 봉쇄하면서 탁우 자신의 절반을 죽였다는 사실을. 탁우는 햇빛이 쨍쨍한 열사의 사막에 서 있었다. 그는 흰 문을 통해 들어간 꿈의 유토피아에서 갈증에 시달려 늘 물을 찾아 헤맸다. 탁우가 사는 푸른 탑 카페 3층에서 그는 몸을 적셔줄 샘을 찾고 있었다.

사무실이 있는 카페 3층에는 큰 침대와 나무 의자 두 개가 놓인 방이 있다. 탁우는 사무실에서 꿈 카페 업무를 보고, 2층에서 벌어지는 꿈의 유토피아를 챙긴다. 해가 넘어가며 창으로 어스름이 지면 하루 일과에 지친 탁우가 의자에 앉아 쉬면서 잠깐 눈을 붙인다. 눈을 뜨면 홍리가 찾아와 나무 의자에 앉아 있다. 그 모습은 홍리의 그림자 같기도 하고 실루엣을 닮기도 했다. 탁우가 푸른 탑 카페 2층에서 홍리를 쫓아낸 후에 어쩌다 한 번씩 찾아오는 만남이다. 홍리는 나무 의자에 앉아 창문을 쳐다보고 있다. 유리창에 걸린 블라인드 사이로 희미한 빛이 층을 지어 방으로 들어와 깔렸다. 탁우는 등을 켜지 않고 저녁 석양에 빛을 맡긴다. 현실의 홍리와 달리 방으로 찾아온 그림자를 닮은 그녀는 한 마디 말도 하지 않는다. 탁우도 깨어있는 꿈에 들어가서 홍리를 만난 것인지 점검하지 않는다. 탁우는 물끄러미 홍리를 바라보고 있을 뿐이다. 그녀는 실제로 이 침실로 들어온 것일까? 그녀는 깨어있는 꿈에 들어와 카페 3층에 올라온 것일까? 홍리가 아래 2층의 꿈의 유토피아로 돌아오고 싶어 하는 건 분명해 보인다. 검은 문으로 들어가 환락의 늪에 몸을 누이고 싶어 한다. 탁우는 찾아온 홍리를 내쫓지는 않지만 홍리가 검은 문을 원한다는 사실을 생각하면 가슴이 아프고 쓰린 분노가 솟는다. 홍리가 손을 내밀어 탁우 손을 잡아준다면 얼마나 좋을까? 홍리가 검은 문으로 들어가더라도 많은 사람들이 벌이는 방탕에 직접 뛰어들지만 않으면 얼마나 좋을까? 그러면 탁우는 홍리를 밤의 여왕으로 다시 모실 터이다. 홍리는 탁우의 바람에 아랑곳없이 윤곽이 흐려졌다가 사라진다. 탁우는 팔과 가슴이 열어지며 사라지는 홍리에게 목소리를 내어 말한다. 이제 침묵은 버릴 때가 되었다. 당신이 난잡과 방탕을 버린다면 푸른 탑 카페는 당신 소유라고. 꿈의 유토피아는 결코 성(性)만으로 만들어질 수는 없다고. 여기는 당신과 내가 합동하여 만든 유토피아, 우리 둘이 왕비와 왕으로 다스릴 곳이라고. 여기는 질서와 규율이 필요하다고. 여기를 어느 한쪽이 차지하고 서로 대립하는 장소로 만들어서는 곤란하다고. 열어지며 사라지던 홍리 얼굴이 또렷해지며 탁우를 비난하는 시선을 던진다. 홍리는 입을 벌려 웃는다. 웃음소리 없는 웃음이 방에 메아리친다. 홍리는 팔을 크게 휘젓는데 그건 탁우와 홍리 두 사람 중 한 명만이 여기 공간을 차지할 수 있다는 표식처럼 보인다. 홍리가 터뜨린 웃음이 숨을 죽이면 홍리의 얼굴은 평온해진다. 그러면서 홍리는 여전히 말없이 사라진다. 어둠이 탁우를 덮친다.

홍리는 송기련에게 물었다.

"내게 뭘 해줄 수 있나요?"

송기련은 머뭇거리지 않고 강조했다. 무엇보다 먼저 둘 사이에 신뢰가 필요하다는 점을 말했다. 서로 믿는다면 나머지는 모두 따라오는 그림자에 불과하다. 그런 그림자에는 이런 목록이 들어 있다.

"당신을 위한 재정 지원, 그리고 당신의 꿈에 간섭하지 않는다는 방침."

홍리는 책장에 꽂힌 책으로 시선을 돌렸다. 송기련은 지원을 한 대가로 깨어있는 꿈에서 뭘 퍼 가고 싶은 걸까? 홍리는 송기련이 자신의 마음을 읽는 것 같아 조심스러웠다. 송기련은 낚싯바늘에 맛 좋은 미끼를 꿰어서 조금씩 앞으로 당기고 있다. 그녀는 홍리가 살아 꿈틀대는 미끼를 물었다고 확신하고 있다. 송기련은 홍리가 낚싯바늘을 물더라도 허우적대며 허공에 끌려 나가 난도질당할 염려는 없다고 제시한다. 우리는 더 좋은 먹을거리를 향해, 너도 좋고 나도 좋은 방식으로 함께 나아갈 수 있다고 말하고 있다. 송기련은 홍리가 미끼를 물면서 내놓을 질문을 이미 예상하고 있다. 홍리는 그걸 알면서도 물어보지 않을 수가 없다.

"당신이 원하는 건 뭐죠?"

송기련은 미소를 지으며 좋은 협력 관계라고 말한다. 구체적으로 말하면 푸른 탑 카페 2층 룸에서 두 곳 중 한 곳 비율로 깨어있는 꿈을 실험하고 조사할 수 있는 권리다. 우리는 금광을 캐는 광부다. 송기련은 깨어있는 꿈에 엄청난 금이 묻혀 있다고 확신한다. 나 혼자 금을 독식할 생각은 전혀 없다. 우리가 금을 캐내면 홍리 당신에게도 절반 몫을 드리겠다.

홍리가 웃으며 말했다. "그렇게나 많이요?"

송기련은 진지하다. 우리는 투자를 약속하면 반드시 투자했고, 이익을 나누겠다고 말하면 반드시 나눴다. 홍리 당신은 타고난 자각몽자라고 들었다. 우리 주변에서 찾아보기 힘든 희귀한 능력이다. 당신이 지닌 능력을 마음껏 발휘하기를 바란다. 당신이 부자가 되고 지위가 높아지면 높아지는 만큼 우리도 함께 성장한다. 송기련은 홍리가 푸른 탑 카페로 돌아가고 싶은 마음을 잘 안다. 홍리 마음은 이렇게 말하고 있다.

나는 돌아갈 거야. 내가 만든 꿈의 유토피아로. 검은 문을 통과해서 내 형제, 자매, 동지들이 있는 곳으로. 탁우가 나를 막는다면 그를 뭉개고서 가야지. 어리석은 유토피아에 취한 작자야. 꿈의 유토피아에 들어온 사람이 꿈꾸던 이상을 마음껏 실현할 수 있게 도와준다고? 그런 꿈의 유토피아를 모으고 모아서 언젠가는 현실에도 적용시킬 수 있다고? 모래 위에 모래로 만든 탑을 쌓고, 그 위에 또 모래집을 지어도 세찬 파도가 한 번 덮치면 모두 쓸려 나가는 거야. 탁우가 노력하는 건 인정해. 하지만 꿈에서 유토피아를 만들어 본들, 현실로 옮길 수 있는 가능성은 없어. 현실 사람을 몽땅 꿈의 유토피아로 끌고 오면 몰라. 꿈을 아무리 핥아도 꿈은 짠맛도, 단맛도 없어. 맹탕이야. 꿈에서 섹스를 해방시키면 그건 달라. 현실도 해방된다니까. 성(性)을 둘러싼 억압과 금기와 왜곡이 얼마나 많은데. 그걸 모두 날려버리면 신천지가 들어오는 거야. 난 꿈의 유토피아로 돌아갈 거야. 초라한 오두막 책방 지하실로는 흡족하지 않아. 나는 검은 문을 재건하고 불쌍하게 죽은 동지들을 불러 모을 거야. 꿈에서 천박해진 만큼 현실에선 더 고고해지고, 꿈에서 욕망을 푼 만큼 현실에선 절제할 거야. 흰 문으로 들어가서 꿈의 유토피아를 만들겠다는 무리들은 그대로 둘 거야. 그냥 놔두면 돼. 간섭할 필요도 없어. 언젠가 모두 검은 문으로 들어올 거니까. 탁우가 나를 사랑한다고? 그런 위선 가득한 말에 속아 넘어가지 않아. 속은 건 한 번으로 족해. 탁우는 자신 앞에 무릎 꿇는 신하와 백성은 사랑하겠지. 밤마다 검은 문으로 날아가는 꿈을 꿔. 내 영혼의 고향, 내 육체의 제단, 동지들의 피로 젖어 있는 곳. 나는 돌아가고 말 거야.

홍리가 긴 숨을 쉬며 송기련에게 말한다.

"당신이 나를 신뢰한다는 표시로 먼저 재정을 투자해주세요."

송기련은 그건 어렵지 않다며 고개를 끄덕인다. 그러면서 푸른 탑 카페 2층에서 양태관이 총살을 당한 사실을 상기시킨다. 우리는 동료가 총살당하는 상황을 다시 접하고 싶지 않아요. 나는 동료를 믿고 동료는 나를 믿는데 동료를 두 번 다시 고통에 빠뜨리고 싶지 않아요. 우리는 동료와 커다란 이익 중 하나를 선택해야 한다면 동료를 선택합니다. 그게 제가 하는 사업이 번창하는 큰 이유죠. 어떤 경우에도 동료를 위험에 빠뜨린 사람과 같이 있을 수는 없어요.

송기련이 말한 재정 지원은 푸른 탑 카페 건물을 사겠다는 뜻이다. 그건 투자의 상징이자 시작에 불과하다. 그녀는 탁우를 이 사업에서 완전히 빼야 한다고 암시한다. 송기련은 탁우 이름을 꺼내지 않으면서 푸른 탑 카페 건물과 카페 2층의 공간 사용권을 넘겨주겠다고 둘러서 말한다. 왜 이렇게 둘러 말할까? 홍리는 생각한다. 깨어있는 꿈이란 기묘한 대상과 역시 그 꿈을 운영하는 자들이 지닌 독특한 관계를 고려해서일 것이다.

송기련이 말했다. 잠을 적게 자고 불규칙하게 자면 암에 걸릴 확률이 아주 높아진다고 하죠. 8시간 잠을 깊게 자면 면역세포가 활성화되고 기억력도 좋아지며 인지장애에 걸릴 가능성도 많이 줄어든다고 해요. 최근 미국의 수면연구소가 사람을 대상으로 수면 실험을 해서 밝혀진 사실이죠. 그렇다면 우리가 아직 알지 못하지만 꿈도 그만한, 아니 그보다 더 큰 역할을 할 거예요. 깨어있는 꿈이 의학을 얼마만큼 발전하게 만들지 우린 아무도 모르죠. 그래서 이건 태평양을 건너 인도를 찾는 대항해 선박에 거는 투자와 같은 거예요. 우린 당신에게 투자하기로 결심했답니다.

홍리가 물었다. 왜 저를 택했나요.

우리가 찾은 정보에 따르면 당신이 깨어있는 꿈 플랫폼을 만든 사람이기 때문이죠. 깨어있는 꿈을 연구하기 위해서도 꿈을 탐구하는 출발 기차역이 있어야겠지요. 당신과 당신이 예전에 만든 시스템이 대단하다고 들었어요. 흰 문과 검은 문이라고 했나요. 우린 사람과 사람이 만든 플랫폼에 투자하는 셈이죠.

19

다음 날은 옅은 비가 내렸다. 도시를 뿌옇게 흐리는 먼지가 가라앉았다. 비는 가뭄에 시달리는 도시를 적시고 가로수에 생명의 기운을 뿌렸다. 습기를 머금은 공기가 눅눅하게 책방을 감쌌다. 책방 지붕을 타고 흘러내린 빗방울이 똑똑 마당 흙에 구멍을 내었다.

오후 일찍 탁우는 우리 책방으로 갔다. 책방의 미닫이문을 잡고 열자 드르륵 날카로운 소리가 났다. 우산은 문 옆에 던져놓았다. 홍리는 그를 보고 얼굴이 굳어지지도, 피하지도 않았다. 홍리는 사무적인 어조로 예사 손님을 대하는 목소리로 말한다. 어서 오세요. 찾는 책이 있나요? 탁우는 여전하군 말하며 평대로 가서 진열된 책을 들춰봤다. 홍리가 문을 열고 밖을 쳐다보고 다시 문을 꼭 닫았다. 소총을 가져오지는 않았네요. 탁우가 말했다. 나는 현실에서는 살인하지 않아.

그러셨군요. 고마우셔라. 불안에 떨지 않아도 된다니. 탁우는 탁자에 가서 앉았다. 홍리, 잠깐만 시간을 낼 수 있겠어? 말해봐요. 당신을 이곳으로 보내서 늘 미안했어. 그런 거짓말을 하다니, 썩 나가요. 뻔뻔한 위선을 부리러 여기 왔나요? 아냐, 그때는 어쩔 수 없었어. 동지들을 죽인 건 어쩔 수 없었지만 부끄러웠어. 홍리가 말했다. 카빈총을 들고 나를 찾았다면서요. 내게서 깨어있는 꿈을 꿀 능력을 박탈하려고 한 거죠. 아냐, 아냐. 그건 아냐. 단지 보이지 않아 이상해 찾았을 뿐이야. 믿을 수 없어요. 여긴 왜 왔나요! 말해요. 무슨 일이에요. 설마 푸른 탑 카페 2층으로 돌아왔으면 한다는 입에 발린 제안을 하는 건 아니겠죠.

탁우가 말했다. 아냐. 카페 2층으로 돌아왔으면 해. 늘 기다리고 있어. 그 문제는 더 말하지 말아요. 무슨 일이 생긴 거죠? 무득이라는 주민센터 직원이 있어. 카페 2층에서 꿈의 유토피아로 들어갔는데 캄캄한 동굴에서 『유토피아로 가는 네 번째 방법』 책을 봤다고 해. 그래서요? 왜 그런 일이 생겼는지 궁금하지 않아? 무척 궁금하군요. 이제 됐으니 책방에서 나가요. 그 책은 나와 홍리 두 사람만이 가지고 있었어. 그런데 동굴 속에 책이 꽂혀 있었다니 의미심장한 일이 아닐까? 홍리가 말했다. 흰 문과 동굴이 쫓겨난 나를 슬퍼해서 한 권 복사해 둔 모양이죠. 그래, 알았어. 내가 여전히 당신을 생각하고 기억하고 있는 건 알아줘. 오호. 얼마만큼 나를 생각해요? 모르겠어. 농담으로 받아들이지 말았으면 해. 좋아요. 나를 생각하는 마음이 절절하다니 푸른 탑 카페와 검은 문, 그리고 꿈 카페를 내게 넘겨요. 할 수 있겠어요? 탁우가 말했다. 그렇게 윽박지르지 마. 그렇게 한다고 우리 둘 문제가 풀리는 거 아니잖아. 아뇨. 바로 풀려요. 당신이 꿈의 유토피아라 떠드는 헛소리만 접으면요. 옆집에 가서 우동이라도 한 그릇 들어보죠? 당신이 쏜 총탄을 가슴에 맞고 울부짖던 동지인데 위로라도 해주죠? 지금은 그럴 형편이 아냐. 우동에 독이라도 탈까 싶어서 비켜가는 거예요? 당신에게 총을 맞은 사람은 깨어있는 꿈에 아예 들어가지 못하거나 겨우겨우 가장자리에서 맴돌 뿐이에요. 당신이 총으로 쏜 사람 모두를 복권시켜야 해요. 그들이 꿈의 유토피아로 들어갈 능력을 완벽하게 복구해내야 해요. 그게 최소한의 인간으로서, 동지로서 도리 아닐까요. 탁우가 말했다. 하지만 질서는 필요해. 책장에 가지런히 꽂힌 책처럼 말이야. 여기 책방을 보라고. 책을 다 쏟아내서 바닥에 내팽개치면 책방 꼴이 말이 아니지. 책도 가치가 없고 아무도 책방에 찾아오지 않아. 질서란 그런 거야. 홍리가 말했다. 또 그 소리, 질서 타령, 됐어요. 그런 설교는 당신 엉덩이를 쫓는 부하들에게나 해요. 탁우가 말했다. 다음에 시간 되면 또 찾아오지. 우리 둘에겐 기회가 아주 많아. 홍리가 책방 문을 연다. 잘 가세요. 그래, 잘 있어.

부슬부슬 가늘지만 꾸준히 내리는 비 때문인지 무득이 저녁에 도착한 책방은 조용했다. 어둠과 빗물이 책방을 감쌌다. 마당의 나뭇잎이 가볍게 비에 흔들렸다. 홍리는 무득이 들어서자 폐점 시간이 되지 않았는데 문을 잠그고 출입문의 블라인드를 내렸다.

무득이 디딤대를 가져오자 홍리는 책장 상단의 책을 꺼내 보라고 말했다. 올라서서 책을 책장에서 꺼내려 시도했지만 쇠사슬을 채운 양 끄떡도 하지 않았다. 홍리가 디딤대에 올라서 책장 상단을 손으로 만져 책에 걸린 걸쇠를 풀었는지 책을 내렸다. 표지를 주황색 가죽으로 장정한 책은 묵직했다. 손으로 제본했기에 여러 권 만들 수 없는 책이었다. 그녀는 책을 탁자에 올려놓고 사랑스러운 눈으로 표지를 훑고 손으로 책을 어루만지며 교감을 나누었다. 무득은 눈을 감고 책 표지를 손가락으로 더듬었다. 독특한 글체로 쓴 제목이 나타났다. '유토피아로 가는 네 번째 방법' 'ㅣ'와 'ㅏ', 'ㅓ'자의 위쪽이 안으로 꺾인, 돋을새김으로 박힌 서체였다. 무득이 깨어있는 꿈의 동굴에서 만졌던 책이었다. 무득은 심상치 않은 제목과 아름다운 서체에 눈을 고정했다. 표지의 서체를 쓴 사람은 자유로운 정신으로 단련해 단정하면서 파격까지 나아가지 않고, 그런 가능성을 품은 지점에서 멈춘 인상이었다.

홍리는 아름다운 글씨를 자랑하는 시선으로 눈길을 던지

고 다음 페이지를 펼쳤다. 화보나 도록을 만들 때 쓰는 아트지였다. 무득은 자세한 밑그림에 자신도 모르게 크게 아 소리를 냈다. 그가 깨어있는 꿈에 들어가면 처음 마주치는 흰 문과 검은 문 그림이었다. 나무로 만든 흰 문에는 검은 줄이 다섯 개 그어져 있고 검은 문에는 흰 줄이 다섯 개 그어져 있다. 고풍스런 청동 손잡이가 단아하게 유혹하는 모습으로 붙어 있다. 탁우는 꿈의 첫 장면에서 반드시 흰 문으로 들어서야 한다고 말했다. 검은 문은 왜 들어가면 안 되는가? 오랫동안 잊었던 그 질문이 생생하게 되살아났다. 홍리가 다음 페이지를 넘기자 스케치였다. 두 문을 가볍게 그렸는데 다섯 개의 줄은 선명했다. 무득은 놀라 숨이 막혔다. 유토피아로 들어가는 문의 원형이자 첫 디자인이 여기 모습을 드러낸 셈이다. 그는 홍리를 바라보며 물었다. 문 그림을 누가 그렸나요? 그녀는 싱긋 웃으며 다음 페이지에 대답이 있다는 동작으로 페이지를 넘겼다. 그는 다시 놀랐다. 이제는 부인할 수 없는 명백한 사실이었다. 이 책을 만든 자는 깨어있는 꿈과 깊은 관계가 있으며 어떤 목적을 위해 책을 만들어 보관했다는 것을. 이번 그림은 문을 열고 들어서면 날아서 도착하는 푸른 탑이었다. 중앙에 선 푸른 탑 주위를 아홉 개 의자가 둘러 서 있었다. 다음 페이지는 푸른 탑 아래 놓인 7층 건물 시안을 그린 스케치였다. 스케치에 이어 7층 건물 디자인이 등장했다. 무득은 확신했다. 이건 깨어있는 꿈을 설계했거나 꿈에서 중요한 임무를 맡은 사람이 만든 책이었다.

앞부분밖에 보지 못했는데 홍리가 책을 덮었다.

"나머지는 다음 기회에."

무득은 홍리에게 물었다. "당신이 이 책을 만들었나요?"

주인이 말했다. "어릴 적부터 세상에 한 권뿐인 책을 내 손으로 만들고 싶었어요. 이 책은 두 권이지만요."

"또 한 권은 누가 갖고 있나요."

"당신이 탁우라고 부르는 사람."

"그럼 당신이 깨어있는 꿈 플랫폼을 만든 사람이군요. 탁우와 함께."

그녀가 책에 손을 얹고 말했다. "한때는 그렇게 불리기도 했죠."

홍리가 책을 책장 상단에 꽂아놓고 출입문의 블라인드를 올리고 문을 조금 열었다. 모르는 사이에 바깥에 비가 더 많이 내렸다. 책방 출입문 위의 가림막에 빗방울이 떨어지는 소리가 책방으로 밀치고 들어왔다. 타닥타닥. 가림막에 모인 비는 옆으로 흘러 떨어져 마당에 구멍을 만들었다. 마당에 떨어지는 빗소리는 우아하고 율동적이었다. 책방은 어둑했다. 깨어있는 꿈에 들어가 깨어나면 희붐한 가운데 흰 문과 검은 문이 나타났다. 빗소리가 깔린 책방도 깨어있는 꿈에서 첫 장면처럼 여겨졌다. 여기는 꿈일까. 현실일까. 꿈과 현실의 경계가 흐릿해져 무득은 자신도 모르는 사이에 주인에게 그렇게 물었던 모양이다.

홍리가 말했다. "여긴 현실이에요. 여긴 책방이고, 책을 읽을 수도 있고 책으로 얼굴을 후려칠 수도 있죠."

"책은 사람을 치는 용도는 아니죠."

"책이 사람을 치기만 하나요? 책 내용이 사람을 죽이기도 하죠. 우리는 만난 지 오래되지 않았지만 꿈에서 같은 경험을 공유했어요."

홍리는 초등학생 시절부터 깨어있는 꿈을 생생하게 꾸었다. 그녀는 깨어있는 꿈을 꾸기 위한 훈련이 필요 없는 타고난 자각몽자였다. 꿈이 시작되자마자 그녀는 바로 깨어났고 꿈에서 어디를 가고, 무엇을 만들지를 본능으로 알아챘다. 그렇지만 그녀의 삶에서 꿈의 플랫폼과 현실의 플랫폼은 철저하게 분리되어 둘은 섞이지 않았다. 깨어있는 꿈에서 아무리 현실 같은 꿈을 꿔도 그 꿈에서 깨어나는 순간, 현실은 자신의 모습 그대로 서 있었다. 어떤 자연의 실수로 꿈과 현실이 섞였다면 그녀는 환각과 정신 분열증으로 정신병원 창살과 더불어 살았을 것이다.

무득이 물었다. "그럼 정신병원에 수용된 사람 중에 깨어있는 꿈 때문에 들어간 사람도 있겠네요." "그렇죠. 75억 인간은 매일 아침 잠에서 깨어 현실과 마주해요. 75억의 현실이 존재하는 셈이죠. 마찬가지로 잠이 들면 75억의 꿈과 마주하죠. 그 둘은 이상하게도 딱 물려서 돌아가지만 그렇다고 섞여서는 안 돼요. 떨어져 있으면 몸에 좋은 음료이지만 둘을 섞으면 독약이 되는 것과 같은 관계죠."

홍리는 무득에게 흰 문과 검은 문을 만든 처음을 얘기했다. 홍리는 깨어있는 꿈에서 푸른 탑에 오르면 계단을 내려가 5층에 들어갔다. 5층 사무실은 탁우와 홍리 두 명만이 썼다. 둘은 깨어있는 꿈에서 유토피아를 만들기로 의기투합하고 힘든 과제에 도전했다. 엄청난 시도 끝에 푸른 탑 카페 2층 방과 연결된 깨어있는 꿈 입구인 흰 문과 검은 문을 만들었다. 그녀와 탁우는 두 개의 문을 공유했고 한 번은 흰 문으로 또 한 번은 검은 문으로 들어갔다. 그녀가 검은 문을 쓰고 탁우가 흰 문을 선호한 차이는 있었지만 두 문은 본질적으로 같았다. 둘은 그렇게 믿었고 확신했다. 깨어있는 꿈의 초기는 둘의 독무대였다. 탑 아래서 둘은 유토피아의 꿈을 맘껏 즐겼다. 꿈에서 홍리와 탁우는 나라를 세우고 무너뜨리고 인간 문명을 처음부터 건설하는 등 다양한 실험을 할 수 있었지만 둘은 소박했다.

둘이 꿈에서 만든 건 우동집이었다. 메뉴는 세 가지로 제한했고 실내는 검박한 나무 탁자만 놓였다. 둘은 꿈에서 자신들이 지닌 소중한 자원을 뛰어난 조망을 지닌 레스토랑을 만드는 데 바치고 싶지는 않았다. 깨어있는 꿈 카페를 만들고 참여자에게 기본 훈련을 시키고 그들에게 유토피아를 선사하는 작업에 박차를 가하면서 둘은 창업자가 부딪히는 공통된 갈등에 부딪혔다. 창업한 기업가는 자신이 만든 제품 전략이 동쪽으로 갈지 서쪽으로 향할지 결정해야만 한다. 만든 제품을 운용해보면 개발 과정에서 의견이 똑같아 보였던 창업자 두 명이 회사를 꾸려나가는 방향이 많이 다르다는 현실을 깨닫는 경우가 많았다. 홍리와 탁우처럼 절반의 지분을 가진 창업주는 어떤 완충지대도 없이 날것으로 싸워야 할 수도 있었다.

홍리는 푸른 탑 카페에서 깨어있는 꿈 첫 1기 팀을 받고 곧 2기와 3기를 연달아 받으려고 했다. 검은 문으로 들어가 꿈의 유토피아에서 살고 즐기는 그녀의 프로세스는 단순하고 간편했다. 그녀는 깨어있는 꿈을 즐기도록 과정과 비결을 제공할 뿐, 창시자로서 어떤 권력도 받으려 하지 않았고 즐기지도 않았다. 탁우의 흰 문은 달랐다. 흰 문으로 들어가는 프로세스는 더 많은 훈련과 복잡한 과정이 필요했다. 탁우는 그 과정이 더 뛰어난 유토피아를 제공한다고 주장했다. 홍리는 개인이 유토피아에 빠져들어 느끼는 감정의 질은 측정하거나 계량화하기 어렵다고 말했다. 어떤 사람이 전 세계의 모든 술을 마시는 유토피아를 만들면 어떤 사람은 고서를 전시한 유토피아를 만들었으며, 어떤 사람은 영화감독이 되어 자기가 찍고 싶은 대작 영화를 찍고 어떤 사람은 야구 선수로 메이저리그 3번 타자로 올라서 최근 그 누구도 달성하지 못한 4할 타자로 활약하며, 어떤 사람은 축구 선수로 리

버풀 팀에서 공격수로 활약하는 꿈을 꾼다. 누구 꿈이 낫고, 누구 꿈이 더 질이 좋으며, 어떤 꿈을 꾼 사람의 경험이 더 탁월한지는 재지도 않고 잴 수도 없다고 말했다. 홍리는 모든 경험은 평등하고 가치가 같으며, 따라서 모든 유토피아는 평등하다는 신조였다. 검은 문 경로는 모두에게 열려 있었다. 검은 문으로 들어오려는 사람이 지참해야 할 지도와 나침반은 없었다. 꿈의 유토피아에서 길을 잃어도 좋았다. 길을 잃고 찾는 과정 자체도 중요했다. 검은 문은 일차적으로 성(性)에 집중했다. 홍리는 자유로운 성이 자유로운 세상을 낳는다고 믿었다.

1기로 깨어있는 꿈에 들어온 사람은 검은 문을 통해 들어왔다. 흰 문과 검은 문이 나오면 검은 문으로 들어갈 것. 1기로 들어온 세 사람은 검은 문을 통해 날아 도착한 푸른 탑에서 탁우를 만나 그에게 지도를 받고 탑의 아래층으로 내려갔다. 그녀와 탁우는 1기부터 5기까지 시험 운용을 하기로 했다. 한 기수가 연습하는 기간은 석 달이었다. 탁우는 1기를 엄격하게 다뤘다. 검은 문을 통해 탑까지 날아가는 연습만 한 달이 걸렸다. 탑까지 날아가는 도중에 추락하는 사고가 허다했다. 깨어있는 꿈은 생생하고 생생했다. 수련자는 바닥이 보이지 않는 공간으로 끝없이 추락하면서 온몸이 땀으로 젖어 깨어났다. 푸른 탑 2층의 침대는 그들의 땀으로 흠뻑 젖어 매일 밤마다 침대 시트를 갈아야만 했다. 푸른 탑에 도착해서 꼭대기에 있는 의자에 앉는 노력도 쉽지 않았다. 헬리콥터가 제자리에서 비행하다가 차분히 땅에 내려앉는 과정처럼 팔과 다리를 이용해 감각을 조절해서 탑 앞에 착지해야 했고 높은 곳의 아찔함에도 태연히 의자까지 걸어가 앉아야 했다. 탁우의 훈련은 혹독했다. 두 달에 걸친 훈련을 통해 한 명이 남았지만 그 한 명도 꿈에서 입은 트라우마를 극복하지 못하고 현실 생활이 비뚤어지기 시작했다. 꿈에서 얻은 유토피아가 현실의 삶을 다치게 만들었다.

2기 세 사람은 홍리의 사용서대로 움직였다. 홍리는 꿈에서 유토피아만을 강조하지 않았다. 꿈은 현실을 보충했고 현실은 꿈을 보충했다. 꿈에서 자신이 원하는 이상이 실현되는 유토피아에 산다고 해도 그 유토피아로 가는 과정 때문에 현실이 망가진다면 권하지 않았다. 그녀는 혹독한 훈련을 경멸했다. 혹독한 훈련은 사람의 의지를 단련시키는 방법처럼 보이지만 결국은 꺾고 만다고 생각했다. 그녀가 맡은 2기 세 사람의 진도는 무척 느렸다. 깨어있는 꿈에 들어가서 검은 문의 손잡이를 제대로 잡지 못해 문을 여는 데만도 보름이 걸렸다. 검은 문 앞에서 균형을 잃고 넘어지거나 손을 허우적대면서 손잡이도 잡지 못하고 푸른 카페의 2층 침대에서 깨어나면 그들은 자신의 능력을 수치스러워했다. 그들은 고작 백일 된 아기가 자신의 손가락을 입에 가져가지 못하고 뺨과 턱을 찔러대는 것처럼 검은 문 앞에서 뒹굴고 쓰러졌다. 겨우겨우 검은 문의 청동 손잡이를 붙잡았지만 그걸 제대로 밀지 못해 문 안으로 들어서지를 못했다. 그들 세 사람의 손놀림은 현실에서 7개월쯤 된 아기의 동작을 넘어서지 못했다.

탁우는 2기생 셋을 비웃고 그들을 지도하는 홍리를 무시했다. 그녀는 깨어있는 꿈에서 유토피아로 들어가는 과정이 결코 평탄하지 못하며 설령 성공하지 못해도 스트레스를 받지 말라고 가르쳤다. 전 인류에서, 한국인 중에서 이걸 제대로 하는 사람은 극히 드무니 우리 연습생들은 자부심을 가져도 된다, 스트레스를 받지 않고 100일을 노력하면 기본 동작을 수행할 수 있으며 그때는 유토피아에 한발 성큼 다가설 수 있다고 가르쳤다. 홍리는 깨어있는 꿈의 유토피아는 누구라도 들어갈 수 있고 프로그램은 평이하며 약간의 인내와 끈기만으로 얻을 수 있는 최상의 행복이라고 가르쳤다. 꿈을 꾸지 않는 사람은 없으니까, 언젠가는 깨어있는 꿈에서 유토피아로 들어가는 과정이 중고등학교 필수 과목으로 채택되어 모든 학생이 실습을 하게 될지도 모른다. 학생들은 효율적으로 깨어있는 꿈에 들어가서 원하는 과제를 수행한 다음 재빠르게 빠져나오는 기술을 익힐지도 모른다. 그만큼 이 과정에 어려움은 없고 단지 시간이 걸릴 뿐이라고 용기를 북돋웠다.

2기 세 사람은 원래 두 달이었던 기간을 넘어 네 달 만에 푸른 탑에 도착해 탑 아래에 마련된 건물의 방으로 들어갈 수 있었다. 거기서 한 명은 커다란 청동 조각을 만드는 유토피아를 만들었고 또 한 사람은 히말라야산맥 사이의 트레킹 코스를 만들어 설산 사이를 걷기를 즐겼다. 또 한 사람은 말을 타고 초원을 달리는 유토피아에 빠졌다. 그녀는 여자였는데 몽골의 지형을 그대로 가져와 매일 밤마다 몇 필의 말을 교대로 타면서 야생과 달빛의 기운을 몸에 흠뻑 적셨다. 그녀는 꿈에서 깨어나면 꿈을 꾸기 전보다 몇 배나 팔팔한 몸으로 푸른 탑 카페를 나서곤 했다. 탁우는 이들 2기생 모두를 푸른 탑 카페에 출입을 금지하고 블랙리스트에 올렸지만 그들은 깨어있는 꿈을 설계하고 운용한 초기 기억을 간직한 귀중한 화석이었다.

홍리가 말하기를 자신은 깨어있는 꿈에서 암살되었다고 했다. 그녀는 깨어있는 꿈에서 푸른 탑 아래 5층 의자에 앉아 있었다. 갑자기 총알이 그녀 심장을 꿰뚫어 피가 흘러내렸다. 그녀는 왼손을 들어 자신의 박살난 심장에 손을 얹었다. 홍리는 심장이 망가져서야 그게 자신의 가슴에서 뛰고 있었음을 깨달았고 자신의 생각과 의지도 함께 빠져나가는 걸 느낄 수 있었다. 가물거리는 의식을 붙잡고 그녀는 일 초, 일 초 순간을 정확하게 기억하려고 노력했다. 총알이 날아온 방향을 바라보았으나 어딘지 알 수는 없었다. 암살자가 푸른 탑의 숨겨진 구멍에서 홍리를 향해 발사했는지, 아니면 탁우가 직접 총을 쐈는지는 알 수 없었다. 탁우는 먼저 푸른 탑에 도착해 입구 의자에 머무르고 있었다. 탁우도 홍리를 마주 보며 총을 쏘고 싶지는 않았을 것이다. 이렇게까지 악착같이 자신을 말살할 필요가 있을까. 마지막 잔뿌리까지 뽑아야만 하겠다는 것인가. 그날부터 검은 문은 닫혔고 홍리는 푸른 탑 건물에서 추방되었다. 전쟁이 국가 사이의 분쟁을 최종적으로 해결하듯이 암살이 둘 사이의 갈등을 깨끗하게 정리했다. 아름다운 이별이나 평화롭게 꿈을 운영하는 여러 기술을 넘겨주는 절차는 필요 없었다.

무득이 물었다. "깨어있는 꿈에서 총으로 살해되었다고요?" 홍리는 고개를 끄덕이고 말을 이었다.

한때 예언자로 불렸던 홍리는 꿈의 유토피아에서 멘토로 활동하고 싶었다. 친근하고 이야기를 잘 들어주는 상담자 역할이었다. 깨어있는 꿈 플랫폼은 대중정당과 같았다. 원하는 바를 얻기 위해 모두가 참여하고 모두가 노력한다. 꿈에 매몰되거나 꿈의 마력에 푹 빠져서 현실로 돌아오지 않는 일도 없다. 깨어있는 꿈은 자아를 잃어버리고 비참한 끝을 걷게 하는 마약으로 쓰여서는 곤란했다. 꿈에서 길을 가르치고 안내하고 그 꿈을 나누는 것. 그것이 예언자의 몫이었다. 예언자로 불리던 그녀는 강렬한 에너지를 쥐고 있었다. 그녀는 심장에 첫 번째 총알을 맞고 가슴과 복부에 두 발을 더 맞으며 절망했다. 그건 명백히 확인 사살용이었다. 꿈의 유토피아에 돌아올 가능성을 제거하는 살해였다. 홍리는 푸른 탑에서 의식을 잃고 깊은 어둠으로 떨어지면서 세상이 무너지는 슬픔에 시달렸다. 한편으로 홍리는 꿈속에서 죽어가면서 어쩌면 이렇게 단박 해결하는 게 나을지도 모른다고 생각했다.

홍리가 말했다.

"이 책방과 우동집은 2기생과 다른 피해자들이 같이 만든 거예요."

"왜 탁우에게 반격하지 않았나요?"

"전쟁 중에 내전이 가장 비참하지 않나요. 푸른 탑 카페를 만든 창조주 둘이 싸운다? 뭘 위해서? 궁극의 절대자가 되기 위해서? 내가 이기면 탁우가 순순히 물러날까요? 결국 꿈에서 이겨선 끝나지 않아요. 현실에서 죽여야만 해요."

"그럼 탁우는 왜 현실에서 당신을 죽이지 않죠?"

"푸른 탑 카페의 깨어있는 꿈에서 손을 뗐으니까. 검은 문도, 흰 문도 열지 않으니까요."

"비참한 패배로 보이는데요. 책방과 우동집도 패잔병의 숙소 같고요."

"전략적 후퇴라고나 할까요. 난 깨어있는 꿈에서 특이한 현상을 발견했어요. 무시무시한 무엇을요."

홍리는 깨어있는 꿈에 들었을 때 꿈에서 끈적한 무엇이 붙어 현실로 따라온다고 느꼈다. 깨어있는 꿈에서 즐긴 유토피아가 달콤하면 할수록 꿈의 바다에서 배회하는 조각이 달라붙는다는 느낌이었다. 그건 착각일까? 꿈의 바다에서 수십 만 년 배회하며 인간 무의식에 끼어 있던 뭔가가 기회를 잡아 현실로 올라오려고 하는 것이 아닐까? 그녀는 꿈에 달라붙는 조각이 무엇인지 조사했다. 조각이 난 꿈 하나로는 전모를 알기 어려웠다. 깨어있는 꿈에서 유토피아를 즐기고 자주 돌아오면 올수록 그 조각은 하나씩 더 늘어나서 팔과 다리를 갖춰나갔다. 그건 드라마 화면 아래에 잠깐 나오는 약품이나 자동차 같은 간접광고를 닮았다. 드라마에 집중해 있으면 뭔가가 지나간 건지 알아채지 못할 수도 있다. 그렇게 알아채지 못하게 하면서 그 광고는 힘을 얻는지도 모른다. 그러다 갑자기 드라마에 집중해 있을 때나 아닐 때나 똑같이 그 광고가 눈에 들어오게 된다. 일반인들도 이런 현상을 겪는지 몰랐다. 무의식 세계에서 은밀하게 일어나기에 정확하게 알지 못할 따름이다.

이런 의문도 들었다. 꿈에서 즐기는 유토피아란 혹시 악령이 유혹하기 위해 꿈에 발라둔 꿀이 아닐까? 홍리는 말했다. 깨어있는 꿈이 아니어도 꿈에서 조각들은 끊임없이 의식에 붙어 현실로 튀어나오려고 노력해요. 인간은 그 과정을 겪지만 꿈을 자각하는 능력이 부족해서 깨닫지 못하는 거죠. 홍리는 꿈에서 달라붙어 올라오는 조각과 악령은 소소한 갈등, 소소한 분노, 소소한 질투가 아니라고 말했다. 그런 것도 올라오겠지만 현실에서 그 조각을 잘 다뤄 사라지게 만들거나 혹은 조각을 키워 부푼 재앙으로 만드는 건 사람의 몫이었다. 꿈에서 사람을 타고 올라오는 건 권력이었다. 권력감정, 권력을 얻고자 하는 의지, 꿈에서 내가 원하는 소원을 마음대로 처리한 사람은 마약처럼 그 감정에 점점 중독되었다. 현명하고 겸손한 황제가 드물 듯이 깨어있는 꿈을 제어할 수 있는 사람은 그 능력을 권력으로 쓸 가능성이 컸다. 거미줄의 중앙에 앉아 거미줄을 마음대로 조종할 수 있다고 믿는 거미처럼.

무득이 말했다.

"탁우도 꿈의 권력에 중독되고 있겠네요."

홍리는 고개를 끄덕였다. 슬픈 표정이 가득했다.

"탁우가 깨어있는 꿈에서 뭘 하는지 아나요?"

무득은 그 생각은 하지 않았다. 무득은 드러내 말하지 않았지만 깨어있는 꿈에 들어오는 수련자의 실력이 좋아지도록 일종의 종합 지도 서비스를 제공하지 않나 짐작했다. 그게 자신이 아는 모습이었다. 사실은 모르는 게 맞았다.

"깨어있는 꿈에서 탁우는 꿈의 유토피아에 들어오는 사람을 관찰하고 감시하고 있죠. 그는 꿈에서 언젠가 장군이 되고 싶어 해요. 전쟁의 신이 되는 거죠. 병사를 지휘하고 적을 포위하고 섬멸해요. 옥상에서 적을 저격하고 폭격해서 마을을 불태워요. 그는 밤마다 피로 붉게 물들고 있어요. 그렇게 하고 싶어 하죠."

그렇게까지나. 무득은 홍리의 말이 믿기지 않았다. 무득이 말했다. "꿈의 악령 조각이 붙어 현실로 올라온다면 선하고 희망 가득한 조각도 올라오겠네요."

홍리는 말했다.

"깨어있는 꿈은 그렇게 하려고 만든 플랫폼이었죠. 꿈의 유토피아에서 즐기기만 하고 현실을 망각하기 위한 조치가 아니었죠. 대장은 꿈속으로 더 깊이 들어갔지만요. 우린 독서, 여행, 뜨개질, 그림, 요리, 걷기 모임을 즐기고 있답니다. 탁우에게 총살당한 사람이 오는 여기 꿈의 난민 쉼터에서 더욱 더 그렇죠."

"깨어있는 꿈의 검은 문을 재건할 생각은요?"

"먼 훗날에 당신 같은 분이 힘을 키워 하시면 되지 않을까요?"

무득은 탁우가 총살하기 전 했던 말을 똑똑하게 기억했다. "너도 예언자와 같은 패인가! 내가 침묵하자 검은 문으로 들어와서 배신하다니." 무득은 검은 문으로 들어간 적이 없었는데도 탁우는 넘겨짚었다. "검은 문으로 들어온들 무슨 문제야!" 탁우는 이글거리는 눈빛으로 무득을 노려보았다. "거기는 악령이 살고 있지."

무득은 홍리 이야기에 뭔가 빠져 있는 것 같아 그녀에게 물었다. "탁우가 검은 문에 악령이 살고 있다고 했는데 그게 뭘까요?"

"아마도 검은 문으로 들어가는 사람이 벌이는 사랑 같은 거겠죠."

"사랑이라고요? 사랑이 왜?"

"여러 사람과 여러 사람이 어울리는 사랑이죠. 현실의 사랑과는 다르겠죠. 악령처럼 느끼는 사랑도 있을 거예요."

"악령을 닮은 사랑이라……."

"사랑은 원래 그런 거예요. 사랑의 한쪽 끝은 죽음과 닿아 있죠. 열정을 다 태우면 공허와 소멸만이 남아요."

20

꿈을 잃는 건 아무것도 아니다. 누군가는 그렇게 말할지 모른다. 꿈이 대체 뭐냐고. 흐릿하고 온갖 행동이 두서없이 섞여 뭐가 뭔지 도저히 모를 미친 사람이 그린 그림이 아니냐고. 역사와 문학에 나오는 숱한 꿈 이야기는 현실의 인간이 꿈을 해석하고 이리저리 끼워 맞춘 헛된 조각에 불과하다고. 무득은 주민센터로 출근하는 도로를 걸으며 스스로에게 물어보고 꿈을 생각한다. 그는 잠시 멈춰서 핸드폰 가게와 작은 커피점을 살핀다. 핸드폰 가게는 주인이 출근하지 않았는데도 밝은 실내등이 켜져 있었다. 경쾌한 음악이 흘러나오는 커피점 앞에서 젊은 남녀가 커피를 받아 들고 걸음을 옮겼다. 여자가 커피를 한 모금 마시고 남자와 즐겁게 대화한다. 이 모든 게 꿈은 아닐까? 그는 주위를 둘러보고 다시 걷는다. 발이 흔들거리고 머리가 아프다. 무득은 계단을 오르내리거나 행인이 복잡한 길이 싫다. 무기력하고 몽롱한 증세는 회복될 기미가 없고 일상적인 업무를 처리하는 데도 엄청난 집중력이 필요하다. 주민센터에 병가를 내야 할지도 모르겠다.

잠에서 꿈을 잃는 건 별거 아닐 수 있다. 물론 그렇지 않다고 부정할 사람도 있다. 꿈은 우리 뇌를 쉬게 하고 정비하는, 우리가 알지 못하는 거대한 충전소라고. 꿈을 꾸지 못하면 우린 비틀대고 할 일을 잊어먹고 나른하게 하루를 보낸다고. 깨어있는 꿈을 잃는 건 확실히 그렇다. 무득은 깨어있는 꿈이라는 생생한 칼라 세계에서 현실의 칙칙한 흑백 세계로 유배 와 있다. 무득이 걸어가는 거리에 비닐봉지가 굴러다니고 누군가 버린 국물이 담긴 컵라면과 변색된 토사물이 놓여있다. 이 세상은 더럽고 추악하며 쓰레기로 넘쳐난다. 깨어있는 꿈은 깨끗하고 완벽하다. 현실에서 아파트로 이사를 가려면 부동산 계약서류와 많은 돈과 트럭 두 대는 있어야 한다. 이사하며 아파트에서 쏟아내는 쓰레기도 어마어마하다. 깨어있는 꿈에서라면 아파트 건설과 이사는 간단하다. 몇 번의 손짓과 생각으로 근사한 아파트에 들어갈 수 있다. 당신은 푹신한 가죽 소파에 앉아 고급 오디오로 음악을 들을 수 있다. 무득이 깨어있는 꿈을 잃는 순간 모든 즐거움은 사라졌다. 그가 잠에 들어 탁우가 세운 깨어있는 꿈으로 들어가려 몸부림쳐도 꿈 입구는 나타나지 않았다. 흰 문과 검은 문은 무득의 꿈에서 사라진 것이다. 무득은 하늘을 날아 푸른 탑으로 다시는 갈 수 없는 것이다.

무득은 탁우가 만든 깨어있는 꿈에 차단당했을 뿐만 아니라 모든 종류의 깨어있는 꿈에 들어갈 수 없었다. 무득 자신이 만든 꿈 센터에도 다시 돌아갈 수 없었다. 믿을 수 없었다. 무득의 몸 전체에 강력한 제동이 걸린 것이다. 꿈에서 스스로 깨어 꿈을 자각하면서 움직이려는 순간 공포가 닥쳐 모든 걸 망쳐버렸다. 무득의 간과 창자를 총알이 꿰뚫고 무서운 속도로 추락하면서 죽어가던 그 순간의 전율이 생생하게 되살아났다. 몸이 굳고 혀가 빳빳해졌으며 몸은 썩은 나무토막처럼 쓸모없어졌다. 또렷하게 깨어난 정신은 죽음의 자리에서 벗어나려 몸부림쳤다. 손가락이 뜨거운 철판에 닿으면 탁 튀는 것처럼 정신도 데지 않으려 마구 방향도 없이 내달렸다. 추락하던 그날 그 순간을 상기하는 어떤 비슷한 상황 근처에도 정신은 움츠리고 가지 않으려 했다. 무득은 자신의 몸과 정신을 설득하려고 했다. 네가 공포에 질린 사건은 꿈에서 일어났으며 너는 추락과 총상으로 죽지도 않았고 털끝 하나도 다치지 않았다. 정신은 완강하게 그런 해석을 거부했다. 단순한 꿈이었다면 추락에서 깨어나자마자 잊어먹었을 터였다. 악몽이라 해도 꿈에서 깨면 두려운 기억은 미적대며 사라지고 흔적도 흐릿해졌다. 자각몽에서 겪은 총상과 그에 따른 추락은 전혀 다른 경험이었다. 현실에서 겉거나 잠들 때도 총상과 추락의 상처에서 무득이 깨닫지 못하는 피가 스며 나와 흐르고 있었다. 아파트 어디에서 누수되는지 모르지만 끊임없이 똑똑 물이 흐르는 소리가 들려 신경을 괴롭히고 잠을 앗아가는 것 같았다. 무득의 피를 뽑으면 끝없는 출혈로 피가 흐리고 희멀겋게 옅어져 보일지도 모른다.

꿈에서 추락은 자주 일어났다. 허공을 건너는 두려움 때문에, 길을 찾지 못해서 추락했다. 연습과 탐색 과정에서 일어난 추락은 무득의 몸과 마음에 큰 타격을 주지 않았다. 충격을 받아도 무득은 오래지 않아 회복했다. 그건 강을 건너기 위해 나룻배를 타는 일과 마찬가지로 자연스러웠다. 이번 추락은 탁우가 적의와 분노를 담아 실행한 살해에서 비롯되었다. 그건 죽음과 파괴로 가는 추락이었다.

모든 꿈을 잃은 건 아니었다. 사람들이 흔히 꿈이라고 부르는, 난장판에 두서없고 의미도 없는 꿈은 살아남았다. 깨어있는 꿈이 아닌 다른 잡스러운 꿈이 도대체 무득 삶에 무슨 의미가 있을까. 끝없이 동전을 줍는 꿈. 꿈에서 만난 누군가와 뒤엉켜 싸우다 갑자기 배를 타고 있는 꿈. 나를 추격하는 사람에게 이유도 모르고 도망에 도망을 가다 땀에 흠뻑 젖는 꿈. 발을 헛디뎌 깜짝 놀라는 꿈. 장소와 시간과 사람을 마구 뒤섞는, 깨자마자 망가진 조각 꿈만 생각나는 개꿈. 그런 꿈에 무득은 진저리를 쳤다. 그는 그림자가 없는 사람과 같았다. 쓸모없다고 여긴 그림자를 쓱쓱 칼로 베어내 비싼 값에 팔아넘겼지만 마을 사람에게 그림자가 사라진 유령으로 몰려 쫓기는 사람이 된 것이다. 깨어있는 꿈을 잃자 무득은 현실에서 비틀거렸다. 무거운 인생의 짐을 덜기 위해 투명한 소주에 의지한 중독자와 같이 무득은 현실에서 자신을 지탱할 무엇을 찾아 헤맸다. 그럴수록 잃어버린 깨어있는 꿈이 소중해 보였다. 무득은 정녕 낙원에서 추방되고 만 것이다. 낙원은 그 속에서 살면서 느꼈던 행복보다 잃어버렸을 때 받는 절망의 크기가 압도적으로 크다는 속성을 지녔다. 그곳으로 돌아갈 수 없는 상황이라면 비참함은 더 커진다.

아침에 주민센터가 문을 열자 들어온 배낭 아주머니는 무득 자리 앞에 앉아서 커피 한 잔이라고 말했다. 그녀는 그렇게 말하면서 습관이 된 동작으로 주민센터를 한 바퀴 둘러보았다. 오늘 하루 일을 잘 치러낼지 점검하는 자세였다. 어떤 경우에도 내려놓지 않는 배낭은 그대로 아주머니 등에 매달려 있었다. 무득은 커피를 내줄 마음 상태가 아니었다. 탁우에게 총살당한 후유증이 온몸에 퍼져 그를 괴롭혔다. 꿈에서 받은 통증과 상처라고 해도 잊혀지거나 금방 사라지지 않았다. 무득은 몸이 아팠고 병원에 가서도 원인을 알아내지 못했다. 진찰을 마친 의사가 물었다. "최근 큰 사건이 있었습니까?" "무슨 말씀인지요." "가까운 사람이 죽었다거나 아니면 회사에서 해고될지 모른다는 뭐 그런 일요." "꿈에서 총을 맞은 일이 있었지요." 의사가 웃었다. "악몽이지만 다행이네요. 우리 사는 세상에서 총을 맞지 않아서요." 의사는 몸 자체에 별 이상은 없지만 며칠 쉬기를 권했다. 병가를 내고 이틀을 쉬고 와서 아침부터 배낭 아주머니와 맞닥뜨린 무득은 짜증이 솟구쳤다. 아주머니에게 스무 번도 넘게 커피를 내주었는데 오늘 무득의 반응은 유별스레 이상했다. 무득은 커피를 드릴 수 없다고 잘라 말했다. 배낭 아주머니는 그 말을 못 알아들었는지 주민센터 사무실 뒤쪽의 커피 기기를 가리키며 커피 한 잔을 다시 요구했다. 무득은 목소리를 높였다. 커피 못 드린다니까요! 여기가 아주머니 휴게소에요? 여기는 공무를 처리하는 기관입니다. 커피는 밖에 나가서 드세요. 무득이 거칠게 말을 맺자 배낭 아주머니는 그제야 알아들은 얼굴이었다. 배낭 아주머니 행동은 평소와 달랐다. 고함을 지르거나 물건을 집어던지지 않았다. 아주머니는 무득이 높인 음량만큼 목소리를 낮추고 몸을 무득 쪽으로 당겨 속삭였다. 악몽이야. 악몽. 그렇게 얼굴에 쓰였어. 무득은 놀라서 되물었다. 악몽이라고요? 그래. 악몽에 당한 거야. 우리 아들이 교도소에 가기 전에도 그렇게 공격당한 얼굴이었지. 아주머니, 무슨 말씀이세요. 민원인이 오니까 이제 그만 가세요. 배낭 아주머니는 침착하고 진지한 자세였다. 우리 아들이 왜 교도소에 간 줄 알아? 꿈에서 악령에게 공격당해서 그래. 그래서 억울한 거야. 내게 직접 말해줬어. 아들은 어쩔 줄을 모르고 불안해하다 그 사건이 터진 거야. 아주머니, 무슨 사건이 터졌다는 거예요. 살인이었어. 아들이 살인 사건을 저질렀지. 그게 꿈에서 아들을 공격한 사람 때문이라니까. 아들은 악몽에서 공격당해 도시 뒷골목에서 되갚아준 거야. 아들은 억울하고 원통해. 아주머니, 무슨 소리인지 모르겠는데요. 억지 이야기는 그만하시고요. 하여튼 오늘은 밖으로 나가세요. 아주머니는 무슨 상념이 떠올랐는지 순순히 일어났다. 교도소로 아들 면회를 가야겠어. 오래 면회를 못 갔어. 커피는 다음에 와서 마실게. 아주머니는 주민센터 밖으로 나갔다. 무득은 멍하니 아주머니 뒷모습을 바라봤다. 무득은 자신의 얼굴에 어떤 표지가 있는지 거울을 들여다보고 쓱쓱 얼굴을 문질렀다.

무득은 몽롱하게 현실에서 꿈처럼 살았다. 그는 번쩍이는 술집과 중국식당과 옷가게가 있는 길을 지나 푸른 탑 카페 앞에 가곤 했다. 카페는 여전히 성황이었다. 연인과 학생과 여행객이 이 유명한 카페에 무엇이 있는지 확인하기 위해 청동 손잡이를 밀어젖혔다. 한쪽 벽을 채운 통유리로 손님이 보였다. 그들은 길에서 낯선 사람이 지켜보아도 거리낌 없이 웃고 손을 휘젓고 친구 어깨에 기대면서 삶의 한 순간을 즐겼다. 그 모습을 보며 무득은 자신의 영혼을 도둑질당한 것만 같았다. 저 작은 낙원의 순간들, 저 빛나는 유토피아의 찰나들, 탁우는 그 모든 유토피아를 무득에게서 빼앗았다.

탁우는 카페 건물에서 아늑하고 따뜻하게 깨어있는 꿈을 즐기고 있을 것이었다. 자신을 추종하는 사람에게 은총으로 깨어있는 꿈속 유토피아를 나눠주고 있을 터였다. 경배하라, 군주를. 그 앞에 무릎 꿇고 머리를 조아려라. 군주가 흩뿌리는 꿈 조각을 붙잡아라. 그대 선택된 자들이여. 꿈 조각은 무럭무럭 자라서 그대를 무지개로 휘감을지니. 꿈의 유토피아를 즐긴다면 현실 또한 꿈의 유토피아를 기다리는 즐거운 기다림과 축복의 시간이 될지니. 깨어있는 꿈의 유토피아가 마침내 현실을 정복하리라. 하지만 명심하라. 깨어있는 꿈으로 가는 좁은 길은 군주가 막고 있으니 그분에게 머리 숙여 입장을 간구하라. 다른 샛길로 깨어있는 꿈에 들어가겠다는 시도는 번개를 맞고 폭삭 무너질 것이다.

탁우에게 가라. 입사 시험에서 떨어지면, 탁우에게 가라. 사랑한 그이에게 차인다면, 그분에게 가라! 돈을 펑펑 벌고 싶다면, 그분에게 가라. 탁우가 그 모든 걸 이루어지게 한다. 탁우는 당신을 깨어있는 꿈으로 데리고 가서 꿈꾸는 모든 걸 성취하도록 한다. 소원성취, 소원성취. 경배하라. 탁우가 누구냐고 되묻지 말라. 깨어있는 꿈에서 그대를 찬란한 유토피아로 인도할 사람이다. 목마른 자에게 물을, 굶주린 자에게 밥을, 추운 자에게 겉옷을 주는 곳. 그렇다. 유토피아는 꿈에 있다. 그런 곳이 있었다니, 놀라서 하던 일을 때려치우고 탁우에게 가고 싶다고? 잠깐만 기다려라. 그분의 심기를 살펴 무례를 범하진 않았는지 살펴보라. 꿈 카페를 거쳐 유토피아로 가는 길에 딴눈 팔지 않고 오로지 순종하겠다고 맹세하라!

망상인지 실제인지 모를 상황이 무득의 머리에서 진행되었다. 망상일 리 없었다. 탁우는 그보다 더하고 더한 파렴치한 짓을 되풀이하고 있을 것이었다. 그때였다. 무득의 배 속에서 치밀어 오른 칼날을 느낀 때는. 무득은 아랫배를 움켜쥐었다. 시퍼런 칼날이 오뚝하니 서서 복수를 요구했다. 칼날 모양과 느낌이 생생하고 또렷해 무득이 배 속에서 그 칼날을 끄집어낼 수 있을 것만 같았다. 그는 칼날이 꿈에서 태어난 칼로 느껴졌다. 현실에서 칼날이 이렇게 생생하게 배 안에 들어앉을 수는 없었다. 무득은 자신의 머리에서 꿈이 현실로, 현실이 꿈으로 변하고 있는 게 아닌가 어질어질했다. 칼은 죽음의 에너지만 공급받으면 언제든 망치로, 권총으로 변해 뛰쳐나올 것만 같았다.

무득은 책방으로 갔다. 홍리는 말했다. 책방 지하실에도 깨어있는 꿈을 위한 작은 공간이 있다고. 그곳은 푸른 탑 카페에서 온 꿈의 난민을 받아들인다. 푸른 탑 카페의 깨어있는 꿈에서 탁우에게 총살당한 사람에게 최우선으로 들어올 자격이 있다. 지하 꿈 시스템은 수동적이고 소규모다. 탁우도 이 공간을 알고 있다. 홍리는 지하실 모임을 푸른 탑 카페와 대적하도록 키우진 않는다.

무득은 괴로울 때면 책방 지하에 난민 자격으로 왔다. 화려하고 완벽한 푸른 탑 카페의 침실로 돌아갈 수는 없다. 책방 지하는 아무런 장식이 없고 콘크리트 벽에 페인트칠을 한 초라하고 좁은 단칸방에 불과했다. 단칸방을 얇은 나무벽으로 둘로 나눴고 각 방에 침대는 두 개뿐이었다. 침대와 침대 사이는 커튼으로 가렸다. 난민 수용소는 네 개의 침대로 족했다. 더 이상 확장은 무리였다. 무득은 남자에서 여자로 변신하고픈 중년을 한 사람 만났다. 얼굴이 까맣고 몸이 작은 그는 지하 방의 꿈에서 머리가 지저분하고 얼굴에 흉터가 있는 중년 여자로 변신했다. 푸른 탑 카페의 난민 수용소는 강력하게 꿈을 지원하는 시스템은 부족했다. 홍리는 난민이 죽지 않을 최소한의 에너지를 제공하는 데도 벅찬 것 같았다. 여기서 잠에 들어 꿈에서 깨어나면 모든 건 소박했고 이렇게 말해도 된다면 허접했다. 지하방 꿈이 제공하는 유토피아는 목을 겨우 축일 정도의 역할에 급급했다. 그곳에서 무득은 겨우 숨을 돌렸다. 무득은 탁우가 이 작은 피난소마저 습격하지 않을까 두려웠다. 탁우는 자신이 깨어있는 꿈에서 추방한 사람들이 책방의 난민으로 근근이 숨 쉰다는 걸 알았다.

며칠 전 남자가 되고 싶은 여자인 이령이 책방으로 찾아왔다. 비가 촉촉이 오는 날이었다. 이령은 푸른 탑 카페 2층의 깨어있는 꿈에서 행복한 남자로 살았다. 지긋지긋한 젖가슴도 떼어버리고 머리를 짧게 깎고 근육질 팔뚝과 허벅지를 뽐

내면서 말이다. 이령은 처음에 송아진의 폴리아모리 팀에 소속되었다가 독립하여 자신의 유토피아 그룹을 만들었다. 하나가 번식하여 또 다른 두 개로 늘어난 것이다. 이령의 팀에 속했던, 여자가 되고 싶은 남자도 책방 피난소로 찾아왔다. 그는 머리를 길게 기르고 치마를 입고 남자에게 가슴을 애무받고 싶었다. 남자의 혀가 젖꼭지를 간질이면 그의 하복부는 진정한 여자의 그곳처럼 꿈틀대었다. 그들은 자신의 육체를 죄고 있는 억압과 낙인을 지워버리고 싶었다.

푸른 탑 카페의 깨어있는 꿈에서 이령이 지냈던 꿈속 침실은 아름다웠다. 벽과 천장에는 큰 거울을 붙였고 바닥은 붉은 대리석이었다. 침실 가운데는 요트가 있었다. 요트에 들어가 한 층을 내려가면 커다란 침대가 놓였다. 침대 옆에 객실이 두 개였다. 침대는 단순했다. 원목으로 만든 틀과 단단한 매트리스면 족했다. 그곳은 천국의 침대였다. 현실에서 여자였던 이령은 침대에서 늠름한 남자로 변신했고 현실에서 남자였던 사람은 바랐던 여자로 변했다. 이령은 여자로 변신한 자와 침대에서 뒹굴었다. 이령은 남자로서의 삶을 강력하게 즐기고 싶었고 그동안 못 다한 쾌락을 짧은 시간에 충족시키고 싶었다. 여자로 변한 남자도 그랬다. 꿈의 만남에 술이나 마약은 필요 없었다. 순수한 몸의 아름다움을 해치는 모든 장식은 배척되었다. 두 사람은 되찾은 몸에 기뻐했다. 두 사람은 충전된, 아니 새로 탄생한 젊은 태양이었다. 이령은 남자 몸으로 태어났고 다른 이는 여자 몸으로 태어났다. 그들에게 섹스는 하찮은 일이었다. 그건 그들이 새로 얻은, 아니 되찾은 몸을 확인하는 절차에 불과했다. 그들은 푸른 탑의 깨어있는 꿈에서 충전되고 현실에서 방전되었다. 그 과정은 되풀이될수록 강렬해져 깨어있는 꿈에서 이령은 매일매일 더 남자다워졌고 여자로 변신한 자도 매일매일 더 여자가 되어갔다. 그들은 완벽한 남자와 완벽한 여자로 재구성되었다. 두 사람은 이상적인 남자와 이상적인 여자로 변신했다. 이령과 여자가 침대에서 지르는 괴성과 땀방울은 아무것도 아니었다. 그깟 신음과 등허리에 흐르는 땀방울이 뭐란 말인가. 이령은 깨어있는 꿈에서 일상생활을 모두 남자로 지낼 기쁨을 기다렸다. 여자로 변신한 자 역시 그랬다. 이 모두가 산산이 깨진 날이 올 때까지 그랬다. 대재앙의 그날은 아무 경고나 징조도 없이 갑자기 닥쳤다.

그날 이령은 어두컴컴한 요트의 침대에서 여자 두 명과 엉켜 있었다. 그들은 9와 3의 모양으로, 삼각형과 원형의 모양으로 서로의 몸을 탐닉하고 있어 누군가 들어오는 것을 보지 못했다. 이령이 차지한 공간은 다른 이들은 들어올 수 없었다. 이령과 여자도 깨어있는 꿈에 에너지를 썼고 그 에너지는 일종의 방화벽으로 작동했다. 침입자는 오래 그들을 지켜보고 있었던 것 같다. 이령이 기분 나쁜 존재를 깨달았을 때도 침입자는 전혀 움직이지 않고 벽에 붙어 있었다. 그들 셋이 동시에 동작을 멈추고 벽을 바라보자 침입자는 한 걸음 앞으로 나와 손에 든 무기를 들어올렸다. 석궁이었다. 아래쪽에 장전된 화살통이 붙어 있었다. 그가 석궁을 겨눠 여자를 향해 쏘았다. 석궁의 힘이 어찌나 강력한지 활은 여자의 가슴을 꿰뚫고 그대로 침대 머리에 꽂혔다. 이령은 반사적으로 몸을 일으켜 침대에서 내려섰다. 이령은 자신을 믿은 여자를 보호해야 했다. 석궁이 훨씬 빨랐다. 이번에는 두 발이 연속해서 두 번째 여자의 가슴과 배를 꿰뚫었다. 두 여자 모두 헐떡이는 신음을 내질렀다. 이령은 침입자를 향해 온몸을 던졌다. 이령이 손으로 석궁을 후려치려는 순간 발사된 활이 이령의 오른쪽 가슴을 꿰뚫었다. 화살은 몸을 관통했고 다 들어가지 못한 깃대만 부르르 떨었다. 가슴을 갈기갈기 찢는 고통이 덮쳤지만 이령은 침입자의 옷자락을 잡고 놈의 얼굴을 쳐다보았다. 탁우였다. 흉악하게 일그러진 탁우 얼굴은 기묘한 미소를 띠었다. 이령이 헐떡거리며 물었다. 왜 우리를! 탁우는 이령을 향해 석궁을 겨눈 채로 이를 드러내며 웃었다. 옆의 여자의 고통에 찬 헐떡거림과 비명은 높아졌다. 이령은 몸에서 올라오는 통증과 빠져나가는 생명을 느꼈다. 생명은 그냥 사라지거나 죽지 않았다. 생명은 어떻게든 몸에 머물려고 손톱을 근육과 힘줄과 뼈에 박으면서 버텼다.

무엇인가가 생명의 발을 붙잡아 바깥으로 끌어당기자 이령의 통증은 더 커졌다. 이령은 옆의 여자들처럼 헉헉대며 다시 물었다. 도대체, 왜! 여기는 유토피아가 아니었던가! 당신이 우리에게 약속한! 탁우 얼굴에서 웃음이 사라지고 가면을 닮은 딱딱한 엄숙함이 자리 잡았다. 그는 석궁을 이령 목을 향해 겨냥하며 차갑게 말했다. 너는 송아진 팀에서 독립해서 또 다른 팀을 차렸어. 너희들 번식을 그냥 놔둘 수 없어. 지긋지긋하게 바퀴벌레처럼 급속하게 퍼져나가니까.

"질서가 있어야지. 유토피아에도 질서는 꼭 필요해."

화살이 이령 목을 꿰뚫자 입에서 피가 흘러나왔다. 이령은 여자를 돌아보았다. 피를 흘리는 여자들은 달려오는 죽음에 무릎을 꿇고 있었다. 이령은 여자의 손을 붙잡았고 여자는 마지막 숨을 가늘게 내쉬며 꽉 붙잡은 손가락을 놓았다.

무득이 이령에게 물었다.

"석궁에 죽은 여자들은 이 지하로 오나요?"

이령이 고개를 저었다.

"그들은 깨어있는 꿈을 떠났어요. 다시 돌아오지 않아요."

"슬픈 이별이네요."

"슬픈 이별을 넘어서죠. 난 최고의 연인을 잃었어요."

"예전의 팀이었던 송아진이란 분도 살해당했나요?"

"그분 소식은 모르겠네요. 하지만 언젠가는 제 신세처럼 되겠지요."

이령은 탁우에게 총살 당한 후의 꿈과 삶을 말했다.

이령은 우동을 먹고 책방 지하로 들어간다. 책방도 저녁 8

시에 문을 닫는다. 우리 난민이 출입하는 곳은 따로 있다. 책방 지하, 우리의 안식처. 이령은 남자가 되는 꿈에 빠져든다. 지하는 사용료가 없냐고? 우동을 먹고 책방에서 책을 사면 족하다. 일상을 요금으로 내는 유토피아라고 할까. 지하방에서 깨어있는 꿈에 들어갈 때 흰 문은 나오지 않는다. 나무로 만들고 페인트칠을 한 소박한 검은 문이 꿈에서 뜨고 그냥 열고 들어간다. 그녀를 기다리는 사람 이름은 레이디 신이다. 책방 지하의 침대에서 들어간 깨어있는 꿈에는 좁고 작은 방이 하나 있다. 레이디 신은 이령처럼 깨어있는 꿈에서 살해당한 과거는 없다. 꿈에서 이령은 남자로, 레이딘 신은 여자로 만난다. 서로 이야기하고 차를 마신다. 섹스는 극히 일부분에 불과한데 그마저도 점점 멀어져 꽁무니를 보여주며 바람에 밀려가고 있다. 대화가 섹스보다 훨씬 복잡하고 어렵다. 이야기는 난청지대의 지직대는 라디오처럼 끊기기도 하고 들리지 않기도 한다. 짜증을 내지 않도록 주의해야 한다. 상대방이 더 짜증을 내며 자리를 박차고 나가고 싶어 할지도 모른다. 완벽했던 푸른 탑 카페의 깨어있는 꿈과는 다르다. 여기는 난민수용소, 깡통에 든 음식이나 더러운 담요와 같은 최소한의 생존 조치로 족하다. 꿈에서 깨어나면 지하방의 침대를 깨끗하게 정리해야 한다. 시트를 빼내고 새 시트를 올려야 한다. 여기 오는 사람이 꿈에 들기 전에 다른 사람의 흔적이 묻은 시트부터 갈아서는 곤란하니까. 이령은 좁은 방에서 흔적을 지우고 나간다. 불륜 흔적을 지우는 커플처럼. 우리는 불륜보다 더한, 성 정체성을 바꾸는 행동에 나선 사람이므로. 우리 자취는 깨끗이 없어져야 한다. 이령이 책방 지하실을 나갈 때면 자주 되새겨보는 질문이 있다.

왜 탁우는 나를 총살하면서 이곳 난민 피난처를 알려줬을까. 깨어있는 꿈에서 완전히 몰아내면 현실에서 보복을 할까 두려워서일까. 책방 주인 홍리와 어떤 밀약이 있는 걸까? 아니면 홍리도 쾌락을 즐기다 탁우에게 살해당한 사람일지도 모른다. 탁우는 유토피아의 창조주고 이령은 그 창조주의 피조물에 불과했으니 탁우의 자비를 감사히 받아들일 수밖에 없는 것일까.

무득은 비 오는 날 홍리, 이령과 같이 술집에 갔다. 이령이 술을 산다고 했다. 비가 오는 날에는 깨어있는 꿈에서 죽어버린 연인이 생각나 술을 마신다고 했다.

이령은 체코에서 온 수제 맥주 기술자가 맥주를 만든다는 곳으로 우리를 데리고 갔다. 자. 맥주 한 잔씩 더 시켜요. 좋아요. 여기 맥주 추가요. 맥주는 수제 맥주가 최고야. 이 풍성한 거품을 보세요. 싱싱하고 생명이 넘치는 것 같지 않아요. 이 집 기술자가 프라하의 중세 수도원 시절부터 전수된 비법으로 만든다는 그럴듯한 얘기까지 끼워놓은 맥주예요.

이령은 깨어있는 꿈에서 들어간 유토피아에 관해 말했다.

유토피아주의자에 대해 솔직히 이거 하나는 자신 있게 말할 수 있어. 인간의 능력과 재산과 협동으로 왜 유토피아를 못 만들겠어. 유토피아를 망치는 건 역설적으로 유토피아주의자야. 역사에 너무나 많은 사례가 넘쳐나서 구태여 여기에 까발릴 필요가 있나 싶어. 중세 가톨릭교회에 공산주의자에 파시스트에, 자본주의자에, 종교 근본주의자에……. 아아, 너무나 우글거려 내 작은 두뇌에 담을 수가 없어. 그들은 유토피아로 가는 방법을 일목요연하게 가, 나, 다, 라로 정리해 우리에게 던져줬지. 이들 유토피아로 가는 방법을 비슷한 종류로 묶으면 세 가지쯤 될런가. 아니면 더 되는가……. 이들은 신과 이데올로기와 민족과 돈과 자유를 외치며 자신들이 제시한 유토피아를 찬양했지만, 그 결과를 보라고. 개자식들이 들어먹은 걸 봐봐. 자기들만 망했으면 말을 안 해. 동기와 출발과 의도는 좋았다고, 슬프게도 결과가 그래서라고 말하는 사람이 있지만 그건 아냐. 처음부터 놈들은 자기가 대장질을 하려고 맘먹은 거야. 아냐, 솔직히 말하면 유토피아주의자가 뭔지 난 몰라. 내가 아는 건 유토피아 비슷한 게 생기기만 해도 거기에 찰싹 달라붙어 피를 빨아먹는 대장이 반드시, 반드시 생긴다는 거야.

자. 또 한 잔 또 마시자고. 오늘 내가 산다니까. 아직은 우리의 시간인 밤이니까. 내일 만나도 내가 살 거야. 우린 구석구석 비추는 태양의 독재에서 벗어난 밤의 자식들이니까. 멀리 태양계 외곽에서 보면 우리 지구는 밤도 낮도 없는, 볼펜

으로 콕 찍은 점에 불과해. 우리는 무에 가까운 존재야. 무는 아니지만 무한히 무에 가까운……. 그래서 유토피아란 말이 슬프게 들려. 그 말에 열정보다는 진한 체념이 배어 있는 것 같지 않아? 유토피아는 결국 무에 가까운 인간이 무에 가까운 공간을 그려낸 거야.

난 한때 대기업 직원으로 일하며 무에 가까운 정신을 철저히 몸에 익혔지. 절대 이익이 제왕인 나라가 부르짖는 행복이나 가족, 공동체, 이런 넉살 좋은 이야기에서 말이야. 그 달콤한 말은 이익을 내지 못하면 바로 사라져버려. 푸른 탑 카페의 대장 탁우도 그래. 꿈에서 유토피아를 건설한다고. 좋아, 좋아. 모두가 들어와 똑같은 장소에 똑같은 시간에 유토피아를 만드는 거야. 좋다, 좋아. 좋지. 꿈이니 에너지 비용이 들지 않아. 전기도, 식량도 많고, 넓은 집에서 살 수도 있겠지. 그런데 대장 탁우는 왜 이 좋은 꿈의 유토피아를 소수에게만 개방하는 걸까. 모두를 위한 유토피아라면서 말야. 못 들어오게 막는 제한도 없애야 하지 않을까. 그래, 어디서건 우리 발을 걸어 넘어뜨리는 진입장벽 말이야. 그걸 싹싹 없애는 거야. 제한도 없애고 기술 장벽도 낮추는 거야. 유토피아는 모두가 들어갈 수 있는 개방된 공원 같은 거니까. 그런데 그 모임은 왜 이렇게 딱 문을 걸어놓은 거야. 귀족만 들어가는 고급 카페인가. 난 푸른 탑 카페의 탁우가 원하는 게 뭔지 알아. 역사책 어느 쪽을 펼쳐도 탁우와 비슷한 사람이 걸어 다녀. 탁우는 이 유토피아의 왕이 되고 싶은 거야. 왕 밑에 영의정을 두고, 그 아래에 병조판서와 참판과 현감과 아전을 두는 거야. 그 아래는 새벽부터 논에 물을 대고 잡초를 뽑는 소작농이 우글대는 거야. 난 탁우는 그런 사람이 아니라고 생각했지. 나는 탁우를 믿었고 깨어있는 꿈에서 남자로 변신해 행복했지. 그러다가 석궁 맛을 봤지만 말이야.

무득이 물었다. "그럼 탁우가 어떻게 하면 되나요."

이령은 맥주를 한 잔 마시고 말했다.

그야 간단해. 탁우가 만천하에 알리면 돼. 우린 유토피아로 들어가는 특별한 기술을 개발했다고. 여기는 유토피아로, 이 유토피아를 유지하기 위해서는 마녀사냥이나 화형도, 폭력혁명도 필요 없다고. 반대파를 죽이기 위한 총과 석궁도 없지. 독점과 노동수탈도 없는 곳. 여긴 살기 위해 공기와 물을 오염할 필요 없는 청정한 곳. 1년의 수행을 거치면 들어올 수 있는 낙원. 연습을 열심히 해도 도저히 깨어있는 꿈에 들어오지 못하는 게으른 사람을 제외한 모두를 위한 곳. 아, 물론 못 가는 곳도 있지. 예컨대 높은 곳에 올라가면 벌벌 떠는 사람은 기막힌 경치를 자랑하는 산의 정상이나 절벽에 올라갈 수 없지. 깨어있는 꿈이 그런 사람까지 챙겨주지 못하는 건 이해한다고. 그렇지 않나요. 무득 선생. 혹시 탁우가 단계적으로 문을 넓힐 것 같다고요? 글쎄요. 그런 말을 믿을 수 없지요. 그건 우리가 수십만 번, 왕에게서 지주에게서, 종교지도자, 자본가, 정치인, 혁명가, 장군, 테러리스트에게서 들어왔던 말이니까. 그리고 탁우가 당신을 총살하고, 나를 석궁으로 쏘아 죽여 스스로 증명한 진실이지. 탁우는 꿈의 독재자가 되고 만 거야. 불쌍한 우리는 독재자가 본보기로 처벌한 사람들이고.

홍리가 슬프게 말했다.

"독재자는 몰아내야 해요. 하지만 그런 용감한 행동을 할 사람은 드물어요."

이령이 말했다.

"어디서 독재자를 몰아내요? 깨어있는 꿈에서? 아니면 현실에서?"

홍리가 말했다. "근본 치료를 위해선 현실에서 독재자가 사라져야겠죠. 그렇게 할 사람은 없지만요."

무득은 홍리의 현실에서 독재자를 제거할 사람이 없다는 말이, 꼭 있다는 말처럼 들렸다. 당장 지원하면 정의를 실현할 수 있다. 무득은 배 속에서 예전의 칼이 올라오는 것을 느꼈다. 칼보다 더 효과적인 무기가 없을까? 그런 생각을 하자 칼은 배 속에서 날을 우그리고 몸을 휘어 천천히 총으로 바꿨다. 수제 맥주처럼 수제 총도 있지 않을까?

무득이 의미심장하게 말했다.

"그런 사람이 꼭 없다고야 할 수 없겠죠."

홍리가 미소를 지으며 무득을 바라보았다. 홍리의 눈은 깊고 맑았다. 그녀 눈은 무득의 마음으로 바로 들어와 그가 품은 뜻을 한 장씩 넘겨보고 있었다. 홍리가 눈빛으로 물었다. 독재자 탁우를 그냥 놔둘 수는 없지 않나요? 무득이 눈빛으로 응답했다. 그렇습니다. 어디서 탁우를 해결할 사람을 구할 수 있을까요? 무득은 고개를 끄덕이며 맥주를 들어 건배했다. 어쩌면 홍리는 탁우를 처치할 사람을 기다리고 있는지도 모른다. 탁우가 처형한 사람이 책방 지하로 피신해 올 때마다 그녀는 참혹한 사태를 끝내야 한다고 생각했을 것이다. 무득은 그렇게 생각했다.

다음 날 무득은 책방을 찾아갔다. 책방의 룸에서 문을 닫고 무득은 홍리에게 말했다.

"혹시 우리가 어제 맥줏집에서 눈빛으로 이야기를 나누지 않았나요."

홍리는 딴청을 부렸다.

"무슨 말씀인지요?"

무득은 망설임 없이 단정 지어 말했다. 주저주저할 바에는 차라리 나타나지 않는 편이 더 좋았다.

"당신은 탁우를 처치할 사람을 구하고 있고 난 그 임무를 해치울 뜻이 있어요."

홍리는 한숨을 쉬었다.

"현실에서 탁우를 제거한다는 건 힘든 일이에요."

"알고 있어요. 하지만 탁우를 더 이상 놔둘 수는 없어요.

꿈에서 처형을 마구 하고 있어요. 꿈의 독재자죠. 나와 이령 같은 피해자가 더 생기도록 놔둘 수는 없어요."

홍리는 침묵하며 무득을 오래도록 바라보았다.

"정말 할 수 있겠어요?"

"내 배 속에서 무기의 이미지가 자라고 있어요. 수제로 만든 총이에요. 그 이미지는 어딘가 존재하는 물건을 반영하고 있어요. 어디선가 구할 수 있을 겁니다."

홍리는 수제 총, 이라고 말하며 몸서리를 쳤다.

아아, 그런 일이 없으면 좋겠지만. 홍리는 한숨을 쉬며 자신의 양손을 꽉 붙잡으며 말했다.

"제가 알아볼게요. 언제든지 마음이 바뀌면 중지하세요. 이건 큰일이에요."

홍리가 웃으며 무득을 가볍게 포옹했다. 홍리의 몸은 부드럽고 따뜻했다. 그녀의 눈과 미소는 사람을 빨아 당겨 어딘가로 움직이게 하는 힘이 있었다. 그 힘은 깨어있는 꿈에서만이 아니라 현실에서도 작동하고 있었다. 무득은 자신의 의지와 홍리의 미소에 기꺼이 응답할 준비가 되어 있었다.

21

정보계장은 장서림 경장에게 살인 사건 첩보가 들어왔다고 말했다. 장서림의 경험으로 보자면 첩보라는 건 쓸모가 없었다. 범죄가 첩보대로 진행되면 얼마나 좋을까. 그러나 범행은 예측하지 못한 곳에서 예측하지 못한 방법으로 일어나기 일쑤였다. 첩보 대상인 우리 책방으로 가서 탐문을 해보라는 지시를 받고 장서림은 일어섰다. 외근을 많이 나가서인지 사무실은 조용했다. 컴퓨터를 유심히 보며 자판에서 손을 바쁘게 움직이는 경찰이 없다면 여기가 뭐하는 곳인지 알기 어려울 수도 있었다. 제복만 벗는다면 여기도 순식간에 따분한 회사 모습으로 바뀔 것 같았다.

장서림은 우리 책방으로 갔다. 골목 안에 자리 잡은 책방은 아무리 봐도 살인이나 사건사고와는 거리가 멀어 보였다. 입구 유리창엔 책 광고 포스터가 여러 장 붙어 있었다. 책방 옆 골목에 우동집이 있는 것도 특이했다. 여기 골목 안까지 들어와서 우동을 먹는다고? 장서림은 호기심이 들어 우동집에 들어갈까 생각하다 먼저 책방으로 발을 옮겼다. 책방은 손님이 없었다. 탁자에 앉아 책을 보는 사람이 주인 같았다. 책을 사기 위해 큰 도로에서 10분쯤 걸어 여기까지 와서 다시 골목 안으로 들어가는 사람이 있을 것 같지 않았다. 여기에 책방을 낸 주인은 무슨 마음으로 그랬을까? 장서림이 조사를 해보니 이 건물은 여주인의 소유였다. 임대료를 낸다면 책방이 유지되기 어려워 보였다.

책방은 범죄 장소로 최악이다. 강도를 하기에도 맞지 않다. 책을 한 짐 짊어지고 간들 돈이 얼마나 될까? 책방에 현금도 별로 있어 보이지 않는다. 살인 장소로도 적당하지 않다. 책장에 빽빽하게 꽂힌 책과 책마다 가득 박힌 글자를 쳐다보면 살인하고픈 마음이 싹 가실 것이다. 누군가가 그랬다. 스마트폰과 책을 옥상에서 떨어뜨리면 책은 형체를 유지해 그런대로 읽을 수 있지만 폰은 박살 나버린다고. 그렇게 위로를 해도 책은 디지털 세상에 밀리고 있다. 장서림은 그런 생각을 하며 책방에서 책을 뒤적거렸다.

정보과에서 보낸 책방 첩보란 신빙성이 있는 정보일까. 정보과 형사를 채용할 때 게임을 능숙하게 하거나 판타지 소설을 많이 읽는 사람에게 가산점을 줘야 하지 않을까 싶다. 99퍼센트의 범죄는 뻔하고 답답하다. 범죄 과정과 결과는 예측할 수 있어 지루하기 짝이 없다. 경찰은 99퍼센트의 사건에 집중해야 한다. 민생을 해치는 대부분의 범죄를 차지하기 때문이다. 1퍼센트를 차지하는 범죄자는 상상력이 풍부하고 기상천외하며 예상 밖이다. 인간은 따분한 일을 죽도록 싫어하고 경찰도 그렇다. 처음과 중간과 끝이 뻔한 신문조서에 질린 경찰은 1퍼센트의 범죄에 열광한다. 언론도 따분한 사건에 진절머리를 내며 독자와 시청자가 주목할 이벤트, 1퍼센트의 사건에 몰두한다. 장서림은 책방에서 책을 한 권씩 빼보며 그런 생각에 젖었다. 책방과 깨어있는 꿈과 살인이 결합되면 대중의 시선을 잡아끌 1퍼센트의 사건에 들어갈 것 같다.

장서림은 주인에게 경찰 신분증을 내보이고 말했다. 저희 경찰에 첩보가 들어와서 찾아왔습니다. 이렇게 직접 경고를 하는 방식도 나쁘지 않았다. 아무리 첩보라지만 약간의 가능성은 있을 테니까. 30대 초반으로 보이는 여주인은 전혀 동요하지 않았다. 머리를 뒤로 묶고 옷도 검소하고 무채색에 가까운 원피스였다. 눈빛이 맑고 깨끗해 순수함이 엿보이는 얼굴이었다. 여주인은 첩보에는 관심이 없다는 듯 평온한 목소리로 물었다.

"커피를 한 잔 드릴까요?"

"아, 네. 고맙습니다. 제가 성함을 어떻게 부르면……."

"홍리라고 합니다."

장서림은 커피를 마시며 첩보 내용을 간략하게 말했다. "홍리 씨에게 해를 끼치려는 사람이 있습니다. 조심하라는 뜻에서 전합니다."

홍리는 미소를 지은 얼굴이 전혀 변하지 않은 채로 말했다. "거짓말이죠? 전 남을 해치지 않고 즐겁게 살아왔답니다. 책방과 우동집을 운영하면서 작지만 소소한 행복을 주변 분들과 함께 나누고 있어요. 내게 해를 끼쳐 원한을 갚을 사람이 있을까요?"

"그런 첩보가 있는 건 분명합니다."

"누가 그렇게 한다는 거예요?"

"혹시 푸른 탑 카페라고 들어봤습니까?"

"알아요."

"그쪽과 관련 있다고 들었습니다만."

홍리 얼굴에 살짝 그늘이 졌다.

"무슨 말인지 잘 이해가 되지 않아요."

"깨어있는 꿈이라고 아는가요?"

"깨어있는 꿈이라면? 자각몽을 말씀하시는 건가요?"

"그렇습니다. 푸른 탑 카페 주인이 관여하고 있는, 하여튼 그쪽과 연계된 일입니다."

홍리가 물었다.

"카페 주인 이름이 뭔가요."

장서림은 홍리가 자신이 밝힌 첩보 내용의 신뢰성을 확인하기 위해 은근히 돌려서 묻는다고 생각했다. 자기가 파악한 내용이 맞다면 홍리가 푸른탑 카페 주인의 이름을 모를 리 없었다. 둘은 상당히 오랜 시간 동안 같이 사업을 운영하기도 했다.

"탁우라고 들었습니다."

"난 그 사람과 맞서 싸우지 않아요. 우린 작은 꿈 작업장이 있어요. 하지만 그 사람이 하는 작업과 대적할 정도로 키우지는 않아요."

장서림은 명함을 홍리에게 건넸다. "혹시라도 위험한 상황이 있으면 연락 주세요."

홍리는 상냥하게 웃으며 명함을 받았다.

"우린 평화롭고 조용한 책방이랍니다. 걱정하지 않아도 돼요."

장서림은 말했다.

"그렇다면 더 걱정이군요. 강한 사람에 약하고 약한 사람에 강한 사람이 많으니까요."

장서림이 돌아간 뒤에 홍리는 오래 생각에 잠겼다. 오늘 저녁에 무듹이 오기로 했다. 그녀는 무듹을 기다렸다. 밤이 오고 있었다.

책방의 탁자 구석은 천장과 벽과 바닥을 밝히는 빛의 그림자로 적당하게 어두웠다. 그 어둠에 싸인 구석자리에 앉으면 마음이 편안해졌다. 홍리는 무듹에게 위스키를 권하면서 말했다.

"깨어있는 꿈에서 당신을 쫓아낸 건 잘못이에요. 단연 그래서는 안 되죠. 깨어있는 꿈은 발명가가 특허 낸 물건이 아니니까요. 그건 우리 모두의 미래를 위해 쓰여야 할 맑은 강물과 같은 겁니다."

무득은 홍리에게 말했다. "인간은 300년 동안 변한 게 없는 것 같아요. 위스키라면 오래 익어 맛이라도 좋아지지만요."

홍리는 고개를 끄덕였다.

무득은 위스키를 마시며 자신은 탁우를 현실 세계에서 제거할 결심이 섰다고 말했다.

홍리가 말했다.

"다시 생각해보세요. 쉽지 않은 일이에요."

"꿈 세계에서라도 독재자는 제거해야 합니다."

홍리는 몸을 떨면서 말했다.

"제거라는 말은 쓰지 마세요. 무서운 단어예요. 탁우도 깨어있는 꿈이 퍼뜨리는 마력에 넘어간 피해자일 수도 있지 않을까요."

무득은 책방에 오면 자신의 배 속에서 총이 자라나는 걸 느꼈다. 무득은 이미지로 떠올린 총을 살펴보았다. 총은 나무토막에 쇠파이프를 올려 만든 투박한 물건이었다. 이 책방은 푸른 탑 카페의 깨어있는 꿈에서처럼 이미지를 만들고 키워내는 힘이 있는 곳인가?

무득이 말했다.

“내 배 속에서 총 이미지가 자라나고 있어요. 나무토막과 쇠파이프로 만든 사제 권총 모습입니다.”

홍리는 비스듬히 앉아 책장을 쳐다보고 있었다. 문을 닫고 나무로 만든 블라인드를 내린 책방 안은 어둑했다. 탁자에 놓아둔 스탠드 등 하나만 책방을 밝혔다. 옅은 불빛에 비친 홍리는 처연하면서 신비한 얼굴이었다. 무득은 문득 어린 시절 벽장에서 놀았던 소녀가 떠올랐다. 홍리와 책방이 자아내는 분위기에는 옛날을 되살리는 은밀한 기운이 스며 있었다. 무득은 고개를 흔들어 옛 벽장에서 오는 느낌을 털어냈다. 무득은 생각했다. 홍리는 사람 마음을 약하게 만들고 자신이 의도하는 대로 끌어가는 은근한 마력을 지녔다. 홍리와 사랑에 빠지면 정말 사랑에 빠진 것일까. 아니면 단지 중심을 잡도록 지탱하는 마음이 약해진 것일까.

무득이 말했다.

“여기에 오면 총 이미지가 나타나니 어딘가에 사제 총이 숨겨져 있을 것 같은데요.”

홍리는 단호하게 부인했다. “그런 흉측한 물건 없어요. 여긴. 여기는 그저…….”

“하지만 어디선가 구할 수 있다는 추측이 드는군요. 추측이지만 사실이겠죠.”

홍리는 고개를 들어 책장을 올려다보았다. 『유토피아로 가는 네 번째 방법』 책이 있는 칸이다. 그녀는 얼굴을 돌려 무득을 쳐다보았다. 오른손을 들어 탁자에 올리고 가벼운 한숨을 쉬었다. 촉촉한 눈이 이렇게 말하는 소리를 무득은 들었다. "그만두세요. 당신은 그런 일을 쳐낼 사람이 못 돼요."

무득은 촉촉한 눈이 던지는 무언의 압력을 밀어내며 말했다.

"제게 무기를 주세요. 무기가 있다면 말이에요."

무득은 건네야 할 말을 단호하게 덧붙였다. "내가 구하고 내가 만든 사건으로 정리할 겁니다. 동기는 충분해요. 나는 여기 온 적도 없어요."

홍리는 숨을 깊게 쉬며 말했다. 내일 밤 10시에 찾아가 보세요. 여기서 멀지는 않아요. 책방 앞길을 걸으면 스물다섯 쯤 되는 계단이 나와요. 그 계단을 올라가서 오른쪽 골목길을 가서 일곱 번째 건물이에요. 2층 계단에 앉아 있는 사람이에요. 돈을 준비해 가야 해요.

다음 날 밤의 골목길은 어두웠다. 낡은 사무실과 인쇄업소가 있는 골목길은 밤이 늦어지자 가로등만 살아 등 아래를 밝혔다. 가로등 사이는 희끄무레한 어둠이 들어앉았다. 무득은 지나가는 사람도 없는 몰락한 거리의 일곱째 건물을 찾았다. 도착한 3층 건물은 금방이라도 허물어질 모양새였다. 2층과 3층에 걸린 오래된 간판은 글자 중간중간이 벗겨져 겨우 알아볼 수 있었다. 컴컴한 입구로 올라가며 철제 난간을 짚자, 계단에 제대로 박히지 않았거나 부서졌는지 난간이 휘청거려 무득은 깜짝 놀랐다. 난간을 겨우 짚어 찾아간 2층 계단에는 아무도 없었다. 커다란 어둠만이 그 자리를 차지하고 있었다. 어둠은 지저분한 계단 벽을 흡수해버려 시커먼 구멍이 그 자리를 차지한 것처럼 보였다. 어둠은 무득에게 어리석은 짓을 그만두라고 충고했다. 이상한 일이었다. 무득은 그렇게 느낀 자신의 마음이 약해진 건가 생각했다. 무득은 계단을 내려와 골목길로 돌아왔다. 무득은 돌아가려고 골목길을 빠져나가다 미심쩍어 다시 3층 건물로 갔다. 심호흡을 하고 어둠에 발을 헛디디지 않도록 천천히 계단 숫자를 세며 2층으로 올라갔다. 열여섯 걸음을 오른 2층 계단 끝에 모자를 깊숙이 눌러쓴 사내가 한 명 앉아 있었다. 사내는 어둠에 묻혀 그림자처럼도 보였다.

"좀 전에 없었는데 언제 왔는가요?"

사내가 착 가라앉은 목소리로 되물었다.

"나는 처음부터 있었네. 나를 보고 싶지 않았던 게지."

"하지만 분명 아무도 없었습니다."

"사람은 보고 싶은 실체만 보는 동물이니까. 돈을 가져왔나?"

무득은 눈이 어둠에 익기를 기다려 계단에 가방을 놓았다.

"얼마면 되는가요?"

"얼마를 가져왔나?"

무득은 가져온 돈 액수를 말했다.

"꼭 필요한 사람에게는 적게 받기도 하지."

무득이 종이봉투에 든 오만원권 묶음을 건네자 사내가 작은 가방을 건넸다.

"잘 다뤄야 해. 기회는 한 번뿐이야."

사내가 건넨 무기는 사제 총이었다. 나무토막을 손잡이로 해 윗부분을 파내서 쇠파이프를 묶었다. 무득은 총을 손에 잡아보았다. 나무토막은 깔끔하게 다듬고 사포로 손질해 매끄럽게 손에 잡혔다. 화약을 넣어둔 쇠파이프에 쇠구슬을 넣고 방아쇠를 당겨 점화하면 구슬은 총알로 날아갔다.

"작동은 되는 거죠?"

"제대로 움직여. 신품이니까. 그보다 사람을 향해 방아쇠를 당기는 게 쉽지 않아."

무득은 고개를 끄덕였다.

"쉽지 않다? 그렇군요."

"가까이 다가가야 해. 기회는 한 번뿐이야. 한 차례 쏘면 그걸로 끝이지."

"딱 한 번이라. 어렵군요. 앞으로는 탄창을 꽂을 수 있게 제작해야겠네요."

"인생은 짧아. 살면서 그렇게 많이 쏠 일이 있을까? 총구를 위로 향해 보관해."

"알겠습니다."

"그럼 행운이 있기를."

무득은 사내에게 인사하고 계단을 내려왔다.

결심을 하자 마음과 몸이 가벼웠다. 무득은 방아쇠를 당기기로 선택했다. 그건 무득 자신의 결심이다. 그 결심에 책임을 질 것이다. 책임을 지려고 하지 않기 때문에 선택이 어려운 것이다.

22

무득은 푸른 탑 카페의 문 앞에 섰다. 햇볕 때문에 눈이 따가웠다. 태양은 충분히 달아올랐다가 오후 다섯 시가 되자 부드러워졌다. 바람은 더위로 숙성된 냄새를 풍겼다. 시멘트와 아스팔트로 덮인 도시의 땅은 이상기온으로 더워져 한여름보다 뜨거운 열을 토해내며 허덕였다. 그가 멘 가방에 든 총은 달아오른 해처럼 단순하고 순수한 물건이었다. 그는 가방 무게를 느끼며 푸른 탑 카페로 들어갔다. 1층의 푸른 탑 카페는 여전히 붐볐다. 어둠이 내리기 시작했다. 가볍고 밝은 옷차림으로 오고 가는 사람의 환한 미소가 자리에 넘쳤다.

무득은 카페 라떼를 한 잔 주문했다. 머그잔에 뜬 하트 모양의 무늬를 한참 바라봤다. 커피로 들어온 사랑의 하트 표식은 가볍게 보였다. 그는 커피를 마시며 카페로 온 첫날을 떠올렸다. 첫날 세상은 환했고 카페는 즐거운 소음으로 가득 찼다. 깨어있는 꿈을 지도하는 탁우는 믿음직한 인도자로 보였다. 그는 가방에서 전해지는 총의 느낌을 생각하며 묵묵히 커피를 마셨다. 무득은 되뇌었다. 여긴 꿈속 장소가 아니다. 현실의 한 장소에서 꿈에서 살해당한 사람을 대표해서 응징을 해야만 했다.

무득은 카페를 나와 골목길을 걸어 1층 문 앞에 섰다. 디지털 자물쇠의 번호를 누르자 문이 철컥 열렸다. 탁우는 왜 자물쇠 번호를 바꾸지 않는 것일까? 한 번이라도 이곳을 들른 사람에게는 늘 문을 열어두고자 하는 것일까? 탕아를 기다리는 아버지처럼. 1층에서 2층으로 올라가는 복도는 조용했다. 푸른 탑 카페 건물의 한 부분이지만 1층 카페의 소음과 바쁘게 일하는 직원 소리는 사라졌다. 무득이 걷는 소리도 들리지 않아 복도는 신기하게 모든 소리를 낮춰버리는 효과를 내는 것 같았다. 무득의 꿈이 사라졌기에 그는 소리 내지 않는 그림자 사람이 되었는지 모른다. 2층 문에서 다시 디지털 문을 열고 안으로 들어갔다. 탁우는 3층 사무실에 있을 것이다. 탁우 사무실 앞에 서서 무득은 손에 쥔 가방을 열었다. 언제라도 가방에서 총을 꺼내 들고 쏠 준비를 갖췄다. 그는 깊게 숨을 쉬고 손잡이를 돌렸다.

사무실은 어두웠다. 스탠드가 책상을 밝혔다. 무득이 문을 조용히 닫고 안으로 들어서자 책상 앞 의자에 앉은 탁우는 물끄러미 바라보다 낮은 목소리로 말했다.

"정해진 수순을 따르지 마."

뜻밖의 말이었다. 탁우는 지금 일어나고 있고, 앞으로 일어날 일을 아는 것처럼 보였다. 무득은 그 자리에 멈춰 이건 정해진 코스인가 생각했다. 나는 철로를 따라 가야만 하는 열차인가. 여기 이 자리에 사제 총을 들고 오는 역할까지 내 정해진 운명인 것인가. 탁우를 증오하는 마음이 혼선을 일으켰다. 혹시 이것도 꿈이 아닌가. 하늘다람쥐 조각이 있다면 허공에 던져 이게 꿈이 아니라는 걸 확인할 수 있겠지만, 그럴 필요 없었다. 이건 명백히 꿈이 아니다. 무득은 가방을 왼손에 꽉 쥐었다. 손에 쥔 가방은 열려 있어 언제든지 오른손으로 총을 꺼내 들 수 있었다. 탁우가 의자에서 일어나 이쪽으로 성큼 걸어오면 바로 쏠 준비를 갖췄다. 탁우는 의자에 앉은 채로 꿈쩍하지 않았다.

"홍리가 보냈군."

무득은 고개를 흔들며 나 스스로 왔다고 말했다.

"그건 착각이야. 홍리를 만나지 않았나? 홍리가 은근하게 유인한 거야. 그녀는 늘 여기를 차지하고 싶어 했지."

무득은 담담한 탁우가 거슬렸다. 그가 앞으로 일어날 일을 안다면 뭔가 변명이라도 해야 하는 것 아닌가! 탁우는 변명 대신 물었다.

"2층 룸의 유토피아로 돌아가고 싶다는 건가?"

무득은 아래층의 깨어있는 꿈으로 들어가는 룸을 생각했

다. 그곳에 다시 돌아가 유토피아를 즐길 수 있다면 좋겠지만 그건 불가능했다. 탁우는 독재자였다. 무득은 마음에 올라오는 타협을 억누르며 무뚝뚝하게 말했다.

"당신은 내게 총을 쐈어!"

탁우가 어두운 얼굴로 말했다.

"이런 자리에 있으면 원치 않는 일을 해야만 할 때가 있어."

"원하지 않았다고?"

"난 바라지 않았어. 파괴를 놔두면 깨어있는 꿈이 무너져 버릴 지경이었으니까."

"내가 깨어있는 꿈에 들어가는 길을 모두 차단했어. 그것도 불가피한 일인가?"

"덕분에 네가 여기 오지 않았나?"

"여기 오다니. 무슨 뜻이야."

탁우는 웃으며 무득을 바라보았다.

"꿈 센터를 포기해. 나와 함께 깨어있는 꿈으로 다시 돌아가자고."

"네 앞에 무릎을 꿇으라고?"

탁우는 손을 저었다.

"같이 꿈의 유토피아를 만드는 거야. 유일한 조건은 나를 대장으로 인정하는 거야. 어떤 조직이건 결정자가 있어야 돼."

"내게는 독재자로 보이는데."

"그거와 달라. 난 유토피아를 모두에게 준다는 선하고 이상적인 목적을 갖고 있어. 도와줘."

"너는 동업자인 여자마저 처형했어. 깨어있는 꿈을 독차지하려고 말이야."

탁우는 소리 내어 웃었다.

"내가, 홍리를. 그럴 리가 있나. 꿈에서라도 사랑하는 여자를 죽일 만큼 난 잔인하지 않아. 홍리가 살해당했다고 말하던가? 그 여자는 자네 동정심을 사려고 거짓말한 거야. 홍리는 야심이 컸고 야심을 줄일 마음은 조금도 없으니까."

홍리가 거짓말을 했다고? 탁우의 거짓말이다. 아니 둘 다 거짓말일지도 모른다. 어쨌든 좋았다. 무득은 해야 할 시간에 해야 할 장소에서 일을 해내야만 할 뿐이다.

탁우가 의자에서 일어서려고 했다.

무득은 가방에서 총을 꺼내 들어 탁우를 겨누며 꼼짝 마, 라고 외쳤다.

"독재자! 너를 처형하겠다."

탁우는 양손을 쳐들고 웃으며 말했다.

"독재자가 때론 좋은 일을 하지. 나라를 부강하게 만들기도 하고. 중국 황제 강희제는 독재자가 아니었나? 로마 황제는? 프랑스와 영국의 왕은?"

"헛소리, 넌 사악한 교주로 변신하고 있어."

"내가 교주라고? 아래층에 내려가서 꿈의 유토피아에 빠진 사람을 깨워 물어볼까. 무슨 권리로 저 사람들의 유토피아를 빼앗을 건가? 어리석어. 내가 죽는 순간 그들 꿈의 영혼은 산산이 부서지고 말 거야."

"그건 그 사람들의 운명이지."

탁우가 말했다.

"운명이란 간단한 게 아니야. 운명은 이렇게도 저렇게도 적용될 수 있어. 그 총 말이야. 홍리가 줬나? 아니면 홍리가 소개한 사람에게 총을 받았나."

무득은 홍리가 말한 조심할 점을 기억했다. 탁우는 총과 유토피아에 관한 이상한 말을 할지도 몰라요. 넘어가서는 안 돼요. 탁우는 잔인하면서도 교활하답니다. 위험한 순간을 모면하기 위해서 태연하게 거짓을 뒤집어서 진실이라고 내놓을 거예요.

"그게 뭐가 중요해?"

"그렇군. 중요하지 않을 수도 있지. 하지만 이걸 기억해. 홍리와 내가 여기 유토피아에서 갈라서면서 서로 약속을 했어. 나는 모두를 위한 유토피아를 꿈꿨지. 스케일이 크다고 해야 할까? 하지만 홍리는 폴리아모리로 빠져들면서 여기를 성소수자를 위한 공간으로 만들고자 했어. 홍리가 그 이야기는 해주던가? 굉장한 난장판이었지. 난 홍리를 사랑했어. 홍리와 내가 이 유토피아로 들어가는 깨어있는 꿈 플랫폼을 만들고 같이 협력했을 때처럼 내가 유토피아다운 삶을 산 적이 있었을까? 난 행복했고 매일매일이 해 뜨는 아침이었어. 유토피아로 가는 네 번째 방법이 아니라 첫 번째 방법으로 들어간 삶 같았어. 하지만 홍리는 다른 길로 접어들고 말았어. 방탕이라고 해도 좋고 자유로운 삶이라고 해도 좋겠지. 난 홍리가 많은 남녀와 온갖 사랑을 해대는 걸 지켜봐야만 했다네. 한때 나의 전부였던 여자가 말이야. 홍리는 깨어있는 꿈으로 올라온 악령과 타협을 했어. 현실에서라면 오히려 폴리아모리는 문제가 되지 않아. 하루 종일, 한 달 내내, 일 년 동안 사랑에 빠져 지낼 수만은 없으니까. 현실의 사람은 밥을 먹고 빨래를 하고 청소를 해야 하니까. 꿈에선 달라. 꿈에선 시간과 공간의 제약이 없어. 폴리아모리에 빠진 자들, 남자가 되고 싶은 여자, 여자가 되고 싶은 남자, 온갖 성소수자가 그녀가 만든 검은 문으로 드나들었어. 난 홍리와 헤어질 수밖에 없었어. 그게 여기 깨어있는 꿈에 와서 환락의 유토피아에 빠진 사람을 구하기 위한 길이었으니까. 그러면서 나는 내 분신인 홍리를 깨어있는 꿈에서 내쫓은 꼴이 되고 말았어. 난 내 사랑을 여기서 내몰고 여기를 유토피아라고 말하는 모순에 처했어. 내게 유토피아는 홍리와 같이 여기서 일할 때였지."

"사랑하는 여자라면서 총살해? 위선자!"

"누가 홍리를 총살했다는 거야. 홍리가 그랬어? 우린 담백하게 합의해서 헤어졌다니까. 그 여자 말을 다 믿어선 안 돼.

홍리는 늘 여기를 차지하고 싶어했으니까."

무득은 탁우를 향해 총을 다시 겨눴다.

"그래서 어쨌다는 거야?"

"나는 책방으로 홍리를 찾아갔어. 당신이 여기로 돌아오면 좋겠다고. 당신이 난잡과 방탕만 떠난다면 이곳을 당신에게 물려주겠다고 제안했어. 홍리가 끝내 나를 거부한다면 나는 여기 깨어있는 꿈을 유지할 큰 동기가 사라져버려. 여기는 나로선 사랑이 아니라 절망의 장소가 되는 것이니까."

"홍리는 뭐라고 했다는 거야?"

"힘으로 여기를 쟁취하겠다고 그랬지. 나를 죽여서라도 말이야. 험악했지. 옛 애인에게 들을 만한 달콤한 말은 아니야. 가까이 다가오게. 그 총은 사제 총이라 멀리서는 표적을 맞추기가 쉽지 않아. 위력도 떨어지고 말이야. 다섯 걸음 앞으로 오라니까."

탁우는 침울하게 말을 이었다.

"그 총으로 나를 쏘는 순간 홍리는 원하는 바를 얻겠지. 이건 그녀의 계획이야. 그녀가 기획해서 출발시킨 기차에 자네는 선량하게 올라타서 낯선 장소로 끌려가는 거야. 당신은 홍리 계획에 이용당하는 신세란 말이야."

탁우는 손을 뻗어 책상 서랍을 열었다.

무득이 소리쳤다. "움직이지 마, 그대로 있어!"

탁우는 서랍에서 열쇠를 꺼내 무득을 향해 던졌다.

"자네에게 주는 선물이야. 자네는 홍리에게 이용당하는 거니까 아량을 베푸는 거야. 총을 쏘고 나면 그 우스꽝스러운 물건을 저기 벽에 붙은 금속 박스에 넣고 열쇠를 두 번 돌려. 박스는 내화벽돌로 만든 소각로야. 그 총을 형체도 없이 녹여버릴 거야."

"이날이 올 줄 알고 금속 박스를 만들어놓았다는 헛소리를 믿으라고?"

"서류든 뭐든 완벽하게 태워버리는 게 최선일 때가 있으니까. 저 안에『유토피아로 가는 네 번째 방법』책도 들어 있어."

"그럴듯한 말이지만 홍리가 욕심에 차서 나를 이용한다는 건 믿기 어려운데."

탁우가 서글프게 웃었다.

"홍리는 연기를 잘하지. 원래 그걸 잘했던 여자야. 홍리가 여기 건물과 검은 문 플랫폼을 모두 차지할 기회를 왜 놓치겠나. 그녀는 폴리아모리의 세상에서 유토피아를 즐기고, 성소수자에게 개방된 곳으로 이곳을 특화시킬 거야. 그게 그녀의 꿈이고 신조였으니까. 억압당하는 성이 만악의 근원이라고 하던가, 해방의 출발점은 자유로운 성이 되어야 한다고 했다던가."

"홍리가 나를 속였다는 건가?"

"속였다고 말하지는 않았어. 단지 네게 말하지 않은 이야기가 많다는 거지. 내가 깨어있는 꿈을 좌지우지하는 독재자라서 처형하는 모양새와는 결이 다르지. 어쨌든 내게는 별다를 게 없어. 홍리는 내게 돌아오지 않을 거고, 나는 더 이상 그런 삶에 머무르고 싶지 않아. 내게 총을 쏴."

무득은 양손으로 총을 잡았다. 손이 부들부들 떨려 이 가까운 거리에서도 맞을까 싶었다.

탁우가 말했다. "난 이미 유서도 써놨어. 혹시 내가 죽더라도 나를 죽인 사람이 깨어있는 꿈 관련자라면 용서하라고. 내게 총을 쏜 사람은 잘못이 없다고. 유토피아를 만드는 과정에서 발생한 억울한 희생자니까."

탁우는 웅얼거렸다. "나는 꿈에서 죽은 그들을 사랑했어. 나만큼 내가 총살한 사람을 사랑한 사람도 없을 거야. 밤마다 꿈에 들어가면 나는 참회하고 그들을 위해 기도했지. 어쩔 수 없었을 따름이야."

탁우는 가슴 아픈 표정으로 들어올린 양손을 살펴보았다. 자신이 총과 석궁을 쏘았던 그 손이 없었다면 꿈에서 피를 쏟는 일도 벌어지지 않았을 것이라는 회한에 찬 얼굴이었다.

탁우는 서랍에서 서류를 꺼내 표지를 한 장 넘겼다.

"이게 유서야. 보고 싶지 않나?"

무득은 탁우 말을 들으면서 홍리가 한 말을 다시 떠올렸다. 탁우가 이상한 말을 할지도 몰라요. 속아 넘어가지 마세요. 그는 변신의 귀재예요. 아무 생각 없이 그냥 손가락을 당겨요.

"홍리가 나를 속였대도 상관없어. 넌 처형당해야만 해."

탁우가 말했다.

"그런가. 꿈의 유토피아를 날려버리겠다는 건가. 세 걸음 앞으로 와. 괜찮아. 괜찮다니까. 할 수 있다면 해보게. 그냥 손가락을 당겨. 힘들이지 말고, 천천히 지긋이."

탁우가 일어나서 무득을 향해 천천히 발을 뗐다. 탁우가 한 걸음 다가서자 무득은 다가오지 말라고 경고하면서 한 걸음 뒤로 물러섰다. 방아쇠에 무거운 힘이 걸렸는지 쉽게 당겨지지 않았다. 무득은 고장인가 하면서 손가락에 힘을 주었다. 순간 쇠구슬을 맞아도 과연 죽을까 의심이 들었다. 이 모든 것이 두 번 세 번 되풀이해 고쳐서 연기하는 드라마의 한 장면으로 느껴졌다. 무득은 다시 한 번 자신에게 물었다. 여기는 깨어있는 꿈속인가?

무득은 방아쇠를 당겼다. 당길 수밖에 없었다. 돌아가기에는 너무 멀리 와버렸다. 탁우는 괜찮다는 말꼬리를 흐릿하게 맺으며 무릎을 꿇더니 앞으로 쓰러졌다. 탁우는 배를 움켜쥔 채로 미소를 잃지 않았다.

2층 침실에 있던, 깨어있는 꿈에 든 사람들이 푸드덕 몸을 꿈틀대고 비틀었다. 어떤 여자는 한 남자와 로맨틱한 데이트를 즐기고 있었다. 어떤 이는 완벽하고 차별 없는 문명국가를 구축해놓고 자신은 겸손하게 경비로 일하는 중이었다. 누구는 일만 미터 높이를 나는 비행기에서 뛰어내려 무중력에서 느끼는 자유로움을 오랜 시간 즐기다 지상 가까이에 도착해서야 낙하산을 폈다. 어떤 사람은 스리랑카 요리사가 만드는 전통 음식을 즐기고 있었다. 누구는 의사로 변신해 꿈에서 자비로운 의술로 형편이 어려운 환자를 모두 치유시키는 병원을 운영했다. 그는 1층 로비에서 퇴원하는 환자의 감사 인사를 매일 받았다.

그들 꿈이 조각조각 유리처럼 쏟아져 내렸다. 그들은 동시에 헐떡대었다. 몸을 비틀며 소리를 질렀고 손과 발을 허공에 휘저으며 꿈에서 깨어났다. 그들은 자신을 악착같이 붙잡는 기나긴 악몽에서 벗어나려는 것처럼 비명을 질렀으나 실제로는 천국을 빼앗긴 충격에서 자연스럽게 터진 분노의 소리였다. 2층에서 깨어난 꿈 실현자들은 탁우가 쓰러진 사무실로 올라왔다. 그들 일곱 명은 무득을 보고 쓰러진 탁우를 봤다. 무득은 총을 가방에 넣었으나 사무실에 퍼진 매캐한 연기를 지울 수는 없었다.

꿈에서 깨어난 사람 중에 의사가 있었다. 의사는 단번에 무슨 일이 벌어졌는지를 알았다. 탁우의 쓰러진 몸에서 흐른 피가 사무실 바닥을 흐르다 고였다. 의사가 탁우를 향해 뛰어가 몸 상태를 점검했다. 의사가 뭐라고 알 수 없는 고함을 지르면서 응급조치를 취하고 구급대를 불렀다. 의사 뒤로 여섯 명이 나란히 서서 무득을 바라보았다. 나머지 일행이 복도로 나온 무득을 향해 한 걸음을 옮기자 계단 가까이까지 온 무득은 한 걸음 뒤로 물러섰다.

무득은 뒷걸음쳐 열려 있는 문의 손잡이를 잡았다. 무득이 문을 열고 복도 계단으로 나서자 여섯 명 일행도 무득을 따라나섰다. 여섯 명 집단은 아직 어찌할 바를 몰라 우왕좌왕하는 모습이었다. 그들은 여기가 현실인지, 아니면 다른 차원의 꿈으로 넘어왔는지 자신하지 못하는 얼굴이었다. 무득을 공격해야 할지, 추적해야 할지도 결정짓지 못했다. 그들은 깨어있는 꿈이라는 독특한 환상으로 적신 박제 같았다. 그들은 머지않아 뚜렷하게 정신이 깨어날 것이다. 그러나 아직은 아니었다. 무득은 등을 돌리면 일행이 한꺼번에 야성을 드러내 공격할 야수라도 되는 양 마주 보며 천천히 뒤로 물러섰다. 무득이 복도 계단을 내려와 이면도로로 나서자 지나가던 사람이 서서 무리지은 여섯 명과 혼자인 한 명으로 구성된 특이한 일행을 주목했다. 무득과 일행이 문을 나서자 휘영청 밝은 달이 그들을 내려다보았다. 거리는 가로등과 술집과 카페와 상점에서 내뿜는 빛과 소음으로 가득 찼다. 무득과 일행은 도로에 서서, 서로 한 마디 말없이 서로를 둘러싼 현실 공간에 멈춰 서 있었다. 일행은 무득을 공격하지 않았다. 그들은 이곳 도로가 현실의 도로인지 꿈속의 도로인지 아직도 헷갈려 하는 것 같았다. 꿈의 유토피아가 무너지면서 그들은 몸과 마음을 급하게 움직일 힘을 소진해버린 것 같기도 했다.

요란한 굉음을 울리며 119 구조 차량이 푸른 탑 카페로 돌진해 왔다. 번쩍거리는 붉은 빛이 주변을 모두 잡아먹어 길과 건물이 이상하게 비틀려 보였다. 구급대원이 소리치며 카페로 뛰어 들어갔다.

지나가는 승용차가 도로를 막고 걷는 일행 옆을 지나면서 경적을 크게 울렸다. 그 소리에 일행이 두 걸음쯤 인도로 몸을 옮겼다. 무득은 그 모습을 보고 몸을 돌려 거리를 빠르게 걸었다. 112 경찰 차량이 경광등을 번쩍이며 달려오고 있었다. 무득은 버스정류장으로 걸어가 막 출발하려는 버스를 탔다. 버스는 느긋하게 도시의 밤을 달려 나갔다.

밤이 깊어 책방으로 가는 길은 조용했다. 황색 고양이 한 마리가 문을 닫은 우동집 앞에 앉아 있다가 몸을 일으켜 길을 지나갔다. 취객도 집으로 돌아가는 사람도 없는 길을 갑자기 오토바이 한 대가 지나갔다. 오토바이 후미의 선명한 붉은 등이 주변을 밝혔다가 서서히 사라졌다. 무득은 책방 옆을 돌아 지하실로 가는 문을 찾았다. 문 앞에 서자 여기는 언제 찾아와도 환영한다는 신호처럼 사람을 감지한 등이 켜졌다. 무득은 디지털 열쇠 번호를 누르고 안으로 들어섰다. 무득은 지하실 침대를 찾아가 몸을 던졌다. 밤늦게 찾아오는 사람이 드문지 아무도 없었다. 신발을 벗고 윗옷도 벗어 벽에 걸었다. 총을 쏜 손을 비누로 박박 씻었으면 좋겠지만 손가락 하나도 움직이기 힘들었다.

그는 체액을 다 뽑은 동물처럼 멍하니 누웠다. 무득은 바로 깊은 호흡을 하며 잠에 들어가려고 시도했다. 생생하게 탁우를 쏜 장면이 떠올라 그는 그 장면을 어쩔 수 없이 응시해야만 했다. 어떻게 된 영문인지 총을 쏜 장면은 느리게 돌아서 실제 일어난 사건의 몇 배로 늘어났고 매캐한 연기는 실제 맡은 것보다 더 향이 강한 액체로 변해 벽을 흘러 다녔다. 천장이 무겁게 내리눌러 그는 눈을 감았다. 공기 밀도가 너무 높아 숨을 쉬기 어려웠다. 잠이 무득을 끌고 갑자기 어둠으로 들어가는 바람에 그는 잠 속으로 고꾸라졌다. 꿈은 완전히 사라져 그는 원시의 암흑으로 들어갔다. 이 어둠에 은하수가 놓였다면 얼마나 휘황찬란했을까. 깊은 동굴에 들어가서 쉬면 얼마나 좋을까. 이런 생각을 하는 사이에 얼굴과 몸통과 팔다리의 긴장이 풀리고 근육이 하나하나 해체되었다.

여기 피난 쉼터는 어떤 꿈을 꾸게 하면서 사람을 위로해 주는 걸까. 꿈은 전혀 나타나지 않았다. 꿈을 철저히 제거해 순수한 암흑과 평안만을 제공하는 곳. 그는 그동안 꿈에 너무 집착했고 꿈에 너무 시달렸다. 무득은 소리와 향과 빛이 없는 무한한 어둠으로 들어가며 마음이 편안해졌다. 홍리는 여긴 소박한 꿈을 꾸는 곳이라 그랬다. 바닷가에서 모래성을 쌓은 곳. 마루에 앉아 비를 쳐다보고 바위에 앉아 계곡의 물소리를 듣는 곳. 숲에 누워서 흔들리는 우듬지와 구름을 쳐다보는 곳. 대숲을 훑으며 지나는 바람을 느끼는 곳. 무득은 그런 평온과 잔잔함이 내일 아침 자신을 찾아주기를 바라며 검고 검은, 어떤 꿈도 찾지 않는 암흑으로 들어갔다.

해설

유토피아, 가능성과 불가능성의 아이러니

정광모 장편소설 『유토피아로 가는 네 번째 방법』

정홍수(문학평론가)

1

정광모의 소설은 성실한 현실 조사와 탐구를 바탕으로 불안한 시대를 살아가는 한국인의 의식과 존재를 사회적 징후의 서사로 포착하는 데 예리한 성취를 보여왔다. 그의 소설에 언제든 분명하고 구체적인 구조와 배경으로 녹아 있는 '사회'라는 지평은 미메시스의 영역에서 소설이라는 장르가 더디지만 착실하게 진전시켜온 온전한 인간 파악의 과제를 새삼 돌이키게 한다. 19세기 유럽의 거대한 사회 변동과 등을 맞대고 있는 그 미메시스의 역사에서 작가들은 의식적이든 그렇지 않든 인간의 운명을 둘러싸고 있는 더 넓고 강력하며 지속적인 울타리를 발견하기 시작했고, 사회 · 역사적 지평의 수용과 이해가 유연하고 포괄적인 소설 장르의 발전에 큰 기여를 했다는 사실은 잘 알려져 있다. 그러나 가깝게 지금 한국 문학의 이야기로 옮겨온다고 하더라도, '사회'의 소설적 용해(溶解)는 늘 만만치 않은 과제였다. 가령 조심스럽게 헤아릴 문제이기는 하지만, 거대 서사의 붕괴에 이어 무한경쟁과 배제, 낙오의 이야기가 무력한 개인들을 둘러싸기 시작하면서 한동안 한국 소설에서 사회라는 지평은 다분히 의미 있는 서사적 맥락과 연관을 잃고 부유하는 듯이 보이기도 했다. '사회'의 매개가 사라진 자리에서(물론 '부재원인'으로 존재하기는 했지만) 개인의 이야기는 그 방향이 내면이든 욕망이든 환상이든 한쪽으로 과도해지면서 온전한 인간 이해의 균형을 찾지 못한 측면이 없지 않았다. 사회적 지평의 이 같은 일시적 소실을 미학적으로는 이른바 '전경화와 후경화'(곧 '낯설게 하기')의 반복적 교체로 이해할 수도 있겠지만, 이 과정에서 현실의 전체적이고 복합적인 파악으로부터 한국 소설이 얼마간 거리를 두게 된 것도 부인하기 힘든 사실이었다. 그리고 어떤 변곡점이 있었던 것이겠지만, 이즈음에 와서는 사회 현실의 관찰과 탐구라는 소설의 한 축에 대한 요구와 믿음이 다시금 회복되고 있는 것도 같다.

이런 맥락에서도 사회적 상상력의 지평을 일관되게 소설의 중심에 두어온 정광모의 작품 세계는 주목에 값한다. 2010년 등단해 10년 남짓 만에 네 권의 소설집과 두 권의 장편소설을 상재한 놀라운 작품 생산력도 그렇거니와, 전문가적 지식과 이해를 필요로 하는 다방면의 사회적 영역을 작품 소재로 취하면서도 창의적인 상상력의 발굴에서 보여준 꾸준하고 신뢰할 만한 모습은 그 자체로 높은 평가를 받기에 부족함이 없다. 특히 인상적인 것은 정광모 소설에 내장된 징후적 독법의 상상력인바, 당대 한국인의 불안하고 궁핍한 의식과 존재를 사회적 징후의 관점에서 포착해낸 알레고리적 이해와 탐구의 서사가 돋보인다. 근미래의 이야기를 다루는 과학소설의 상상력이나 현실의 경계를 확장하는 판타지 스타일의 수용에서 정광모 소설이 보여주는 개방성과 유연함이 이와 무관하지 않은데, 사회적 보고(報告)를 넘어서 그의 작품들을 좀 더 날카로운 사유의 모험, 다양한 서사의 개척이 되게 한다. 세 번째 장편소설인 이번의 신작 『유토피아로 가는 네 번째 방법』에서도 이러한 그의 스타일은 약여하다.

2

장편 『유토피아로 가는 네 번째 방법』에서 사회적 징후를 읽는 작가의 예민한 촉수가 가닿은 곳은 '자각몽'이다. '자각몽'은 꿈을 꾸는 사람이 스스로 꿈이라는 것을 자각하며 꿈을 꾸는 상황을 말하는데, 우리 모두 종종 꿈속에서 스치듯 경험해보는 일이기도 하다. 1913년 네덜란드의 정신과 의사이자 작가 프레더릭 반 에덴이 처음 '자각몽(lucid dreaming)'이라는 개념을 사용하면서 널리 알려지게 되었다고 한다. 자각몽의 세계를 좀 더 의식적이고 집중적으로 누려볼 수 있다면, 현실 세계의 결핍이나 좌절을 보충할 수 있는 '꿈속의 가능성'이 열리는 셈인데 심리적 치료의 관점에서든 몽상적인 욕망의 실현 차원에서든 분명 사람들의 관심을 붙드는 지점이 있는 것 같다.

소설에서 '깨어있는 꿈'으로 표현되는 그 자각몽의 세계에 발을 들여놓은 두 인물, '무득'과 양태관의 마음이 어느면 이해가 가는 것도 그 때문이다. 어렵게 9급 공무원 시험에 합격하여 주민센터에서 일하고 있는 '무득'은 안정된 직업이 주는 만족감보다는 반복되는 단순 업무, 민원인들의 항변과 소란에 지쳐가고 있다. 인터넷에서 우연히 '꿈 카페'를 접하게 되면서 그는 쳇바퀴를 도는 듯한 답답하고 지리한 일상에서 벗어날 수 있는 길을 발견한다. '꿈 일기'를 쓰고, 자각몽을 꾸는 훈련을 하며 한 단계 한 단계 까다롭게 설계된 회원 등급을 올려가는 과정을 통해 그는 자각몽의 세계에 깊이 빠져들게 된다. '꿈에서 하늘을 날고 싶다'는 소박한 소망에서 시작했지만, "꿈은 그에게 또 하나의 세상을 선물했다. 꿈 세상은 무한했고 온갖 가능성이 열려 있었으며 다채로운 경험으로 넘쳐났다."(23쪽)

대기업 입사 시험의 최종 면접에서 양태관은 고압적인 면접관으로부터 '꿈'과 관련된 질문을 받는다. 무한경쟁의 혹독한 취업 전선에서 '대기업 입사'라는 신세계의 '꿈'을 향해 일직선으로 달려온 그에게 '꿈 질문'은 이상한 모욕감을 준다. 비슷한 일이 최종 면접에서 반복되고, 그때마다 시험에서 탈락하면서 '꿈 질문'은 트라우마로 남는다. "인터넷 꿈 카페에서 깨어있는 꿈을 배운 건 양태관이 면접관으로 나서고 싶어서였다. 늘 면접관 눈치를 살피고 몸짓과 한 마디 말에 기뻐하고 슬퍼하는 순간을 뒤바꾸고 싶었다."(49쪽) 창업 쪽으로 방향을 바꾼 양태관은 스타트업 아이디어를 통해 투자를 받아 힘들여 소프트웨어를 개발하지만, 벤처 투자사의 최종 선택을 받지 못하게 되면서 벼랑 끝에 몰린다. 이 무렵 '꿈 카페'의 대표 '탁우'가 모종의 제안을 해오면서 그는 '깨어있는 꿈'에서 새로운 사업의 가능성을 보게 된다.

간단한 요약에서 보이듯, '무득'과 양태관이 지금 한국 사회의 젊은 세대가 부딪치고 있는 구조적인 문제의 희생자라는 건 누구나 쉽게 알 수 있는 일이다. '무득'은 어렵사리 좁디좁은 사다리를 한 계단 올랐지만, 사실 그곳은 자신의 꿈과 의지를 통해 찾아간 곳이라기보다는 사회로부터 배제되고 탈락되지 않으려는 두려움과 공포로부터 강요된 불가피한 선택지가 아니었나. 주민센터의 이런저런 업무의 성격과 무관하게, 거기서 그가 삶의 기쁨과 활력을 찾기란 처음부터 무망한 노릇이었는지도 모른다. 양태관의 경우도 비슷하다. 대기업이나 공기업의 좁디좁은 문 옆에 '벤처', '스타트업'처럼 젊은 꿈들을 위한 가능성의 프런티어 지대가 마련되어 있다고 '사회'는 말하지만, 사실 그곳에서 이루어지는 경쟁 역시 가혹하기 이를 데 없다. 그 꿈의 미개지에서 자본과 시장의 선택은 극소수에게 찾아오는 기적과 같은 행운이라고 해도 좋을 것이다. 배제와 탈락의 법칙에 예외 지대는 없으며, 무한경쟁의 전장에서 '꿈'은 가능성의 미래적 지평이 되기보다는 현실을 잊고 현실로부터 달아나기 위한(혹은 현실에 '투항'하는) 도피처의 이름이 된다. 양태관에게 면접관이 던진 '꿈'에 관한 질문이 당혹스럽고 고통스러울 수밖에 없었던 이유일 테다. 그렇게 『유토피아로 가는 네 번째 방법』에서 '깨어있는 꿈'의 모티브는 한국 사회의 출구 없는 현실을 반영하고 환기한다. 이에 더해, '자각몽 모임'의 급증에서 새로운 범죄 유형의 가능성을 포착하는 경찰청 정보과 윤 계장의 시각은 소설에 미스터리 구조를 도입하는 장르적 장치가 되면서, 예의 정광모 소설의 징후적 사회 읽기 차원에서도 문제의 복잡성을 예각화한다.

> 윤 계장은 더 심각하게 보이는, 꿈과 현실을 혼동하는 사건에도 주목했다. 꿈에서 폭행당했다고 현실 세상에서 가해자의 차량 유리창을 망치로 부순 사건도 일어났다.(163쪽)

> "이미지 시대에 일어날 법한 범죄야. 문자가 힘을 쓰는 시대는 가고 있고 온통 이미지야. (……) 꿈도 이미지고. 생생하면

생생할수록 꿈에서 더 강렬한 자극을 받겠지."(169~170쪽)

" (……) 푸른 탑 카페 부근에서 순찰 경찰이 칼에 찔려 중상을 입었어. 범인은 고시원에 처박혀 있다가 무단히 뛰쳐나온 놈이야. 깜박 졸았는데 꿈에서 악령을 벌하라는 계시를 들었다느니 횡설수설하고 있어. 페스트가 번질 때 길거리에 나와 죽은 쥐 한 마리처럼 징후가 중요해. 불길한 징후야."(171쪽)

'꿈'의 사회병리적 징후를 '이미지의 시대'와 연결하는 작가의 통찰이 예리하다. 그리고 여기에는 꿈과 현실의 전도된 위상을 꿰뚫는 혜안이 있다. 현실이 악몽이 되고 그 자체로 환상의 차원이 될 때, 우리는 현실에서 꿈으로 도망치는 것이 아니라, 꿈에서 잠시 현실로 도피하는 것인지도 모른다. 현실은 환상의 균열, 찢어짐으로만 존재할 수도 있다. 소설에서 '탁우'라는 인물이 주도하는 '꿈 카페'가 붉은 벽돌 건물의 '푸른 탑 카페'라는 현실의 구체적 공간이면서 동시에 '자각몽'으로 이루어진 또 다른 현실을 참칭하게 되는 상황을 이로부터 이해할 수 있다.

3

그런데 제목에도 선명히 드러나 있는 '유토피아'의 계기는 이번 소설을 '자각몽'을 둘러싼 사회적 징후의 포착 이상이 되게 한다. 토마스 모어의 『유토피아』(1516)를 통해 널리 알려진 '유토피아'의 이념은, 기실 동서양을 막론하고 인류가 오래 품어온 집단적인 '꿈'이다. 도연명의 『도화원기』에 그려져 있는 '무릉도원'이 유토피아 사상의 동양적 원류를 대표한다면, 고대 그리스의 '황금시대'와 연결된 '아르카디아 사상'은 서양적 유토피아의 뿌리로서 회화나(가령 클로드 로랭의 〈아시스와 갈라테아〉(1657)) 문학작품 속에 거듭 모습을 드러낸 바 있다. 문학평론가 김윤식은 일찍이 도스토예프스키의 장편소설 『악령』(1873), '스타브로긴의 고백'에 나오는 '황금시대' 이야기를 '황홀경의 체험'으로 명명하며 심도 있게 분석하기도 했다(『황홀경의 사상』, 홍성사, 1984).

> 이것은 인류의 멋진 꿈이며 위대한 망집(妄執)이다. 황금시대, 이것이야말로 원래 이 지상에 존재한 공상 중에서 가장 황당무계한 것이지만 전 인류는 그 때문에 평생 온 정력을 다 바쳐왔고, 그 때문에 모든 희생을 해왔다. 그 때문에 예언자로 십자가 위에서 죽거나 죽임을 당하거나 했다. 모든 민족은 이것이 없으면 산다는 일을 원치 않을뿐더러 죽는 일조차 불가능할 정도다.(『악령』, 『황홀경의 사상』에서 재인용)

가깝게는 작가 이청준이 장편소설 『당신들의 천국』(1976)

에서 소록도에 '나병환자들의 천국'을 건설하려는 병원장 조백헌의 이야기를 통해 유토피아의 꿈이 '자유와 평등', '자생적 운명'의 문제와 관련되는 양상을 깊은 인간학의 차원에서 검토한 바 있다. 발터 벤야민이 소개하는 유대 경건주의 종교운동 '하시디즘'의 '비전' 또한 '유토피아'의 꿈이 얼마나 깊고 섬세한 인간의 상상과 사유에 걸쳐 있는지 잘 보여주는 예이기도 하다. "다가올 세상에서는 지금 우리 세상과 똑같은 방식으로 모든 것이 마련될 것이다. 지금 있는 우리의 방은 다가올 세상에도 그대로 있고, 우리 아이는 지금 자고 있는 그곳에서 자게 될 것이다. (……) 모든 것은 지금 이대로 존재하게 된다. 다만 아주 약간만 변화한다. 그것은 상상력에 의한 것이다."(『일방통행로/사유이미지』, 발터 벤야민 선집 1, 최성만 외 옮김, 211~212쪽)

그렇다면 정광모의 『유토피아로 가는 네 번째 방법』에서 '유토피아'라는 문제적 테마는 어떻게 자라나게 된 것일까. '자각몽'에 대한 사람들의 관심이 '꿈을 꿀 수 없는 사회'라는 출구 없는 지금의 현실과 등을 맞대고 있다는 통찰이 작가의 중요한 소설적 문제의식이라는 점은 앞서 지적한 바 있다. 사정이 그렇다면 '자각몽'이란 피난처는 개인적인 차원의 치유나 위안의 공간이 될 공산이 높다. '무득'은 그런 자각몽의 세계를 대표하는 인물로서, "고추잠자리와 왕잠자리, 실잠자리가 가득 나는 연못에서 뛰어다니기, 집 뒤의 동산에 올라가 마을을 내려다보기, 친구들과 공차기와 같은 소망이 떠올랐다"(117쪽)는 진술이 잘 알려주는 대로 '자각몽'의 세계에서 그가 원하는 것은 작고 소박한 위안이다. 어린 시절 벽장 속에 함께 갇혀 있다가 맡게 된 '앞집 소녀의 숨소리와 냄새'를 자각몽의 세계에서 재생하려는 노력 역시 내밀하고 개인적인 욕망과 기억의 품에서 메마른 삶을 위로받고 싶다는 그의 마음을 잘 드러내준다. '유토피아'가 있다면, 그곳이 그의 '유토피아'이다. '무득'이 '탁우'의 푸른 탑 카페를 벗어나 독자적으로 소규모 '꿈 카페'를 꾸리려고 할 때의 구상 또한 그러하다. "저희는 작은 일을 해볼까 합니다. 깨어 있는 꿈에서 현실 삶을 바꿀 조약돌을 하나 더 얹는 정도의 실험을 추구합니다."(208~209쪽) 어쩌면 작가는 우리 시대의 '무득들'에게 꿈을 매개로 해서라도 '자유'의 공간을 열어주고 싶었는지도 모른다. 이것은 충분히 지지할 만한 소설의 상상력이지만, 여기서 '유토피아'의 계기는 그리 강하지 않다고 해야 할 것이다.

이에 반해 '탁우'는 '꿈 카페'의 최초 설계자로서 다분히 '권력 지향적'인 인물로 묘사된다. 그는 힘을 필요로 하고, 힘을 행사하고 싶어 한다. 그런 점에서 '깨어 있는 꿈 카페'를 '유토피아'를 건설할 매개로 삼는 구상이 '탁우'에게서 비롯된다는 사실은 시사하는 바가 적지 않다. '탁우'는 유토피아의 구상이 실패한 세 가지 길을 종교, 자본주의, 공산주의로 요약하거니와, 그가 내세우는 네 번째 구상이 곧 '깨어 있는 꿈을 통한 유토피아의 실현'인 셈이다. 그러나 그가 '꿈의 유토피아'에서 어떤 그림을 그리든, 그 자신을 유토피아의 중심에 두려는 욕망을 내려놓지 않는 한 네 번째 길 역시 실패할 수밖에 없을 테다. '유토피아'는 무엇보다 '함께' 꾸는 꿈이며, 그것의 실현에서는 언제든 '집단' 혹은 '공동체'의 질서가 문제될 수밖에 없다. 토마스 모어의 『유토피아』가 '국가의 이상적 상태에 관한 이야기'를 중심에 두고 있다는 것은 잘 알려져 있다. 그가 그리고 있는 '섬나라'에는 '왕'은 물론 '노예'도 존재한다. '무릉도원'이든 '아르카디아'이든 유토피아는 '꿈' 혹은 하나의 '상(像)'으로 남아 있는 한에서 '유토피아'일 수 있으며, 그것의 구체적 가시화는 언제든 '숱한 희생'을 동반하며 '유토피아'에서 멀어지는 역설이 성립하는 셈이다.

작가는 소설의 앞에 도스토예프스키 『카라마조프가의 형제들』에서 리자와 알료샤가 나누는 대화 한 대목을 제사로 인용해두고 있다. "서로 다른 두 사람이 똑같은 꿈을 꾼다는 게 정말 가능할까요?" 리자의 질문에 알료샤는 "가능할 법하죠"라고 대답하고 있거니와, 어쩌면 이는 '유토피아'의 가능성과 불가능성을 동시에 보여주는 지점일 수도 있다. '탁우'의 '권력의지'가 유토피아라는 꿈의 계기이자 그 꿈을 파괴하는 계기이기도 하다는 사실은 그가 '꿈'을 사업화하려 했다는 이유로 양태관을 '반역죄'로 기소하고 재판에 부치는 '꿈의 법정'에서 가장 아이러니하게 드러난다. '꿈'을 유토피아라는 '사업'에 동원한 것은 기실 '탁우' 자신이기 때문이다. 그는 자신이 구상하는 유토피아의 '원칙'에 반한다는 이유로 '꿈 카페'의 공동 창업자이자 연인인 '홍리'를 추방하고(홍리는 '꿈 카페'에서 '성 해방'을 꿈꾼다), '무득' 또한 처벌한다. '깨어있는 꿈'에서나마 자신의 성적지향을 자유롭게 살고 싶었던 '이령'이라는 인물의 "유토피아를 망치는 건 역설적으로 유토피아주의자야"(313쪽)라는 발언이 사태의 핵심을 꿰뚫고 있는 이유도 그 때문이다. '이령'은 덧붙인다.

> 그래서 유토피아란 말이 슬프게 들려. 그 말에 열정보다는 진한 체념이 배어 있는 것 같지 않아? 유토피아는 결국 무에 가까운 인간이 무에 가까운 공간을 그려낸 거야.(314쪽)

유토피아를 '무에 가까운 인간이 그려낸 무에 가까운 공간'으로 포착한 것은 '이령'의 놀라운 직관인데, 이는 물론 작가 정광모가 소설 『유토피아로 가는 네 번째 방법』에서 우리에게 들려주고 싶은 핵심 전언이기도 한 것 같다. 그렇다면 '무득'이 꿈의 어두운 동굴에서 손으로 더듬어 만져보았고 '홍리'의 작은 책방에서 직접 확인하기도 했던 비서(祕書)『유토피아로 가는 네 번째 방법』은 존재하지 않는 셈이다. 그 모두는 환상이었던 것일까. '홍리'의 작은 책방도 '무듹'이 '깨어있는 꿈' 안에서 꾼 또 다른 '꿈'이었던 것일까. 소설『유토피아로 가는 네 번째 방법』은 주제의 차원에서도 서사의 차원에서도 '유토피아'를 가능성과 불가능성의 아이러니 안에 두는 방법으로 스스로를 실현한다. '무듹'에게 '깨어있는 꿈'이란 "숲의 오솔길 사이로 걸어가면 나타나는 고요하고 풍요로운 호수였다." 이어지는 꿈의 풍경, 꿈의 이야기는 아름답다.

> 호수에 잔물결이 일고 호숫가를 따라 수초가 무리 지어 자라났다. 꿈이라는 호수 앞에 놓인 정자에 몸을 기대 나뭇가지에 앉은 새를 편안하게 바라다보는 느낌이었다. 무듹에게 깨어있는 꿈은 그걸로 족했고 두 사람의 동지가 함께하고 있었다. 이건 오래도록 이어질 호젓하고 아름다운 길이었다.(220~221쪽)

아마도 그러하리라.

인류는 종교와 이데올로기로 유토피아를 건설하려고 노력해왔다. 역사의 현재가 말해주듯 그런 유토피아는 마녀사냥과 아동노동과 강제수용소라는 치명상을 남기면서 실패하고 말았다. 꿈에서라면 어떨까? 자각몽에서라면 인간은 유유히 유토피아를 즐기고 퍼뜨릴 수 있지 않을까? 이 소설은 그런 물음에서 탄생했다.

꿈은 인간에게 신비와 예언의 영역이었다. 장자가 꿈에서 나비가 되어 날았을 때 그는 어디까지가 가상이고 어디까지가 현실인지 의심했다. 신화와 전설과 야담에 나오는 꿈 이야기에서 인간은 미래를 길어 올리기도 하고, 현재 문제에 관한 해답을 찾기도 했다. 꿈이 실제로 그런 능력을 지니고 있는지는 모르지만 꿈은 자신의 끝없는 자락에 감춘 속살을 쉽사리 보여주지 않았다.

현대에 들어와서 과학은 뇌의 신경 전달 물질인 세로토닌과 노르에피네프린, 아세틸콜린을 발견하고 꿈 연구를 통해 안구가 급속하게 움직이고 심장 박동과 호흡이 불규칙한

REM 수면을 찾아냈다. 과학은 우리가 자주 꾸는, 괴물이나 뭔가에 쫓기는 꿈이 원시 시대의 가혹한 환경에서 생존하기 위한 시뮬레이션 게임이 아닐까 하는 가설을 세웠다. 야생동물이 위협하지 않는 동굴 안에서 꿈에 빠져들어 위험한 적에게서 도망치는 연습을 하는 것은 현실에서 생존 가능성을 높였을 것이라는 말이다. 그렇다면 꿈에서 유토피아 건설이라는 시뮬레이션 게임도 가능할 것이다.

우리가 꿈에서 아무리 도망을 치더라도 우리 몸이 실제로 움직이지는 않는다. 뇌는 꿈을 꿀 때 근육을 작동하는 신경을 차단해서 우리가 마구 뛰어다니지 않도록 안전하게 만들었다. 잠에서 깨어나면 우리가 꿈이라는 가상과 현실을 혼동하지 않도록 뇌는 꿈을 잊어먹도록 했고 꿈과 현실을 혼동하는 정신병에 걸리지 않도록 둘 사이의 장벽을 튼튼하게 세웠다. 그러니 꿈속에서라도 유토피아 건설은 쉽지 않을 것이다. 그보다도 인간 자체가 안고 있는 문제가 더 클지도 모른다.

인간은 유토피아에서 살기에는 지나치게 악에 손상되었다. 한 인간에서 가족이 되고 부족으로, 나아가 국가와 민족으로 뭉치면 뭉칠수록 인간을 옥죄는 악과 공포는 더욱 커진다. 인류를 수십 번 절멸시키고도 남을 핵무기가 지구에 가득한 현실을 뭐로 합리화할 수 있을까.

소설은 어떻든 꿈에서라도 유토피아를 만들고자 하는 여러 주인공들의 분투를 그린다. 소설은 현실과 가상을 넘나드는, 리얼리즘과 판타지의 경계를 걷는다. 주인공들은 유토피아를 갈망하면서도 꿈과 현실을 오가며 인간이 지닌 어쩔 수 없는 악과 흠을 내보인다. 그렇게 주인공들은 안타깝게도 몰락의 길을 걷는다.

네 권의 단편집을 냈고 이 책은 세 번째 장편이다. 지금은 영상 문화의 시대라고 한다. 유튜브를 비롯한 영상 매체와 모바일의 기세가 드높다. 소설을 비롯한 문자 문화는 약해지고 기가 죽은 모양새다. 인류는 구술 문화에서 문자 문화, 영상 문화로 넘어왔지만 각 문화는 나름의 장단점이 있다. 텔레비전이 나오자 말하고 듣는 매체인 라디오는 곧 사라질 것 같았지만 지금도 영향력이 여전하다. 문자 문화 역시 상상력을 키우고 깊이를 전달하는 데 뛰어나다. 유튜브를 비롯한 영상 매체가 인간의 상상력을 죽이고 획일화시키는 단점도 적지 않다. 구술과 문자와 영상 문화는 인류 문명을 지탱하는 세 개의 큰 다리로 서로가 영향을 주고받으며 함께 고락을 나눌 것이다. 소설가는 뛰어난 스토리와 플롯으로 상상력이라는 잔을 넘치도록 채우기에 매진해야 할 것이다.

일곱 권의 소설을 내면서 더 높은 곳으로 조금이라도 올라갔기를 바라며 한 발 한 발 걷고자 했다. 다음 책은 더 좋아지기를 기대하며 책을 정성 들여 만든 편집자와 산지니 출판사에 감사드린다.

2021년 5월

정광모

유토피아로 가는 네 번째 방법

초판 1쇄 발행 2021년 6월 1일

지은이 정광모
펴낸이 강수걸
편집장 권경옥
편집 신지은 최예빈 박정은 윤은미 강나래 김리연
디자인 권문경 조은비
경영지원 공여진
펴낸곳 산지니
등록 2005년 2월 7일 제333-3370000251002005000001호
주소 부산시 해운대구 수영강변대로 140 BCC 613호
전화 051-504-7070 | 팩스 051-507-7543
홈페이지 www.sanzinibook.com
전자우편 sanzini@sanzinibook.com
블로그 sanzinibook.tistory.com

ISBN 978-89-6545-730-5 03810

* 이 도서는 2020년도 아르코문학창작기금지원사업에
선정되어 발간된 작품입니다.